LA FAIM

DU MÊME AUTEUR

Valfierno, Fayard, 2008.
Living, Buchet/Chastel, 2013.

MARTÍN CAPARRÓS

LA FAIM

Traduit de l'espagnol (Argentine)
par Alexandra Carrasco

BUCHET • CHASTEL

Titre original : *Hambre*

ISBN : 978-2-283-02886-5

Try again. Fail again. Fail better.

SAMUEL BECKETT,
Worstward Ho

Les prémices

1

Elles étaient trois : une grand-mère, une mère, une tante. Je les regardais depuis un moment s'affairer autour de ce lit d'hôpital, rassembler lentement ses deux gamelles en plastique, ses trois cuillères, sa petite casserole noircie, son seau vert, puis les donner à la grand-mère. J'ai continué à les regarder pendant que sa mère et sa tante fourraient sa couverture, ses deux, trois petits maillots, ses fripes dans un baluchon qu'elles nouèrent pour que la tante puisse le poser sur sa tête. Et j'ai été anéanti lorsque j'ai vu la tante se pencher sur le lit, soulever le petit, le tenir en l'air et le regarder bizarrement, la mine étonnée, incrédule, puis le caler sur le dos de sa maman, comme on cale les enfants en Afrique, jambes et bras écartés, poitrine contre le dos de la mère, tête tournée sur le côté. La mère l'a attaché à l'aide d'un pagne, comme on attache les petits au corps de leur mère en Afrique. Le petit était bien maintenu, prêt à rentrer à la maison, comme toujours, mort.

Il ne faisait pas plus chaud que d'habitude.

Je crois bien que c'est ici, il y a quelques années, dans un village tout près, au fin fond du Niger, qu'a commencé ce livre. J'étais assis sur une natte avec Aisha, devant la porte de sa hutte, sueur de midi, terre sèche, ombre d'un arbre solitaire, cris d'enfants tumultueux et, tandis qu'elle me parlait de la boule de farine de mil qu'elle mangeait chaque jour de sa vie et que je lui demandais si elle mangeait cette boule de mil vraiment tous les jours de sa vie, nous avons expérimenté ce qu'on appelle un choc culturel :

– Oui, enfin, tous les jours si je peux.

M'a-t-elle répondu, puis elle a baissé les yeux, honteuse, et j'ai eu envie de disparaître dans un trou à souris, puis nous avons continué de parler de sa nourriture, de son manque de nourriture, et moi, le bobo, j'étais confronté pour la première fois à la forme la plus extrême de la faim, allant de surprise en surprise, jusqu'à ce que, au bout de quelques heures, je lui pose la question que je poserais si souvent par la suite : si surgissait un magicien capable d'exaucer un de ses vœux, n'importe lequel, que lui demanderait-elle ? Aisha mit un certain temps à répondre, comme si elle butait sur un impensé. Aisha avait entre trente et trente-cinq ans, un nez aquilin, des yeux tristes, tout le reste drapé d'un tissu couleur lilas.

– Je voudrais une vache pour qu'elle me donne beaucoup de lait, comme ça, si j'en vends un peu, je peux acheter de quoi faire des beignets pour les vendre sur le marché, et avec ça je m'en sortirais à peu près.

– Mais imagine que le magicien puisse te donner n'importe quoi, tout ce que tu lui demanderais.

– Vraiment n'importe quoi ?

– Oui, tout ce que tu demanderais.

– Alors deux vaches ?

A-t-elle soufflé avant de m'expliquer :

– Avec deux vaches, c'est sûr, plus jamais je n'aurais faim.

C'était si peu, ai-je d'abord pensé.

Et c'était tant.

2

Nous connaissons la faim, nous sommes habitués à la faim : nous ressentons la faim deux, trois fois par jour. Rien de plus fréquent, de plus constant, de plus présent que la faim et, en même temps, pour la plupart d'entre nous, rien de plus éloigné que la faim véritable.

Nous connaissons la faim, nous sommes habitués à la faim : nous ressentons la faim deux, trois fois par jour. Mais entre cette faim répétée, quotidienne, répétée et quotidiennement rassasiée que nous éprouvons et la faim désespérante de ceux qui ne peuvent rien y faire, il y a un monde. La faim a toujours motivé des changements sociaux, des progrès techniques, des révolutions et des contre-révolutions. Rien n'a davantage influé sur l'histoire de l'humanité. Nulle maladie, nulle guerre n'a tué autant de gens. Encore aujourd'hui, aucun fléau n'est aussi meurtrier et, en même temps, aussi évitable que la faim.

Je ne le savais pas.

Dans mes plus vieux souvenirs, la faim est un enfant au ventre gonflé, dressé sur deux gambettes toutes maigres, dans un endroit inconnu qui s'appelait alors le Biafra ; à cette époque, à la fin des années soixante, j'ai entendu pour la première fois la version la plus brutale du mot faim : famine. Le Biafra fut un pays éphémère : il déclara son indépendance du Nigeria le jour de mes dix ans ; avant que j'en aie treize, il avait déjà disparu. Un million de personnes sont mortes de faim au cours de cette guerre. Sur les écrans de télévision en noir et blanc, la faim, c'étaient des enfants, des mouches bourdonnant autour d'eux, leur rictus d'agonie.

Durant les décennies suivantes, l'image me deviendrait plus ou moins familière : répétée, insistante. C'est pourquoi j'ai toujours imaginé que je commencerais ce livre par le récit cru, déchirant, féroce d'une famine. Je débarquerais avec un convoi d'urgence dans une contrée sinistre, probablement en Afrique, où des milliers de personnes seraient en train de mourir de faim. Je donnerais des détails choquants, puis, après avoir mis en scène la pire des horreurs, je dirais qu'il ne faut pas se leurrer – ou se laisser duper – : que des situations pareilles n'étaient que la pointe du sommet de l'iceberg et que la réalité était très différente.

J'avais tout parfaitement pesé, conçu, mais durant les années où j'ai travaillé sur ce livre, aucune famine gigantesque n'a sévi, rien sinon la faim routinière : la disette chronique au Sahel, les déplacements de population en Somalie et au Soudan, les inondations au Bengale. C'est une excellente nouvelle, d'un côté. Mais sur un autre plan, d'une importance moindre, c'est un problème : ces hécatombes étaient l'unique chance qu'avait la faim de se montrer – images sur les écrans des foyers – à ceux qui n'en souffraient pas. La faim en tant que désastre ponctuel et impitoyable ne se manifeste qu'à l'occasion des guerres ou des catastrophes naturelles. Reste, en revanche, ce qui est bien plus difficile à montrer : les centaines de millions de personnes qui ne mangent pas à leur faim, qui s'éreintent et en meurent à petit feu. L'iceberg, ce que ce livre tente de relater et de penser.

Même si rien n'y est dit que nous ne sachions déjà. Nous savons tous que la faim existe dans le monde. Nous savons tous que huit cent, neuf cent millions de gens – les estimations hésitent – ont faim tous les jours. Nous avons tous déjà lu ou entendu ces estimations, mais nous ne savons ou ne voulons rien en faire. À supposer que le témoignage – le récit le plus cru – ait un jour servi, on dirait qu'aujourd'hui il ne mène nulle part.

Que reste-t-il, alors ? Le silence ?

Aisha qui me disait qu'avec deux vaches sa vie serait si différente. Si je devais l'expliquer : rien ne m'a autant sidéré que de comprendre que la pauvreté la plus cruelle, la plus extrême est celle qui vous dérobe jusqu'à la possibilité de vous imaginer autre. Celle qui vous prive d'horizon et même de désirs : vous condamnant au même, inévitablement.

Je dis, je voudrais dire, mais je ne sais comment le dire : vous, aimable lecteur, si bien intentionné, un tantinet oublieux, êtes-vous capable de concevoir ce que signifie ne pas savoir si vous pourrez manger demain ? Pire : êtes-vous capable de concevoir une vie où jour après jour vous ne savez pas si vous pourrez manger demain ? Une vie qui repose essentiellement sur cette incertitude, sur l'angoisse de cette incertitude et les efforts pour imaginer comment y remédier, à ne pouvoir penser à rien d'autre ou presque car toute pensée est teintée de ce manque ? Une vie si restreinte, si riquiqui, si douloureuse parfois, si chèrement défendue.

Tant de formes du silence.

Ce livre est bourré de problèmes. Comment dire l'autre, le plus éloigné ? Il est fort probable que vous, lecteur, lectrice, connaissiez une personne fauchée par un cancer, foudroyée par une attaque, qui a perdu un amour un travail sa fierté ; il est fort improbable qui vous connaissiez quelqu'un qui ne mange pas à sa faim, qui risque de mourir de faim. Tant de millions de personnes qui sont ce qui nous est le plus éloigné : ce que nous ne savons – ni ne voulons – imaginer.

Comment raconter tant de misère sans tomber dans le misérabilisme, dans l'exploitation larmoyante de la douleur d'autrui ? Ou même : à quoi bon raconter tant de misère ? Raconter la misère est bien souvent une manière de l'exploiter. Le malheur d'autrui intéresse beaucoup d'infortunés désireux de se persuader que ça ne va pas si mal pour eux ou de simplement sentir ce petit frisson au bout des doigts. Le malheur d'autrui – la misère – sert à vendre, à camoufler, à brouiller les pistes : histoire de se convaincre par exemple que le destin individuel est un problème individuel.

Et, surtout : comment lutter contre la dégradation des mots ? Les mots « des-millions-de-personnes-ne-mangent-pas-à-leur-faim » devraient signifier quelque chose, provoquer quelque chose, susciter certaines réactions. Or, généralement, les mots ne font plus tout cela. Quelque chose se produirait peut-être si l'on parvenait à restituer un sens aux mots.

Ce livre est un échec. Tout d'abord, parce que tout livre en est un. Mais surtout parce qu'une exploration du plus grand échec du genre humain ne pouvait qu'échouer. Bien sûr, mes empêchements, mes doutes, mon incapacité y ont aussi contribué. Et pourtant, c'est un échec dont je ne rougis pas : j'aurais dû apprendre plus d'histoires, me pencher sur d'autres questions, comprendre deux, trois choses encore. Mais échouer vaut parfois le coup.

Échouer encore, échouer mieux.

« La destruction, chaque année, de dizaines de millions d'hommes, de femmes et d'enfants par la faim constitue le scandale de notre siècle.

Toutes les cinq secondes un enfant de moins de dix ans meurt de faim. Sur une planète qui regorge pourtant de richesses…

Dans son état actuel, en effet, l'agriculture mondiale pourrait nourrir sans problème 12 milliards d'êtres humains, soit deux fois la population actuelle.

Il n'existe donc à cet égard aucune fatalité.

Un enfant qui meurt de faim est un enfant assassiné », écrivait Jean Ziegler, ex-rapporteur spécial des Nations unies sur la question du droit à l'alimentation, dans son ouvrage *Destruction massive.*

Des milliers et des milliers d'échecs. Chaque jour, dans le monde – dans ce monde-ci –, meurent 25 000 personnes de causes liées à la faim. Si vous, lecteur, lectrice, prenez la peine de lire ce livre, si vous vous laissez happer et le lisez en, mettons, huit heures, 8 000 personnes seront mortes de faim : c'est beaucoup, 8 000 personnes. Si vous ne prenez pas cette peine, ces personnes mourront quand même, mais vous aurez eu la chance de ne pas être au courant. Il est donc probable que vous préfériez ne pas lire ce livre. Peut-être ferais-je de même à votre place. Généralement, mieux vaut ne pas savoir qui ils sont, ni comment ni pourquoi.

(Mais vous avez bel et bien lu ce bref paragraphe en trente secondes ; sachez que pendant ce temps, seules huit à dix personnes sont mortes de faim dans le monde, vous pouvez pousser un soupir de soulagement.)

Alors, si jamais vous décidez de ne pas le lire, la question continuera peut-être à vous tarabuster. Parmi tant de questions que je me pose, que ce livre se pose, il y en a une qui domine, qui carillonne, qui constamment me harcèle :

Comment, bordel, parvenons-nous à vivre en sachant que ces choses-là arrivent ?

NIGER

Structures de la faim

1

J'avais parlé avec elle un peu plus tôt : cinq, six heures auparavant, alors que son bébé était encore en vie, endormi, si maigrichon, chignant dans son sommeil :

– Le docteur m'a dit que je dois m'armer de patience, qu'il va peut-être guérir.

M'a-t-elle dit, puis j'ai hésité à lui poser la question qui coulait de source. Habituellement, ce genre de question n'a pas lieu d'être.

– Et peut-être pas ?

– Je ne sais pas, je ne sais pas ce qui peut se passer.

Kadi est âgée d'une vingtaine d'années – « je ne sais pas, une vingtaine », a-t-elle dit – et Seydou était son unique enfant. Kadi s'était mariée sur le tard, vers seize ans.

– Comment ça, sur le tard ?

– Ben oui, sur le tard. Les autres filles du village se marient à douze, dix, treize ans.

M'a expliqué Kadi, et aussi qu'on l'a mariée avec un voisin qui n'avait presque rien, vu qu'apparemment aucun autre homme ne voulait d'elle.

– Je ne sais pas pourquoi. Comme je suis maigrichonne, ils pensaient peut-être que je n'étais pas bonne à faire des enfants.

Et que Youssouf, son mari, est un gentil garçon, mais qu'ils ont beaucoup de mal à se procurer à manger car ils n'ont pas de terre alors il doit travailler où il peut et aussi qu'elle a eu du mal à tomber enceinte jusqu'au jour où enfin c'est arrivé, et vous ne pouvez pas savoir comme on a été heureux, m'a-t-elle dit, et leur peur car comment allaient-ils faire pour l'élever mais puisque tout le monde en élevait pourquoi pas eux et la joie aussi que ce soit un garçon et ils l'ont appelé Seydou et il a bien poussé, m'a-t-elle dit : quand il était tout petit il a très bien poussé, ils étaient si contents.

– Mais ensuite, il y a quelques jours, il a eu la diarrhée, une énorme diarrhée comme vous n'imaginez pas, ça ne s'arrêtait pas, ça ne voulait pas s'arrêter. Alors je l'ai emmené chez le marabout.

Le Niger – comme n'importe quel pays – est le résultat d'une somme de hasards. Les hasards africains sont plus récents, plus visibles : erreur d'un cartographe, rencontre d'un chancelier français et de son homologue anglais pour se partager telle ou telle région, disons à Versailles, en 1887, ambition ou apathie d'un explorateur à la prostate fragile. Mais c'est aussi un hasard que cet idiot de Napoléon III ait voulu soutirer de l'argent à la Bavière et l'obliger à s'allier à la Prusse pour former l'Allemagne, ou encore que les gouvernants de Buenos Aires aient été ineptes au point d'être incapables de conserver la Bande orientale au sein de leur territoire, et ainsi de suite. Gouverner, c'est profiter de l'ignorance générale pour exploiter à fond la sienne propre.

Quoi qu'il en soit : un hasard malencontreux. Suite à ce hasard, le Niger est aujourd'hui constitué pour trois quarts de terres stériles et de sous-sols guère plus fructueux. Quelques kilomètres plus au sud, ça regorge de pétrole, mais on est déjà au Nigeria, de sorte que les habitants de ce côté-ci n'ont pas du tout le droit d'en profiter et sont affamés. Il y a quelque chose de cruel derrière ce hasard que nous appelons pays et qui, paraît-il, est ce qui nous est le plus propre, que nous devrions aimer du fond de l'âme, protéger au prix de nos vies.

Le Niger est sans doute le pays le plus emblématique du Sahel, et le Sahel est cette frange de plus de cinq mille kilomètres de long et d'environ mille de large qui traverse l'Afrique, de l'Atlantique à la mer Rouge, juste en dessous du Sahara. Sahel signifie d'ailleurs la bordure – du Sahara. C'est une zone aride, semi-désertique, plate, qui vit prospérer jadis certains des royaumes les plus puissants d'Afrique : ainsi l'Empire mandingue – ou empire du Mali – au XIVe siècle, quand les seigneurs de Tombouctou bâtirent une des plus grandes cités de leur temps grâce à l'échange de sel provenant du désert du Nord contre des esclaves venus des forêts du Sud. Il englobe aussi aujourd'hui une partie du Sénégal, de la Mauritanie, de l'Algérie, du Burkina Faso, du Mali, du Tchad, du Soudan, de l'Éthiopie, de la Somalie et de l'Érythrée. Ce sont plus de cinq millions de kilomètres carrés, cinquante millions de personnes, du bétail chétif, des cultures souffreteuses, une piètre industrie, des infrastructures déficientes ; de plus en plus de minerais exploitables.

Le Sahel est, aussi, la région qui a donné un autre sens au mot urgence – lequel était généralement réservé aux événements extraordinaires, inattendus. Chaque mois de juin, au Sahel, des gens entrent par millions en situation d'urgence : ils sont privés de nourriture, menacés de famine.

L'année suivante cela recommence.

Et l'année suivante, et encore l'année suivante – même si c'est différent à chaque fois.

Le Sahel est notamment victime d'une idée reçue : celle qui prétend que ses habitants ne mangent pas parce qu'il n'y a pas moyen de faire en sorte qu'ils mangent, la faim y étant un problème structurel, irréversible, quasi ontologique. Ils ont faim parce qu'il n'y a pas moyen de faire autrement, pauvres créatures de dieu.

Au Sahel, la faim est toujours présente, mais elle devient féroce au début de la période que les francophones nomment « soudure », les anglophones « *hungergap* » et nous, Hispanos, rien du tout, de toute manière à quoi bon. Ce sont ces mois où le grain de la moisson précédente est épuisé tandis que celui de la prochaine peine à émerger. Le gouvernement demande alors de l'aide ou pas, les agences internationales donnent l'alerte et mobilisent ou non leurs ressources, puis ces millions de personnes mangent ou ne mangent pas, et tous les deux à trois jours, ici, à l'hôpital de district de Madaoua situé à 500 kilomètres de Niamey, Médecins Sans Frontières monte une nouvelle tente pour accueillir l'afflux d'enfants dénutris. Au centre de soins – Creni ou Centre de réhabilitation et d'éducation nutritionnelle intensive – prévu pour traiter une centaine d'enfants, ils sont déjà plus de 300 et le flot ne s'interrompt pas. Rien d'étonnant : à peu près comme chaque année. L'an dernier, sur les 90 000 enfants de moins de cinq ans vivant dans le district de Madaoua, 21 000 ont été soignés pour malnutrition au sein de ce centre et de ses annexes : près d'un quart des enfants de la région.

Kadi est partie tout à l'heure, à pied, son bébé attaché dans le dos.

La semaine dernière, ici, 59 petits sont morts de faim et de ses maladies associées.

Quand il est tombé malade, le marabout leur a donné des onguents pour lui en frictionner le dos, m'a-t-elle dit, et aussi des feuilles pour qu'ils lui préparent des infusions. Le marabout n'est pas seulement le sage musulman de chaque village ; il officie souvent comme guérisseur – qu'en langage politiquement correct l'on nomme aujourd'hui médecin traditionnel : un personnage clé. Kadi a suivi les prescriptions : la diarrhée continuait. Kadi est arrivée avec son bébé il y a plus de six jours – elle a dit : plus de six jours –, on les a reçus, elle et son bébé, mais elle ne comprend pas pourquoi on lui a dit qu'il était tombé malade faute d'avoir suffisamment mangé.

– Je l'ai toujours nourri, je l'ai allaité, ensuite j'ai commencé à lui donner ses repas. Nous l'avons toujours nourri. Parfois, mon mari et moi ne mangions pas, ou alors un tout petit peu, mais lui, nous lui avons toujours donné ses repas : il ne pleurait pas après le repas ; il mangeait toujours à sa faim.

M'a-t-elle dit, ombrageuse, affligée.

– Mon fils mange. S'il est tombé malade, c'est sûrement d'autre chose. Un envoûteur, une sorcière, qui sait. Peut-être qu'il a avalé trop de poussière l'autre jour, quand cet énorme troupeau a traversé le village. Ou alors la jalousie d'Amina, qui a perdu son fils, né le même jour que le mien. Je ne sais pas ce qu'il a eu, mais ça ne peut pas être le manque de nourriture puisqu'il mange.

– Et que lui donnez-vous à manger ?

– Comment ça ? Ben la *woura.*

A-t-elle dit, une évidence : je ne lui ai pas dit que la woura, cette espèce de boule compacte de farine de mil et d'eau que les paysans du Niger consomment quasiment tous les jours durant toute leur vie, ne suffit pas à nourrir un bébé d'un an et demi, qu'il y manque presque tout ce dont le bébé a besoin. Kadi était contrariée, froissée :

– Ici ils me disent qu'il est comme ça parce que je ne lui ai pas donné ses repas. Ils ne comprennent rien, c'est clair. Quand je les entends, j'ai peur, j'ai envie de m'en aller.

M'a-t-elle dit. Et quelques heures plus tard, Kadi est partie, son bébé mort sur le dos.

En gros : manger une boule de mil tous les jours revient à se nourrir de pain et d'eau.

À ne pas manger à sa faim.

Faim est un drôle de mot. On l'a tant prononcé, de tant de manières différentes ; il signifie tant de choses différentes. Nous connaissons la faim et pourtant nous n'avons pas la moindre idée de ce que c'est que la faim. À force de dire et d'entendre le mot faim, il s'est usé, transformé en poncif.

Faim est un drôle de mot. À partir du latin *famen*, les Italiens ont formé le mot *fame*, les Portugais *fome*, les Français *faim*, et les Espagnols *hambre*, avec ce *br* qui est aussi entré dans la construction de *hombre* (homme), *hembra* (femelle) et *nombre* (nom) : des mots très lourds. Il n'est sans doute pas de mot plus chargé que *hambre*, et pourtant il est si facile de s'en décharger.

Faim est un mot déplorable. Des poètes de quatrième zone, des politiciens de huitième et toute sorte de plumitifs complaisants l'ont tant employé et à si bon compte qu'il devrait être interdit. Au lieu d'être interdit, il est neutralisé. « La faim dans le monde » – comme dans « Vous prétendez peut-être en finir avec la faim dans le monde ? » – est une expression figée, un lieu commun, une formule quasi sarcastique pour exprimer le ridicule de certaines intentions. L'ennui avec ces concepts vieux et défraîchis, émoussés par un usage facile, c'est qu'un jour, quelque chose vous les montre comme neufs et ils vous explosent alors en pleine figure.

En espagnol, *hambre* est un nom féminin qui possède – d'après ceux qui énoncent le sens des mots – trois significations : « Envie et besoin de manger ; Pénurie des aliments de base entraînant flambée des prix et misère généralisée ; Appétit ou vif désir ». Un état physique individuel, une réalité partagée par un grand nombre, une sensation intime : difficile d'imaginer trois acceptions plus différentes.

Faim signifie bien évidemment bien plus que tout cela. Mais le mot faim est généralement banni du vocabulaire des techniciens et bureaucrates concernés. Ils le trouvent sans doute trop brutal, trop rude, trop parlant. À moins – supposons, d'un œil affable – qu'ils ne le jugent imprécis. Les termes techniques présentent un avantage : ils ne produisent aucun effet émotionnel. Certains mots, si ; d'autres, nombreux, non. Eux – et les organismes pour lesquels ils travaillent – préfèrent généralement ceux qui n'en produisent pas. Ils parlent donc de sous-alimentation, de dénutrition, de malnutrition, d'insécurité alimentaire – et les termes finissent par s'embrouiller et embrouiller le lecteur.

Je voudrais avant tout définir ce que je dis quand je dis faim. Ou du moins ce que j'essaie de dire.

Nous mangeons du soleil.
Du soleil, certains
bien plus que d'autres.

Manger, c'est s'ensoleiller. Manger – ingérer des aliments –, c'est absorber de l'énergie solaire. Des photons diversement chargés s'abattent constamment sur la surface du globe : grâce à cet étonnant processus que l'on appelle photosynthèse, les plantes les capturent et les transforment en matière comestible. 10 % de la surface terrestre, soit près de 15 millions de kilomètres carrés, un quart d'hectare par être humain, est consacré à cela : la culture de plantes qui fabriquent de la chlorophylle, laquelle sait transformer l'énergie électromagnétique du soleil en énergie chimique produisant des réactions qui à leur tour transforment le dioxyde de carbone de l'atmosphère et l'eau des plantes en oxygène, que nous respirons, et en hydrates de carbone, que nous mangeons. En dernière instance, nous ne mangeons, directement ou indirectement – par le biais des animaux qui les mangent –, que des fibres végétales gorgées de soleil.

Cette énergie est ce dont nous avons besoin pour reconstituer nos forces. Cette énergie pénètre dans notre corps sous différentes formes : lipides, protides, glucides, à l'état liquide ou solide. Pour quantifier l'énergie absorbée par chaque organisme, il existe une unité de mesure : la calorie.

En physique, une calorie est définie comme la quantité d'énergie nécessaire pour augmenter d'un degré centigrade la température d'un gramme d'eau. Pour fonctionner, un corps consomme de grandes quantités d'énergie : c'est pourquoi l'on mesure la consommation de celle-ci en unités de mille de calories – les kilocalories. Les besoins caloriques de chacun varient selon l'âge et la situation. Mais, grosso modo, on estime qu'un bébé de moins d'un an a besoin d'ingérer environ 700 kilocalories par jour, 1 000 jusqu'à l'âge de deux ans, 1 600 vers cinq ans. Un adulte a besoin de 2 000 à 2 700 kilocalories selon sa corpulence, le climat sous lequel il vit, le métier qu'il exerce. L'Organisation mondiale de la santé considère qu'un adulte qui ne consomme pas au minimum 2 200 kilocalories par jour ne parvient pas à récupérer ses dépenses en énergie : à s'alimenter. C'est une moyenne – un repère – mais cela permet d'avoir une idée d'ensemble.

Un adulte qui ne parvient pas à ingérer ses 2 200 calories journalières ne mange pas à sa faim. Un enfant qui ne reçoit pas ses 700 à 1 000 calories journalières, selon son âge, ne mange pas à sa faim.

La faim est un processus, une lutte du corps
contre le corps.

Quand un adulte ne parvient pas à avaler ses 2 200 calories journalières, il ne mange pas à sa faim : il se mange lui-même. Un corps affamé est un corps en train de se manger lui-même, faute d'autre chose à se mettre sous la dent.

Quand un corps mange moins qu'il n'en a besoin, il commence par puiser dans ses réserves de sucre, puis de graisse. Il bouge de moins en moins, devient léthargique. Il perd du poids et des défenses : son système immunitaire s'affaiblit par moments. Il est assailli de virus qui lui provoquent des diarrhées, lesquelles le vident peu à peu. Des parasites que le corps n'arrive plus à repousser s'installent dans sa bouche, ça fait très mal ; des infections pulmonaires entravent sa respiration et ça fait très mal. Enfin, sa masse musculaire se met à fondre, il ne tient plus debout, bientôt il ne pourra plus bouger ; ça fait mal. Il se recroqueville, se fripe : sa peau se plisse et se fendille ; ça fait mal. Il pleure doucement ; immobile, il attend la fin.

Peu de gens – trop de gens – meurent de faim à proprement parler ; beaucoup de gens meurent de maladies ou d'infections qui s'avèrent mortelles parce que leur organisme, affaibli par la privation de nourriture, n'arrive plus à les combattre ; maladies ou infections qui, chez une personne normalement nourrie, passeraient presque inaperçues.

Peu de gens – trop de gens – meurent de faim à proprement parler. La moitié des enfants qui meurent avant l'âge de cinq ans dans un pays comme le Niger meurent de causes liées à la faim.

Le mot que personne ne veut employer.

Ou alors, qu'on emploie comme on dirait rengaine, verdâtre ou camelot.

Hier, ce matin, le petiot de Kadi.

2

Ce sont des morts dont on ne parle pas dans les journaux. Ils ne pourraient pas : ils seraient submergés. Les journaux rapportent les faits inhabituels, extraordinaires.

– Non, je ne suis jamais allée à l'école. Vu que j'étais une fille et que je n'avais pas de papa…

Quand elle était petite, Aï se demandait à quoi servent les papas : qu'est-ce que ça fait d'en avoir un, à quoi ressemble la vie des enfants avec un papa, à quoi ils servent. Aï ne voyait pas trop la différence : ses cousins et elle vivaient tous ensemble dans la cour de la maison des grands-parents, les autres avaient un papa et elle, qui n'en avait pas, habitait quand même avec eux. Plus tard, bien plus tard, on lui raconta que son papa était mort à sa naissance, deux ou trois jours après, qu'il était mort comme ça, sans raison, de mort naturelle, et que si elle avait eu un papa, elle serait peut-être allée à l'école. Alors elle se disait que ne pas avoir de papa était un avantage.

– Je ne voulais pas aller à l'école.

Disait-elle, mais de toute manière ses cousines qui avaient un papa n'y allaient pas non plus. Mais peut-être si elle avait eu un papa, se dit-elle aujourd'hui, on ne l'aurait pas mariée si jeune. Ou alors si.

Quand on lui a dit qu'elle allait se marier, Aï était une enfant qui s'échappait pour aller s'amuser avec ses copines : les nuits de pleine lune, elle retrouvait les autres filles du village pour chanter et danser de vieilles chansons, en tapant sur un tam-tam ou dans leurs mains ; à d'autres moments, elles modelaient des poupées en terre, des marmites et des assiettes, une vache et des chameaux, des maisons, puis elles jouaient à la maman : elles se préparaient à être ce qu'elles deviendraient. Le reste du temps, elles jouaient à la maman pour de vrai : elles nettoyaient, allaient chercher de l'eau, s'occupaient des petits frères et sœurs, cuisinaient.

– Comment imaginiez-vous votre vie quand vous seriez grande ?

– Rien, je n'imaginais rien. Je voulais me marier. La seule chose que j'imaginais, c'était que je me marierais, une fille, que peut-elle faire d'autre ? Mais pas si vite...

À ses douze ans, sa famille l'avait mariée à un cousin germain ; son oncle avait payé les 50 000 francs – 100 dollars – de dot, les 100 000 pour le linge et le trousseau, et ils avaient organisé une grande fête. Aï s'était bien amusée, mais au moment d'aller chez son cousin-mari, elle mourait de peur.

– C'était un homme, une grande personne.

Le Niger est un des pays où l'on compte le plus de mariages de mineurs : même si c'est illégal, une fille sur deux est déjà mariée avant l'âge de quinze ans. Le mariage d'une fille est notamment une source de revenus pour la famille : plus ils sont dans le besoin – plus ils ont faim –, plus la tentation est grande de marier la petite pour toucher la dot et manger dessus pendant quelques jours et avoir une bouche de moins à nourrir.

– Je le regardais et j'étais terrifiée. Et lui, il ne se contentait pas de me regarder.

Aï tenta plusieurs fois de s'enfuir. Au début, elle retournait chez sa mère et sa grand-mère, mais on la renvoyait et, systématiquement, son oncle-beau-père et son mari-cousin la battaient pour qu'elle ne récidive pas. Aï commença alors à s'enfuir dans la campagne, vers une contrée éloignée ; on finissait toujours par la retrouver. Jusqu'au jour où son oncle-beau-père lui dit très calmement que si elle s'enfuyait encore, il lui trancherait lui-même la gorge. Et Aï le crut. Parfois, quand son oncle dormait, Aï passait le doigt sur le tranchant de sa machette au manche en bois ; deux ans plus tard, elle eut sa première fille. Ensuite viendraient trois garçons.

– Et vous vivez toujours avec votre mari ?

– Oui, je vis avec lui, bien sûr.

– Vous vous entendez bien ?

– Aucun problème.

Dit-elle pour clore le débat. Aï pense qu'elle doit avoir dans les vingt-cinq ans, mais elle en paraît moins ; elle porte un foulard bleu ciel et vert à pois blancs enroulé autour de la tête, elle a de grands yeux, des lèvres épaisses, une cicatrice tribale en forme de fleur sur la joue gauche, des anneaux sur les oreilles et sur le nez, un collier de perles de couleur : son visage a une structure très complexe, chargé de nuances.

– Il est très travailleur, il travaille beaucoup. Et il a changé, il ne me bat plus.

Sa vie, en revanche, est toujours la même. Chaque matin, Aï se lève vers six heures, se lave, prie et commence à moudre le mil pour préparer la boule. Pour éplucher et défaire le grain au mortier, il faut taper dessus pendant une heure et demie à deux heures ; ensuite, elle doit aller chercher de l'eau au puits, à environ trois cents mètres de chez elle : un seau de dix litres sur la tête – et faire en sorte que cela lui suffise, pour éviter d'avoir à y retourner. Même si, dernièrement, sa petite peut s'en charger.

– Elle ne va pas à l'école ?

– Non, nous n'avons pas de quoi l'y envoyer. Elle a un papa, pourtant.

Dit-elle, et je ne suis pas sûr qu'elle soit ironique Le feu est un autre souci : elle ou un des petits doivent aller chercher des branches pour faire bouillir l'eau qu'elle mélangera à la farine de mil et, quand il y en a, un petit filet de lait pour former la boule. Vers onze heures, quand la chaleur devient intenable, Aï l'apporte en même temps qu'une bassine d'eau à Mahmouda, son mari, dans le champ où il travaille. Ils ont trois petites parcelles de moins d'un quart d'hectare chacune, et Mahmouda les travaille seul car l'aîné des petits n'a pas encore sept ans. Même si cette fois, dit Aï, les deux aînés sont allés l'aider à semer. Mais seulement à semer, dit-elle.

– Pour l'instant, ils ne sont bons qu'à ça, les pauvres.

Près de la moitié des enfants nigériens âgés de moins de cinq ans ont grandi moins qu'ils n'auraient dû, faute d'une alimentation suffisante. S'ils atteignent l'âge adulte, ils tomberont plus souvent malades que les autres, auront moins de chances de travailler et de profiter de la vie, ils auront en somme une existence plus brève et plus indigente que s'ils s'étaient bien nourris au cours de leurs premières années. C'est aussi bête que ça.

La maison d'Aï est un carré de terre de quinze mètres sur quinze enclos par un muret en adobe de moins de deux mètres de haut, rugueux, irrégulier. À l'intérieur de cette enceinte, deux cubes en adobe de trois mètres sur trois pour les chambres ; une construction circulaire en adobe surmontée d'une coupole pointue en chaume pour le grenier. Mais la vie se déroule essentiellement à l'air libre, dans cette cour un peu sale où une chèvre allaite son chevreau, où la fille d'Aï broie du grain dans un mortier aussi grand qu'elle, où les fils d'Aï cavalent dans tous les sens, où elle et moi parlons, assis par terre, sur sa petite natte en osier.

Égrener l'épi, éplucher le grain, l'écraser dans le mortier : autant de tâches que les habitants des pays riches – et les habitants riches des autres pays – ne font plus : nous achetons du tout fait.

Nous sommes à Koumassa, l'un des nombreux villages autour de Madaoua. Le village, ce sont 20 à 30 maisons comme celle-ci ; les rues, les espaces vides entre elles. Tous les deux, trois kilomètres, au milieu des terres cultivées par les habitants, se dresse un de ces villages ; ensuite, tous les 10 à 20 kilomètres, un bourg abritant le centre administratif et le marché. Telle est la structure classique, le tissu du monde agricole du temps où l'on disposait de ses jambes pour tout moyen de transport.

Quand je vois ces villages, je peine à imaginer que cela ait changé depuis mille ans : leurs rues sont les espaces laissés entre les maisons où s'agitent enfants chèvres poules tout d'os et de plumes ; un petit passe en faisant rouler un vieux pneu, deux autres font de l'escrime avec des bâtons, plusieurs filent en courant, sans but apparent. Un jour, quelqu'un comprendra le sens de la course des enfants, il aura alors compris le monde. En attendant, nous demeurons dans l'ignorance. La mosquée plantée au milieu du village est une pièce de trois mètres sur trois surmontée de sa petite tour peinte il y a très longtemps en vert et bleu ciel. Des femmes écrasent du grain dans leurs mortiers en bois, d'autres passent avec des petits attachés dans le dos, une fille d'une douzaine d'années en porte un elle aussi. D'autres s'amassent autour du puits avec quantité de bidons de couleur pour laver ou discuter ou puiser de l'eau, tandis que les hommes s'assoient pour bavarder au bord de la route sur un tronc – usé, poli par le frottement de leurs fesses et des fesses de leurs aïeux, par des siècles de fesses –, à côté se trouve l'échoppe, encore une hutte en adobe mais avec trois murs au lieu de quatre, où l'un d'eux vend des œufs, du thé, des boîtes en fer, des bidons usagés et des cigarettes. Un homme jeune passe sur une carriole chargée de bois, tirée par un âne, la femme au-dessus du tas de bois, l'homme sur l'âne et la carriole, mais attention, une carriole munie de roues en caoutchouc ; un berger peul avec son chapeau de paille rond et pointu, son très long bâton, arrive en conduisant ses chèvres et des vaches étiques à cornes longues et fines ; un pick-up avance au pas, avec quinze à vingt passagers entassés sur le plateau, les jambes pendant dans le vide, les corps étroitement collés les uns aux autres, certains assis sur des planches qui dépassent pour pouvoir transporter plus de corps.

Quand Mahmouda a fini de manger, dans son champ, à l'ombre de l'arbre, Aï retourne chez elle faire le ménage, s'occuper des petits. Si tout va bien, à une ou deux heures elle peut dormir un peu : de toutes manières, la chaleur l'empêche d'en faire plus. Jusqu'au soir, quand elle se mettra à préparer la pâte de mil – une sorte de polenta – qui, les bons jours, est servie avec une sauce d'oignons revenus, peut-être de la tomate, éventuellement des feuilles de gombo ou de baobab.

– Alors nous nous assoyons pour manger avant le coucher de soleil, ici, dans la cour. Moi, ça m'est égal, mais mon mari dit qu'il n'aime pas manger dans le noir, qu'il aime voir. Mais cette année, il y a eu beaucoup de jours où nous n'avons pas eu de quoi préparer le repas du soir.

C'est parce que Mahmouda a voulu améliorer notre situation, raconte Aï : il a vendu une partie du mil qu'il avait moissonné en octobre pour pouvoir semer des oignons en décembre, et l'engrais et les semences qu'il a fallu acheter étaient chers, mais comme la récolte fut bonne, ils y ont cru.

– Mais quand nous sommes allés vendre nos oignons, on nous en a donné une misère. Ils disaient qu'il y en avait trop, qu'il n'y aurait personne pour les acheter, qu'il fallait les vendre à ce prix-là ou les manger nous-mêmes, alors à la fin on en a tiré trois fois rien. Ensuite, quand on doit acheter le mil pour se nourrir, les prix montent sans arrêt.

– Et alors ?

– Et alors maintenant on a une dette sur le dos.

– Une dette ?

– Mon mari avait emprunté à un ami à lui.

L'emprunt était de 50 000 francs, et comme ils n'en ont même pas récupéré la moitié, Aï ne sait pas comment ils vont faire pour le rembourser.

– Comment allez-vous faire ?

– Je ne sais pas. Espérons que l'année prochaine, la récolte sera meilleure.

Aï est inquiète. Elle dit que l'ami de son mari est une bonne personne, mais que s'ils ne peuvent pas le rembourser, il va prendre leur parcelle, du moins une partie de leur parcelle. Auquel cas, c'est sûr, plus jamais ils n'auront suffisamment à manger.

– Le pire, c'est que cette année, mon mari n'a pas pu semer. Quand la saison est arrivée, nous avions déjà mangé tout le grain, nous n'avions plus de quoi semer. Nous n'avions même plus de quoi manger. Alors maintenant il travaille la terre d'un riche pour qu'il nous donne quelque chose à manger, il n'a rien pu planter sur notre petit bout de terre.

– Et comment allez-vous faire pour manger l'année prochaine ?

– Ouh ! C'est dans longtemps, ça.

En 2012, les ONG et les agences qui travaillent au Niger ont pris en charge quelque 400 000 enfants, mais elles estiment à plus d'un million ceux qui auraient eu besoin de leur secours. Elles ne peuvent pas non plus le certifier : ces agences et ces ONG ne couvrent qu'une partie du territoire. On ne sait pas très bien ce qui se passe ailleurs : il n'y a pas de réseau sanitaire efficace, pas de données chiffrées, mais une foule – combien ? – d'enfants qui naissent sans être déclarés et qui meurent et sont enterrés et qui n'ont jamais existé.

Son fils cadet, Ismail, est âgé d'un an et deux mois, il a été hospitalisé pendant quinze jours : à son arrivée il pesait moins de quatre kilos, en état de dénutrition sévère. Il va mieux, mais Aï craint une rechute.

– Maintenant je dois l'amener ici toutes les semaines pour un contrôle et pour récupérer mon petit sac d'aliments. Je le fais, mais je ne pourrai pas le faire indéfiniment. Je ne veux pas aller tout le temps chercher le petit sac d'aliments. Si le petit a besoin de bien manger, je voudrais qu'il le fasse à la maison.

Ismail porte un petit bonnet de laine bleu et blanc vu qu'il ne fait pas plus de 35 degrés, il suçote un sachet de complément alimentaire comme s'il aimait ça.

– Pourquoi y a-t-il des gens qui ont et d'autres qui n'ont pas ?

– Ben, certains peuvent se faire aider par leurs parents et d'autres pas.

– Non, je voulais dire : il y a des gens beaucoup plus riches, qui ont des maisons, des voitures, et d'autres qui n'ont rien. Pourquoi ça ?

– Je ne sais pas.

Aï a un rire gêné ; d'un regard, elle appelle à la rescousse Béa, mon interprète locale. Béa se tait.

– Je ne sais pas, comment voulez-vous que je sache ?

Dit Aï, puis elle se ravise :

– Ici, au village, ce qui fait la différence, ce sont les terres ; ceux qui possèdent les plus grandes terres peuvent tout se permettre.

Dit-elle, et je me souviens d'une autre Nigérienne, il y a des années, dans un village comme celui-ci, qui m'expliquait la différence essentielle entre un riche et un pauvre :

– C'est simple : les pauvres travaillent de leurs mains, les riches travaillent avec leur argent.

M'avait-elle dit.

– Comment ça, ils travaillent avec leur argent ?

– Oui, au lieu de travailler de leurs mains, ils paient d'autres gens pour faire le travail à leur place, pour cultiver leurs champs.

Cette fois-là, j'étais parti écrire une histoire sur les banques céréalières qui proliféraient dans la région. Cela paraissait une bonne idée : une ONG incitait les femmes de ce petit village – de centaines de petits villages – à s'organiser pour construire des greniers ; si elles le faisaient, l'ONG leur donnait plusieurs tonnes de mil afin de constituer le capital initial de la banque céréalière, dont la fonction consistait à prêter du mil à ses membres pendant la *soudure*[1] – et les aider ainsi à survivre. Une fois que leurs maris auraient moissonné, les membres devaient rembourser leur prêt en semences, moyennant un faible intérêt.

Cette initiative présentait deux avantages évidents. Le plus flagrant : elle aidait des milliers de familles à passer le cap le plus difficile ; le moins flagrant : elle conférait aux femmes un pouvoir qu'elles n'avaient jamais eu au sein de leurs communautés. Mais à présent, Aï m'explique que dans son village, comme dans d'autres, les banques se sont trouvées en difficulté car trop de femmes ne remboursaient pas leurs prêts – se refusaient, n'arrivaient pas à rembourser leurs prêts –, et ont donc été peu à peu à court de capital grain. La plupart des banques ont abandonné le prêt au profit de la vente ; elles n'en demeuraient pas moins utiles : elles garantissaient un prix 30 à 40 % plus bas que

1. En français dans le texte.

sur le marché et, ce faisant, obligeaient les négociants à contenir les leurs. Mais même cela, me dit-on, est parti à vau-l'eau : les négociants ont eu recours à des prête-noms locaux et des pots-de-vin pour racheter les stocks de grains, les revendre au moment opportun et contrôler au passage les prix du marché.

La crise économique dans les pays donateurs précipita la déroute : quand une banque se trouvait à sec de grains, son renflouement devint tout à coup plus incertain – c'était la fin des sauvetages. Alors beaucoup de banques mirent la clé sous la porte. Il y a quelques mois, celle de son village, me dit Aï. Le groupe de femmes de son village continue de se réunir, me dit Aï, mais maintenant, sans la banque, les hommes se moquent de ce qu'elles peuvent dire.

– Avez-vous peur de ne pas avoir assez à manger ou bien n'y pensez-vous pas ?

– Si, bien sûr que j'y pense. Les soirs où je n'ai rien pu donner à mes enfants, j'y pense beaucoup.

– Vous pensez quoi ?

– Je ne sais pas, rien de particulier. J'y pense.

Aï pense, elle pense beaucoup. Aï n'a jamais eu suffisamment à manger, elle n'est jamais allée dans une ville, n'a jamais eu l'électricité ni l'eau courante ni un réchaud à gaz ni des toilettes, elle n'a jamais accouché à l'hôpital, n'a jamais regardé une émission de télé, n'a jamais porté de pantalon, n'a jamais possédé de montre ni de lit, n'a jamais lu un livre ni un journal, jamais remboursé un crédit, jamais bu du coca, jamais mangé une pizza, jamais choisi son avenir, jamais pensé que sa vie pouvait être autre.

Elle n'a jamais pensé qu'elle pourrait éventuellement vivre sans se demander si elle allait manger le lendemain.

3

Une des premières finasseries du manuel consiste à parler – éventuellement, quand il n'y a pas d'autre issue – de la faim impersonnelle, quasi abstraite, un sujet en soi : la faim. Lutter contre la faim. Réduire la faim. Le fléau de la faim.

Or la faim n'est rien en dehors des personnes qui en souffrent. Le sujet n'est pas la faim, mais ces personnes.

Si une personne – une seule personne, dotée d'un nom, d'une histoire, d'un visage – mourait de faim, on crierait sans doute au scandale. De quoi faire les choux gras de toute la presse, des journaux télévisés, des réseaux sociaux. Le monde entier en parlerait, en pleurerait, sincèrement attristé. Les gouvernants diraient que c'est intolérable, que cela ne doit en aucune façon se reproduire, ils promettraient des mesures aussi urgentes que draconiennes. Le pape se montrerait à son balcon et ferait des signes de croix – il dessinerait peut-être même des rayures dans l'air, des rayons. Ce serait un éclair un soir d'été, et non pas dans l'orage habituel.

Les termes techniques obvient à l'émotion. Admettons qu'ils le fassent par conscience professionnelle, pour définir plus précisément leur objet d'étude. Ou bien par correction politique, pour éviter d'offenser en appelant un chat un chat. Admettons que cela parte d'une bonne intention, pour mieux remplir leur mission ; il reste que les problèmes de plusieurs milliards de personnes se transforment en un texte que seul un petit nombre comprend, tandis que la majorité des gens ne sait pas de quoi il retourne. En somme : la langue bureaucratoise fait office de barrière contre la généralisation de la connaissance – la forme la plus féconde de la connaissance.

En tout état de cause, les grands bureaucrates préfèrent généralement éviter de dire – d'écrire – le mot *faim*. Pour éviter de le dire, ils préfèrent ne pas parler non plus de malnutrition, de dénutrition et de ce genre de choses, et pour faire comme s'ils parlaient alors qu'ils préféreraient se taire, alors qu'ils se taisent, ils ont inventé l'expression « insécurité alimentaire » – en anglais, *food insecurity*.

En réalité, c'est le concept inverse qu'ils ont inventé : la « sécurité alimentaire ». Le Sommet mondial de l'alimentation, organisé à Rome en 1996 sous l'égide de l'organisation des Nations unies pour l'alimentation et l'agriculture – la FAO, oui, la FAO –, a établi que : « La sécurité alimentaire est assurée quand toutes les personnes, en tout temps, ont économiquement, socialement et physiquement accès à une alimentation suffisante, sûre et nutritive qui satisfait leurs besoins nutritionnels et leurs préférences alimentaires pour leur permettre de mener une vie active et saine. »

Voilà un des nombreux prodiges du bureaucratois : un concept qui ne repose que sur ce qu'il nie. Quiconque a régulièrement accès à la nourriture ne pensera jamais à sa sécurité alimentaire ; seuls ceux qui n'en disposent pas y pensent quand ils le peuvent. L'idée opérative n'est donc pas la « sécurité alimentaire » mais son contraire. L'idée d'insécurité alimentaire est un des euphémismes les plus désolants en ces temps d'euphémismes désolants.

(C'était bien essayé. Dans un monde où la sécurité est une valeur suprême, servant à justifier quantité d'outrages et dont l'invocation coupe court à tout débat, considérer la nourriture comme une des figures de la sécurité est un effort louable.

On part du principe que nous sommes tous menacés par l'insécurité – certains, les pauvres, par l'insécurité alimentaire. La sécurité, c'est les droits de l'homme – le discours dominant – d'aujourd'hui. Si, en 1948 – et surtout dans les années 1970 et 1980 –, il seyait d'affirmer que l'alimentation était un droit de l'homme, de nos jours il convient de dire que c'est une condition de la sécurité.

Il faudra ensuite parler de ce monde qui a troqué droits de l'homme contre sécurité : bien pratiqué, à bonne dose, le terrorisme des vilains a conduit à cela et à bien d'autres choses.)

Selon leurs manuels, le degré le plus élevé de « l'insécurité alimentaire » est la « malnutrition conjoncturelle aiguë » – qu'en clair nous pouvons appeler famine. La famine est la première chose à laquelle nous pensons lorsqu'il nous arrive de penser à la faim. Nous y pensons quand on en parle dans les journaux et à la télévision à l'occasion – ou plutôt quelques jours après – d'un événement : un tremblement de terre, une inondation, une sécheresse, une invasion de sauterelles, un affrontement armé surviennent et des millions de personnes sont privées de nourriture – parce que celle-ci disparaît ou que la population fuit ou que la chaîne d'approvisionnement est rompue.

Ce sont des situations où l'on ne peut ni semer ni récolter, où les chemins sont impraticables ou occupés, où l'État ne fonctionne plus. Les affamés deviennent réfugiés, clients, mendiants de l'assistanat mondial. Ils se blottissent dans les camps ou les alentours des centres de distribution de vivres et attendent qu'on leur donne. Ils n'ont pas de ressources propres, pas la moindre autonomie : ils dépendent des initiatives des autres. Si ces autres cessent de leur donner, ils mourront en quelques jours. Cela arrive.

Chaque année, les famines affectent de différentes façons quelque 50 millions de personnes. Cela paraît beaucoup, c'est beaucoup ; ce n'est rien par rapport à ceux qui souffrent de « malnutrition structurelle ».

« Malnutrition structurelle » est un concept froid, bien de notre époque, qui sert à décrire une situation qui nous choque. Ce n'est pas le drame, la catastrophe, l'irruption spectaculaire du désastre, mais la normalité insidieuse de centaines de millions d'existences pour qui ne pas manger à sa faim est la règle.

Dans la société du spectacle, la malnutrition n'a pas la possibilité de se mettre en scène. Hormis les chiffres. Mais les chiffres n'ont pas le sex-appeal d'une photo d'enfant rachitique.

La famine est plus facile à justifier : furie de la nature, cruauté d'un tyran, ravages d'une guerre. En revanche, la malnutrition relève de la bureaucratie pure, de la banalité du mal. Or elle concerne l'immense majorité des affamés.

La « malnutrition structurelle » est chronique, elle s'étire dans le temps. Ce n'est pas un événement ; c'est la normalité d'une multitude de gens. On ne la voit pas, mais elle est toujours là, elle se transmet de génération en génération, se perpétue des décennies durant dans les pays les plus pauvres. D'une manière ou d'une autre, elle affecte deux milliards de personnes environ, soit près d'un tiers des hommes et des femmes de la planète.

Ces, disons, deux milliards de personnes souffrent de ce qui s'appelle en bureaucratois l'*insécurité alimentaire* au sens strict : il leur arrive de manger suffisamment, mais elles ne sont jamais sûres d'y parvenir – et elles n'y parviennent pas toujours Elles sont nombreuses, elles sont variables : par définition, pour elles, manger ou ne pas manger est un va-et-vient ; le moindre changement – perte d'emploi, aléa météorologique – dans les conditions de vie de ces personnes – millions de personnes – suffit pour qu'elles ne soient plus assurées de manger le lendemain.

Ces, disons, deux milliards d'hommes et de femmes sont malnutris. Généralement, les plus pauvres ne mangent pas une quantité suffisante d'aliments riches en nutriments – viande, œufs, poisson, lait, légumes, fruits et végétaux – et ils en paient les conséquences. Les techniciens nomment *malnutrition* au sens strict la carence de certains aliments clé pour une croissance complète. Un manque de minéraux et vitamines empêche que le corps, même s'il reçoit suffisamment de calories, ne se développe comme il devrait : apparaît alors ce que Jean Ziegler a appelé la « faim invisible ».

Un de ses effets les plus répandus est l'anémie, produite par le manque de fer : la moitié des gens qui ne consomment pas assez de fer souffrent d'anémie. Un milliard et demi de personnes sont, dit-on, touchées par cette maladie sous ses formes les plus diverses. Les mères surtout, chez qui un décès sur cinq est dû à l'anémie.

Il y a aussi le manque de vitamine A : selon certaines estimations, chaque année, cette carence rend aveugles 500 000 enfants à travers le monde, en affaiblit un plus grand nombre encore, proie facile de la malaria ou de la rubéole et, en dernière instance, tue plus de 600 000 enfants de moins de cinq ans chaque année.

En raison du manque d'iode dans l'organisme de leurs mères, 20 millions d'enfants pauvres naissent chaque année avec des cerveaux qui n'ont pas pu se développer jusqu'au bout : leur coefficient intellectuel dégringole.

Le manque de zinc entraîne des déficiences motrices et prédispose aux maladies infectieuses : la diarrhée, si souvent mortelle, est bien plus virulente dans un organisme carencé en zinc. Selon l'Organisation mondiale de la santé, elle tue 800 000 enfants chaque année.

Et ainsi de suite.

Et puis il y a le noyau dur de la malnutrition, les damnés parmi les damnés de la terre. Quand on manque aussi des protéines et des calories nécessaires à la reconstitution de l'énergie consommée, la malnutrition devient dénutrition.

La faim dans toute sa splendeur : les 800 à 900 millions de la phrase habituelle.

Et même parmi eux il existe encore des sous-catégories, des différences : la faim touche particulièrement les plus petits. Un affamé sur cinq est un enfant de moins de cinq ans. Non seulement les enfants n'ont pas le privilège d'être épargnés, mais ils sont les plus lésés. Il existe une distinction majeure entre la faim chez un enfant et la faim chez un adulte : un adulte dénutri peut récupérer sans trop de dommages – à condition bien sûr qu'il ait assez à manger – ; un enfant de moins de cinq ans sous-alimenté aura perdu toute chance de fabriquer des neurones en suffisance et ne sera jamais ce qu'il aurait pu être.

La faim des tout-petits découle généralement de la faim de leur mère. Les femmes, la moitié de la population mondiale, représentent 60 % des affamés : dans beaucoup de cultures, le peu de nourriture est réparti de manière telle que les hommes en reçoivent plus que les femmes : faim de genre. Chaque jour, 300 femmes meurent en couches des suites d'une anémie. Et 1 000 parturientes supplémentaires meurent chaque jour à cause d'autres déficiences nutritionnelles.

C'est pourquoi, chaque année, 20 millions de nourrissons qui n'ont pas pu se développer pleinement naissent et commencent leur vie en pesant moins qu'ils ne devraient et continueront à vivre ainsi car l'organisme sous-alimenté de leur mère ne fabrique pas assez de lait. C'est le plus vicieux des cercles : des mères sous-alimentées nourrissant des enfants sous-développés. De par leur naissance, de par leurs premiers mois de vie, nombre de ces petits ne grandiront pas normalement. Leur cerveau ne se développera pas jusqu'au bout, leur corps sera chétif, vulnérable à une quelconque maladie. La faim des mille premiers jours de vie ne s'achève jamais.

Ou alors de manière brutale, avant l'heure. Chaque année, plus de trois millions d'enfants meurent de faim et des maladies – toux, diarrhée, rubéole, malaria – que la faim favorise, affections qui demeureraient anecdotiques dans la vie d'un enfant bien nourri.

Trois millions d'enfants, ce sont plus de 8 000 enfants morts chaque jour, plus de 300 chaque heure, plus de 5 en une seule minute.

4

Madaoua, ce sont cinq rues de terre inondées chaque fois qu'il pleut, avec ses biquets, ses gamins, son agitation bonhomme de village à marché, Madaoua était encore tout récemment d'un calme engourdissant. Aujourd'hui, en revanche, les petits Blancs comme moi ne peuvent pas sortir seuls. La guerre du Mali a déferlé jusqu'ici, et on nous dit que le village est rempli de jihadistes venus du Nord ou du Nigeria, on ne sait pas trop ; en tout cas, ces derniers mois, il y a eu des attentats, des prises d'otages et autres affrontements. Étonnant qu'il n'y en ait pas eu plus tôt. Et pourtant. Ici, la pauvreté est parfaitement résignée.

– Et si un jour un magicien proposait de vous exaucer un vœu, n'importe lequel, que lui demanderiez-vous ?
– Je ne crois pas aux magiciens, monsieur. Je ne crois qu'en Dieu, le Dieu unique, et en Mahomet, Son prophète.

L'hôpital de Madaoua, ce sont plusieurs salles en béton peintes en bleu, ocre et vert, sur un grand terrain pelé, à la sortie du village ; autour des salles il y a des tentes pour pouvoir accueillir davantage de patients, car cela regorge de patients. À l'entrée de l'hôpital de Madaoua, la tempête de sable qui menace, les oiseaux qui volettent dans le baobab en criaillant et Mariama, assise sous l'arbre, attend qu'il se passe quelque chose. Ou plutôt, que quelque chose termine de se passer : son petit-fils Abdelaziz est mort une heure plus tôt et elle ne sait pas comment l'annoncer aux parents. Le père, son fils, les a accompagnés hier, elle et le petit, puis il est retourné au village pour pouvoir se rendre au marché après-demain, vendre leur unique chèvre, et revenir vendredi avec un peu d'argent pour manger pendant que le petit est à l'hôpital. Le petit était très maigre, il mangeait à peine, il avait eu de la fièvre pendant deux semaines. La mère est restée au village : elle aurait voulu venir, mais elle a d'autres enfants et doit s'occuper d'eux. À présent Mariama, la grand-mère, n'a plus rien à faire, elle n'a pas d'argent pour manger et ne sait pas comment annoncer que l'enfant est mort, et le petit corps attend sur un lit, recouvert d'un drap, que quelqu'un fasse quelque chose.

– Dieu m'a envoyé ce destin, alors je dois sûrement le mériter. Pour qu'il y ait des gens heureux, certains doivent être malheureux. C'est la vie, vous savez.

Ils le savent. Le Niger dépense cinq dollars annuels par habitant en matière de santé. Les États-Unis, par exemple, en déboursent 8 600 ; la France, 4 950 ; l'Argentine, 890 ; la Colombie, 432. En 2009, il y avait 538 médecins dans tout le Niger, un pour 28 000 habitants, alors que dans un pays moyennement riche comme l'Équateur, les Philippines ou l'Afrique du Sud, on en compte un pour 1 000. Ce chiffre figure dans une publication officielle du gouvernement qui précise que l'année suivante, en 2010, il n'en restait que 349 : un médecin pour 43 000 habitants. L'émigration de ceux qui savent ou peuvent et veulent échapper à la misère et aux maladies génère un surcroît de maladies et de misère. Les pays riches – qui dressent des barrières murs bateaux mitrailleuses pour stopper les migrants au bord du désespoir – attirent volontiers les rares professionnels qui parviennent à se former dans ces parages désolés.

L'hôpital de Madaoua a aussi besoin de renforts : il compte huit médecins – un privilège financé par MSF – pour assurer trois tours de garde pour 400 enfants hospitalisés. Deux médecins par tour de garde, 400 enfants.

Abdelaziz dormait avec sa grand-mère Mariama. Il aimait jouer avec les autres petits, dit-elle, mais il se fatiguait toujours vite. Et il mangeait peu ; même quand il y avait de quoi, il ne mangeait pas assez. C'était le deuxième enfant de sa fille ; le premier était mort à quelques jours : il était né trop maigrichon. L'année avait été difficile, ils n'avaient pas eu beaucoup à manger et il paraîtrait qu'il en avait souffert, dit Mariama. Ensuite est né Abdelaziz il y a près de quatre ans, puis une fille il y a deux ans, et enfin, il y a quelques mois, une autre petite qui semble malade.

– C'est pour ça que ma fille est restée à la maison, pour s'occuper d'elle.

Elle, en revanche, la grand-mère Mariama, elle a eu onze enfants, elle dit, et à présent elle les compte sur les doigts et les jointures de ses mains, elle récite des noms, fait des mimiques :

– Maintenant il m'en reste quatre, deux garçons et deux filles.

Les autres, trois filles, quatre garçons, sont morts en bas âge : trois entre un an et demi et deux ans, après le sevrage ; un quatrième, un peu plus âgé, suite à une épidémie de rubéole, puis une dernière, dit-elle, qui est morte à l'âge adulte, déjà mariée.

– J'étais triste, mais puisque c'est la volonté de Dieu, que pouvons-nous y faire…

Dit-elle avec un rire nerveux.

Une idée pénible m'assaille tout à coup : ici, chaque adulte, chacun de ces hommes et de ces femmes qui espèrent que leurs enfants guériront de la faim, chacun de ceux qui marchent sur le chemin de terre qui borde l'hôpital, chacun des vendeurs de cartes sim, chacun des marchands de beignets, chaque infirmier, chaque malade est un survivant, une personne qui vit à crédit. Par une sorte de hasard favorable, de coup de dés qui décide que tel ou tel gamin vivra pour grandir et devenir adulte. Ce qui exclut en quelque sorte toute idée de droit acquis : l'idée que les personnes, ici, sont des morts en sursis, des emprunteurs surendettés, des squatters de leur propre vie.

Si bien que nous, petits Blancs, nous voulons parfois nous convaincre que ce n'est pas si grave pour eux : ils y sont habitués, la mort ne leur fait pas aussi mal qu'à nous. C'est sans doute une manière de nous soulager, d'alléger notre culpabilité. Ce matin-là, tandis que je regardais la procession digne et silencieuse de mère, tante et grand-mère avec bébé venant de mourir, je suis tombé pour la énième fois dans le même panneau : me figurer que nous étions dans un cadre culturel – lequel a dû exister aussi en Europe il y a encore un siècle ou deux – où un couple sait pertinemment que pour s'assurer un nombre d'enfants suffisant, il doit en produire quelques-uns de plus, prévoir leur mort – et que les gens l'acceptent plus ou moins naturellement.

Et maintenant, en parlant avec Mariama, je gambergeais sans savoir comment lui poser la question. J'ai fini par trouver une formulation qui m'a paru tolérable :

– Quand vous avez commencé à avoir des enfants, saviez-vous que certains allaient mourir, vous y attendiez-vous ?

– Non, je ne pensais pas ça.

Dit-elle en me regardant d'un air bizarre, peut-être défiant.

– On n'a pas d'enfants pour qu'ils meurent. Ce serait insulter Dieu.

Au Niger, chaque femme a en moyenne sept enfants – le taux de naissance le plus élevé du monde. Au Niger, un enfant sur sept meurt avant l'âge de cinq ans. Si les statistiques étaient une science exacte, on pourrait affirmer que chaque Nigérienne doit déplorer la perte d'un enfant. Ce n'est pas le cas : dans les villes, la mortalité infantile est un peu moindre que dans les villages.

Un petit Nigérien sur sept meurt avant l'âge de cinq ans ; dans les pays riches, un sur 150.

Hussena dit qu'elle devrait peut-être arrêter d'avoir des enfants.

– J'en ai déjà eu beaucoup. Et ça devient de plus en plus difficile. Avec l'âge...

Hussena se trouve à l'hôpital de Madaoua, ses jumelles sont tombées malades : elles étaient brûlantes, vomissaient, n'avaient même plus la force de pleurer. Le marabout leur a donné des herbes qui n'ont rien fait ; arrivées à l'hôpital, elles respiraient tout doucement et elles étaient toutes maigres. Une des jumelles est morte hier matin ; Hussena prie pour que l'autre survive. Hussena tient sa jumelle, son unique jumelle, dans ses bras. La petite ne pleure pas. Elle cligne des yeux, serre les lèvres, tente de faire un geste mais n'y arrive pas. Les enfants dénutris ont des visages de vieillards tristes :

comme si la mort voulait affirmer ses droits en leur infligeant les marques d'un temps qui ne fut pas.

Tristesse, aboulie, une résignation de tout le corps.

Les jumelles Hassana et Hussina étaient nées il y a dix mois ; elles étaient son douzième et son treizième enfant. Hussena a environ quarante-cinq ans, elle dit n'avoir jamais imaginé sa vie ainsi.

– Quand j'étais petite, je jouais avec des poupées en terre cuite, je leur donnais à manger, je leur donnais toujours à manger. Je pensais que je vivrais comme ça, dans de bonnes conditions, mais c'est ça qui s'est passé, maintenant je dois l'accepter.

– Ce serait quoi, de bonnes conditions ?

– Avoir à manger, quelques vêtements, un peu d'argent pour les frais.

– Pourquoi ça s'est passé comme ça ?

– Je ne sais pas, mon mari travaille, travaille, mais nous n'y arrivons pas…

– Pourquoi ?

– Je ne sais pas. Je me le demande souvent, mais je ne sais toujours pas.

Ils parlent de la sécheresse. Quand ils parlent de la faim au Niger, et au Sahel en général, ils parlent toujours de la sécheresse. C'est vrai, le climat influe : la sécheresse de l'an dernier, par exemple, le fameux changement climatique, ce genre de choses.

Depuis des millénaires, depuis qu'ils ont commencé à cultiver de la nourriture, les hommes vivent suspendus aux aléas du climat, craignent le climat. Pour garder l'illusion de le maîtriser – ou du moins de pouvoir en atténuer les effets –, ils se sont inventés des dieux auxquels ils ont remis leurs biens, leur vie, leur destin. Il y a un peu plus d'un siècle, ils ont appris à le prévoir : parfois même avec une certaine précision. Mais certains phénomènes échappent à leurs prédictions : ouragans, sécheresses, gelées et autres caprices soudains, sans cause évidente.

À l'ère de la Science, on pouvait difficilement inventer d'autres dieux, de sorte que l'on eut recours à la Raison : l'idée du changement climatique permet de supposer que toutes ces perturbations – le réchauffement, le refroidissement, la réduction de la calotte glaciaire arctique, l'extension de la calotte glaciaire antarctique, les canicules, les grands froids, les tornades cyclones raz-de-marée – ont une cause commune que nous connaissons, et que d'ailleurs cette cause, c'est nous, dieux de pacotille.

L'idée de changement climatique a introduit un principe d'ordre là où il n'y en avait jamais eu : désormais, nous savons – croyons savoir – à quoi sont dus, pourquoi surviennent ces phénomènes dont nous ignorions autrefois l'origine. Tous les Grecs savaient que c'était Zeus qui lançait la foudre ; aujourd'hui, chacun sait que c'est le changement climatique. Peut-être même que c'est vrai. En tout cas, c'est sans aucun doute un soulagement.

La civilisation, ce sont les tentatives de l'homme pour être moins tributaire du climat – se construire un toit pour être au sec, inventer une méthode de climatisation pour ne pas cuire, un système d'irrigation pour sauver ses récoltes. À différentes échelles, bien sûr. La sécheresse de l'an passé aux États-Unis empêchera les fermiers de remplacer leurs machines-outils ou leur voiture, de payer l'université des enfants – et ils n'en continueront pas moins à percevoir leurs subventions – ; grâce à la sécheresse, les Argentins fortunés s'enrichiront encore plus. Dans la région de Madaoua, la sécheresse de l'an passé vient de tuer de faim Seydou, Abdelaziz, Hassana et tant d'autres. Mais ce n'est pas le climat qui tue : c'est l'absence de moyens et de marge pour absorber les variations de celui-ci – rien de plus immuable.

– Et de qui est-ce la faute ?

– De mon mari et moi. Nous devrions nous procurer de la nourriture.

– Pourquoi ? Y a-t-il quelque chose que vous puissiez faire et que vous ne faites pas ?

– Eh bien, si nous pouvions aller vendre quelque chose, nous aurions plus d'argent.

– Et pourquoi ne le faites-vous pas ?

– Parce que nous n'avons pas la mise de départ.

– Pourquoi ?

Hussena me regarde en silence, avec tant de peine que je me tais.

On pense généralement que l'Afrique est un nid de maladies mortelles. En réalité, il n'y a pas plus de maladies qu'ailleurs, seulement ici elles sont mortelles, alors qu'ailleurs elles ne le sont pas. Un Nord-Américain contaminé par le VIH sait qu'il devra prendre des rétroviraux toute sa vie, qu'il endurera les conséquences d'une maladie chronique ; un Africain contaminé par le VIH sait qu'il ne pourra probablement pas se payer les médicaments et qu'il mourra en quelques années. La malaria tue un million d'Africains chaque année. Pour être mortelle, elle doit s'attaquer à un organisme sous-alimenté et privé d'accès aux traitements. Il y a quelques années, j'ai eu la malaria ; j'ai passé deux jours à l'hôpital et le tour était joué. Même topo pour la typhoïde, la diarrhée, la tuberculose et tant d'autres maux.

La gravité des maladies est, dans une certaine mesure, une question de classe. Cela a toujours été le cas, mais jamais autant qu'aujourd'hui : avec les progrès de la médecine et de l'industrie pharmaceutique, avoir ou ne pas avoir d'argent est le facteur déterminant pour savoir si l'on va guérir ou pas.

Hussena aussi avait une sœur jumelle ; vers six, sept ans, elles commencèrent à aller à la madrasa, l'école coranique où le marabout leur apprenait à réciter par cœur les sourates du Coran. Lorsque le marabout dit que les jumelles étaient douées, leur père décida d'en envoyer une à l'école publique et lui demanda de choisir laquelle. Le marabout lui dit qu'il n'en était pas capable et l'invita, s'il voulait, à choisir lui-même. Le père n'en fut pas plus capable et fit l'effort de les envoyer toutes les deux. Hussena finit sa primaire ; elle voulut poursuivre, mais son père lui dit que ce n'était plus possible.

– Il m'a dit que ce n'était pas possible et m'a demandé pardon. C'était la première fois que je le voyais faire ça. Il était triste.

Hussena s'est mariée sur le tard, à dix-sept ans, avec un garçon qu'elle avait rencontré au mariage d'une cousine : il avait passé l'après-midi à la regarder, avait fini par l'aborder et la demander en mariage. Elle lui avait dit de parler avec son père, ce qu'il avait fait. Hussena dit qu'il vaut mieux se marier ainsi, par choix et pas trop jeune, elle est bien placée pour le savoir. En dépit de tout, elle est contente d'avoir épousé cet homme-là.

Hussena a déjà enfanté treize fois. Ses trois premiers étaient des garçons et ont bien grandi ; les cinq suivants sont morts. Ils naissaient très faibles, dit-elle, très petits, ils ne tenaient pas le choc. Quand son troisième fils est mort, les vieilles du village lui ont dit que c'était à cause de ses grossesses trop rapprochées, parce qu'elle tombait enceinte deux ou trois mois après avoir accouché, qu'elle cessait d'allaiter son bébé, le nourrissait d'autre chose, alors il tombait malade et mourait, et puis aussi qu'à force d'accoucher, Hussena était si affaiblie et si maigre que ses bébés naissaient trop petits, trop fragiles Hussena le comprenait, mais elle continuait de tomber enceinte.

– Que vous disiez-vous quand vos bébés mouraient l'un après l'autre ?

– Je ne sais pas, je me suis demandé pourquoi Dieu ne voulait pas que mes enfants vivent, j'ai commencé à essayer de ne pas tomber enceinte. Je suis allée voir le marabout, il m'a donné un grigri pour que je ne tombe pas enceinte.

Un grigri est un petit morceau de peau de bête, une amulette en pierre ou en terre au bout d'une corde qu'on attache généralement à sa taille pour guérir les maladies ou chasser d'autres maux.

– Et ça vous a empêchée de tomber enceinte ?

– Oui, ça m'a empêchée.

– Pourquoi ?

– C'est comme ça. C'est notre tradition.

Dit-elle, puis elle rit. De temps en temps, Hussena me dédie un sourire tout léger, plein de douceur et de cette compassion qu'elle réserve à ceux qui ne comprennent pas les choses les plus élémentaires.

Au cours des douze années suivantes, Hussena a eu encore six enfants qui ont survécu. Jusqu'à ce que la sixième, la jumelle, meure hier.

– Et dire que l'accouchement a été si difficile.

Dit-elle, et je lui demande s'ils étaient plus faciles au début.

– Oui, c'était plus facile avant, j'avais plus de force. Avec l'âge, tout devient plus difficile… Maintenant, quand je suis enceinte, tout le travail me coûte beaucoup plus.

Dit-elle, et aussi que les accouchements précédents s'étaient passés tranquillement, chez elle, mais que quand elle était enceinte des jumelles, il y a presque deux ans, elle avait très peu à manger, elle était très faible, alors quand le travail a commencé, elle s'est évanouie, on l'a emmenée inconsciente à l'hôpital de Madaoua, en moto, et c'est là qu'elle s'est fait ça, dit-elle, et elle me montre une horrible brûlure sur le mollet :

– Sur le pot d'échappement, je me suis fait ça. Ça m'apprendra à monter sur ces engins.

Les médecins lui avaient expliqué que le problème, c'était qu'elle avait trop peu mangé – ils ne lui avaient pas dit « peu », mais « trop peu » –, que c'était pour cela que les jumelles étaient si faibles et qu'elle devait bien les nourrir. Elle leur avait dit oui, bien sûr, oui, bien sûr ; le jour de son départ, elle avait eu le courage de leur demander comment elle devait s'y prendre pour bien les nourrir, et ils lui avaient expliqué qu'elle devait les allaiter, mais pour ça il fallait qu'elle mange bien, pour que son lait soit fort et abondant.

– Imaginez.

Me dit-elle, elle me dit d'imaginer. D'imaginer son désarroi, ses doutes : souvent elle mangeait moins pour que ses petits ne sautent pas un repas, et voilà qu'ils lui disaient que si elle mangeait moins, les jumelles tomberaient malades, alors que faire.

– Si je ne mange pas, mon lait n'est pas bon. Mais si je mange, je prive mes enfants. Donc, si je mange pour avoir un bon lait, je sauve les plus petits, mais je sacrifie les autres. Pour quoi faire ? Pour que quand les petits grandiront il leur arrive la même chose ?

– Qu'avez-vous fait ?

– Je ne sais pas, je ne savais pas quoi faire, parfois je mangeais, parfois non. Pour ce que ça m'a servi…

Dit-elle, puis elle regarde par terre. Hussina pleure tout doucement dans ses bras.

– Parfois je déteste avoir des enfants.

Dit-elle, et j'hésite à la questionner davantage : par pudeur, par honte. Mais elle veut me le dire :

– Je déteste ça parce que j'ai peur qu'ils me détestent moi pour leur avoir fait vivre une vie pareille.

C'est ici, dans ces coins pelés, que l'homme est né. Il est facile de réfléchir aux avantages de s'éloigner de sa terre d'origine ici : émigrer, changer d'endroit, s'envoler. C'est facile. On dit qu'il est né ici et on dit – on le dit aujourd'hui – qu'il est né de la sécheresse : qu'il y a plusieurs millions d'années – ce chiffre est discutable et rectifiable, rien n'est plus variable que le passé –, de petits singes vivant dans les arbres ont dû descendre de leurs branches car la sécheresse les avait privés de leur nourriture habituelle. Il leur a fallu se dresser sur leurs jambes, marcher, courir, se dépatouiller dans une plaine semi-désertique. Les plus débrouillards survécurent. Au fil des millions d'années, leur habileté à se tenir debout leur permit de porter un cerveau plus lourd et même, avec le temps, de s'en servir. De là les haches de pierre, les six millions de dieux, l'escalope milanaise-purée, les petites bébêtes qu'on appelle des lettres. Nous venons de cette sécheresse-là ; rien dans celle d'aujourd'hui ne nous indique où nous allons.

– Êtes-vous croyante ?
– Enfin, je suis musulmane.
– Et à votre avis pourquoi Dieu a-t-il créé un monde où autant de gens n'ont pas assez à manger ?
– Je ne sais pas, je ne peux pas le savoir. Mais à chaque fois que je manque de nourriture, je demande à Dieu de m'en donner.
– Et Dieu ne vous entend pas ?
– Si, Il m'entend. Parfois Il m'en donne, parfois non.
– Dieu n'aurait-il pas pu créer directement un monde où tout le monde aurait à manger, sans tant de difficultés ?
– Dieu l'a créé ainsi : avec les uns qui sont riches et les autres pauvres, et les pauvres doivent Le prier pour avoir à manger.
– Donc, s'il n'y avait pas autant de pauvres, il y aurait moins de gens pour prier Dieu…
– Je ne sais pas, je ne peux pas comprendre ces choses-là.
– Peut-être Dieu a-t-il créé les pauvres pour que certains aient plus besoin de lui que d'autres.

– Peut-être.

Dit-elle, puis elle rit. J'ai l'impression qu'elle n'y avait jamais pensé, mais que l'idée lui paraît intéressante. J'ai eu le tort d'insister :

– N'est-ce pas égoïste de sa part ?

– Dieu n'est pas égoïste. Parfois, quand je Lui demande, Il me donne. Et je suis sûre que quand Il ne me donne pas, Il sait pourquoi.

Dit-elle, retranchée de nouveau derrière ses certitudes.

Les familles de paysans nigériens fonctionnent très précisément comme des unités de production de vie : le mari va au champ, cultive laborieusement son lopin de terre, fournit le grain ; la femme procrée, ne va pas au champ, s'occupe de la maison et des enfants, prépare à manger ; éventuellement, elle peut s'occuper de quelques mètres carrés de terre sablonneuse où elle cultive des plantes comestibles d'appoint comme le gombo pour faire la sauce. Il y a parfois du travail complémentaire : l'homme peut travailler le champ d'un autre, quand le sien ne suffit pas, ou même migrer pendant un temps limité ; si elle trouve le capital de départ, la femme peut se lancer dans un quelconque *petit commerce*[1] qui consistera sans doute à pétrir, frire et vendre des beignets.

La famille doit produire suffisamment d'enfants pour assurer sa continuité : les filles, devenues femmes, se livrent à d'autres familles en échange d'une somme d'argent – la dot – et s'aliènent ; les fils, devenus hommes, assurent la survie de leurs parents quand ceux-ci ne sont plus en capacité de travailler. En échange, la mère devenue grand-mère prend soin des petits, de la maison. Quant au père, devenu un vieillard, il est censé détenir un savoir qui lui confère un pouvoir symbolique, lequel lui permet de se maintenir en vie.

Encore un de ces choix économiques difficiles : dans un pays où la mortalité infantile est parmi les trois plus élevées du monde, si une famille n'a pas beaucoup d'enfants, elle risque de ne plus avoir assez de garçons pour travailler quand le père n'en sera plus capable. Mais si elle en a assez, peut-être en survivra-t-il davantage qu'elle ne peut en nourrir. C'est un

1. En français dans le texte.

équilibre compliqué : ne pas avoir trop d'enfants pour ne pas vous trouver dans l'impossibilité d'assurer leur subsistance au cours de leur enfance, mais en avoir suffisamment pour qu'ils puissent assurer la vôtre quand vous serez vieux.

Dans le monde riche, où les structures de l'État, ajoutées à d'autres fonds, sont censées prendre en charge notre décadence, avoir des enfants est devenu une source de réalisation personnelle et affective, une forme de continuité symbolique ; dans le monde pauvre, cela reste aussi la première stratégie de survie.

Tout cela est bien sûr schématique, même si ce modèle, aux antipodes de la complication et la confusion inhérentes au rôle de chacun dans les foyers occidentaux contemporains, se vérifie dans quasiment toutes les familles.

Face à ces innovations regorgeant de rôles si récents qu'ils n'ont même pas encore de nom – comment appelle-t-on le lien entre les enfants respectifs des deux conjoints ? entre un conjoint et les enfants des enfants de son conjoint ? entre les membres d'un couple homosexuel et leurs enfants respectifs ? –, la structure de ces familles semble simple et immuable.

La tentation : penser qu'il est logique qu'il en soit ainsi, ancrées comme le sont ces familles dans une société qui vit encore dans des modes de production, des rythmes, des problématiques très proches de ceux qu'ont connus leurs arrière-grands-parents.

La vie agraire, si liée à ce qui ne change jamais.

L'objectif premier de n'importe quel individu, n'importe quel groupe d'individus est de manger. Il y a dix mille ans, ils travaillaient tous dans ce seul but. Les sociétés se sont peu à peu spécialisées. Au sein des plus riches, seule 2 ou 3 % de la population travaille aujourd'hui la terre pour produire de la nourriture. Dans nombre de pays d'Afrique, les paysans constituent toujours entre les deux tiers et les trois quarts de la population. La proportion d'agriculteurs est un cruel indicateur du degré de richesse – de « développement » – d'une société.

Huit Nigériens sur dix vivent aux champs, et vivent des champs. On a du mal à concevoir, de nos jours, une société fondée à ce point sur l'agriculture de subsistance. Non pas une société où certaines personnes possédant des terres et des machines produisent quantité de plantes pour les vendre à d'autres ; une société où des personnes qui ne possèdent presque rien produisent des plantes pour les manger tant qu'elles en ont.

– Et si un jour un magicien proposait de vous exaucer un vœu, n'importe lequel, que lui demanderiez-vous ?

– À manger. À manger tous les jours. Voilà ce que je lui demanderais.

Hussena porte un foulard noir noué sur la tête, un anneau en or sur l'oreille droite, elle a le regard vif et intelligent, des cicatrices parallèles propres à sa tribu sur les joues, un collier de graines autour du cou, un corps maigre, desséché, des mains rugueuses avec une callosité proéminente, presque blanche, à la base des deux pouces, à force de saisir le pilon du mortier : quarante années de mortier, tous les jours, deux heures par jour. Trente mille heures à battre les grains de mil à l'aide du pilon, à les broyer pour les transformer en leur unique aliment.

– Et quand vous étiez petite, y avait-il plus ou moins à manger qu'aujourd'hui ?

Ma question était d'ordre général, savoir si cela allait mieux ou pire qu'avant ; sa réponse ne l'était pas :

– Non, il y en avait plus, il y en avait plus puisque nous n'avions pas autant d'enfants. Nous en avions, mais ils mouraient. À présent, avec tous les enfants que nous avons, il y a moins à manger.

Nous concevons l'agriculture comme une activité d'un autre âge. Dans les pays les plus riches d'Europe, qui dit agriculture dit artisanat, un anachronisme que l'État s'évertue à perpétuer et subventionner afin de ne pas perdre ses traditions : une culture. Dans les pays plus ou moins riches du Nouveau Monde céréalier – Canada, Australie, Ukraine, Russie, Brésil, Argentine –, c'est l'affaire d'un petit nombre. Aux États-Unis, où les lobbies agraires ont un certain pouvoir, ce secteur ne pèse que 4 % du produit national brut.

Généralement, sans y avoir réfléchi, l'agriculture nous apparaît comme quelque chose de légèrement méprisable, le plus vieillot, le moins dynamique et le moins contemporain des secteurs d'activité. Nous oublions un détail : nous n'avons pas encore découvert une autre manière de produire de la nourriture – de transformer l'énergie solaire en combustible pour animaux.

Des décennies d'efforts dans des laboratoires sophistiqués, des idées et des brevets par milliers, des brassées de colorants édulcorants adoucissants aromatisants et tant d'autres mots en *ant* n'ont rien changé au fait que nous continuons à manger les fruits de la terre ou ce que d'autres animaux ont généré à partir de ces mêmes fruits.

L'agriculture consiste toujours en cinq procédés élémentaires : sélectionner des plantes utilisables, gérer l'eau, renouveler et enrichir les sols, protéger les cultures des maladies, recourir à de la force de travail pour les récolter. Et les plantes ne sont pas si nombreuses que cela. Il en existe environ 250 000 espèces, dont quelque 50 000 comestibles, mais nous n'en mangeons que 250 : céréales, racines, tubercules, fruits, légumes, herbes, fruits à coques et épices.

De nos jours – en moyenne, car les proportions varient énormément selon les endroits –, la viande et le lait – provenant d'animaux alimentés grâce à l'agriculture – fournissent un quart des protéines consommées, tandis que les poissons en garantissent 5 %. Le reste revient aux végétaux, produits directs de l'agriculture. 90 % de nos calories proviennent de quinze espèces végétales ; les deux tiers de trois plantes : le riz, le maïs et le blé.

Le commerce de la nourriture – agriculture et industrie agroalimentaire – ne représente que 6 % de l'économie mondiale : une broutille, dix fois moins que le secteur des services. Curieusement, c'est cette broutille qui détermine tout le reste ; sans la broutille, tout le reste n'existerait pas. Et 43 % de la population active dans le monde – autour de 1,4 milliard de personnes – sont des agriculteurs. Démographie, poids économique et besoin réel sont des facteurs étrangement décorrélés.

L'agriculture – l'agriculture des pays pauvres, pelle et houe – est une activité très physique, où les hommes peuvent asseoir leur avantage : les femmes ne sont pas sans faire d'efforts ni essayer des trucs, mais il est clair que ce sont les hommes qui doivent nourrir la famille, et cela produit toute une conception de la vie. La soumission féminine avait une contrepartie bien précise : en échange – dialectique du maître et de l'esclave –, l'homme lui donnait à manger. Dans des sociétés d'abondance, rompre avec cette idée peut se révéler plus simple, plus réalisable : dans des mondes comme celui-ci, cela reste compliqué. Mais il ne doit pas non plus être évident d'être un homme, ici : devoir fournir et ne pas avoir de quoi, faillir constamment.

Salou, le mari d'Hussena, n'est pas des plus pauvres : il possède deux parcelles d'un demi-hectare chacune où il cultive du mil. Si la sécheresse n'est pas extrême, si les sauterelles ne sévissent pas, chacune lui rapporte environ soixante bottes de mil. Les meilleures années, une botte peut contenir jusqu'à quinze kilos de grain ; les mauvaises, en revanche, un ou deux.

– Ça peut varier tant que ça ?

– Oui, on ne peut jamais savoir. Jamais.

Hussena et moi nous lançons dans des calculs. Une très très bonne année, chaque petite parcelle peut leur fournir quelque 900 kilos de mil, soit 1 800 en tout. Une grande famille comme la leur a besoin d'au moins deux *tias* – une *tia* contient deux kilos et demi – de mil par jour : cinq kilos de grain non décortiqué. Cinq fois 365, égale 1 825 : même les années exceptionnelles, ils ne produisent pas assez pour manger tous les jours. Sans compter toutes les autres dépenses : sel, sucre, thé, quelques tomates, vêtements, chaussures, transport, kérosène pour la lampe, outils, médicaments.

– Mon travail, c'est de faire durer le mil. Mon mari le sème, le soigne, le récolte, me le donne. Ensuite, c'est à moi de veiller dessus. Parfois nous nous disputons, il me réclame plus à manger. Mais il ne me bat jamais, presque jamais. Je lui dis : Tu veux avoir encore à manger quand tu iras semer ? Alors il faut que nous mangions un peu moins aujourd'hui, pour qu'il nous en reste jusque-là. J'ai peur de mal calculer et que nous ne tenions pas assez longtemps, que nous le terminions avant : ça m'est déjà arrivé.

– Et vous est-il déjà arrivé de vous tromper dans l'autre sens ? D'en avoir trop ?

Hussena rigole, me regarde d'un air mi-étonné, mi-apitoyé.

Dès lors que l'année n'est pas parfaite, les vivres s'épuisent au bout de six, sept mois. Et ne parlons pas des années comme 2013, où bien souvent une botte n'atteignait pas le kilo de grain. Alors, pour compléter, beaucoup tentent de planter des oignons en décembre – mais ils n'y arrivent pas toujours car il leur faut de l'argent pour les semences, les engrais et, surtout, parce qu'ils sont parfois à court d'eau. Le reste du temps, Salou cherche des petits boulots – parfois il en trouve, parfois non.

– Alors parfois nous mangeons, parfois non. Parfois un voisin me donne l'écorce du mil et avec ça je fais un potage pour avoir quelque chose à donner à mes enfants. Parfois on peut cueillir des feuilles d'arbre. Parfois, même ça, je ne trouve pas...

Dit Hussena, et mon étonnement la fait rire de nouveau. Ce monsieur ne comprend rien à la vie, doit-elle penser.

– Et il vous arrive de manger autre chose que du mil ?

– Parfois, oui, le samedi, c'est jour de marché, on peut acheter autre chose.

– Comme quoi ?

– Des patates, du manioc pour cuisiner.

– Et qu'est-ce que vous préférez manger ?

– Moi, ce que je préfère, c'est le riz. Mais je ne peux presque jamais en acheter. Quand il y en a au marché, il coûte 1 500 francs, alors que le mil coûte 800, et c'est déjà hors de prix.

800 francs une *tia*, plus de 300 le kilo. Il y a quelques mois, au moment de la récolte, le kilo de mil coûtait 70. C'est le moment où les négociants en profitent : ils en achètent aux paysans endettés, le stockent, attendent. Ils spéculent. Ensuite, certaines années la faim frappe et d'autres pas.

– Mais cette année j'ai pu manger de la viande de bœuf.

Un membre de sa famille s'est marié, me dit-elle, et alors elle a mangé un petit bout de viande : c'était du bœuf, dit-elle, de la viande de bœuf.

Dans mes notes préparatoires, le chapitre sur le Niger s'est toujours intitulé « La faim structurelle » : la faim qui résulte de conditions profondément ancrées, une faim quasi ontologique.

Un pays où la faim serait, en un sens, le produit d'une fatalité géographique, climatique : un territoire aride ayant une production si limitée qu'elle ne suffit pas à nourrir toute la population. C'est l'image que l'on a tendance à proposer du Sahel en général, et du Niger en particulier, et il m'a fallu du temps avant de comprendre que je sacrifiais à une certaine idéologie. En soi la faim structurelle, inévitable, n'existe pas. Il y a toujours des causes, des raisons, des décisions.

Quand ils disent structurelle, ils sont en train de dire fatale, inéluctable.

Encore des pièges du bureaucratois.

– Et quand ça se passe bien, vous êtes contente ?

– Quand j'ai à manger pour moi et pour mes petits, je suis contente. Ce sont les meilleurs moments.

(Paroles de la tribu)

Comment ?

Mais tout est une question de point de vue. Orson Welles joue le rôle du Troisième Homme, un trafiquant d'antibiotiques frelatés dans la Vienne d'après guerre, un vendeur de médicaments qui tuent faute de soigner, et Joseph Cotten, son vieil ami, le lui reproche. Ils sont tout en haut de la Grande Roue du parc du Prater, Welles lui dit de ne pas être mélodramatique :

– Regarde en bas et dis-moi : ça te ferait vraiment de la peine qu'un de ces petits points, tout en bas, cesse de bouger ?

On dirait un excès de cynisme – lequel semble toujours excessif. L'excès consiste surtout à dire cela en les regardant de loin : ce sont des petits points. Pour éviter le cynisme, nous évitons de regarder.

Comment, bordel ?

non, moi je dis pas ces fils de pute qui en ont rien à foutre. Ceux-là, j'ai parfois envie de les tuer, je me demande comment ils font pour vivre avec ça et franchement je ne les comprends pas. Comment peut-on être insensible au point de regarder la photo d'un enfant tout maigre avec de grands yeux et un petit visage triste sans se sentir concerné ? Non, ces fils de pute-là, faudrait tous les enfermer, parce que ce sont des fils de pute. Moi, je ne pourrais pas être comme eux, en avoir rien à foutre de tout, non, moi je fais des dons, la politique de notre entreprise, c'est, à la clôture de chaque exercice, de verser une certaine somme, systématiquement, on donne, pas toujours la même quantité, ça dépend de nos résultats, on donne à quelques fondations avec lesquelles on collabore depuis un certain temps, parce que franchement, faut être un salaud pour savoir qu'il se passe des choses pareilles sans rien faire, non ? Surtout si toi, t'as eu de la chance, si t'es bien tombé, si ça roule pour toi, si t'as un peu d'argent, une famille. C'est pour ça qu'il faut contribuer, on doit tous contribuer, chacun dans la mesure de ses moyens, pour s'assurer au moins qu'on ne

Comment, bordel, parvenons-nous ?

Se demander où on va manger ce soir. Se demander ce qu'on va manger ce soir. Se demander avec qui on va manger ce soir. Se poser ces questions quotidiennes, les plus courantes.

Se demander si on va manger ce soir.

Comment, bordel, parvenons-nous à vivre ?

– Non, mais franchement, avec tous les malheurs qui surviennent au coin de la rue, tu vas commencer à t'emmerder avec les enfants africains ? C'est pas plutôt que tu veux pas t'occuper de ce qui t'entoure ? Ça serait pas une fuite ?

Comment, bordel, parvenons-nous à vivre en sachant ?

Ils ne disent pas : La faim est la mise en scène du fait qu'on se fiche que les autres en bavent comme c'est pas permis. Ils ne disent pas : Du fait qu'on se fiche que les autres existent.

Je ne juge pas, je constate. Peut-être vaut-il mieux s'en ficher. Peut-être est-ce se prendre pour Dieu, est-ce une perte de temps que de penser aux autres. Il faut envisager cette éventualité : en discuter le pour et le contre.

Comment, bordel, parvenons-nous à vivre en sachant que ces choses-là ?

je t'assure que parfois j'ai envie de sortir un bazooka et de les descendre tous. Tous, t'entends ? qu'il n'en reste plus un seul en vie : ça me révolte de voir tous ces gens qui s'en mettent plein les poches grâce à la sueur des autres, la souffrance des autres, mon pote, ces types qui affament des millions de personnes, ils sont là, à jouer les malins, debout sur une montagne de cadavres, je te jure que je les tuerais tous, si ça pouvait arranger quelque chose. Mais qu'est-ce qu'on y gagnerait ? Sérieusement ? Qu'est-ce qu'on peut faire ? En vrai, qu'est-ce qu'on peut faire pour changer ce système de merde ? À partir du moment où ils ont tout le pouvoir, où ils sont aux manettes, il n'y a pas moyen de les déloger de leurs bunkers ni de leurs banques ni de leurs jets privés ni de leurs

Comment, bordel, parvenons-nous à vivre en sachant que ces choses-là arrivent ?

5

Au commencement, il y eut la chasse et le trafic d'esclaves : à partir du XVe siècle, certains Arabes et certains Européens décimèrent une bonne partie de la population d'Afrique noire : la moitié, affirment certains historiens. Ensuite, l'invasion européenne à la fin du XIXe siècle démolit ce qui restait des économies africaines. Les industries locales furent démantelées, le commerce ruiné, les terres occupées, les cultures vivrières remplacées par des produits convoités par les métropoles.

Au moment de l'indépendance, les Européens emportèrent tout ce qu'ils purent emporter. Dans la plupart des pays, la situation était difficile : infrastructures indigentes, pénurie de personnel qualifié, manque de capital accumulé pour investir dans tout ça – et, bien entendu, conflits sociaux et politiques. Mais tout a empiré à partir des années quatre-vingt, lorsque le Consensus de Washington a commencé à s'imposer et que la Banque mondiale, associée au FMI, « a convaincu » – moyennant chantage à la dette extérieure – la plupart des gouvernements africains de réduire l'ingérence de l'État dans divers domaines, notamment l'agriculture, qui demeurait la principale activité économique dans une bonne partie du continent et nourrissait la grande majorité de ses habitants.

« Le marché se chargera d'améliorer leurs conditions de vie », rabâchaient les commandements de la Banque et du Fonds. Pendant ce temps, l'État devait cesser de subventionner les paysans, de leur garantir un achat minimum de leur production et de réguler les prix – sous prétexte de les intégrer dans un « système de libre-échange mondial ».

Dans maints pays, les gouvernants ont accepté cette politique sans opposer de grande résistance : les paysans n'avaient pas la force nécessaire pour peser sur leurs décisions. De toute manière, l'agriculture était une activité archaïque qu'il ne valait pas la peine d'encourager : c'était, prétendaient les experts occidentaux, la cause de la pauvreté d'un si grand nombre d'Africains.

Plus tard, la Banque mondiale elle-même dirait que les subventions accordées à l'agriculture sont quatre fois plus utiles que toutes les autres pour réduire la faim. Mais entre 1980 et 2010, la part de l'aide internationale accordée à l'Afrique et destinée à l'agriculture est passée de 17 % à 3 %. Pendant ce temps, les États-Unis et l'Europe subventionnaient leurs fermiers en leur versant quelque 300 milliards de dollars par an.

Le Fonds fit également pression pour que soient abandonnées les exploitations familiales dédiées aux produits de consommation locale afin que ces terres soient employées à produire pour le marché mondial – café, thé, coton, soja, arachides. Les devises que rapportaient ces exportations permettaient aux États de payer leur dette extérieure – ou plutôt les intérêts de leur dette extérieure. Ainsi devenaient-ils les otages des marchés internationaux – contrôlés par les pays et les entreprises les plus puissants.

Durant ces années-là, suite à l'ouverture des marchés, la production locale fut remplacée dans nombre de pays par des denrées alimentaires importées, moins chères, subventionnées par le gouvernement des pays dont elles étaient originaires. Cela reste une des grandes violences exercées par le marché mondial : privés de débouchés pour leurs produits, des millions d'agriculteurs dans les pays les plus pauvres ont perdu jusqu'à la chemise qu'ils n'avaient jamais possédée. Alors ces pays ont abandonné tout espoir de produire eux-mêmes leurs aliments, de ne pas dépendre des cours, des caprices et des diktats du « marché ».

Les aliments importés creusent aussi les différences régionales : la plupart de ces produits reste dans les grandes villes, majoritairement côtières, où se concentre la richesse nationale. Parmi les 50 pays les plus pauvres du monde, 46 achètent aux pays les plus riches plus de denrées alimentaires qu'ils ne leur en vendent. Durant plus d'un siècle, l'Afrique était un exportateur net de denrées alimentaires ; à partir de 1990, la balance s'est inversée.

À cette époque, John Block, secrétaire à l'Agriculture sous l'administration Reagan, avait déclaré que « l'idée selon laquelle les pays en voie de développement devraient se nourrir eux-mêmes est anachronique, issue d'une ère révolue. Ils doivent plutôt garantir leur sécurité alimentaire en s'en remettant aux produits agricoles étasuniens, dans la plupart des cas moins coûteux ».

C'était clair : les États-Unis et l'Europe cultivaient mieux et moins cher, de sorte que les Africains – et d'autres pauvres de par le monde – devaient abandonner cette activité et se mettre à travailler pour avoir de quoi payer leur nourriture importée. Ce qui n'était pas clair, c'était à quoi ils travailleraient. Dans certains cas, on a installé des usines rudimentaires ou des zones de traitement des exportations qui employaient une main-d'œuvre bon marché, mais en règle générale il n'y avait rien. Ainsi, les faubourgs des grandes villes se sont remplis de chômeurs – et les campagnes, de paysans privés de terres ou de moyens pour cultiver.

Deux Africains sur trois sont toujours des paysans. Ceux qui vivent encore dans une économie de subsistance mangent ce qu'ils cultivent – ce qui ne suffit jamais car leurs terres, leurs outils et leurs intrants produisent peu –, de sorte qu'ils n'ont pas non plus d'excédents à investir pour améliorer leurs capacités agricoles.

En 1970, on estimait à quelque 90 millions le nombre de dénutris en Afrique. En 2010, ils étaient plus de 400 millions.

– Il ne peut pas, il ne pourra pas.

Aujourd'hui, à l'hôpital, parmi des dizaines de mères, il y a un père, un homme – et il pleure. C'est un monsieur âgé, cinquante ans et des poussières – dans un pays où l'espérance de vie se situe autour de cinquante ans. Il a déjà perdu des enfants, plusieurs enfants, et voilà maintenant qu'Ashiru, son avant-dernier, est hospitalisé pour dénutrition. Ashiru a trois ans, à peu près l'âge auquel ses trois frères aînés sont morts.

Le père pleure. Il s'appelle Youssouf et il essaie tenacement de rester digne. Il ne se penche pas pour pleurer, il ne cache pas son visage dans ses mains, ne se frotte pas les yeux. Il pleure le visage droit, les larmes coulent sur ses joues crevassées. Youssouf me confie que sa première femme n'arrivait pas à tomber enceinte ; la deuxième, si, mais elle fait des enfants qui ne durent pas. À moins que ça ne vienne de lui. Il ne le dit pas, mais je le soupçonne de le penser et je n'ose pas lui poser la question.

– Je pensais que je l'enverrais à l'école pour qu'il fasse des études, qu'il trouve un bon travail, qu'il accomplisse mon rêve. Moi, je ne peux plus devenir grand-chose, mais lui, peut-être qu'il pourra.

La chemise blanche de Youssouf porte la marque des journées qu'il a passées ici, les années ont abîmé ses pieds, ses larmes continuent de couler lentement, en silence.

– Il ne peut pas, il ne pourra pas.

Youssouf pleure pour son fils, mais il pleure aussi pour lui : Que vais-je devenir ? demande-t-il. Que vais-je devenir quand je serai vieux, que vais-je faire tout seul ?

D'une manière générale, l'avenir est une menace.

Les petits sacs noirs qui volent au-dessus du champ. Les petits sacs en plastique noir qui volent au-dessus du champ. Les petits sacs noirs de marché qui tourbillonnent dans tous les recoins du Niger, échappées de la modernité, déchets de la modernité qui n'arrive ici que sous forme de déchets.

D'une manière générale, l'avenir.

Le Niger compte un million de kilomètres carrés, dont seuls 40 000 cultivables. Partout ailleurs vivent des bergers nomades qui gardent quelque 20 millions de têtes de bétail : chèvres, moutons, ânes, chameaux, zébus. Le prix des médicaments pour ces animaux – antiparasites, vaccins, vitamines – est monté en flèche depuis que le Fonds monétaire a obligé le gouvernement à fermer son Office national vétérinaire, ouvrant son marché aux multinationales. Depuis, les bergers, de plus en plus nombreux à perdre leur troupeau, ont dû fuir vers les faubourgs de Niamey – ou des capitales alentour : Abidjan, Cotonou. C'est encore le Fonds monétaire qui a obligé le gouvernement nigérien à fermer ses dépôts de grains – environ 40 000 tonnes de céréales, principalement du mil –, lesquels servaient à intervenir lorsque les sécheresses répétées, les invasions de sauterelles ou la soudure annuelle affamaient la population. Le Fonds considérait que ces interventions faussaient le marché ; le gouvernement, pris à la gorge par sa dette extérieure, dut plier.

Le Niger est le deuxième producteur mondial d'uranium : ses réserves au milieu du désert sont immenses – et l'uranium est l'un des minerais les plus convoités. Pourtant, le pays n'en tire pas beaucoup de bénéfices ; l'entreprise d'État française Areva a toujours eu le monopole de son exploitation et la redevance qu'elle payait à l'État nigérien était dérisoire. Jusqu'à ce que, en 2007, l'on découvre de nouveaux gisements à Azélik et que le président Mamadou Tandja décide d'ouvrir le jeu : une société mixte sino-nigérienne serait chargée de les exploiter. Areva protesta, en vain. Deux ans plus tard, surgit un nouveau gisement à Imouraren ; la France voulait cet uranium. C'est le pays le plus nucléarisé du monde : les trois quarts de son électricité sont produits dans des centrales nucléaires alimentées par ce minerai que le pays ne produit pas et dont près de la moitié provient du Niger.

En février 2010, le président Tandja entamait des négociations avec les Chinois en vue de l'exploitation du nouveau gisement. Quelques jours plus tard, un certain colonel Djibo prit la tête d'un coup d'État et renversa le gouvernement. Dès qu'il eut pris le pouvoir, le colonel mit un terme aux négociations avec la Chine, avant de réaffirmer la « gratitude et la loyauté » de son pays à l'égard de la France et d'Areva. L'année suivante, des élections portèrent au pouvoir Mahamadou Issoufou, un ingénieur des mines qui travaillait pour Areva.

Au début du siècle, la Banque mondiale avait élaboré un plan pour installer un système d'irrigation qui permettrait d'exploiter plus de 400 000 hectares : la surface cultivée serait décuplée, garantissant l'alimentation de l'ensemble de la population. Mais le deuxième producteur mondial d'uranium n'avait pas le moindre sou pour financer les travaux.

Sous l'Empire romain, un hectare produisait 300 kilos de céréales et un paysan pouvait travailler en moyenne trois hectares : chaque paysan produisait près d'une tonne de grain.

Dans l'Europe médiévale, un hectare produisait 500 kilos de céréales et un paysan pouvait travailler quatre hectares en moyenne : il produisait deux tonnes et demie de grain.

Dans l'Angleterre du XVIIIe siècle, chaque hectare produisait une tonne de grain et chaque paysan pouvait travailler cinq hectares en moyenne, produisant cinq tonnes par an.

Au milieu du XXe siècle, aux États-Unis, un hectare produisait deux tonnes de grain et chaque paysan pouvait en cultiver environ 25, produisant 50 tonnes de grain par an.

Au début du XXIe siècle, aux États-Unis, un hectare fertilisé et irrigué produit 10 tonnes de grain et chaque paysan peut travailler 200 hectares en moyenne, soit un rendement annuel de 2 000 tonnes.

Au Sahel, au début du XXIe siècle, un hectare produit environ 700 kilos de grain et chaque paysan travaille en moyenne un hectare, produisant ainsi 700 kilos annuels. Un peu moins qu'un paysan sous l'Empire romain il y a deux mille ans ; deux mille fois moins qu'un fermier américain aujourd'hui

Il est peu de domaines où l'inégalité soit aussi criante, aussi éhontée qu'en agriculture, l'industrie de base pour nous nourrir.

Ce sont des terres arides : 4 % de la surface cultivable d'Afrique dispose d'un système d'irrigation – alors que quasiment toutes les terres européennes et nord-américaines et la moitié des terres asiatiques en ont. Dans le nord du Brésil, l'Organisation météorologique mondiale a comparé la productivité de deux hectares contigus plantés de haricots, l'un doté d'irrigation, l'autre pas : celui qui dépendait de l'eau de pluie a fourni 50 kilos, l'autre, 1 500. Seulement trente fois plus.

Ce sont des terres déshéritées : il y a 30 millions de tracteurs dans le monde, mais les 700 millions de paysans africains en ont moins de 100 000 – et 250 000 animaux de trait pour travaux agricoles. L'immense majorité travaille encore avec ses mains, ses jambes et une houe pour tout instrument. Selon les experts, lorsque la force de traction est doublée, la surface de terre cultivable l'est aussi.

Parmi ces 700 millions de paysans, 500 millions n'ont pas de semences sélectionnées ni d'engrais minéraux. Et la grande majorité d'entre eux ne peut vendre ce qu'elle sème ailleurs qu'autour de chez elle, faute de routes et de camions. C'est pourquoi, bien souvent, quand par chance ils ont un peu de grain en trop, il pourrit dans des greniers mal aérés. Selon la FAO, 25 % des récoltes mondiales sont détruites par les rongeurs ou en raison de mauvaises conditions de stockage : dans la plupart des cas, naturellement, dans ces pays où les silos sont miteux voire inexistants.

– Je suis indigné quand j'entends dire que le Sahel ne peut pas se nourrir. Bien sûr qu'il le peut ; il suffirait que cela devienne une priorité des politiques et des politiciens. Les grands donateurs internationaux parlent beaucoup de corruption et ils ont raison. Mais c'est aussi de leur faute. Si je te donne dix francs pour que tu t'achètes un stylo et qu'ensuite tu refuses de me le montrer, je cesserai de te donner tous les ans dix francs pour que tu t'achètes le même stylo. Or c'est exactement ce qu'ils font : ils donnent, ils donnent, tout en sachant que leur argent va dans les poches les plus douteuses, car ils y trouvent un intérêt, cela leur permet de maintenir leurs politiques et leurs affaires dans la région.

Me dit, dans son bureau de Niamey, le directeur d'une ONG qui me prie de ne pas dévoiler son nom.

– C'est une relation d'intérêt réciproque. Pas seulement économique : ce n'est pas seulement qu'ils ont un intérêt à ce que le gouvernement soit corrompu pour qu'il cède facilement lorsqu'une entreprise américaine ou européenne viendra chercher à développer un bizness quelconque ; il y a aussi une question structurelle. Cela les arrange de maintenir les gouvernements locaux en état de dépendance à l'égard de leur aide « humanitaire ». Et c'est pareil pour les gouvernements : cela les arrange de maintenir leur population dans la dépendance – et en même temps, la tête ailleurs : des personnes constamment menacées par la faim ne vont guère se mettre à regarder dans le détail ce que font leurs dirigeants. Plus une population est en difficulté, moins elle est regardante. Dans le même temps, ces personnes s'habituent à vivre la main tendue, au lieu de réfléchir à un moyen de produire leurs aliments, elles attendent qu'un fonctionnaire ou un Blanc les leur apporte. Je ne dis pas que c'est toujours le cas, mais…

Une infirmière de l'hôpital de Madaoua me raconte le cas d'une mère – une parmi tant d'autres, dit-elle – qui depuis des mois maintient son fils un peu en dessous du poids minimum pour qu'on continue à lui donner des compléments alimentaires ainsi qu'un peu de nourriture – un sac de mil, quelques litres d'huile – pour elle et les autres membres de sa famille. Le lendemain, elle me la présente :

– On me dit que votre fils ne guérit pas, qu'il est toujours en sous-poids.

– Oui, il ne guérit pas, le pauvre.

– Serait-ce qu'il ne mange pas tout ce qu'on lui donne ?

– Non, moi je lui donne tout, docteur, tout. À mon avis, il a été envoûté. Ça doit être un envoûtement, docteur.

Il y a aussi des femmes qui se renseignent sur le lieu et la date de distribution de compléments des différentes ONG et qui marchent des heures pour aller en chercher. Certaines en ont besoin pour leurs enfants, d'autres pour les vendre et pouvoir acheter quelque chose à manger : un sachet de Plumpy'Nut coûte 150 francs – un quart de dollar – sur le marché de Madaoua.

La faim, au Niger – mais cela vaut aussi pour bien d'autres pays d'Afrique, d'Asie, d'Amérique –, n'est pas « structurelle » ; ou bien, si elle l'est, c'est parce qu'on n'a pas mis en place les structures qui permettraient que personne n'ait faim. Ici – sans aller plus loin –, la terre n'est pas bonne, mais avec des engrais, des herbicides, des tracteurs et de l'irrigation, tout serait différent.

La faim, au Niger – comme dans tant d'autres pays –, est une conséquence du pillage : si au cours des cent années qui ont précédé l'indépendance l'on avait accumulé une partie de ce qui avait été produit ; si ensuite l'uranium extrait par Areva avait servi en partie à mettre en marche une agriculture productive, il y aurait aujourd'hui quelques tracteurs, un soupçon d'irrigation, quelques routes, peut-être même une modeste industrie. Des manières d'améliorer – légèrement – la vie : de manger plus souvent.

Dans son ouvrage intitulé *Enough*, le journaliste américain Roger Thurow – ancien du *Wall Street Journal* – raconte comment un grand succès tourna au drame. En 2002, l'Éthiopie enregistrait depuis des années des récoltes croissantes : l'amélioration des semences, l'introduction de quelques engrais et d'un certain nombre de tracteurs, un minimum d'irrigation, tout cela porta ses fruits. Cette année-là, l'Éthiopie était devenue le deuxième producteur de grains du continent derrière l'Afrique du Sud. Seulement, personne n'avait pensé à la manière d'écouler une telle production. Les quantités dépassaient la demande locale ; les routes qui menaient aux ports étaient dévastées ou coupées par la guerre d'Érythrée ; personne – ni le gouvernement ni le secteur privé – n'avait les moyens d'acheter et de stocker les céréales ; il n'y avait même pas de silos pour les engranger ; dans certaines zones du pays, des millions de gens ne mangeaient pas à leur faim, mais les routes qui menaient jusqu'à eux étaient impraticables et seuls les avions de l'aide internationale pouvaient y accéder : pour la plupart américains, ils apportaient des vivres américains, comme les lois de leur pays l'exigeaient. Le pays regorgeait de grain dont personne ne pouvait profiter et les Américains débarquaient avec leurs propres céréales : des tonnes de céréales achetées une fortune à des producteurs étasuniens.

Dans certaines régions, le grain était en surplus ; les marchés locaux furent inondés de blé à bas prix et, en quelques jours, la valeur du grain dégringola de dix à deux dollars les 100 kilos. La plupart des fermiers essuyèrent de telles pertes que l'année suivante ils n'avaient plus de quoi payer des semences, des engrais ni – pour les privilégiés – du combustible pour leurs pompes à eau : une bonne partie de leurs terres demeurèrent en friche. La récolte de 2003 reste l'une des plus désastreuses des dernières décennies et la faim se généralisa dans le pays. « Je sais que quand je diminue ma surface cultivée, je contribue à la pénurie alimentaire, confiait à Thurow un producteur du nom de Bulula Tulle qui était passé de 1 000 à 200 hectares semés. C'est horrible, mais au moins je ne perds pas d'argent. »

Momo, le directeur de MSF au Niger, a des années d'expérience dans la région : il est né et a grandi au Mali, s'est formé dans différentes organisations, est devenu un expert du Sahel. Momo parle d'une voix à la fois calme et ferme, convaincue :

– Il est vrai que certains facteurs plus ou moins naturels et démographiques nous compliquent la vie. Il y a toujours la menace des ravageurs, des grillons et des moineaux qui peuvent arriver dans la nuit ou à l'aube quand le champ est à point, et tout piller. Il y a aussi des éléments liés à l'histoire de ces dernières décennies. Une partie des nomades qui sillonnaient la région avec leurs troupeaux se sont sédentarisés et ont ajouté une pression démographique, en se fixant ils ont réduit l'espace disponible pour les autres nomades qui se sont sédentarisés à leur tour et ainsi de suite. Comme il y a moins de bétail, il y a moins d'engrais, et les engrais chimiques qui les remplacent sont très chers, alors on produit moins. Le sol s'est dégradé, les pluies sont devenues plus rares, la population s'est accrue. Si bien que les terres qui autrefois suffisaient à la nourrir ne suffisent plus…

Au cours des vingt dernières années, la production agricole nigérienne s'est accrue de 2 % par an ; la population, de plus de 3,5 % : le nombre de gens augmente beaucoup plus vite que la quantité de grain. Comme il y a plus de monde, les terres sont de plus en plus divisées.

Autrefois, le système fonctionnait car les paysans investissaient de nouvelles terres un peu plus éloignées du village, un peu plus sèches, un peu moins fertiles. Mais ce n'est plus possible : tout est pris. Cela les empêche en outre de laisser reposer la terre, dont on exige trop. Du coup, chaque parcelle produit moins, chaque parcelle se repose moins et produit de moins en moins, et ainsi de suite. Jusqu'à ce que le niveau de production devienne si bas que le paysan ne puisse plus vivre de son travail. Durant des siècles, la terre ne pouvait être vendue qu'à des membres de la famille ou, dans le pire des cas, à des gens du village. Ce mécanisme de régulation a volé en éclats il y a quarante ans, lorsque la terre est entrée sur le fameux marché : les riches des villes – commerçants, fonctionnaires – se sont mis à les accaparer. Nombre de paysans possédaient un bien qui ne produisait pas assez mais qui avait une valeur : dans leur désespoir, ils cédèrent à la tentation de vendre d'abord un hectare, puis un autre, jusqu'au dernier, à la tentation de rester sans rien et de devoir vivre comme un paria, chez un parent ou, en dernier recours, de migrer vers un bidonville de Niamey ou d'Abidjan.

Oui, dit Momo, c'est ainsi. Mais cela a commencé il y a quarante ans. Depuis le temps, il aurait fallu trouver des solutions.

Les enfants d'Hussena et de Salou sont grands, ils ont plus de vingt-cinq ans et vivent toujours chez leurs parents. Se marier revient cher, ils n'ont pas encore pu réunir l'argent nécessaire pour la dot, la fête, les cadeaux. Hussena dit qu'elle pense parler avec quelqu'un de sa famille afin de lui emprunter de l'argent pour l'aîné, qui est de plus en plus impatient ; si la récolte n'est pas trop mauvaise cette année, Hussena dit qu'ils vont tenter le coup.

Autrement, dit Hussena, il va partir pour ne plus revenir.

– Où va-t-il aller ?

– Il dit qu'il veut partir à Niamey, mais il ne sait pas comment faire, il n'a personne…

– Vous connaissez Niamey ?

– Non, je ne connais personne là-bas. Où voudriez-vous que j'aille ?

– Vous imaginez ça comment ?

– Je ne sais pas, un endroit très grand.

– Où les gens vivent mieux ou moins bien ?

– Non, là-bas, c'est très différent. Ils vivent bien mieux. Ils ont l'électricité, l'eau courante, ils ont plus à manger. En ville, il y a toujours à manger, ils vivent bien mieux. En ville, tout le monde vit mieux.

Dit-elle, à propos d'une ville bondée de cahutes, de décharges, de mendiants, d'infirmes, d'exclus.

– Et ça ne vous dirait pas d'aller vivre là-bas ?

– Moi j'irais bien, mais pour aller vivre à Niamey il faut avoir les moyens.

Dit Hussena, puis elle m'explique patiemment : imaginons que son mari, ses enfants et elle – ou même sans les enfants, qu'elle pourrait laisser au village au début – aillent tenter leur chance à Niamey : il leur faudrait de l'argent pour payer le transport, ensuite, arrivés là-bas, il leur faudrait de quoi manger les premiers jours, jusqu'à ce qu'ils trouvent un travail, et puis même s'ils trouvaient un travail, où pourraient-ils dormir ? dit-elle. Car on lui a raconté qu'en ville, on ne peut pas dormir n'importe où. Or eux, ils n'ont pas l'argent, dit-elle, alors ils ne peuvent pas : aller tenter sa chance en ville, c'est réservé à ceux qui ont les moyens. C'est pourquoi, dit-elle, à son avis leur fils devrait rester chez eux. En plus, dit-elle tout bas, du bout des lèvres, comme si elle hésitait à le dire, il y a autre chose :

– Il y a autre chose. Les enfants qui partent oublient leurs parents.

6

Hier il a plu, aujourd'hui les champs sont remplis d'hommes et de femmes qui, munis d'une houe, fendent la terre pour y planter leurs graines. La terre résiste, quoiqu'un peu moins lorsqu'elle est détrempée. J'aurais aimé les voir hier, quand il a commencé à pleuvoir.

– Tu n'imagines pas notre joie quand on a vu tomber les premières gouttes et qu'on a vu que c'en étaient de bonnes.

Me dit Ahmad avec un sourire triomphant.

– On aurait dit qu'elle ne viendrait jamais. Chaque année on a l'impression qu'elle ne viendra jamais et elle finit par venir, mais l'année d'après, on se dit encore qu'elle ne viendra jamais.

– Et elle vient à chaque fois ?

– Non. Parfois elle ne vient pas.

Formulé différemment : tout est extrêmement fragile. La pluie qui tombe ou ne tombe pas, les essaims de sauterelles qui déferlent, un commerçant qui accapare des denrées et en fait grimper les prix, est ce qui décide de la vie ou de la mort de dizaines de milliers de personnes. La richesse, c'est d'avoir le choix, de pouvoir assurer ses arrières : ne pas toujours vivre au bord du gouffre. Évoluer sur un terrain vaste, où il y ait de la place pour tomber, où, même à terre, on soit encore quelque part ; la misère, c'est vivre sur un fil : chuter, c'est forcément tomber dans le vide.

Cela faisait dix jours que je n'avais croisé personne avec une montre. Ahmad en porte une grande, digitale, carrée, lourde, métallique, stridente au poignet droit : de temps en temps il la regarde du coin de l'œil, comme pour s'assurer qu'elle est toujours là, comme pour que je sache qu'il la regarde, qu'il la possède : qu'il est un homme à montre. Que l'heure – pas le temps, mais cette manière de le découper en heures – ait de l'importance est un gros changement au sein d'une culture : des paysans qui depuis des siècles se passent d'horloge pour mesurer le temps sont soudain confrontés à de nouvelles situations – où l'heure est un paramètre. Et, bien sûr, cela leur plaît de le montrer : se donner des airs.

Ahmad a vingt-huit ans, il a quitté l'école à la fin de la primaire : il sait lire, écrire, calculer. Il a aussi une femme, trois enfants, un père, une mère, trois frères, quatre sœurs, une foule de neveux et nièces ; entre eux tous ils réunissent trois parcelles d'un hectare, deux d'un hectare et demi, une de deux : huit hectares au total – pour quatre hommes – qui font de lui un homme plus riche que la plupart de ses voisins.

– Mais faut pas croire, chef. Personne ne me fait de cadeau, à moi. Je me crève l'échine.

Ahmad travaille avec son père et deux de ses frères. C'est un long processus : en avril, avant de semer, ils brûlent le champ pour détruire les mauvaises herbes et préparer la terre, tellement éreintée par des années et des années d'exploitation. Ensuite vient la partie la plus laborieuse : tracer les sillons à l'aide de ce long bâton prolongé d'un petit couteau qui constitue l'instrument de labour le plus répandu par ici : un bâton, un homme lacérant l'écorce de la terre. En mai, avant la pluie, ils y sèment les graines : c'est ce que l'on appelle planter à sec. À ce stade-là, ils ne mettent pas d'engrais, puisqu'ils ne savent pas s'il va pleuvoir, si ça va pousser ou pas et qu'ils ne peuvent se permettre de gâcher de l'engrais en conjectures. Deux ou trois semaines plus tard, s'il a plu, commencent à pointer les premiers bourgeons ; c'est le moment de désherber à l'aide du même bâton ou de la houe, puis d'épandre de l'engrais. Aujourd'hui, les fertilisants sont ruineux : autrefois, on utilisait de la bouse, mais il ne reste plus beaucoup de vaches vu qu'il y a de moins en moins de terres vacantes pour que les transhumants les fassent paître. Désormais il faut donc l'acheter, en l'épandant avec beaucoup de discernement. Un mois plus tard, ils désherbent et ajoutent de l'engrais, s'il en reste, puis ils attendent encore un mois et demi ou deux mois et prient pour qu'il pleuve au bon moment et que les moineaux ou les grillons ne viennent pas tout piller. Alors, enfin, on moissonne en formant des bottes. Même chose dans chaque petite parcelle, avec ses distances propres, ses disputes, ses chèvres qu'un berger emmène paître, ses chaleurs écrasantes, ses sécheresses. Ce sont beaucoup d'heures chaque jour, huit, dix heures sous les rayons du soleil, une unique pause à midi pour prier et manger la boule que leur femme leur apporte.

– Ça fatigue beaucoup ?

– Ça fatigue.

– Ça te laisse beaucoup de temps pour réfléchir, aussi…

– Oui, beaucoup. On peut réfléchir à tout plusieurs fois.

– Tu réfléchis à quoi ?

– Ce à quoi je réfléchis le plus, ce à quoi je pense tout le temps, c'est : Aïe, quand est-ce que je vais terminer, combien de temps il me reste. Et très souvent je me dis qu'un jour je devrai économiser assez d'argent pour m'acheter une charrue et un attelage de vaches ou un chameau pour tirer la charrue. Ça rendrait mon travail beaucoup plus facile…

Une roue de charrue fabriquée par le forgeron du village peut coûter dans les 35 000 francs, soit près de 70 dollars ; elle ne sera pas très solide, dit Ahmad, mais si on en prend soin, elle peut durer, même si en réalité, dit-il, elles se cassent presque toutes. Si on en veut une bonne, elle peut coûter 60 000, 80 000 francs, et pour les deux vaches de trait, c'est au minimum 150 000. Avec 200 000, 250 000 il pourrait peut-être y arriver, dit-il : 400, 500 dollars.

– C'est une somme.

Dit-il, puis il soupire.

La petite agriculture répond au vieux précepte de l'hérédité : il est très rare, à moins que ça n'aille très mal, que le fils d'un agriculteur abandonne la terre paternelle. Il la reprend, poursuit une vie semblable à celle de son père, récupère, conserve.

C'est un destin, je me dis : c'est un destin.

Et je comprends tout à coup que l'idée de destin appartient à une époque révolue, c'est une notion rurale.

Ahmad dit que, quand il en a vraiment assez de manier son bâton dans le champ, il lui arrive de s'amuser à calculer comment faire pour s'acheter cette fameuse charrue, il esquisse des futurs possibles : avec la charrue, il pourrait produire un peu plus et travailler plus vite, durant son temps libre, il pourrait proposer ses services pour ensemencer d'autres champs, ou se procurer une autre petite parcelle – car il ferait tout plus vite et mieux –, et cela lui donne des forces pour ses expéditions ou, comme ils disent ici, ses exodes : chaque année, une ou deux fois par an, Ahmad part pendant près de deux mois au Nigeria pour rapporter de l'argent à sa famille. Le Nigeria est à côté, à moins de vingt kilomètres, et les frontières sont perméables : on dit que les factions sahéliennes d'Al-Qaïda y transitent pas mal.

Le Niger est longtemps resté en marge des conflits régionaux : plus maintenant. Aujourd'hui, le fameux terrorisme l'a placé sur la carte militaire du monde. En février 2013, on apprit que les États-Unis avaient installé dans les environs de Niamey une base pour envoyer des drones, l'arme qui est en voie de changer radicalement la manière de faire la guerre : qui creuse un fossé immense entre riches et pauvres – car les pauvres combattent avec leur corps, les riches avec des engins téléguidés.

Alors un porte-parole américain déclara qu'il ne pouvait pas dire combien de drones Predator il y avait, que leur déploiement était temporaire, qu'ils les utilisaient pour contrôler les islamistes fondamentalistes au Mali et que, « pour l'instant, ils étaient dédiés à la surveillance ». Mais l'opération embarquait de fait le Niger dans cette guerre et plaçait son gouvernement dans une situation inconfortable : « Nous souhaitons la bienvenue aux drones, dit alors le président Mahamadou Issoufou. Nous avons besoin de prévoir les mouvements des guérillas au Sahara et au Sahel, mais nos pays sont comme un aveugle conduisant un autre aveugle. Nous devons nous fier à des pays comme la France et les États-Unis. Nous avons besoin de coopération pour garantir notre sécurité. »

Pas seulement pour cela : 40 % du budget national du Niger provient des aides et de la coopération du Premier Monde – et cela, comme tout le reste, a un prix.

Quand arrive la saison de la récolte du maïs ou du riz au Nigeria, Ahmad et d'autres garçons du village traversent la frontière. Ici, comme dans bien d'autres pays pauvres, le vieux mécanisme qui veut que les hommes s'en aillent, se déplacent, voyagent, tandis que les femmes restent rivées à la terre est toujours à l'œuvre. Ou fassent, en réalité, un seul grand voyage : lorsqu'elles se marient et quittent leur village pour aller dans celui de leur mari. Ensuite, sauf catastrophe, plus rien.

Au Niger, le revenu journalier d'un paysan est de 2 000 francs – soit 4 dollars ; au Nigeria, il peut atteindre les 4 500 francs. Avec une partie de ce qu'il gagne, Ahmad achète des chaussettes ou des lampes électriques à un grossiste chinois à Kano, puis il essaie de les revendre de village en village. Tous les dix ou quinze jours, il envoie un peu d'argent à sa femme pour que la famille puisse manger : parfois par le biais d'une connaissance qui rentre, parfois par la banque – qui lui en retient plus de 10 %.

– Si je n'aimais pas ma terre, je travaillerais tout le temps au Nigeria. Mais je ne peux pas, je ne veux pas l'abandonner : c'est la terre de mon père, de mon grand-père…

Il ne veut pas et on ne le laisse pas le faire : l'an dernier, le patron d'un champ nigérian lui a proposé un emploi permanent. Et celui-ci ne consistait pas à transpirer, la houe à la main, mais à tenir sa comptabilité. Ahmad était emballé, mais il a bien sûr commencé par demander l'autorisation à son père, lequel lui a rappelé l'histoire d'un oncle qui, des années en arrière, était parti travailler au Nigeria et n'était jamais revenu, n'avait plus jamais rien envoyé – et il lui a dit qu'il ne voulait pas qu'il disparaisse à son tour de leur vie.

Les transferts des migrants sont une forme sauvage de redistribution de la richesse, mâtinée d'une exploitation un peu plus sauvage encore : des pauvres font dans des pays plus riches le travail que les locaux refusent de faire et, en échange, ils envoient de l'argent dans leur pays d'origine. On estime qu'en 2013, 200 millions de migrants ont envoyé 400 milliards de dollars vers leur pays d'origine. Au Niger, un homme sur trente part travailler au Nigeria, au Ghana, au Bénin ou en Côte d'Ivoire : ils envoient chez eux dans les 100 millions de dollars par an. Beaucoup restent, beaucoup vont et viennent.

Ils constituent aussi une forme pauvre de mondialisation. Ainsi, l'implosion de la Libye après la chute de Kadhafi n'a pas seulement dispersé des jihadistes dans toute la région, elle a aussi empêché un quart de million de Nigériens partis travailler là-bas de continuer à envoyer de l'argent dans leur foyer : encore plus de misère aux causes bien éloignées.

Ahmad ne se résigne pas : il dit qu'il va s'en sortir. Qu'il sait qu'avec de l'effort et beaucoup de sacrifices il va s'en sortir. Et que les efforts et les sacrifices ne lui font pas peur. Il a les dents de travers, les yeux bridés, une barbe de plusieurs jours, une chemise blanc et jaune à grandes fleurs hippies fanées par l'usure, un pantalon tout troué – et sa montre.

Ahmad se débrouille. Mais, bien que lui et sa famille cultivent toutes leurs terres, que s'y ajoutent parfois une récolte d'oignons en décembre, le gombo dont s'occupent les femmes et le travail au Nigeria, cela ne leur suffit pas toujours.

– Maintenant, on mange presque tous les jours. Mais pas toujours. Les enfants mangent tous les jours. Presque toujours.

Ossama, son fils cadet, vient de sortir de l'hôpital de Madaoua, où il a été hospitalisé pour malnutrition aiguë. Ahmad dit qu'à son avis, ce n'est pas ça, que le médecin a dû se tromper, qu'ils lui donnent ses morceaux de boule tous les jours, non mais pour qui le prennent-ils. À son arrivée, Ossama, près de deux ans, pesait sept kilos.

– C'est que tout dépend de tant de choses, ici. Parfois il me semble que je ne peux pas réfléchir à autant de choses. Et la pluie, et les semences, et l'engrais, et le Nigeria, et mes frères, et ceci et cela. Un homme ne peut pas réfléchir à autant de choses.

– Quel est ton plat préféré, ce que tu préfères manger ?

– La boule de mil.

– Ah bon ? C'est meilleur que le poulet ?

– Le poulet ? Je ne peux jamais manger de poulet. À quoi ça me servirait de l'aimer ?

C'est, disons, le printemps. Les vieux troncs refont des feuilles, les arbustes verdissent, le mil point dans les champs, je n'avais jamais été au Niger à la saison des pluies, quand le paysage monstrueusement sec s'adoucit, devient plus vivable. Mais c'est aussi le temps de la soudure : il est cruel que, tandis que la nature connaît une modeste abondance, les hommes souffrent de la plus extrême pénurie.

Un ami d'Ahmad passe, ils bavardent un moment : on lui a dit que dans les villages de l'autre côté de Madaoua, le mil a bien poussé, qu'il est déjà haut sur pied et robuste, que tout est vert, dit l'ami, puis il hoche la tête. Je viens de passer par ces villages : des terres tout juste plantées, des bourgeons très épars ; je le lui dis.

– Non, monsieur, vous devez faire erreur. Nous, on sait que là-bas, ils vont avoir une bonne récolte.

On ne peut pas discuter avec celui qui sait. On peut penser, éventuellement, au besoin de mythes : qu'un peu plus loin, toujours plus loin, il y a quelque chose (de mieux), quelque chose qu'on mériterait d'avoir et qu'on n'a pas. La modernité relève entre autres de ça ; de même que les religions. De même que l'histoire.

Quand il veut se faire plaisir – quand il peut se faire plaisir –, Ahmad part un jour ou deux chez un parent à Madaoua, où il se repose et regarde la télé.

– Je regarde les informations, le football. Je suis supporter du Real Madrid. Tu connais ? Real Madrid.

Répète-t-il lentement, pour que je comprenne. Et il dit qu'un jour il va être à son compte, avoir sa propre parcelle, sa propre télévision, ses deux bœufs pour labourer le champ. Récemment, il a failli y arriver – les bœufs, il précise, il a failli les avoir – parce qu'il avait beaucoup travaillé et vendu beaucoup de lampes électriques au Nigeria, il avait un petit magot et pouvait songer à les acheter, mais il s'est laissé tenter.

– Comment ça, tenter ?

Je lui demande, pour entrer dans son jeu, et il sourit de ses dents enchevêtrées, il fait durer le mystère.

– Je me suis laissé tenter. Tu sais ce que j'ai fait ?

Je me demande quand a bien pu commencer à circuler cette idée si contemporaine qui dit qu'il faut « faire quelque chose » de sa vie : qu'il faut lui « donner un sens », une utilité. Autre chose que manger, travailler, procréer, croire, oublier, mourir. Pendant des millénaires, très peu de gens y pensaient : pour l'écrasante majorité, vivre était plus que suffisant. Mais aujourd'hui, apparemment, cela ne suffit pas : il faut faire plus.

On dirait une idée urbaine. Mon préjugé : pour un paysan accroché à sa terre, il est plus facile d'imaginer une continuité, plus difficile d'imaginer des changements radicaux. Ou plus difficile de les désirer, parce qu'il y a toujours eu des guerres, des migrations, des cataclysmes : le changement, la menace.

– Tu ne sais pas. Ben non, tu ne sais pas.

Dit Ahmed qui ménage encore un instant un silence énigmatique. Ensuite, il dit, comme on jette une bombe : Je me suis marié.

– Je me suis marié. J'ai ma seconde épouse, maintenant.

Ahmad en est si fier, si enflé : un sourire lui échappe au coin des lèvres. Il me raconte qu'il s'est marié il y a sept mois avec une cousine germaine de dix-sept ans et que les noces ont été très belles, la fête avec l'agneau et les chants et les danses, et que maintenant il doit travailler encore plus parce qu'il n'est pas si facile d'entretenir deux femmes, mais qu'il va y arriver, il peut y arriver.

– Pourquoi t'es-tu remarié ?

– Parce que j'en avais envie.

– Ta femme ne te plaisait plus ?

Lui dis-je, puis il rit et se décide à me l'expliquer : son groupe d'amis, ce sont neuf garçons du village qui font tout ensemble, ils se connaissent depuis toujours, les jeux, l'école, le travail, beaucoup d'entre eux partent ensemble chercher fortune au Nigeria, ce sont de vrais amis. Sur les neuf, six avaient déjà leur seconde femme, alors lui, il ne voulait pas être en reste.

– Ils se moquaient de moi, ils rigolaient. Ils me regardaient de haut.

Il serait plus simple – plus facile – de pouvoir écrire qu'Ahmad n'arrive pas à acheter cette charrue si convoitée parce que la situation socio-économique et les inégalités mondiales et l'injustice extrême – et tout cela est vrai, mais il est vrai aussi qu'il a eu sa chance, qu'il a préféré la laisser filer. Ou plutôt : qu'il a préféré en profiter autrement.

– Qu'est-ce qu'on s'est bien amusés au mariage. Près de deux jours de fête, tout le monde était là, la famille, les amis.

Entre la dot et les cadeaux, le mariage lui a coûté pas loin de 200 000 francs : la somme dont il disposait pour s'acheter une charrue.

– Mais maintenant elles s'entendent bien toutes les deux, il n'y a pas de problème. Et mes amis savent qu'ils doivent me prendre au sérieux.

– Et ce n'est pas trop de travail, deux épouses ?

Ahmad me regarde avec un sourire : je lui ai encore dit ce qu'il attendait, je lui ai offert l'occasion de fanfaronner.

– Tant que Dieu m'accordera la santé, il n'y aura aucun problème.

Dit-il, puis il regarde l'heure : il doit y aller, il a à faire.

7

Cette fois-là – une fois de plus – la moisson s'était compliquée. En 2004, la sécheresse et une invasion de sauterelles avaient réduit la production de mil, mais c'est un doublement des prix qui avait finalement abouti à ce que des milliers de Nigériens n'aient rien à manger. La cote internationale avait grimpé sous l'effet de la spéculation boursière à Chicago – et de grandes quantités de grain étaient parties pour le Nigeria, où la demande augmentait sans cesse. Mais la hausse des prix internes était surtout due aux manœuvres des vingt ou trente grands marchands qui contrôlaient le négoce au Niger, et qui avaient profité du retrait de l'État pour contrôler le marché. Le prix du mil augmenta, ils en mirent des tonnes de côté pour quand il augmenterait encore plus : il augmenta encore plus. Ils n'avaient aucune raison de se soucier du bien-être général : il leur importait, en toute logique dans leur logique, de gagner toujours plus d'argent.

Fin 2004, de plus en plus de gens furent privés de nourriture et d'argent pour en acheter. Les vaches et les chèvres mouraient par milliers : pour beaucoup de Nigériens, la mort de leurs bêtes marque le début du désastre final. Mais le président Mamadou Tandja était en campagne pour sa réélection, qu'il obtint à la fin de l'année : la crise pointait, mais son gouvernement se garda bien de l'annoncer car cela lui aurait fait perdre des voix. Pour les mêmes raisons, la malnutrition et la mortalité infantile n'étaient pas un thème central dans l'agenda politique du pays. Voilà plus d'un an que le département Nutrition du ministère de la Santé était acéphale.

« La notion de "famine" n'est en effet pas neutre. La manière dont on interprète une "crise" détermine les actions à entreprendre pour y remédier. Le fait de qualifier ou non une situation de famine affecte le montant et la répartition de l'aide ainsi que l'attribution des responsabilités pour la gestion de fonds d'urgence et l'organisation des opérations », écrit Benedetta Rossi dans « Les paradoxes de l'aide chronique »[1].

Tandja décida de faire comme si de rien n'était pour ne pas être pris pour un idiot ou un bon à rien. C'est pourquoi ils nièrent l'évidence ; c'est pourquoi ils ne demandèrent pas l'aide dont ils avaient besoin. C'est un classique qui revient régulièrement. Éthiopie, 1984-1985, par exemple, un demi-million de morts.

De même que les famines en Corée du Nord devraient servir d'exemple pour illustrer la manière dont agit un État dictatorial dont l'unique souci est de conserver le pouvoir, la famine nigérienne de 2005 devrait servir à illustrer ce que fait le marché lorsqu'il opère à son aise. Cependant, elle a servi à autre chose.

Le Niger comptait alors 14 millions d'habitants, dont près de trois millions d'enfants de moins de cinq ans. Chaque année, 200 000 de ces gamins mouraient, dont la moitié de dénutrition. En 2005, cependant, les moins de cinq ans mouraient dans des proportions supérieures que dans n'importe quelle guerre : 5 sur 10 000 par jour.

Médecins Sans Frontières se trouvait là presque par hasard. Ils étaient arrivés trois ans auparavant pour mener une campagne de vaccination contre la rubéole dans le district de

1. Publié dans l'ouvrage collectif *Niger 2005 : Une catastrophe si naturelle*, Karthala Éditions, 2007.

Maradi, un des plus fertiles et productifs du pays, et ils avaient découvert que le nombre d'enfants dénutris dépassait tous les calculs antérieurs. Ils décidèrent alors d'essayer d'intervenir.

– Nous n'avons fait aucune analyse : nous travaillions dans la région et nous avons constaté qu'il y avait un nombre incalculable d'enfants dénutris. C'était une maladie à laquelle personne ne prêtait attention. On ne s'y intéressait qu'en cas de catastrophe naturelle ou de guerre ; autrement, non.

La situation ne faisait qu'empirer. En avril 2005, ils savaient déjà que 20 % des enfants de Maradi âgés de moins de cinq ans souffraient de dénutrition sévère aiguë. (On ne sait pas grand-chose sur la faim des adultes en général : comme ils n'en meurent pas rapidement – mais que, leur état va s'aggravant, ils meurent au bout de quelques années d'autre chose –, on ne les étudie pas plus qu'on ne les soigne. Mais cette année-là, un autre organisme estima que les mères de ces petits présentaient une prévalence de dénutrition très comparable.)

Pourtant, le gouvernement refusait toujours d'intervenir, de faire pression sur les grossistes de grain, de demander de l'aide.

Dans « Building the Case for Emergency »[1], l'expert français de MSF, Xavier Crombé, a expliqué que la première chose que MSF avait dû mettre en place pour mener une action efficace lors de cette famine était de « constituer la malnutrition infantile en objet de préoccupation prioritaire » : en faire un sujet central. Il raconte alors les obstacles qu'il avait fallu franchir pour y parvenir : collecter des données, les confronter, les comprendre, les diffuser, proposer des solutions possibles. C'est un peu ce qui se passe dans le monde : certains sujets sont admis comme prioritaires, d'autres non. Susciter la préoccupation n'est que le premier pas, mais un pas fondamental : « donner une existence sociale à la maladie », disent les acteurs. En faire une urgence incontournable.

Il leur a fallu du temps, mais ils y sont parvenus. On était déjà au mois d'août et les enfants mouraient par milliers, quand le président Tandja s'est résigné à demander de l'aide

1. Publié dans l'ouvrage collectif *Genocide in Darfur: Investigating the atrocities in the Sudan*, Contledge, 2013.

– et à distribuer le peu de mil qu'il conservait. Le bal des donateurs était ouvert : j'ai besoin de tant, bon, ben, je t'en donne la moitié, non, je t'en prie, la situation est très difficile, mais nous sommes au milieu de l'année, tout mon budget est déjà assigné, oui, tu vois bien que mes petits sont en train de mourir, non, mais si je t'en donne plus, c'est les corrompus qui le gardent, tu ne peux pas me refuser cet argent maintenant, il fallait y penser plus tôt, bon, que voulez-vous en échange, on va te soumettre un projet, oui tout ce que vous voulez mais vite.

C'est de la pure charité : comme quelqu'un qui s'assoit devant le porche de l'église et supplie qu'on ait pitié de lui : il n'y est pas question de droit.

Il est question de bienfaisance – de la part de ceux qui s'emparent des biens du mendiant. De l'uranium, mettons. Une situation qui du même coup rappelle à ses victimes qui détient le pouvoir. Un gouvernement africain demande « au monde » qu'il lui vienne en aide dans une situation d'urgence. Alors « le monde » met en marche ses rouages, lesquels impliquent des discussions, des bras de fer, des marchandages, et finit par envoyer des vivres et des médicaments, peut-être quelques hôpitaux de campagne : le monde s'en va « sauver des vies » – sous-entendu : que leur propre pays est incapable de sauver. Mais il doit, moindre des choses, remercier le gentil patron qui a accepté de le sauver – après avoir raflé tout ce qui l'intéressait.

Durant cette année 2005, dans le département de Maradi, l'ONG Médecins Sans Frontières a soigné à elle seule plus de 60 000 dénutris aigus. Mais sans doute ne nous en souviendrions-nous pas s'il ne s'agissait pas de la première intervention massive réalisée à l'aide d'un produit et d'une méthode qui allaient révolutionner le combat contre la faim infantile.

Les problèmes de vocabulaire persistent. Les uns parlent de malnutrition, les autres de dénutrition, mais tous s'accordent plus ou moins à dire qu'il existe quelque chose qu'ils appellent Dénutrition – ou Malnutrition – Aiguë. La dénutrition aiguë est ce qui arrive à quelqu'un qui ne mange pas assez, le résultat physique de la faim.

Nous disions : un corps qui se mange lui-même.

Un corps qui se consume : c'est pourquoi, chez les dénutris, la maladie la plus visible s'appelle consomption. Plus ce processus est avancé, plus la personne a perdu de la masse, moins elle a de chances de survivre. Le corps s'affaiblit, l'absorption intestinale diminue, les reins flanchent, l'efficacité du système immunologique décroît. À ce stade critique de la maladie – maladie ? – apparaît généralement le kwashiorkor, caractérisé par des œdèmes sur les jambes, les bras, le visage, puis survient le marasme nutritionnel, qui provoque une émaciation – amaigrissement – très brutale.

La plupart des personnes traitées pour malnutrition aiguë sont des enfants de moins de cinq ans, des petits à l'âge le plus critique, le plus fragile. Lorsque la dénutrition n'a pas encore atteint un stade critique ou le kwashiorkor, on la reconnaît à d'autres symptômes. Le plus classique est la diminution de l'indice de poids rapporté à la taille : on compare le poids du petit au poids moyen des enfants de sa taille bien nourris.

Mais la méthode la plus pratiquée dernièrement, car facile et précise, est la mesure du tour de bras ou MUAC (*Middle-Upper Arm Circumference*) : si le périmètre du bras d'un petit est inférieur à 125 millimètres, on considère qu'il souffre d'une malnutrition aiguë modérée ; s'il est inférieur à 115, la dénutrition sera sévère.

Durant des décennies, le traitement des enfants atteints de malnutrition aiguë sévère – ceux qui étaient littéralement en train de mourir de faim – consistait à les hospitaliser et à essayer de les alimenter par voie orale et veineuse. C'était une solution coûteuse – en ressources, en infrastructures, en personnel – mais assez inefficace : selon les cas et les endroits, entre un tiers et la moitié des enfants mouraient. Cela fait à peine vingt-cinq ans que des scientifiques ont tenté de revoir le processus : ils ont enfin compris que le type d'alimentation qu'on leur donnait non seulement ne les guérissait pas, mais parfois, exigeant trop de leur organisme affaibli, les tuait.

En 1976, un étudiant français de vingt-deux ans terminait ses études d'ingénieur agronome par un mémoire sur la « faisabilité d'un biscuit qui ferait office de complément nutritionnel destiné aux populations des pays pauvres ». Michel Lescanne, fils d'un patron de l'industrie laitière en Normandie, se sentait investi d'une mission : il commença très vite à travailler dans l'entreprise familiale où il aida à créer des tablettes de protéines baptisées Novofood, lesquelles furent utilisées dans plusieurs situations d'urgence en Afrique.

Lescanne a depuis fondé sa propre société : Nutriset devait « se consacrer à la recherche en nutrition humanitaire, développant des solutions innovantes... ». En 1993, il lança la production industrielle d'un lait en poudre énergétique, le F100, spécialement conçu pour alimenter des enfants affamés, offrant 100 calories pour 100 centilitres. Ce lait fut utilisé dans quantité de situations d'urgence alimentaire, mais il présentait plusieurs inconvénients.

Tout d'abord, il supposait d'hospitaliser les enfants, lesquels suivaient un régime strict de F100 toutes les quatre heures, à des doses variables selon leur état. Le lait périmait très vite, il fallait en préparer jusqu'à huit fois par jour. Les enfants étaient victimes de maladies nosocomiales, d'infections, de la crasse de centaines de mères campant au milieu des bébés atteints de diarrhée. Les hôpitaux étaient submergés car ils devaient garder tous ces enfants affamés trois ou quatre semaines et les mères ne pouvaient pas délaisser pendant un mois leur foyer, leurs autres enfants, leur mari, leur travail. Nombre d'entre elles tenaient donc quelques jours et repartaient aussitôt que leur enfant semblait aller mieux. Certaines repartaient même avec quelques doses de F100 qui, préparé avec de l'eau trouble, sous la chaleur africaine, rendait les enfants encore plus malades. Beaucoup revenaient au bout de quelques jours, en pire état – quand ils ne mouraient pas chez eux.

En 1994, Michel Lescanne proposa à André Briend, un médecin nutritionniste de l'Institut de recherche pour le développement, à Paris, qu'ils travaillent ensemble à la mise au point d'un meilleur produit. Pendant deux ans, ils ont testé toutes sortes de matières premières, mais aucune n'était suffisamment conservable, agréable au goût et facile à manipuler. Jusqu'à ce qu'un matin, selon la légende, tandis qu'il prenait son petit déjeuner, Briend s'extasie devant un pot de Nutella. La légende ne dit pas qu'il cria eurêka, mais que de là lui vint l'idée de produire une pâte – d'arachide – qui, enrichie en lait, sucre, graisses, vitamines et minéraux, n'aurait besoin d'aucun additif, pourrait être consommée sans aucune préparation, avait bon goût, supporterait les grandes chaleurs et pourrait se conserver deux ans dans son sachet d'aluminium. Ils la baptisèrent Plumpy'Nut – noix dodue – : elle allait changer la manière de traiter la malnutrition infantile.

Le nutritionniste irlandais Steve Collins fut le premier à l'expérimenter au Malawi et en Éthiopie, en 2002 et en 2003. Mais la campagne de Médecins Sans Frontières de 2005 au Niger constitua la véritable grande rampe de lancement du Plumpy'Nut, le plus célèbre des RUTF, *Ready to Use Therapeutical Food*.

Au début, les humanitaires de MSF étaient dubitatifs. Certains médecins étaient même très mal à l'aise. Le nouveau protocole indiquait qu'ils devaient hospitaliser les enfants pendant quelques jours et, dès que ceux-ci avaient repris des couleurs, les renvoyer chez eux avec leurs doses de Plumpy : ils étaient gênés de renvoyer un patient en pareil état, ils pensaient être en train d'offrir un traitement beaucoup trop incomplet.

Mais les résultats, il faut bien l'avouer, étaient extraordinaires : non seulement ils pouvaient traiter un bien plus grand nombre de dénutris, mais ils réussissaient même à en guérir neuf sur dix. Selon eux, jusque-là, on n'avait jamais traité autant de patients en si peu de temps et avec un tel taux de guérison.

Ils parvinrent à soigner une population qu'ils n'arrivaient pas à soigner auparavant : les dénutris aigus modérés. Les modérés ne sont jamais hospitalisés : il n'y a pas assez de place et, de toute manière, leur état ne requiert pas une intervention médicale continue. Mais comme ils sont bien plus nombreux que les sévères, c'est le groupe qui présente le plus fort taux de mortalité.

La campagne de MSF de cette année-là devait marquer l'avènement d'un principe désormais appliqué dans des milliers de centres : le traitement ambulatoire d'enfants souffrant de malnutrition aiguë modérée, grâce au fameux Plumpy.

Deux ans plus tard, en 2007, dans une déclaration commune, l'Organisation mondiale de la santé, l'Unicef et le Programme alimentaire mondial le promurent meilleure option pour le traitement de la dénutrition infantile.

Le succès a toujours des conséquences imprévues. Investis de leur rôle de chercheurs de nouvelles méthodes, les experts de MSF commencèrent à penser qu'administrer du Plumpy'Nut aux dénutris aigus – sévères ou modérés – n'était pas suffisant : que face à une population constamment au bord de la dénutrition, aller à la rencontre des gens pour leur proposer un complément alimentaire pourrait éviter que leur état ne s'aggrave et qu'ainsi, non seulement ils sauveraient beaucoup de vies, mais s'éviteraient aussi d'énormes investissements en médecins, infrastructures hospitalières, hospitalisations – investissements qui pourraient être alloués à la distribution de davantage de compléments.

– En donner à tout le monde, cela revient en quelque sorte moins cher que de choisir à qui les donner : les frais de personnel diminuent pas mal parce qu'il n'y a plus besoin d'effectuer des tris compliqués. Et aussi parce qu'il y a beaucoup moins d'enfants qui arrivent dans les hôpitaux avec des complications plus difficiles à soigner et plus coûteuses à prendre en charge. Les taux de mortalité diminuent donc énormément car on a pris soin du patient avant que son organisme ne soit définitivement compromis.

Stéphane Doyon, médecin de MSF, expert reconnu en la matière, me dira plus tard : que les plus menacés, ce sont les enfants fraîchement sevrés, qui cessent de recevoir les nutriments dont ils ont besoin pour se développer et, au lieu de cela, ont la panse remplie de farine et d'eau. Qu'il faut leur donner surtout des protéines animales, des fruits et des légumes, ce qu'ils ne reçoivent pas.

Médecins Sans Frontières contacta Lescanne et lui demanda de concevoir un Plumpy à cet usage : en 2007, Plumpy'Doz, un complément plus dilué, conditionné dans des récipients hebdomadaires, à prendre trois fois par jour, était prêt à être testé. Il fut testé dans plusieurs villages de la région de Maradi ; au bout de quelques mois, on constata que ceux qui n'en avaient pas pris étaient tombés malades – ou étaient morts – dans des proportions deux fois plus élevées que les autres.

– En plus, cela nous permet d'améliorer d'autres aspects des soins médicaux apportés à ces enfants. Par exemple : il n'est pas facile de convaincre une mère de parcourir dix kilomètres à pied avec son bébé pour aller le faire vacciner, mais si elle doit aller chercher des compléments alimentaires, elle n'hésite pas et, une fois sur place, elle trouve très bien qu'on le vaccine. Ou n'importe quelle autre mesure préventive.

Dira Doyon.

Les compléments alimentaires préparés ne constituaient pas seulement un progrès important dans la lutte contre la dénutrition ; ils allaient aussi commencer à devenir un gigantesque business.

À la fin des années quatre-vingt-dix, C. K. Prahalad, un économiste américain né en Inde, inventa un concept qui pourrait fonctionner et inciterait les grandes entreprises à s'intéresser à une immense masse de consommateurs dont personne ne s'occupait. Il appelait cette catégorie les BoP, *the Bottom of the Pyramid*, le bas de la pyramide : les quatre milliards de personnes qui vivent avec moins de 2,50 dollars par jour.

Prahalad, qui avait étudié à Harvard et enseignait au Michigan, insistait sur le fait que s'occuper d'eux pouvait être une très bonne affaire : entreprises, gouvernements et organismes internationaux devaient cesser de les voir comme des victimes et les considérer comme des consommateurs exigeants – ce qui leur permettrait de dégager des bénéfices plus que juteux.

C'est ce que font déjà bon nombre de multinationales, comme Ericsson ou Sony, qui projettent de fabriquer des téléphones portables avec des touches à dessins pour Africains analphabètes, ou même Unilever, qui vend en Inde un shampooing qui lave mieux à l'eau froide – pour tous ceux qui n'ont pas l'eau chaude.

L'industrie des compléments alimentaires pourrait entrer dans cette catégorie – même si, en principe, leurs acheteurs seraient, majoritairement, non pas les consommateurs mais les gouvernements ou les organisations qui les assistent. Ils pourraient cependant faire pression sur eux pour qu'ils achètent et distribuent ces produits.

En 2012, Nutriset fabriqua près de 15 000 tonnes de Plumpy'Nut, soit dix fois plus que dix ans auparavant. La famille Lescanne, propriétaire de la société, en tire des millions de bénéfices : ils disent en réinvestir la plus grande partie en Recherche et Développement. En 2008, pour répondre aux critiques soulevées par ces bénéfices et en raison du zèle avec lequel il gardait le brevet de ses inventions, Nutriset commença à proposer un système de franchises : le producteur local – à condition qu'il se trouve dans un pays pauvre – a désormais le droit d'utiliser leur marque, leur savoir-faire et leur support technique pourvu qu'il s'engage à acheter à la maison mère les machines, les emballages et certaines composantes – minéraux, vitamines. Des petites usines de Plumpy ont ainsi vu le jour dans une douzaine de pays africains. Pourtant, la formule ne fonctionne pas complètement : ici, à la Société de Transformation Alimentaire du Niger, sans aller plus loin, on produit de la pâte avec des arachides locales mais de l'huile de palme de Malaisie, du sucre argentin, du cacao ivoirien acheté en Europe – et, pour une question d'échelle, la pâte locale finit par coûter plus cher qu'une pâte française. Quoi qu'il en soit, le traitement demeure coûteux : six mois de complément Plumpy'Nut revient à près de 50 dollars par enfant – dans un pays où tous ceux qui pourraient en avoir besoin vivent avec moins d'un dollar par jour.

Honteux, un peu en douce, j'en ai goûté un après-midi, à l'hôpital de Madaoua : le Plumpy est pâteux, onctueux, se laisse manger, a un goût de nougat aux cacahuètes ; plutôt salé pour un produit censé être sucré.

Abdoul, un petit de deux ans, visage large, petit corps tout maigre, a accouru pour me le réclamer. Je le lui ai donné, il riait comme un fou tandis qu'il se tartinait le visage de cette pâte marron, s'en pourléchait.

D'aucuns prétendent que le Plumpy est un produit typique de l'époque du succédané : sucré sans sucre, café sans caféine, beurre sans cholestérol, vélo sans déplacement, cigarette sans fumée, sexe sans contact, alimentation sans nourriture : une manière de faire comme si ces enfants qui ne mangent pas mangeaient, comme si ces millions de miséreux allaient rester en vie.

Son succès a suscité le débat. Il y a surtout ceux qui remettent en cause l'idée d'intervenir dans une situation structurelle au moyen d'un remède palliatif, « une réponse médicale à un problème social » : la fameuse poudre de perlimpinpin.

Médecins Sans Frontières dit en avoir conscience, mais sait aussi que sa tâche – son champ de manœuvre – n'est pas de réduire la malnutrition mais d'éviter dans la mesure du possible les décès qui en découlent : que c'est dur à dire, mais c'est tout ce que ces humanitaires peuvent faire. Être médecins, accepter cette frontière.

Les enfants – ainsi que leurs parents – continuent d'être privés de nourriture. La faim est toujours là, même si elle les tue moins.

Le pionnier Steve Collins s'en inquiète aussi : « Je ne voudrais pas de l'avènement d'un nouvel ordre mondial où les pauvres dépendraient d'un complément alimentaire envoyé par l'Europe et les États-Unis. »

Le Plumpy n'est, au bout du compte, qu'un remède partiel pour une maladie qui ne devrait pas exister : la plus évitable, la plus guérissable de toutes les maladies connues.

La faim tue chaque année – chaque jour – plus de personnes que le sida, la tuberculose, la malaria réunis, or elle n'existe pas. La faim ne participe pas du mystère, des ombres insondables, incontrôlables de la maladie : l'impuissance face à l'incompréhensible. On comprend trop la faim, même si elle n'existe pas : c'est une invention de l'homme, notre invention.

Et elle pourrait être, tout simplement, un pan invraisemblable de notre passé.

8

C'est alors que je suis tombé malade : une semaine dans les ténèbres. Malgré un lit, de l'électricité, de l'eau courante, des toilettes, un ventilateur, une moustiquaire, des médicaments, un médecin andalou, une certaine confiance en les médicaments et la science, ces journées de vomissements et de diarrhée, de fièvre et de cauchemars ont été éprouvantes. J'essaie – en vain – d'imaginer ce que ça peut être pour n'importe lesquels de ces dames et messieurs, petites et petits d'un village de par ici, sans lit ni électricité, sans eau courante ni toilettes, sans ventilateur ni moustiquaire ni médicaments ni médecin et, surtout, sans la moindre certitude : ici, très souvent, les gens meurent de ça.

Je sais que ce ne sera pas mon cas – je le suppose –, mais mon état ne s'améliore pas. Depuis plusieurs jours, ma vie consiste à gîter, endolori, comme si on m'avait roué de coups, et à ne me lever que pour expulser de tout. J'expulse, j'expulse, je bois de l'eau par petites gorgées et je fais des cauchemars où je parcours une ville trop symétrique qui ne se termine jamais, j'expulse : sue, chie, vomis. Je sue encore, je me tortille sur un matelas trempé – et j'ai très faim. J'ai faim, cette exigence dans la bouche de l'estomac, la persistance pressante de ce vide qui, à force, se transforme en douleur. Je n'ai rien mangé depuis six jours car je suis nauséeux et je chie et vomis tout ce que j'avale : mon corps n'assimile rien. Dehors, il se passe des choses que j'ignore de mieux en mieux. J'imagine encore et encore, libidineux, que je peux boire une bonne gorgée d'eau : une gorgée interminable d'eau froide – mais je n'y arrive pas, je l'expulse aussi sec. Et je continue à l'imaginer – enfin j'ai un désir. Et j'ai faim : mon livre se venge, se fait chair – et je pense confusément que je voudrais comprendre, enregistrer ce qui m'arrive, que je devrais profiter de la maladie pour observer ma faim, mais je n'y arrive pas. Mon corps est devenu un ennemi : je suis l'otage de mon corps.

(Sensation que je suis en train de rater quelque chose. Que je devrais pouvoir mieux enregistrer ce que je ressens, que cela m'aiderait à comprendre la situation de la faim, m'aiderait à la raconter. Sensation que je ne peux pas. La maladie : sensation d'être en train de rater.

Quelque chose.)

Les sociétés avancées ont remplacé l'aventure du corps social par celle du corps individuel. Aujourd'hui, pour les hommes et les femmes des pays prospères, le seuil, l'inexploré n'est plus la *terra incognita* à découvrir ou les lendemains qui chantent à construire, mais le corps : le corps – propre – est cet inconnu qui, dans ses mystères, peut tout nous donner ou tout nous retirer. Ses menaces sont les maladies, les limites du corps. Ma faim, aujourd'hui, est celle d'un Occidental aisé : ce n'est pas que la société m'empêche de me procurer de la nourriture, c'est que mon corps m'empêche de me l'approprier.

Par moments je pense à l'ironie ; par moments je reviens à l'idée que je devrais me concentrer pour essayer d'enregistrer ce qui m'arrive : comment vit mon corps avec la faim. La faim est, avant tout, conscience extrême du corps, brouillard de l'esprit. Je ne comprends pas grand-chose : je suis faible, incapable de penser à quoi que ce soit, engourdi, bougon, endolori. Je sens chaque petit mouvement, chaque menace de mon estomac, de mes intestins, les divers bourdonnements dans ma tête, les petits cris étourdis du corps. J'ai des montées de rage, de ras-le-bol ; ou bien de désespoir. Et tout m'est de plus en plus égal.

– J'ai déjà perdu plus de six kilos.

Dis-je à l'infirmière.

– Ta femme va pleurer.

Me dit-elle, comme qui dirait il pleut.

Ici, maintenant, il ne pleut pas. Ici tout est arrêté et, en même temps, m'échappe. C'est le ramadan : pendant un mois lunaire, les habitants de Madaoua – tous les musulmans qui veulent être dignes de ce nom – ne peuvent ni manger ni boire ni fumer ni embrasser ni rien faire qui leur fasse plaisir, du lever du soleil à son coucher. Douze heures par jour sans manger, des journées à 40 degrés à l'ombre sans absorber une goutte d'eau. Je ne connais pas d'expression plus brutale du pouvoir d'un chef, d'un dieu, d'un dictateur : Regarde comme je te fais faire ce qu'il y a de plus extrême, de moins naturel. Regarde comme je te force : crois, obéis-moi, soumets-toi à ma loi la plus capricieuse.

L'expression de la soumission à ce pouvoir : Regarde comme je t'obéis, pour toi je peux brider jusqu'à mes élans les plus primaires, avoir faim sans nécessité. Mais comme toute relation de pouvoir, il s'agit aussi de commerce : jeûner, c'est remettre à un dieu quelque chose de précieux – renoncer à ce que l'on voudrait – pour obtenir de lui quelque chose en échange. On paie en plaisir ou en satisfaction – en y renonçant, en s'en privant – quelque chose qui nous importe au plus haut chef : le bien-être d'un proche, une bonne récolte ou la victoire dans une guerre, la garantie que nous allons manger, le salut d'une âme présumée.

Dieu s'amuse avec ses ouailles – les siennes et les autres. Je suis toujours malade, aliéné, les bruits de la fête me parviennent chaque nuit par la fenêtre À l'hôpital, pendant ce temps, 60 à 70 enfants arrivent chaque jour atteints de malaria, d'anémie très sévère, de convulsions, pneumonie, diarrhée virulente, toutes les conséquences de la faim chez les petits.

Pascual, le médecin andalou, me dit que cette semaine ils ont encore eu plus de 50 morts, qu'il est dévasté.

Un autre soir, Manuela, l'infirmière madrilène, m'explique qu'ils sont débordés et ne peuvent s'occuper de tout le monde, ils doivent choisir : que c'est monstrueux, mais qu'ils sont souvent forcés de choisir, que certains enfants ont peu de chances de s'en sortir, qu'alors ils concentrent leurs efforts sur ceux qui en ont davantage.

– Pour supporter ça, il faut penser à ceux qu'on sauve. Si on pense tout le temps à ceux qui meurent, on ne peut pas continuer. Mais d'un autre côté, si on ne pense pas à eux, on serait des gens bizarres, des machines. C'est souvent une fois rentrés chez nous que tout nous tombe dessus, qu'on se rend compte à quel point on a été durement éprouvés. Ici, on n'a pas le temps, pas de place pour ça, on vit comme si tout ce qu'on vit là était la normalité. Jusqu'au jour où on rentre chez nous.

Je commence à aller mieux, je retourne dehors. J'ai l'étrange sensation d'avoir – presque à mon insu – appris des choses – que je devrais savoir, avoir su. La sensation d'avoir palpé la vraie misère. Non pas la misère de ceux qui vivent en marge des riches ; celle de ceux qui vivent là où il n'y a pas de riches, qui depuis des siècles mangent – quand ils le peuvent – cette boule de mil, qui prient leur dieu chaque nuit pour pouvoir manger le lendemain – *inchallah* – cette boule de mil.

Un combat permanent pour le plus immédiat, le plus élémentaire : Si vous pouviez avoir tout ce que vous voulez, lui ai-je demandé, et elle m'a dit deux vaches. Cette misère qui consiste aussi à ne pas croire ni avoir appris ni soupçonner que d'autres vies existent et que ces autres vies ne sont pas forcément réservées aux autres. Ce n'est pas une simple question de découpage des frontières matérielles, mais aussi mentales, la réduction du champ de l'imaginable.

Et donc, le mot survie dans son sens le plus strict : des milliers et des milliers de personnes qui se lèvent chaque matin pour essayer de trouver à manger. Le sens le plus bref du mot survie : ce n'est pas facile, quand on a une pareille conception du monde, dans ces conditions, de réfléchir à long terme – un mois, trois mois, un an et demi, un siècle. L'avenir est le luxe des bien nourris.

DE LA FAIM, 1

L'origine des espèces

1

Le philosophe cynique Diogène de Sinope se masturbait un jour au milieu de l'agora d'Athènes et quelqu'un le lui reprocha :

– Ah, vous pensez que c'est mal ? Et que penseriez-vous s'il suffisait de se frotter le ventre pour rassasier sa faim ?

Répondit-il pour bien se faire comprendre. Mais c'est impossible ; chercher comment la rassasier a causé tant de guerres, tant de changements : un des quelques rares fondements de l'histoire.

Nous ne saurons jamais exactement comment nous avons débuté, mais des hypothèses circulent. Dans son ouvrage *Cocinar hizo al hombre* (*La cuisine a fait l'homme*), Faustino Cordón avance l'idée que c'est parce que nous avons échoué là où d'autres ont réussi : quand nos ancêtres étaient ces singes qui se baladaient dans les arbres en quête de bourgeons, de feuilles et d'un insecte perdu par-ci par-là, certains ont appris à se suspendre aux branches mieux et plus que d'autres. Ceux-là sont à l'origine des grands singes : des animaux qui ont développé peu à peu des bras et des torses puissants, pour se déplacer de branche en branche, qui se sont emparés de ce territoire si convoité et en ont chassé les autres ;

nos ancêtres, incapables, impuissants, ont dû descendre des arbres pour chercher fortune au ras du sol.

Cette défaite, dit-on, a été le début de l'homme.

D'aucuns disent qu'aujourd'hui – surpopulation, changement climatique, épuisement du sol et de l'eau – est en train d'advenir « la guerre pour la nourriture » . La guerre pour la nourriture a toujours existé, et elle continue toujours. Seulement, entre deux batailles, il y a des périodes de relative accalmie où les gagnants gagnent si haut la main qu'ils n'ont pas besoin de se battre pour continuer à jouir de leur triomphe.

Une fois à terre, les hominidés ont dû faire de nécessité vertu : ils ont appris à mieux marcher, développé des pattes plus puissantes et affiné les bras et les mains dont ils n'avaient plus besoin pour se suspendre : ils ont alors pu s'en servir pour manier des outils primitifs, des cailloux, des os, des bâtons. Cette phase – ce processus – allait durer des millions d'années. Et produirait deux, trois effets décisifs : la position debout, conséquence du nouvel habitat, qui leur permit de transporter des outils plutôt que de les jeter pour pouvoir grimper à l'arbre. Et un plus grand sens de la communauté car, effrayés par leur nouvel habitat, ces singes étaient obligés de s'entraider, de se soutenir mutuellement. D'où aussi une évolution progressive de leurs modes de communication : les premières tentatives de langage.

À l'aide de ces outils, qui pallieraient l'évidente inaptitude du corps humain à tant d'activités – nous ne sommes pas spécialement forts, nous ne sautons ni ne courons comme d'autres, nous n'avons pas une très bonne vue ni un très bon odorat ni une très bonne ouïe, nous n'avons ni griffes ni dents puissantes –, ces ancêtres ont commencé à varier leur alimentation : certains bâtons leur permettaient de tuer certains animaux, d'autres, de creuser pour déterrer des racines et des tubercules, à l'aide de pierres, ils pouvaient briser les os qu'ils trouvaient pour en extraire la moelle : leur corps s'habituait à d'autres mets, qui à leur tour les transformaient peu à peu.

Une horde : des animaux bondissant et grognant autour d'un animal plus petit et plus faible ou plus mort, se le disputant, le déchiquetant, mangeant ses morceaux : les premières images de la faim.

La sociabilité de ces chasseurs maladroits augmenta lorsqu'ils eurent l'idée de faire ce à quoi s'adonne aujourd'hui n'importe quel courtier en Bourse : diversifier les risques. Les demi-singes ne possédaient pas une variété d'actions à acheter, mais ils pouvaient s'allier à d'autres demi-hommes, leurs cousins ou voisins, et partager chaque jour leur butin. Ainsi, quand l'un n'en avait pas trouvé assez, il mangeait quand même grâce aux autres. Du fait de cette peur de manquer de nourriture, des sociétés allaient se formant ; les liens allaient se resserrant. Et avec eux le principe de la réciprocité : une forme d'égalité ; donnant-donnant, mais j'attends que tu me donnes quelque chose d'à peu près équivalent à ce que je t'ai donné. Confiance et méfiance.

La faim était leur condition. Il y a trois ou quatre millions d'années, ces hominidés vivaient au jour le jour, confrontés aux privations et au danger, ils passaient leur temps à chercher de la nourriture. Et ils mangeaient surtout des végétaux divers et des viandes d'animaux morts : c'étaient avant tout des charognards. Mais ces protéines et ces graisses animales qu'ils consommaient de plus en plus ont peu à peu augmenté le volume de leur crâne, de leur cerveau, et ces cerveaux plus développés leur ont permis de trouver une meilleure nourriture, ce qui a encore augmenté leur capacité cérébrale, et ainsi de suite. Le rapport corps/cerveau qui caractérisait généralement les animaux bascula alors chez les hominidés : leur corps eut besoin de plus en plus de nourriture pour leur cerveau démesuré.

Mais le corps humain est un archaïsme : il est fait pour un temps et une vie très différents. Il pouvait y avoir de la nourriture ou pas : les feuilles ou l'animal censés alimenter nos ancêtres étaient si difficiles à obtenir, si hasardeux : parfois il y en avait, parfois non.

La physiologie de notre corps s'est mise en place en ce temps-là. Elle a donc élaboré un système où la satiété dure très peu, où certaines hormones réclament sans cesse à manger : cette anxiété permanente, cette volonté permanente de manger avait pour fonction de prévenir les moments où la nourriture ne se présentait pas. C'est ce que nous avons l'habitude d'appeler faim : l'ensemble des signes physiques qui réclament de la nourriture.

(Même si, pour surmonter les jeûnes forcés, elle a aussi mis au point un système de réserves : les hommes peuvent conserver de l'énergie sous forme de graisses.)

Et alors, il y a moins d'un million d'années, allez savoir comment – les hypothèses abondent –, ces animaux ont découvert le pouvoir du feu.

(De nombreux millénaires plus tard, quand ces animaux commenceraient à se croire très futés, ils célébreraient cette découverte comme si elle marquait leur commencement. Le feu – racontaient leurs mythes, Prométhée – avait fait d'eux des hommes, les avait distingués des bêtes.)

Il est probable que les premiers usages du feu n'aient pas été culinaires : que les demi-singes l'aient d'abord utilisé pour se protéger du froid et des autres animaux. Et que ce soit le hasard qui leur ait appris que certains aliments étaient nettement meilleurs après être tombés dans le foyer. Et que, en cuisinant, ils aient établi une différence fondamentale : ils sont devenus les premiers animaux à ne pas manger directement ce qu'ils trouvaient, mais à le transformer pour l'améliorer. Qu'ils aient introduit la culture – une des premières formes de la culture – entre la viande des bêtes et leur estomac : cuisiner fit de nous des hommes.

Ces mâles et ces femelles ont appris à chasser et à cuisiner ensemble, à avoir plus de temps pour réfléchir à autre chose qu'à chasser et à manger, à s'aider les uns les autres, à s'occuper longuement de leurs petits – qui, avec leur grosse tête, devaient naître très prématurément pour pouvoir passer par le bassin de leur mère –, à développer ces langages qui devaient achever de les transformer en hommes et en femmes.

Et la faim, pour certains, cessa d'être systématique.

Penser ces temps-là peut se révéler vertigineux : prendre la peine d'imaginer la vie de ces messieurs et de ces dames à moitié nus, errant à travers bois et plaines en quête de leur pitance, sautant, se sautant les uns les autres, sans la moindre notion de passé ni de futur, c'est se rappeler, par contraste, tout ce que nous avons inventé.

Cuisiner a permis, entre autres, de repousser considérablement les limites du comestible : une foule de plantes et d'animaux que les hommes n'arrivaient pas à digérer crus sont devenus mangeables une fois cuits. Nos ancêtres se firent alors omnivores à part entière.

Le processus dura des milliers d'années. L'acquisition de nouveaux aliments a été un travail d'appropriation du monde : plus je le mange, plus je le fais mien – et du coup je le mange encore plus. Nous avons commencé à devenir cette machine à tout manger que nous sommes aujourd'hui. Nous mangeons des animaux, des végétaux, des minéraux : racines, écorces, tiges, feuilles, fruits, fleurs, graines, champignons, algues, mollusques, poissons, oiseaux, embryons d'oiseaux, reptiles, insectes et, de nos congénères mammifères, la viande, le sang, le cuir, la moelle et même ces sécrétions glandulaires que nous appelons lait ou fromage – et de grandes quantités d'une pierre moulue que nous appelons sel.

Cette capacité – cette habilité à combattre la faim – est une des principales raisons du passage du nombre d'humains de quelques centaines de milliers à sept milliards en une centaine de milliers d'années : une explosion qui est la meilleure preuve de la réussite de l'espèce – en tant qu'espèce

Rien de plus trompeur que d'être – de se concevoir comme – une espèce.

Cette augmentation a été un processus long, sinueux. On suppose que la température a augmenté, que les écosystèmes ont changé, que les animaux se sont raréfiés et que les chasseurs sont devenus plus cueilleurs. Les chasseurs-cueilleurs avaient des systèmes très stricts de contrôle de la natalité – qui incluaient, bien entendu, l'infanticide – pour maintenir l'équilibre délicat entre individus et nourriture. Le débat est toujours d'actualité : ont-ils perdu le contrôle et se sont-ils vus contraints d'élaborer de nouvelles manières de se nourrir ou ces nouvelles manières leur ont-elles au contraire permis d'abandonner ce contrôle ? L'éternelle histoire de l'œuf et de la poule.

Quoi qu'il en soit, après le début de l'agriculture l'explosion est devenue brutale. C'est un des grands moments – et des grands mystères – de l'histoire de l'homme, même si, selon certains historiens, c'est surtout un des grands moments de l'histoire de la femme. Il y a dix ou douze mille ans, différentes personnes à différents endroits – Moyen-Orient, Amérique centrale, Chine, Nouvelle-Guinée, Afrique tropicale – découvrirent plus ou moins simultanément comment faire pour que ces plantes, qu'elles cueillaient généralement au cours de leurs pérégrinations, poussent là où elles le décidaient : elles pouvaient en extraire les graines, les enterrer, attendre – et, tant qu'à faire, elles ont inventé des dieux pour leur demander qu'il pleuve. L'histoire des dieux n'arriva évidemment pas toute seule : on vit apparaître des messieurs qui disaient savoir communiquer avec eux et pouvoir interpréter leurs balbutiements et leurs contradictions. Les prêtres et les religions ont été, en quelque sorte, des parasites de ces graines primitives.

En même temps, ces hommes ont découvert qu'ils pouvaient en faire autant avec les animaux : les domestiquer et les cultiver pour disposer de leur viande et leur lait et leurs œufs – sans compter leur force de travail, qui leur servait à produire encore plus de nourriture.

Il est difficile, aujourd'hui, alors qu'il n'est rien de plus traditionnel que de travailler la terre, de concevoir une époque où l'agriculture était le summum de la modernité, l'invention récente qui était en train de transformer tant de vies. Cela leur faisait peur, bien sûr : la nouveauté a toujours fait peur au plus grand nombre. Beaucoup pensaient que labourer la Terre Mère revenait à la brutaliser violemment : retournée, blessée, soumise à ses enfants, elle finirait par se venger. Bien des récits mythologiques déplorent cette violence intolérable : formes primaires de l'écologie militante.

Ce fut un changement radical : jamais personne auparavant n'avait pu être assuré d'avoir à manger quelques mois plus tard. Avec cette certitude a surgi la nécessité de s'installer sur un territoire déterminé jusqu'à ce que ces graines portent leurs fruits. Les premiers villages virent le jour, où les hommes purent s'installer et attendre – au lieu de gambader en quête de plantes et de bêtes. L'idée du futur fit son apparition, comme le temps où adviendraient des choses que l'on pouvait prévoir. La possibilité de penser ces choses-là apparut et avec elle de faire des plans.

Et aussi la nécessité d'inventer des moyens de conserver ces grains de céréales. Un des grands changements oubliés de l'histoire est survenu quand les hommes ont appris à engranger de la nourriture. Encore l'œuf et la poule : peut-être ont-ils commencé par découvrir le moyen de produire plus, ce qui les confronta au problème du stockage, mais il est plus probable qu'ils aient d'abord compris comment la stocker, puis qu'ils aient cherché le moyen d'en avoir plus que le nécessaire pour aujourd'hui et demain. Ils ont alors davantage produit et agrandi le stockage et découvert de nouvelles manières et de nouvelles méthodes pour produire plus, et ainsi de suite : nos sociétés.

Nous commencions à être – pour le meilleur et pour le pire, pour rien de rien – ce que nous sommes.

Ces hommes se mirent à manger à heures fixes : ce fut un saut extraordinaire, et ils ne purent l'accomplir que parce qu'ils croyaient avoir garanti l'accès à une nourriture suffisante pour se permettre de ne pas manger chaque fois qu'ils le pouvaient – comme ils l'avaient toujours fait, comme le font encore les autres animaux.

La faim constante est la condition originelle des hommes. Et le soulagement de savoir que pendant quelques heures il ne sera pas nécessaire de chercher à manger est une conquête culturelle décisive. Plus nous sommes rassasiés, plus nous sommes humains. Moins nous devons dédier de temps à nous rassasier, plus nous sommes humains. Le processus de civilisation est la trajectoire qui va de consacrer tout son temps à l'obtention de nourriture à y consacrer le moins de temps possible. Plus nous avons faim, plus nous sommes des animaux ; moins nous avons faim, plus nous sommes humains.

L'équation vaut toujours de nos jours.

2

Par paresse, ignorance ou qui sait quelle autre vertu, nous pensons généralement que l'histoire du monde ne pouvait être que ce qu'elle fut. C'est le tour de passe-passe le plus réussi de ceux qui préfèrent que nous acceptions le monde tel qu'il est : ce qui fut est ce qui devait être – et ce qui est aussi ce qui doit être ou, éventuellement : l'unique option. À quoi ressemblerait le monde si une clique de pithécanthropes ne s'était pas mis dans la tête – une supposition – que ce qu'ils utilisaient et consommaient n'était pas à eux, leur propriété, leur possession, mais à tout le monde car tout le monde le voulait et en avait besoin ? À quoi ressemblerait-il s'ils avaient préféré s'éviter l'effort de travailler et avaient poursuivi leur vie de nomades oisifs ? À quoi ressemblerait-il si personne n'avait eu assez peur ou assez d'imagination ou d'ambition ou d'intelligence pour dire à ses camarades – convaincre ses camarades – que cet arbre si grand et si âgé était un être supérieur, un « dieu » auquel ils pouvaient demander des choses ?

Ce sont des exemples : le battement d'ailes d'un papillon en Chine nous enseigne, avant tout, que n'importe quel battement d'ailes est important, que rien n'est si certain.

Dans ces villages – les premières villes –, la possibilité de conserver les aliments déboucha sur une autre nouveauté extraordinaire : le temps libre, l'oisiveté comme idée manifeste. Les hommes n'avaient plus à consacrer tout leur temps à se procurer de la nourriture car ils savaient que leur nourriture était là, qui poussait dans les champs, engraissait dans les enclos. Ces hommes et ces femmes purent dédier beaucoup de temps à d'autres activités : tisser, tanner, modeler, transporter, combattre, discuter, faire la sieste, conspirer, s'aimer, se trahir. Des métiers, des différences firent leur apparition.

Dès lors qu'il y avait des réserves, d'autres pouvaient les convoiter. Il fallait les protéger et, peu à peu, certains se spécialisèrent là-dedans : les plus habiles, les plus forts, les plus ambitieux. La communauté accepta de leur donner ce qu'il fallait pour qu'ils puissent la défendre, et ils accumulèrent du pouvoir.

Ce fut un long processus : les excédents de nourriture ont permis que certains se détournent complètement de la production de celle-ci, s'installent dans de plus grandes maisons – que nous appellerions un jour palais –, thésaurisent, concentrent, et les villageois se sont distingués des paysans, les riches des pauvres. Les richesses se sont amassées dans ces nouveaux endroits, ces premières villes. Qui contrôle un grenier contrôle ceux qui veulent en manger les grains. Qui contrôle ces derniers veut contrôler davantage : inventer des structures qui lui assurent le maintien du contrôle. Commencèrent à apparaître, ici et là, les premiers États.

Et l'augmentation de leur pouvoir grâce à leur pouvoir : les nouveaux États mésopotamiens étaient déjà suffisamment puissants pour construire des digues et des canaux à une échelle jamais vue, ce qui à son tour leur permettait de semer et de récolter à une échelle jamais vue : acquérir plus de nourriture, plus de pouvoir.

Et des classes ont vu le jour, des différences, des inégalités : c'était une grande nouveauté, que certains mangent et d'autres pas. La tradition de la faim voulait que la pénurie et la satisfaction soient – plus ou moins – les mêmes pour toute la horde ; elles ne l'étaient plus. Et ceux qui produisaient la nourriture – qui se salissaient les mains dans la terre, qui se crevaient l'échine à creuser des sillons – étaient généralement ceux qui en mangeaient le moins.

La nouveauté : que certains mangent et d'autres pas.

Les sociétés organisées autour de la production agricole réduisirent le régime riche et complexe des premiers hommes à un régime de *staple food* – aliment de base – comme celui qui prévaut encore dans nombre de sociétés pauvres. Une céréale ou un tubercule déterminés devinrent l'alimentation habituelle, répétée, quotidienne d'une bonne partie de la population – de loin en loin agrémentée de sauces préparées avec les légumes disponibles ou un petit morceau de viande de gibier ou d'élevage à intervalles très espacés.

Certes, ceux qui mangeaient devenaient plus nombreux, mais ils mangeaient mal. Ce fut curieux : la grande révolution néolithique, la grande avancée de la technique qui changerait comme aucune autre l'histoire des hommes, rendit ces hommes d'autant plus civilisés qu'ils étaient plus petits et plus fragiles. Sans compter qu'elle les obligea à travailler de l'aube au crépuscule pour un patron.

Leurs ancêtres chasseurs-cueilleurs avaient un régime riche en végétaux avec un peu de viande maigre ; les premiers agriculteurs se mirent à manger plus de glucides – et, pour comble, ils bougeaient beaucoup moins. Leur corps en pâtit :

en l'espace de quelques siècles, ces paysans perdirent une vingtaine de centimètres de stature et quelque cinq ans de durée de vie – ou de son espérance. Grâce à la dulcification de leur régime, ils découvraient aussi les caries, autre invention de notre culture, puis l'arthrite grâce aux travaux de la terre, et d'autres maladies. Commencèrent les premières épidémies.

Ces hommes et ces femmes étaient beaucoup plus intelligents, vivaient dans des sociétés infiniment plus complexes, avaient des rois et des dieux, des putains et des soldats, se formaient des idées sur le monde, se multipliaient gaillardement – mais ils étaient devenus tout petits et vivaient bien moins longtemps. Ce sont les drôles de paradoxes du « progrès ». Ils n'avaient plus faim – ils n'avaient pas tout le temps faim –, mais ils commençaient à être mal alimentés.

Ce pourrait être une forme du débat contemporain : le progrès technique du néolithique – la découverte de l'agriculture – empira la qualité de l'alimentation de ces gens. Il permit toutefois qu'en quarante siècles, ils soient quarante fois plus nombreux. Alors ?

Ou encore : l'espèce s'améliore-t-elle si ses individus empirent ?

Or, en même temps, l'alimentation des chefs et des généraux et des prêtres et des rois empereurs dieux qui gouvernèrent ces nouveaux villages devint de plus en plus spéciale. C'est en ce temps-là, il y a environ dix mille ans, qu'apparut la différence entre la haute et la basse alimentation : entre la table du chef dressée de produits variés, de préparations compliquées – déjà produites parfois par les premiers spécialistes – et l'écuelle du paysan ou de l'artisan ou du soldat, où le plat unique, préparé par les femmes de la maison, revenait chaque soir, identique. Grâce à ces denrées, les puissants devinrent gros – et la grosseur devint un signe de puissance. Les pauvres, maigres – et la maigreur, une marque d'impuissance.

Et il est tant d'endroits où, bien entendu, la faim a survécu.

Non seulement le régime d'un aliment principal empira leur nutrition ; il introduisit en plus un grave danger : chaque fois que cet aliment – quasi – unique venait à manquer, suite à une sécheresse, une guerre, une inondation, une gelée, la famine s'installait inévitablement. Le premier écrit connu sur la faim est une inscription sur la tombe d'Anjtifi, gouverneur il y a quatre mille ans d'une province du sud de l'Égypte, sur laquelle est écrit que « la Haute Égypte était en train de mourir de faim, au point qu'on mangeait ses propres enfants. »

On inventa le pain. Faire du pain – faire du pain – est le résultat de milliers d'années de recherches, un périple extraordinaire. Planter des semences, en récolter les plantes, moudre les grains, les transformer en pâte, lui donner une forme, l'enfourner : quatre ou cinq technologies d'une extrême complexité – quatre ou cinq découvertes éblouissantes – combinées pour que les hommes méditerranéens produisent leur aliment le plus emblématique. À telle enseigne que, dans l'*Iliade* et l'*Odyssée*, alias Homère dit souvent « mangeurs de pain » pour parler des hommes.

Il y eut des dieux. Les hommes, effrayés, démunis, s'étaient dégotés des dieux. Une des fonctions de ces dieux – une des plus importantes – était d'augmenter les moissons. Ou alors, dans le pire des cas, en dernier recours, de leur procurer à manger.

« Les Israélites leur dirent : "Que ne sommes-nous morts de la main de Yahvé au pays d'Égypte, quand nous étions assis auprès de la marmite de viande et mangions du pain à satiété ! À coup sûr, vous nous avez amenés dans ce désert pour faire mourir de faim toute cette multitude."

« Yahvé dit à Moïse : "Je vais faire pleuvoir pour vous du pain du haut du ciel. Les gens sortiront et recueilleront chaque jour leur ration du jour [...]" »

L'amélioration des techniques agricoles fit croître la population, de plus en plus de gens durent chercher de nouvelles terres pour se sustenter. Certaines n'étaient pas aussi fertiles que les premières, il fallait se débrouiller, inventer de nouvelles méthodes : un paysan déboisait et brûlait un champ, les cendres servaient d'engrais pour pouvoir le cultiver un ou deux ans ; quand la terre s'épuisait, le paysan recommençait sur un terrain voisin, et ainsi de suite. Au bout de quelques années, il pouvait revenir au premier lopin et relancer le cycle. Cependant, le mécanisme ne fonctionnait que s'il y avait beaucoup de terre disponible : s'il n'y avait pas trop de gens. Or il y en avait de plus en plus, et ce fut là le début des grandes migrations – et de l'occupation de territoires de plus en plus vastes.

Dans le monde méditerranéen romain, où il n'y avait plus d'espace libre, des paysans découvrirent que tout allait beaucoup mieux si on associait l'élevage à l'agriculture : les animaux aidaient à compléter l'alimentation, fertilisaient les terres grâce à leur bouse et les travaillaient par leur force de traction. Quoiqu'ils subirent une concurrence de plus en plus rude : les esclaves étaient moins chers et, parfois, plus efficaces.

Pendant ce temps, en Asie, se répandait le riz. Dans certaines zones du Sud-Est, au sud de la Chine, dans certaines régions de l'Inde, en Corée, au Japon, on pouvait obtenir deux et même trois récoltes par an · le système produisait beaucoup de nourriture mais réclamait beaucoup de gens pour y travailler mais parvenait à les alimenter. L'Extrême-Orient devint la région la plus peuplée de la planète.

La notion de haute et de basse alimentation culmina à Rome. Certains banquets impériaux symbolisaient – encore aujourd'hui, deux mille ans après – la quintessence de cette gastronomie dispendieuse des riches : le festin de Trimalcion dans le *Satyricon*, avec ses tétines de lièvre, ses oies remplies d'huîtres, ses langues de flamants et ses volailles faites de viande de porc demeurent les exemples les plus bigarrés de cette différence. Si la valeur de la cuisine consiste à transformer une denrée naturelle en un produit façonné par la culture, ces volailles de porc en sont un summum possible : on ne change pas le morceau, on change l'animal, on crée une fausse bête. On cuisine – on transforme – la nature.

Mais Rome consacra aussi un modèle alimentaire qui fonctionne toujours dans nos sociétés : l'assistanat. Tous ses citoyens d'abord, puis tous ses habitants avaient droit à une distribution gratuite ou très subventionnée, selon les périodes, de grains, de pain, d'huile : les aliments de base, la protection de l'État contre la faim – qui fonctionnait souvent, mais pas toujours.

« Il n'y a qu'à Rome que l'État alimente les pauvres. En Orient, les pauvres sont en revanche considérés comme une gêne, et s'ils ne peuvent s'acheter du pain, on les laisse mourir de faim », disait Marc-Antoine, dans une lettre datant des années 30 avant Jésus-Christ. Pour cela, ils organisèrent, pour la première fois à pareille échelle, un système alimentaire global, intégré : les grains que les chefs de Rome distribuaient à leurs pauvres provenaient de Sicile ou d'Égypte, l'huile d'Hispanie ou de Syrie. Or il était clair pour eux – et ils le disaient – que c'était une manière d'acheter la paix : ces aliments étaient une sorte de tribut de guerre que l'on versait à un ennemi tapi, tranquille mais jamais endormi : le peuple de la cité de Rome.

Là aussi, à cette époque, naquit un mot qui demeure associé à cette forme de distribution modique : chaque Romain doté de pouvoir possédait des centaines ou des milliers de personnes plus humbles que lui, qui le suivaient et lui obéissaient et l'accueillaient en échange de ses faveurs : les clients.

Le système leur survivrait.

3

Depuis le début de la civilisation, la faim fut l'une des armes les plus puissantes, une forme extrême de l'exercice du pouvoir. Pour faire ployer une ville en coupant son approvisionnement de vivres jusqu'à ce que la faim ait raison d'elle ; pour gagner l'estime ou la tolérance d'une population en lui évitant la faim par une distribution de nourriture – et tant d'autres.

La faim était une menace puisqu'elle n'a jamais cessé d'être là. La faim – la possibilité de la faim – a été, durant ces millénaires, la normalité de toutes les cultures.

On subodore – et les preuves en abondent – qu'arrivée à un certain point, la faim peut désagréger n'importe quelle société, n'importe quelle solidarité, tous les liens. L'histoire des Ik devint si célèbre qu'elle donna lieu à une pièce de théâtre imaginée il y a quelques décennies par le maître Peter Brook. Avant cela, les Ik étaient un peuple de chasseurs-cueilleurs du nord de l'Ouganda, que le gouvernement avait expulsés de leurs terres et condamnés à la faim la plus extrême. Leur histoire était donc une mise en scène de ce que la faim peut faire de pire à un peuple : une sorte de métaphore outrancière.

Les Ik n'avaient presque rien à manger – et décidèrent qu'ils ne pouvaient pas se payer le luxe de le partager. Leur manière de lutter contre la faim extrême était l'individualisme extrême : littéralement, que chacun sauve sa peau comme il pouvait. C'est pourquoi les enfants étaient abandonnés par leurs parents dès l'âge de trois ans et se regroupaient en bandes, se débrouillaient en volant leur nourriture à n'importe qui – surtout aux plus vieux et aux plus vulnérables, affaiblis par la dénutrition.

Ceux qui survivaient jusqu'à l'âge de huit ans rejoignaient une autre bande, encore plus violente, d'enfants de moins de treize ans. Là, ils maraudaient ensemble jusqu'à ce que, arrivés à la puberté, chacun poursuive sa quête dans une parfaite solitude. Solitude dans laquelle beaucoup mouraient – car personne ne donnait des aliments à ceux qui n'arrivaient pas à s'en procurer. Quant à ne pas recevoir, écrivait Collin Turnbull, l'anthropologue anglais qui les avait recensés, ils ne recevaient même pas la sympathie des autres : à la vue d'un voisin ou d'un proche en train de mourir de faim au pied d'un arbre, ils ne daignaient pas se retourner. À moins qu'ils ne se disent qu'ils pouvaient lui soutirer quelque chose.

Dans son excellent livre *Hunger*, Sharman Apt Russell synthétise les trois phases consécutives à l'apparition d'une menace de famine. « Vient d'abord l'alarme générale. Les gens sont excités et peuvent devenir plus grégaires. Ils peuvent partager davantage, installant par exemple des cantines communautaires. Ils peuvent émigrer. Les émotions, les tensions augmentent. Viennent l'irritabilité et la colère, l'inquiétude politique, les révoltes et les pillages. Il peut y avoir une recrudescence de rituels religieux, de dévotion, d'actes mystiques.

« Dans la deuxième phase, il s'agit de résister à la faim elle-même, non à ses causes. Les gens ne dépensent pas leur énergie ; ils la conservent. Ils deviennent moins sociables, leurs actes se focalisent sur l'obtention de nourriture. Les petits groupes fermés comme l'unité familiale deviennent le meilleur moyen de survie. Les amis et la famille étendue peuvent en être exclus. Les vols deviennent monnaie courante. Le travail politique organisé diminue, même s'il peut y avoir des actes isolés d'agression et de violence. Au milieu de ce désordre social, les gens se tournent davantage vers l'autorité.

« La dernière phase est marquée par l'avortement de toute tentative de coopération, y compris au sein de la famille. Ceci peut se produire graduellement. Les plus âgés sont les premiers sacrifiés, viennent ensuite les plus petits. Les gens sont physiquement et émotionnellement exténués, ils passent des heures assis, le regard dans le vide, sans parler.

« La famine dévoile le meilleur et le pire de chacun : elle exagère ce qui était déjà là. »

La faim était
ce qui était déjà là.

« Cette année, presque toute la Gaule fut accablée de la famine : beaucoup de gens firent du pain avec des pépins de raisin, des noisettes et des racines de fougère desséchées et réduites en poudre : on y mêlait un peu de farine ; d'autres firent de même avec du blé encore vert : il y en eut même beaucoup qui, n'ayant pas de farine, cueillaient différentes herbes et, après les avoir mangées, mouraient enflés ; plusieurs moururent consumés par la faim », écrivit Grégoire de Tours – qui ensuite devint saint – dans son *Histoire des Francs*, VIe siècle de son ère.

La faim faisait partie de leur vie au même titre que le rêve, la fornication, la mort, la famille : avec l'entêtement de ce qui est naturel, la force de ce qui existe sans le moindre doute. L'Occident médiéval fut un monde cerné par la faim. La chute des structures administratives romaines et du commerce, la chute de population, la perte des techniques agricoles se liguèrent pour ramener la production et la circulation d'aliments à des niveaux très bas.

Dans un monde où chaque contrée devait subvenir à ses besoins alimentaires, où les communications et les transports étaient un luxe peu fréquent, il suffisait que la moisson fasse défaut – ravageurs, sécheresse, guerres, rapine d'un seigneur indélicat – pour que les habitants – des milliers, des dizaines de milliers d'habitants – meurent de faim.

Il n'y avait pas d'États pour distribuer quoi que ce soit ; l'Église catholique s'en chargeait de très loin en loin. Mais elle était bien plus efficace pour établir la raison et la logique, la justification de la faim. Dans un monde régi par un dieu tout-puissant, n'importe qui aurait pu se demander pourquoi il n'y avait pas assez à manger, pourquoi ce dieu n'y pourvoyait pas. La réponse chrétienne était que la faim était le juste châtiment de ceux qui l'avaient offensé en quelque manière.

– Et pourquoi le Seigneur me condamne-t-Il, mon père ?

– Ça, c'est toi qui le sais, mon fils, mieux que quiconque.

Parfois, ce dieu était si généreux que ses prêtres s'occupaient de ces brebis égarées nécessiteuses décharnées. Mais, dans l'iconographie médiévale, les affamés étaient montrés comme un avertissement à l'adresse des croyants : voilà ce qui vous attend si vous n'acceptez pas Mon commandement, Mes règles, Mon pouvoir, si vous n'exécutez pas Mes ordres. Ils n'inspiraient donc ni la pitié ni la sympathie, mais le mépris, l'effroi : des exemples de ce que produisent l'amoralité, la paresse, la faiblesse devant le péché.

Mises en garde, avertissements.

Il est des machines meilleures que d'autres ; il n'est pas d'idéologie qui n'ait marché sans convaincre les affamés qu'ils l'étaient par leur propre faute, leur faute, leur très grande faute.

En ce temps-là, dans des espaces plus prospères, les royaumes islamiques se sont étendus et ont occupé une bonne partie du nord de l'Afrique, du sud de l'Europe, du Moyen-Orient, du centre de l'Asie. Ils ont amélioré la production agricole grâce à de nouvelles techniques de rotation, de grands travaux d'irrigation, des moulins, l'introduction de cultures qu'ils importèrent de toutes leurs régions : canne à sucre, riz, bananes, agrumes, aubergines, noix de coco, melons se regroupèrent et furent à même de nourrir les plus grandes villes de l'époque : Bagdad, Cordoue – qui atteignaient le million d'habitants quand Londres, par exemple, en comptait 10 000 et mangeait si petitement.

« Toute la terre fût tellement inondée de pluies continuelles que, durant trois ans, on ne trouva pas un sillon bon à ensemencer. [...] Cependant, quand on se fut nourri de bêtes et d'oiseaux, cette ressource une fois épuisée, la faim ne s'en fit pas sentir moins vivement, et il fallut, pour l'apaiser, se résoudre à dévorer des cadavres, ou toute autre nourriture aussi horrible ; ou bien encore, pour échapper à la mort, on déracinait les arbres dans les bois, on arrachait l'herbe des ruisseaux ; mais tout était inutile, car il n'est d'autres refuges contre la colère de Dieu que Dieu même. [...]

« Hélas ! devons-nous le croire ? les fureurs de la faim renouvelèrent ces exemples d'atrocité si rares dans l'histoire, et les hommes dévorèrent la chair des hommes. Le voyageur, assailli sur la route, succombait sous les coups de ses agresseurs ; ses membres étaient déchirés, grillés au feu, et dévorés. D'autres, fuyant leurs pays pour fuir aussi la famine, recevaient l'hospitalité sur les chemins, et leurs hôtes les égorgeaient la nuit pour en faire leur nourriture. Quelques autres présentaient à des enfants un œuf ou une pomme, pour les attirer à l'écart, et ils les immolaient à leur faim. Les cadavres furent déterrés en beaucoup d'endroits pour servir à ces tristes repas. Enfin ce délit, ou plutôt cette rage, s'accrut d'une manière si effrayante, que les animaux eux-mêmes étaient plus surs que l'homme d'échapper aux mains des ravisseurs, car ils semblaient que ce fût un usage désormais consacré, que de se nourrir de chair humaine ; et un misérable osa même en porter au marché de Tournus, pour la vendre cuite, comme celle des animaux. Il fut arrêté, et ne chercha pas à nier son crime ; on le garrotté, on le jeta dans les flammes. Un autre alla dérober pendant la nuit cette chair qu'on avait enfouie dans la terre ; il la mangea, et fut brûlé de même », raconte le moine bourguignon Raoul le Chauve dans sa célèbre chronique des famines d'Europe occidentale entre 1031 et 1033.

Le cannibalisme était – modérément – exceptionnel ; pas la faim. Durant les mille ans qui suivirent la chute de l'Empire romain, s'écoulaient rarement plus de dix ans sans qu'une région d'Europe – ou plusieurs – souffre de terribles famines.

Mais la famine était encore un phénomène sporadique : la norme demeurait la faim comme menace constante, permanente, comme horizon de la vie quotidienne.

Ce n'était pas linéaire, bien sûr, pas toujours pareil : c'était plutôt une course chaotique entre plusieurs variables : les outils et les techniques de labour s'amélioraient, on occupait de nouvelles terres, on produisait davantage d'aliments et donc la population augmentait, tant et si bien que la nourriture revenait à manquer – ou alors une guerre, une plaie rompaient un équilibre toujours si précaire. En ce temps-là et en Europe, c'est flagrant ; quelque chose de similaire s'est toujours produit, presque partout.

(Au début du XIVe siècle débuta un de ces cycles de paupérisation et de famine, culminant en 1348 avec l'apparition d'une maladie qui s'abattit sur une population déjà très affaiblie : la Peste noire tua un quart des Européens.)

Dans ces sociétés où tant de gens avaient faim, les rares qui y échappaient se privaient de nourriture à intervalles réguliers : la faim a toujours été une forme de purification. Les religions monothéistes entretiennent des relations intenses avec la faim : elles entendent toutes imposer des jeûnes, des modes contrôlés d'être affamé pour démontrer qu'un dieu – et ses sbires – peut nous forcer à faire des choses que nous ne ferions pas spontanément. Des formes de violence en hommage au pouvoir le plus absolu.

La religion nécessite de s'imposer en contrariant le naturel. C'est la culture en un sens extrême : une culture qui ne traduit ce monde-ci qu'en en créant d'autres. Jeûner est une victoire de la culture, un monument à la fierté de la culture. Pour la pensée religieuse – la pensée qui imagine qu'il y a quelque chose de mieux que les hommes, que les hommes sont une race inférieure – manger est une faiblesse. Nous serions meilleurs si nous n'avions pas besoin de manger. Manger a toujours été conçu comme une obligation pesante, avilissante ; les êtres supérieurs en sont exemptés. Dans la tradition chrétienne, il n'a jamais été dit que Dieu mangeait quoi que ce soit ; dans la gréco-romaine, par exemple, les dieux anthropomorphes mangeaient du nectar et de l'ambroisie. Jeûner est le propre des anges – disaient les chrétiens – : cela dépasse la nature.

Jeûner, c'est accepter une interruption de l'ordre naturel au profit d'un ordre culturel – mais cet ordre culturel, religieux, se présente comme surnaturel ou plutôt comme pré-naturel : antérieur à toute nature, créateur de toute nature. La nature est décadence – la chair est décadente, la nourrir est décadent – ; le surnaturel l'améliore et la corrige.

Rien de plus vulgaire que de manger pour assouvir sa faim.

Pour la majorité de cette population, la gourmandise n'était pourtant pas un péché mais un miracle. Quelques-uns mangeaient beaucoup ; beaucoup continuaient de manger mal et peu. Les viandes étaient le privilège quasi exclusif des nobles, qui se réservaient le droit de chasser ; durant plus de mille ans, l'alimentation de la plupart des Européens était si sommaire, si monotone qu'ils restaient à la merci de la première inclémence.

Pendant des siècles, leur faim n'a été que manque de nourriture : des techniques primitives, des récoltes détruites par les intempéries et les guerres. Mais c'était aussi, dans une grande mesure, de la nourriture pauvre en nutriments : malnutrition chronique, constante. À l'Hôtel-Dieu, le grand hôpital du Paris médiéval, une foule de malades guérissaient avec une hospitalisation pour tout traitement : certains criaient au miracle. Bien des années plus tard, on comprendrait qu'ils guérissaient parce qu'ils y mangeaient un pain de blé plus nourrissant que le pain noir – fait de son d'orge ou de seigle – qu'ils pouvaient se payer dans leur foyer, leurs rues.

Nourritures de riches, nourritures de pauvres : durant une bonne partie du Moyen Âge, les nourritures de classe regorgeaient d'épices – poivres, clous de girofle, cannelle, gingembre, safran – car presque personne ne pouvait se les payer. À partir du XVIe siècle, quand le trafic mondial en fit baisser le prix, surgit une nouvelle cuisine riche à base de beurre, de légumes frais et autres produits qui, dans les villes, étaient à la portée d'un petit nombre. C'étaient des reproductions à l'échelle qui renvoyaient à la différence de base : avoir ou ne pas avoir, manger ou pas.

Elles étaient en outre soutenues par des docteurs de l'époque : nombre de traités fort savants – comme le *Régime de santé pour les pauvres, facile à tenir* de Jacques Dubois, Paris, 1545 – expliquaient que les pauvres devaient s'en tenir aux aliments qui leur correspondaient – essentiellement pain noir, oignons, ail, poireaux, pois chiches, bouillie, quelque morceau de lard, soupes – et laisser les mets délicats aux seigneurs qui, eux, savaient les manger. C'était, disaient-ils, pour leur bien : leur estomac n'était pas habitué à ces volailles, ces poissons, ces friandises, ces fruits frais, ces saveurs raffinées, et ils n'auraient su les assimiler, seraient tombés malades, seraient morts à vouloir en manger. Par chance, la science veillait sur eux autant que maintenant.

« Le licencié Cabra s'assit et donna la bénédiction. Le repas fut éternel, n'ayant ni commencement ni fin. On servit dans des écuelles de bois un bouillon si clair, qu'en voulant le boire, Narcisse aurait couru plus de risques qu'à la fontaine », riait encore maître Quevedo.

Pour tromper la faim, ceux qui en souffraient s'étaient inventé un lieu imaginaire, un pays du bonheur où les maisons étaient faites en jambon, les toits en saumon et en bars, où « dans les rues on rôtit de grosses oies qui tournent toutes seules et sont suivies de près par une sauce blanche à l'ail et elles s'accommodent toutes seules sur ces tables avec leurs blanches nappes, près des fontaines regorgeant de vin ». On l'appelait, selon les pays, Cocagne, Cuccagna ou même Jauja, et il était toujours loin, outre quelque mer. Le plus curieux, c'est qu'un jour des navigateurs plus ou moins espagnols aient cru l'avoir trouvé. L'Amérique n'était pas tout à fait ça, mais les produits qui en sortirent changèrent à jamais l'alimentation dans le monde. La pomme de terre, la tomate, le maïs, le poivron et tant d'autres denrées apportèrent quelques consolations aux pauvres, mais de Cocagne point : la faim ne les quittait pas et leur régime se détériorait.

Il arriva à peu près la même chose que lors de l'apparition de l'agriculture : l'amélioration des techniques agricoles et l'explosion démographique firent que plus de gens mangèrent moins varié, qu'ils se nourrirent moins.

C'était le temps où Jonathan Swift rédigeait sa *Modeste Proposition pour empêcher les enfants pauvres d'être à la charge de leurs parents ou de leur pays* (1728), une des grandes satires de l'histoire, sous la forme d'un projet pour réduire la faim en Irlande – en mangeant les affamés :

« […] Il reste donc cent vingt mille enfants nés chaque année de parents pauvres. Comment élever et assurer l'avenir de ces multitudes, telle est donc la question puisque, ainsi que je l'ai déjà dit, dans l'état actuel des choses, toutes les méthodes proposées à ce jour se sont révélées totalement impossibles à appliquer, du fait qu'on ne peut trouver d'emploi pour ces gens ni dans l'artisanat ni dans l'agriculture ; que nous ne construisons pas de nouveaux bâtiments (du moins dans les campagnes), pas plus que nous ne cultivons la terre ; il est rare que ces enfants puissent vivre de rapines avant l'âge de six ans, à l'exception de sujets particulièrement doués, bien qu'ils apprennent les rudiments du métier, je dois le reconnaître, beaucoup plus tôt ; durant cette période, néanmoins, ils ne peuvent être tenus que pour des apprentis délinquants, ainsi que me l'a rapporté une importante personnalité du comté de Cavan qui m'a assuré ne pas connaître plus d'un ou deux voleurs qualifiés de moins de six ans, dans une région du royaume pourtant renommée pour la pratique compétente et précoce de cet art.

« Nos marchands m'assurent qu'en dessous de douze ans, les filles pas plus que les garçons ne font de satisfaisants produits négociables, et que même à cet âge, on n'en tire pas plus de trois livres, ou au mieux trois livres et demi à la Bourse, ce qui n'est profitable ni aux parents ni au royaume, les frais de nourriture et de haillons s'élevant au moins à quatre fois cette somme.

« J'en viens donc à exposer humblement mes propres idées qui, je l'espère, ne soulèveront pas la moindre objection.

« Un Américain très avisé que j'ai connu à Londres m'a assuré qu'un jeune enfant en bonne santé et bien nourri constitue à l'âge d'un an un mets délicieux, nutritif et sain, qu'il soit cuit en daube, au pot, rôti à la broche ou au four, et j'ai tout lieu de croire qu'il s'accommode aussi bien en fricassée ou en ragoût.

« Je porte donc humblement à l'attention du public cette proposition : sur ce chiffre estimé de cent vingt mille enfants, on en garderait vingt mille pour la reproduction, dont un quart seulement de mâles – ce qui est plus que nous n'en accordons aux moutons, aux bovins et aux porcs – la raison en étant que ces enfants sont rarement le fruit du mariage, formalité peu prisée de nos sauvages, et qu'en conséquence, un seul mâle suffira à servir quatre femelles. On mettrait en vente les cent mille autres à l'âge d'un an, pour le proposer aux personnes de bien et de qualité à travers le royaume, non sans recommander à la mère de les laisser téter à satiété pendant le dernier mois, de manière à les rendre dodus, et gras à souhait pour une bonne table. Si l'on reçoit, on pourra faire deux plats d'un enfant et si l'on dîne en famille, on pourra se contenter d'un quartier, épaule ou gigot, qui, assaisonné d'un peu de sel et de poivre, sera excellent cuit au pot le quatrième jour, particulièrement en hiver. »[1]

Il n'est pas attesté que le projet de Swift ait été mené à bien. Pas plus qu'il n'y a de preuves du contraire. Son compatriote, le révérend Malthus, par exemple, ne semble pas loin de l'avoir pris au sérieux.

« Cependant, le peuple, à Paris, était à bout de souffrances. Il mourait littéralement de faim. Chaque jour, du fond de ces noirs quartiers que l'inquiétude assiège et qu'habite la pâleur, on voyait sortir par groupes, dès quatre heures du matin, hommes, femmes, enfants, vieillards, qui tous à grands cris imploraient le pouvoir de vivre. Un pain acheté, conquis, c'était une victoire. Et quel pain ! Une masse dont la couleur noirâtre, la saveur terreuse, la fétide odeur annonçaient des farines viciées par d'homicides mélanges. Qui dira le désespoir d'une mère, quand sur ses genoux repose immobile la tête de son enfant tué par la faim ? », écrivait Louis Blanc dans son *Histoire de la Révolution française.*

La faim était là aussi aux prémices de ces prémices. Un journalier parisien gagnait moins de 20 sous par jour ; un pain de quatre livres – près de deux kilos –, quasiment la seule nourriture quotidienne, arriva à en coûter 15. C'est pourquoi ces révoltes commencèrent par des milliers de Parisiens pauvres réclamant du pain – lesquels se firent répondre par une des boutades les moins appréciées de l'histoire : « S'ils n'ont pas de pain, qu'ils mangent de la brioche ! »

C'était le début d'une révolution qui, en un sens, dure encore.

---

1. Traduction de Thierry Gillybœuf parue aux Éditions Mille et Une Nuits (2006).

INDE

La tradition

Calcutta

1

Et plus loin j'ai vu une outre. J'ai vu une outre et un homme en train de la remplir d'eau, puis j'ai essayé de me souvenir depuis quand je n'avais pas vu une outre et, surtout, depuis quand je n'avais pas pensé au mot outre comme un mot désignant un objet présent – et non, éventuellement, comme un artifice dans une expression toute faite où il est question d'être gonflé comme une outre. Mais j'ai vu une outre et je roule depuis un moment le mot outre sur ma langue, je le goûte, le déguste, j'ai mal pour lui et pour tous ces mots qui, orphelins de ce qu'ils désignaient, privés d'objet, tombent lentement dans le non-sens. (Quelqu'un reprendra-t-il un jour ces sons, cette manière de presser la langue contre les dents entre le « t » et le « r » pour leur redonner une signification ?)

Ceci m'étonne parfois : la disparition d'un monument, d'un paysage, d'une peinture, d'un mot m'est souvent plus pénible que celle d'une personne. La sensation – peut-être fondée – que ce monument ou paysage ou mot sont uniques, irremplaçables, alors qu'une personne n'est qu'une personne, une parmi tant d'autres. À l'angle, au milieu d'une centaine de patates, un très vieil homme accroupi à l'asiatique – les pieds et le cul plantés au sol, les genoux un peu plus hauts – fourre des patates et encore des patates dans un petit panier en osier déjà rempli à ras bord de patates. Les patates roulent, bien entendu, elles retombent par terre.

Calcutta est une ville européenne de la première moitié du XXe siècle : trottoirs, rues larges, angles droits, immeubles de quatre à cinq étages des années trente, cinquante qui poussaient comme des champignons au bord de la Méditerranée. Mais une ville, c'est aussi une recréation, une reformulation constante, des couches successives. Celle-ci, c'est la modernité commerciale – voitures, lumières, panneaux – ajoutée à l'infortune de milliers et de milliers de misérables marchant, rampant, les animaux, les odeurs. Nos villes ont éliminé les odeurs qui ont dû être les leurs des siècles durant. Alors aujourd'hui, dans cette rue bengalie où l'odeur de bouse se mêle à l'odeur corporelle et à l'odeur de pisse et à l'odeur de pourriture et à l'odeur de savon de coco et à l'odeur de bois brûlé d'huile de poubelle et à l'odeur d'encens et à l'odeur des épices et à l'odeur de merde, elles semblent toutes bizarres, incongrues.

Comme si elles voulaient trop en faire.

Ensuite, deux, trois rues remplies de petits étals remplis de restes d'ordinateurs téléviseurs lecteurs de cédés radios autoradios volés lecteurs de dévédés téléphones portables recyclés. Objets de ces vingt dernières années, conçus pour durer quatre ou cinq ans, récupérés du fait de la pression démographique : que je ne puisse pas m'acheter l'ordi de demain ne veut pas dire que celui qui servait avant-hier ne puisse pas me servir aujourd'hui. À l'encontre d'un des diktats de la modernité consommatrice, des dizaines et des dizaines de messieurs sur leurs tabourets en plein trottoir en train de visser souder défaire et refaire ce qui est conçu pour être jeté après usage. Ici, ils sont des millions à être conçus pour être jetés après usage : ils rampent, ils marchent. Au milieu de vingt à trente carcasses d'ordis à différents stades de déliquescence, deux bâtonnets d'encens font leur boulot. Ces objets n'ont d'odeur qu'à l'état neuf ; ensuite, ils la perdent. Maintenant, ici, l'encens a pris la relève.

Durant des siècles, des millénaires, les marchandises se divisaient en périssables d'un côté et durables de l'autre ; la nourriture et la boisson arrivaient à épuisement, une chemise finissait par s'user, mais nul n'achetait un lit ni une voiture ni une casserole en prévoyant de les remplacer bientôt. L'idée de durée était consubstantielle à ces objets. Le capitalisme le plus récent a réussi à leur attribuer une qualité propre à la nourriture ou à la boisson : ils sont faits pour être consommés, se consumer. Consommer est un mot très rugueux.

Voilà pourquoi, j'imagine, le monde est aujourd'hui d'autant plus rempli de commerçants : car rien ne s'achète une fois pour toutes, car tout doit être acheté et vendu une infinité de fois.

Et parfois, quand je marche dans ces rues qui, dans tant de pays de l'AutreMonde, tiennent lieu de marché, je vois rouge. Des milliers et des milliers de, disons, tee-shirts identiques, des milliers et des milliers de sandales similaires, des milliers et des milliers de sacs baskets peignes balles casseroles tournevis pour que des milliers et des milliers de personnes similaires gagnent un jour encore quelque argent pour pouvoir à leur tour se rendre dans ce marché-ci ou dans un autre acheter leurs tee-shirts sandales peignes casseroles et le riz dont elles ont besoin pour pouvoir revenir le lendemain vendre des milliers et des milliers de, disons, tee-shirts identiques, des milliers et des milliers de sandales similaires, des milliers et des milliers de…

Elles ne font rien ; elles attendent, bavardent, encaissent leur petite marge. Elles sont un peu plus inutiles que les autres. Elles n'apportent aucune valeur à ces tee-shirts ou câbles ou bananes ou sandales ou bonbons ; ceux-ci seraient pareils sans eux. Qu'arriverait-il si cette activité si notoirement inutile qu'est le commerce venait à disparaître ?

Les commerçants sont presque aussi inutiles que ces gens qui prétendent te dire ce qui se passe, à quoi devrait ressembler le monde.

Les commerçants ne font que renchérir l'accès à ce dont nous avons besoin. Certains débusquent des choses que ne débusquent pas les autres et deviennent alors, dans le meilleur des cas, des intermédiaires efficaces. Mais la plupart des gens vendent la même chose que la plupart des gens – et pourtant ils existent, ils survivent, ils sont de plus en plus nombreux. Dans les pays riches, le commerce est plus ou moins noyé dans le paysage : boutiques, centres commerciaux, internet. Pour n'importe lequel de ces pays, en revanche, il est clair que c'est le principal débouché : quand un enfant ne sait pas quoi faire, il vend des mangues ou des stylos ou des petits sacs dans la rue, le degré zéro de l'activité économique urbaine. Les rues existent en tant qu'espaces pour que des milliers et des milliers de personnes gagnent leur vie en achetant et en revendant.

Les éliminer n'est évidemment pas si facile. Le soviétisme s'y est essayé et les a transformées en une horde de fonctionnaires inertes, apathiques, improductifs s'il en est, sans être jamais parvenu à régler le problème de la distribution des choses. Mais à supposer que l'on trouve une bonne solution : que feraient ces millions de gens qui aujourd'hui en vivent ? Trouveraient-ils un emploi utile, productif ? Cela libérerait-il une force de travail et une énergie telles que tout changerait ? Ou bien les rues seraient-elles bondées de combinards et de mendiants ?

Combinards et mendiants.
Rues bondées de combinards et de mendiants.

Vingt années se sont écoulées depuis mon dernier séjour à Calcutta ; j'écrivais alors un livre sur l'Inde, *Dios mío* ; déjà à l'époque la ville des horreurs m'avait laissé perplexe. Vingt ans après, je suis toujours surpris par la facilité avec laquelle les Indiens cohabitent avec la misère d'autrui. Cette idée énoncée par bien des gens de bien des manières – « c'est une honte d'être heureux au milieu de tant de misère » – semble si éloignée d'eux.

Rues bondées, les combinards, les mendiants.

Et la manière dont il s'assoit dans la poussière de la rue : recroquevillé, rapetissé, défensif, les bras autour des genoux, la tête enfoncée entre les genoux, un pied sur l'autre comme prenant soin l'un de l'autre. Un tireur de rickshaw au repos : il est deux heures de l'après-midi sous une chaleur de stupre. Un tireur de rickshaw de Calcutta trotte pieds nus sur le bitume ou sur ce qui se présente ; ses pieds, au fil des ans, ont foulé tout ce que l'on peut fouler en ce monde.

Ils se protègent, maintenant, se caressent.

Parce que Calcutta regorge d'animaux. À Calcutta il y a des vaches indolentes qui détraquent la circulation, il y a des cochons qui se roulent dans l'ordure omniprésente, il y a des corbeaux qui chipent la nourriture sur les tables – il y a des filets aux fenêtres pour empêcher les larcins des corbeaux –, il y a des singes encore plus voleurs plus rageurs, il y a des poulets qui caquettent dans des cages d'agonie, il y a des chiens repus – étrangement repus –, il y a des millions et des millions de dames et de messieurs : quinze millions de dames et de messieurs.

Certains mangent tous les jours. Certains mangent même des animaux. Sur le marché central de Calcutta, les animaux qui se mangent continuent à être des animaux jusqu'à ce qu'on les mange. Dépouillées, désossées, débitées en petits morceaux, emballées sous vide, entortillées dans des emballages cellophane en tous genres, les viandes que nous mangeons dans nos pays de plus en plus carnassiers font tout leur possible pour s'éloigner de l'animal qu'elles ont été. Qu'on n'aille pas penser aux petits yeux tristes de la vache quand on mange un steak, au bêlement si mignon de l'agneau au moment du gigot. Dans les pays les plus pauvres, les animaux demeurent des animaux jusqu'à l'avant-dernier instant : sans frigos, sans chaîne du froid, c'est leur manière de garantir qu'ils arrivent frais sur les tables. Dans les pays les plus pauvres, de toute manière, les plus pauvres ne mangent jamais d'animaux.

En Inde, ils s'imaginent avoir choisi : ils sont végétariens.

Et alors, au milieu du marché et des cris, un moineau descend en piqué, volette au-dessus des morceaux d'animaux, va et vient, semble chercher quelque chose ; nous sommes quinze à vingt personnes à le regarder, soudain médusés, silencieux, suspendus. L'oiseau s'en va ; les voix reviennent, les mouvements, les odeurs, et nous sourions tous, gênés, comme pour nous excuser. Je songe à dire quelque chose au sujet du poids de la routine et à quel point nous voudrions la briser, mais je ne sais pas comment le dire et je demande une demi-livre de noix bizarres.

Puis je me fais la réflexion : ils ne descendent pas souvent, ne durent pas longtemps, les moineaux.

Sur un étal caché, un homme vend des petits poissons rouges : dans un bocal avec des décorations en plastique, les petits poissons rouges. Voilà un bond civilisatoire. L'Occident est si mal – si bien – habitué que généralement il oublie la valeur du superflu. « Le superflu, chose très nécessaire », disait le grand Voltaire sans la moindre nécessité. Le superflu est la marque du grand changement : se procurer quelque chose dont on n'avait pas besoin, passer de la pure urgence à cet état de – très léger – privilège où l'on peut dépenser quelques pièces en un poisson rouge et inutile. Rouge, ça compte, mais le mot clé, c'est inutile : la conquête du droit à l'inutile, le contraire de la faim. Avoir faim, c'est vivre avec le strict nécessaire, vivre pour le strict nécessaire, vivre dans le strict nécessaire – et bien souvent, même pas.

La faim, c'est manger les petits poissons rouges.

Le mot végétarien fut inventé vers 1850, à Londres, bien entendu, par des messieurs qui décidèrent de cesser de manger de la viande pour vivre plus longtemps et en meilleure santé. Mais l'Inde devint, peu après, le pays le plus végétarien de la Terre. On estime que deux Indiens sur cinq sont végétariens – près de cinq cents millions de personnes. Les maîtres hindouistes vous diront que, dans la religion hindoue, les vaches sont sacrées, mais ils ne vous diront pas que leurs textes classiques, écrits il y a plus de trois mille ans, foisonnent de banquets bovins. Puis, emplis de ferveur végétale, ils vous expliqueront qu'ils ne veulent pas exercer de violence sur d'autres créatures afin d'éviter d'accumuler un mauvais karma, qu'en « ingérant la chimie grossière des animaux, on introduit dans son corps et son âme la colère, la jalousie, l'anxiété, le soupçon et une peur terrible de la mort », que les végétaux se digèrent mieux et permettent de mener des vies

« plus longues, plus saines, plus productives », que la Terre souffre et que, en ne mangeant pas de viandes animales, on lui évite un peu de cette souffrance.

Ils ne vous diront pas, en revanche, que la plupart des Indiens sont végétariens par pure pauvreté : parce qu'ils n'ont pas de quoi s'acheter de la viande. Ou bien, s'ils ont une vache ou deux, ils ne peuvent s'offrir le luxe de l'abattre pour la manger ; ils ont besoin de la garder pour qu'elle produise le lait qu'ils boivent, le beurre qu'ils cuisinent, la bouse qu'ils brûlent, la force avec laquelle ils labourent leurs champs. Drôle de destin que celui de ces animaux sacrés, nourriciers, que l'on peut utiliser presser épuiser à force de travail mais pas tuer. C'est presque une métaphore.

Je suis frappé par le naturel avec lequel nous avalons les produits les plus divers : les procédés les plus compliqués. Une bouchée de viande de bœuf ou une petite aile de poulet ou une crevette emmagasinent une telle somme d'histoires. Mais, surtout : on tient pour acquis qu'ainsi va la vie, sans avoir conscience que pendant des milliers d'années ce ne fut pas le cas, que pour des milliards de personnes ce n'est toujours pas le cas. C'est une débauche de privilèges : être si privilégiés que nous ne remarquons même plus que nous le sommes.

Même s'il y a beaucoup de manières de le penser, ce qui à mon avis constitue le tournant du XXe siècle est le triomphe de la mobilité : que tout bouge est désormais la norme. Avant 1900, il y avait un millier de kilomètres de voies ferrées, il n'y avait ni voitures ni camions ni routes prévues pour et, bien entendu, pas d'avions. Ni chars d'assaut ni hélicoptères ni vélos ni motos ni sous-marins ni métros. Il n'y avait pas seulement très peu de moyens de transport ; les gens se transportaient beaucoup moins. Ils vivaient – presque tous – dans des villes à échelle humaine, des villages, des campagnes où tout se faisait à pied. Plus tard nous avons appris à trouver normal le déplacement continu : tous les matins je parcours 20 kilomètres pour me rendre au travail, à toutes les vacances 400 ou 4 000 pour aller griller sur une plage de carte postale. C'est curieux : l'homme, autrefois un animal assez statique, est devenu mouvant. Et son alimentation a subi le même changement. Le trafic a toujours existé mais, il y a encore un siècle, on ne transportait que les produits très précieux ou très nécessaires. Aujourd'hui, tout circule : un Russe mange du raisin en janvier, un Indien riche du camembert et les porcs chinois sont engraissés au soja argentin – tandis que des milliards de personnes ne mangent toujours pas de viande.

Manger des animaux est presque toujours un luxe. « Sauf rares exceptions, la nourriture humaine de base est constituée de céréales, partout dans le monde, quels que soient le pays et la culture. [...] Mais si les céréales sont à la base de l'alimentation humaine, elles ne sont pas pour autant suffisantes car elles n'apportent pas assez de protéines pour satisfaire les besoins. [...] À travers le monde et au gré des climats, on ajoute donc d'abord des légumineuses [...]. Après les légumineuses viennent les tubercules. [...] Quand le niveau de vie augmente on ajoute des huiles. [...] Enfin, et seulement quand le niveau de vie décolle réellement, on passe à la viande et autres produits animaux (œufs, laitages) », a écrit Bruno Parmentier dans *Nourrir l'humanité.*

Puis : « Manger un steak est de la pure folie planétaire. »

Nous autres, habitants des pays plus ou moins riches, mangeons à l'inverse de l'énorme majorité de l'humanité depuis l'origine des temps. C'est un changement culturel radical, et il semble qu'on ne le remarque pas beaucoup. Les hommes ont toujours mangé principalement des glucides et des fibres végétales ; parfois, ils les accompagnaient ici et là d'un petit bout de protéines animales. Chaque fois que nous mangeons un steak avec de la salade, une cuisse de poulet avec du riz, un hamburger avec de la purée, une saucisse, nous sommes en train d'inverser cet usage millénaire : de placer le morceau d'animal au centre de l'assiette, les glucides ou fibres végétales en accompagnement.

Je crois que nous n'avons pas conscience de l'opulence que cela signe. Je crois que n'importe quel Indien, n'importe quel Africain, bon nombre de Sud-Américains le remarqueraient aussitôt. Car, pour la plupart des habitants de l'AutreMonde, le système reste inchangé : la consommation mondiale d'aliments semble très variée, mais les trois quarts des denrées consommées sur la planète sont du riz, du blé ou du maïs ; le riz à lui seul représente la moitié de l'alimentation mondiale.

Je dis bien : la moitié de l'ensemble de l'alimentation que nous, 7 milliards d'humains, mangeons chaque jour.

Du riz.

Manger des animaux, dans notre marché global, est un luxe – qui commence à devenir asiatique. En 1980, les Chinois mangeaient en moyenne 14 kilos de viande par personne et par an ; aujourd'hui, autour de 55.

Et ils l'apprécient énormément. Manger de la viande est une aspiration : ces nouveaux accédants à une – modique – prospérité en mangent pour bien montrer qu'ils sont désormais prospères, qu'ils peuvent faire pareil que les riches du monde ; que le carnassier, ça les connaît.

Ils s'approprient au passage ces maux dont ils ne souffraient pas jusque-là : maladies cardio-vasculaires, cancers du système digestif et autres joyeusetés du cholestérol. Ils plongent aussi dans l'enfer climatique : les pets de vache, chargés de méthane, sont le cauchemar des écololos, près d'un cinquième des gaz à effet de serre.

Et nous sommes désormais en concurrence. Les animaux ne mangeaient pas la même chose que les hommes. Le grand anthropologue américain Marvin Harris a supposé que, dans deux des grandes religions monothéistes, le tabou du porc tenait au fait que celui-ci convoitait les mêmes aliments que l'homme. Autrement dit : c'était du gâchis, contrairement aux vaches moutons chèvres qui mangeaient de l'herbe et qui lui servaient donc à transformer ces calories immangeables pour lui en produit qu'il pouvait avaler.

Plus maintenant. Aujourd'hui, 75 % de la nourriture que l'on donne aux animaux pourrait être consommée par les hommes : soja, maïs et autres grains.

C'est une invention – plus ou moins – récente. Les vaches ont toujours mangé de l'herbe. Mais vers 1870, grâce aux nouveaux bateaux frigorifiques, les Anglais ont commencé à acheter de la viande américaine, viande de bovins nourris au maïs et autres grains : une viande plus grasse, plus savoureuse, disait-on alors. Jusqu'à la Seconde Guerre mondiale, cette viande nourrie au grain était un luxe, à peine 5 % de la production mondiale réservée aux Américains et aux Européens les plus riches. Mais dès les années cinquante, suite à l'augmentation des rendements agricoles, les États-Unis ont cherché un moyen d'écouler leurs excédents. Les multinationales américaines de l'alimentation ont fait du forcing pour disposer sur les tables du monde cette viande nourrie au grain ; aujourd'hui, la majeure partie de la production mondiale obéit à ce modèle. Et le cheptel d'augmenter. Si on prend les vaches, rien que les vaches : elles étaient 700 millions dans le monde il y a un demi-siècle ; aujourd'hui elles sont 1,4 milliard. Une vache pour cinq personnes : plus de viande bovine que de viande humaine en train de manger la planète.

Ensuite, il y a les grandes usines à cochons et à poulets. Le Brésil, un des grands producteurs agricoles du globe, doit importer des céréales pour alimenter son nombre incalculable de poulets, dont le Brésil est le premier exportateur mondial. Chaque année, 7 milliards de poulets voient le jour dans ses élevages : chaque année, les Brésiliens abattent autant de poulets qu'il y a d'habitants sur terre puis les distribuent tous azimuts. Aux États-Unis et en Chine, il en périt autant chaque année, sauf qu'ils les mangent eux-mêmes.

Le problème, c'est qu'il faut quatre calories végétales pour produire une calorie de poulet. Six pour en produire une de porc. Et dix calories végétales pour produire une calorie de vache ou d'agneau. Même topo pour l'eau : 1 500 litres pour produire un kilo de maïs, 15 000 pour un kilo de vache. Un hectare de bonne terre peut produire environ 35 kilos de protéines végétales ; si cette production sert à nourrir des animaux, on en produira sept kilos. Autrement dit : une personne qui mange de la viande s'approprie des ressources qui, si elles étaient distribuées, suffiraient pour cinq à dix personnes. Manger de la viande, c'est asseoir une inégalité bien sauvage : je suis celui qui se permet de manger un aliment cinq fois, dix fois plus coûteux que le tien. Manger de la viande, c'est dire : Je n'en ai rien à foutre des neuf autres.

Manger de la viande est un déploiement féroce de pouvoir.

Au cours des dernières décennies, la consommation de viande a augmenté deux fois plus que la population, la consommation d'œufs trois fois plus. Vers 1950, le monde mangeait environ 50 tonnes de viande par an. Aujourd'hui, près de six fois plus – et l'on prévoit que ce chiffre doublera encore d'ici 2030.

L'élevage occupe déjà 80 % de la surface agricole du globe, 40 % de la production mondiale de céréales, 10 % de l'eau de la planète. La viande est puissante.

La viande est la métaphore parfaite de l'inégalité.

Mais le moment – le soupir dans l'histoire, le bref intervalle – de la viande pourrait être en train de toucher à sa fin.

Le pionnier écololo Lester Brown dit que, quand on lui demande combien de gens peut alimenter notre planète, il demande à son tour selon quel régime. « Si nous mangions tous comme les Américains, qui avalent entre 800 et 1 100 kilos de grain par an et par personne, surtout par le biais de la viande que ce grain a produit, la récolte mondiale de céréales pourrait nourrir 2,5 milliards de personnes. Si nous mangions tous comme les Italiens, qui consomment deux fois moins de viande, soit environ 400 kilos de céréales par an, elle pourrait nourrir 5 milliards de personnes. Si nous mangions tous selon le régime végétarien des Indiens, nous pourrions nourrir 10 milliards de personnes. »

Je dis : Pour que ne puissions continuer à manger de la viande avec autre chose – et non pas autre chose avec de la viande –, il faudrait maintenir ce niveau d'exclusion, soit 3 milliards de gens utilisant les ressources de 7 milliards. Il semble que ce soit cher payé.

La viande est un étendard et une proclamation : le monde ne peut être utilisé ainsi que si nous sommes un petit nombre à l'utiliser. Si tous veulent l'utiliser pareillement, cela ne peut pas fonctionner.

L'exclusion en est la condition nécessaire – et jamais suffisante.

(S'il n'était trop tard pour moi, parce que je suis un cas désespéré, parce que je me trimballe un demi-siècle de grillades argentines, parce que je peux prétendre que mon geste ne servirait à rien, l'unique conclusion possible des paragraphes qui précèdent serait de clamer ma décision irrévocable de ne plus manger un seul steak. Le contraire – ce que je suis en train de faire – revient à montrer ma suprême incohérence.

Malgré tout, nous autres, Argentins, pouvons nous vanter d'être de drôles de pionniers dans cette tendance qui n'existe peut-être même pas. Pendant plus d'un siècle, l'Argentine fut synonyme de viande, le pays par excellence de la viande excellente, le premier consommateur mondial de viande bovine ; aujourd'hui, ce n'est plus le cas. Quand je suis né, un Argentin moyen engloutissait 98 kilos de bœuf par an, soit plus d'une demi-livre par jour ; aujourd'hui, un peu plus de 50. Les raisons aussi en semblent annonciatrices : la concurrence du soja qui a rendu les terres cultivées plus rentables que les pâturages ; l'augmentation consécutive des prix ; l'élargissement de l'horizon gastronomique qui a offert une foule d'alternatives ; les peurs médicales qui se sont gavées de viande rouge.)

Mais ici, en Inde, la plupart des végétariens sont persuadés de l'avoir choisi. Les Indiens consomment cinq kilos de viande – toutes viandes confondues – par an et par personne : cinq kilos, dix fois moins que les Chinois. Et ils sont persuadés de l'avoir choisi : ce sont les miracles de l'idéologie.

2

Il y a vingt ans, j'avais déjà été frappé par la robustesse d'une certaine idéologie. Le mouroir de Mère Teresa était situé à côté du temple de Kâli et on y allait pour mourir – un peu – plus tranquille. Mère Teresa l'avait fondé en 1951, après qu'un commerçant musulman qui l'admirait lui avait vendu la demeure pour quelques roupies, alors elle avait dit qu'elle devait rendre à Dieu un peu de ce que Dieu lui avait donné – ou quelque chose dans ce goût-là.

Quand j'y suis allé, les murs étaient peints en blanc, il y avait des pancartes avec des prières, des vierges sur des étagères, des crucifix et une photo de Mère Teresa avec le pape Wojtyla.

« Faisons en sorte que l'Église soit présente dans le monde d'aujourd'hui », disait un cartel juste en dessous. La salle des hommes mesurait quinze mètres de long sur dix de large. Deux estrades en béton recouvertes de carrelage bon marché couraient de part et d'autre, sur toute la longueur : sur chaque estrade, quinze lits, et vingt autres au ras du sol, entre les deux estrades. Les lits étaient garnis de matelas en plastique bleu ciel et d'un oreiller en toile bleu foncé ; pas de draps. Sur chaque lit, un corps maigre attendait le moment de mourir.

À cette époque, les bénévoles du mouroir ramassaient des mourants dans la rue et les transportaient sur leurs lits bleu ciel, les lavaient et préparaient pour une mort bichonnée.

– Ceux-là, sur les estrades, vont un peu mieux, peut-être certains s'en sortent.

Me dit alors Mike, un Anglais de trente ans à catogan qui s'escrimait à me parler en mauvais français.

– En dessous sont ceux qui ne vont pas durer ; le plus ils sont près de la porte, le plus leur état est mauvais.

Dans la salle du mouroir on entendait des lamentations, mais pas trop non plus. Un petit – peut-être était-ce un petit, peut-être avait-il treize ou trente-cinq ans –, la peau sur les os et une plaie horrible sur la tête, hurlait Babou, Babou. Richard, taillé comme une armoire à glace, blond, coupe de garçon sage, manières de curé de paroisse de Milwaukee, compréhensif quoique sévère, lui donnait de petites tapes dans le dos. Ensuite il alla chercher une timbale d'eau pour un vieillard près de la porte. Le vieillard était immobile, sa tête pendouillait au bout du lit. Richard la lui remit en place et le vieillard rampa laborieusement jusqu'à ce qu'elle pendouille de nouveau.

– Lui va très mal. Il a arrivé hier et on l'a conduit à l'hôpital, mais ils n'ont pas accepté lui.

– Pourquoi ?

– L'argent.

– Les hôpitaux ne sont pas publics ?

– Dans les hôpitaux publics, on te donne un lit pour quatre mois après. Ça ne sert à rien. Nous avons une quota de lits dans un chrétien hôpital privé, mais maintenant ils sont tous occupés, alors quand nous sommes y allés, ils nous ont refusés. Ici, nous ne sommes pas en Amérique ; ici, il y a des gens qui meurent parce qu'il n'y pas comment les prendre en charge.

Richard me raconte alors l'histoire d'un type qui était arrivé un mois plus tôt avec une jambe cassée : ils n'avaient pu le soigner et il était mort d'une infection. Il voulait poursuivre avec d'autres cas : il n'était pas rare, m'expliqua-t-il, que quelqu'un meure sans trop se battre.

– Nous ne pouvons pas guérir eux. Nous ne sommes pas médecins. Nous avons un médecin qui vient deux fois une semaine, mais nous manquons aussi d'équipes et de moyens nécessaires. Ce que nous faisons, c'est les réconforter, veiller sur eux, leur donner de l'affection, leur permettre de mourir dignement.

En ce temps-là, Mère Teresa était déjà Mère Teresa, célèbre dans le monde entier, croulant sous les donations et les ressources – qu'elle n'employait pas à payer un bon service médical dans son siège central.

Cette fois-là, j'avais conclu ma visite en disant que « j'aimerais pouvoir décrire le mouroir de Mère Teresa comme l'entité la plus noble et la plus élevée, mais au bout d'un moment tout le tralala me dérange : cette idée bondieusarde de ramasser des mourants dans la rue pour faire en sorte qu'ils aient une mort proprette. S'ils veulent faire quelque chose pour ces gens, j'aimerais qu'ils les aident à mieux vivre plutôt qu'à mieux mourir. D'un côté, il est certain que pour s'occuper tant de leur mort, il faut être convaincu qu'elle est un chemin vers un ailleurs et alors, peut-être, la manière dont on y arrive importe, même si je ne crois pas qu'un lit en plus et quelques croûtes en moins fassent une grande différence. Mais, en outre, je continue à penser que le mouroir est une version outrancière du modèle de la bienfaisance catholique classique : cette manière de pallier les effets les plus visibles des goujateries sociales sans s'attaquer un tant soit peu aux causes. Tout à coup, tandis qu'une chèvre et un enfant nu se mordent mutuellement les oreilles avec une délectation d'affamés, il me semble que Mère Teresa est une dame patronnesse bon chic bon genre en un peu plus éprouvée et ça me fout en rogne ».

Et je ne savais pas encore grand-chose. J'ai appris par la suite que mademoiselle Agnès Gonxha Bojaxhiu, également appelée Mère Teresa de Calcutta, était une haut gradée de la Sainte-Croix armée de quelques idées fortes. Notamment l'idée que la souffrance des pauvres est un don de Dieu : « Il y a quelque chose de très beau à voir les pauvres accepter leur sort, à le subir comme la passion du Christ, dit-elle très souvent. Le monde gagne beaucoup avec leur souffrance. »

C'est peut-être pourquoi la religieuse disait aux victimes de la célèbre catastrophe écologique de l'usine Union Carbide, à Bhopal, en Inde, « oubliez et pardonnez » au lieu de réclamer des indemnisations. C'est peut-être pourquoi la religieuse s'est rendue en Haïti en 1981 pour recevoir la Légion d'honneur des mains du dictateur Jean-Claude Duvalier – qui lui fit don d'une belle somme d'argent – et expliquer que Baby Doc « aimait les pauvres et était adoré d'eux ». C'est peut-être pourquoi la religieuse s'est rendue à Tirana déposer une couronne de fleurs devant le monument à Enver Hoxha, le dirigeant staliniste du pays le plus répressif et pauvre d'Europe. C'est peut-être pourquoi la religieuse a défendu un banquier américain qui avait beaucoup donné avant d'être envoyé en prison pour avoir arnaqué des milliers de petits épargnants. Et tant d'autres prouesses similaires.

Cette fois-là, à Calcutta, 1994, je ne savais pas non plus comment mademoiselle Agnès utilisait l'aura de sainteté qu'elle avait su décrocher : les saints peuvent dire ce qu'ils veulent, où et quand ils veulent. Elle utilisait cette bulle pour mener à bien sa principale campagne : la lutte contre l'avortement et la contraception. Elle l'avait déjà dit à Sockholm, 1979, tandis qu'elle recevait le prix Nobel de la paix : « Le plus grand destructeur de la paix, aujourd'hui, est le crime commis contre l'innocent enfant à naître » ; puis, pour ne laisser subsister aucun doute : « La contraception et l'avortement sont moralement équivalents. »

Et plus tard, devant le Congrès nord-américain qui lui accorda le très éminent titre de « citoyenne honoraire » : « Les pauvres peuvent n'avoir rien à manger, ils peuvent ne pas avoir de maison où habiter, cela ne les empêchera pas d'être des personnes remarquables s'ils sont spirituellement riches. Or l'avortement, qui suit bien souvent la contraception, conduit les gens à être spirituellement pauvres, et c'est là la pire des pauvretés, la plus difficile à vaincre », disait la religieuse, et des centaines de congressistes, dont beaucoup approuvaient l'avortement et la contraception, de l'applaudir, éblouis.

Ce soir-là, à Washington, le cardinal James Hickey l'expliqua clair et net : « Son cri d'amour et sa défense de la vie à naître ne sont pas de vains mots car elle sert ceux qui souffrent, les affamés, les assoiffés… » Voilà à quoi servait, entre autres, la religieuse.

Encore qu'elle remplissait aussi une autre fonction : « Tous – les pays, les groupes d'amis, les équipes de volley-ball, les groupes de travail – ont besoin d'avoir un Gentil : un modèle, un être immaculé, quelqu'un qui leur montre que tout n'est pas encore perdu. Il y a plusieurs catégories de Gentils : ce peut être un curé compatissant, un sauveur de baleines, un vieillard ex-quelque chose, un chien, un médecin dévoué – il faut croire en quelque chose. Le Gentil est indispensable, une condition de l'existence. Et le monde s'arrange pour trouver des Gentils, les introniser, en tirer le maximum », disait-elle, et voilà pourquoi – mais pas seulement – mademoiselle Agnès occupait une place extraordinaire : la Gentille Universelle.

D'ailleurs elle l'occupe toujours. Même si nous sommes quelques-uns à tâcher de raconter un peu son histoire de corruptions et d'arrangements, personne ne nous écoute : il est plus facile et plus confortable de continuer de penser qu'elle était plus gentille que Lassie chien fidèle. Elle est ainsi utile à beaucoup de gens. Surtout pour réaffirmer quelques idées de base. Primo, que cette vie est le chemin vers l'autre vie, meilleure, plus proche du Seigneur. Voilà pourquoi, ce qui importe, c'est moins ce qui nous arrive dans cette vie ici-bas que la manière dont nous nous préparons pour l'autre : en étant dociles, soumis, résignés. Voilà pourquoi la première initiative de mademoiselle fut un mouroir, un lieu où mourir plus proprets. Mademoiselle Agnès reçut des prix, des donations, des subventions à la pelle pour ses entreprises religieuses. Et elle ne rendit jamais publics les comptes de son entreprise, même si l'on sait, car elle le dit à de multiples reprises, qu'elle fonda environ cinq cents couvents dans cent pays différents – sans jamais ouvrir une clinique à Calcutta.

Nous disions : l'idée centrale que mademoiselle vendait à travers le globe est que la souffrance des pauvres est un don du Tout-Puissant. Encore une fois : « Il y a quelque chose de très beau à voir les pauvres accepter leur sort, à le subir comme la passion du Christ. Le monde gagne beaucoup de leur souffrance. » Là est le point central, l'essentiel. Deux mille ans de collaborationnisme synthétisés en une seule phrase : pas mal. « Il y a quelque chose de très beau à voir les pauvres accepter leur sort. » À César ce qui appartient à César, et la faim dignifie les affamés. C'est du moins ce que disait mademoiselle dans sa grande bonté.

Sa relève est désormais assurée : le cardinal Bergoglio, aussi gentil que Lassie chien fidèle en plus puissant, qui a réussi à sauver une institution en chute libre. Grâce au pape péroniste, l'Église catholique est redevenue un poids lourd de la quête du sens.

Grâce à lui, une manière de voir le monde qui entraîne des foules à l'obéissance et à l'acceptation de ce que l'on ne comprend pas – de ce que disent « ceux qui savent », ceux qui détiennent le pouvoir de leur savoir – est en train de recouvrer sa puissance.

Mais la religion chrétienne, malgré tous ses efforts, ne pourra jamais être à la hauteur de l'hindouisme pour ce qui est d'amadouer les pauvres. Les religions servent avant tout à cela : si on a une vie de merde, si on tire le diable par la queue, si on mange tout juste le nécessaire, on a besoin de pouvoir croire qu'il y a un ordre supérieur, un Quelque Chose qui l'explique ou le justifie. Qui explique, évidemment, pourquoi quelques-uns possèdent tout et commandent et décident de la vie et de la mort, mais pas seulement ; qui explique, bien entendu, pourquoi on finit bêtement par mourir, et vous persuade que ce n'est pas définitif, mais pas seulement ; qui explique, tant bien que mal, la raison ou du moins l'origine des maux si nombreux qui accablent le monde, mais là aussi, pas seulement.

Lorsque les Testaments disent bienheureux les pauvres car le Royaume des Cieux leur appartient, ils sont en train d'accomplir un grand pas : pour la première fois une religion occidentale imagine qu'être pauvre recèle une grande valeur ajoutée d'innocence qui donnera droit à celui qui affiche cette condition à une récompense – le Royaume des Cieux, récompense qui devrait le rassurer et lui permettre de supporter sa saloperie de vie comme une étape inconfortable mais nécessaire vers une autre vie – autrement plus chouette. L'hindouisme, en revanche, est plus radical : il n'offre rien – il ne glorifie pas la condition du pauvre : feindre d'accorder une valeur à celle-ci n'est jamais entré dans sa culture –, tout en proclamant sans détour que si une personne est pauvre, si elle souffre, si elle ne mange pas à sa faim, c'est qu'elle paie pour ses erreurs, qu'elle endure les conséquences de ce qu'elle a fait dans des vies antérieures : que c'est de sa faute et que, en gros, tant pis pour elle. Cela s'appelle le karma et c'est la meilleure invention de cette culture millénairement vacharde, sans doute la seule à avoir permis à un petit groupe de chefs de contrôler durant des siècles – et de contrôler encore – tant de millions de déguenillés toujours moribonds.

Ça, c'est l'Inde – de la puissance à l'état pur – et ils aiment s'autoproclamer la plus grande démocratie du monde, ce qu'ils sont. Ils n'aiment pas dire qu'ils sont le pays ayant le plus de dénutris au monde, ce qu'ils sont. Que la plus grande démocratie compte la plus grande masse d'affamés devrait être un hasard fâcheux. Mais peut-être pas, qui sait.

3

La faim est bien sûr difficile à cerner. Les chiffres varient : il est très difficile de calculer avec précision combien d'hommes et de femmes ont faim. La plupart vivent dans des pays où l'État est chancelant, incapable de recenser une bonne partie de ses citoyens, et les organisations qui tentent de les dénombrer ont recours à des calculs statistiques plutôt qu'à des recensements détaillés.

La FAO est l'agence des Nations unies chargée de chiffrer « la faim dans le monde ». Ils s'y efforcent : ils étudient les inventaires agricoles, les importations et les exportations de denrées alimentaires, les usages nationaux de celles-ci, les difficultés économiques et les inégalités sociales puis, à partir de là, ils calculent la quantité de nourriture censément disponible pour chaque individu : la différence entre les besoins caloriques et les calories disponibles leur fournit leur nombre de dénutris. C'est une méthode possible – et pour l'heure il n'en existe pas d'autres qui fonctionnent –, mais si approximative qu'elle en devient très malléable : ses résultats sont si hypothétiques que l'on peut les corriger selon les besoins du moment.

De fait, la FAO a conclu dernièrement à une importante réduction du nombre de dénutris dans le monde – moyennant un changement de méthodologie dans ses calculs. Elle avait déjà fait cela par le passé. En 1974, ses experts avaient estimé que le nombre d'affamés dans le monde avoisinait les 460 millions. Cela coïncidait à peu près avec les chiffres d'autres organisations – OMS, Unicef. Et que leur nombre pourrait atteindre les 800 millions en dix ans ; en 1989, ils confirmèrent leurs prédictions : il y avait alors, selon eux, 786 millions d'affamés.

Mais en 1990, la FAO révisa tous ses calculs. Elle dit que la méthode statistique adoptée jusque-là ne collait pas et que l'on savait à présent qu'en 1970 il y avait eu non pas 460 millions d'affamés mais plus du double : 941 millions. Ce qui lui permettait de dire que les 786 millions d'alors – 1990 – ne représentaient pas une augmentation de la faim mais un recul : 155 millions d'affamés en moins, une grande victoire.

Dix ans plus tard, en 1999, ils diraient que les affamés étaient au nombre de 799 millions – où pouvait bien être passé le million qui manquait pour atteindre les 800 ? – et que la faim avait donc de nouveau progressé. Jusqu'à ce qu'ils revoient encore leurs calculs et disent qu'en réalité, en 1990, ils n'étaient pas 786 millions mais 818 et qu'ainsi ces 799 millions représentaient une réduction : on avait encore gagné.

Mais le clou était à venir : en 2011, les affamés de 1990 étaient encore 848 millions ; en 2012, ils avaient déjà atteint le milliard et en 2013, 1,015 milliard. S'il y a bien un grave problème humanitaire aujourd'hui dans le monde, c'est l'état de la dénutrition en 1990.

On peut supposer que les méthodes statistiques ont beaucoup progressé ces trente dernières années ; il est difficile de penser qu'elles aient tant changé au cours des trois dernières que l'on a rétrospectivement découvert 160 millions d'affamés que personne n'avait comptés. Ou alors : comment prendre très au sérieux des données qui admettent une telle marge d'erreur ?

Nous savons qu'il n'est rien de plus variable que le passé : il est singulier de le voir changer si vite, si notoirement. Mais nous savons aussi que tout changement du passé répond à des besoins du présent. Les chiffres de 2014 ont un poids particulier : ce seront les derniers à être publiés avant 2015, année où devraient être atteints les Objectifs du millénaire pour le développement adoptés par les Nations unies.

Ces Objectifs ont été énoncés le 8 septembre 2000 lors du grand sommet de New York : le premier et le plus pompeux s'engageait à « éradiquer l'extrême pauvreté et la faim » – même si le but, une fois expliqué, était de « réduire de moitié, entre 1990 et 2015, la part des individus vivant avec moins d'un dollar par jour ». C'était la proportion par rapport à la population totale, et non le nombre de personnes, qui devait diminuer de moitié par rapport à 1990. Si le nombre actuel d'affamés n'a pas suffisamment baissé, reste la solution d'en augmenter le nombre d'alors, de manière à accroître leur proportion par rapport à la population totale – d'alors –, améliorant ainsi les résultats – d'aujourd'hui : il est plus facile de diminuer les chiffres de moitié sur 24 % que sur 20 %. Cela ressemble à du charabia : c'est du charabia. Ceux qui le produisent comptent aussi là-dessus, je suppose.

La guerre contre la faim est aussi faite de ce genre de choses.

Et pourtant, les chiffres de la FAO sont ceux que l'on respecte, que l'on utilise – que ce livre aussi utilise : entre autres parce que ce sont les seuls disponibles. Et leurs modifications ne visent pas seulement à rassurer les grandes puissances mondiales et à leur permettre de convaincre leurs sujets du bon fonctionnement de leurs politiques ; elles servent aussi à décider de l'affectation de plusieurs milliards de dollars en subsides et allocations. De ces chiffres dépendent – en bon bureaucratois – « la continuité des politiques », « l'assignation des ressources ».

Si nous acceptons – provisoirement – les derniers calculs révisés de la FAO, il y a en ce moment 795 millions de personnes qui ont faim. 795 millions de personnes, ça fait beaucoup de personnes : plus de 11 % des habitants de la planète ne mangent pas à leur faim, une personne sur neuf ne mange pas à sa faim. Une personne sur neuf, c'est beaucoup de monde : si la faim n'était pas si soigneusement répartie, une personne sur neuf, cela inclurait forcément, cher lecteur, un de vos oncles, quelques camarades de travail, plusieurs amis d'enfance, d'école ou du club de football, cette dame maigre là-bas et pourquoi pas vous-même.

Mais il n'est pas vrai que la faim touche un homme ou une femme sur neuf – ou alors c'est vrai d'une manière qui n'est pas vraie. La faim, c'est évident, n'est pas répartie chez un habitant de la planète sur neuf ; elle est parfaitement concentrée dans les pays les plus pauvres, ceux que le bureaucratois nomme « pays en voie de développement » pour éviter de dire pays en mauvaise voie : l'AutreMonde.

(Plus personne ne dit « sous-développé » ; on dit – bureaucratois – « en voie de développement ». Le mot *underdeveloped*, en apparence si classique, est des plus récents. Il est apparu en anglais vers la fin du XIXe siècle, mais il ne s'utilisait alors qu'en photographie pour désigner un tirage peu développé. Son premier emploi politique date de 1949, dans le discours d'investiture du président américain Harry Truman : « Nous devons nous engager dans un nouveau programme qui soit audacieux, afin que nos avancées scientifiques et notre progrès industriel soient mis au service de l'amélioration et de la croissance des *régions sous-développées*. Plus de la moitié de la population mondiale vit dans des conditions proches de la misère. Son alimentation est inadéquate. Elle est victime de maladies. Sa vie économique est primitive et stagnante. Sa pauvreté constitue un handicap et une menace, tant pour elle que pour les régions les plus prospères. »)

Heureusement, d'une manière ou d'une autre, la menace subsiste. Et nous l'appelons toujours Tiers-Monde : un concept clairement dépassé. Dire Tiers-Monde avait un sens quand il y en avait deux : le soi-disant Premier Monde – le bloc capitaliste tel qu'il se constitua après le Seconde Guerre mondiale – et le soi-disant Deuxième Monde – le bloc socialiste qui se forma peu à peu à partir de cette même guerre, de la révolution chinoise, des indépendances africaines et asiatiques. Le Tiers-Monde était alors ce conglomérat disparate, confus, de pays qui n'étaient ni dans le Premier ni dans le Second : qui n'étaient ni riches ni soviétiques.

Le Deuxième Monde, nous le savons, n'existe plus ; il ne peut y en avoir un Tiers. Mais la planète demeure nettement divisée : il y a un bloc riche, nordique – de moins en moins –, occidental, où la qualité de vie est infiniment supérieure et qui continue d'infléchir – encore – la politique et l'économie.

Ensuite vient l'AutreMonde : les pauvres, les plus pauvres.

Il est des pays dont l'appartenance à l'AutreMonde est discutable ; pour nombre d'autres, non. D'abord, cinquante d'entre eux peuvent revendiquer leur droit incontestable : ceux compris dans la liste des « pays les moins développés », une catégorie inventée il y a quarante ans par les Nations unies pour définir les plus pauvres parmi les pauvres : les inconnus de toujours.

Parmi eux figurent 34 pays africains : Niger, Angola, Bénin, Burkina Faso, Tchad, Comores, Érythrée, Gambie, Guinée, Guinée-Bissau, Guinée équatoriale, Lesotho, Liberia, Madagascar, Malawi, Mali, Mauritanie, Mozambique, République centrafricaine, République démocratique du Congo, Rwanda, Sao Tomé et Principe, Sénégal, Sierra Leone, Somalie, Soudan du Sud, Tanzanie, Togo, Ouganda, Djibouti, Zambie.

Il y en a aussi 14 dans la région Asie-Pacifique – Afghanistan, Bangladesh, Bhoutan, Cambodge, Kiribati, Laos, Myanmar, Népal, Samoa, Salomon, Timor oriental, Tuvalu, Vanuatu, Yémen – et un en Amérique, l'immanquable Haïti. Trois autres – Botswana, Cap Vert et Maldives – ont été promus depuis peu « pays en voie de développement ».

Ces 50 pays réunis – où vivent plus de 750 millions de personnes, 11 % de l'humanité – détiennent 0,5 % de la richesse mondiale.

Ils sont le noyau dur, indiscutable. Mais on peut y ajouter les pays qui, selon le PNUD, présentent un indice de développement humain insuffisant : Burundi, Kenya, Namibie, Swaziland, Zimbabwe, Gabon, Nigeria, Maroc, Égypte, Syrie, Pakistan, Tadjikistan, Turkménistan, Ouzbékistan, Kirghizstan, Mongolie, Vietnam, Sri Lanka, Thaïlande, Philippines, Indonésie, Papouasie-Nouvelle-Guinée, Fidji, Micronésie, Nicaragua, Guatemala, Honduras, République dominicaine, Salvador, Suriname, Guyane, Bolivie, Paraguay et même un pays européen, le plus pauvre d'entre eux : la Moldavie.

(Ou alors, oublier tous ces noms et s'en tenir à un critère frivole : on appellera AutreMonde les 128 pays dont le produit intérieur brut annuel est inférieur à la fortune du monsieur le plus riche du monde, un Mexicain du nom de Carlos Slim.)

Restent encore les grands mix : les cinq pays dont le développement est en train d'ébranler le marché global – les BRICS, Brésil, Russie, Inde, Chine, Afrique du Sud – possèdent d'énormes quantités de population immergée. De fait, l'Inde et la Chine concentrent à elles seules près de la moitié de la dénutrition mondiale. Les disparités – les appartenances – ne respectent pas toujours les frontières nationales. Entre le littoral chinois et les provinces de l'intérieur, l'écart est plus grand qu'entre la France et la Turquie ; entre São Paolo et le sertão brésilien, il est aussi plus marqué qu'entre l'Italie et l'Arménie.

Et il en va de même, en un sens, pour les pauvres des pays qui se prétendent la classe moyenne du monde comme l'Argentine ou le Mexique ou même pour les nouveaux pauvres des pays les plus riches.

Ils vivent tous, sous diverses formes, dans l'AutreMonde.

Dans l'AutreMonde, il n'y a pas de maisons en dur, pas d'égouts, pas d'eau courante, pas d'hôpitaux ni d'écoles pour soigner et éduquer, pas d'emplois dignes, pas d'État protecteur, pas de garanties, pas d'avenir.

Dans l'AutreMonde, surtout, il n'y a pas de nourriture pour tous.

La majorité des 795 millions d'affamés vit en Asie du Sud : 281 millions, en raison du poids des Indiens et des Bengalis.

Ils sont sept millions de plus qu'il y a cinq ans, autour de 16 % de la population. Les 145 millions d'Asiatiques de l'Est sont, en majorité, chinois : ils sont presque 30 millions de moins qu'il y a cinq ans. En Asie du Sud-Est le nombre d'affamés a également baissé : ils sont passés de 72 millions à 60. En Afrique noire, en revanche, ils ont augmenté, ils étaient 209 millions en 2000, ils sont 220 millions aujourd'hui. En Amérique latine, en revanche, le nombre continue de baisser, passant de 38 millions en 2010 à 34 aujourd'hui – presque la moitié du chiffre de l'année 2000. Et celui des 15 millions d'affamés du « monde développé » est plus ou moins constant.

Ainsi, l'AutreMonde – cela ne saurait être différent – concentre la plupart des affamés du monde : 780 millions de personnes.

La faim est le mal dont souffrent le plus de gens – après la mort, qui touche quasiment tout le monde.

Et c'est donc celui qui tue le plus – juste après, oui.

Ils n'ont pas d'argent, pas de propriétés, pas de poids : ils n'ont pas de moyens pour influer sur les décisions de ceux qui prennent les décisions. Il fut un temps où la faim était un cri, mais la faim contemporaine est avant tout silencieuse : condition de ceux qui n'ont pas la possibilité de parler. Ceux qui parlent – la bouche pleine – sont ceux qui mangent. Ceux qui ne mangent pas généralement se taisent. Ou parlent là où nul ne les entend.

Parmi ces 780 millions de dénutris de l'AutreMonde, quelque 50 millions sont victimes d'une situation exceptionnelle : conflit armé, dictature impitoyable, catastrophe naturelle ou climatique – sécheresses, inondations, tremblements de terre. Restent 730 millions qui ont faim en dehors de toute situation exceptionnelle : seulement parce qu'il leur a échu d'appartenir à un ordre social et économique qui leur refuse la possibilité de s'alimenter.

Selon la FAO, 50 % des affamés dans le monde sont des petits paysans possédant un petit lopin de terre, 20 % des paysans sans terre, 20 % des pauvres en milieu urbain, 10 % des bergers, des pêcheurs, des collecteurs.

Depuis 2007 – suppose-t-on, calcule-t-on –, une chose a radicalement changé dans la population mondiale : pour la première fois dans l'histoire, plus de gens vivent dans les villes que dans les campagnes. L'explication la plus évidente : des millions de personnes fuient chaque année les campagnes car, dans l'ensemble, les paysans continuent d'être plus pauvres. De ce 1,2 milliard de personnes qui vivent dans « l'extrême pauvreté » – selon la Banque mondiale, moins de 1,25 dollar par jour –, les trois quarts vivent à la campagne : 900 millions de paysans extrêmement pauvres.

Parmi ces paysans sans terre ou avec si peu de terre, l'on recrute les proies favorites de la faim : trois sur quatre ne mangent pas suffisamment. Les autres, ce sont les habitants de ce nouveau lieu de la misère aux marges des grandes villes, les *slums favelas* bidonvilles *villamiserias.*

Quoi qu'il en soit, la faim demeure la principale menace pour la santé des habitants de l'AutreMonde : elle tue chaque jour plus de personnes que le sida, la malaria et la tuberculose réunis.

La faim est une des raisons majeures pour expliquer que l'espérance de vie soit de 82 ans en Espagne et de 41 au Mozambique ; 83 au Japon et 39 en Zambie : que certains naissent en ayant toutes les chances de vivre deux fois plus longtemps que d'autres du seul fait d'être nés à un autre endroit, dans une autre société. Je ne vois pas de forme plus brutale de l'injustice.

(Il s'agit de redéfinir ce qui est moral et ce qui ne l'est pas : de quoi il est « licite » de mourir et de quoi pas. Tout est là : en réalité, le plus grand scandale est que chaque année, chaque mois, chaque jour meurent des milliers, des millions de personnes qui ne devraient pas mourir ou, plutôt, qui ne mourraient évidemment pas de ce dont elles meurent si elles ne vivaient pas dans des pays pauvres, si elles n'étaient pas si pauvres.

Il s'agit de penser au plus grand privilège possible : vivre là où d'autres meurent. Ensuite nous devons parler de tout le reste : de ces vies difficiles, ces angoisses, ces énormes gâchis humains.)

Les chiffres sont accablants – et ils pourraient se succéder sur des pages et des pages. Mais les chiffres sont aussi, nous le savons, le refuge de certaines crapules. Et si au lieu d'être 795 millions, les affamés étaient 100 millions ? Et s'ils étaient 24 millions ? S'ils étaient 24 ? Dirions-nous alors, ah bon, c'est pas si grave ? Quand cela commence-t-il à être grave ? Les chiffres servent d'alibi à un relativisme de pacotille. Si cela arrive à un très grand nombre, c'est très méchant, à un grand nombre, c'est plus ou moins méchant, à un petit nombre, ce n'est pas si méchant. Si ce livre était courageux – si j'étais courageux –, il ne contiendrait aucun chiffre.

Nous ne le sommes pas : je me réfugie, crapule que je suis, dans la petite grotte de la quantité.

Biraul

1

Il y a trois docteurs autour de la petite : Maria la Grecque et deux médecins indiens. Il y a aussi deux infirmiers et, derrière, assise sur un petit tabouret rouge, pleurant comme si elle chantait une chanson très triste, la mère de la petite, pieds nus, sari rouge. La petite est toute maigre, immobile, les yeux grands ouverts, un masque à oxygène sur le visage.

La petite est arrivée la veille, effrayante de diarrhée, de vomissements, tellement faible, et ils n'ont pas encore réussi à la récupérer. La maman derrière, sa chanson triste.

– Oublie tout ce que tu as vu à la télévision.

M'a dit, dès mon arrivée, un vétéran de Médecins Sans Frontières.

– Ici, ça n'a rien à voir. Tu ne verras presque jamais ces scènes horribles de ventres proéminents et de gambettes tout en os. Ici, tu ne verras pas d'enfants squelettiques entourés de mouches. Ici, c'est différent.

Ici désigne d'une manière générique l'Inde. Mais ici, en particulier, c'est Biraul, dans l'État du Bihar, un des plus pauvres. Bihar pourrait être le dixième pays le plus peuplé du monde, mais ce n'est pas un pays : une province. Il compte 100 millions d'habitants, plus que l'Espagne et l'Argentine réunies, entassés sur 100 000 kilomètres carrés de terres fertiles – trente fois moins que l'Espagne et l'Argentine réunies – ; ce sont des plaines très verdoyantes où, pour peu que la nature ne se rebiffe pas, poussent chaque année une récolte de riz et une autre de blé. Il y a 3 000 ans naquit ici le plus grand Empire indien ; il y a 2 500 ans, le bouddhisme ; il y a 1 500 ans, les universités les plus réputées de l'époque.

– Sérieusement, oublie. Ici, la faim est une chose très différente.

La petite s'appelle Gurya ; sa mère, Rahmati. Gurya a quinze mois, Rahmati dix-neuf ans et elle dit qu'elle ne comprend pas ce qui s'est passé, que la petite allait bien, qu'elle ne savait pas encore marcher mais elle allait bien. Qu'elle a une autre fille de quatre ans qui va bien, et qu'elle ne comprend pas ce qui se passe, pourquoi Dieu. Rahmati est musulmane, elle parle beaucoup de Dieu et de pourquoi il lui fait ça. Dieu n'est jamais loin de ces choses-là.

– Avez-vous l'impression que dieu est fâché contre vous ?

– Oui, Il est fâché.

– Pourquoi ?

– Je ne sais pas, comment le saurais-je ?

– Qu'en pensez-vous ?

– Je préfère ne pas penser à ça. Maintenant, ce que je veux, c'est que ma fille guérisse. C'est pour ça que je suis ici, dans cet hôpital. Après, on verra.

Gurya a les squames caractéristiques du kwashiorkor, les œdèmes qui crèvent la peau : signe qu'elle est vraiment limite.

Rahmati est toute maigre, frêle, elle porte l'anneau dans sa narine gauche signalant qu'elle est mariée, les bracelets en cuivre, le sari rouge délavé, les sourcils noirs et épais, le regard qui fuit sans cesse. Rahmati vit tout près, dit-elle : dans un village à trois heures de marche.

Rahmati n'est jamais allée à l'école. Petite, elle aidait sa mère aux tâches ménagères et il lui arrivait même de s'immerger dans une retenue d'eau avec son père pour ramasser des algues qu'il vendait sur le marché : il n'avait ni terre ni aucun autre moyen de gagner sa vie. Rahmati dit qu'ils mangeaient presque toujours ; quelquefois, ils ne mangeaient pas pendant un jour ou deux, dit-elle, mais quelque chose finissait toujours par se présenter.

Quand elle eut treize ans, Rahmati commença à trépigner : ses copines du village se mariaient l'une après l'autre, et pas elle. Finalement, ses parents lui avaient arrangé un mariage avec le fils d'une cousine de sa mère ; il avait environ dix ans de plus qu'elle et, le jour J, Rahmati était terrifiée. Pour économiser, elle dut partager ses noces avec sa sœur : même le jour le plus important de sa vie ne serait pas pleinement à elle. Chaque marié reçut, en plus d'une femme, une vache ; pour les acheter, son père avait dû prendre un crédit qu'il terminerait de rembourser bien des années, bien des privations plus tard.

Après le mariage, le mari de Rahmati s'en était allé ; il n'y avait pas de travail au village et on lui avait dit qu'à Delhi il pouvait en trouver ; il y peignit des murs pour amasser quelques roupies avant de commencer sa vie d'homme marié. Rahmati resta chez elle ; pour elle, tout continuait comme avant mais pas vraiment : elle ne pouvait plus jouer comme une enfant, flâner, s'amuser, puisqu'elle n'était plus une enfant mais une femme mariée ; sa première année de mariage avait été très ennuyeuse. Ensuite, son mari était revenu et l'avait emmenée chez ses parents à lui : là, tout alla de mal en pis. Sa belle-mère la commandait, l'obligeait à faire tout le travail, à servir ses belles-sœurs. À la naissance de la première petite, la famille l'avait accueillie avec bonheur ; qu'une autre fille naisse ensuite les avait démoralisés : la belle-mère grommelait. Un couple indien a besoin d'avoir des garçons pour les entretenir dans leur vieillesse ; les filles s'en vont, sans compter qu'il faut leur payer une dot.

Les journées de Rahmati se ressemblent toutes. Levée à six heures, elle réveille son mari et les petites, puis commence à préparer les repas de la journée. Nettoyer le riz lui prend un moment : il est rempli de petites bêtes. Les jours de riz blanc sont très tristes ; mélangé avec une poignée de lentilles ou une tomate, ça change tout. Mais il n'est pas facile d'en avoir ; sinon, parfois, elle y ajoute des feuilles sauvages qui donnent plus de goût. Pour cuisiner, elle doit faire du feu ; parfois elle a du bois, quand elle a pu en acheter au marché ; d'autres fois, elle part en chercher – mais elle en trouve de moins en moins – ou doit en demander à une voisine. Si Rahmati avait une vache, elle pourrait se servir de sa bouse ; d'ailleurs, il arrive que sa voisine, qui en a une – ainsi qu'un veau – lui en offre un peu. Rahmati dit que si elle avait tout l'argent du monde, elle s'achèterait une vache.

– Oh, oui, je m'achèterais une vache, j'aurais du lait.

Dit-elle, et son visage s'illumine.

– Combien coûte une vache ?

– Environ 25 000 roupies.

À peu près 500 dollars, une somme impossible. Et elle dit que sa vie serait si différente :

– Imaginez ! Une vache ! Tout serait différent, si j'avais une vache. Elle me donnerait du lait, qui coûte environ 25 roupies le litre, et j'aurais de la bouse et je pourrais avoir un veau, je pourrais vendre un peu de lait et acheter du riz, des légumes ou que sais-je. Oui, tout serait très différent si j'avais une vache.

Dit Rahmati et, pour la première fois, elle hausse la voix, s'emballe un petit peu. Alors elle se souvient de la fillette, retourne à l'intérieur pour la voir ; quand elle revient peu après dans la cour où nous discutons, assis sur une petite natte en osier, écrasés de chaleur, assaillis par les mouches, elle a recouvré sa tristesse.

Rahmati vit avec son mari et sa belle-mère et un beau-frère et ses deux filles dans une cahute faite de billes de bois et de bambou ; elle dit qu'avant ils avaient un toit en zinc, mais il s'est abîmé avec le temps et ils n'ont pas pu le remplacer. Là, devant la cahute, ils déjeunent chaque jour à huit heures puis son mari part essayer de travailler – un champ à labourer, un mur à peindre, n'importe quoi pour gagner les 100 roupies – moins de deux dollars – qui leur permettront de manger le lendemain. Rahmati reste avec les deux petites, nettoie, lave le linge : elle a toujours du linge à laver, dit-elle. Moins on a de linge, plus on en a à laver, dit Rahmati. Et quand elle a terminé, elle peut jouer un moment avec les petites ou ne penser à rien ou même dormir un peu. Ensuite, à midi, elle mange les restes du matin et reprend sa lessive ou fait la sieste ou bavarde un moment avec une voisine puis, plus tard, quand son mari revient, elle lui sert encore du riz pour le dîner ou bien un *roti* – un morceau de pain.

– Et il vous arrive de faire autre chose ?

– Ben, non. Toutes les journées sont pareilles, sauf quand il y a un mariage, une fête religieuse. Le vendredi, mon mari va à la mosquée, mais, moi je n'ai pas le droit.

– Pourquoi ?

– Parce que c'est la religion qui le dit, les femmes n'y vont pas.

– Et vous ne voudriez pas y aller, quelquefois ?

– Non, parce que je ne veux pas désobéir à ma religion.

Alors je lui demande quel est son moment préféré de la journée et elle ne comprend pas. Je lui repose la question – je demande à l'interprète de la reposer – et Rahmati dit, une fois de plus, qu'elle ne comprend pas l'idée : qu'elle n'a pas un moment préféré, que tout est à peu près pareil, tout le temps.

Ces jours-ci, j'ai demandé à une douzaine de femmes ce qu'elles faisaient de leur temps libre ; l'idée de temps libre les surprend, il faut le leur expliquer. Après plusieurs questions, certaines me disent que le soir, quand elles ont terminé tout ce qu'il y avait à faire à la maison, il leur arrive de s'asseoir pour bavarder avec une voisine. Et qu'à part cela, il y a les fêtes : un mariage, des obsèques, une naissance, un festival religieux. Rien d'autre ne leur vient à l'esprit.

Il est pourtant des jours où la routine est rompue : quand il n'y a pas d'argent pour acheter à manger. Les paysans sans terre n'ont pas le recours de planter quelque chose pour survivre. Ils vivent vissés à la terre – travaillant la terre d'un autre –, mais s'ils veulent un de ses produits, ils doivent passer par le marché, subir ses variations, payer des intermédiaires.

– Parfois, quand mon mari ne trouve pas de travail, il n'y a pas d'argent et les voisins ne veulent pas m'en prêter ou bien ils n'en ont pas non plus ou ils m'en ont déjà trop prêté, alors il n'y en a pas.

(Le mari de Rahmati passe des heures debout dans cette espèce de terrain vague à l'entrée du village, où les hommes attendent que quelqu'un vienne les embaucher. Rahmati dit que parfois ils sont dix, vingt, trente, et que parfois on l'embauche, mais très souvent, non, alors son mari passe la journée au pied de l'arbre du terrain vague à se demander – je n'en sais rien, mais je l'imagine – ce qu'il va dire à Rahmati quand il rentrera sans une roupie, sans un kilo de riz. Ou à se dire, peut-être – je n'en sais rien, mais je l'imagine – que si jamais Rahmati lui fait une remarque, il la fera taire en lui en collant une. Ou à se dire, peut-être – je n'en sais rien, nous le savons déjà –, comme c'est bien d'être marié à une femme qui sait qu'elle doit se taire quand il n'y a rien à manger.)

Rahmati sait – peut-être – se taire, mais pour l'heure elle dit que c'est dur de s'endormir sans avoir mangé :

– C'est dur d'aller dormir sans avoir mangé, mais on espère qu'au réveil on trouvera quelque chose. Heureusement, on peut aller dormir. Si je ne dormais pas, je ne sais pas ce que je ferais... Dommage qu'il faille encore se réveiller à six heures du matin.

Dit Rahmati, et que le pire, ce sont les pleurs des petites : qu'alors, quand les petites veulent manger et qu'elles pleurent, on ne peut pas dormir, il n'y a aucun moyen d'échapper à la faim.

Maintenant, ici, la petite ne pleure pas : elle est toujours immobile, les yeux grands ouverts, le masque à oxygène sur le visage. Ici, maintenant, c'est le « centre de stabilisation » de Médecins Sans Frontières à Biraul, et Biraul est un grand bourg, vingt ou trente mille habitants en plein cœur du Bihar. Biraul, c'est surtout deux rues très longues serpentines regorgeant de commerces et de petits étals ; d'autres rues partent sur les côtés qui peuvent mener à un temple dédié à Durga, à une retenue d'eau où se baignent des buffles et des vieux, à l'hôpital, au terrain découvert où les enfants jouent au cricket, à des maisonnettes et des champs cultivés et encore des temples, encore des bœufs et des buffles. Dans la rue principale, on vend presque de tout, du modem à la faux que le forgeron façonne à coups de marteau – et le reste : poissons vivants, poulets vivants, divinités diverses, tomates, raisins, bonbons, lampes électriques, motos. La rue principale est éternellement embouteillée : un char à bœufs barre par exemple le passage et des dizaines de motos et de rickshaws le klaxonnent, des dizaines d'hommes et de femmes essaient de passer, de se faufiler.

– Parfois je me dis que si je ne me réveillais pas, tout serait plus facile. Mais ensuite je pense aux petites, que deviendraient-elles sans moi ? Alors je me dis bon, faudra bien continuer. Mais c'est trop difficile, il n'y a pas d'issue.

J'ai toujours pensé, sans y penser, à ces lieux très éloignés – éloignés sur la carte, éloignés des endroits connus, éloignés de mon histoire – comme progressivement vidés, désertés. C'était de la pure pensée magique : Pétaouchnok est bondé, grouille de monde. Des milliers et des milliers de gens à cet endroit du bout du monde, lequel va s'achever non dans une explosion mais par un coup de klaxon. Un jour, quelqu'un va donner un coup de klaxon et tout va voler en éclats. Cela se passera presque tranquillement : non pas un grand brasier, non pas un coup de tonnerre assourdissant épouvantable, non pas la Terre se brisant en mille morceaux. Seulement ce coup de klaxon – probablement ici, à Biraul, ou peut-être à Calcutta ou à Djakarta – qui n'aura plus lieu : qui finira de combler le monde.

Le centre de Médecins Sans Frontières de Biraul est situé sur un côté du village, près du poste de premiers soins et de distribution de suppléments alimentaires de MSF ainsi que du dispensaire public, sur un terrain qui se déploie autour d'un arbre imposant ; en Afrique, en Inde, les arbres savent organiser le monde. Il fait chaud ; les patients – les petits et leurs mères – attendent leur tour sous l'arbre, qui bavardent, dorment, allaitent.

Comparé aux installations sanitaires habituelles d'un village indien, ce centre est Disneyland : treize lits dans deux salles très bien entretenues, murs blancs, fenêtres, ventilateurs, moustiquaires et une petite chambre d'isolement avec encore trois lits. Chaque lit est occupé par un enfant avec sa mère ; ils y restent généralement quatre ou cinq jours jusqu'à ce qu'ils soient stabilisés et entament le traitement ambulatoire. Six médecins de service, dix infirmiers, l'espace, les médicaments, les meubles, les instruments, la propreté.

Le centre de stabilisation est bondé. Chaque jour arrivent cent, deux cents mères. Elles viennent parce que leurs enfants ont de la toux, de la fièvre ou sont en état de faiblesse ; nombre d'entre elles se rendent d'abord au dispensaire public de premiers soins : quand elles craignent qu'un petit soit dénutri, les infirmières de là-bas les envoient consulter les gens de MSF. D'autres ont entendu parler du centre et viennent directement. Elles sont reçues par trois ou quatre jeunes Indiens suivant un protocole très précis : ils regardent chaque petit, le pèsent dans un harnais suspendu, le mesurent sur une planche où ils pleurent tous, lui glissent le bras dans le ruban mesureur pour savoir s'il est dénutri. C'est un moment décisif : en quelques minutes, le petit ou la petite est prêt ou prête à recevoir une étiquette, le récit qui va le définir.

Dans le centre de stabilisation, une mère me voit allumer une lumière et me demande la permission d'essayer à son tour : elle veut voir comment c'est. Elle appuie sur l'interrupteur, délicatement, craintivement : elle ne sait quelles forces occultes sont sur le point de se déchaîner.

Au Bihar, les étiquettes sont claires à force d'être confuses : l'État le plus pauvre, une terre si riche. Soixante kilomètres au nord se trouve le Népal, l'Himalaya, mais ici, tout est plaines, blé, riz : champs fertiles en attente des pluies. Ce fut une surprise : j'imaginais une lande aride et j'y découvris des campagnes plantureuses ; le problème n'est pas qu'ils ne produisent pas ; le problème, s'il en est, c'est pour qui.

On dit qu'avant l'arrivée des Anglais, ses habitants étaient pauvres, mais survivaient, et que c'est le système de recouvrement de la Couronne qui conduisit à la concentration des terres, à la spoliation des terres : que les percepteurs d'impôts impayables s'emparèrent peu à peu des terres de millions de paysans débiteurs, les transformant en prolétaires ruraux, se transformant en grands propriétaires terriens. Et que, même si les titulaires changèrent au fil de ces deux derniers siècles, la structure de la propriété perdura. Et que, dans les années soixante et soixante-dix, suite à une forte agitation sociale, le gouvernement vota des lois de réforme agraire censées donner des terres à ceux qui n'en avaient pas. Mais les lois ne furent pas suivies d'effet car les bureaucrates censés les appliquer étaient les propriétaires mêmes qui parvenaient à les contourner. Et que la misère, comme de bien entendu, augmenta en même temps que la population : aujourd'hui ils sont mille au kilomètre carré. Plus de la moitié ont moins de vingt-cinq ans : c'est un record. Ou le résultat d'hommes et de femmes qui se reproduisent beaucoup car ils savent qu'ils meurent vite.

À Bihar, la moitié des enfants sont dénutris. La moitié : un sur deux. La moitié des enfants.

Bihar est comme un concentré, un bouillon cube d'Inde. Et l'Inde est le pays du monde où la faim abonde le plus. Un quart des affamés du monde vivent – vivent ? – en Inde : environ 220 millions d'Indiens ne mangent pas assez, ne reçoivent pas les 2 100 calories par jour que tous les experts recommandent comme étant le minimum d'énergie nécessaire à un corps humain. Certains, moins que cela ; beaucoup, des tas de millions, beaucoup moins.

Je dis : des millions et des millions de personnes, un nombre interminable de personnes, un nombre inimaginable de soucis, d'angoisses, de petites douleurs, de peurs. La faim était ce que le progrès balaierait : l'apanage des pays en retard, il suffirait de les « développer » un peu pour s'en débarrasser. L'Inde est aujourd'hui le dixième pays le plus riche du monde, et le premier en nombre de dénutris.

En Inde, 37 % des adultes ont un indice de masse corporelle inférieur à 18,5 – ce que l'Organisation mondiale de la santé considère comme le seuil de la malnutrition.

En Inde, 47 % des enfants de moins de cinq ans n'ont pas atteint le poids qu'ils devraient. Il y a dans le monde environ 129 millions d'enfants en dessous du poids normal pour leur âge ; dont 57 millions qui vivent – vivent ? – en Inde.

Il y a dans le monde environ 195 millions d'enfants en dessous de la taille normale pour leur âge ; dont 61 millions vivent – vivent ? – en Inde.

Chaque année, meurent en Inde deux millions d'enfants de moins de cinq ans. Pour la moitié d'entre eux – un million d'enfants chaque année –, de causes liées à la malnutrition et à la faim. Un million d'enfants chaque année, deux enfants indiens chaque minute, à cette minute.

Un enfant souffrant de dénutrition aiguë a neuf fois plus de chances qu'un enfant bien nourri de mourir des suites d'une diarrhée, de la rougeole, de la malaria, du sida ou d'une pneumonie. Pas seulement parce que son corps est dépourvu des défenses nécessaires ; à cause également d'une évidence statistique : les dénutris sont ceux qui tombent le plus facilement malades – en raison de leurs conditions de vie – et qui guérissent le plus difficilement – puisqu'ils n'ont pas accès aux soins. À chaque instant, en Inde, environ huit millions d'enfants sont dans cette situation, l'état le plus brutal de la faim.

Pour l'instant, ce sont des chiffres. Les chiffres servent à savoir ce que nous savons déjà : nous convaincre de ce qui est évident. Nous les respectons, nous croyons qu'ils disent la vérité. Les chiffres sont le dernier bastion de la vraisemblance contemporaine.

Et ils sont aussi le meilleur moyen de refroidir les réalités : de les rendre abstraites.

(C'est la première fois dans l'histoire que l'on a des données aussi dures, des chiffres aussi approximativement précis sur les habitants du monde : leur nombre, leur répartition, leur richesse, leurs maladies, leur travail. Dans cinquante ans, le niveau d'information actuel paraîtra peut-être paléozoïque, mais il n'y a jamais rien existé de tel : un monde pensé en chiffres, expliqué – soi-disant expliqué – par ses chiffres. Ils sont manipulés par les grands organismes internationaux, les compagnies, les gouvernements du Premier Monde. Ils servent à ce à quoi ont servi les savoirs de tout temps : à renforcer les différences, construire du pouvoir, imaginer des futurs convenables à leurs yeux.)

On me disait qu'ici la faim était différente. Elle est différente puisque parfois elle ne tue pas. En Inde, la faim n'est pas aiguë : des millions de personnes, depuis de nombreuses générations, sont habituées à ne pas manger suffisamment, développant au fil des générations une capacité à survivre en mangeant trois fois rien, démontrant les aptitudes adaptatives de l'espèce. Les humains survécurent, conquirent la terre parce qu'ils savent s'adapter à bien des choses : ici, ils s'adaptèrent à manger trois fois rien et c'est pourquoi des millions d'entre eux sont petits, maigres, amenuisés, des corps qui savent subsister avec peu.

Des mères petites comme ça qui mettent au monde de tout petits bébés, des gamins qui atteignent l'âge d'un an en pesant quatre kilos – et qui n'ont pas appris à marcher. C'est un échec fracassant : l'adaptation darwinienne dans toute sa tristesse. La capacité de l'homme à s'accommoder à une vie dénutrie et à produire, pour ce faire, des corps qui exigent beaucoup moins, idem pour les cerveaux.

La dénutrition chronique – vous explique-t-on – ne vous tue pas net, mais ne vous laisse pas non plus vivre comme vous devriez : corps diminués, esprits déficients. Ils sont des millions à gâcher leur vie pour continuer à vivre.

2

Je lui demande ce qu'il aime manger et il me jette un regard de haine mal dissimulée. Kamless a vingt-six ans ; il est maigre, petit, énergique, très jaloux de ses convictions. Kamless et Renu, sa femme, viennent d'arriver au centre sanitaire de Médecins Sans Frontières à vélo, avec Manuhar dans les bras.

– Je n'aime pas manger ceci ou cela : moi, ce que j'aime, c'est manger. Je suis pauvre, je ne peux pas penser à manger quelque chose en particulier. Je mange ce que je peux, un *roti*, une assiette de riz, n'importe. Ce que j'aime, c'est pouvoir manger, que ma famille le puisse.

Dit Kamless, et qu'il leur faut deux ou trois heures pour arriver jusqu'ici, à condition de venir à vélo ; quand ils viennent à pied, ils mettent quatre ou cinq heures. Moi, pauvre idiot, je leur demande pourquoi ils ne viennent pas toujours à vélo. Kamless me regarde avec une pointe de mépris – à moins que ce ne soit du désespoir :

– Parce que le vélo n'est pas à moi, il est à un voisin, et parfois le voisin me le prête, parfois non. Ce matin, j'ai dû le supplier.

De toute manière, dit Kamless, peu importe : pour lui, marcher quatre ou cinq heures, ce n'est rien, deux fois par an il part au Pendjab travailler à la moisson du riz ou des betteraves et il doit voyager deux jours dans un train bondé, ça, c'est du voyage. Au Pendjab, il est payé quatre ou cinq mille roupies par mois. Alors qu'ici, dit-il, il peut en gagner cent par jour comme maçon ou ouvrier agricole, mais il ne sait jamais quand il va trouver du travail.

– Vous aimeriez aller au Pendjab ?

– Non, moi j'aime être chez moi, avec ma famille.

– Et vous n'aimeriez pas aller vous installer là-bas avec votre famille ?

– Ça me reviendrait trop cher de les emmener, je devrais louer une chambre, j'en aurais déjà pour mille roupies. Et ça, c'est déjà trop.

Dit-il, et qu'il a tout le temps des problèmes avec son voisin parce que son voisin est riche et qu'avec les riches, il y a toujours des problèmes, dit-il.

– Et avec les pauvres, non ?

– Avec les pauvres aussi, mais ça t'emmerde moins.

– Il est riche comment ?

– Il a des terres, il a des vaches.

– Combien de vaches ?

– Deux, et un buffle. Il est riche. Moi aussi j'avais une vache. Quand on s'est mariés, Renu a apporté une vache en dot. Mais j'ai dû la vendre. J'ai dû vendre presque tout ce que j'avais pour essayer de soigner mon fils.

Dit-il, mais que malgré ça il n'a jamais pu aller voir un bon médecin. Le fils cadet de Kamless et Renu s'appelle Manuhar, il a deux ans et demi et ne peut pas bouger : il n'a que la peau sur les os, son corps est tout mou, il tient à peine sa tête.

– On n'avait pas besoin d'avoir plus d'enfants, on en avait déjà deux, on pensait aller au planning familial pour qu'on nous dise comment faire. Mais on voulait avoir une fille… Et vois ce qui nous est arrivé.

Dit Renu : Tout ça pour avoir voulu – à contre-courant – une fille. Kamless me regarde l'air de dire je l'avais pourtant prévenue je le savais – mais j'ai voulu lui faire plaisir. Et il dit qu'une voisine leur a dit que Manuhar était dans cet état parce qu'il n'avait pas bien mangé, mais Kamless n'y croit pas car ses autres enfants ont mangé pareil, sauf qu'ils ont bu plus de lait. Cette fois Renu n'avait presque pas de lait, c'était l'unique différence.

– Et vous ne lui donniez pas de lait ?

– Si, quand on pouvait. On en demandait au voisin, de sa vache. Parfois il nous en donnait, parfois non.

– Et quand il ne vous en donnait pas ?

– On lui donnait la même nourriture que nous.

Leur repas, me dit-il, c'est du riz. Presque toujours du riz blanc.

– Et il le mangeait ?

– Oui, bien souvent.

Ici, au centre de soins, on leur a dit qu'ils pouvaient guérir la dénutrition de leur fils, ils lui donnent du Plumpy'Nut depuis deux semaines, mais il a une lésion cérébrale qu'ils ne peuvent pas traiter, il faut qu'ils l'emmènent à l'hôpital de Darbhanga.

– Le truc, c'est qu'on n'a pas d'argent pour l'emmener là-bas. Ceux qui ont beaucoup d'argent, comme notre voisin, peuvent aller chez le médecin quand ils veulent. Nous, on ne peut presque jamais, pauvre petit. Quand on veut aller chez le médecin, on doit d'abord trouver l'argent pour le bus, puis pour la consultation, puis pour les médicaments que va nous prescrire le médecin… On n'y arrive presque jamais.

– Et que pensez-vous faire ?

– Qu'est-ce qu'on pense faire ? Qu'est-ce qu'on pense faire ?

Me répond Kamless en insistant sur le mot *pense*. Il a l'air d'un homme intelligent : un homme capable de comprendre que je lui parle avec des mots qui ne lui siéent pas.

– Oui. Qu'allez-vous faire ?

Kamlesse secoue la tête :

– Que voulez-vous qu'on fasse ?

L'Inde est un pays fier, un des plus anciens du monde, un des plus grands du monde, une grande culture qui est revenue aujourd'hui sur le devant de la scène car il va devenir, dit-on, une grande puissance. C'est pourquoi, notamment, les Indiens n'aiment pas admettre que la moitié de leurs enfants ont faim, et cette faim et cette misère se produisent en sourdine, comme une chose lointaine, presque incertaine – que l'on rencontre tout le temps, dans chaque village, à chaque coin de rue.

C'est pourquoi, en 2008, quand pour la première fois le Premier ministre Manmohan Singh a dit dans un discours que la malnutrition qui frappait un si grand nombre était une « honte nationale » et une « malédiction que nous devons éradiquer », des millions de gens ont sursauté comme s'ils entendaient parler pour la première fois de cette verrue qu'ils avaient toujours eue à la joue gauche.

Pourtant, l'Inde a mis en place depuis très longtemps une série de mécanismes pour améliorer l'alimentation de ses enfants – et adultes. Le plus répandu est celui des *anganwadis.*

Anganwadi signifie « la cour de la maison » et c'est un dispositif de protection sociale censé dispenser des vaccins et de la nourriture aux enfants les plus pauvres. Quasiment tous les villages et les quartiers indiens ont leur anganwadi : plus d'un million de petits centres d'assistance tenus par près de deux millions d'employés – en grande majorité des femmes. Selon le gouvernement, ils profitent à quelque 60 millions d'enfants et dix millions de mères parturientes. Mais il est évident qu'ils ne fonctionnent pas comme ils devraient. Beaucoup sont fermés ; dans les autres, les bénéficiaires se plaignent de ne pas recevoir la nourriture prévue, ou d'en recevoir une fois par semaine au lieu de tous les jours, ou toute autre variante de l'abandon.

Outre les anganwadis, l'autre important dispositif de protection sociale, ce sont les cartes BPL – *Below Poverty Line,* Sous le seuil de pauvreté – qui devraient permettre l'achat de 35 kilos de riz par mois à trois ou quatre roupies le kilo. En Inde, le seuil de pauvreté est un sujet de débat ; certains l'appellent le « seuil de famine », car le gouvernement le situe à 50 centimes de dollar – 30 roupies – par jour et par personne, deux fois plus bas que le fameux 1,25 dollar généralement admis.

Qui plus est, selon des études officielles, la moitié de ceux qui devraient détenir cette carte ne l'ont pas. Kamless l'a : à la mort de son père, il a réussi à convaincre un fonctionnaire de lui donner la sienne.

– J'y avais droit, évidemment que j'y ai droit. Mais j'ai quand même dû lui donner de l'argent. Ça m'a coûté très cher.

Inefficacité et corruption aboutissent à ce que de très jolies lois ne servent à rien. Des études montrent que deux tiers des 12 milliards de dollars annuels dépensés par l'Inde en aides aux plus pauvres se perdent en cours de route, dans les poches des fonctionnaires, des entrepreneurs, des intermédiaires et autres nantis. Ce ne sont pas uniquement des actes délictueux ; c'est aussi, pour une bonne part, de l'inefficacité. Mais la conscience du poids de la corruption dans le système est si généralisée que le principal mouvement citoyen apparu dans le pays au cours des dernières années s'appelle India Against Corruption, dirigé par un monsieur du nom d'Anna Hazare qui recourt notamment à la grève de la faim gandhienne comme moyen de pression : la faim comme arme alambiquée.

En attendant, le système demeure florissant : Kamless me raconte que chaque fois qu'il doit aller travailler au Pendjab, il doit emprunter de l'argent pour le voyage et pour en laisser un peu à sa famille.

– J'en emprunte à Salim, le propriétaire de l'épicerie du village. Il me prête 1 000 roupies, 2 000 roupies, je les lui rembourse à mon retour. Le problème, c'est que je dois lui en donner le double et que pendant ce temps je dois lui laisser ma carte en garantie.

Alors Salim – et tant d'autres dans tant d'autres villages – utilise ces cartes pour acheter du grain subventionné à bas prix – puis il le revend au prix du marché. Il peut cumuler cinquante, cent, deux cents cartes ; il parvient à obtenir les rations en soudoyant un employé du dépôt de grain d'État – employé qui à son tour a acheté sa nomination parce qu'il savait que ce serait rentable. Salim est malgré tout un légaliste : il travaille avec de vraies cartes de rationnement. D'autres ne s'embarrassent pas : ils achètent de fausses cartes à des fonctionnaires véreux, et par ici les pépettes. L'Inde semble être un pays où tout est possible car rien n'est tout à fait impossible, où les règles sont faites pour être détournées afin que les choses puissent avoir lieu. Toute sorte de choses.

Beaucoup d'hommes partent travailler dans d'autres États – Delhi, Pendjab. Certains envoient de l'argent, d'autres viennent chercher leur famille, d'autres encore disparaissent : ce n'est pas difficile, la tentation est toujours présente. Mariages arrangés, enfants qui grandissent loin avec des problèmes : assumer cela – ne pas fuir – requiert un grand sens du devoir ; d'autres usages de l'idéologie.

L'enfant pleure beaucoup, c'est comme une torture. Il ne veut pas que nous l'oubliions, dit sa mère, et elle replace sa main qui vient de tomber.

– Si j'avais tout l'argent que je voulais, j'ouvrirais un petit commerce devant la porte de chez moi, j'y vendrais des fruits. Je pourrais rester chez moi à m'occuper des fruits, je mettrais de côté pour l'avenir, et quelquefois mes enfants pourraient manger des fruits.

Dit Kamless. Je lui demande s'ils ne le peuvent pas maintenant ; il fixe le sol, mi-triste mi-coléreux.

– Non, maintenant, non.

– Et tu trouves ça juste que certains aient beaucoup d'argent et d'autres si peu ?

– Ce n'est pas une question de juste ou pas juste. Ceux qui ont de l'argent ont de l'argent, et tout le monde se fiche de savoir si c'est juste.

Kamless est inquiet aussi parce que sa maison est construite sur un terrain public – « terrain du gouvernement », dit-il – et il a peur qu'un jour on le chasse. Je lui demande pourquoi on lui ferait ça.

– Parce que les gouvernements font toujours ce qui les arrange. Si un jour ils veulent ce terrain pour l'un d'entre eux, pour un ami à eux, ils te le prennent, et auprès de qui vas-tu aller te plaindre ?

La base de la pyramide – des millions et des millions à la base de la pyramide –, ce sont les paysans sans terre. Beaucoup n'en ont jamais eu ; beaucoup les ont perdues du temps de l'empire ; beaucoup encore les ont perdues pour rembourser des dettes plus récentes. Beaucoup – qui sait combien, ces choses-là ne figurent jamais dans les registres – furent chassés de l'hectare ou du demi-hectare que l'État leur avait octroyé dans les années soixante, soixante-dix, par les sicaires d'un propriétaire rural ou d'un cacique politique – ou les deux à la fois. Le paysan qui essaie de se plaindre a de fortes chances de finir avec une balle dans la tête. Ou, dans le meilleur des cas, de devoir affronter un juge de district, ami des expropriateurs ou acheté par les expropriateurs – ou, pour joindre l'utile à l'agréable, un ami des expropriateurs acheté – qui le renverra chez lui non sans lui avoir manifesté son mépris pour sa si grande pauvreté, sa si grande infériorité.

– Il y a des jours où j'ai envie d'aller dans la rue et de cogner sur tout le monde, leur faire mal, les tuer pour qu'ils comprennent ce que c'est. Mais après je pense à ce que j'aurais à y gagner et je reste dans mon coin.

– Que te dis-tu ? Qu'aurais-tu à y gagner ?

– Rien, on m'enverrait en prison, je n'aurais plus rien. Qu'est-ce que j'aurais à gagner ? C'est pourtant pas l'envie qui me manque.

3

Pourquoi avons-nous faim de gloire et soif de justice ?

C'est la saison sèche. Dans deux mois arrivera la mousson et tout ne sera plus qu'un grand piège à eau. Inondations, chemins impraticables, pluies apocalyptiques, bestioles, maladies – et la question de la nourriture qui deviendra encore plus compliquée. Ici les vies sont régies par les saisons, les cycles naturels, les extravagances naturelles, la faim qui va et vient selon ses caprices. Ici les vies se suivent et se ressemblent beaucoup : la vie d'Anita, par exemple, si semblable à celle de sa mère, de sa grand-mère, de millions d'autres.

– Je ne sais pas, ma mère est morte il y a longtemps.

– Combien de temps ?

– Des années, je ne sais pas. Bien avant que je me marie, j'étais petite.

– Et quels souvenirs gardes-tu d'elle ?

– Je m'en souviens. Je ne m'en souviens pas beaucoup.

– Mais de quoi te souviens-tu le plus ?

– Je ne sais pas, la voir faire des choses, travailler. J'aimerais me souvenir d'elle autrement qu'en train de travailler.

Dit-elle, mais elle se souvient : que la première fois où elle a eu faim et où elle a compris qu'on ne lui donnerait rien à manger, elle a crié à sa mère qu'elle était méchante et lui a réclamé à manger, et sa mère lui a flanqué une gifle. Et qu'ensuite elle l'a vue se mettre à pleurer, alors elle lui a dit que c'était l'inverse, que c'était à elle de pleurer parce qu'elle s'était pris une gifle, et alors sa mère a ri, elle riait et pleurait, et elle, elle ne comprenait pas ce qui se passait.

Il y a encore vingt ou trente ans, les organisations internationales considéraient qu'une des raisons principales de la malnutrition de tant d'enfants pauvres était qu'ils n'avaient pas un apport suffisant en protéines parce que leurs mères ne savaient pas les alimenter, elles ont donc lancé de grandes campagnes pour leur apprendre à les nourrir – alors qu'elles n'avaient évidemment pas de quoi. Cela paraît sinistre ; cela se voulait très scientifique.

Anita est décharnée. Anita a dix-sept ans, les dents de travers, le nez épaté avec son petit anneau en or à la narine gauche, son point rouge des hindous au milieu du front, son sari safran avec une touche de vert ; Anita a un regard d'animal traqué. Sa fille Kajal a un tee-shirt vert, des cheveux longs et dressés sur la tête ; Kajal a neuf mois, pèse 2,8 kilos et n'arrive pas à tenir sa tête droite. Anita la lui relève, la caresse – mais elle la regarde d'un air bizarrement las. Anita regarde le monde d'un air bizarrement las :

– Non, je ne suis jamais allée à l'école. Nous sommes pauvres, nous sommes de la caste inférieure, nous n'allons pas à l'école.

– Et quand vous voyiez d'autres enfants y aller, que pensiez-vous ?

– Rien. Je jouais avec les enfants ou j'accompagnais ma mère au champ quand elle allait récolter, je travaillais un peu. Je ne pensais rien de l'école.

– Que veut dire être de la caste inférieure ?

– Quand on n'a ni terre ni maison ni nourriture suffisante, c'est ça, être de la caste inférieure.

Dit-elle, et elle ne dit pas que cela veut aussi dire ne pas pouvoir épouser des gens d'autres castes, ne pas pouvoir vivre parmi les autres castes, ne pas décrocher certains emplois ni être accepté dans des milieux différents. La Constitution indienne interdit ces discriminations : la vie indienne les maintient et les favorise.

– Quand tu étais petite, mangeais-tu à ta faim ?

– Non. Parfois oui, parfois non. Parfois on mangeait deux fois au lieu de trois, parfois une seule. Parfois même pas une seule fois, et les petits pleuraient.

– Toi, tu pleurais ?

– Non, moi, je ne pleurais pas. À quoi bon pleurer. Auprès de qui vas-tu pleurer. Je savais que mon papa faisait tout son possible pour nous donner à manger.

– Et que voulais-tu faire quand tu serais grande ?

– Rien, je ne voulais rien.

– Et qu'imaginais-tu ?

– Rien, je regardais passer le temps.

– Pensais-tu que quand tu serais grande tu aurais de beaux habits, une grande maison ?

– Non, je n'ai jamais pensé ce genre de choses. Ce sont les autres castes qui pensent ce genre de choses.

Le paradoxe de l'aide humanitaire chronique est que « plus les travailleurs humanitaires déploient d'efforts pour recenser, identifier et aider les pauvres, plus ces derniers sont incités à exhiber tous les aspects de leur pauvreté, dans un contexte où les alternatives aux revenus de l'aide sont extrêmement rares. La manière dont l'appareil de l'aide transforme les histoires individuelles en discours programmatiques génère un sentiment collectif d'appartenance à une communauté dont l'identifié repose sur la dépossession et le besoin. C'est en tant que "pauvres" et "sous-alimentés" que les Nigériens démunis ont droit aux revenus de l'aide. Le fonctionnement du système les décourage de revendiquer l'accès à la nourriture comme un droit fondamental qu'ils peuvent faire valoir en tant qu'acteurs politiques – et non une fois qu'ils sont devenus les victimes de la faim », a écrit Benedetta Rossi, une anthropologue spécialiste de l'Afrique qui enseigne à l'Université de Birmingham.

Je me demande si Anita ;

je me dis que qui sait.

Le père d'Anita n'avait pas d'emploi fixe : il aidait ses voisins à cultiver leurs champs, à emmener paître les buffles, et en retour les voisins lui donnaient un peu de grain, du lait, de la bouse. Aujourd'hui son mari travaille, quand il le peut, dans une usine de briques. Parfois il part travailler, dit Anita, parfois non.

– Pourquoi parfois il n'y va pas ?

– Je ne sais pas, parce qu'il n'a pas envie.

– Et tu ne lui dis pas que vous avez besoin qu'il y aille ?

– Si je lui dis quoi que ce soit, on se dispute.

– Vous vous disputez comment ?

Anita se tait, regarde par terre, caresse les cheveux de sa fille : sa lassitude se mue en malaise extrême. Un gentleman ne pose pas ce genre de questions ; pas même un journaliste. Je m'apprête à lui proposer qu'on laisse tomber, que ça n'a pas d'importance, quand elle dit qu'il lui crie dessus, qu'il la bat. Elle me dit cela à voix très basse :

– Il me crie dessus, il me bat, je pleure.

– Tu as dit à ton frère que ton mari te battait ?

– Non.

– Mais il faudrait que tu fasses quelque chose, non ?

– Non.

– Pourquoi non ?

– Parce qu'il peut me battre, s'il veut. Après tout c'est mon mari et je suis sa femme.

– Et toi, qu'est-ce que tu peux faire contre lui ?

– Rien.

– Tu préférerais être un homme ?

– J'en sais rien.

– Tu voudrais que ta fille soit un garçon ?

– Oui.

– Pourquoi ?

Anita se lève, lisse son sari, s'éloigne : elle ne veut plus me parler – et je comprends, lui présente mes excuses, honteux. Mais peu après elle revient : dans la cour du centre de stabilisation, les mouches règnent en maîtres.

– Avec qui je dois parler pour rentrer chez moi ?

Ce sont les mouches. Un sage aussi audacieux que perspicace – disons Pergame, 212 avant Jésus-Christ, Yucatan 800 après, Bologne 1286 – doit bien avoir postulé que, d'une manière encore mystérieuse, les mouches apportaient la famine. Car les mouches sont là : quand la famine est là, les mouches sont toujours là.

Anita a amené sa fille il y a onze jours car elle la voyait malade. Fièvre, toux ; elle ne savait plus que faire quand une voisine du village lui a appris l'existence de cet endroit où on pourrait la soigner gratuitement.

– Je ne la croyais pas, mais elle a insisté, j'ai fini par venir.

Dit Anita. Au long des décennies, le système de santé indien a réussi à se forger une image précise : un service public qui ne fonctionne pas. Les patients éventuels savent que souvent les dispensaires sont soit à court de médicaments, soit à court de motivation, soit fermés, soit vous obligent à verser un dessous-de-table – encore qu'il n'y ait pas non plus de table. Il arrive bien sûr qu'on y soit bien soignés, mais ce n'est ni la règle ni la perception majoritaire. Rien de cela n'arrive par hasard : l'Inde est un des pays qui consacrent la plus petite part de leur produit national brut à la santé publique : autour de 2 %, contre 10 % en Argentine ou en Israël, 14 % au Mexique. Et seulement un tiers de ce pourcentage est destiné à la santé – contre plus de 60 % en Argentine, au Mexique ou en Israël. Toute une déclaration de principes.

C'est aussi une forme d'archaïsme. Durant des millénaires, beaucoup de maladies n'étaient pas guérissables. Aujourd'hui, ici, non plus. Ici, dans le village, me dit-on, quand quelqu'un a un infarctus, il meurt : il n'y a aucun endroit où le soigner. Si ce quelqu'un vivait en ville, il mourrait : les hôpitaux publics sont dépassés. Des passés. Le présent en est absent.

Ils meurent de causes qui ne tuent pas d'autres hommes, d'autres femmes, sous d'autres cieux.

– Je l'ai amenée et on s'est bien occupé d'elle. On m'a dit que la petite était dans cet état parce qu'elle mangeait trop peu. Elle avale à peine le lait que je lui donne.

– Tu l'allaites ?

Non, dit Anita, elle ne peut pas l'allaiter : même quand elle était toute petite, elle n'a pas pu l'allaiter car elle n'avait pas de lait, elle était à sec, dit-elle, et elle baisse les yeux : elle était à sec.

– Alors je lui donne du maternisé, du lait maternisé. Quand j'en ai.

– Et on t'a dit ici qu'elle était dénutrie ?

– Oui, c'est ce qu'ils m'ont dit : dénutrie.

Dit Anita, et qu'on l'a soignée et que maintenant elle va mieux et que c'est pourquoi elle veut retourner chez elle. Je lui demande pour quelle raison :

– Parce que mon mari veut que je rentre. Il est venu il y a deux jours et il m'a dit qu'il fallait que je rentre tout de suite. Je lui ai dit que je n'avais pas d'argent pour le bus, et lui non plus il n'en avait pas. Il m'a dit qu'il reviendrait aujourd'hui m'apporter de l'argent pour qu'on rentre.

– Et pourquoi veut-il que vous rentriez ?

– Parce que ma belle-sœur est malade et qu'elle doit aller à l'hôpital, alors je dois rentrer pour m'occuper de ses enfants, de la maison, de mon mari, de toutes mes affaires.

– Et ça, c'est plus important que de soigner ta fille ?

– Moi, j'ai l'impression que la petite va bien.

– Mais le docteur dit que non.

– Moi, je veux partir. Je n'aime pas être ici. Et mon mari veut que je parte.

– Ça lui est égal que la petite soit guérie ou non ?

– Il m'a dit qu'elle allait guérir si on rentrait à la maison.

Je ne veux pas lui demander si ce serait différent si c'était un garçon : j'ai honte, il me semble que je l'ai suffisamment agressé. Anita, son visage d'animal traqué : de quelqu'un qui ne comprend pas tout mais qui soupçonne que tout comprendre ne l'aiderait pas davantage.

– Le docteur a dit que ta petite devait rester encore quelques jours pour guérir. Ton mari en sait-il plus que le docteur ?

– Je ne sais pas. C'est mon mari.

– Parfois je m'énerve, mais j'essaie alors de comprendre.

Dit Maria la Grecque : parfois elle s'énerve mais elle essaie alors de comprendre et elle pense que, pour elles, il est très difficile de voir ce qui arrive à leurs enfants.

– Par exemple : l'indicateur de dénutrition que nous utilisons à chaque fois, le MUAC. La mesure du tour de bras du petit. Si c'est 120 millimètres, il est dénutri ; si c'est 126, il ne l'est plus. Nous savons que ces six millimètres sont déterminants car ils signifient une foule de choses, mais la mère n'arrive même pas à les voir…

– Qu'est-ce qu'elles te disent quand tu leur dis qu'ils sont dénutris, qu'ils ont une maladie dont elles ignoraient jusqu'à l'existence ?

– Bien souvent elles doutent. Elles doutent de cette maladie qu'elles ne connaissent pas, elles doutent de tes compétences, elles doutent d'un traitement qui ne ressemble pas à un traitement, qui n'inclut pas des cachets, des piqûres, ces trucs compris dans un traitement. Elles te disent non, les vrais médecins font des piqûres. Et les mères ne veulent pas rester parce qu'elles ont trop de choses qui leur semblent plus importantes à faire à la maison.

– À ton avis elles n'accordent pas de valeur à la vie de leurs enfants ou bien elles croient qu'ils ne sont pas en danger ?

– Si, elles tiennent à leur enfant. Elles marchent des heures pour venir le soigner, elles acceptent un traitement même si elles ne le comprennent pas et parfois elles ne croient même pas que leur enfant soit vraiment en danger, mais elles doivent aussi s'occuper du reste de la famille, elles ont d'autres enfants à la maison, parfois une vache, et elles savent que si elles restent ici trop longtemps, un autre de leurs enfants peut tomber malade et mourir, ou la vache, alors toute l'économie familiale s'écroule… Parfois elles doivent choisir. Je les ai vues. C'est horriblement difficile pour elles, mais elles finissent par choisir ce qu'elles pensent être le mieux pour tout le monde.

Et c'est encore pire lorsque le docteur qui le leur dit est une doctoresse. Maria – trente ans, énergique, brune ébouriffée – me raconte que cela lui arrive souvent : elle reçoit quelqu'un, lui pose des questions, l'ausculte. À un moment, un infirmier entre dans la salle de consultation :

– Ah, docteur, vous voilà enfin, je vous attendais.

Le gouvernement indien décida il y a longtemps de ne pas utiliser de Plumpy'Nut ni aucune autre préparation similaire. C'est une sorte de nationalisme de la faim : ils disent qu'en Inde les dénutris ont un profil à part et que cela n'a pas de sens de les traiter avec un produit conçu pour des réalités différentes. Ils disent qu'ils ne veulent pas médicaliser la question de la malnutrition : que l'État ne devrait pas la soigner, mais la prévenir, empêcher qu'elle ne se manifeste – et existent à cette fin les allocations accordées aux plus pauvres, les repas distribués à l'école, le réseau des anganwadis. La réalité, c'est que malgré cela, aux 60 millions d'enfants dénutris chroniques, il faut ajouter plus de huit millions de dénutris aigus.

Ils disent aussi qu'il s'agit d'un produit étranger qui pourrait être une tête de pont pour le débarquement de grands laboratoires multinationaux et qu'il faudrait à la rigueur élaborer la pâte avec des produits locaux, dans des entreprises locales. Mais ils ne le font pas. MSF essaie de prouver, par la pratique, l'efficacité de ce médicament : le centre de Biraul serait, dans cette optique, un programme pilote qui tente d'en démontrer les vertus curatives. Le gouvernement indien ne l'approuve pas officiellement mais pour l'instant le tolère.

Leurs chiffres sont concluants : chez les enfants traités au Plumpy, dont beaucoup arrivent dans un état désespéré, le taux de mortalité est bien plus bas, moins de 3 %.

Le traitement marche. La dénutrition, si mortifère, est facile à traiter pourvu que l'on emploie les bons moyens. Mais on ne les emploie pas : l'État ne le fait pas. Sans le vouloir, MSF souligne la cruauté des inégalités, la violence d'un modèle social. Face à la guérison d'un petit nombre grâce à ce traitement, ils ont sur la conscience les millions et les millions de gens qui n'en bénéficient pas : qui ne savent même pas qu'ils devraient en bénéficier.

Maria la Grecque dit que ce serait bien qu'ils n'aient pas de visage.

– Comment ?

– Rien, mais je me dis parfois qu'il vaudrait mieux qu'ils n'aient pas de visage.

Dit-elle, car elle revoit la frimousse de cette petite, quand elle se couche elle revoit la frimousse de cette petite, quand elle n'y prend pas garde elle revoit la frimousse de cette petite :

– Quand ils l'ont amenée, elle était sévèrement dénutrie, dix-huit mois, une infection respiratoire aiguë, elle pouvait à peine respirer. C'était un vendredi ; on a passé la journée du samedi à travailler sur elle, on l'a stabilisée, on était sur le point de la sauver, mais le dimanche matin le père est arrivé en disant qu'ils devaient partir. J'ai insisté, je me suis disputée avec lui, je lui ai dit que s'il l'emmenait, elle mourrait, mais il m'a dit que c'était lui le père et qu'il savait ce qu'il avait à faire. J'étais triste, déprimée, mais que pouvais-je faire d'autre ? Le lundi matin, on est allés chez la petite, c'est à environ deux heures d'ici en voiture, et on m'a dit qu'elle était morte la nuit d'avant.

Et elle dit que, outre la tristesse, elle a alors compris pour la première fois les limites de sa pratique ici.

– Les limites sociales, je veux dire… En Europe, dans une situation pareille, on fait tout ce qu'on peut et si le patient meurt, c'est qu'on ne pouvait plus rien pour le sauver. Alors qu'ici, elle est morte parce que le père considérait qu'il devait réaffirmer son autorité ou je ne sais quoi : pour des causes qui n'ont rien à voir avec notre travail, avec la médecine. C'est pourquoi je te dis que j'y ai vu mes limites.

Ce qui est rassurant et terrible dans la vie d'un médecin, c'est qu'il travaille tout le temps avec le réel. Un écrivain – disons, en guise d'exemple, un écrivain – passe des années à produire un artéfact dont il ne sait même pas s'il fonctionne. Et il ne le saura jamais : son « fonctionnement » peut à la rigueur se mesurer, dans certains cas, à travers l'opinion de cinq ou six lecteurs ; pour d'autres, à travers la vente de cinquante ou cent mille exemplaires. Et, une fois son livre terminé, il demeurera des années durant celui qui un jour l'a produit. Un médecin, en revanche – un médecin d'ici, au milieu de nulle part, un médecin seul dans la tourmente –, est confronté à la réalité la plus extrême : il sera un bon médecin s'il sauve cet enfant. S'il ne le sauve pas, on aura beau arguer que l'environnement que les moyens que la fatalité, ce n'en sera pas un bon. Et s'il le sauve, demain il ne sera plus celui qui l'a sauvé car il se présentera un autre cas, puis un autre : il devra redevenir ce qu'il est, encore et encore. Ce qui est rassurant et terrible dans la vie d'un médecin, c'est qu'il lui est beaucoup plus difficile de se leurrer.

Le mari d'Anita débarque le soir même : le maître redoutable, le macho cogneur est un garçon d'un mètre soixante,

55 kilos, peau très sombre, cheveux en bataille et sandales trop grandes. Il a peut-être vingt, vingt-cinq ans, il prend sa fille avec une douceur un peu rude, lui fait des mines, lui chante des chansons. Ensuite il va voir un des médecins indiens et lui dit qu'ils doivent partir parce qu'il travaille à Dehli et qu'il doit emmener sa famille avec lui. Ce n'est pas vrai, mais le médecin ne peut pas le savoir. Le médecin insiste pour qu'il reste – qu'il laisse sa fille encore quelques jours, qu'elle en a besoin, que pesant moins de trois kilos, elle est encore en danger, que dans son état, une maladie banale peut la tuer. Le maître lui dit que c'est lui le père et qu'il décide ce qui est bon ou non pour sa fille, et qu'ils s'en iront. Le médecin insiste encore ; le maître regarde le plafond, l'air de dire cause toujours, tu m'intéresses. Anita commence à fourrer les deux ou trois chiffons de la petite dans un sac vert.

(Il m'arrive de penser que ce livre devrait être une suite d'histoires minimes, d'histoires comme celle-ci, sans plus. Et que chacun lise aussi loin qu'il peut et se demande pourquoi il lit ou ne lit pas.

Je tombe ensuite dans le panneau de tenter d'expliquer : de raisonner, de chercher des raisons à l'intolérable.

En cela aussi je suis lâche.)

4

Ce n'est pas contre une quelconque maladie que MSF-Biraul livre son principal combat : c'est contre la réticence de ses patients – les parents de leurs patients – à croire en une maladie qui ressemble tant à un état normal. C'est peut-être la cruauté la plus cruelle de la dénutrition que très fréquemment ceux qui en souffrent ne l'identifient pas.

Ils ne savent pas – ne veulent savoir, ne peuvent savoir, ne parviennent à savoir – qu'une vie, cela pourrait être différent.

À cause de la dénutrition, plus de la moitié des enfants de la région ne se développent pas pleinement, et beaucoup souffrent de maladies qu'ils n'auraient pas contractées ou qui ne seraient pas graves s'ils étaient bien alimentés, et certains meurent des complications de celles-ci, mais le travail le plus important de MSF consiste à convaincre les mères que la dénutrition est remédiable.

Ils consacrent donc une bonne partie de leurs efforts à courir après les parents rétifs, à les persuader de poursuivre les traitements : ils les appellent, leur envoient des camionnettes, les cherchent infatigablement – tout ce que l'État ne ferait jamais. Et ils montent aussi des « cliniques mobiles » qui transportent du personnel, du matériel et des médicaments dans les coins les plus reculés du district.

Mahmuda se trouve près de Biraul, qui n'est pas si loin de Darbhanga, qui est à trois heures de route de Patna, qui à son tour est à quelque mille kilomètres de Delhi, New Delhi. Mahmuda compte environ deux mille habitants dispersés dans sept ou huit rues qui serpentent à leur guise. Généralement, ce sont des rues de terre. Certains jours elles sont de gadoue ; ce matin, elles sont de poussière : un soleil de plomb. Il n'y a ni électricité ni eau courante ni égouts. Il y a des mouches et des gens, des vaches.

À Mahmuda, les maisons des riches – les propriétaires des terres, ceux qui possèdent deux ou trois hectares – sont en briques et tuiles, à moitié finies, comme s'ils avaient été pris de paresse ; les moins riches les construisent en adobe, les pauvres, en simple roseau. À l'entrée de la maison, la vache – ou les vaches ou buffles ou bœufs, près de la bassine ronde contenant leur fourrage. Derrière il y a une cour en terre et un fourneau à bois ou à bouse ; au fond, la chambre unique pour tous. Mais tout est fluide : bien souvent tout se mélange, les vaches dorment dans la chambre et les personnes sortent leur *khattiya* – leur lit en bambou et fibre de palmier – dans la cour ; les enfants sont partout. Les enfants sont de petite taille, maigres, bruyants.

Une femme marche trois pas derrière son mari ; un mari marche trois pas devant sa femme. Une femme qui voit son mari quand elle marche ; un mari qui ne veut pas la voir. La femme pourrait dévier, s'enfuir, et son mari tarderait à s'en apercevoir.

Et la femme marche à la manière d'un buffle, la tête allongée en avant, comme si on la tirait par la mors, comme pour dire qu'elle avance sous la contrainte : que c'est un travail.

À Mahmuda, il y a une douzaine de boutiques très modestes où l'on vend des grains et des bricoles, huit millions de mouches infatigables, un arbre qui a vu arriver tout le monde, une foultitude d'arbres plus fragiles, de la poussière dans l'air, des odeurs dans l'air, des oiseaux variés dans l'air, les vaches, des gens qui passent, encore des gens qui passent en portant du bois à brûler ou de la bouse ou de la paille sur la tête, encore des gens qui passent. Les riches se déplacent à moto, les moins riches à vélo, presque tout le monde à pied ; les femmes disposent de saris usés, les hommes disposent d'elles. Tout autour, il y a des champs de blé et de maïs : des femmes les travaillent, et un homme égaré par-ci par-là ; les hommes labourent avec des bœufs, les femmes font le reste.

Sur le porche des maisons à porche, des hommes s'ennuient et me regardent en fronçant les sourcils tout en me demandant de les prendre en photo. Je dois être le quatrième ou cinquième petit Blanc qu'ils voient de leur vie ; je suis, en tout cas, un événement. Je m'assois par terre devant une échoppe pour écrire et le petit qui la tient part en courant chercher une chaise en plastique : je n'ai d'autre choix que de l'occuper. Plus tard, un monsieur pourvu d'une grande dent solitaire me raconte en hindi une histoire interminable à grand renfort de gestes, un autre tout maigre essaie d'écarter un bœuf pour me dégager le passage, une femme sort en courant, deux très jeunes mères se cachent derrière leur voile et leur bébé ; les enfants courent et lancent des cris. La bouse est partout.

Partout il y a des tas de bouse, des boules de bouse, des disques de bouse, des briques de bouse, des cylindres de bouse, bouse sous toutes les formes imaginables – ou possibles. C'est tout un cycle productif à la charge des femmes, bien sûr : ramasser des feuilles dans le bois, en former des boules de deux mètres de diamètre, les porter sur la tête pour les vendre au propriétaire d'une vache – ou, avec un peu de chance, les donner à la sienne. Ensuite, récupérer le résultat ou le déchet de ces feuilles : ramasser et amasser la bouse qui isolera les murs de la hutte et qui surtout servira, quand survient la mousson avec ses 100 % d'humidité et ses inondations, à continuer à faire du feu : à cuisiner.

L'odeur de vache – la merde de vache, la crasse de vache, la paille usée de la vache – est l'odeur de ces petits villages. C'est aussi, dans quelque mémoire mélancolique argentine, l'odeur de la patrie bleu ciel et blanc.

– Qu'est-ce que vous trimballez là ?
– Rien, je ne trimballe rien.
– Comment ça, rien ? Rien ?

Je marche, je souris, j'esquive les buffles. Un monsieur tout de guingois, tout vieux, en conduit un. Le monsieur marche péniblement, un bâton à la main, la peau sur les os. Le petit marchand, qui maintenant me tient compagnie, parle un peu anglais : je lui demande de demander au vieux s'il va baigner son buffle. Ce n'est pas mon buffle, dit le vieux d'un air surpris, et il veut savoir d'où je viens. Je dis au petit de lui dire Argentine ; le vieux regarde le buffle. Il me demande mon âge, je le lui dis, il me lance une réponse où il me donne du babou babou – un titre de respect réservé aux personnes âgées. Je lui demande le sien et il me dit qu'il ne sait pas, moins que ça. Il fait une chaleur de chien mais il n'y a aucun chien en vue ; seulement des buffles, des vaches, des gens, quelques chèvres, des mouches.

Dans l'énorme retenue d'eau, des filles et des garçons, des dames et des messieurs baignent des buffles. Les bêtes entrent dans l'eau du même air méfiant qu'arborent leurs maîtres, mais ensuite elles se laissent frotter le museau de la main et l'échine avec des feuilles sèches. Quand l'une part trop loin, son gardien la rappelle en sa langue – qui sonne comme le croassement d'un corbeau enrhumé – et l'animal obéit : il nage, revient. C'est le meilleur moment du travail : batifolages dans l'eau, plongeons, bavardages.

Ici, c'est le corps qui travaille. L'équation est aussi évidente qu'insidieuse : plus un corps est pauvre, plus il travaille ; plus il est riche, moins il travaille. Bien souvent, les corps qui travaillent s'alimentent moins. En Occident, pour remplacer le travail des corps, pour compenser cette immobilité que nous avons su conquérir, nous avons inventé mille et une variétés de gymnastique. Supercheries pour des corps qui ne sont pas encore habitués à ne plus servir à ce à quoi ils servaient.

Ici les corps continuent à être des outils.

Le village se termine par quelques parcelles cultivées, un bosquet où paissent des vaches ; au-delà, en dehors, s'étire une rue bordée de huttes vraiment crasseuses. Ici *dalit*, me dit mon nouveau guide, le jeune commerçant : dans les villages indiens, les dalit, la caste des intouchables, sont toujours obligés de vivre à l'écart. Ici, ce matin, comme chaque jeudi, une clinique mobile de MSF s'est installée dans une sorte de petite école à deux salles de classe peintes en bleu ciel où, les autres jours, reçoit le *panchayat bhavan*, un juge de paix qui statue sur des affaires d'altercations et de litiges.

Les cliniques mobiles ont deux missions fondamentales : aller à la rencontre des patients potentiels et contrôler leur état de santé d'une part ; de l'autre, distribuer le Plumpy aux enfants atteints de malnutrition aiguë sévère qui ont déjà été détectés – et vérifier leurs progrès.

Quand Amida a commencé à pleurnicher sans entrain, sa mère Sadadi n'a pas tardé à repenser à sa première fille, Jaya. En réalité, Sadadi pense constamment à sa première fille. Quand Jaya est morte, un an et demi plus tôt, peu avant d'avoir deux ans, Sadadi a cru qu'elle l'oublierait, et puis non :

– Que ressentais-tu ?

– Rien, je ne sais pas. C'était ma fille, ça allait être ma fille pour très longtemps et tout à coup elle n'était plus là.

Sadadi étreint Amida, lui arrange sa chemisette verte. Amida a les yeux maquillés d'une sorte de charbon noir. Amida est très maigre et Sadadi dit qu'il est arrivé la même chose à Jaya : un jour elle a commencé à maigrir, mais elle ne s'est pas inquiétée. Ils avaient traversé quelques jours difficiles sans presque rien à manger, et tous dans la famille étaient dans le même état, avait pensé Sadadi. Seulement Jaya pleurnichait tout bas, elle bougeait de moins en moins, s'éteignait : ce soir-là, Sadadi avait passé des heures à la bercer, lui humecter les lèvres, la calmer. La petite était morte au point du jour ; Jaya signifie victoire en hindi.

– Quelqu'un est-il responsable de sa mort ?

– Non, tout est allé très vite, que pouvions-nous faire ?

– Et qu'a dit ton mari ?

– Il a essayé de me faire comprendre que ce sont des choses qui arrivent et que c'est arrivé parce que Dieu l'a voulu... Moi, j'ai compris, mais j'étais si triste. Je ne pensais pas pouvoir être aussi triste.

Sadadi et son mari ont incinéré Jaya avec très peu de bois et ont essayé de l'oublier – un an plus tard est née Amida. Mais dès qu'Amida a commencé à perdre du poids, Sadadi a couru à la clinique mobile. Son village n'est pas très loin, dit-elle : ils sont partis très tôt le matin et ils sont arrivés à pied, avant midi.

– Je veux élever cette petite jusqu'à ce qu'elle soit grande. Je peux élever cette petite comme il faut, pour qu'elle grandisse bien, belle, en bonne santé.

Dit-elle, et qu'elle ne comprend pas ce qui s'est passé, qu'elle lui donne toujours son riz et son pain avec des légumes, au moins une fois par jour. Qu'elle aimerait lui donner du riz tous les jours, mais parfois elle n'y arrive pas.

– Pourquoi ?

– Parce qu'il est trop cher en ce moment.

Dit-elle, puis elle me regarde tristement : il y a des gens qui ne comprennent pas les choses les plus simples.

Il y a des situations où les choses les plus simples sont si difficiles à comprendre, si éloignées. C'est, je suppose, ce qui me pousse à continuer à errer de par le monde.

Parfois, tous les quatre ou cinq jours, elle n'a pas d'argent pour acheter à manger, dit-elle. Alors elle se sent fatiguée, à cran, tout ce que fait la petite la dérange. Elle dit que parfois, quand elle ne mange pas, elle fait mal à la petite.

– Mal comment ?

– Mal.

Dit-elle, et elle refuse d'en dire plus. Mais que, quand même, la petite allait bien, et tout à coup elle a commencé à maigrir, à bouger moins, alors elle a eu peur. Maintenant on lui dit que la petite va très mal et Sadadi ne comprend pas, ou elle comprend trop :

– Pourtant hier elle allait bien, hier elle allait bien.

Dit-elle, puis repart à pleurer.

Leurs vies – leurs histoires – se ressemblent trop. Voilà en quoi consiste aussi cette misère : des histoires répétées, inéluctables comme des pierres.

– Tu trouves ça bien ou mal que certains aient tant d'argent et d'autres si peu ?

– Ce n'est pas bien, c'est mal.

– Et qui peut changer ça ?

– Qui peut changer ça ?

Leurs vies – leurs histoires – sont, en outre, monotones, sans grands soubresauts. Lentes glissades, chutes progressives.

– Et ça sera donc comme ça pour toujours ?

– Je ne sais pas.

– Qu'en penses-tu ?

– Je voudrais que ça change, mais je ne sais pas.

– Et qui peut changer ça ?

– Peut-être Dieu.

– Mais Dieu l'a fait ainsi. Pourquoi le changerait-il ?

– Je ne sais pas. Lui, Il doit le savoir. Si quelqu'un le sait, c'est Lui.

Dans ce livre, en réalité, il ne se passe rien. Ou plutôt : rien qui ne se passe tout le temps. Le plus difficile dans ce livre, c'est de capter la quantité, l'échelle : comprendre – comprendre au sens d'avoir présent à l'esprit, comprendre comme qui dirait prendre à sa charge – le fait que chaque histoire pourrait arriver – et arrive, avec ses variantes – à des milliers et des milliers de gens. Penser que la petite histoire de Sadadi est la grande histoire de centaines de millions d'Indiens, par exemple.

Mais aussi : que se passe-t-il lorsqu'un individu devient une composante d'un concept ? Ceux qui ont faim. Que se passe-t-il quand un individu cesse d'être cette adorable petite au sourire triste ou ce fils de pute qui a failli te voler ton sac ou ce monsieur qui essaie de te dire quelque chose dans une langue bizarre pour se transformer en idée, en abstraction ? Qu'est-ce que cela facilite, qu'est-ce que cela complique ?

Rizières et buffles labourant et femmes en sari. Le rythme des bœufs : le pas lent, sans la moindre urgence, d'un attelage de bœufs tirant sa charrette – et un homme dessus, assommé de soleil, tranquille. Ce sont des milliers et des milliers de personnes qui sont en dehors du circuit du monde, qui n'ont pas la moindre idée de ce qui se passe à quelques kilomètres de chez elles. L'illusion du global est aussi une concentration de richesse.

5

– Je ne sais pas si cela sert ou pas. Je crois que cela sert, bien sûr, sinon je ne le ferais pas.

Dit Luis, coordinateur du projet, un Madrilène de trente et quelques, maigre, crâne dégarni, sourire facile, des années d'expérience à MSF. À Biraul, il dirige une équipe d'environ soixante-dix personnes : six étrangers, une soixantaine d'Indiens.

– Mais ce n'est pas ça qui me pousse à venir ici, à passer une année en Inde, au Soudan ou en République centrafricaine. Je le fais, et je crois que c'est le cas pour la plupart d'entre nous, parce que je ne peux pas ne pas le faire. Parfois je pense à l'éventualité de retourner travailler dans une entreprise sérieuse, à Madrid, en tant qu'économiste ; oui, je gagnerais très bien ma vie, j'aurais une petite amie, une vie agréable, ce genre de choses, et je me sentirais affreux.

Dit Luis, et qu'il le fait parce qu'il voudrait que beaucoup de choses changent dans le monde mais il ne sait pas comment, il ne sait pas non plus s'il est sur la bonne voie, mais s'il ne faisait rien, il se sentirait bien pire.

– Alors, si tu préfères, au bout du compte il s'avère que je fais ça par pur égoïsme, pour ne pas me sentir mal, tu vois le genre.

Ce sont des missionnaires sans dieu, des jeunes qui se sentent légèrement coupables de leurs privilèges du Premier

Monde – qu'ai-je fait pour mériter ça ? –, des jeunes à présent sensibilisés par la crise économique et ses avenirs incertains, des jeunes qui veulent changer quelque chose sans savoir comment, alors en attendant.

Médecins Sans Frontières, c'est la Légion étrangère version moderne, l'envers de celle-ci : des jeunes qui veulent échapper à leur routine – mais non des criminels forcés de la quitter –, qui partent dans les pays les plus délaissés – non pour les occuper mais pour les aider à guérir de certains maux. Comme la Légion, c'est un espace de confusion et de différence où les expatriés se mélangent entre eux et se distinguent des locaux. La Légion version Erasmus : un produit de cette nouvelle idée de l'Europe.

(J'aime le mot expat, expatrié, si souvent employé de nos jours. Quelqu'un a dit qu'un migrant est un pauvre qui part travailler dans un pays riche et un expat un riche qui part travailler dans un pays pauvre. Et pourtant, j'aime penser qu'expat ne signifie pas celui qui est loin de sa patrie mais celui qui ne pense plus en termes de patrie : qui a quitté le concept selon lequel l'important, c'est la patrie.)

Ici, tellement loin de leurs patries, la Légion vit dans un appartement inachevé – comme le sont souvent les appartements en Inde –, avec des douches à l'eau froide, un trou en guise de toilettes et cinq heures d'électricité : de six à onze du soir, elle provient d'un générateur, car l'électricité du réseau public est une utopie qui se réalise par intermittences. Le réfrigérateur ne peut donc pas fonctionner ; pas plus que la télévision ni les engins de ce genre. Chaque expatrié dispose d'une chambre monacale : lit avec moustiquaire, une ou deux chaises en plastique, éventuellement une table, une armoire, un ventilateur qui s'arrête à onze heures. Ils sont austères mais non par esprit de sacrifice : ils s'intéressent, se passionnent, s'emballent, se fâchent, tombent amoureux, s'amusent comme des fous.

Ils déjeunent et dînent ensemble presque tous les jours : six personnes qui échangent en anglais avec tous les accents méditerranéens : Elisa l'Italienne, Mélanie et Édouard les Français, l'Espagnol Luis, la Portugaise Charlotte, Maria la

Grecque. À chaque repas, entre les chapatis et le riz et le Nutella, je repense à ce que disait Eco à propos du grand avantage de l'anglais comme *lingua franca* : à la différence des autres langues plus sophistiquées, il supporte qu'on le baragouine. À midi, une dame leur prépare les repas du matin et du soir ; par mesure de sécurité, ils ne sortent pas après le coucher du soleil. C'est une vie résolument sobre, ponctuée de rires et de complications, petites disputes, succès, frustrations. Elle est généralement soulignée par une idée – une phrase – qu'ils ont toujours au bord des lèvres :

– Notre première mission, c'est de sauver des vies.

Sauver des vies : dans un monde où presque rien ne semble avoir un sens certain, où rien ne semble importer, où tout est argent ou apparences, il est des actes qui n'ont pas besoin d'autre justification : sauver des vies.

Il est des actes qui sont ce qu'il y a de plus réel dans le réel :

sauver
des vies.

– Au début, je ne comprenais pas, mais maintenant, si : avec MSF, nous n'essayons pas de changer le monde, mais d'apposer un sparadrap au moment où la situation est au pire et au moins de ralentir un peu le désastre.

Me dira quelque temps plus tard à Yuba une médecin argentine de MSF, Carolina, qui travaille depuis des années aux endroits et aux moments les plus difficiles.

– Nous ne faisons pas plus que ça, mais c'est nécessaire même si ça ne change pas le monde ni ne changera la vie de ces réfugiés qui resteront dans la merde. Mais à ce moment déterminé, que nous soyons là ou que nous n'y soyons pas marque une différence importante, la vie ou la mort de ces personnes.

– Une forme orgueilleuse de l'humilité ou une forme humble de l'orgueil. Et tu ne te dis jamais que tu aimerais contribuer à ce changement qui ferait que tout ceci cesserait de se produire ?

– Par pour l'instant. Cela suppose tant de choses qui sont totalement hors de ma portée. Ce sont des choses auxquelles je n'aurai jamais accès, qui se gèrent à d'autres niveaux, pas au mien. Je peux contribuer à ce niveau-ci, et c'est ce que je fais.

Quant à Candy, infirmière de l'équipe des urgences, elle sera encore plus radicale :

– Je préfère ne pas me demander pourquoi il se passe ce qui se passe, s'il y a ou non une solution. Si j'y pensais, je ne pourrais plus rien faire, je serais paralysée. Pour continuer à faire tout ça je dois cesser de réfléchir à ce que je vois, à ses causes, ses raisons.

Ce sont des formes contemporaines du militantisme – en des temps d'incertitude, des temps sans projet. La plupart des jeunes qui travaillent à MSF savent – je crois qu'ils savent – que leur boulot, c'est le coup du sparadrap sur une hémorragie fémorale, mais ils préfèrent ce petit sparadrap plutôt que rien et, en outre, ils sentent que c'est une combine gagnant-gagnant. Maria, la médecin grecque, dit qu'elle a toujours voulu faire ce qu'elle fait :

– Le monde est rempli de choses qui ne me plaisent pas, et je veux pouvoir contribuer à les améliorer. Et je veux aussi voyager, connaître des gens nouveaux, des lieux nouveaux, apprendre.

– Et est-ce que tu es en train de réaliser ces deux souhaits ?

– Le premier plus que le second. Tu travailles beaucoup, ici, tu passes le plus clair de ton temps à travailler, il est très difficile de te sortir le travail de la tête quand tu sais qu'il y a des vies qui dépendent de la manière dont tu le fais. Je me sens bien, je suis en train d'accomplir des choses, je travaille comme une dingue toute la journée, ça m'intéresse, je sens que je fais des choses bien, mais en même temps, quand tu es ici, tu te rends compte que le problème est si vaste, si grave, que tout ce que tu fais n'est rien, presque rien…

– Et alors ?

– Alors rien, je vais continuer à faire ce que je fais. C'est ce que je peux faire. Je vais continuer à soigner cette personne, ici, maintenant, et au moins il ou elle ira mieux. Si tu te mets à penser à tout ce que tu ne peux pas faire, c'est mauvais pour ton travail, très frustrant. Mieux vaux te dire que tu vas faire les choses l'une après l'autre. Sans quoi tu deviens fou.

Puis, un autre soir, Luis me dit que le plus difficile, dans ce travail, c'est d'accepter qu'on ne peut pas tout faire, et qu'il y a toujours un moment, au début, où tu as l'impression d'être une merde parce que tu dois te résigner au fait que tu ne peux pas être partout et que tu ne pourras donc rien pour untel ou untel.

– Et ensuite, ça passe ?

– Non, au fond, non. Mais tu cesses de penser tout le temps à un changement général, tu comprends ce qu'est l'intervention humanitaire : penser qu'il faut sauver ceux qu'on peut sauver, celui que tu as en face, que tu vas chercher.

– On obtient des résultats incroyables. Mais le coût est élevé aussi : vivre si loin, reclus, en se consacrant presque entièrement au travail.

Me dit Mélanie, grande et belle Française qui s'occupe de la logistique et lance des plaisanteries plus ou moins drôles dans un drôle d'anglais. Ce sont des gens bien formés : médecins, infirmiers, sages-femmes, administrateurs diplômés ; la première année de mission, ils sont payés 700 euros par mois : c'est une sorte de bénévolat. Après ces douze mois seulement, ils commencent à toucher un salaire plus conséquent. Mais l'exigence continue : ils vivent ensemble, loin de tout, absorbés par un travail incessant.

– Tu dois mettre ta vie entre parenthèses pendant les six, neuf mois que tu passes sur le terrain. On peut le faire un temps ; ensuite, il faudra décider si tu veux te fixer quelque part, avoir des relations, des amis, ou si tu vas continuer à être un nomade humanitaire.

Dit Mélanie, et qu'elle ne va pas le décider pour l'instant. Qu'elle verra bien plus tard.

– Qu'est-ce qui change principalement par rapport à ta vie habituelle ?

– Tout. Vivre constamment sans électricité ni télévision ni internet, ne pas manger ce que tu voudrais, avoir autant d'insectes dans ta chambre… Et, bien sûr, voir des gens en si piètre état, un état que tu ne vois jamais en Europe.

Dit Maria, la médecin grecque.

– Tout est très différent. Mais en même temps, je savais que ce serait ainsi. Ce que je ne veux pas, c'est rentrer dans mon pays et me dire que comme ici il se passe des choses horribles, ce qui se passe là-bas n'a aucune importance. Si mon frère vient m'expliquer qu'il veut s'acheter une maison, je ne veux pas lui demander quel sens ça a, en Inde les enfants n'ont rien à manger et toi tu penses à t'acheter une maison...

La nuit de Biraul est un concert : muezzins, Hare Krishna, festivaliers de Durga ou Vishnu, l'air de la nuit est empli de voix qui apparemment ont beaucoup à dire et se fient non pas au pouvoir divin mais à de puissants haut-parleurs. Il est difficile de dormir au milieu de tant de croyances.

6

Nous sommes le jour d'un triste rituel : chaque mois, un médecin de MSF part faire des « autopsies verbales » : savoir – essayer de savoir – ce qui est arrivé à certains patients qui ont cessé de se rendre aux consultations et qui sont probablement morts.

– En général, ce sont des patients censés revenir qui ne sont pas revenus, et dont on apprend qu'ils ont eu un souci. Ou bien dont on n'a plus de nouvelles, ce qui est pire.

Nous partons à huit heures ; nous ne gagnons notre premier village qu'à dix heures du matin. La radio de la camionnette diffuse de la musique de Bollywood, Joe Dassin version indienne pour un milliard de personnes. Les routes sont des chemins de terre ou de bitume défoncé, jonchés de nids-de-poule ; ils nous conduisent de village en village, de pont cassé en vache plantée au beau milieu de la chaussée. Plus nous nous éloignons de Biraul, plus on voit de gens : pas le moindre recoin vide. Passe un troupeau de buffles conduit par un vieil homme et un garçon : des bergers bengalis. Chaque année, des milliers de bergers transhumants rassemblent leurs buffles et leurs vaches pour parcourir plusieurs centaines de kilomètres en quête d'herbages, jusqu'à l'arrivée de la mousson, quand tout devient vert et généreux. Dans l'intervalle, manger est compliqué.

Le village jouit d'une large rivière et compte une cinquantaine de maisons. Nous traversons un champ de maïs pour atteindre la hutte où vivait le premier patient : une petite de deux ans qui était en train de guérir de la dénutrition et qui a tout à coup cessé de se rendre à la clinique. La mère explique que la petite allait bien, mais se plaignait d'avoir mal au ventre et pleurnichait ; ils n'y firent pas attention. Comme elle pleurait de plus en plus, ils l'emmenèrent voir un médecin ayurvédique dans un village voisin ; la petite n'allait pas mieux et, au bout d'une semaine, ils allèrent à l'hôpital de Darbhanga. Le médecin qui l'examina la fit hospitaliser sur-le-champ et leur dit qu'il essaierait de lui poser un diagnostic le lendemain ; elle mourut le matin suivant, avant que nul ne sache ce qu'elle avait. La mère ignore ce qui s'est passé, pourquoi c'est arrivé, une larme roule sur sa joue ; elle est entourée d'un fils, deux filles, un beau-frère, une belle-mère. Le médecin indien de MSF la soumet à un long questionnaire pour essayer de déterminer la cause de la mort. La mère parvient tout juste à donner quelques réponses : qu'elle toussait, qu'elle n'avait pas l'air d'avoir de la fièvre, qu'elle jouait, oui, elle jouait bien avec ses sœurs. Quand le médecin lui demande le certificat de décès, la dame s'empare d'un téléphone portable à l'écran brisé, met le haut-parleur et appelle son mari qui travaille et habite à Delhi. Il dit qu'il n'en a pas la moindre idée, que comment pourrait-il le savoir ; la femme pleure :

– Je voulais qu'elle ait son certificat. Au moins son certificat…

Et l'attention, l'empressement avec lesquels la fille aînée – douze, treize ans – regarde manger son oncle, l'homme de la maison – accroupi sur le sol en terre, une écuelle en fer-blanc posée sur le sol en terre, du riz et un reste de sauce, sa main droite –, pour se précipiter avec le petit broc en aluminium dès qu'il aura terminé de vider son assiette. Elle arrive une seconde trop tard : l'oncle termine, tend la main sans regarder, pousse un cri ; il était censé laver la main qu'il a utilisée pour manger dans le petit broc qui n'est pas arrivé à temps. Elle baisse les yeux ; un instant on dirait qu'il va la battre, puis il me regarde.

Ensuite, en chemin : la forme que dessine une fillette qui dort sur le dos d'un buffle, sur le ventre, les jambes sur le cou de la bête, le visage sur sa croupe. Et plus près, la manière de ne pas se presser ni de se pousser de ce monsieur âgé qui marche sur la route, mitraillé de coups de klaxon par le chauffeur d'un camion bariolé – et celle de milliers d'autres comme lui, gandhiens, ou peut-être juste distraits.

Le deuxième village est plus retiré. Nous roulons sur un layon au milieu de plantations et, avant d'arriver, nous croisons un campement de miséreux : plastiques noirs tendus sur des piquets en bambou. Un grand nombre de femmes et une chèvre se tiennent à l'ombre d'un arbre démesuré. Dans le village – moins de dix huttes –, le grand-père du deuxième patient nous dit qu'il n'a jamais compris ce qui s'était passé : que le petit est mort d'un coup, une nuit ; qu'il allait bien, qu'il commençait à grossir, puis il a eu la diarrhée, il avait le ventre enflé, dit-il, et il s'est évanoui. Et qu'ils ont eu peur, au point qu'ils se sont dit que dès le lever du jour ils l'emmèneraient au dispensaire ; la nuit, il est impossible de quitter le village. Le matin, le petit était mort.

Les deux amis voyageaient à vélo. Ils décidèrent de s'asseoir se reposer un moment à l'ombre d'un arbre au bord de la route : une route goudronnée à deux voies, la seule du district, un trafic important. L'un d'eux a posé son vélo contre l'arbre ; l'autre l'a abandonné sur le bitume, à cinquante centimètres du bord. Le laisser à cet endroit demandait exactement le même effort que de le laisser un mètre plus loin, sur le bas-côté, là où il ne gênerait pas.

Une fillette conduit un bœuf par l'oreille ; derrière, un garçon porte un seau où il verse ce que l'animal chie. Dans l'étang, les enfants du village baignent leurs buffles. Le troisième patient habite sur un promontoire : la mousson venue, me dit le docteur indien, tous ces champs seront inondés et on ne pourra y accéder qu'en barque. La maison est une hutte en bambou à moitié démolie ; tout autour il y en a encore six ou sept, et des dizaines d'enfants qui batifolent, des femmes qui regardent à travers leur voile et un homme accroupi qui mange ; quelques gamins sont habillés. Ce troisième patient était un petit d'un peu plus d'un an qui avait commencé un traitement au Plumpy et l'avait abandonné. Mais ses parents sont absents : ils doivent être au champ, dit une femme. Au champ ? s'esclaffent deux voisines. L'homme leur ordonne de se taire, c'est lui qui sait : la famille que nous cherchons ne reviendra pas avant demain ou après-demain, dit-il avec un sourire de travers.

– Ils ne reviendront pas aujourd'hui, c'est moi qui vous le dis.

Bien qu'improbable, c'est peut-être vrai. Nous reprenons notre chemin. La famille du quatrième patient vit dans un village avec des magasins, dans une maison en brique avec une moto garée devant la porte : des paysans avec des terres. La petite que nous cherchons est morte de la tuberculose il y a près de trois mois, dit un garçon maigrelet à l'air constipé, assis sur un tabouret sous le porche avec un bébé – dont le maquillage a coulé – sur les genoux. C'est l'oncle paternel ; son frère, père de la petite, travaille au Pendjab ; sa belle-sœur, mère de la petite, reste en retrait deux mètres plus loin avec les femmes, assises par terre. Le beau-frère parle avec véhémence, presque accusateur : il se défend. Il dit qu'ils voulaient la soigner, qu'ils l'ont emmenée à la clinique de MSF car elle était toute maigre et ses petits bras étaient enflés et elle toussait beaucoup et elle crachait du sang, puis des voisins leur ont dit que là-bas on ne soignait pas ces choses-là, mais il ne les a pas écoutés et il a continué à l'y emmener, mais cela ne lui faisait aucun bien. Et qu'à la clinique on lui avait dit que le traitement tarderait quelques mois à donner des résultats, mais lui, il savait qu'on lui disait ça pour qu'il continue à y aller.

– Et dans quel but ?

– Pour que je continue à y aller.

Il y a une trentaine de personnes autour de nous : elles se regardent, chuchotent. Un garçon nous apporte du thé au lait, douceâtre, chargé en gingembre.

– Mais pourquoi auraient-ils voulu vous manipuler, puisqu'ils ne vous faisaient pas payer, n'avaient rien à y gagner ?

– Je ne sais pas, pour qu'on continue à y aller.

Peu de choses sont pires que l'arrêt d'un traitement contre la tuberculose : le patient rechute, son état s'aggrave. Quand ils l'ont emmenée chez un médecin privé, il leur a prescrit un autre traitement mais la petite est morte avant qu'ils ne l'entament.

Les rencontres sont étranges. Têtes de pont de l'Occident riche comme un rivage, un bord, la ligne où terre et mer se rejoignent légèrement : ici se croisent des gens qui auraient pu passer leur vie sans se croiser.

J'aimerais savoir ce que pensent les hommes et les femmes qui nous reçoivent : qui voient débarquer une jeep avec à son bord quatre personnes venues d'allez savoir où pour s'occuper de leur bébé le plus faible, le plus menacé. Des religions ont été fondées pour bien moins que ça. Nous retournons à Biraul à la nuit tombée.

Ce sont des accidents, presque des exceptions : des accidents. Ceci n'est pas l'Afrique, vous explique-t-on : ici, la plupart des affamés ne meurent pas. Ceci n'est pas l'Afrique et c'est peut-être encore pire : les affamés s'habituent, s'adaptent à leur faim. Il faut les croire.

L'état de Gurya est toujours aussi grave : désespéré ; Rahmati, sa chanson si triste. Maria la Grecque lui dit qu'ils font tout leur possible, qu'ils la sauveront peut-être.

(Paroles de la tribu)

Comment, bordel, parvenons-nous à vivre en sachant que ces choses-là arrivent ?

Pardon de vous déranger, monsieur, de fureter, mais je voudrais savoir : qu'êtes-vous en train de manger ? Qu'avez-vous mangé ce matin ? Et hier soir, et ce soir ? Pensez-y, si vous voulez bien, inventoriez-le et ensuite vous me raconterez ce que vous en pensez.

Je dis, je voudrais dire, mais je ne sais comment le dire : vous, aimable lecteur, si bien intentionné, un tantinet oublieux, êtes-vous capable de concevoir ce que signifie ne pas savoir si vous pourrez manger demain ? Pire : êtes-vous capable de concevoir une vie où jour après jour vous ne savez pas si vous pourrez manger demain ? Une vie qui repose essentiellement sur cette incertitude, sur l'angoisse de cette incertitude et les efforts pour imaginer comment y remédier, à ne pouvoir penser à rien d'autre ou presque car toute pensée est teintée de ce manque ? Une vie si restreinte, si riquiqui, si douloureuse parfois, si chèrement défendue.

Comment, bordel, parvenons-nous à vivre en sachant que ces choses-là ?

tout va bien, mon pote, tout va bien, mais t'as bien vu comment je vis. Non, sérieux, t'as vu ou tu veux que je te fasse un dessin ? Et moi, personne ne m'aide, dis. J'ai déjà assez de mes problèmes pour en plus m'occuper de ces pauvres gens en Afrique ou à Calcutta, là-bas, ou d'un de ces endroits qui ne

Comment, bordel, parvenons-nous à vivre en sachant ?

La faim est par définition le problème d'autrui. Ce n'est jamais directement le nôtre. Ce n'est jamais nous – ceux qui nous soucions pourtant de l'écosystème, des droits de genre, de la liberté d'expression, de la paix au Moyen-Orient. En quoi cela devrait-il nous concerner ? Au nom de quelle idée, quel principe, quelle douleur, quelle morale ?

Comment, bordel, parvenons-nous à vivre ?

– Ce qui n'est pas admissible, c'est que le gouvernement ne s'en occupe pas. Un gouvernement qui n'a pas pour priorité qu'aucun de ses citoyens n'ait faim devrait démissionner, Mariano, démissionner.

– Toujours le gouvernement. Ça n'a rien à voir avec le gouvernement.

– Démissionner, Mariano. Dire je n'y arrive pas, excusez-moi, je m'en vais, cherchons quelqu'un qui y arriverait.

– Et si le gouvernement ne le fait pas ?

Comment, bordel, parvenons-nous à ?

Lire tout ceci, éventuellement, penser à tout ceci pourrait susciter une certaine culpabilité chez les esprits les plus faibles. À quoi sert la culpabilité ? Que faire de la culpabilité ? La culpabilité est-elle l'émotion la plus appropriée pour tenter de faire quelque chose ? Et qu'en faire si on ne tente rien, alors ? Ou bien cette petite dose de souffrance qu'inflige la culpabilité suffit-elle à nous rassurer – sommes-nous rassurés après ?

Le plus facile, c'est quand même de ne pas réfléchir.

On y arrive presque à tous les coups.

Comment, bordel ?

oui, bien sûr que je me rends compte que c'est très grave. Si je ne me rendais pas compte à mon âge quand une chose est grave, ce serait triste, non ? Mais il faut dire aussi qu'il y a eu du progrès : on a beaucoup progressé et on continue à progresser, il est vrai qu'il y a encore trop de gens dans le monde qui ont faim, qui ne mangent pas assez, mais comparé à ce que c'était quand on était petits, il n'y a pas photo. Oui, je sais que c'est quand même grave ; ce que je veux dire, c'est qu'on voit bien que la démocratie et le développement sont en voie d'arranger ça, et ça ne me surprend pas vu qu'en définitive la rationalité finit toujours par s'imposer, même si elle a du mal. Il y a des gus qui se plaignent que Machin gagne trop, que Truc a une maison énorme ou un yacht ou que sais-je. Faudrait peut-être pas qu'ils les exhibent autant, là je suis d'accord, ça peut être blessant et c'est bête, mais faut pas oublier que si les gus ont des fortunes pareilles, c'est parce qu'ils ont créé beaucoup de richesse, une invention, une affaire, une usine, ils ont fait quelque chose qui a créé beaucoup de richesse, alors oui, ils en ont gardé une part importante, mais en fin de compte, c'est leur droit et, surtout, à combien de gens donnent-ils du travail, à combien de gens versent-ils un salaire ? Combien de gens seraient sur la paille, feraient la manche dans la rue sans ces gens qui ont pris des risques, ont créé une entreprise, les ont embauchés et leur versent un salaire ? Faut toujours qu'il y ait des aigris, des envieux prêts à condamner un gus à perpète sous prétexte qu'il a gagné beaucoup d'argent. Si ces gus n'existaient pas, mon cher, ce serait bien pire, il y aurait encore plus d'affamés parce que ce sont eux qui

Comment ?

Chandigarh

Les wagons du train, des années soixante-dix, ont des sièges et des couchettes disposés dans des recoins invraisemblables et accueillent deux fois plus de personnes que prévu. Rien que sur mon banc, prévu pour trois, nous sommes déjà cinq. Mais nous nous frottons tous avec délicatesse et une pointe d'affection. De temps en temps, le train s'arrête à une gare où d'autres hordes montent par les portes et les fenêtres, et là où c'était déjà plein, ça se remplit encore plus. Au VIIIe siècle, des milliers de fugitifs de l'Empire perse arrivés jusqu'aux portes de Bombay demandèrent refuge au roi Maharashtra ; ne voulant pas d'eux, le roi leur envoya en réponse une jarre débordant de lait : c'était sa manière de leur signifier qu'il ne leur souhaitait aucun mal mais que son royaume était comble. Les Parsis – le chef des Parsis – versèrent du sucre dans la jarre et la lui retournèrent : c'était leur manière de lui signifier que, sans la remplir davantage, ils amélioreraient son contenu ou le rendraient plus savoureux. On dirait qu'ici la consigne parsie est de rigueur : en ajouter là où c'est déjà comble. Le train avance.

Dehors il y a des huttes, des champs, des huttes, les sempiternels buffles.

Et des gens montent encore à la gare suivante : alors qu'il semblait qu'on ne pouvait plus ajouter un grain de sucre, des gens montent encore. Il est bon de vérifier la faillibilité de nos perceptions, la flexibilité du corps humain et la capacité de tolérance de ces messieurs et ces dames qui s'entraînent depuis des siècles. Je me demande une fois encore si je préfère m'adapter ou me battre – comme si j'avais la moindre chance de pouvoir trancher. Moi aussi je m'entraîne depuis longtemps.

– Ce qu'il faut, c'est revenir aux enseignements de Mahatma.

Me dira plus tard monsieur Sharma. J'ai voulu le rencontrer car sur internet j'avais entendu une conférence où il disait des choses qui m'intéressaient. Voilà pourquoi je suis à présent dans ce train bondé, sur le point d'arriver à Chandigarh, la ville où Devinder Sharma se rétablit d'un pontage.

Et j'ai enduré pendant des heures la violente impossibilité du simple : mon absolue incapacité d'être pendant un laps de temps cette dame assise à côté de moi dans le train, un voile blanc sur les rides de son visage. Cela devrait être facile : elle n'est personne, je ne suis personne, échanger nos personnes ne devrait déranger personne, et pourtant. C'est impossible. Et alors – cela m'arrive souvent – l'humiliation, la claustrophobie d'avoir à passer toute une vie réduit à soi-même : ne pas pouvoir, jamais jamais, penser comme pense n'importe lequel de ces sept milliards d'autres. Vivre dans une prison si étroite. Écrire pour simuler la fuite.

Comment serions-nous si nous pouvions penser dans la tête d'autres gens ? Plus compatissants compréhensifs solidaires ? Plus impitoyables car ce serait plus facile ? Plus indifférents à nos propres bêtises ? Plus sages, plus résignés, aussi intolérants ? La même merde avec quelques fioritures ?

Quand je suis descendu du train à la gare de Chandigarh, une alarme assourdissante hurlait. J'ai regardé de tous côtés ; personne ne s'en rendait compte. Sur le quai, des gens attendaient un train, des mères nourrissaient leurs enfants, des garçons vendaient ou ne vendaient pas à manger et à boire, des gens lisaient ou dormaient, affalés sur le sol, des employés trottinaient, comme s'ils étaient occupés – et personne ne semblait s'en rendre compte. Il m'a fallu un moment pour comprendre que l'alarme était le hurlement de milliers d'oiseaux sous le toit en tôle qui couvre le quai : vacarme sourd.

Que plus personne n'entendait. Un peu plus loin se déployait la ville la plus rationaliste d'un pays qui se méfie de la raison : Chandigarh est un projet de Le Corbusier et compagnie que le gouvernement indien avait bâtie au début des années cinquante pour qu'elle devienne la capitale simultanée de deux États riches, l'Haryana et le Pendjab. Chandigarh est vaste, dégagée, organisée, propre : peu indienne. Chandigarh est le reflet d'une époque qui croyait au lieu commun, au fait de le trouver : la modernité rédemptrice, la rédemption moderne en finiraient avec les anciennes particularités, mais pas au nom du capital mondialisé ; au nom d'une éthique qui tenait lieu d'esthétique.

À Chandigarh, il y a de larges avenues régulières, des rotondes, beaucoup de verdure, beaucoup d'arbres, peu d'agglomération, le ciel tout le temps et le souvenir de l'idée – désormais suspendue – selon laquelle il était possible de tout recommencer.

Chandigarh est une ville pensée, avec les meilleures intentions, pour le pouvoir – d'un État, d'un groupe d'architectes. C'est ce qui n'a pas fonctionné au XXe siècle : les idées, les structures qui permettaient à certains individus de concentrer trop de pouvoir d'État, se fiant à ses bonnes intentions. Lesquelles étaient probablement là, au début : en finir pour toujours avec la faim, par exemple. Je me rappelle encore ce que me disait cet ancien dirigeant communiste polonais que j'ai connu à Moscou, 1991, juste après la débâcle : que le communisme était un système pensé pour des gens quasi parfaits.

Et que cela n'a pas marché parce que nous ne le sommes pas, de sorte que nous avons renoncé à la quête d'un monde réellement bon et acceptons celui, soi-disant moins mauvais, de la démocratie de marché, où soi-disant les imperfections d'une personne de pouvoir sont compensées par les imperfections de beaucoup d'autres. La faim montre que cette compensation n'existe pas. Mais le capitalisme répartit la faute : il a toujours été très fort pour répartir la faute. Dans les pays soviétiques, en revanche, un petit nombre assumait la prétention inatteignable d'être tout pour tous.

Il y a plus de quinze ans, j'ai assisté à une réunion des responsables des entreprises et des services de gestion de la province de Santa Clara, Cuba, en présence de leur secrétaire général communiste. Ce dernier s'appelait Miguel Díaz-Candel, un jeune rocker aux cheveux longs qui est aujourd'hui le successeur présumé de Raúl Castro : ce jour-là, autour d'une immense table, un fonctionnaire racontait où en était la construction de maisons, un autre l'épidémie d'hépatite, un autre encore le salage de viande, l'approvisionnement en énergie, la production de rhum, la distribution de pain, la fabrication de glaces, le traitement de l'eau, le ravitaillement en cercueils, les horaires des bus scolaires, le goûter des enfants à l'école – entre autres. Quand nous sommes sortis, j'ai dit au secrétaire que le grand point faible du socialisme était sans doute cette ambition magnifique et démesurée de tout prendre en charge : dans ce système, un quelconque malheur d'un quelconque individu est la faute de l'État. Et c'est là, en général, que commencent les ennuis, les incompétences, les reproches.

– Dans le capitalisme, si quelqu'un n'a pas de cercueil, c'est sa faute à lui, parce qu'il n'a pas pu l'acheter. Ici, en revanche, c'est la faute à Fidel et au socialisme. C'est très difficile à assumer, non ?

– Oui, bien sûr. Mais tu ne sais pas la satisfaction que tu éprouves quand tu vois que ça marche, que les gens vivent mieux. Ça n'a pas de prix, mon petit, pas de prix.

M'a-t-il dit, et je suis resté à me demander où se nichait, au milieu de tout ça, l'appétit de pouvoir. Si c'était pour obtenir cette satisfaction que les meilleurs, les plus généreux, s'accrochent au pouvoir comme des morpions : pour pouvoir continuer à faire le bien des autres, pour pouvoir être bons. Admettons – mais alors vraiment les meilleurs. Pendant ce temps, des bataillons de médiocres s'y sont agrippés parce qu'ils ne pouvaient supporter l'idée de le perdre ou parce qu'ils redoutaient ce qui pouvait leur arriver après l'avoir perdu ou parce qu'ils n'avaient pas assez d'imagination pour se penser autrement. Quoi qu'il en soit, le système soviétique est passé du tout pour tous à tout pour quelques-uns

– tout : les biens, les décisions, les avantages, le discours –, et petit à petit il s'est effondré. Surtout : il nous a laissés comme ces gens qui ne veulent plus voir une vache sous prétexte qu'ils se sont brûlés en buvant du lait, et nous avons renoncé à croire qu'il était possible d'organiser quelque chose de mieux : nous nous sommes abandonnés à la médiocrité. J'arrive dans la maison de Devinder Sharma ; elle est petite, il est aimable.

– Pourquoi y a-t-il tant d'affamés en Inde ?

– Il n'y a aucune raison pour que nous ayons faim en Inde. Je crois qu'ici la faim est délibérée, elle se produit parce que nous ne voulons pas vraiment prendre le taureau par les cornes. La faim sert à beaucoup de gens.

– Comment ça ?

– Il n'est pas possible qu'un pays comme l'Inde ait le plus grand nombre de malnutris au monde. Cela n'a pas de sens. Les gouvernements indiens ont toujours eu des programmes d'assistance publique plus ou moins généreux. Le problème, c'est que la plupart de cet argent atterrit entre les mains des bureaucrates. Si la faim n'existait pas, ils devraient se débrouiller autrement.

Tout le monde y trouve son compte : la faim comme besoin d'un État et de ses fidèles serviteurs pour maintenir la soumission de ces derniers d'un côté et voler quelques petits sous de l'autre.

– Il n'y a pas de pénurie de nourriture, ici. Il y a généralement un excédent de 50 à 60 millions de tonnes chaque année, lesquels sont exportés – pendant que 250 millions de personnes ne mangent pas à leur faim. La situation indienne est invraisemblable : nous avons des affamés, nous avons de la nourriture, mais ça ne s'arrange pas. C'est une honte : comment se fait-il que nous soyons un grand exportateur de denrées alimentaires tout en ayant le plus grand nombre de malnutris au monde ?

Je lui dis que ce qu'il me dit là, je l'ai déjà entendu quelque part – et il est assez aimable pour me demander de quoi je lui parle. Moi, assez grossier pour lui dire que nous avons dit tant de fois la même chose, là-bas, en Argentine.

– C'est que c'est un phénomène mondial.

Me dit-il. Que le problème, partout, est la manière dont on distribue la nourriture, qui la détient.

Devinder Sharma est un journaliste et un militant qui a écrit beaucoup de livres sur l'agriculture, la mondialisation, les injustices. Devinder Sharma a des manières douces, calmes, peut-être ralenties par la convalescence, une moustache toute fine et des ongles manucurés. Plus tard il me parlera de son appartenance à la caste brahmane – la plus haute – et de ses obligations familiales, notamment l'assistance aux plus jeunes dans le choix de leurs conjoints, puis de ses droits familiaux, notamment celui d'avoir reçu, pendant sa maladie, la visite de centaines de parents inquiets. Mais pour l'heure Sharma insiste sur le fait que le monde préfère qu'on ait faim : qu'en 1996, une grande réunion de chefs d'État au sein de la FAO promit de réduire de moitié les affamés d'ici à 2020. Qu'ils étaient alors 850 millions ; que quelque 120 millions sont morts depuis – et personne ne s'en est incommodé – et que pourtant il y en a encore près de 900 millions. Et qu'en 2008 le monde a dépensé 20 milliards de dollars en « plans de relance » pour sauver les banques et les grands groupes financiers.

– Alors que, pour en finir une fois pour toutes avec la misère, il n'en faudrait que deux milliards, dix fois moins. Il est assez évident que personne ne tient à en finir avec la faim. Ou plutôt : beaucoup de gens tiennent à maintenir des gens affamés, car un affamé est quelqu'un qu'on peut exploiter. Plus difficile avec une personne au ventre plein.

Dit-il, puis il se contredit. Ou peut-être pas :

– Je ne comprends pas pourquoi les hommes politiques ne s'escriment pas vraiment à trouver une solution. Si j'étais le Premier ministre de l'Inde, la première chose que je ferais serait d'en finir avec la faim, ce qui assurerait ma place au pouvoir aussi longtemps que je le souhaiterais. Imaginez, les affamés qui cesseraient de l'être représentent 250 millions de gens qui me soutiendraient à jamais.

Je lui dis qu'il me semble, d'après ce que j'ai vu, que la plupart de ces personnes ne se révolteraient pas contre leur manque de nourriture, que nombre d'entre elles ne sont même pas tout à fait conscientes de manquer de nourriture, qu'elles m'avaient l'air très soumises, très résignées. Et Sharma me dit que ce n'est pas vrai : qu'en Inde, il y a environ 650 districts, dont plus de 200 sont déjà touchés par la guérilla maoïste, les naxalites. Et que cela est dû à la destruction de l'agriculture, que c'est la première ligne de défense contre les maoïstes.

– Quand on détruit la petite agriculture pour céder la place à l'industrie, les terres aux grandes compagnies et aux promoteurs immobiliers, et qu'on encourage ainsi le déplacement de la population vers les villes, on ouvre grande la porte au maoïsme.

Dit-il, et que ce ne sont pas les seuls : de plus en plus de gens perçoivent que le système politique ne leur donne pas ce dont ils ont besoin. Et que les changements les plus décisifs viendront de la campagne, parce que c'est là que vivent la majorité des gens, et c'est pourquoi, si l'on veut susciter des changements en Inde, il faut s'occuper de son agriculture et de ses paysans, tranche-t-il, limite entriste.

Une employée nous apporte du thé avec des petits biscuits, un morceau de mangue, une banane. Sharma dit que sur 1,2 milliard d'Indiens, la moitié vit directement de l'agriculture : les paysans, leur famille. Deux cents autres millions travaillent grâce à ce que ceux-ci produisent : en tout, 800 millions de personnes vivent de la terre, et les grandes compagnies veulent les remplacer par une production plus technicisée, dit Sharma. Et que ce qui est bon pour l'Amérique ou pour le Brésil ne l'est pas forcément pour l'Inde. Dans ces pays-là il y a de grandes étendues et une faible population : ici, c'est le contraire. En 1947, la ferme moyenne aux États-Unis était de 50 hectares ; en 2005, 200 hectares. Tandis qu'en Inde, en 1947 la ferme moyenne comptait 4 hectares ; aujourd'hui, elle en compte 1,3. Ici, ces grandes exploitations agricoles à l'américaine plongeraient des millions de personnes dans la misère noire. Ces gens ne peuvent pas non plus aller dans les villes, car les villes sont au bord de l'explosion. Il faut donc leur offrir la possibilité de produire à la campagne : ça, ils savent le faire.

– Ce qu'il faut, ce n'est pas un système de production pour les masses mais par les masses, comme disait Gandhi, cela leur permettrait de produire de la nourriture pour eux et pour la société d'une manière durable, de sorte qu'ils cesseraient d'être poussés hors des centres urbains, qui sont déjà totalement surpeuplés. Dans ce système, on nous dit que les paysans ne sont pas doués pour produire de la nourriture, que c'est pour cela qu'ils gagnent moins de 2 000 roupies par mois, qu'ils doivent partir dans les villes travailler dans d'autres secteurs et laisser les grandes compagnies produire la nourriture. Pour moi, cela est un désastre. Nous avons besoin du processus inverse : que les gens restent ou retournent dans leurs fermes, qu'ils produisent d'une manière durable, qu'ils n'aient pas besoin d'utiliser des engrais et des pesticides chimiques, qu'ils vendent leurs produits à un prix équitable.

Dit Sharma, et que nos sociétés devraient être « localdépendantes », et non pas « mondialdépendantes ».

– Les grandes fermes ne s'intéressent qu'à ce qu'elles cultivent (riz, blé, soja) et le reste, ça ne vaut rien. Dans une petite ferme, en revanche, on cultive de tout, parce que tout est de la nourriture. Notre modèle veut créer des systèmes de production locale où chaque zone serait autonome : où la nourriture serait cultivée, stockée et distribuée dans un rayon de 100 kilomètres au maximum.

C'est ce qu'est en train d'expérimenter à Haridwar, un village de l'Uttarakhand, le groupe qu'il dirige avec Swani Randev, un gourou de la télévision très connu : un projet gandhien de retour à la terre et aux traditions comme manière de s'opposer, dit-il, au progrès déshumanisateur des compagnies alimentaires :

– Nous devons encourager les gens à produire leur propre nourriture, à prendre en main leur propre faim. Il n'est pas possible que la méthode pour combattre la faim consiste à distribuer un peu de nourriture. Ce n'est pas la bonne voie. Nous ne voulons pas offrir du poisson ; nous voulons apprendre à pêcher. Haridwar est notre manière de leur montrer qu'on peut y arriver, de les convaincre qu'ils le peuvent.

Apparemment, beaucoup de gens, ici, veulent convaincre quelqu'un – principalement l'État – de quelque chose. Devinder Sharma prêche par l'exemple à l'instar de MSF à Biraul – et comme ils doivent montrer ce qu'ils font, ils font.

Devinder Sharma m'offre une autre tasse de thé, encore des sourires, une conversation calme, intelligente. Je lui demande comment il se sent d'être indien à un moment où l'Inde est tenue pour une grande étoile naissante, et il me dit que très bien, et encore plus s'il songe que, pendant très longtemps, beaucoup de gens les regardaient avec dédain.

– À présent, ils disent au contraire que nous sommes une superpuissance. Je me demande quel genre de superpuissance quand un tiers des affamés du monde se comptent parmi vos concitoyens. C'est des histoires : nous ne sommes pas une superpuissance et jamais nous ne le serons. La puissance économique des 30 familles les plus riches du pays équivaut à celle du tiers le plus pauvre, environ 400 millions de gens. 77 % des Indiens ne peuvent dépenser que 20 roupies par jour, moins d'un demi-dollar. Réfléchissez à ces inégalités : comment pourrions-nous être une superpuissance ?

Dit Sharma, et qu'il faut vraiment qu'ils reviennent aux enseignements de Mahatma Gandhi : qu'on ne peut pas demander à Monsanto ou à Cargill de produire de la nourriture pour les Indiens ; qu'ils doivent la produire eux-mêmes.

– Pourquoi faudrait-il que nous suivions les modèles américains et européens ? Pourquoi ne pouvons-nous pas développer un modèle propre ? Il est triste que nous ayons oublié nos propres ressources et que nous lorgnions constamment vers l'ouest. C'est une mentalité coloniale, et nous devons l'abandonner et retourner notre regard sur nous-mêmes. Notre culture est vieille de dix mille ans, pourquoi imiterions-nous des pays qui n'ont même pas cinq cens ans d'existence ?

Les Indiens, ces derniers temps, envoient valdinguer les masques d'humilité. Et on dirait que les nationalismes, comme les grands crus, deviennent plus chers, plus prestigieux avec l'ancienneté.

Vrindavan

Le jour se lève à Vrindavan, la brise souffle encore : pas plus de 35 degrés. Les rues sont étroites et sinueuses et sales comme des rues indiennes ; à l'aube, elles appartiennent aux animaux. C'est l'heure des singes. Les vaches mangent dans la poubelle, les chiens mangent dans la poubelle, les cochons, les chèvres, les rats que je ne vois pas mangent dans la poubelle, mais les singes se déploient : ils occupent le sol et les hauteurs. C'est leur moment : petit à petit, avec la chaleur, les gens vont reconquérir leur territoire. Pour commencer, passent trois Hare Krishna en chantant au mégaphone ; passe une moto, le premier klaxon. Les singes ont le cul rouge comme un cul de singe.

L'odeur n'est pas encore si forte. Deux garçons armés de balais font semblant de balayer, mais ils ne cherchent à duper personne. Un groupe de dix ou douze pèlerines passe en chantant comme si leur dieu était parti. Un monsieur, plus loin, brûle son petit tas d'ordures : la fumée en est noire et grasse. Les singes hurlent, grimpent, commandent. Debout près d'un kiosque, quatre dames démarrent leur journée par leur thé au lait ; l'échoppe est une estrade en bois où s'assoit le propriétaire, jambes croisées : à sa gauche, une casserole noircie où bout le thé sur un réchaud à kérosène ; tout autour, plusieurs petites casseroles pour réchauffer et les petits bols en terre : le propriétaire est comme un dieu mineur au milieu de son bric-à-brac. Une guenon avec son bébé réclame un thé : le propriétaire l'ignore. L'air est paresseux.

Soudain quelque chose se produit : un singe vient de voler le sac à main d'une pèlerine : après le lui avoir arraché d'un coup sec et précis, il repart en hurlant et grimpe sur un mur de trois mètres de haut, s'assoit dessus, regarde. La dame et ses amies crient ; le singe se moque d'elles. Un des messieurs dans l'échoppe de thé dit que le singe veut négocier : qu'il faut lui donner quelque chose en échange pour qu'il rende le sac. Une femme lui tend un billet de dix roupies – vingt cents de dollar – et le monsieur achète au propriétaire deux petits paquets de biscuits. Il revient, les jette au singe, qui les attrape l'air de ne pas y toucher, assis sur son mur, dédain de singe. Le singe mange, une guenon arrive, il lui en donne ; il tient fermement le sac de sa main gauche. Les dames le regardent d'en bas, font des commentaires ; la guenon le regarde ; le singe pavoise avec ses biscuits, son sac ; la guenon lui offre son cul rouge, le singe le renifle. Il ne semble pas disposé à céder quoi que ce soit. Il ouvre le sac, le renifle, en sort des petites vignettes qui doivent représenter Krishna ; il en lance une et les dames crient. Les dames commencent à désespérer. Le monsieur demande encore dix roupies, achète d'autres biscuits. Il les lui lance : le singe voit passer et tomber le paquet ; il le prend, avec plus de dédain encore, et l'ouvre pour briser les biscuits. Les morceaux tombent par terre : de petits oiseaux s'amassent, un corbeau les chasse. Le singe continue de humer le sac ; les dames crient. Alors surgit un singe plus grand, au cul plus rouge que celui du voleur ; le premier singe fuit en bondissant, le sac à la main. La guenon reste avec le nouvel arrivant, les dames crient à qui mieux mieux, un chien aboie mais il ne veut pas de biscuits, un oiseau magnifique, corps gris, tête rouge et masque orange, poursuit les deux moineaux. On voit que sa beauté ne lui suffit pas. Enfin arrive un chien qui mange les biscuits, lui.

Vrindavan est une des villes les plus sacrées de l'hindouisme : le lieu, raconte-t-on, où le seigneur Krishna passa son enfance, se préparant à devenir un grand dieu. Vrindavan est dans l'Uttar Pradesh, à cent kilomètres d'Agra et son Taj Mahal, à deux cents de Delhi. Vindravan compte cinquante mille habitants et des dizaines de temples, certains dans ses rues tortueuses, d'autres dans la périphérie au milieu des champs, d'autres encore au bord de la rivière, dotés d'escaliers qui descendent jusqu'à l'eau ; certains font office de temples, d'autres de logis de fortune.

Comme partout en Inde, Vrindavan grouille de gens et d'animaux. Pour quelque raison, les chiens sont gros et bien portants. Pas les veuves, même si elles sont partout. Je cherche le temple où elles se réunissent et j'en piste deux, l'une un peu âgée, l'autre presque jeune. Je marche trente mètres derrière elles ; elles font semblant de ne pas le remarquer. Les odeurs montent, s'intensifient en même temps que le soleil. Au détour d'une rue, un singe fond sur moi, la bouche grande ouverte, les canines : c'est moche, cette sensation de cesser d'être mangeur pour devenir mangeaille. Il veut m'arracher mon appareil photo, on se bagarre. Alertées par les cris – du singe –, les veuves se retournent. La plus âgée me demande en une espèce d'anglais si j'ai besoin de quelque chose. Je leur dis que j'aimerais parler avec elles. Le singe se retire, vaincu.

Aruthi dit que cela lui est égal :

– Moi, ça m'est égal, je vais bientôt mourir, alors ça m'est égal.

Dit Aruthi, veuve, et elle n'a l'air ni triste ni effrayée : plutôt fière.

– Mais la pauvre Moubani, elle ne s'est pas encore apaisée. Elle vient d'arriver, il y a à peine quelques mois ; elle se souvient encore trop.

Moubani porte un sari blanc gris clair, des mains soignées : on voit qu'elle vient d'une autre vie. Mais elle ne parle pas un mot – c'est la règle générale – d'anglais : nous ne nous comprenons pas. Aruthi parle anglais, mais pas tant que ça. Aruthi cache son visage décharné derrière un châle blanc – jadis blanc. Elle a quelques dents, des lèvres très sombres, une étincelle de malice dans les yeux : que l'autre se souvient encore trop, dit-elle, alors qu'on nous amène ici pour oublier. Il se pourrait qu'elle dise pour nous oublier, la traduction trahit toujours, mais je ne crois pas : elle dit pour oublier.

Aruthi et Moubani sont deux veuves de Vrindavan : deux des quinze, vingt mille veuves qui arpentent les rues de cette ville ancienne en quête d'une assiette de nourriture. Leur faim a une drôle d'origine.

Bien souvent, la faim est aussi une question de genre.

Vrindavan est la faim de genre dans son expression la plus crue.

En Inde, il est fâcheux, parmi tant d'autres choses, d'être veuve. Ça a été violemment le cas durant des siècles : généralement, quand un monsieur mourait, les Indiens incinéraient aussi madame. La coutume s'appelait *suttee* et quand, vers 1830, les vilains colonisateurs anglais décidèrent de ne pas respecter les traditions et de l'interdire, il y eut des soulèvements. Des cas plus ou moins clandestins de crémations de veuves se sont poursuivis jusqu'au beau milieu du XXe siècle ; il est probable qu'il y en ait encore quelques-uns. Cela dit, même si on ne les jette plus au feu, les veuves continuent d'avoir un destin funeste : la tradition – la religion – suppose que c'est le karma de la femme qui ait tué son mari, et la condamne à l'ostracisme. Elle ne peut pas se remarier, ne peut pas travailler, ne peut rien faire. Nombre d'entre elles restent seules, sans ressources, et d'autres, pire encore, ont une famille qu'elles incommodent.

– La pauvre, elle pensait que son fils allait prendre soin d'elle jusqu'à sa mort. Tu sais comment c'était, comment c'est toujours dans bien des cas : la mère de l'époux est la véritable maîtresse de maison, elle exerce son pouvoir sur sa belle-fille, elle la met à sa botte. Ce fut ainsi pendant très longtemps. Aujourd'hui, tout cela est en train de changer ; aujourd'hui, de plus en plus, les belles-filles gagnent la partie.

M'a dit à Delhi l'amie qui m'a parlé pour la première fois des veuves de Vrindavan. Elle me parlait d'une veuve issue d'une famille de paysans pauvres : ils vivaient tous, le couple et leurs trois enfants, dans une hutte – propriété de la veuve – comprenant une pièce unique, et la veuve dormait dehors pour ne pas déranger, mais elle dérangeait quand même. Jusqu'au jour où son fils lui dit de rassembler les affaires dont elle avait besoin pour un long voyage car il allait l'emmener faire la connaissance de Krishna. Puis il l'avait emmenée ici, à Vrindavan, car mourir ici est un privilège, et il l'y avait laissée pour toujours.

Toutes les histoires sont plus ou moins semblables : certaines, rares, viennent de leur plein gré ; les autres y sont amenées. Quinze, vingt mille femmes abandonnées pour mourir dans une vieille ville. Quinze, vingt mille qui l'arpentent comme des âmes en peine, comme des ventres vides.

Elles attendent. Celui qui meurt à Vrindavan n'est pas aussi privilégié que celui qui meurt dans la ville encore plus sacrée de Bénarès, mais il aura beaucoup avancé dans sa tentative d'atteindre le *moksha*, la fin de la roue des réincarnations, la dissolution de l'Unité divine, la forme hindouiste du paradis : la mort la plus définitive. Mourir ici est un privilège ; mourir est ici un privilège. Elles sont venues pour mourir.

La veuve Aruthi me raconte en hachant ses mots qu'elle vient d'un village du Bengale, qu'elle n'est jamais allée à Calcutta, qu'elle est à Vrindavan depuis treize ou quatorze ans, qu'elle n'en a plus pour longtemps, que maintenant elle est sereine.

– Pas comme Moubani, la pauvre.

Dit-elle avec un sourire édenté, puis elle me conduit jusqu'au temple – parce que je le lui ai demandé. Au bout du compte, l'attaque du singe, ma chance.

Les hindous adorent leurs dieux comme nous, nous supportons nos équipes de football : hurlements, mains en l'air, sauts, pogos, bastringue de folie ; c'est beau de les voir, dénués de cette raideur vertueuse que l'on observe dans les églises du culte romain. En tout cas, dans le temple Banke-Bihari, c'est le foutoir complet, cris, sifflements, brouhaha, battements de mains ; gens debout, gens à genoux, gens assis, gens couchés, gens endormis, gens qui quémandent, gens qui donnent, gens qui se peignent le visage, gens qui agitent des fleurs, gens qui allument des feux, ventilateurs, feux, guirlandes, panneaux lumineux, pendules, encore des feux, gens qui se jettent sur l'estrade pour donner aux prêtres des petits bonbons et des guirlandes de fleurs afin que le dieu qui est derrière un rideau les bénisse, feux. Les prêtres n'arrêtent pas : ce sont d'infatigables machines à bénir des petits bonbons, des zélotes du sucre sacré. De temps à autre ils tirent le rideau de l'autel – furtivement, façon exhibitionniste pudibond – et nous crions tous : c'est le moment où le seigneur Krishna marque un but. Au bout de six ou sept fois, le jeu devient lassant : ils ouvrent le rideau, nous voyons le visage de dieu, nous levons les bras et crions.

La veuve Aruthi me regarde d'un air satisfait, je lui demande où sont les autres veuves. Elle me dit Ah bon, tu voulais ce temple-là, notre temple – alors on s'en va. Nous ne nous étions pas compris : elle ne m'a pas emmené dans le bon temple.

Dans la rue – nous marchons un bout – des centaines de gens vendent de tout, les singes se raréfient, les mendiants disent quasi à tous les coups Krishna. Les marcheurs touchent la tête d'une vache puis la leur : j'imagine qu'ils partagent des idées. Mon intolérance augmente par instants, je crains qu'elle ne déborde. Je supporte de moins en moins les superstitions.

Depuis près de vingt ans, les échographies prénatales sont interdites en Inde : beaucoup de couples s'en servaient pour ce que l'on appelait en politiquement correct les « avortements sélectifs » : se débarrasser du fœtus si c'était une fille. L'interdiction est peu respectée : nombre de cliniques privées les pratiquent toujours. Le progrès indien est en voie de réussir un exploit unique : placer la technique la plus moderne au service des coutumes les plus archaïques. Les avortements sélectifs étaient autrefois des meurtres ; aujourd'hui ils sont plus propres. En 1980, il y avait dans tout le pays 104 garçons de moins de six ans pour 100 filles, en 2011 il y en avait 109 – et, dans les États les plus riches comme le Pendjab et l'Haryana, où la technique est à la portée d'une population plus large, le rapport est de 125 garçons pour 100 filles. C'est la même idée du monde qui conduit à ce que, dans beaucoup de foyers indiens, quand il n'y a pas à manger pour tout le monde, les garçons mangent.

La coutume a même ses justifications : que les hommes, qui apportent la nourriture grâce à leur travail au champ, ont besoin de manger pour restaurer cette force de travail sans laquelle tout le monde serait définitivement privé de nourriture. La logique productive n'empêche pas que la coutume soit brutale : la faim met beaucoup de choses à nu, pose sur l'échiquier des formes de violence qui dans d'autres circonstances demeureraient cachées.

Les veuves de Vrindavan sont le produit le plus évident, le plus parfait de cette société. Le digne épilogue de leur vie de femmes indiennes : d'abord propriété de leur famille, elles sont devenues la propriété de la famille de leur mari, n'ont jamais eu d'autonomie ni le moindre moyen de gagner leur vie ; à la mort de leur second et ultime propriétaire, elles n'appartenaient à personne. Ou alors si : au dieu et à la mort – plus la peine de les nourrir.

Cela paraît brutal, mais nous croyons généralement que nous devons respecter ces coutumes tout comme nous nous sommes habitués, au nom de la diversité et de la tolérance, à ce que certains musulmans persuadent leurs femmes que seuls leurs maris ont le droit de les voir et qu'elles ne doivent pas sortir dans la rue sans se couvrir jusqu'aux yeux de censures en tissu noir.

Comme s'il fallait respecter les traditions au seul titre douteux que ce sont des traditions.

Milieu de matinée, les veuves sont maintenant partout : dans chaque recoin, dans chaque rue elles demandent l'aumône, proposent de l'eau d'une cruche en terre en échange d'une roupie, essaient de se débrouiller – en attendant que ça se termine. Ce sont de petits bouts de femmes, maigrichonnes, réduites à leur plus simple expression : elles sont un souvenir – dont personne ne se souvient. Elles ont presque toutes les cheveux rasés, comme il convient pour les veuves. Beaucoup portent le sari blanc qui leur est réservé ; quelques-unes se rebiffent ou n'en ont pas. Les unes marchent raides comme des piquets ; les autres avancent courbées sur leur canne ou sur elles-mêmes ou sur leur espérance perdue. Quand elles le peuvent, elles vivent à sept ou huit dans une chambrette ; nombre d'entre elles, dans la rue. Et tous les matins, elles se rassemblent par milliers dans le temple Sri Bagwan Bhajan pour chanter des *bhajans* à Krishna.

À présent, des milliers de femmes sont assises dans une cour couverte, murs en carrelage blanc et sale, un grand autel au fond, un autre au milieu ; les veuves chantent, jouent des cymbales, s'assoupissent, bavardent entre elles, pensent allez savoir quoi. Ces chansons constituent la seule chose qui les sépare de la faim ultime. Elles viennent ici chaque matin chanter pendant quatre ou cinq heures ; on leur donne en échange une assiette de riz avec un peu de *dal*, leur soupe de lentilles. Parfois quelques pièces : quatre, cinq roupies. La religion se montre ici sans fard, trop à nu : allez viens, chante au dieu et on te filera à manger. La faim aide énormément la croyance.

Quand on arrive, le temple paraît petit, mais ensuite il s'étire : sur un côté s'ouvrent une autre nef et une autre cour et encore une plus grande en face ; partout des femmes en blanc. Les plus jeunes semblent plus tristes : elles regardent comme si elles cherchaient encore quelque chose. Les plus âgées semblent au-delà d'une quête quelconque. Celles qui chantent paraissent plus heureuses ; les silencieuses on l'air renfrogné. L'une d'elles me regarde de travers, comme si je l'avais offensée, elle s'adresse aux deux autres : les trois me regardent de travers et se disent des choses. Je m'assois dans un coin, je tends l'oreille un moment : je suis le seul homme. Le seul qui peut partir quelque part : qui a un endroit où aller. Certaines sont si maigres que l'on s'étonne qu'elles soient encore en vie ; d'autres ont l'air si vivantes que l'on s'étonne qu'elles soient ici pour mourir. C'est une euthanasie lente, prolongée : on les amène à un endroit où l'unique issue, ce sont les flammes de quelques troncs, le salut dans la dissolution.

La veuve Aruthi me dit grosso modo que celles qui se plaignent sont des ingrates :

– Où pourraient-elles mieux mourir qu'ici, si près du seigneur Krishna ?

Dit-elle, et qu'il est vrai qu'elles sont pauvres et qu'elles ne trouvent pas toujours à manger autant qu'elles voudraient, mais que le seigneur Krishna préfère qu'il en soit ainsi, qu'il les recevra à bras ouverts.

– Et vous ne souffrez pas de la faim ?

La veuve Aruthi me regarde avec une sorte de mépris. Quant à moi, pendant un moment, je crois ou je feins de la comprendre. Ensuite elle me demande dix roupies, je lui en donne cinquante et me sens comme une merde. Un vieux singe hurle sur un toit, mais je ne crois pas qu'il cherche à me dire quoi que ce soit.

Delhi

Ils boivent leur thé : dans des milliers d'échoppes de fortune réparties dans toute la ville, les pauvres de la ville boivent leur thé. Ils en buvaient depuis des décennies dans de petites tasses en terre ; à présent, dans beaucoup d'échoppes, de minuscules petits verres en plastique transparent – ou, pire, en plastique marron imitation poterie – ont remplacé ces petites tasses où ils buvaient leur thé au lait, beaucoup de sucre, une pincée de massala.

– Regardez la manière dont ils tiennent la petite tasse en terre, comme si c'était de la porcelaine fine, et la manière dont ils boivent leur thé comme si c'était du nectar des dieux, et la manière dont ils la jettent et la brisent par terre, comme s'ils étaient le maharadja de Kapurthala.

M'avait dit il y a des années un monsieur bien mis. Maintenant, c'est du plastique, on les dépossède : ont les remet, une fois de plus, à leur place.

Un embouteillage de piétons est un concept pour lequel notre langue n'a pas de mots – on n'en conçoit même pas l'existence. Dans nos villes, marcher est une activité très individuelle. Ici, en revanche, avec tant de gens qui marchent dans la rue en plus des autos, des vélos, des motos et des rickshaws, il faut s'adapter au rythme général. Là encore : se soumettre à la règle et être espèce.

Une jeep – déglinguée – de la police routière barre le passage à une moto. Une grosse moto qui en jette, mais de la camelote, une de ces motos chinoises avec tous les attributs extérieurs version imitation en plastique. Le motard crie quelque chose ; le policier lui répond, le motard crie encore, le policier pareil, le motard, le policier. Le ton monte de plus en plus. Le motard avance, s'arrête près de la vitre du policier au volant, lui hurle encore dessus, lève le bras, cogne la vitre. Il est hors de lui : furibard. J'ai toujours été fasciné par ces moments où une bêtise se transforme tout à coup en conflit aux conséquences désastreuses : où quelqu'un perd les pédales et prend des risques inconsidérés pour une chose qui, s'il y réfléchissait, n'est même pas si importante pour lui. Et j'ai toujours été encore plus étonné par les millions de moments où le contraire se produit : quand nous restons sans réaction devant une chose qui nous importe beaucoup.

La force de l'idéologie.

Je le vois sur toutes les chaînes – et sur certaines, je comprends –, je le lis dans les journaux, j'entends des commentaires sur la question : Dehli semble ébranlée par l'histoire de cette fille cloîtrée par ses patrons dans leur appartement. Les docteurs Sanjay et Sumita Verma sont deux sympathiques trentenaires à la peau claire, bien propres sur eux, deux jolis spécimens de la nouvelle classe moyenne en Inde, des médecins à l'avenir prometteur qui sont allés passer une semaine de vacances en Thaïlande en laissant leur bonne enfermée. Elle avait treize ans, ce qui n'est pas particulièrement inhabituel dans un pays où, selon le gouvernement, 15 millions de mineurs de moins de quatorze ans travaillent, tandis que d'après plusieurs ONG ils sont 60 millions, dont, de l'avis de tous, un sur cinq fait du service domestique. Rien d'inhabituel à ce que ses patrons l'aient battue s'ils trouvaient qu'elle n'avait pas bien travaillé. Rien d'inhabituel non plus à ce qu'ils ne lui versent pas de salaire : il est courant que les filles captives, sans aucun pouvoir de négociation, travaillent pour le gîte et le couvert. Le couvert était chiche : deux chapatis et une poignée de sel par jour – et une caméra de surveillance dans la cuisine pour s'assurer qu'elle ne mangeait pas autre chose.

Jusque-là, rien à redire, tout était normal. La boulette, c'est que les docteurs Verma s'amusaient si bien en Thaïlande qu'ils décidèrent de rester une semaine de plus ; une fois les vivres épuisés, tenaillée par la faim, la petite recluse, à bout de ressources, alla sur le balcon. Après avoir crié pendant quelques heures, un voisin l'entendit et appela les pompiers. On la sortit de là, elle raconta son histoire – et cela provoqua quelques frissons dans un pays qui accepte le service domestique comme une prérogative des plus normales et ne se prive pas de le clamer sans pudeur : « La simple idée de ne pas avoir à faire les lits, le dîner, le ménage, la lessive et autres évoque le paradis », dit le site web d'un bureau de placement qui propose des services à des résidents étrangers supposés être moins avertis. « Au diable votre culpabilité : songez que vous fournirez un emploi à des gens qui en ont besoin. »

Un emploi qui, selon la même agence, est payé entre 2 000 et 4 000 roupies : de 40 à 80 dollars par mois. Ou pas payé du tout : c'est, comparativement, l'avantage des enfants. Les gamines comme la captive de New Delhi sont trafiquées par des agences : celle-ci avait été vendue par son oncle à un intermédiaire qui, à son tour, l'avait vendue à l'agence de Delhi qui l'avait vendue aux docteurs Verma. On estime qu'il y a plus de dix millions d'enfants vendus par leur famille pour pouvoir rembourser leurs dettes, généralement pour des périodes allant d'un à cinq ans : parfois pour une durée indéterminée. Rien qui n'arrive très souvent, rien que nul n'ignore. Mais quand la gamine est sortie sur le balcon en criant qu'elle avait faim, il s'est produit quelque chose : beaucoup de gens ont fait mine de l'entendre, beaucoup de gens ont fait mine de tomber des nues.

– Tu trouves ça bien, de la laisser comme ça enfermée sans nourriture ?

– Oui, ils auraient dû lui laisser plus de chapatis, non ?

La plus grande démocratie du monde – comme nombre d'Indiens tiennent à appeler leur pays – compte quelque 1,2 milliard d'habitants et l'on en prévoit 1,35 milliard d'ici

2020. Sur ce total, 680 millions n'ont pas terminé l'école primaire ; 800 millions n'ont pas de télévision ; 950 millions n'ont pas de cuisinière à gaz ; 980 millions n'ont pas de toilettes. Et près de 200 millions font partie de la caste des « intouchables ».

(Sans parler, au risque de nous répéter, des 200 millions d'affamés.)

Rien de tout cela – pour une raison que je ne parviens pas à comprendre – ne remet en cause l'idée de démocratie.

Mais aussi : en Inde, il y a 550 millions de téléphones portables. Ce sont des formes de la modernité de l'AutreMonde.

Je suppose que dans des endroits comme ici se forgent les idées qui changeront peut-être un jour tous les autres endroits. Mais ce matin, à l'India International Centre, dans un audacieux immeuble des années soixante, béton et vitres et optimisme moderne, au milieu des jardins du quartier du pouvoir de New Delhi, il est difficile d'établir un lien qui ne soit pas sarcastique entre cette longue table en bois lustré – vingt dames et messieurs de chaque côté, micros, caméras, macs, air conditionné, anglais aux intonations de Oxford – et n'importe laquelle des huttes que j'ai visitées la semaine d'avant.

Ici, les dames et les messieurs discutent pour savoir si Monsanto a droit à la propriété intellectuelle des semences et un monsieur dit que non vu que Monsanto est une société et qu'une société n'est pas une personne douée d'un esprit pouvant produire une production intellectuelle et ainsi de suite. Les mouches s'inquiètent pour leur derrière et moi je m'efforce de penser que tout ceci mène quelque part.

La réunion est présidée par une dame plutôt imposante. Il y a quelques jours, un journaliste italien qui désormais travaille ici et auparavant en Argentine m'a dit que Vandana Shiva était une sorte de Hebe de Bonafini, la patronne des Mères de la place de Mai, en version indienne.

– Et ça, c'est bien ou mal ?

– C'est bien et mal, ça a le bon et le mauvais côté des femmes qui s'imposent.

Madame Shiva a elle aussi soixante-dix ans et des poussières, beaucoup de livres publiés, des dizaines de prix, une place importante dans le mouvement antimondialisation et une longue histoire de militantisme écologique – débuté dans les années soixante-dix, quand elle étreignait des arbres pour empêcher qu'on ne les coupe. Madame Shiva porte un point hindou très marqué au milieu du front et un sari orange éblouissant sur un corps puissant. Madame Shiva dirige Navdanya, une organisation qui promeut l'agriculture traditionnelle ; cette dame est une grande défenseuse de l'agriculture traditionnelle, des semences traditionnelles, de la culture traditionnelle, des traditions traditionnelles – et elle me dit à présent qu'en 1990, l'Inde était en train de venir à bout de la faim, et que tout a commencé à basculer en 1991, au début de la mondialisation. J'aimerais être d'accord, mais j'ai la sensation – j'ai lu, on m'a dit – que la faim a toujours existé en Inde, que la faim en Inde se compte en siècles, qu'à aucun moment elle n'a été éradiquée pour ensuite recommencer, et je le lui dis.

– Non, c'est faux. Ici tout a changé avec l'arrivée des multinationales telles que Monsanto, avec leurs semences et leur appétit insatiable de terres. Autrefois, le gouvernement donnait des terres aux paysans ; à partir de 1991, on a commencé à les leur enlever. Et pendant ce temps Monsanto faisait campagne dans chaque village de l'Inde ; ils arrivaient en camion et promettaient des récoltes records, ils promettaient des millions aux pauvres fermiers pourvu qu'ils se mettent à utiliser leurs semences. Alors les fermiers les leur achetaient, et tout l'attirail avec : les pesticides, les fertilisants, l'obligation d'en racheter pour les prochaines semailles. Et, surtout, les paysans focalisèrent leurs cultures sur le marché ; tout n'était que coton, blé, riz… même du soja, maintenant. Le plus grave, ici, ce fut le changement de mentalité : on est passé du travail pour se nourrir au travail pour vendre. Cela place les fermiers, l'immense majorité des petits fermiers, dans une position de grande fragilité. Avant, quand ils traversaient une mauvaise passe, ils pouvaient toujours manger ce qu'ils récoltaient. Alors qu'aujourd'hui, dès que le prix de leurs produits baisse ou qu'il y a une sécheresse ou que les dettes les étranglent, ce n'est pas qu'ils ne gagnent pas d'argent : ils n'ont rien à manger.

Dit la dame, et elle défend avec férocité les semences traditionnelles contre les semences génétiquement modifiées de Monsanto et autres multinationales. J'essaie de lui dire qu'à mon avis les semences génétiquement modifiées ne sont pas mauvaises en soi : que leurs rendements sont meilleurs, qu'elles permettent des récoltes bien plus abondantes.

– Mais vous n'avez pas entendu ce qui vient d'être dit durant la conférence ?

Me gronde la dame, dans son anglais de professeur imaginaire. Je lui dis que j'aurais aimé mieux me préparer pour l'examen. La dame ne rit pas, elle me dit que quelqu'un – un nom que je ne capte pas – vient d'expliquer que les cultures traditionnelles sont meilleures pour les paysans que les modifiées, qu'il parlait en anglais et que j'aurais dû l'écouter.

– Désolé, madame, mais je n'ai pas compris un traître mot de ce que disait ce monsieur.

Le ton monte : la maîtresse n'est pas contente de l'élève Mopi. L'élève Mopi n'aime pas se faire gronder par la maîtresse. Et en plus l'élève Mopi croit que le problème n'est pas qu'on ait modifié les semences mais que ces semences soient la propriété de grandes multinationales qui les utilisent pour contrôler et exploiter les paysans dans le monde entier.

Que le problème est politique et, par conséquent, la solution aussi : penser des formes politiques qui permettent de profiter de ces progrès technologiques pour le bien du plus grand nombre et non de quelques-uns.

J'imaginais des dames et des messieurs, il y a une centaine de siècles, se plaignant de ce nouvel outil endiablé, ce bâton ou cette pierre affûtée qui fendait la terre en des lignes longues, profondes, qui allait la détruire et que les dieux des récoltes ne toléreraient pas.

Les changements ne sont pas nécessairement bénéfiques, mais ils ne sont pas non plus nécessairement maléfiques – argumentait avec emphase monsieur le professeur de La Palice.

L'agriculture a toujours consisté à essayer d'améliorer les rendements : depuis le commencement, quand des messieurs et des dames ont découvert qu'en enterrant les graines d'une plante ils pouvaient en manger une identique quelques mois plus tard.

Cent siècles à s'y efforcer : à étudier les plantes, les adapter aux différents sols, élaborer des systèmes pour les arroser, concevoir de meilleurs outils, découvrir de meilleurs engrais, mieux combattre prédateurs et maladies. À modifier les semences : à chaque fois, avec les techniques à leur portée. Il y a dix mille ans, on a commencé à sélectionner les meilleures plantes pour en utiliser les graines : du darwinisme entre des mains paysannes, qui ont inventé des plantes qui ne poussaient que si on en prenait soin. Il y a trois cents ans, on a commencé à combiner les meilleures caractéristiques des différentes variétés en les croisant par greffage, par pollinisation : une pomme bonne au goût mais peu résistante au froid était combinée à une autre, fade mais résistante, afin d'essayer d'en obtenir une savoureuse qui supporterait les gelées – et ainsi de suite. On l'a toujours fait.

Au début du XXe, le champ des possibles s'est élargi. Des scientifiques dans plusieurs pays cherchaient des hybrides pour optimiser la résistance, le rendement, le résultat. Vers 1940, un ingénieur agronome nord-américain du nom de Norman Borlaug a commencé à épandre du nitrogène pour fertiliser le blé et à l'hybrider pour augmenter sa résistance à certains ravageurs ; les essais ont été si concluants que les épis, trop chargés en grains, ployaient, tombaient. Jusqu'à ce que Borlaug découvre un gène qui raccourcissait la tige du blé ; cet épi plus court et plus épais lui permettait de supporter beaucoup plus de grains. En peu de temps, le rendement d'une parcelle était multiplié par trois ou quatre ; la même idée appliquée au riz lui permettait de faire des récoltes jusqu'à dix fois plus importantes. Ses découvertes arrivaient au bon moment ; après la Seconde Guerre mondiale, des améliorations dans le domaine de la santé et des conditions de vie firent augmenter la population des pays pauvres : on ne savait pas comment nourrir autant de gens. Les nouvelles techniques permirent à des milliards de personnes de survivre à l'explosion démographique de ces années-là. La révolution majeure de 1968 était peut-être bien celle-là : cette année-là, l'Inde obtint la plus grande récolte de son histoire, au point que le gouvernement dut fermer les écoles afin d'y stocker des grains.

Beaucoup de gens ont critiqué la Révolution verte. Vandana Shiva écrivit que, « en percevant les limites de la nature comme des obstacles à la production qui doivent être écartés, les experts américains diffusèrent dans le monde entier des pratiques écologiquement destructives, non durables ». Par un moyen obscur, Shiva savait quelles étaient « les limites de la nature ». Norman Borlaug rétorquait que ces arguments émanaient des « élitistes qui avaient suffisamment d'argent pour ne pas s'inquiéter de savoir où ils trouveraient leur prochain repas ».

La Révolution verte s'est traduite par une augmentation inédite de la productivité de la terre. Entre 1950 et 2000, la population de la planète a été multipliée par 2,5 ; la production de nourriture a largement triplé.

En 1964, l'Inde produisait 12 millions de tonnes de blé sur 14 millions d'hectares ; en 1995, c'étaient 57 millions de tonnes sur 24 millions hectares : le rendement par hectare avait doublé.

Bien sûr, tout n'était pas rose – ou maïs imposant. L'escalade à la production agricole engendrait des inquiétudes et des problèmes. La dépendance vis-à-vis des combustibles fossiles, pas seulement pour faire marcher les tracteurs ; aussi pour produire des engrais et des pesticides qui, à leur tour, rendaient les ravageurs de plus en plus résistants. La tendance de cette escalade à détruire les terres surexploitées, à vider et polluer les nappes phréatiques, desséchées par cet usage intensif. Les émissions de gaz à effet de serre, la disparition de certaines variétés végétales. Et, surtout, le besoin d'acheter des produits chimiques pour améliorer les récoltes conduisait nombre de paysans à s'endetter et même à tout perdre – certains ont alors récupéré ce que d'autres avaient perdu : des voisins plus fortunés, des caciques locaux, des sociétés, des banques.

Par ailleurs, en améliorant les rendements agricoles et en produisant autant avec moins de main-d'œuvre, une foule de gens durent migrer vers les villes pour se faire exploiter dans des usines qui favorisèrent le boom asiatique : salaires de misère, travail forcené et logements misérables. Malgré tout, le nombre de personnes qui ont réussi à manger grâce à ces progrès techniques demeure impressionnant. Sans de tels rendements, des millions d'autres gens seraient morts de faim. Sans de tels rendements – si nous le considérons d'un œil écololo –, d'autres forêts auraient été abattues pour être transformées en terres cultivables.

Au début des années quatre-vingt, des scientifiques américains et européens, tâtonnant dans ce que l'on appelle aujourd'hui l'ingénierie génétique, ont commencé à recombiner les gènes de l'ADN de certaines plantes pour tenter d'améliorer leurs traits : ils faisaient ce qui avait toujours été fait, mais avec plus de connaissances et de meilleures techniques. C'est ce que l'on appelle aujourd'hui des plantes génétiquement modifiées – celles-là mêmes qui déchaînent la colère.

Monsanto fut fondé en 1901, à Saint Louis, Missouri – pour produire de la saccharine qu'il vendait à Coca-Cola. Pendant un demi-siècle, il s'est consacré à la fabrication d'insecticides, divers plastiques et produits chimiques, mais il acquit sa célébrité dans les années soixante, lorsque la guerre du Vietnam popularisa un de ses produits : « l'agent orange » était un puissant herbicide grâce auquel l'armée américaine dézinguait forêts et cultures pour affamer ses ennemis. À cette époque, des avions de combat déversaient des torrents de poison sur le pays, un demi-million de Vietnamiens mouraient au cours de ces bombardements, un autre demi-million d'enfants naissaient avec des malformations – cependant que Monsanto croissait et prospérait. Dans les années soixante-dix, il a inventé un herbicide surpuissant à base de glyphosate baptisé Roundup ; des années plus tard, il a obtenu des semences de soja, de maïs et de blé qui supportaient de grandes quantités de ce produit – Roundup Ready – et offraient de bons rendements.

Ces semences se sont propagées parmi les grands producteurs des États-Unis, du Canada, de l'Amérique latine. Aujourd'hui Monsanto contrôle 90 % du marché mondial de semences transgéniques.

Rares sont ceux qui nient que ces semences modifiées produisent un rendement nettement supérieur aux ordinaires. Ni qu'elles exigent trop des sols, qu'elles dépendent de grandes quantités de produits à base de combustibles fossiles, qu'elles supposent un modèle d'exploitation qui chasse des paysans et requiert beaucoup de terre et beaucoup de machines. Mais le problème majeur, c'est la propriété : ces semences perdent de la vigueur à chaque cycle et les producteurs doivent donc en racheter chaque année ; qui plus est, ils sont obligés de le faire par contrat, car Monsanto détient le brevet, la propriété intellectuelle de ces semences.

La propriété privée de la reproduction est une grande invention contemporaine. C'est une version brutale de l'idée de propriété : non d'un champ, non du produit de ce champ, mais d'un modèle naturel – la graine – que seul son « propriétaire » a le droit de produire : la propriété intellectuelle de la nature.

L'ensemble du processus est un concentré du fonctionnement du capitalisme : des scientifiques parviennent à une avancée technique qui peut profiter à des millions de personnes. Mais ils travaillent pour une compagnie privée qui accapare les profits. Derrière, les États assurent l'encaissement de ceux-ci : les lois sur les brevets garantissent que tout le monde paiera.

Dans ce schéma, le progrès technique n'est pas une tentative d'améliorer des vies mais une manière pour quelques-uns d'accumuler plus de richesse.

(Les grandes compagnies de bio-ingénierie sont évidemment très fourbes. Elles introduisent de petits changements dans les brevets qui arrivent bientôt à expiration, afin de prolonger ainsi leur propriété et de continuer à ramasser. Ou bien elles tombent dans les extrêmes les plus grotesques : cette entreprise texane, Rice-Tec, qui demanda et obtint en 1977 le brevet du riz basmati que des Indiens et des Pakistanais cultivaient depuis des millénaires ; ou Monsanto elle-même, qui breveta le blé nap bal dont on fait les chapatis – le pain le plus courant en Inde – et en détient la propriété aux États-Unis.)

L'usage que fait le capitalisme des améliorations techniques engendre bien d'autres problèmes. Le détenteur de la conception de la semence détient, d'une certaine manière, l'usage de la plante produite par cette semence : la destination de ces aliments. Une compagnie décide de fabriquer la meilleure semence de maïs pour l'éthanol : des milliers de producteurs en planteront car cela leur rapportera plus que le maïs alimentaire. Ainsi, cette compagnie détermine de plus en plus qui mange, qui ne mange pas, à quel prix, sous quelles conditions.

Qui plus est, les paysans deviennent dépendants de ceux qui leur vendent les semences. Ils perdent leur autonomie ; bien souvent ils perdent leurs terres car ils n'arrivent pas à rembourser les dettes contractées pour acheter des semences. Alors la solution consiste-t-elle à revenir aux vieilles semences traditionnelles ? Ou bien à conquérir le droit d'utiliser les nouvelles et de les adapter et de les améliorer ? Pour monter dans un bus, il faut débourser une somme que certains n'ont pas : la solution consiste-t-elle à trouver de l'argent ou des bus gratuits, ou bien à voyager en char à bœufs ? Si l'on déplore que Coca-Cola Corp. mette de l'eau en bouteille, va-t-on s'en prendre à l'eau ou à Coca-Cola ?

C'est là où se chevauchent deux questions bien distinctes : que les hommes tentent d'améliorer à l'aide des outils disponibles les plantes qu'ils sèment pour obtenir de meilleurs rendements – plus de nourriture – et que les hommes décident que ces plantes améliorées sont la propriété de celui qui les a améliorées. C'est là que le débat cesse d'être technique pour devenir politique.

Rien de tout cela ne vise à défendre Monsanto et compagnie. Ils font leur travail de grands capitalistes. Faisons le nôtre. Leur grand avantage, c'est qu'ils savent bien en quoi consiste le leur.

Contre cette expression extrême du capitalisme, beaucoup revendiquent les modes d'agriculture traditionnels. Ils exaltent et magnifient le petit paysan, celui qui connaît la vérité, gardien de l'authentique face aux contrefaçons de la science.

Ils partent d'une notion ancienne qui a dernièrement recouvré un certain prestige : la Nature est sage et il faut la respecter. Ou, dit de manière plus musclée : « Quand les gens tentent de se rebeller contre la logique implacable de la Nature, ils butent sur les principes mêmes auxquels ils doivent leur existence en tant qu'êtres humains. Leurs actions contre la Nature doivent les conduire à leur perte », écrivit Adolf Hitler dans *Mein Kampf*.

Déjà Voltaire en riait : « Mon cul est bien dans la nature, et cependant je porte des culottes. » Pourquoi faudrait-il s'en remettre à la sagesse de la Nature pour déterminer ce que l'on cultive et pas pour laisser un enfant mourir de la rougeole ou permettre que le grand mange le petit ou qu'un accouchement représente un risque extrême ?

J'ai tendance à croire que l'idée selon laquelle il faut revenir à l'agriculture organique à une échelle individuelle ou villageoise est encore un effet de la déroute : ne trouvant pas l'issue, nous nous réfugions dans des mécanismes d'un passé idéalisé. Ce sont des méthodes plus ou moins inefficaces dans des espaces où vivaient trois, cinq fois moins de personnes. Qui ne suffisent pas – qui en réalité n'ont jamais suffi – à alimenter des millions et des millions de gens.

Leurs adeptes arguent aussi que l'agriculture traditionnelle emploie beaucoup plus de gens. Autrement dit : elle les case dans des métiers horribles qu'ils pourraient ne pas faire – car il existe des techniques qui le permettent. Ce sont de vieilles pratiques qui camouflent leur condition réelle en les maintenant tout juste au niveau de la survie : dénutris chroniques – ou quantité discrètement négligeable.

Il existe des moyens de produire beaucoup plus de nourriture avec bien moins d'efforts – moins de travailleurs, moins d'exploitation, plus de temps et de place pour faire d'autres choses. Le problème, c'est que ces moyens sont monopolisés par les grandes compagnies ; leurs résultats sont monopolisés par les grandes compagnies. Et alors certains, ne sachant comment forcer la distribution de ce produit, imaginent qu'il vaut mieux maintenir un état de pauvreté partagée plutôt que de créer des richesses que s'approprie un petit nombre : ne produisons pas puisque ce sont les riches qui s'en emparent. Ce qui serait raisonnable dans des sociétés rassasiées, mais très difficile à défendre dans des sociétés affamées.

Derrière cette revendication du traditionnel, ils dissimulent – tentent de dissimuler – leur incapacité, leur renoncement à penser un avenir différent de celui que propose le capital mondial. Ils lui ont cédé le monopole du futur et se sont retranchés derrière le bon vieux temps. L'archaïsme n'est que crainte, fuite en arrière. Nous n'arrivons pas à leur faire front, réfugions-nous dans les anciennes forêts. Ce pour quoi ils revendiquent des choses impensables : le travail de bête, les outils les plus archaïques, les plantes à faibles rendements. Qu'y a-t-il à conserver dans tout cela ?

Comme la différence entre ce monsieur qui souffle une boule incandescente de verre au bout d'un tube pour fabriquer, moyennant beaucoup d'air et des gestes millénaires, une coupe, et la chaîne de production qui crache vingt coupes à la seconde sur un petit train régulier et invariable. Chacun sait que la coupe artisanale sera plus belle, plus chère et exclusive ; chacun sait que si nous voulons que des milliers de personnes aient des coupes, il en faudra d'industrielles. Qu'ici aussi ce qui est produit avec tant de soin individuel n'est à la portée que d'une poignée de gens. Que parfois la beauté est dans la quantité, dans le fait de toucher tout le monde : l'éthique comme une forme de l'esthétique.

Un exemple – parmi tant d'autres – qui synthétise l'idée. Dans un paragraphe du *Marché de la faim*, livre engagé et courageux d'Erwin Wagenhofer et Max Annas, auteurs du film *We Feed the World*, ceux-ci disent à propos de l'industrie alimentaire : « Les deux principales entreprises actives dans ce domaine, Pioneer et Monsanto, travaillent de concert pour faire disparaître les idées reçues au cours de plusieurs milliers d'années d'agriculture. » Wagenhofer et Annas sont deux honnêtes hommes de gauche, critiques des cultures dominantes, qui, à propos de n'importe quel autre sujet, applaudiraient quiconque œuvrerait dans ce sens : « ... [Marx, Engels, Deleuze et Guattari, Carozo et Narizota] travaillent de concert pour faire disparaître les idées reçues au cours de plusieurs milliers d'années de... », écriraient-ils, admiratifs. Saufs qu'ici l'admiration se mue en panique.

Le problème n'est pas de changer de paradigme productif. Le problème, c'est à qui il profite. Ce n'est pas contre le progrès technique qu'il faut protester, mais contre les manières dont ce progrès est utilisé par ceux qui le contrôlent dans le but d'augmenter leur pouvoir et leur fortune. L'astuce, c'est de faire croire que ces techniques sont liées à un modèle économique : qu'elles seraient le propre du capitalisme mondialisé et que seul le capitalisme mondialisé pourrait les faire fonctionner et que si on est contre le capitalisme mondialisé, on est contre elles. Tout l'effort consiste à les séparer. Et non à jeter le bébé avec l'eau du bain sous prétexte qu'on ne sait pas comment jeter l'eau.

Il s'agit donc d'inventer la manière de s'approprier ces formes nouvelles : trouver les formes politiques de mettre les nouvelles techniques au service du grand nombre – car sans ces techniques, beaucoup de millions de gens vont avoir du mal à s'alimenter. C'est un processus politique compliqué, or nous savons que ces temps-ci nous avons du mal à nous dépêtrer des processus politiques. On pourrait imaginer, pour commencer, des gouvernements qui ne reconnaissent pas la propriété privée d'un concept de semence. On pourrait imaginer des façons, pour ces petits paysans, de se recycler dans d'autres types de métiers, ou de se regrouper en coopératives qui modifieraient l'échelle et le traitement de leurs champs, ou d'émigrer vers les villes dans des conditions raisonnables, avec des emplois et des garanties. On pourrait imaginer qu'un jour, chaque ministère de l'Agriculture de chaque pays de l'Autre-Monde ait son petit Monsanto et distribue des semences ou organise des exploitations agricoles. Le problème est clairement l'échec effroyable des formes politiques qui ont voulu mettre en place certaines de ces mesures. Mais si cela doit nous faire revenir aux villages, l'échec est d'ores et déjà assuré.

Madame Shiva continue de parler : elle dit que plus de 70 % des semences que l'on utilise dans le monde sont contrôlées par dix grandes entreprises qui contrôlent à leur tour une bonne partie des remèdes, et que les interventions de ces multinationales en Inde ont été pensées pour engendrer de la faim. Et je ne lui dis pas – je suis découragé – que je ne le pense pas : que je ne vois pas pourquoi ils voudraient engendrer de la faim ; qu'ils n'ont rien à y gagner, que c'est un coût qu'ils sont prêts à assumer mais pas un bénéfice. Que leurs systèmes sont conçus pour autre chose – pour qu'un petit nombre gagne beaucoup, en l'occurrence en contrôlant de plus en plus les modes de production alimentaire – et que la faim n'est pas un but mais un dommage collatéral. Que cela ne plaît à personne, que cela entraîne des problèmes, de la répression, des tensions – même si, il est vrai, cela leur sert à grandir et à concentrer la propriété des terres et le marché agroalimentaire. Et la dame dit que le but était d'affamer, qu'à présent l'Inde est remplie d'affamés.

– Maintenant nous sommes le pays qui compte le plus d'affamés au monde, et ça, ce n'est pas possible. Nous ne sommes pas l'Afrique : nous sommes l'Inde, un pays riche, fertile. Le problème, c'est qu'il existe ici un système politique et économique conçu pour produire de la faim.

Insiste la dame. Et que c'est pour cela que la faim est revenue en Inde au cours des dernières années. Je voulais apprendre, mais je patauge. Je finis donc par dire qu'à Bihar, d'où j'arrive, il y avait des générations et des générations de malnutris.

– Eh bien, Bihar est une exception.

Me dit-elle, et je lui dis que, pour autant que je sache, ce n'est pas la seule et que ce sont précisément les exceptions comme Bihar, avec ses 100 millions d'habitants, qui expliquent qu'il y ait autant de faim. La dame me foudroie de ses yeux sombres.

« [...] aussi triste qu'il soit du point de vue des sentiments humains de voir ces myriades d'organisations sociales patriarcales, inoffensives et laborieuses se dissoudre, se désagréger en éléments constitutifs et être réduites à la détresse, et leurs membres perdre en même temps leur ancienne forme de civilisation et leurs moyens de subsistance traditionnels, nous ne devons pas oublier que ces communautés villageoises idylliques, malgré leur aspect inoffensif, ont toujours été une fondation solide du despotisme oriental, qu'elles enfermaient la raison humaine dans un cadre extrêmement étroit, en en faisant un instrument docile de la superstition et l'esclave de règles admises, en la dépouillant de toute grandeur et de toute force historique », écrivit un dénommé Karl Marx en 1853, dans un article paru dans le *New York Daily Tribune* et intitulé « The British Rule in India ».

Ensuite, une fois revenus dans la salle à la table lustrée, un monsieur de Maharashtra nous raconte une histoire au sujet de fermiers suicidaires. Le monsieur s'appelle Kishore Tiwari, un grand gaillard dans la cinquantaine au visage avenant de brave homme. M. Tiwari est un dirigeant des paysans de Vidarbha : une région dans le centre de l'Inde où vivent 25 millions de personnes, la plupart s'étant toujours consacrées à la culture du coton.

Rien qu'à Vidarbha, il y a eu au cours des dix dernières années plus de 20 000 suicides chez les fermiers : 2 000 par an, environ six par jour. Cela se produit dans toute l'Inde : au cours des quinze années écoulées après 1997, on en compte environ 250 000. Mais Vidarbha est une des régions les plus affectées, ce fléau y progresse continûment : comme si l'idée du suicide était venue élargir l'éventail des issues possibles, devenant tout à coup une option parmi d'autres, effroyable.

– C'est à cause du progrès. Le progrès ne nous a apporté que pauvreté et désespoir. Le progrès nous a apporté de la mort et encore de la mort.

Dit monsieur Tiwari, et dans sa bouche le mot progrès sonne comme une malédiction.

Les paysans de Vidarbha ont toujours connu des vies très difficiles. Leurs champs sont petits et caillouteux, une terre dont il est ardu d'arracher quoi que ce soit. Mais, dit monsieur Tiwari, les paysans de Vidarbha apprirent à survivre malgré les vicissitudes, jusqu'à l'arrivée des semences génétiquement modifiées de Monsanto.

– Nos paysans se suicident parce qu'ils ne peuvent pas rembourser leurs dettes, c'est vrai. Mais il n'est pas vrai qu'ils contractent ces dettes pour payer le mariage de leurs enfants, les dots de leurs filles. C'est le cas pour certains, bien sûr. Mais la plupart s'endettent pour payer les semences de Monsanto.

Dit-il, pour dire que c'est la modernité – et non la tradition – qui les tue.

– Les vendeurs arrivent avec des semences de coton BT et ils les persuadent d'en acheter. Ils leur vendent leurs miroirs aux alouettes.

Le coton BT est une variété modifiée par l'insertion d'une bactérie, *Bacillus thuringiensis*, qui produit un insecticide naturel efficace contre certains insectes – mais pas contre tous. La semence requiert qu'on lui adjoigne des engrais et des pesticides qui coûtent très cher ; en échange, elle pousse très bien si elle est convenablement irriguée ; elle ne fonctionne pas toujours dans des champs qui dépendent – comme presque tous ceux de Vidarbha – des caprices de la pluie. Mais les vendeurs s'efforcent de l'occulter, alors les rendements qu'ils pourraient obtenir font rêver les paysans qui en achètent, dépensant des sommes qu'ils n'ont pas en semences et tout le saint-frusquin nécessaire. De plus, les semences de coton BT, comme la plupart des plantes génétiquement modifiées, ne sont pas propres à être ressemées ; chaque année, les paysans doivent en racheter – alors ils s'endettent de plus en plus, explique monsieur Tiwari.

– C'est ce que l'on pourrait appeler une addiction, faire des choses néfastes de manière compulsive. C'est comme fumer, boire, une addiction. Nos paysans sont devenus accros au coton BT.

Je ne dis pas – je ne dis plus rien – que je trouve curieux que leurs paysans soient à la fois les dépositaires d'un savoir millénaire et des sujets si faciles à duper, incapables de distinguer ce bobard de leurs propres vérités. C'est souvent la triste tâche des « avant-gardes » : défendre les peuples contre eux-mêmes.

Mais monsieur Tiwari n'envisage pas que ces semences puissent fonctionner : qu'elles puissent être bénéfiques si elles n'avaient pas à générer des profits pour Monsanto. Maintenant il dit que certains de leurs paysans s'endettent aussi pour des choses bien plus élémentaires : pour acheter une pelle et une houe, pour louer un bœuf qui leur permette de labourer leur lopin de terre. Et que d'autres ne peuvent même pas le faire : que souvent, pour labourer leur champ, un des membres de la famille conduit la charrue pendant que deux autres la tirent comme des animaux de trait.

– Nos paysans ne mangent pas à leur faim, bien souvent ils ne mangent pas à leur faim. Je dirais que la faim fait partie de ce qu'ils sont capables de supporter, ils y sont habitués. La plupart se suicident de honte, de désespoir après avoir perdu leurs terres.

Dit monsieur Tiwari, et il raconte que les paysans de sa terre se suicident en avalant le même insecticide qui les crible de dettes, et il nous montre leurs photos. Sur les photos, sur les portraits généralement tenus par une veuve ou un fils, les suicidés ont de grands yeux écarquillés comme s'ils luttaient contre l'impulsion de les fermer.

Ensuite monsieur Tiwari dit que le gouvernement ne fait rien, que les riches et les puissants ne font rien, que la presse ne fait presque jamais rien. Quoique, dit-il, il arrive que la presse s'intéresse au sujet et cela sert à ce que les autorités se voient obligées de faire quelque chose. Que généralement elles ne font rien, mais que parfois, quand il y a un journaliste ou une équipe de télévision, si. De fait, c'est un journaliste de *The Hindu* qui a levé le lièvre il y a quelques années au niveau national. Palagummi Sainath, que tous appellent charitablement P. Sainath, est une des personnes qui en savent le plus sur les paysans, la pauvreté et la faim en Inde ; je lui écris depuis des jours, j'essaie de le contacter pour l'interviewer – à ce jour il ne m'a pas répondu.

Le destin est une manière de traverser la rue : l'individu pas si indivisé que ça, pénétré de son destin, regarde un petit oiseau et se met en marche pour traverser la rue. Ou regarde un bouton de son tee-shirt sans boutons et se met en marche pour traverser la rue. Ou, plus malavisé, ferme les yeux et avance pour traverser la rue. Ce qui est curieux, c'est que quelques-uns survivent – un temps.

Bombay

On m'explique que les ordures – les ordures infinies dans les rues indiennes – sont un problème évolutif : que les Indiens jettent tout n'importe où parce que autrefois, entre les chiens et les vaches, tout était mangé en un rien de temps.

– Le problème, c'est que maintenant, avec le plastique…

Je prends mon petit déjeuner sur la terrasse d'un café, Bombay, près de la mer. Je lis le journal, je me distrais ; un corbeau attrape le pain qui restait dans mon assiette et s'envole à tire-d'aile. Il y a quelque chose de la métaphore grossière dans cette société où les animaux participent de la lutte pour la nourriture.

Et un lieu commun : celui qui veut que l'Inde vive dans plusieurs siècles à la fois. Je dirais qu'elle vit dans ce siècle avec plusieurs classes à la fois – comme dans tous les siècles. La différence, ici, c'est que les riches vivent dans la contemporanéité et aussi au XVIIe siècle, car c'est là qu'ils exploitent leurs pauvres – qui eux ne vivent qu'à cette époque-là.

Près de la mer, Bombay déploie sa splendeur d'ancienne colonie : des maisons monumentales, de larges artères, de vieux arbres ; un peu plus loin, les gratte-ciel, la zone financière, les nouveaux quartiers chics : Bombay – désormais Mumbai – est l'étendard de la nouvelle prospérité indienne.

Une ville de 20 millions d'habitants où se concentre la richesse du pays, où des tours éclosent chaque jour, où rutilent les centres commerciaux et les voitures et les marques. À Bombay il y a aussi plus de *bidonvilliers* que partout dans le monde. Sa prospérité, si apparente, les attire : des milliers de gens arrivent chaque jour pour fuir la misère de leurs campagnes.

Éjectes, jetés.

Avani dit que oui, que maintenant il vit depuis pas mal de temps ici, mais qui sait jusqu'à quand :

– On ne peut pas savoir. Si vous devez aller quelque part, on ne peut pas savoir si à votre retour vous aurez encore votre maison.

Ce qu'Avani appelle maison est une bâche en plastique tendue sur quatre pieux. Ce qu'Avani appelle chez elle n'est même pas un bidonville : c'est un peu en dessous sur l'échelle de Richter.

– Personne ne peut savoir ce que c'est sans l'avoir vécu.

Les bidonvilles de Bombay sont gigantesques et devinrent célèbres quand *Slumdog Millionaire* rafla 400 millions de dollars, huit Oscars et la compassion baveuse de la planète. Mais certains n'ont même pas le privilège de vivre dans un bidonville. Les plus pauvres parmi les dix millions de pauvres de Bombay, ce sont les *pavement dwellers* – habitants du bitume –, ceux qui vivent au milieu de la rue, dans des huttes dressées sur l'espace public – trottoirs, chaussées, fossés, parcs, dépotoirs. Personne ne sait exactement combien ils sont ; d'aucuns avancent le chiffre de cent mille, d'autres d'un quart de million.

Il y a quelques années, j'ai suivi Geeta pendant plusieurs jours, une fille de vingt ans et des poussières qui avait toujours vécu dans la rue mais qui, grâce à une association de femmes – *Mahila Milan*, Femmes Ensemble – qui encourageait l'épargne commune, s'en était sortie : Mahila Milan proposa aux femmes de la rue de mettre chacune une roupie de côté par jour afin que, au bout de quelques années, le groupe les aide à se construire une maison. Une roupie était une somme infime et, en même temps, difficile à trouver, mais beaucoup de femmes tentèrent le coup ; quand je l'ai rencontrée, Geeta venait de déménager dans un studio au sein d'une résidence de logements sociaux dans la périphérie de Bombay.

– Quel avantage tire Mahila Milan à être un groupe exclusivement composé de femmes ?

Lui ai-je demandé alors.

– D'abord, ici, quand vous mettez des hommes et des femmes ensemble dans un groupe, c'est les hommes qui décident de tout. Il n'y a pas que ça. Les maris battaient leurs femmes si elles sortaient à la nuit tombée. Quand les femmes se sont regroupées à Mahila, elles ont commencé à pouvoir sortir de chez elles. Au début les hommes se rebiffaient, mais quand ils ont vu que leurs femmes arrangeaient certains problèmes ou empêchaient une expulsion, ils n'ont plus rien dit. Et ils ont commencé à les regarder différemment : tout compte fait, c'étaient elles qui trouvaient les solutions.

– Et ils ont arrêté de les battre ?

– Eh bien, pas complètement, mais ils les battent moins. Maintenant, si un homme bat sa femme, les femmes du comité vont chez eux et essaient de régler ça, de convaincre l'homme de ne pas recommencer. Bien souvent elles y arrivent.

Cette fois-là, Geeta m'avait raconté son histoire, son enfance : elle allait à l'école, jouait dans la rue et, le soir, elle mangeait les restes qu'on donnait à sa mère dans les maisons où elle faisait le ménage. Geeta et sa famille n'avaient ni salle de bains ni électricité ni eau courante ; chaque matin, à cinq heures, Geeta ou sa mère devaient aller jusqu'à un atelier voisin où on les laissait prendre de l'eau à un robinet – mais seulement à cette heure-là. Sa mère leur apportait aussi de vieux vêtements donnés par ses patrons : Geeta atteignit l'adolescence sans jamais avoir porté un tee-shirt neuf.

– Parfois on avait un plastique pour se protéger, parfois non. Je préférais quand on n'en avait pas, je pouvais lire à la lueur des réverbères.

Alors Greeta restait à étudier jusqu'à très tard : elle tenait à avoir de bonnes notes à l'école. Certaines maîtresses la maltraitaient parce qu'elle vivait dans la rue ; d'autres, en revanche, l'aidaient. Et Geeta jouait, étudiait, se lavait, mangeait presque tous les jours. C'était une vie tranquille, même si la menace d'une démolition les guettait : de temps en temps, suite à une plainte, les autorités municipales débarquaient et rasaient leurs huttes. Ces nuits-là, Geeta et sa famille et les voisins attendaient que les agents s'en aillent pour revenir les reconstruire, au même endroit ou ailleurs.

– On revenait, mais on était toujours menacés. Ça, ce n'était pas génial. Certains voisins des immeubles disaient que les gens de la rue comme nous étions sales, voleurs. Alors le premier venu pouvait venir nous insulter, je sais pas. On était là, dans la rue, sans la moindre protection.

Aujourd'hui Geeta vit dans son appartement, contente mais fatiguée. Elle se plaint du bruit :

– Dans la rue il y avait tellement de bruit qu'on n'entendait pas les enfants. Alors que depuis qu'on est ici, ils nous paraissent très bruyants, ils crient beaucoup.

Je lui demande si elle peut me présenter une amie à elle qui vive encore dans la rue, et elle me donne rendez-vous le lendemain dans un quartier plus ou moins central pour aller rencontrer Avani.

Quelques mètres plus loin, sans bruit, l'élégance avec laquelle un vieil homme, résident de la rue, assis sur son trottoir, le *dhoti* remonté jusqu'à la taille, s'imbibe les mains d'un liquide qu'il verse d'une petite bouteille de coca-cola, les frotte, touche légèrement son crâne dégarni, ses bras, ses tétons : sa toilette matinale. Derrière, une douzaine de garçons – savonnés, presque nus, criant, riant –, se lavent comme chaque matin sur le trottoir.

Voici déjà des siècles nous avons convenu qu'un grand nombre des activités des gens se dérouleraient hors de la vue de ceux qui ne font pas partie de leur famille. Je dirais même plus : on pourrait définir la famille comme le groupe de personnes qui peuvent assister à ces activités intimes. Rien ne nous y oblige ; nous pourrions vivre en public – les bains, par exemple, furent collectifs pendant une bonne partie de notre histoire –, mais pour un tas de raisons, nous avons décidé de vivre en privé. Ici, les gens qui vivent dans la rue reprennent ces mœurs anciennes.

Les gens qui vivent dans la rue dorment dans la rue, se lavent dans la rue, s'habillent dans la rue, cuisinent dans la rue, mangent dans la rue, prient dans la rue, sont malades dans la rue et meurent dans la rue, ils discutent et se réunissent et baisent et rient dans la rue.

Ils demeurent dans la rue, ils meurent dans la rue.

Avani est maigre et petite, un visage tout rond, des yeux un peu exorbités qui apparentent nombre de femmes indiennes aux vaches. Avani bouge avec une grâce extrême : comme si elle flottait sur les déchets. Elle porte un sari vert et rouge tout fin à force d'être élimé ; ses trois enfants entre cinq et dix ans courent autour de nous en criant, pieds nus. Un chien court avec eux. Aujourd'hui Avani est ici parce que, depuis quelques jours, elle ne trouve aucun travail.

– Parfois je trouve un peu de ménage à faire chez une famille, mais bien souvent, quand ils apprennent que je vis dans la rue, ils me congédient, ils disent qu'on est sales, qu'on est voleurs.

Avani et Geeta étaient amies : leurs parents venaient de la même région du sud de l'Inde, elles grandirent ensemble, se racontaient leurs espoirs et leurs craintes. Mais à l'âge de seize ans, Avani est tombée enceinte d'un voisin un peu plus âgé qu'elle. L'homme n'a pas hésité à se marier sans dot : on voit qu'il l'aimait. Avani dit que c'était une bonne personne, il la traitait gentiment, il avait aussi des problèmes pour trouver du travail mais à un moment ils avaient cru qu'ils pourraient quitter la rue, trouver un endroit où vivre.

– Et puis il y a eu cette fameuse nuit.

Dit Avani : un homme arriva avec une famille qui voulait occuper l'endroit où ils étaient installés, et ils devaient apprendre par la suite que la famille avait payé 500 roupies à cet homme, c'était une brute, il leur hurlait de s'en aller, d'emporter ce qu'ils pouvaient et de s'en aller, alors son mari avait dû les défendre, avait-il le choix ? Il l'avait agressé au couteau et l'homme était reparti, blessé. Quelques jours plus tard, la police avait débarqué : l'homme était mort.

– La police ne se mêle jamais de nos histoires, s'ils viennent, c'est pour nous virer d'un endroit, jamais pour nous protéger. Manque de chance, ils connaissaient cet homme, il leur rendait je ne sais quels services, alors ils sont venus chercher celui qui l'avait tué.

Cela va faire quatre ans que le mari d'Avani est en prison et son procès n'a toujours pas eu lieu, mais apparemment il ne sortira pas avant très longtemps.

– Alors maintenant tout est fichu. Je suis restée ici, toute seule, mariée mais sans homme, sans travail, épouse d'un prisonnier, les trois petits. Je ne sais pas quoi faire des petits. Je ne peux pas les envoyer à l'école parce qu'on n'en veut pas, ils disent que sans domicile, ils ne peuvent pas les accepter. Alors ils traînent par là toute la journée…

Avani me dira ensuite qu'il y a longtemps, quand on a attrapé son mari, elle a essayé de faire le trottoir, mais elle n'a pas supporté.

– Je ne pouvais pas, je ne pouvais pas. Pourtant on gagne vraiment plus comme ça. Je connais beaucoup de filles qui le font et c'est bien, mais moi ça me dégoûtait trop, ça se voyait, les clients s'énervaient. C'est dommage.

Maintenant, quand elle manque de travail, Avani et ses enfants mangent ce qu'ils trouvent dans les poubelles : parfois il y en a assez, parfois non. D'autres fois, Avani quémande quelques pièces pour acheter une poignée de riz. Presque tous les habitants du bitume souffrent de dénutrition sévère : ils mangent peu mais mal. De temps à autre, Avani trouve quelque chose à vendre dans la poubelle ; il y a quelques mois, dit-elle, elle a déniché un téléphone portable de bonne qualité et on lui en a donné 400 roupies. 400 roupies, soit 8 dollars, or le portable était, d'après sa description, un iPhone qui d'occasion peut se vendre 20 000.

– Ce jour-là, j'ai acheté trois morceaux de poulet pour mes enfants. La petite ne l'a pas bien digéré, elle a eu mal au ventre toute la nuit.

– Et vous savez ce qui m'arrive, maintenant ? Quand je ne mange pas je serre les dents toute la journée, mes dents grincent.

Mais ensuite elle me dit qu'il lui reste toujours la solution du rein.

– La solution du rein ?

– Oui, ça me rassure. Je sais que si je suis vraiment désespérée, si on n'a vraiment plus rien de rien, je peux toujours vendre un rein.

– Vendre un rein ?

Dis-je, un peu fort. Avani me regarde comme si elle ne comprenait pas ma véhémence :

– Oui, beaucoup de gens font ça. Enfin, je ne sais pas s'il y en a beaucoup, mais quelques-uns, sûr. Mon amie Darshita l'a fait et elle se porte bien.

Dit Avani puis elle se tait. Me regarde, baisse les yeux, me regarde encore. Je lui demande quoi, elle susurre : on dirait qu'elle ne veut pas s'entendre.

– Ça me fait peur. Ça me fait très peur. J'espère que je pourrai le faire, si j'en ai besoin, pour mes enfants. Mais imaginez qu'au bout du compte je ne puisse pas… À votre avis, je pourrai ?

Il est des questions que nul d'entre nous ne s'est jamais posées.

Petite, quand il n'y avait rien à manger, quand elle avait faim, les parents d'Avani disaient toujours que certes, en ville il fallait vivre à la vue de tous, mais il y avait toujours quelque chose à manger : qu'ils trouvaient toujours quelque chose, pas comme au village, où il leur arrivait de passer des jours et des jours sans rien avaler, où deux enfants de la cousine Madhu étaient morts et le médecin avait dit que c'était à cause d'une maladie, mais ils savaient que c'était parce qu'ils étaient restés trop longtemps sans manger.

D'où la peur d'Avani quand on l'avait emmenée au village pour la première fois : elle pensait qu'elle mourrait de faim. Elle mangea – c'était le mariage d'une tante, elle mangea pas mal de riz et de dal et un agneau partagé entre plein de gens – mais ensuite, en ville, chaque fois qu'ils n'avaient rien à manger, elle disait à sa mère qu'ils étaient encore dans la même situation qu'au village.

Et sa mère lui disait toujours la même chose :

– Tu croyais vraiment qu'on pouvait y échapper ?

Ces questions que

Sa maison est faite de deux cartons en guise de parois, un de chaque côté, le mur de la maison où s'adossait la leur derrière, devant, rien : la rue, la ville devant. Un plastique noir pour le toit et, dedans, deux couchettes en bois et quelques casseroles. Le jour, Avani retire le toit et les murs pour que les voisins ne se plaignent pas ; la nuit, elle reconstruit sa maison : chaque nuit.

– Qu'espérez-vous pour vos enfants ?

– Je ne sais pas, qu'ils arrivent à s'en sortir…

– Ils y arriveront ?

– Si Geeta y est arrivée…

– Pourquoi elle y est arrivée et pas vous ?

Avani garde le silence, comme si je n'avais pas posé cette question. Ou comme si je l'avais trop posée.

nul d'entre nous ne s'est jamais posées.

Un tiers des enfants de Bombay sont dénutris – et c'est toujours le même tiers. Récemment, une oènegé du nom de Dasra a dit que 26 000 enfants mouraient des suites de la malnutrition chaque année dans les bidonvilles de Bombay : plus de 70 par jour. L'État, ici, dépense 210 roupies par an et par personne : 4 dollars par an et par personne ; moins que la moyenne nationale. Dans la ville du faste et du progrès, les disparités sont encore plus cruelles.

– Et de qui est-ce la faute ?

– Je ne sais pas, de moi, de nous. Si j'avais pu sortir d'ici, je n'aurais pas tous ces problèmes.

– Comment votre situation pourrait-elle s'améliorer ?

– La seule solution, c'est que je trouve plus d'argent, que je travaille plus, beaucoup d'heures. C'est la seule solution.

– Y a-t-il quelqu'un que vous haïssez ?

– Non, j'essaie de ne pas haïr, je n'ai aucune raison de haïr.

– Quand vous êtes dans la rue et que vous voyez passer quelqu'un dans une voiture neuve, rutilante…

– Je ne sais pas, je ne me sens pas bien.

– Et vous vous imaginez à sa place ?

Avani rit comme une collégienne attrapée : c'est saugrenu, elle est déroutée.

– Non, quelle idée. Que voudriez-vous que je fasse à sa place ?

– Que feriez-vous si vous aviez tout l'argent que vous vouliez ?

– J'achèterais un terrain, je construirais des pièces et je les louerais.

– Et alors vos pauvres locataires devraient vous payer un loyer…

– Ben oui. Mais si un jour ils n'avaient pas de quoi, je patienterais.

Pour l'heure, tout ce qu'Avani voudrait, c'est vivre dans un *slum*. Ou dans ce qu'elle appelle slum et que je ne sais comment traduire. Ce que les Anglais appellent slum, les Français *bidonville*, les Italiens *baraccopoli*, les Brésiliens *favelas*, les Allemands, qui n'ont pas eu besoin de lui inventer un nom, slum – et que toutes ces langues, à une autre époque, ont su appeler ghetto : un espace où s'entasse un certain secteur social parce que des raisons politiques ou religieuses ou économiques l'empêchent de vivre ailleurs.

L'espagnol, en revanche, n'a pas un mot : il en a plein. L'évolution de slum en espagnol est un exemple de l'éparpillement linguistique de cette langue : plus un concept s'éloigne de l'académie, plus il a de chances d'être nommé différemment dans chaque pays.

Le big bang de l'espagnol latino-américain.

Chabola, callampa, villamesira, cantegril, barriada, población, pueblo joven, colonia, campamento : la même chose dit d'un tas de manières différentes. J'ai passé des heures à réfléchir à la manière de le nommer dans ce livre. J'ai finalement imaginé que je voulais employer un vieux mot castillan – arabe, évidemment – qui ne s'utilise dans aucune de nos langues – même s'il a conservé une certaine survivance dans le tango : *arrabal*. L'arrabal était – et demeure – ce secteur de la ville qui se trouve à la marge, peuplé par une population supposément différente ou déchue ou dangereuse : la forme la plus castillane du slum. Faubourg au sens strict : une fausse ville, une ville inférieure à la ville authentique J'ai jeté mon dévolu sur arrabal puis j'ai pensé que j'écrivais, bon gré mal gré, dans la langue d'aujourd'hui.

Villamiseria, bidonville.

Les bidonvilliens,
le bidonvillien

En outre, seul *bidonville* intègre dans son signifiant un qualificatif de ce qu'il est.

Le bidonville est un produit de la Révolution industrielle. Non qu'il n'y ait pas eu auparavant des faubourgs pauvres, malfamés, marginalisés, mais au XXe siècle ils ont commencé à se propager, en nombre et en taille, d'une manière sans précédent. Alors, le mot slum – qui autrefois signifiait arnaque – se mit notamment à désigner ces endroits qui poussaient dans les marges de Londres, Manchester, Dublin, Paris, Calcutta ou New York.

Déjà alors, les bidonvilles étaient décrits comme « une agglomération de maisons délabrées, entassement, maladie, pauvreté et vice ». Mais, dans la première moitié du XXe siècle, ils s'étaient raréfiés dans le Premier Monde tandis que – à partir des années soixante – ils proliféraient avec une rare vigueur dans l'Autre.

Et ils sont, que cela soit dit, les principaux responsables d'un des grands changements au cours des années récentes : pour la première fois depuis que le monde est monde, il vit plus de gens dans les villes qu'à la campagne.

« Ainsi, loin des structures de verre et d'acier imaginées par des générations passées d'urbanistes, les villes du futur sont au contraire pour l'essentiel faites de brique brute, de paille, de plastique recyclé, de parpaings, de tôle ondulée et de bois de récupération. En lieu et place des cités de verre s'élevant vers le ciel, une bonne partie du monde urbain du XXIe siècle vit de façon sordide dans la pollution, les excréments et la décomposition. De fait, le milliard d'urbains qui vivent dans les bidonvilles postmodernes pourraient à juste titre envier le sort des habitants des solides maisons de torchis de Çatal Hüyük, en Anatolie, construites aux toutes premières lueurs de l'aube de la vie urbaine, il y a 9 000 ans », dit Mike Davis dans un livre incontournable, *Le pire des mondes possibles.*

En 1950, il y avait dans le monde 86 villes ayant plus d'un million d'habitants. On en calcule 550 en 2015. Des 25 villes qui comptent aujourd'hui plus de huit millions d'habitants, seulement trois se situent dans des pays riches : New York, Tokyo, Séoul ; les autres vivent dans l'AutreMonde. Et ce sont celles qui grandissent le plus. La population urbaine du Brésil, de l'Inde et de la Chine dépasse déjà la population totale des États-Unis et de l'Europe réunis. Mais, pour la plupart de ces villes, les trois quarts de leur croissance proviennent de constructions marginales sur des terres occupées : les bidonvilles.

Le bidonville est une des grandes inventions modernes : la forme la plus actuelle, la plus contemporaine de l'habitat de l'AutreMonde. Dans le monde devenu urbain, le bidonville est l'agglomération urbaine qui grandit le plus. Selon l'ONU, 25 millions de bidonvilliens s'ajoutent chaque année à la liste.

Il y a aujourd'hui, dans le monde, environ 250 000 bidonvilles ; selon l'ONU, ils sont habités par 1,2 milliard de personnes : un enfant sur cinq dans le monde est un bidonvillien, dans les villes de l'AutreMonde, trois habitants sur quatre vivent dans un bidonville.

Nombre d'entre eux sont ceux qui ne mangeant pas à leur faim.

R. me demande de ne pas dévoiler son nom. Je lui dis de ne pas s'inquiéter, puisque là-bas, très loin, où j'habite, personne ne le connaît ; il me dit qu'il ne sait pas, que peut-être, mais qui sait, et qu'il ne veut pas que les gens pensent qu'il se plaint d'être ce qu'il est. Qu'il est fier d'être ce qu'il est et qu'il ne veut pas qu'on s'y trompe.

– Qu'êtes-vous fier d'être ?

– D'être ce que je suis.

– C'est-à-dire ?

– Un habitant de Dharavi, un bidonvillien. Y en a ici qui disent qu'ils ont honte, mais pas moi. C'est pourquoi je ne veux pas qu'on s'y trompe.

Sa logique m'échappe : une fierté qui ne dit pas son nom. R. a de grandes mains crevassées, une petite tête, des yeux enfoncés, des cheveux noirs très ébouriffés. R. a une trentaine d'années, une femme enceinte jusqu'au cou, trois enfants, une mère et deux sœurs entassés dans deux pièces. Sa maison est faite de quelques briques, de planches, de tôle, de bambou : tous les matériaux que R. a pu ramasser ou chiner à très bon marché. R. est né à Dharavi ; ses parents y sont arrivés il y a cinquante ans.

– Eux, c'est bien la faim qui les a poussés jusqu'ici.

Les parents de R. sont venus de Saurashtra, à plusieurs centaines de kilomètres dans l'État de Gujarat, suite à une longue sécheresse qui les priva de terre et de nourriture. À leur arrivée, Dharavi était un marais périphérique cerné par deux voies de chemin de fer et habité par quelques pêcheurs. Aujourd'hui, incrusté au milieu de Bombay, c'est le plus grand bidonville d'Asie, ruelles étroites sales puantes, des gens, des gens et encore des gens, des animaux, des cris : la densité de tout espace indien puissance huit. Dharavi est un agrégat de mondes très divers, un million de personnes et une douzaine de communautés différentes agglutinées dans moins de deux kilomètres carrés. Musulmans, hindous, brodeurs de l'Uttar Pradesh, confiseurs du Tamil Nadu, teinturiers et tailleurs, forgerons, menuisiers, ouvriers du textile, meuniers chassés du centre de la ville par le boom immobilier : chaque groupe constitue un quartier avec ses habitudes et ses règles propres.

– Mon père a pu s'installer correctement. Ma mère dit qu'ils étaient contents d'être ici. Il connaissait bien son métier, c'était un bon potier. Il a donc pu nous élever. Le problème, c'est qu'on l'a perdu très tôt, pauvre homme.

Le père de R. est arrivé il y a cinquante ans ; il y en a tant qui arrivent chaque jour. Des 500 000 qui migrent chaque année à Bombay, 400 000 finissent dans des endroits comme celui-ci. C'est pourquoi il y a à Bombay entre 10 et 12 millions de bidonvilliens. 60 % de la population de Bombay vit dans 6 % de la surface de la ville, sans eau courante, sans rues, sans égouts. Les bidonvilles sont en train de manger les villes.

Une logique bidon : si à Bombay il vit beaucoup plus de gens dans les bidonvilles qu'ailleurs, où est la périphérie et où est le centre ? Qu'est-ce qui est central et qu'est-ce qui est périphérique ?

Bombay – et pas seulement Bombay – : un grand bidonville avec quelques zones d'immeubles services affaires capitalisme en train de fonctionner.

Si Dharavi est désormais ce qu'elle est, c'est parce que Biraul est désormais ce qu'elle est. Pareil pour tous les Dharavi et tous les Biraul. Les grandes villes occidentales avaient déjà atteint leur point de (dés)équilibre avant la fin du millénaire ; dorénavant, ce sont les autres villes qui grandissent. L'augmentation de la population urbaine signifie surtout que les paysans de l'AutreMonde partent vers les villes.

L'urbanisation est surtout un effet du changement des modes de production rurale, lequel requiert de moins en moins de main-d'œuvre, et chasse les gens qui ne lui sont plus utiles. Et ces gens – beaucoup de ces gens – vont tenter leur chance dans les villes où l'essor des services – transports, domesticité, nettoyage – et le développement d'industries très primaires semblent requérir tous les corps bon marché qu'ils peuvent attirer.

Ce n'est parfois qu'un mirage : beaucoup n'intègrent même pas ce marché, survivant comme ils peuvent. La ville leur offre plus de possibilités que leur village : elle leur offre en façade l'avantage d'avoir tout plus près, à portée de main. Mais, pour beaucoup, tout ce qui semble près est aussi inaccessible que si cela se trouvait dans un autre monde. Et l'illusion n'en fonctionne pas moins : un toit, une certaine sécurité, l'accès à ce que les riches jettent, la proximité d'un quelconque type de travail, un hôpital de très mauvaise qualité, mais hôpital malgré tout, l'illusion d'une école pour leurs enfants, le mirage d'un progrès. Aller dans les villes est, pour des millions de personnes, la résolution la plus dynamique qu'elles prennent pour améliorer leur vie et celle de leurs proches. Et bien souvent elles terminent dans des endroits comme celui-ci.

Il y a dans toute l'Inde 160 millions de bidonvilliens.

Les paysans quittent les campagnes, alors que la nourriture continue d'être produite là-bas. La campagne était un mode de vie ; elle est en train de se transformer en mode de production, en exploitation : un espace pour une pratique économique qui a besoin de moins en moins de personnes.

Comme dit Davis : le mécanisme classique qui opposait campagne regorgeant de main-d'œuvre et ville regorgeant de capital s'est inversé. Aujourd'hui, avec la croissance des périphéries urbaines – qui ne procèdent plus de l'attrait de nouveaux emplois mais de la reproduction de la pauvreté –, l'AutreMonde s'est empli de campagnes regorgeant de capital et de villes regorgeant de main-d'œuvre.

La population rurale n'augmentera plus : ayant atteint son paroxysme, désormais elle diminue. La plupart – 75 % – des affamés vivent encore à la campagne. Ils seraient comme un archaïsme possiblement voué à disparaître avec la poursuite du processus d'urbanisation. Mais la misère se déplace très efficacement vers les villes.

À l'avenir, la croissance démographique se produira exclusivement dans les villes : « la faim sera de plus en plus urbaine » – devrait dire le manifeste que personne n'écrit parce qu'il serait trop vrai. Et parce que personne n'oserait conclure par un « ou ne sera pas ».

Mais c'est précisément à cause de la faim que les affamés qui le peuvent fuient vers les villes. Bombay, Dacca en sont des exemples extrêmes.

R. commença à travailler à l'âge de dix, onze ans. À la mort de son père, alors qu'il en avait quatorze, en tant que frère aîné, il dut assurer. Ses deux frères cadets travaillaient avec lui ; à eux trois ils nourrissaient la famille : les cinq sœurs, la maman, trois cousins orphelins. Avec le temps, ils réussirent à redresser la situation. Ils s'en sortirent, mais aujourd'hui, cela est redevenu difficile : il y a beaucoup de concurrence, pas seulement des autres potiers mais aussi du plastique et du métal bon marché qui arrivent à des prix insensés. R. dit que cela est inéluctable, qui d'ici dix ou quinze ou vingt ans, leur métier aura disparu, que lui, il ne sera plus bon à rien.

– Je finirai comme ces gens qui sortent fouiller les poubelles ou qui tirent un rickshaw.

Dit-il, et ensuite, comme s'il n'y avait pas pensé avant ·

– Non, je serai trop vieux pour tirer un rickshaw. Peut-être mes enfants, si j'arrive à les envoyer à l'école… J'espère, parce que moi, je ne serai plus bon à rien.

Insiste-t-il, tête basse, regard plongé dans le sol crasseux. Il y a dix ans, juste après son mariage, R. et sa famille perdirent leur maison : ce fut un rude coup.

– Nous avons dû quitter la maison qu'avait construite mon papa, nous l'avons perdue. Comme il était des premiers arrivés, la maison était en plein centre et elle avait pris de la valeur. On n'avait aucun papier, alors on nous l'a confisquée.

C'est, entre autres, le paradoxe du bidonville, qui explique que les bidonvilliens finissent bien souvent par devenir les devanciers involontaires du capitalisme de marché. À un moment donné, quand la pression sociale et démographique déborde, un groupe de gens occupent un terrain dont personne n'avait voulu auparavant : trop éloigné, trop difficilement constructible, trop insalubre. Eux n'ont pas d'autre choix : ils arrivent et l'occupent. Avec le temps – et leurs efforts, leurs pressions –, ils font de ce lieu un endroit habitable, attractif ; alors le marché décide de le récupérer et un nanti quelconque, un spéculateur, une banque obtiennent des papiers et des habilitations leur permettant de chasser les bidonvilliens de leurs lieux pour les vendre.

Le processus peut aussi être isolé, individuel, plus insidieux : quelqu'un propose à l'occupant de cet espace amélioré une somme d'argent qu'il ne peut pas refuser : il voit miroiter la possibilité de se construire une meilleure cahute, de lancer une affaire ou même de manger plus souvent. D'autres fois – tellement souvent –, les bidonvilliens sont des locataires qui ne peuvent plus payer leur loyer, lequel a été augmenté suite aux améliorations.

Ils doivent alors partir, chercher un autre endroit habitable, tout recommencer.

– J'espère que je pourrai rester longtemps dans cette maison.

Dit R.

– Pourvu qu'ils ne l'arrangent pas trop.

Dit-il, car il sait que, dans ce cas, son petit bout de terrain aura pris suffisamment de valeur pour que quelqu'un vienne lui rappeler qu'il n'en est pas le propriétaire, seulement l'occupant.

– Bizarre, non ? Je voudrais bien qu'ils l'arrangent, mais s'ils l'arrangent trop, ils me pourrissent la vie. Alors je ne veux pas qu'ils l'arrangent trop. J'aimerais vouloir qu'ils l'arrangent beaucoup, mais je ne peux pas, je perdrais tout.

Quelqu'un m'a très souvent dit, ces jours-ci, que l'Inde est la société la plus malléable : que les Indiens parviennent à s'adapter à n'importe quoi. Et je ne sais toujours pas si cette personne l'entendait comme une vertu.

On raconte qu'au début du siècle dernier, une dame anglaise devant se rendre dans un village indien avait envoyé une lettre à l'instituteur de l'école locale afin de lui demander si l'endroit disposait d'un WC. Les autorités locales ne connaissant pas ce mot, elles en débattirent ; après bien des hésitations, on avait décidé que la dame devait vouloir dire *wayside chapel* – une chapelle à proximité – et chargé l'instituteur de répondre avec toute l'amabilité du vassal colonial qu'il était : « Chère Madame, j'ai le plaisir de vous informer que le WC se trouve à neuf miles de la maison, au milieu d'un délicieux bois de pins. Le WC peut accueillir 229 personnes assises et fonctionne le dimanche ainsi que le jeudi. Je vous suggérerais de vous y rendre de bonne heure, surtout en été, lorsque l'affluence y est accrue. Vous pouvez aussi rester debout, mais cela serait inconfortable, surtout si vous comptez y aller fréquemment. Sachez que ma fille s'y est mariée, car c'est là qu'elle a rencontré son futur époux. [...] Je vous recommanderais d'y aller un jeudi, jour où vous pourrez jouir de l'accompagnement d'un orgue. L'acoustique y est excellente et les sons les plus délicats peuvent être appréciés dans tous les recoins. On y a récemment installé une cloche qui sonne chaque fois que quelqu'un entre. Un petit commerce propose des coussins, très appréciés du public. Je me ferai un plaisir de vous y accompagner personnellement et de vous placer à un endroit bien en vue... »

Aujourd'hui, cent ans après, la zone où vit R. ne dispose pas non plus d'eau courante ni d'égouts ; les femmes de la maison vont chercher l'eau à un robinet de l'autre côté de la voie ferrée. Pour chier, ils se débrouillent dans les broussailles, les terrains vagues.

La moitié des habitants de Bombay n'ont pas de toilettes et chient donc où ils peuvent. Il y a quelques années, on a calculé que six ou sept millions d'adultes chiaient chaque jour dans les bidonvilles de Bombay : si chacun évacue une livre, cela signifie quelque 3 000 tonnes de merde tous les matins – dispersée dans des ruisseaux archi-immondes ou s'amassant autour des huttes et des allées.

L'absence de toilettes entraîne bien sûr des problèmes sanitaires extrêmes : dans les bidonvilles de Bombay, deux morts sur cinq sont dues à une infection ou à des parasites à cause de la contamination de l'eau et faute d'égouts. Cela entraîne aussi d'autres problèmes : les femmes, qui ne veulent pas que les hommes les voient, y vont en groupes avant l'aube ; elles s'aventurent parfois sur des terrains éloignés où les rats et les serpents leur tiennent compagnie. Où les attendent parfois des hommes pour les violer, si elles s'écartent trop.

Dans le monde, 2,5 milliards de personnes vivent sans égouts, meurent sans égouts. On croit souvent que l'incroyable augmentation de l'espérance de vie au cours des 150 dernières années est un effet de la médecine et ses remèdes ; c'est surtout grâce aux égouts et à l'eau courante. Ceux qui n'en ont pas sont toujours dans la merde : entre 2000 et 2010, on a compté plus d'enfants morts de diarrhée que de soldats morts dans tous les conflits de la Seconde Guerre mondiale.

– Si on pouvait au moins s'entraider davantage, s'organiser pour se défendre…

Dit R.

Un bidonville, c'est avant tout un lieu où l'État ne fonctionne pas. Il n'y a pas d'électricité, pas d'eau, pas de rues, pas de police, pas d'écoles. Jusque dans les années soixante-dix, nombre de gouvernements de ce qui était alors le Tiers-Monde ont tenté de remplacer leurs bidonvilles par des complexes d'habitations : de les éliminer parce que infâmes.

Mais alors, peu avant le Consensus de Washington, la politique changea. Le département de Développement urbain de la Banque mondiale était l'instigateur de la nouvelle proposition : on ne dépenserait plus d'argent public à construire des maisons pour les pauvres, mais on en utiliserait – et moins – à entretenir et améliorer les bidonvilles déjà existants. La proposition était emballée dans de grandes apologies des initiatives des pauvres – la construction de bidonvilles – et, par conséquent, de la pertinence de « les aider à s'aider ». On présentait cela comme une « démarginalisation » des bidonvilliens et c'était, en vérité, une manière de perpétuer la disparité extrême, l'existence de ces lieux d'exclusion, ces ghettos contemporains. Et, bien sûr, d'amorcer le retrait de l'État que les années quatre-vingt verraient se parachever.

Et de promouvoir, dès lors, sa substitution par des oènegés et autres organismes de bienfaisance : « Elles n'ont de cesse de subvertir, désinformer et démoraliser les gens afin qu'ils se tiennent à l'écart de toute lutte des classes. Elles adoptent et propagent la pratique qui consiste à mendier des faveurs en s'appuyant sur la pitié et l'humanitarisme au lieu de faire prendre conscience aux opprimés des droits qui sont les leurs. Concrètement, ces agences et ces organisations interviennent systématiquement pour s'opposer à la voie émeutière lorsque des individus la choisissent pour obtenir satisfaction de leurs demandes. Elles travaillent constamment à divertir l'attention des gens des plus grands méfaits politiques de l'impérialisme, en la focalisant sur des problèmes purement locaux et en empêchant ainsi les gens de faire clairement la distinction entre leurs ennemis et leurs amis », a écrit Davis selon Jan Breman.

R. gagne, bon an mal an, dans les 3 000 roupies par mois, près de 60 dollars, et il dit qu'ils ont rarement faim : qu'en général, ils arrivent à payer leur nourriture.

– Il est très rare qu'on ait faim.

Dit-il : que parfois, de temps en temps, un soir par-ci par-là, ils doivent aller au lit en ayant bu juste un thé, mais c'est rare. Et que, de toute manière, ça ne s'appelle pas avoir faim. Que ce n'est pas comme quand ses parents sont arrivés, qu'ils n'avaient rien à manger pendant plusieurs jours, comme ils le lui ont raconté.

– Ils te l'ont raconté ou tu l'as vécu ?

– Eh bien, il paraît que quand j'étais petit, on ne mangeait pas toujours. Je ne m'en souviens pas très bien, juste un peu, mais je m'en souviens quand même.

– Tu te souviens de quoi ?

– Je ne sais pas, je me souviens que mon papa prenait un de mes frères et le battait. Pour une bêtise, parce qu'il avait dit ci ou fait ça, il le battait. Il devenait comme fou, il le battait, il me battait. Alors je savais que ce soir-là il n'y aurait rien à manger. Maintenant, c'est différent. On a presque toujours notre assiette de riz ou nos chapatis.

Saumon fumé, jambon cuit, jambon cru, blanc de dinde, salade de graines de grenade, dattes farcies, cocktail de crevettes, avocat et pêche, crème d'asperges, queues de langoustes à la bisque de homard, œufs durs au caviar, salade d'artichauts aux amandes, salade mexicaine d'aubergines, salade de pommes vertes, carpaccio de pommes et ananas, roquefort, brie, vache qui rit, camembert, feta, emmental, edam, cheddar, cheddar rouge, olives au pesto, olives vertes noires farcies aux anchois farcies aux poivrons farcis aux amandes, câpres, raïta, chutney de mangue, chutney de menthe, soupe froide de mangue au romarin, soupe froide à l'eau de rose, soupe froide de khus, rotis, papads, samoussas, parathas, pains européens.

Sole meunière au pesto de zucchini, tagine de légumes, riz biryani aux légumes, riz biryani au poulet, quiche aux poireaux et aux oignons caramélisés, pomme de terre farcie au maïs et aux asperges, lasagnes à la ricotta et au potiron, bharba dal, champignons au curry, tikka paneer à la menthe, choufleur vatanunda, pâtes hakka aux légumes, tofu et châtaignes à la sauce moutarde, soupe laksa aux légumes, poulet à la sauce au vin de riz, côtes de porc à la sauce au miel et à la cannelle, poulet dhum ka, vieyra bhatti ka, paupiettes de poulet aux olives fromage et tomates séchées, goulash d'agneau, magret de canard rôti, côtelettes d'agneau rôties, pied de porc rôti.

Flan au caramel, lemon pie, radbi, baklava, halwa, gâteau à l'ananas, tarte aux fraises meringuée, mousse au chocolat, tarte aux cerises, chena paya aux fraises, panna cotta à la pomme, compote de fruits, salade de fruits, cheese cake aux myrtilles, rouleau au praliné, marbré au chocolat, yaourt cuit aux fraises, crème brûlée au café, mini-tarte à la pistache, parfait à l'orange, glace à la fraise, glace à la crème, glace au chocolat, glace au café, strudel aux poires, tarte à la crème et fruits frais, tarte aux amandes, riz au lait.

Heureusement, chaque plat a son petit cartel. Le buffet du Taj Hotel, le meilleur de Bombay, inclut deux coupes de Moët et Chandon et coûte 3 500 roupies hors taxes. Les taxes ne sont pas très élevées.

Karun hésite devant la table des desserts. Karun porte un Lacoste bleu marine qui n'est peut-être pas une imitation et un pantalon assorti.

– Je peux vous poser une question ?

– Oui, bien sûr, tout ce que vous voulez.

Karun a réussi dans la vie. Il me raconte que son père était un employé de banque qui n'a jamais atteint l'échelon de gérant, mais quand il a vu que son fils aîné semblait intelligent, il a fait tout ce qui était en son pouvoir pour lui assurer une éducation prometteuse. Karun a étudié le commerce dans une université quasi prestigieuse, s'est appliqué, s'est diplômé et est entré dans une des principales agences de publicité de l'Inde. C'était il y a quinze ans ; depuis, il n'a cessé de grimper, s'est marié avec une femme issue d'une caste un peu supérieure à la sienne, ils ont eu deux enfants – deux filles, mais Karun fait un geste comme pour dire que ce n'est pas si grave –, ils se sont acheté un appartement dans un bon quartier, de beaux vêtements, une BMW série 1 à crédit. Le résumé est rapide et fier : Karun prend plaisir à énumérer ses réussites. Il est probable qu'il lance sa propre agence dans quelques mois, d'ailleurs sa femme et lui sont ici pour fêter la réponse positive d'un des investisseurs. Karun a du gel dans les cheveux, un sourire brillant, des gestes et des manières de vendeur invétéré. Mais il me regarde de travers lorsque je lui demande s'il sait qu'en Inde il y a beaucoup de gens qui ont faim.

– Oui, bien sûr. Je sais qu'il y en a, je lis les journaux, je m'intéresse. Mais tout cela semble si éloigné. Mes amis sont beaucoup plus tracassés par le surpoids que par la faim. On dirait une plaisanterie, ils sont tous au régime.

Dit Karun, puis il se sert une belle part de tarte au chocolat, de la crème et des fruits rouges pour bien montrer que lui, non.

– Ce qui me déplaît, c'est que l'image de l'Inde, ça soit ça, que vous nous voyiez comme ça. Que vous continuiez à parler de ces pauvres misérables au lieu de souligner tout ce que nous sommes en train d'accomplir. Ce n'est pas que ça m'est égal, ne croyez pas ça. Je crois que c'est notre responsabilité. Que si nous continuons à prospérer et à créer de la richesse, ils finiront par s'en sortir.

Je m'apprête à lui demander qui il englobe dans le « nous » – et qui dans le « ils » –, mais Karun me dit de l'excuser, sa femme lui fait signe pour qu'il revienne à leur table. Karun s'en va ; je me demande si les restes de tout ceci finiront dans l'assiette d'Avani. Je me demande si je ne deviens pas un peu trop mélodramatique. Je me réponds que je ne sais pas – un peu plus et je me réponds que j'espère –, puis que si, mais que peut-être il faut l'être. Ou que ça me plaît.

Ils leur foncent dessus en voiture, à moto, en camion : jamais, pendant tout ce temps, je n'ai vu un Indien arrêter son engin pour laisser passer un piéton. Ils les écrasent sans pitié ou plutôt : sans comprendre pourquoi il faudrait qu'ils aient pitié. Je crois que cela – cette attitude, ce mépris – explique, entre autres, la faim de millions de gens.

Dans les pays riches, conduire une voiture est se plier attentivement à une série de règles ; ici – et dans une bonne partie de l'AutreMonde –, c'est être tout le temps confronté à la loi du plus fort, autrement dit : devoir estimer qui est le plus fort, se livrer constamment à un exercice de stratégie guerrière. Je crois qu'on peut l'appliquer à presque tous les domaines.

Sauf le respect qu'on lui doit, ce pays est la preuve permanente que ceux qui gouvernent se contrefichent de ceux qui ne gouvernent pas. La crasse, le délabrement, l'état des routes et des rues, l'abandon de tous les espaces et services publics, de la salubrité générale : il est clair que ceux qui sont en charge de tout cela se contrefichent de ce qu'il advient de ceux qui n'ont d'autre choix que de l'utiliser. Le pourcentage infime du produit intérieur très brut qui est destiné à la santé publique en est une autre preuve flagrante. Le nombre d'affamés en est la confirmation.

Ce n'est pas une contradiction. Cela ne peut surprendre que ceux qui pensent l'Inde à travers les chiffres du Fonds monétaire ou de *The Economist.* Ce n'est pas le cas de Palagummi Sainath :

« Un jour comme aujourd'hui, un jour ordinaire, une cinquantaine de fermiers vont se suicider ; quelque 300 vont le tenter : en général, on compte cinq ou six tentatives pour un suicide réussi. Ce sont les chiffres officiels du gouvernement indien, toujours inférieurs à la réalité. Ce même jour ordinaire, environ 2 200 fermiers vont abandonner l'agriculture pour chercher d'autres modes de vie, ils vont aller connaître la faim dans les grandes villes… Ce même jour, le gouvernement indien va offrir 12 milliards de roupies aux grandes compagnies et aux individus les plus riches sous forme d'allégements d'impôts.

« Dans les années soixante et soixante-dix, les mouvements paysans ont obtenu des prix minimaux garantis pour leur production et ils ont obtenu la redistribution de millions d'hectares de terres, parce qu'il y avait des luttes paysannes massives ; dans les années quatre-vingt-dix et deux mille, il y a eu des suicides paysans massifs. Que s'est-il passé pour que ces luttes massives se transforment en désespoir massif ? La réponse est complexe car tout est toujours complexe, mais pas si complexe que ça. La réponse est politique. Tout d'abord, il y a ces énormes sommes d'argent de l'État qui ont été et sont encore transférées aux compagnies et qui sont refusées aux petits paysans. Ainsi les paysans sont de plus en plus susceptibles de tomber entre les mains des prêteurs sur gages de leurs villages et de ces autres grands prêteurs que sont les grandes banques, tous deux protégés par le gouvernement.

« Aujourd'hui, nous vivons un processus que je qualifierais d'économie McDonald's car il est le même partout. La plupart des pays ont adopté un petit nombre de principes identiques : l'un d'entre eux est le retrait de l'État des secteurs qui intéressent les pauvres. L'État ne s'est pas retiré de partout ; l'État est devenu plus interventionniste que jamais, comme on le voit avec les "plans de sauvetage" consécutifs à la crise de 2008 : ils sont plus interventionnistes que jamais pour favoriser le monde entrepreneurial et l'élite supérieure. »

Dit P. Sainath sur une vidéo de youtube. Je n'ai pas réussi à le rencontrer. Je lui ai écrit à plusieurs reprises, j'ai proposé de nouvelles dates, mais nous n'avons pas réussi à caler un rendez-vous. Alors, même si lui, il ne peut pas me voir, moi je le regarde.

« Qu'ont fait les puissants au cours de ces vingt dernières années ? Ils ont réduit toute forme de valeur humaine à une valeur d'échange. Ils ont dit : Désolés, ceci n'est pas rentable, alors ces paysans n'ont pas leur place. Qu'ils se couchent et qu'ils meurent. Ils n'ont pas créé le moindre emploi, 900 000 postes du secteur public ont été supprimés ; quand ils chassent les gens de leur campagne, de leurs champs, il n'y a pas d'emplois de rechange pour eux. Où sont les postes industriels pour un paysan qui n'a reçu ni éducation, ni protection de santé, rien ? Où vont-ils ? Ils se tuent. Dans ce pays, le secteur qui a le plus augmenté ces vingt dernières années, ce n'est pas la technologie, ce n'est pas le software ; c'est l'inégalité, qui s'est creusée comme à aucun autre moment de notre histoire.

« En 2009, nous avons fini 134e au classement des pays selon l'indice de développement humain défini par les Nations unies, en dessous de tous les pays latino-américains, y compris la Bolivie, dont beaucoup disent que c'est le pays le plus pauvre d'Amérique latine. Nous sommes en dessous de la Palestine, qui n'a pas connu un seul jour de paix depuis soixante ans... Selon l'indice de la faim dans le monde de l'Institut international de Recherche sur les Politiques alimentaires, nous sommes classés 67e sur 88, à peine au-dessus du Zimbabwe », dit Sainath. Sur la vidéo, il est debout derrière un lutrin de conférence ; il a soixante ans, une chemise blanche et un gilet noir, des cheveux blancs en bataille, d'épais sourcils noirs, des cernes très marqués ; sur la vidéo, Sainath parle fort en s'aidant de ses mains et de ses sourcils.

« En Inde, il y a 53 milliardaires. Non pas millionnaires ; de ceux-là, on en a 140 000. Non, 53 milliardaires, qui font de nous le quatrième ou cinquième pays pour son nombre de milliardaires après les États-Unis, la Russie, l'Allemagne, et, dernièrement, la Chine est en train de nous dépasser. Mais ces cinquante-trois-là ont plus d'argent que n'importe quel autre groupe de milliardaires hormis les Américains : ils détiennent à eux seuls 341 milliards de dollars, un tiers du produit intérieur brut de notre économie qui représente plus de 1 000 milliards de dollars. Par ailleurs, nous avons 836 millions d'êtres humains qui vivent avec moins de 20 roupies par jour : bienvenue dans l'Inde de 2012. »

Au fond, au milieu d'autres tours qu'il dépasse en hauteur, l'immeuble Antilia : la maison du monsieur le plus riche de l'Inde, un certain Mukesh Ambani, industriel et financier. L'immeuble a 27 étages de double hauteur, tous à lui, environ 40 000 mètres carrés tous à lui, neuf ascenseurs tous à lui et c'est, dit-on, l'habitation privée la plus chère du monde : entre un et deux milliards de dollars, personne ne sait. C'est là que sont censés vivre monsieur Ambani, sa femme, ses trois enfants – et 600 employés domestiques divers. La maison compte, dit-on, trois héliports, six étages de parkings pour 200 voitures, une salle à manger saturée de candélabres et de cristal, des salons de danse, un gymnase, un spa, une salle de yoga, une piscine, une salle d'exposition, des jardins intérieurs, des arbres d'intérieur, un cinéma, un théâtre, une discothèque, une cave, une cuisine industrielle, une salle de neige.

De la maison de monsieur Ambani, on aperçoit des bidonvilles – et vice versa. Mais le problème, c'est qu'elle n'a pas, dit-on, suffisamment de fenêtres donnant sur l'est, sur le soleil levant, et cela va à l'encontre des principes du *vastu shastra*, une version hindi du *feng shui* : cela pourrait porter malheur. C'est pourquoi la famille n'y emménage pas : ils y ont donné des fêtes, des réceptions, mais, dit-on, fin 2013, ils ne s'étaient toujours pas décidés à y passer la nuit.

« Les chiffres suscitent beaucoup de débats, et le gouvernement continue à former des comités pour en produire. C'est le système indien : ils forment comité sur comité jusqu'à ce que l'un d'eux leur fournisse les chiffres qu'ils souhaitent. Mais nous savons que l'Inde exporte 60 millions de tonnes de grains par an. Nous exportons le blé à 5,45 roupies le kilo alors que nous le vendons 6,40 aux pauvres. Pour qui ? Pour les vaches européennes », poursuit Sainath.

« Les vaches européennes sont les êtres jouissant de la plus grande sécurité alimentaire de la planète. On dépense 2,70 dollars par jour pour leur sécurité alimentaire. C'est pourquoi, lorsqu'on demanda à un leader paysan de la région de Vidarbha quel était le rêve du fermier indien, il répondit : "Le rêve du fermier indien est de se réincarner en vache européenne." Tout cela en raison des subventions que touchent les paysans européens, que touchent les agriculteurs américains, interdisant toute possibilité de les concurrencer et leur permettant d'accepter des prix ruineux pour nos producteurs. En 2005, les Américains ont produit du coton pour une valeur de 3,9 milliards de dollars et ils ont reçu des subventions pour un montant de 4,7 milliards de dollars. Et ainsi de suite année après année. Cela a détruit les économies cotonnières de nombreux pays, de Vidarbha jusqu'au Mali en passant par le Tchad, le Burkina Faso. Les présidents de ces pays-là ont publié un article dans le *New York Times* qui disait que "leurs subventions sont en train de tuer notre population". Et que fait l'Organisation mondiale du commerce ? Elle aide ces pays à "diversifier leur production" : s'ils ne peuvent pas concurrencer les subventions, qu'ils fassent autre chose. »

Bombay est un mélange de 2010 luxueux, de 1910 au bord de l'effondrement et de misère de tous les temps. Le Che Bar & Grill est situé dans un quartier cher ; murs extérieurs rouge vif, portrait de Guevara coiffé de son béret peint façon pochoir et une offre variée, en anglais dans le texte : *beer draught – absinthe by fountain – shots by the foot – indian and french wines – mojitos – pizza by the slice – legendary burgers – giant hot-dogs – south american specialties (mexican, brazilian, cuban…)* – et enfin : *corporate lunch as much as you can eat : 349 + tax.*

Che Guevara's not dead, il vend des mojitos.

As much as you can eat.

« Lorsque j'ai commencé mes études d'histoire, j'ai dû lire Tacite et ses *Annales,* dit Palagummi Sainath sur la vidéo, d'une voix maintenant calme et posée, l'air concentré. Tacite a écrit au sujet de Néron et de l'incendie de Rome. Tacite était un historien très impartial : il détestait Néron, mais il ne l'accusait pas de l'incendie ; selon lui, ce n'était pas Néron qui l'avait allumé. Selon lui, il était très inquiet et il devait distraire les masses, et c'est pourquoi il avait organisé la plus grande fête de l'Antiquité. Dans la belle prose de Tacite, l'empereur offre ses jardins pour la réception. Tous les gens de qualité étaient présents : sénateurs, nobles, échotiers mondains, toute la haute société était là. Mais Tacite raconte que Néron avait un problème : comment éclairer tout cet espace, cet immense jardin. Il eut une idée : il fit venir une foule de criminels qu'il fit brûler pour illuminer la fête. Dans la belle prose de Tacite, "ils furent condamnés aux flammes afin de pourvoir à l'illumination nocturne". Pour moi, le problème n'a jamais été Néron ; cela a toujours été les invités de Néron. Qui étaient les invités de Néron ? Quel genre de mentalité fallait-il avoir pour se fourrer une figue dans la bouche pendant que des êtres humains grillaient pour les éclairer ? Quelle mentalité pour laisser tomber des grains de raisins sur sa langue pendant que les flammes consumaient quelqu'un pour vous procurer de la lumière ? C'étaient les gens sensibles de Rome : les poètes, les chanteurs, les musiciens, les artistes, les historiens, l'*intelligentsia.* Combien d'entre eux protestèrent ? Combien levèrent la main pour dire ceci est mal, ceci ne devrait pas arriver, ceci doit cesser ? D'après Tacite, aucun. Aucun ne bougea. C'est pourquoi je me suis toujours demandé qui étaient les invités de Néron. Après trois années à écrire sur le suicide des fermiers, je crois que j'ai ma réponse. Et je crois que vous aussi vous savez qui ils étaient. Nous pouvons ne pas nous entendre sur la manière de régler ce problème. Nous pouvons même ne pas nous entendre sur l'analyse du problème. Mais je crois que nous pouvons établir un point de départ : nous pouvons nous accorder sur le fait que nous ne serons pas les invités de Néron. »

DE LA FAIM, 2
La main de l'homme

1

On découvrit le moyen d'en tirer davantage : terres, hommes.

Au début du XVIIIe siècle, l'agriculture avait commencé à changer en Europe. D'abord dans les Flandres, puis en Angleterre, les paysans trouvèrent des moyens de ne pas laisser reposer la terre : après la récolte des céréales, ils plantaient des tubercules ou des légumineuses pour alimenter des animaux qui produisaient encore plus de nourriture, plus de force de travail, plus d'engrais pour continuer à semer. Vers 1830, en Angleterre, pour la première fois dans l'histoire la population urbaine dépassa la population rurale : grâce à l'augmentation des rendements agricoles, seul un quart des Anglais travaillait dans la production d'aliments. « Ceci enclencha un cercle vertueux, écrivit le Britannique Paul McMahon dans son excellent ouvrage *Feeding Frenzy. The New Politics of Food*, les villes se dotèrent d'un marché pour les excédents alimentaires et les fermiers d'un marché parfait pour les biens manufacturés produits dans les villes, notamment de meilleurs outils agricoles ; ceci entraîna une augmentation de la production alimentaire, permettant que davantage de journaliers abandonnent les champs pour aller travailler à l'usine et à la mine. »

Un circuit d'exploitation presque parfait.

Pendant ce temps, la faim demeurait une réalité constante tout en devenant un sujet de préoccupation pour ce genre de discipline plus ou moins nouvelle que l'on appelait encore philosophie. Avec les premières tentatives de sécularisation du monde, la faim cessa aussi de dépendre du Seigneur Dieu pour entrer dans la sphère de l'économie et des effets de celle-ci sur la société. Adam Smith, le père du libéralisme, écrivit que la disette résultait peut-être des guerres ou des mauvaises récoltes, mais que la faim était la conséquence « de la violence qu'exerce le gouvernement lorsqu'il tente, par des moyens inappropriés, de remédier aux inconvénients de la disette en obligeant les négociants à vendre leur grain au prix qu'il estime raisonnable ». Et de conclure que « partout la liberté du commerce du grain est plus ou moins restreinte et, dans maints pays, elle est en proie à des régulations absurdes qui fréquemment aggravent l'inévitable malheur de la disette pour la transformer en cette calamité qu'est la famine ». Et que, naturellement, sans cette interférence le marché pourrait trouver son rythme naturel et produire un monde sans faim.

Le révérend Malthus, en revanche, ne pensait guère que le marché pouvait en finir avec la faim. Notamment parce qu'il ne croyait pas que ce fût nécessaire – ni même souhaitable.

Peu d'individus eurent plus d'influence que lui dans la manière dont un très grand nombre d'individus pensèrent la faim. Thomas Robert Malthus était né en 1766 dans un petit village du Surrey, dans le sud-est de l'Angleterre. Fils d'un avocat, il étudia au Jesus College de Cambridge, enseigna la morale et, ayant été ordonné pasteur, obtint un de ces vicariats ou sinécures dont vécurent tant d'intellectuels et de combinards anglais : ils jouaient les pieux, feignaient de s'inquiéter de la vertu du troupeau et jouissaient en échange d'une confortable position qui leur permettait de se consacrer à leurs labeurs. Ceux du révérend Malthus consistaient à se demander pourquoi, n'en déplaise à l'optimisme de la Raison éclairée, les pauvres anglais – les Anglais pauvres – étaient devenus si affreux sales et méchants, ivrognes dépravés faméliques, chiffonniers, putains, mendigots.

Malthus, chrétien malgré tout, découvrit que c'était de leur faute et en exposa les raisons dans son célèbre *Essay on the Principle of Population, as it Affects the Future Improvement of Society*, paru en 1798. Sa thèse principale reposait sur l'idée que, dès lors que notre capacité de reproduction dépasse notre capacité à produire des aliments, il n'y a jamais suffisamment de nourriture pour tout le monde – car l'homme, cet idiot, est davantage porté sur le sexe que sur la nourriture. Et que cette pulsion reproductive « tend non moins constamment à plonger dans la détresse les classes inférieures de la société, et s'oppose à toute espèce d'amélioration dans leur état ». Que si les pauvres sont pauvres et meurent de faim, c'est parce qu'ils se comportent comme des lapins : se multiplient au-delà de leurs possibilités.

Mais qu'il existe des solutions, des systèmes pour éviter le désastre et rétablir un certain équilibre : « Parmi les plantes et les animaux, [la loi naturelle] intervient en ravageant les semences, en semant la maladie et la mort prématurée ; chez l'homme, elle agit à travers la misère », écrivait Malthus.

Le vice, la faim et la misère, disait le pasteur Malthus, sont les moyens que la Divine Providence a inventés pour maintenir l'ordre des choses : « Les vices de l'humanité sont des agents actifs et efficaces du dépeuplement. Ils sont les pionniers de cette grande armée de destruction et achèvent souvent son terrible travail. Mais s'ils échouent dans cette guerre d'extermination, les maladies, les épidémies, les pestes et les fléaux avancent en colonnes terrifiantes, balayant des milliers et des milliers de gens. Si leur victoire est incomplète, une gigantesque famine arrive inévitablement et d'un seul coup puissant ajuste la population du monde à la nourriture. »

Et c'était agir avec intelligence, disait le révérend : « [Cela] produit indubitablement beaucoup de maux partiels, mais une brève réflexion suffit à nous convaincre que le bienfait en est nettement supérieur. » Car non seulement cela rétablit le nécessaire équilibre entre population et production, mais, par l'exemple, cela persuade les plus pauvres d'éviter la fornication à outrance, amende leur morale vacillante, les éloigne de la tentation de la paresse, les pousse au travail.

Les pousse au travail :
la faim comme outil indispensable.

La faim servait à maintenir la machine en marche. Dans sa *Dissertation on the Poor Laws*, parue en 1786, le médecin et vicaire Joseph Townsend, coreligionnaire de Malthus, l'affirma haut et clair : « La faim apprivoise les animaux les plus sauvages, enseigne la décence et la civilité, l'obéissance et la sujétion aux plus frustes, aux plus obstinés, aux plus pervers. En général, seule la faim peut atteler et éperonner les pauvres au travail. »

Dece point de vue, la faim n'était plus une conséquence des problèmes inhérents à un système économique, mais une solution à ces problèmes : un facteur de discipline fondamental.

La faim était, une fois de plus, la faute des affamés : le fruit de leurs vices, de leur faiblesse morale, de leur paresse. Et l'État ne devait pas s'occuper de leurs souffrances car il ne ferait alors qu'accroître leurs travers. Et c'est dans l'Angleterre de cette époque-là que l'on inventa le mot *humantarian* – un leitmotiv de la nôtre époque : on l'employait pour désigner le pernicieux excès d'attention portée aux plus pauvres.

(Aujourd'hui, au contraire, dans la conscience collective, dans le discours « humanitaire », il n'y a pas plus innocents que les affamés : victimes de circonstances sur lesquelles ils n'ont aucune prise. Victimes d'une géographie inclémente, des caprices du climat, de guerres qu'ils n'ont pas déclenchées, de relations internationales qui les dépassent, de l'injustice du système mondial. Victimes, toujours victimes. Dans un monde qui fétichise les victimes – et qui s'évertue donc peut-être à en produire en grand nombre –, les affamés sont les victimes par excellence, les plus pures, les moins suspectes. À tel point que, pour bien des gens, elles relèvent du miracle : des victimes sans bourreau.

Pour d'autres, non. Toute la différence est là.)

Lectures de la faim.
La faim de droite, la faim de gauche.

L'idée s'est aussi renforcée dans l'Angleterre du XIXe siècle – ce grand laboratoire d'expérimentation de la modernité industrielle. En 1839, elle fit son entrée dans la grande littérature avec *Oliver Twist*, de Charles Dickens – grande par sa qualité et son retentissement. Le roman reprenait en les amplifiant des discours qui accusaient les plus riches, les puissants, de la situation des plus pauvres. Et donc de leur faim. Les enfants étaient la quintessence de ce schéma : la victime innocente d'une chose qui est hors de son contrôle et qu'elle n'aurait en aucun cas pu générer. C'est pourquoi la faim des petits a toujours été une arme de choc pour ceux qui ont tenté de dénoncer les mécanismes sociaux à l'origine de ces privations. C'est pourquoi, encore aujourd'hui.

« Ces ouvriers ne possèdent eux-mêmes rien et vivent du salaire qui presque toujours ne permet que de vivre au jour le jour ; la société individualisée à l'extrême ne se soucie pas d'eux, et leur laisse le soin de subvenir à leurs besoins et à ceux de leur famille ; cependant, elle ne leur fournit pas les moyens de le faire de façon efficace et durable ; tout ouvrier, même le meilleur, est donc constamment exposé à la disette, c'est-à-dire à mourir de faim, et bon nombre succombent ; les demeures des travailleurs sont en règle générale mal groupées, mal construites, mal entretenues, mal aérées, humides et insalubres [...]. Des enfants qui – au moment précis où la nourriture leur est le plus nécessaire – ne peuvent manger qu'à moitié à leur faim [...] seront fatalement, dans une grande proportion, des enfants faibles, scrofuleux et rachitiques », écrivait en 1845 Friedrich Engels dans *Situation de la classe laborieuse en Angleterre*.

C'est alors que survint l'une des famines les plus célèbres et les plus étudiées de l'histoire.

L'Irlande était depuis des siècles une sorte de colonie pauvre du royaume d'Angleterre. Terre de grands seigneurs féodaux, ses paysans – et plus tard ses ouvriers – disposaient d'un aliment de base : la patate. Vers 1840, un tiers de sa population ne mangeait jamais rien d'autre, des nobles anglais et écossais s'étant approprié la majorité des bonnes terres – celles qui produisaient des aliments variés – pour y élever des vaches et des moutons, cultiver des céréales en vue de les exporter à Londres, Manchester, Édimbourg. Toute ressemblance avec l'utilisation de millions d'hectares de terres africaines aujourd'hui accaparées par des entreprises et des États étrangers n'est nullement une coïncidence.

C'est pourquoi, en 1845, quand une maladie – le *Phytophtora infestans* – a détruit les trois quarts de la récolte de patates, la famine s'est abattue sur le pays. Les Irlandais ont demandé de l'aide au gouvernement anglais ; celui-ci leur a envoyé trois fois rien, des clopinettes. Cependant, les exportations de viande ont continué : en Irlande, il n'y avait pas d'argent pour acheter de la viande et le gouvernement n'en interdisait pas l'exportation. Un pays décimé par la faim exportait de la nourriture. C'était une mise en scène ostensible de cette évidence qu'Amartya Sen « découvrirait » plus d'un siècle plus tard : les grandes famines contemporaines ne résultent plus d'un manque de nourriture mais du manque d'argent pour en acheter.

En 1840, les Irlandais étaient huit millions. On calcule que pendant les cinq années qu'a duré l'épidémie, un million de gens sont morts de faim et de maladies dérivées, un autre million a émigré aux États-Unis. C'est aussi la raison pour laquelle la famine irlandaise a été si étudiée : elle fut à l'origine du poids de l'Irlande dans la démographie et la culture du pays le plus puissant du monde.

Pendant ce temps, dans les textes militants de la gauche, la faim s'érigeait en preuve irréfutable de l'échec d'un certain ordre : l'argument le plus retentissant contre celui-ci. « Debout les damnés de la terre, / debout les forçats de la faim. » La faim était le signe de ralliement partagé par tous ceux qui souffraient et qui les plaçait sans la moindre hésitation dans un des deux camps de la guerre sociale. Et « pain et travail » était la revendication qui les synthétisait.

Pourtant, le *Manifeste du parti communiste*, 1848, ne contient pas le mot faim.

Ce compte rendu d'Engels, publié quasi secrètement en Allemagne, était du pur journalisme militant. Mais certains journaux de l'establishment commençaient aussi à imprimer des histoires sur la vie des ouvriers et des chômeurs : le journalisme se réinventait comme un moyen de mettre sous le nez des lecteurs les réalités qu'ils ne voulaient généralement pas voir.

En 1880, un journaliste militant du nom de William Stead est engagé comme rédacteur en chef d'un journal anglais du soir à tendance conservatrice appelé *Pall Mall Gazette*. Stead le transformerait du tout au tout. Sa mission, écrivait-il, consisterait à « œuvrer pour la régénération sociale du monde ». Pour ce faire, il produisait des récits vivants, écrits à la première personne dans une langue simple et presque violente, illustrés de dessins, plans, cartes, photos, grands titres, qui racontaient des histoires d'individus des plus misérables. Son plus grand succès est une série sur la traite des Blanches qu'il intitula « The Maiden Tribute of Modern Babylon ». Pour expliquer comment fonctionnait la vente de fillettes aux bordels londoniens il organisa, moyennant la somme de cinq livres, l'achat d'une fille de treize ans pour la prostituer. La série fit grimper le tirage du journal à 120 000 exemplaires ; grâce à sa répercussion, le Parlement anglais décida de porter l'âge de la majorité sexuelle de treize à seize ans. En même temps, Stead serait jugé et condamné à trois mois de prison pour l'achat de la mineure. Stead a été le premier à appeler cette manière d'informer *new journalism*. Dès lors, le journaliste devint protagoniste – ce que, bien souvent, il essaie d'être encore.

Dix ans plus tard, aux États-Unis, Jacob Riis publia *How the Other Half Lives : Studies among the Tenements of New York* : c'était le premier livre de reportage photo qui, grâce à la récente invention du flash au magnésium, avait pu pénétrer dans les cours miteuses et les gourbis où s'abritaient les plus pauvres – et montrer cela au reste de la ville qui, horrifiée, cria au fou. Cela fit scandale, un coup de poing brutal sur la table à en faire trembler les candélabres.

À l'époque, ces histoires-là faisaient encore scandale.

Pendant ce temps, la faim trouvait de nouvelles fonctions. Dans *L'Impérialisme, stade suprême du capitalisme*, Vladimir Oulianov citait Cecil Rhodes, le conquérant de ce bout d'Afrique qu'il avait réussi à baptiser Rhodésie :

« Hier j'ai été dans l'East End londonien où j'ai assisté à une assemblée de chômeurs. En entendant, dans cette réunion, des discours exaltés dont la note dominante était : "Du pain, du pain !" puis, sur le chemin du retour, en réfléchissant à ce que j'avais entendu, j'ai été plus que jamais convaincu de l'importance de l'impérialisme [...]. L'empire, je l'ai toujours dit, est une question d'estomac. Si vous ne voulez pas la guerre civile, vous devez devenir des impérialistes », disait Rhodes d'après Lénine.

Entre 1875 et 1914, les puissances coloniales se répartirent un quart de la surface de la planète ; la Grande-Bretagne à elle seule rafla dix millions de kilomètres carrés, plus que toute la surface de l'Europe ; la France, neuf millions. Ces territoires occupés leur servaient à faire d'une pierre deux coups : ils leur offraient de nouveaux espaces pour que les chômeurs trouvent des emplois lointains et leur fournissaient de la nourriture bon marché pour alléger la pression de la faim sur leur propre territoire. C'était le moyen d'éviter cette fameuse guerre civile. Dans cette lecture, la faim n'était ni une damnation divine ni un juste châtiment de la fainéantise ni une plaie adventice : c'était ce qui menaçait de provoquer la chute du régime.

L'expansion coloniale européenne dans la seconde moitié du XIXe siècle paracheva en un sens la création de l'Autre-Monde tel que nous le connaissons : des millions de travailleurs semi-esclaves qui produisaient de la nourriture sur les territoires de l'empire pour maintenir les ouvriers de métropoles impériales dans la malnutrition.

Il y avait peu de pays alors – et aucun aujourd'hui – où la faim sévissait autant qu'en Inde. À cette époque – début du siècle dernier –, beaucoup disaient que la faute revenait à la classe dominante ou au pouvoir colonial – ce qui revenait quasiment au même en plus évident, plus visible. Les premiers indépendantistes arguèrent qu'entre 1860 et 1900, sans qu'il y ait eu de grandes catastrophes naturelles, plus de dix famines s'étaient succédé en Inde britannique, tuant 15 millions de personnes. Il n'était de meilleure preuve de la violence de l'occupant que ces morts, disaient-ils, résultat du pillage colonial qui – sous prétexte de diffuser les bienfaits de la civilisation occidentale – faisait main basse sur les ressources qui auraient permis de maintenir ces Indiens en vie.

Le mécanisme était général – et un brin plus compliqué – : on suppose que les grandes famines asiatiques de la seconde moitié du XIXe siècle furent la conséquence de l'intégration de ces régions dans l'économie-monde, de leur « mondialisation ». Des millions de paysans qui avaient toujours vécu dans des économies de subsistance furent forcés à produire pour le marché mondial – matières premières pour les usines anglaises, nourriture pour leurs ouvriers –, y laissant leurs terres, leurs modes de vie, leur nourriture. Ce n'est pas leur retard qui les tua ; ils furent tués par le développement des autres.

Ces « holocaustes victoriens » ébauchèrent la structure du monde que nous connaissons aujourd'hui. Ce fut, écrit Mike Davis, le processus qui donna forme au Tiers-Monde – l'Autre – qui créa cette classe de semi-prolétaires ruraux sans propriété, toujours à la lisière de la famine, et qui fut aussi le déclencheur d'un grand nombre de guerres de libération au cours du siècle suivant.

Ce fut, en tout cas, un remodelage important de la vie de centaines de milliers, de milliards de gens. Dans ce laps de temps, les famines se succédaient aussi en Chine, Siam, Indonésie, Corée. On ne sait pas au juste combien de personnes périrent ; certains historiens parlent de 25 millions, d'autres de 150. Un nombre dans ces eaux-là.

La Révolution industrielle a aussi révolutionné notre relation aux aliments. Les conserves ont toujours existé – salaisons, fumaisons, conserves au vinaigre –, mais la plupart des aliments arrivaient frais en cuisine, tout juste récoltés, tout juste abattus – et reconnaissables : une carotte ressemblait à une carotte avec ses restes de terre, une poule à une poule avec ses plumes. À partir du XIXe siècle, des procédés industriels ont permis de conserver quelques boîtes et des bocaux pendant des mois et des années, de nouveaux moyens de transport frigorifiés ont aussi permis d'en transporter d'autres vers des contrées reculées. Les aliments ont cessé d'être des produits de saison et des denrées de plus ou moins grande proximité. Les aliments se sont mondialisés – pour ceux qui en avaient les moyens. Du même coup, leurs prix se sont définitivement mondialisés : depuis, un poulet au Sénégal ne coûte plus ce que coûte un poulet au Sénégal mais ce qu'il pourrait coûter à Paris ou à New York s'il convenait de le transporter. Avec ce système, de plus en plus de producteurs de denrées alimentaires à travers le monde perdaient peu à peu la possibilité de consommer ce qu'ils produisaient ; de plus en plus de consommateurs ont dû s'habituer à payer avec des revenus locaux une nourriture globale : à manger peu.

Et tous nous mangeons de plus en plus d'aliments transformés dans des endroits lointains, opaques, arrivés jusqu'à nous sous des formes méconnaissables, traités avec des produits dont nous ignorons tout. Plus que jamais, manger est un acte de foi, d'une foi accordée à des entités inconnues qui ne le méritent pas.

(Encore une fois : depuis, le type qui veut acheter un kilo de mil sur un marché du Soudan doit le payer au prix de Chicago. C'est un des mécanismes les plus performants pour créer de la faim. Plus que jamais, ne pas manger est la conséquence d'un marché mondial qui dirige, concentre, exclut : affame.)

Les colons européens qui se sont éparpillés dans le monde au XIXe siècle ont occupé des territoires où l'agriculture inversait les proportions qu'ils connaissaient jusque-là : au lieu de peu d'espace et beaucoup de gens, beaucoup d'espace et peu de gens. Ce qui encouragea l'invention de machines pour aider à faire le travail – pile au moment où se développaient les nouveaux moteurs à vapeur et à combustibles minéraux. L'agriculture se mécanisa à toute allure – de sorte que les rendements augmentèrent de manière exponentielle en Australie, Nouvelle-Zélande, Argentine, Afrique du Sud, Canada et, surtout, aux États-Unis. C'est là que fut mis en marche – 1902 – le premier tracteur à essence. Cinquante ans plus tard, il n'y avait pas une seule grange dans le pays qui n'en possède un. En même temps, la révolution des transports permit que les aliments soient vendus à des milliers de kilomètres de la région où ils étaient produits, sans grande incidence sur leur prix : entre 1870 et 1900, le coût du transport du blé vers l'Europe fut divisé par trois. De plus en plus de terres, dans ces pays-là, furent vouées à la production : ce fut une des grandes avancées de la « frontière agraire » qu'ait connues l'humanité.

« La mondialisation des aliments peut se voir dans l'alimentation d'un travailleur londonien moyen au temps de Sherlock Holmes, écrit Paul McMahon. Cet ouvrier mangeait du pain fabriqué avec du blé nord-américain qu'il accompagnait d'une pinte de bière brassée avec de l'orge canadienne. Il tartinait son pain de beurre irlandais et de confiture espagnole. Le dimanche, il pouvait s'offrir un rosbif importé d'Argentine ou d'Australie. Il buvait du thé apporté d'Inde, adouci avec du sucre en provenance des plantations des Caraïbes. Il était assis au sommet d'un système alimentaire qui aspirait des produits dans tous les coins du monde. »

Au cours de ces années-là – fin du XIXe, début du XXe –, la faim routinière, quotidienne a commencé à disparaître dans les pays riches puisqu'ils étaient désormais les piliers d'un système mondial, autrement dit : ils cessaient de dépendre de leurs terres, de leur climat, de leurs récoltes. Parce qu'ils avaient mis en place un ordre mondial où la nourriture ne se produit pas mais s'achète. Le reste du monde devait s'y adapter.

Cependant, la faim n'était pas seulement une souffrance commune, un signe de ralliement, un gage d'union ; elle pouvait aussi être la forme extrême d'une revendication. On dit que la grève de la faim ressurgit en Occident au début du XXe siècle. Des femmes anglaises réclamaient le droit de vote, et ce avec une certaine violence ; la société était scandalisée de voir des femmes se battre contre la police. Vu d'aujourd'hui, il semble si étrange que des femmes aient dû tant lutter pour imposer un droit que personne désormais ne contesterait : ce sont les pièges de – les lectures de – l'histoire. Encore une preuve que tout change, que ce qui nous paraît naturel aujourd'hui ne l'était pas hier, ne le sera pas demain.

La grève de la faim est une manière d'exercer une violence contre soi-même afin que d'autres – le pouvoir, l'État – en soient tenus pour responsables : le gréviste décide de la commencer, mais le pouvoir a la possibilité d'y mettre fin en lui accordant ce qu'il demande. Et s'il n'y met pas fin, il se transforme en bourreau.

La grève de la faim ne peut fonctionner qu'avec un gouvernement dans lequel le gréviste a malgré tout confiance. Un véritable tyran répondrait à une grève de la faim par un éclat de rire et encore ; le pari du gréviste consiste à supposer qu'un gouvernement qui se prévaut d'une certaine bonté – la démocratie, la justice – refusera de laisser mourir un homme pacifique qui ne demande qu'à être écouté.

La grève de la faim travaille, bien sûr, depuis la marge. Ces femmes anglaises l'ont lancée ; un avocat indien l'a transformée en art et en exemple. Mohandas Karamchand Gandhi était un leader indépendantiste qui cherchait une manière pacifique d'intervenir au sein d'un processus compliqué et tendu, débordant de violence. Quand les ouvriers grévistes des moulins à grain d'Ahmedabad lui demandèrent son aide pour être mieux payés à produire de la nourriture, Gandhi décida de les soutenir en cessant de manger. Gandhi était déjà un personnage connu et sa grève eut un grand retentissement : en quelques jours, les patrons des moulins, jusque-là très intransigeants, acceptèrent de négocier des augmentations.

Au cours des années suivantes, Gandhi jeûnerait pour convaincre ses compatriotes d'améliorer les relations entre hindous et musulmans, pour accepter les « intouchables » dans leurs temples et, enfin, à plusieurs reprises, contre les abus des autorités impériales. Son dernier jeûne eut lieu fin 1947 – alors qu'il était âgé de soixante-dix-huit ans et que l'Inde avait déjà acquis son indépendance – pour tenter de stopper la violence entre hindous et musulmans, qui avait déjà causé des centaines de milliers de morts. Les affrontements cessèrent durant quelques jours ; peu après, le 30 janvier 1948, le militant hindouiste Nathuram Godse s'immisça dans sa prière du soir et le tua de trois balles dans la poitrine. L'année suivante, il serait condamné à mort. Le Premier ministre Jawaharlal Nehru et les deux enfants de Gandhi demandèrent la commutation de ce châtiment qui ne respectait pas les principes gandhiens de non-violence et d'opposition à la peine capitale, mais l'État indien les débouta. Godse serait pendu le 15 novembre de cette même année.

Depuis Gandhi, à cause de Gandhi, la grève de la faim est le plus extrême des moyens de pression non violent. Ou plutôt : utilisant une violence dirigée entièrement contre soi. Une manière extrême de mettre en évidence que c'est l'État qui décide du corps et du destin de ses sujets ; une manière de le mettre face à sa propre réalité brutale.

Par la suite, tout au long du XXe siècle, les famines grandirent et se multiplièrent selon un mode particulier, terrifiant : les plus massives, les plus violentes étaient causées par la main de l'homme. Ou plus précisément : résultaient de décisions du pouvoir en place.

2

Pitirim Alexandrovitch Sorokin était un intellectuel et un homme politique russe qui dirigea une des fractions perdantes de la révolution de 1917. La grande famine qui décima la Russie durant ces années-là l'a conduit à écrire et publier, en 1922, l'ouvrage intitulé *Hunger as a Factor in Human Affairs*, dans lequel il tentait de penser la faim sous les angles les plus divers. C'était un livre écrit en toute connaissance de cause : à cette époque-là, son auteur ne mangeait bien souvent que quelques épluchures de pomme de terre, et encore. C'était aussi un livre contre-révolutionnaire – il parlait de ce qui devait être tu – et devait, à ce titre, être retiré de la circulation. Plus de cinquante années se sont écoulées avant que sa veuve ne le republie à Miami, Floride, 1975.

Il n'a jamais été réédité depuis : c'est un livre rare. L'exemplaire que j'ai entre les mains, emprunté à la bibliothèque de Columbia University, a été consulté une fois en 1991, puis en 1993, une autre fois en 2003 et enfin en 2007. Pourtant, c'est sans doute le plus grand traité qui ait jamais été écrit sur la faim et ses effets. Ses variantes, sa physiologie, ses influences sur les inventions, les migrations, les guerres, les changements sociaux, la criminalité : « Pour la faim, il n'est rien de sacré. Elle est aveugle et écrase avec la même force ce qui est grand comme ce qui est petit, les normes et les conventions qui s'opposent à son assouvissement. Quand nous sommes rassasiés, nous prônons la "sainteté de la propriété", mais quand nous avons faim, nous pouvons voler sans la moindre hésitation. Quand nous sommes rassasiés, nous nous persuadons qu'il nous est impossible de tuer, voler, violer, escroquer, frauder, nous prostituer. Quand nous avons faim, nous pouvons le faire. »

On ne sait toujours pas exactement ce qui s'est passé durant ces années-là en Ukraine. En 1929, Staline, grand patron de l'Union soviétique, déclara que la terre devait être collectivisée. Les *koulaks* – paysans propriétaires – étaient, dit-il, des ennemis de classe qui devaient disparaître. On les somma de céder leurs terres et leurs biens. La plupart se sont rebellés ; en Ukraine, beaucoup ont sacrifié leur bétail : 40 millions de vaches, moutons et chevaux ont péri dans une effroyable hécatombe. Entre 1930 et 1931, plus d'un million de paysans ukrainiens ont été déportés en Sibérie ou en Asie centrale ; on ignore combien ont été fusillés.

En 1932, le chaos régnait dans la campagne ukrainienne. Moscou décréta que ceux qui restaient devaient livrer un certain quota de grain, ce qui les priverait de toute nourriture ; au printemps de cette même année, chaque jour, quelque 25 000 personnes mouraient de faim – et nul ne pouvait le dire sous peine de mort « pour trahison ». Les autorités locales demandaient qu'on leur envoie du grain ; Staline refusait. Des patrouilles de jeunes militants parcouraient les campagnes pour réquisitionner le peu qu'il restait : leurs chefs leur soutenaient que les paysans étaient des contre-révolutionnaires voulant en finir avec le communisme – et c'était sans doute vrai. La faim redoublait. Le cannibalisme se généralisa ; dans les villages, des pancartes disaient que « Manger des enfants morts est une coutume barbare » – et ceux qui s'y risquaient ou essayaient de s'y livrer étaient, eux aussi, fusillés.

Les Ukrainiens l'ont appelé *Holodomor* – l'extermination par la faim – mais les histoires de l'Union soviétique n'y ont jamais fait allusion. Soixante ans ont passé avant que l'on puisse tenter de mesurer l'ampleur du désastre. C'est pourquoi les chiffres continuent d'être incertains, et que cette ignorance escamote la vie de millions de personnes : certains disent qu'il en a péri environ cinq millions, d'autres entre huit et dix.

Les comptes de la faim sont généralement flous, imprécis : ceux qui comptent les préfèrent ainsi.

Avant de s'en remettre à l'efficacité du Zyklon B, Adolf Hitler et ses lieutenants, eux aussi, utilisèrent copieusement les pouvoirs exterminateurs de la faim. Ils connaissaient la faim : elle avait été leur alliée quelques années auparavant au lendemain de la première guerre, lorsque les Allemands, coulés par leur défaite, mangeaient si peu que Hitler fut élu.

Der Hungerplan était un programme méticuleux, précis, reposant sur un principe simple : on ne pouvait pas gaspiller la nourriture dont avaient besoin les troupes allemandes en la donnant aux populations des pays occupés ; ne pas la leur donner devait permettre en outre, complétant le cercle vicieux, d'en finir avec des populations que les nazis jugeaient superflues.

Comme il convient à un schéma allemand, le Hungerplan était pointilleux et ses catégories, au nombre de quatre, parfaitement définies, correspondaient au degré d'alimentation revenant à chaque groupe. Elles se conformaient à une consigne du ministère du Travail nazi : « Une race inférieure a besoin de moins d'espace, moins de vêtements et moins d'aliments que la race allemande. » Les « bien alimentés » étaient les populations locales que les nazis souhaitaient préserver afin qu'elles collaborent avec eux ; les « insuffisamment alimentés », qui devaient se contenter d'au maximum mille calories par jour, étaient ceux que les nazis ne voulaient ni préserver ni tuer ; « les affamés » englobaient les populations que les nazis avaient décidé de réduire le plus possible en nombre : juifs, gitans ; les destinés à être « exterminés par la faim » ne recevaient presque pas de nourriture ; c'étaient, entre autres, les prisonniers de guerre russes.

Leurs geôliers allemands les amassaient par milliers dans des camps fermés, sans toit ni nourriture, leur donnant à peine quelques gouttes d'eau ; même si, dans certains cas, les agonisants mangeaient les morts, aucun ne survivait plus de trois semaines. Dans un de ces camps, plusieurs milliers de soldats soviétiques ont signé et remis à leurs geôliers une des pétitions les plus rudes de l'histoire : ils priaient qu'on les fusille. Ils n'obtiendraient pas gain de cause.

On estime qu'environ quatre millions de civils russes sont morts lors de l'invasion allemande de l'URSS. Dans certaines villes assiégées comme Leningrad, la pénurie était telle que les autorités locales exécutaient sans autre forme de procès tous ceux qui n'étaient pas squelettiques, puisque seuls ceux qui avaient volé de la nourriture pouvaient conserver encore quelque graisse.

La devise de la révolution soviétique de 1917 était « paix et pain » : chemins pavés.

Les envahisseurs allemands annoncèrent la mise en place du ghetto de Varsovie le 12 octobre 1940. Tous les juifs de la ville devaient se confiner à l'intérieur de cette zone surveillée, cernée d'un mur de trois mètres de haut hérissé de tessons de bouteilles et de fils barbelés : quelque 500 000 personnes entassées dans trois kilomètres carrés, 30 % de la population de Varsovie dans 3 % de la surface de la ville.

Les habitants du ghetto faisaient partie, selon la bureaucratie allemande, de la troisième catégorie du Hungerplan : tandis que les soldats du Reich recevaient 2 613 calories quotidiennes et les Polonais chrétiens, 699, les Polonais juifs avaient droit à 184 calories : un morceau de pain et une assiette de soupe par jour. « La faim et la misère entraîneront la disparition des Juifs, et de la question juive il ne restera qu'un cimetière », écrivait alors le gouverneur allemand. Avec de telles rations, la mort était forcément rapide ; un système de solidarité et de contrebande fournissait la nourriture et permit, au cours de la première année du ghetto, que seul un cinquième de la population meure de faim et des maladies associées : environ 100 000 personnes.

Les histoires d'héroïsme et d'infamie, de solidarité et d'égoïsme durant ces jours-là sont extraordinaires : contrebandiers, collaborateurs, mendiants, voleurs, résistants, des milliers et des milliers de gens étaient prêts à n'importe quoi pour trouver quelque chose à se mettre sous la dent. « Les gens tombaient morts de faim. Ils mouraient en allant travailler, devant la porte des magasins. Ils mouraient chez eux et on les jetait dans une ruelle, sans habits ni papiers d'identité, de sorte que leur famille puisse continuer à utiliser leur carte de rationnement. Les relents de mort, de pourriture et de merde emplissaient les rues », décrit Sharman Apt Russell dans *Hunger.*

Dans ces circonstances terrifiantes, un groupe de médecins du ghetto ont entrepris un de ces projets qui me rendent – de loin en loin – fier de mes origines juives. Ils n'avaient ni médicaments ni instruments ni nourriture pour soigner leurs patients – ni le moindre espoir de survie –, mais ils étaient en mesure d'étudier intensément la dénutrition et ses effets, et ils s'y attelleraient pour tenter d'apporter leur contribution à la science : aider à ce qu'un jour, dans d'autres circonstances, d'autres affamés soient mieux traités. « Des hommes sans avenir, dans un ultime effort de volonté, décidèrent de faire une modeste contribution à l'avenir. Tandis que la mort les frappait, ceux qui restaient attendirent leur propre mort sans délaisser leur devoir », écrivait l'auteur anonyme du prologue de *Maladie de famine. Recherches cliniques sur la famine exécutées dans le ghetto de Varsovie.* L'ouvrage, riche en cas et en statistiques, fut achevé dans les derniers jours du ghetto par les quelques médecins qui n'avaient pas encore été déportés – et qui se réunissaient clandestinement dans un cimetière. Une femme sans nom le fit passer en contrebande hors du ghetto et le remit à un professeur polonais, Witold Orlowski, qui le publia à Varsovie en 1946.

« La bouche sèche doublée de l'envie fréquente d'uriner étaient les premiers symptômes de la faim : il n'était pas rare de trouver des patients qui urinaient plus de quatre litres par jour. Survenaient ensuite une fonte de la masse graisseuse et un besoin constant de mastiquer, même des objets impossibles à mastiquer. Ces symptômes diminuaient à mesure que la faim gagnait : même la perte de poids se faisait plus lente. Le deuxième groupe de symptômes était d'ordre psychosomatique : les patients se plaignaient d'un affaiblissement général, de ne pas pouvoir accomplir les tâches les plus simples ; ils devenaient paresseux, s'allongeaient fréquemment, dormaient par intermittence et souhaitaient sans cesse se couvrir pour combattre une sensation de froid anormale. Ils se couchaient dans la posture fœtale caractéristique : jambes pliées et dos courbé, ce qui provoquait des courbatures des muscles fléchisseurs. Ils sombraient dans l'apathie et la dépression. Ils perdaient jusqu'à la sensation de la faim ; malgré cela, beaucoup d'entre eux, s'ils apercevaient quelque nourriture, l'attrapaient et l'avalaient sans même la mâcher.

« Ils avaient perdu entre 20 et 50 % de leur poids d'avant-guerre ; ils pesaient généralement entre 30 et 40 kilos. Le poids le plus bas fût constaté chez une patiente de trente ans : 24 kilos.

« Les mouvements abdominaux augmentaient, provocant souvent une dysenterie sanglante qui fragilisait encore davantage le patient. Les boursouflures apparaissaient d'abord au visage, puis aux jambes et aux bras ; elles s'étendaient ensuite à tout le corps ; les fluides s'accumulaient souvent dans les cavités pectorale et abdominale.

« La faiblesse musculaire était si prononcée qu'elle générait une grande lenteur dans les mouvements, même dans les situations plus pressantes. Par exemple, un patient se saisit d'un morceau de pain que tenait un médecin et tenta de s'enfuir avec avant de s'écrouler à terre en criant : "Mes jambes ne me portent plus !" »

Des pages de descriptions cliniques, données statistiques, expériences, rapports d'autopsie se succèdent, implacables. Et les tentatives désespérées de soigner les patients : « Il ajouta un peu de foie hâché et du sang de vache à la maigre portion de nourriture du patient. Il lui administra des injections de fer, il combina le foie au fer. Il lui donna de la vitamine A. Le transfusa. Rien ne fonctionnait. À la fin, il nota : "Les meilleurs résultats ont été obtenus en prodiguant au patient une alimentation adéquate, d'une valeur calorique appropriée. Ces résultats étaient prévisibles puisque la seule thérapie rationnelle pour soigner la faim est la nourriture." »

Je n'ai jamais su comment mon arrière-grand-mère Gustava, la mère de mon grand-père Vicente, a traversé ces derniers jours. Personne n'a survécu pour nous raconter comment elle a réussi à compléter sa ration de 184 calories, si elle a eu quelque chose à vendre pour s'acheter un autre pain ou une pomme de terre au marché noir, si elle a été violemment tenaillée par la faim, si elle a connu le désespoir, si elle s'est résignée, si elle a songé à se tuer, si elle a pensé à son fils lointain, si elle a imaginé ses petites-filles argentines qu'elle ne connaissait pas avec le soulagement de savoir que son sang perdurerait quelque part. Elle n'a pas non plus disposé de beaucoup de temps ; c'était une femme âgée et on ne tarda pas à la faire grimper dans le train qui la conduirait à la chambre à gaz de Treblinka. Là, elle et 250 000 autres habitants du ghetto de Varsovie seraient assassinés en l'espace de quelques mois.

(Il m'arrive de penser qu'il n'est pas surprenant que, aujourd'hui, nous laissions tant de gens mourir de faim chaque jour : que cela nous soit égal, que nous sachions si bien détourner les yeux. Nous sommes, en dernière instance, les mêmes qu'il y a soixante-dix ans, les mêmes qui l'avons déjà fait il y a soixante-dix ans, du temps de Hitler et de Staline et de Roosevelt et des camps et des bombes.)

La famine de cette guerre fut la dernière d'Europe. On estime que sur les 56 millions de civils qui périrent au cours de ces six années-là, un tiers mourut de faim : plus de 18 millions de personnes. La moitié de la population de la Biélorussie, par exemple, disparut pour cette raison, mais dans des pays « civilisés » comme la Hollande et la Norvège, la faim tua aussi énormément de gens.

En 1946, 100 millions d'Européens mangeaient environ 1 500 calories par jour : ils étaient dénutris. Cette année-là, une institution fraîchement créée pour essayer d'éviter que de pareilles guerres ne recommencent lança sa première campagne contre la faim. L'Organisation des Nations unies s'inspirait de l'horreur qui venait de prendre fin et des idées comme celle qu'exprimait avec tant de clarté Franklin Delano Roosevelt, un de ses principaux promoteurs : « Nous comprenons clairement désormais que la véritable liberté individuelle ne peut exister sans sécurité et indépendance économiques.

“Les nécessiteux ne sont pas des hommes libres.” Les gens qui sont affamés et sans emploi sont l’étoffe dont sont faites les dictatures », dit-il devant le Congrès des États-Unis en janvier 1944. L’idée était claire : un nombre d’affamés plus élevé que le strict nécessaire pouvait avoir des effets désastreux. En dernière instance, il était plus simple et moins cher de donner à manger à quelques millions de personnes que de se battre contre les Hitler de ce monde.

Le 10 décembre 1948, les Nations unies prononçaient leur très solennelle Déclaration universelle des droits de l’homme. Le premier droit proclamé postulait que « tous les êtres humains naissent libres et égaux en dignité et en droits » – quoique la Déclaration ne soit signée à l’origine que par 64 pays, les autres étant des colonies des premiers. Dans l’article 25, la Déclaration stipulait que « toute personne a droit à un niveau de vie suffisant pour assurer sa santé, son bien-être et ceux de sa famille, notamment pour l’alimentation, l’habillement, le logement, les soins médicaux et les services sociaux nécessaires ».

La FAO fut la première structure créée par les Nations unies pour aider à faire en sorte que tout le monde mange. Ses principes s’appuyaient sur le sophisme selon lequel tous les êtres humains ont quelque chose en commun : l’humanité. « Humanité est une idée remontant à l’époque où l’humanité n’existait pas : à l’époque des petites communautés où le destin des uns engageait de quelque manière celui des autres. Ou disons plutôt : où il était facile de voir que le destin de chacun engageait de quelque manière celui des autres – et où ils prenaient soin les uns des autres, a écrit un auteur argentin quasi contemporain. Il n’est pas d’idée plus coriace : les comportements ont toujours contredit ce concept, mais ces comportements sont conçus comme des erreurs, des déviances. Les meilleures idées, les plus puissantes, sont celles qui n’ont jamais été vérifiées – et leur constante irréalité les perpétue et revalorise. »

Parmi tous les droits à n’avoir jamais été respectés, le droit à l’alimentation figure en bonne place. Un droit universel est censé être au-dessus de toute autre considération ; son respect n'est en principe assujetti ni au « libre jeu du marché » ni au hasard des individus. Les États devraient veiller à ce que ce droit universel soit universellement respecté.

Parmi tous les droits à n'avoir jamais été contestés, là encore, le droit à l'alimentation figure en bonne position. C'est curieux : quand on parle de droits de l'homme, on pense généralement à ne pas être emprisonné sans raison, ne pas être torturé, tué, empêché de voyager, de s'exprimer, d'affirmer ses opinions ; d'ordinaire, on ne pense pas à la nourriture. Le droit de manger est un droit de l'homme de deuxième ou troisième catégorie. En violer d'autres soulève des scandales salutaires, durables ; tous les jours, des centaines de millions de personnes ne peuvent exercer leur droit à l'alimentation et l'indignation – des grands organismes, des petits citoyens – en est d'ordinaire discrète.

Pendant ce temps, dans les pays producteurs de discours, la faim est devenue une question qui concerne les autres. Sa place dans le discours politique s'est nourrie de cette bienveillance condescendante – légère culpabilité à la clé, éventuellement.

Il n'y a pas eu de hasards, il n'y a pas eu de cause externe imprévisible incontrôlable. La plus grande famine des temps modernes – ou plutôt la plus grande famine de l'histoire – a eu lieu dans un pays en paix, n'a été déclenchée par aucune catastrophe naturelle ni accident climatique. Elle est le résultat invraisemblable d'une accumulation d'erreurs et de présomptions, l'association d'une politique erronée et de la foi prêtée au récit que cette politique faisait d'elle-même.

En 1958, le président Mao Tsé-toung décida que la Chine devait accomplir son Grand Bond en avant – lequel permettrait à son économie de dépasser en dix ans celle de la Grande-Bretagne, disait-il. Pour cela, le pays devait s'industrialiser – et des millions de paysans devaient devenir ouvriers. L'agriculture, qui était son secteur le plus productif, maintiendrait son niveau de rendement grâce à certains changements politiques et techniques.

Des millions de personnes se mirent en marche. La terre, collectivisée, devait être travaillée par des communes rurales si mal improvisées qu'il n'y avait pas moyen qu'elles fonctionnent.

Et les innovations pouvaient être délirantes : on imposait l'utilisation de verre brisé en guise d'engrais, on construisait des digues de terre qui s'effondraient dès les premières eaux, on décida de faire mettre bas de jeunes truies à peine sevrées. Bien entendu, la production chuta de manière dramatique, mais les autorités locales préféraient le dissimuler : pour cacher leur échec et contenter leurs supérieurs, leurs rapports gonflaient les résultats en les multipliant par trois, quatre ou dix. Si bien que les chefs centraux étaient convaincus que le Bond fonctionnait : ils le clamèrent aux quatre vents, ordonnèrent qu'on achemine une grande partie de ces récoltes – fictives – vers les silos des villes, diminuèrent les importations de denrées alimentaires et doublèrent les exportations de grains – qui, selon les chiffres, étaient en excédent. Au cours de cette période, le président Mao visita les habitants d'une commune rurale et, devant la promesse d'une grande récolte, il préconisa : « Plantez un peu moins et travaillez à mi-temps. Utilisez l'autre mi-temps pour vous cultiver : étudiez les sciences, faites des activités récréatives, ouvrez une université. »

La confusion régnait : même en envoyant tous leurs stocks dans les villes, les communes ne pouvaient honorer les quotas que leurs propres mensonges avaient contribué à fixer ; nombre de leurs responsables furent accusés de trahison et exécutés pour avoir entravé le processus révolutionnaire. En attendant, dans les villages il ne restait rien. Les paysans étaient obligés de manger dans des cantines communautaires dépourvues de presque tout. Quand quelques chefs locaux commençaient à réclamer des aliments, les dirigeants du Parti dénoncèrent une conspiration de la droite – à laquelle d'ailleurs ils croyaient peut-être – et exécutèrent les plus insistants. Pendant ce temps, des millions de personnes étaient peu à peu totalement privées de nourriture.

La famine dura plus de trois ans. On eut recours dans bien des cas à l'anthropophagie. Dans son désespoir, la population ne mangeait pas seulement les morts ; beaucoup d'enfants furent sacrifiés. Les gens tentaient de respecter les vieux tabous et d'éviter de manger les membres de leur propre famille. Ils trouvèrent la solution en exhumant une vieille coutume chinoise : les voisins s'échangeaient les enfants pour ne pas avoir à manger de leur propre sang. « Ils cessèrent de nourrir les filles ; ils ne leur donnaient que de l'eau. Ils troquèrent le corps de leur fille contre celui de la fille du voisin. Ils firent bouillir le corps dans une espèce de soupe… », raconterait bien plus tard un survivant au journaliste anglais Jasper Becker. Il n'y en avait pas assez et le nombre de morts augmentait. Des révoltes éclatèrent, écrasées par l'Armée rouge. On n'a jamais disposé de chiffres précis, mais on sait qu'au moins 30 millions de personnes ont péri de faim entre 1958 et 1962.

Le monde l'ignorait – et semblait ne pas vouloir le savoir. En 1959, Lord Boyd-Orr, premier directeur de la FAO, éminent nutritionniste, déclarait que le « gouvernement de Mao en avait terminé avec le cycle traditionnel de la faim en Chine ». En 1961, un journaliste français venu interviewer Mao Tsé-toung écrivait encore que « le peuple chinois n'est en aucun cas au bord de la famine » : il s'appelait François Mitterrand.

Depuis le milieu du siècle dernier, les famines se sont installées en Afrique et en Asie. Mon image – ma première image – de la faim demeure ces photos du Biafra : ces enfants avec des bras et des jambes squelettiques, des visages cadavériques et des ventres comme des ballons gonflés. En Argentine, quand quelqu'un est très maigre, il arrive encore que les gens de ma génération l'appellent Biafra. Les gens de ma génération croient encore que la faim est quelque chose qui se voit sur les photos.

La dernière grande mutation rurale avait débuté en Allemagne, au début du XXe siècle : les ingénieurs de l'usine BASF y avaient inventé un système de production d'engrais chimiques consistant à transformer le nitrogène et l'hydrogène en ammoniaque – ce qui leur valut un prix Nobel. Dans les années trente, ces engrais ont été diffusés dans les pays les plus riches – libérant les fermiers du besoin de produire leurs propres engrais et donnant lieu à de nouvelles semences génétiquement modifiées, plus fragiles mais bien plus productives. Lesquelles à leur tour exigeaient plus de pesticides et plus d'irrigation. En 1930, il y avait 80 millions d'hectares irrigués dans le monde ; en 2000, leur nombre était passé à 275 millions.

Ce n'est qu'au milieu des années soixante, grâce à ce que l'on appellera par la suite la Révolution verte, que ces méthodes ont peu à peu gagné – très diminuées – certains pays de l'AutreMonde : le Mexique, la Chine, l'Inde, le sud-est de l'Asie.

La production de denrées alimentaires augmenta comme jamais.

Que nous soyons si nombreux à pouvoir manger tous les jours est un miracle ; qu'ils soient si nombreux à ne pas pouvoir le faire est une crapulerie.

Durant des siècles, les famines n'avaient pas de solution. Elles survenaient suite à une sécheresse, une inondation, une guerre, une maladie, elles épuisaient les réserves d'une région. Les plus riches avaient toujours quelque chose à manger, bien sûr, mais il ne restait vraiment rien pour les autres. Et dans les grands royaumes, plus centralisés, où la nourriture qui manquait pouvait être pourvue par d'autres régions, les communications étaient lentes et les transports encore plus : l'alerte d'abord, puis les secours pouvaient prendre des semaines ou des mois, le temps que des milliers ou des millions de gens meurent de faim. Les sauver ne dépendait de la décision de personne : il n'y avait littéralement pas de solution.

Aujourd'hui, nourrir les affamés n'est qu'une question de volonté. S'il y a des gens qui ne mangent pas suffisamment – s'il y a des gens qui tombent malades de faim, qui meurent de faim –, c'est parce que ceux qui ont de la nourriture ne veulent pas leur en donner : nous, qui avons de la nourriture, ne voulons par leur en donner. Le monde produit plus de nourriture que ses habitants n'en ont besoin ; nous savons tous qui sont ceux qui n'en ont pas suffisamment ; leur envoyer ce dont ils ont besoin peut être l'affaire de quelques heures.

Voilà pourquoi la faim actuelle est, en un sens, plus brutale, plus horrible qu'il y a cent ou mille ans.

Ou, du moins, en dit bien plus long sur ce que nous sommes.

BANGLADESH
Ses usages

1

– Si vous me garantissez que vous ne direz rien, je vous raconte mon secret.

Dit Amena, puis elle baisse la voix et regarde tout autour comme pour se rassurer. Je lui dis bien entendu, à qui pourrais-je raconter quoi, et elle me dit que parfois elle fait bouillir de l'eau et y ajoute quelque chose, un caillou, une branche, en cachette des enfants.

– Alors les enfants ont l'impression que je suis en train de préparer un repas et je leur dis que ça va être long, qu'ils n'ont qu'à dormir un peu, que je les réveillerai. Et comme ça ils s'endorment plus tranquillement.

J'écoute ; je ne lui demande pas ce qu'ils lui disent le lendemain, comment elle fait pour que cela marche la fois suivante : j'ai l'impression que je ne veux pas le savoir.

Quand elle l'a connu, Amena a pensé que sa vie allait enfin commencer. Hakim était sympathique, si beau, si aimable avec elle : jusque-là, personne n'avait été très aimable avec elle. Dans la cour où elle a grandi, les enfants se battaient beaucoup et Amena ne gagnait jamais les bagarres ; quand certains commencèrent à aller à l'école, d'autres, comme elle, n'y allaient pas. Elle se débrouilla seulement pour qu'une tante très âgée lui apprenne un peu l'arabe : elle craignait, sans connaître cette langue, de ne pouvoir répondre aux questions de Dieu lorsque, une fois morte, Il l'interrogerait.

Mais tout cela paraissait bien loin et sans importance lorsqu'elle a rencontré Hakim. Amena avait quatorze ans, elle était jolie, svelte, avait de longs cheveux noirs et, après deux visites, il lui dit qu'il voulait l'épouser. Elle savait qu'il était déjà marié ; il lui dit qu'il ne voyait plus sa femme et que de toute manière il la quitterait pour elle. Amena avait peur car elle ne comprenait pas bien ce qu'il faisait, mais elle se dit que ce devait être une méchante femme et qu'à elle, il ne lui ferait pas la même chose. Elle ignorait que beaucoup d'hommes quittent leurs épouses parce qu'ils n'arrivent pas à les entretenir ; ils s'enfuient, s'en trouvent une autre, s'imaginent que s'ils recommencent à zéro ce sera différent. Alors elle lui a dit oui, qu'elle voulait aussi mais que ses parents ne le permettraient pas, qu'ils lui avaient déjà trouvé un mari et ne toléreraient aucun changement. Il lui proposa qu'ils fuient ensemble, elle mourait de peur, d'amour et d'émotion : décidément, sa vie avait changé pour toujours.

Amena et Hakim partirent vivre chez une sœur à lui, dans un petit village des environs de Dacca, la capitale du Bangladesh ; là-bas, le religieux auquel ils firent appel refusa de les marier sans le consentement des parents ; ils durent en trouver un autre, qui accepta enfin, Amena était heureuse.

Cette période-là, au village, fut la plus heureuse de sa vie. Amena tomba enceinte ; son époux et elle vinrent s'installer dans une chambre située dans une cour à Kamrangirchar, l'île-bidonville en bordure de Dacca, alors il commença à travailler à droite à gauche, briques, rickshaw, chargements divers. Il ne leur manquait que le pardon de ses parents ; Hakim insistait beaucoup pour qu'elle l'obtienne, il disait qu'ils en avaient besoin pour être heureux. Amena alla les voir, accompagnée de deux oncles et d'un frère ; ils ne lui ouvrirent pas la porte. Amena passa des jours et des jours assise devant la porte de la cour où vivaient ses parents, à attendre. Quand enfin ils lui pardonnèrent, Hakim lui dit tant mieux, qu'il allait enfin pouvoir leur réclamer sa dot.

– Votre dot ?

– Ben oui. Quand une femme se marie, elle doit apporter sa dot. Comme on s'était enfuis, on n'avait pas eu de dot, Hakim disait que ça lui était égal, que la seule chose qui comptait pour lui, c'était que nous soyons ensemble, mais ensuite il a commencé à me la réclamer. Je lui disais que mes parents n'avaient rien à nous donner et lui, il a commencé à me battre. Il me battait. Il me battait beaucoup.

Amena ne se souvient pas trop des détails : il lui semble que, depuis ce moment-là, sa vie est une succession de moments similaires. Encore des enfants, encore des coups, encore des chagrins, le spectre de la faim en permanence, la faim très souvent. Je lui demande s'il lui paraît logique que cela arrive à beaucoup de gens et je m'aperçois qu'elle ne comprend pas le mot logique – elle me dit que c'est ainsi parce que Dieu le veut, que ce n'est pas pour rien que Dieu est tout-puissant et qu'elle, elle n'y peut rien, et je lui demande pourquoi Dieu pourrait vouloir qu'elle souffre et elle me dit allez savoir :

– Allez savoir. Ça, c'est Lui qui le sait, pas moi. Ce n'est pas pour rien qu'Il est Dieu.

Formes de la logique.

– Je rêvais de devenir quelqu'un de gentil et de rationnel, de faire un bon mariage, d'avoir une vie prospère et des enfants que je pourrais élever comme des personnes gentilles et rationnelles. Mais aucun de mes rêves ne s'est réalisé, parce que j'ai épousé Hakim et qu'en plus il est mort…

– Comment ça, il est mort ?

– Oui, il a dû se faire opérer d'une espèce d'abcès qu'il avait à la jambe, il a été mal opéré, il a attrapé le tétanos et il est mort quelques jours après, le pauvre.

Dit-elle sans ciller, comme si elle récitait une histoire qui n'est plus que de la prose, comme si elle ne se souvenait pas de ce qu'elle venait de dire à propos du monsieur qui avait fait de sa vie un désastre.

– Le pauvre. S'il était vivant, tout serait différent. Mais il n'est plus là, et je n'ai jamais pu devenir quelqu'un de rationnel parce que mes parents n'ont pas pu me payer l'éducation qu'il fallait pour ça…

– Et qu'est-ce que vous pourriez faire maintenant pour que ça aille mieux ?

– Je ne sais pas ce que je pourrais faire, parce que pour accomplir ses rêves il faut avoir de l'argent et que je n'ai rien. Alors je n'ai pas la moindre issue. Tout ce qu'il me reste, c'est d'essayer d'élever mes enfants comme des personnes gentilles et rationnelles, avec le peu de moyens dont je dispose. Ce n'est pas facile, mais j'aimerais y arriver, qu'ils ne deviennent pas des gens mauvais, des drogués, pour que quand Dieu m'interrogera, je puisse Lui dire que j'ai au moins fait ça : élevé les enfants qu'Il a bien voulu me donner et prié autant que j'ai pu.

– Et ça va plaire à Dieu, ça ?

– Je ne pense pas que ça Lui plaise, parce que si ça Lui plaisait, Il ne me ferait pas tant souffrir.

– Et qu'est-ce qui le rendrait plus heureux ?

– Je ne sais pas, je n'arrive pas à le savoir. Et c'est pas faute de me le demander, croyez-moi.

Logiques compliquées, légèrement opaques.

– Le problème, c'est l'eau.

Dit Amena, comme si je savais forcément de quoi elle me parle. Or je ne sais pas et je le lui dis.

– Les jours où je ne pouvais pas acheter d'eau, je leur donnais l'eau que je trouvais, mais ils tombaient trop souvent malades. Les médecins m'ont dit que c'était à cause de l'eau, qu'il fallait que je leur donne de l'eau achetée. D'accord, c'est vrai. Le problème, c'est que bien souvent je n'ai pas de quoi leur acheter de l'eau.

À Dacca comme dans tant de villes, l'eau que les pauvres doivent acheter au vendeur d'eau qui passe avec une carriole est beaucoup plus chère – quatre à cinq fois plus – que l'eau courante de ceux qui ont l'eau courante.

– Ou alors, si je leur achète de l'eau, je ne leur achète pas à manger. Alors je fais quoi ? Dites-moi, monsieur, je fais quoi ?

À première vue, on pourrait dire – je dirais – qu'être pauvre, c'est avoir moins de choix : ne pas pouvoir choisir. Alors qu'être pauvre, c'est choisir constamment : manger ou boire, s'habiller ou avoir un toit, mal vivre ou mal vivre. Être pauvre, c'est aussi vivre avec cette sensation perpétuelle d'incomplétude : ne pouvoir obtenir qu'une infime partie de ce que l'on pense devoir obtenir, de ce dont on a besoin Tous les efforts des publicitaires, des experts en marketing, des grands commerciaux des pays riches consistent à reproduire cette sensation chez les consommateurs : que le monde est rempli de choses que l'on désire et que l'on n'a pas encore. Transformer les riches en pauvres à qui il manque toujours quelque chose.

– Quand je ne mange pas, je me sens mal, vraiment mal. J'ai comme une douleur dans la poitrine et j'ai le tournis. Je ne tiens pas debout, alors je m'allonge avec mes petits, j'essaie de faire en sorte qu'ils ne pleurent pas. Cela dit je ne peux rien y faire, c'est mon destin. Alors je dois l'accepter, mais je ne sais pas combien de temps je survivrai comme ça.

– Et qu'est-ce que vous voudriez ?

– Avoir à manger, suffisamment à manger. Je me sens très mal quand je vois que des gens ont beaucoup à manger et gaspillent. Ceux-là, je les hais. Quelqu'un devrait se rebeller contre ceux qui gaspillent la nourriture, mais pour se rebeller il faut avoir de la force. Je crois que si j'avais de l'argent, j'aurais plus de force et je pourrais me rebeller. Et vraiment je me rebellerais contre ces gens qui gaspillent de la nourriture, je les punirais.

– Mais si vous aviez de l'argent et de la force, vous seriez l'un d'eux, pas une rebelle.

– Non, moi je ne serais jamais comme eux, même si j'étais riche, parce que je me souviendrais toujours de ce que ça fait d'avoir faim, de ne pas avoir à manger.

– Vous en êtes sûre ?

– Oui, je crois que oui, j'en suis sûre. Je crois.

« De fait, la pauvreté *périurbaine* – univers humain sordide largement déconnecté des solidarités de subsistance de la campagne et de la vie culturelle et politique de la cité traditionnelle – est le nouveau visage radical de l'inégalité. La marge urbaine est une zone d'exil, une nouvelle Babylone. [...] Mais les pauvres ne finiront-ils pas par se révolter si la voie de l'urbanisme informel se transforme en cul-de-sac ? Les grands bidonvilles ne sont-ils pas – comme le craignait

Disraeli en 1887 et Kennedy en 1961 – tout simplement des volcans prêts à exploser ? Ou est-ce que l'impitoyable concurrence darwinienne – à mesure qu'un nombre toujours plus grand de pauvres continue à se battre pour les mêmes miettes informelles – finira au contraire par donner naissance à une violence communautaire autodestructrice, forme ultime de "l'involution urbaine" ? Dans quelle mesure un prolétariat informel peut-il posséder le plus puissant des talismans marxistes : "l'effectivité historique" ? »

« De fait, l'avenir de la solidarité humaine dépend aujourd'hui du refus militant qu'opposent les urbains pauvres à leur marginalité mortelle dans le capitalisme mondial. Ce refus peut prendre des formes archaïques aussi bien qu'avant-gardistes : un rejet de la modernité ou une tentative pour en ranimer les promesses étouffées. Nul ne devrait s'étonner que certains jeunes pauvres des banlieues d'Istanbul, du Caire, de Casablanca ou de Paris adoptent le nihilisme religieux du salafisme djihadiste et applaudissent au spectacle de la destruction des symboles les plus ostentatoires d'une modernité qui leur est étrangère. Ou que des millions d'autres s'adonnent aux économies urbaines de subsistance des gangs de rues, des narcotrafiquants, des milices. La rhétorique diabolisatrice inhérente aux différentes *narcotraficantes*, milices et autres organisations politiques sectaires. Les rhétoriques de diabolisation des diverses "guerres" internationales – contre le terrorisme, la drogue, la criminalité – ne font que créer un apartheid sémantique : elles dressent des remparts épistémologiques autour des *gecekondus*, *favelas* et autres *chawls*, qui minent toute possibilité de débat honnête sur la question de la violence quotidienne de l'exclusion économique. Et, comme à l'époque victorienne, la criminalisation radicale des urbains pauvres est une prophétie qui porte en elle-même les germes de son accomplissement, qui prépare de manière certaine un avenir de guerre urbaine incessante. »

A écrit Mike Davis il y a moins de dix ans.

2

– Ici tout est difficile. Le Bangladesh est un des trois pays au monde où il y a le plus de dénutrition et on dirait qu'ils ne s'en rendent pas compte. Ils s'en rendent compte à la campagne, bien sûr, quand ils n'ont plus rien à manger, mais ici, à Dacca, on dirait pas.

Dit Vikki, un grand balaise hollandais aux cheveux blonds et au teint d'endive – et la chaise sur laquelle je suis assis bouge bizarrement. Tout bouge bizarrement, comme si on secouait le plancher ; comme ce n'est pas possible, je cherche une explication rationnelle à ma sensation erronée : problèmes d'équilibre, je devrais dormir davantage, je dois être très fatigué. Vikki continue de parler avec fougue, mon attention se dissipe. Plus tard, au cours du déjeuner, tout le monde parle avec excitation du tremblement de terre. La peur ne peut pas être ingénue : elle suppose que l'on sache ce qu'il y a à craindre. L'absence de peur devant ce séisme me montre une fois de plus que la peur est la forme la plus inconfortable de la connaissance.

J'envie de plus en plus la sérénité de l'animal : de l'ignorant.

Le Bangladesh est un pays très récent, « de mon époque » : il cessa d'être une colonie anglaise dix ans avant ma naissance, mais il resta le Pakistan oriental jusqu'à mes quatorze ans. Alors – 1971 – il y a eu une guerre éclair, des célébrations, des discours, un pays. Je me méfie – bêtement je me méfie – des nouvelles nations : je les vois comme presque fausses, des impostures. Une patrie ne peut pas être plus jeune que mon père.

Mais elles existent et persistent : la dernière grande fournée de pays neufs date d'il y a cinquante ans. La République populaire du Bangladesh est, en tout cas, une des jeunes nations les plus éprouvées : 148 000 kilomètres carrés – pas tellement moins que la République orientale de l'Uruguay – pour quelque 160, 170 millions d'habitants, 40 fois plus. En population, le Bangladesh est le septième pays du monde ; en surface, le 95e. Avec ses 1 140 habitants au kilomètre carré, c'est le pays le plus dense – plus dense – de la planète. Il se situe à l'embouchure des grands fleuves indiens, le Gange et le Brahmapoutre, et il est très plat. Presque rien ne s'élève au-delà de dix mètres au-dessus du niveau de la mer : le pays est constamment inondé et l'on suppose que si le réchauffement climatique rehausse le niveau des mers, il se recyclera en piscine. Pour l'instant, c'est juste une fourmilière – une fourmilière – de gens qui tentent de cultiver du riz sur une terre qui n'y suffit pas. Sur cet espace si restreint, le Bangladesh est le quatrième producteur mondial de riz, mais cela ne suffit pas.

– Ils ne se rendent pas compte qu'ils sont très malades.

Insiste-t-il. Vikki, le Hollandais énergique, est responsable de Médecins Sans Frontières au Bangladesh et il me parle ensuite de quelque chose que j'ai déjà entendu, un élément clé : la capacité de s'habituer au plus dur ou plutôt au pire : de supposer qu'ainsi va la vie.

Dacca est une ville modèle : elle synthétise la manière et la raison pour lesquelles la forme ville a échoué. Il y a soixante ans, Dacca était une petite capitale de province comptant un demi-million d'habitants ; aujourd'hui, elle est 30 à 40 fois plus grande, elle concentre plusieurs millions de personnes sans avoir de maisons, de rues, de transports, d'espaces ni d'égouts suffisants. Et il en arrive encore : chaque jour, des milliers de personnes qui croient pouvoir vivre mieux ici que dans leur village débarquent à Dacca – ou qui un jour, au réveil, se sont aperçues que leur village était sous l'eau, ou que leur demi-hectare de terre était passé entre les mains du prêteur, ou qu'elles n'avaient plus de quoi nourrir leurs six enfants.

Dire beaucoup de millions – d'habitants – a tout l'air d'une faute ; elle n'est pas de moi. Personne ne sait combien la ville compte d'habitants, ça n'a rien de personnel ; on ne sait pas non plus combien en compte les pays. À Dacca, ils peuvent être, disons, 16, 18 millions. Ou peut-être 22.

Mon cousin Sebastián, un scientifique en habit vert, soutient qu'il faut de toute urgence un mouvement international pour la redistribution de l'espace : la distribution injuste des richesses, de la nourriture, des ressources naturelles est aussi injuste que le fait que certains pays aient tant d'espace et d'autres si peu : question de densité.

C'est une jungle de chairs et de tôles. Marcher à Dacca, c'est bondir au milieu des corps en mouvement – personnes, bicyclettes, motos, voitures, bus – qui se jettent sur vous, et renoncer, non sans difficulté, à un des présupposés élémentaires du marcheur citadin : que les autres – ceux qui conduisent un engin – préfèrent ne pas vous tuer. Ce que préfèrent les gens d'ici n'est pas évident ; mais il est clair que, par choix, par religion ou par commodité, rien ne les arrête.

Un homme qui passe sur une moto pas très ancienne avec deux petites de six ou sept ans, l'une derrière, l'autre devant, collées à lui, agrippées à lui, en uniforme scolaire, tresses sur les côtés, et l'air heureux de celle de derrière, son visage plaqué contre le dos énorme de son père, la chaleur de son père, le pouvoir invincible de son père. Et elle ne sait même pas que ce n'est pas ça la vie. À moins qu'elle ne s'en doute.

Dacca ou l'échec : à Dacca il n'y a ni éclairage public ni nettoyage de l'espace public ni ordre public visible. Se rendre d'un lieu à un autre peut prendre des heures ou devenir, tout à coup, impossible. Les coups de klaxons, les bruits, la chaleur, la poussière, les rues défoncées, les voitures qui vous agressent, les immeubles au bord de l'effondrement, les rivières et les ruisseaux putrides, les odeurs, les odeurs terrifiantes, les montagnes d'ordures. Plus une société est pauvre, plus l'accès à certains services est fermé : des dispositifs dont tout le monde bénéficie en Norvège sont le privilège d'un petit nombre dans l'AutreMonde. Le nettoyage de l'espace public – l'idée que c'est un territoire de tout le monde, dont tout le monde doit prendre soin – est également réservé aux pays riches : ici, les riches ont leurs propres espaces, ils les gardent – fermés.

Dacca est un échec parfait et, en même temps, un grand exemple du succès des villes : un aimant qui attire des gens de plus en plus nombreux et, ce faisant, bascule dans le désastre. Le succès des villes de l'AutreMonde entraîne leur hécatombe : elles vivent en une perpétuelle crise de surpopulation

– de désir, d'attraction, d'espoir – : le mécanisme propre aux crises du capitalisme.

Ici aussi, la plupart des arrivants échouent dans les gigantesques slums – bidonvilles, villamiserias, poblaciones, chabolas, favelas, callampas, cantegriles – qui saturent la ville. Kamrangirchar, le plus grand de tous, est une île sur la rivière Buriganga.

Mohamed Masum est arrivé de son village il y a trois mois, empli d'illusions. Mohamed avait un lopin de terre qu'il cultivait – du riz, des bananiers, des manguiers –, mais il a dû l'abandonner : depuis qu'il s'était marié, ses frères le harcelaient.

– Je ne sais pas, ils n'aimaient pas Asma, ils me disaient qu'elle était pauvre, qu'elle n'avait pas de dot.

Mohamed l'avait rencontrée au village, elle lui plaisait, on lui avait dit qu'elle était travailleuse et gentille, il avait décidé de l'épouser ; ses frères ont fini par l'accepter et tout rentra dans l'ordre. Du moins en apparence ; quand leur père est tombé malade – tout le monde savait, dit-il, que leur père allait bientôt mourir –, les disputes pour l'héritage sont devenues si féroces qu'il a préféré vendre sa part et s'en aller.

– C'était un gros héritage ?

– Bah oui. Trois parcelles de terre de quarante ou cinquante mètres carrés chacune.

Mohamed s'en moquait : il avait envie de venir à Dacca depuis longtemps. On lui avait toujours dit qu'en ville, la vie était bien différente.

– Je savais que les gens qui vivent ici ont des vies confortables, tranquilles, heureuses, qu'on peut gagner pas mal d'argent.

– D'où tiriez-vous ça ?

– De gens qui me l'avaient raconté. Et je l'avais vu à la télévision, sur la place du village. Là, on voit que les gens de Dacca vivent bien.

– Et vous continuez à penser la même chose ?

– Bien sûr. Ma vie est en cours d'amélioration, alors je vais rester ici.

Ici, c'est une chambre de deux mètres sur trois – tôle et palmes – dépourvue du moindre meuble. Mohamed est mince, fibreux, un visage de guerrier bengali : un thug sanguinaire qui s'est trompé de film. Asma le regarde de son sourire aimable, placide, et leurs trois enfants chahutent autour, tous dans la même pièce. Les chambres de cette cour – de ce bidonville – se succèdent de part et d'autre d'un couloir étroit : dans chacune vit une famille et toutes partagent la même cuisine, même robinet, mêmes toilettes – un trou dans le sol. Pour la payer, Mohamed travaille en pédalant sur un rickshaw.

– Qu'est-ce qui est le moins bien, dans votre travail ?

– Le moins bien, c'est que c'est très fatigant. C'est ce que j'ai fait de plus fatigant dans ma vie.

– Combien gagnez-vous par jour ?

– Ça dépend des jours. Parfois 200, parfois jusqu'à 400 takas.

Ce qui correspond à environ cinq dollars – mais, me dira-t-il plus tard, il n'y arrive presque jamais : en règle générale, il gagne 200 takas, deux dollars et demi, pour dix à douze heures de travail. La ville est remplie de rickshaws, de conducteurs de rickshaw. Nul ne sait combien ils sont : entre 200 000 et 500 000, vous dit-on, autant dire qu'on n'en sait rien. Et que chacun parcourt environ 50 kilomètres par jour dans cet enfer de pollution et de circulation. Je lui demande ce qu'il trouve bien dans son travail.

– Rien. Mais je n'ai pas d'argent et je ne connais personne ; pour le moment, c'est tout ce que je peux faire. De toute manière, j'ai toujours voulu vivre à Dacca, alors maintenant que j'y suis, je suis heureux. Mais c'est vrai que, dans mon village, j'avais presque toujours à manger.

Et qu'en ville, si on ne gagne pas d'argent, on ne mange pas, m'explique-t-il, pas comme au village où on peut toujours trouver des mangues ou faire un petit boulot ou demander une poignée de riz à quelqu'un de sa famille.

– Ici, en ville, c'est comme si tout était aux autres.

Dit-il, puis il réfléchit à ce qu'il a dit comme qui regarde un jouet neuf, il le retourne dans son esprit : oui, ici, tout est aux autres.

– Ici, le jour où je ne peux pas travailler, je ne mange pas.

Dit-il, puis il me regarde et se reprend : Nous ne mangeons pas.

– Là, depuis deux jours, je ne me sens pas bien et je ne peux pas sortir : on n'a plus rien à manger. Ça, ce n'est pas très agréable. Ce soir, je vais quand même être obligé d'y aller : les maladies, c'est pour les riches.

L'angoisse d'avoir à gagner sa vie jour après jour. Si aujourd'hui il fait rentrer de l'argent, sa famille et lui mangeront : sinon, non. Vivre au jour le jour : savoir que si aujourd'hui il ne gagne pas assez, aujourd'hui il ne mange pas. Pareil demain et après-demain. Il faut sortir tenter sa chance, et il se peut que oui, il se peut que non. L'idée de réserve, d'économie, de garantie – qui fonda des cultures, qui constitua la nôtre – n'existe pas : il faut aller tenter sa chance, et il se peut que oui, il se peut que non.

– Mais maintenant, ça va mieux qu'avant.

Que maintenant ça va mieux qu'avant, dit-il : qu'il a un lit – il est assis dessus, un châlit sans matelas où ils doivent dormir à cinq chaque nuit – et un ventilateur. Le ventilateur tourne au plafond, il soulage de la touffeur, des odeurs.

En 1980, l'île de Kamrangirchar avait 2 800 habitants ; le premier rattachement au réseau électrique eut lieu en 1990 – dans une école religieuse. Aujourd'hui, ils sont un demi-million, tous des immigrants : des personnes qui tentent leur chance. Kamrangirchar est une des nombreuses villes d'immigration massive, des pauvres de l'AutreMonde occupant des espaces. La densité, encore une fois, l'occupation exacerbée. Buenos Aires, une grande ville, a environ 15 000 habitants au kilomètre carré ; Kamrangirchar en a 150 000, sans immeubles hauts. Sur l'île, six adultes sur dix ne savent ni lire ni écrire ; sur l'île, il y a 98 mosquées, 69 madrasas – qui enseignent le Coran – et 7 écoles primaires.

Ce sont des sociétés qui se bâtissent par bribes. Et par le poids excessif de certains objectifs précis : il importe de comprendre ce qui pousse ces gens jusque-là. L'espoir de manger tous les jours ; le rêve que leurs enfants aient des vies différentes ; l'acceptation qu'ils n'avaient pas une situation viable ; la conviction qu'un changement est nécessaire et la résignation à cette migration, cet entassement comme seule perspective de changement. Il n'y a pas d'histoire ; l'histoire est ce qu'ils ont laissé derrière, parce que cela les condamnait. Il devrait y avoir un avenir, c'est pour cela qu'ils sont venus ; il y en a un, mais très lointain, illusoire : ce n'est pas une construction, un parcours. En attendant, un présent continu, une survie qui se prolonge. Avoir plus de temps qu'un temps est généralement un luxe.

– Si j'avais un peu d'argent, je pourrais démarrer un business, acheter quelque chose et essayer de le vendre dans la rue, quelque chose. Mais pour ça il me faudrait un peu d'argent et pour l'instant je n'ai rien pu économiser parce que je dois payer le loyer et la nourriture. Mais bientôt j'y arriverai.

– Et avez-vous envisagé de retourner au village ?

– Non, on ne peut plus parce que la terre que j'avais, je l'ai vendue pour venir ici. Non, maintenant notre vie est ici. C'est ça, ma vie.

Il a l'air décidé : comme quelqu'un qui a déjà accompli le saut, une vie en l'air. Je lui demande quel est son moment le plus heureux.

– Mon bonheur, c'est quand je n'ai pas faim. Si j'ai à manger, je suis heureux ; sinon, je ne le suis pas.

– À qui la faute si vous n'avez pas toujours à manger ?

– Quand je ne mange pas à ma faim, je n'en veux à personne. Je crois que Dieu m'a envoyé ce que j'ai et qu'Il va s'occuper de moi, de ce qu'il adviendra de ma vie. Du bon comme du mauvais. Et si aujourd'hui je suis dans cette situation et qu'Il m'envoie toutes ces choses, c'est que j'ai dû commettre un péché.

– Est-il juste qu'il y ait des gens si riches et d'autres si pauvres ?

– Non, je crois que Dieu ne devrait pas faire ça.

– Pourtant il le fait.

– Oui, parce que nous ne sommes pas aussi bons qu'Il le voudrait. Nous Le décevons, et Il nous le montre de cette manière. Si nous voulons vivre mieux, nous devrons le mériter.

Et sa femme d'acquiescer avant de sortir pour accompagner un de ses enfants faire pipi dehors, alors, à voix basse, pour qu'elle n'entende pas, Mohamed me dit que parfois c'est très lourd à porter, que la responsabilité est très lourde, que savoir que s'il ne rapporte pas d'argent, aucun des siens ne mange est très lourd à porter, que parfois tu sais quoi ?

– Non, je ne sais pas.

– Parfois je me dis que ça doit être mieux d'être une femme.

Dit-il en arquant les sourcils, comme s'il avait peur de ce qu'il disait. Nous nous regardons, je ne sais que lui dire. Asma revient avec le petit et dit que si nous sommes en train de parler du manque de nourriture, nous ferions mieux de nous taire, est-ce que nous n'avons pas honte ?

– On ne parle pas de ces choses-là. À quoi bon en parler ? On a déjà assez avec ce qui nous arrive.

Il y a des dizaines de bidonvilles comme celui-ci dans la ville de Dacca. Kamrangirchar n'est pas le plus pauvre, le plus insalubre ; ce n'est que le plus grand et un des plus défavorisés. Kamrangirchar est un fatras de maisons à moitié construites, rues capricieuses, rues délabrées, marchés, magasins, ponts, tas d'ordures, câbles à n'en plus finir, motos, rickshaws, marchés odorants, menuisiers qui scient, forgerons qui martèlent, bouchers qui découpent sauvagement, journaliers qui entassent des briques, bottiers qui guettent le chaland, enfants qui ébavurent les bords en plastique de cinq cents seaux jaunes. D'autres vendent des fruits, des babioles, de la morphine ou de l'héroïne : Kamrangirchar est aussi le centre de distribution de drogue le plus connu du pays.

Tout semble avoir toujours été là, alors que cela existe depuis maximum trente ans. Il y a quarante ans, ceci était un chapelet d'îlots séparés par de l'eau et des marécages, un dépotoir géant jusqu'à ce que de plus en plus de gens commencent à arriver de province. C'était un dépotoir et ça s'est rempli de gens ; ici les métaphores aussi sont de seconde main.

Avec l'arrivée des migrants, Kamrangirchar s'est remplie de ce genre d'habitats provisoires – où les vies s'écoulent. Les uns sont des gourbis aux murs de tôle, toit de palmes, sol en planches irrégulières, à peine soutenus par des tiges de bambou très longues, enterrées dans le marécage à trois mètres de profondeur. Leurs habitants vivent, au-delà des métaphores douteuses, en équilibre précaire : pour sortir de chez eux, pour cuisiner, se laver, ils marchent sur des pontons faits de trois ou quatre bambous – en dessous, l'eau noire, puante : l'odeur de leurs vies.

Ailleurs, ce sont des sortes de regroupements d'habitations, des cours, des cités ruineuses : sur la terre ferme, vingt ou trente chambres précaires entassées autour de quelques cours, quelques réchauds, des latrines et un robinet d'eau. Chaque chambre contient un grabat qui occupe toute la place, sans matelas – parfois un bout de toile sur des planches –, des murs en tôle avec des trous grands comme des poules, des chiffons suspendus, une casserole, quelques vêtements déchirés. Difficile d'avoir – détenir, posséder, être propriétaire de – moins que ça.

Les chambres n'ont presque jamais de porte ; tout au plus un rideau.

L'intimité, voilà encore un luxe dont nous n'avons pas conscience.

Plus tard, dans la rue : la manière dont Mohamed démarre son rickshaw qui croule sous une mère un père trois petits : faisant reposer tout le poids de son corps sur la jambe gauche puis, après un drôle de pas de danse, sur la droite – deux ou trois fois de suite, jusqu'à ce que la bête s'ébranle, et les gouttes de sueur comme des diamants ou une vieille bille de naphtaline.

3

Momtaz est indignée car hier elle a dû emmener son fils de deux ans à l'hôpital, vu qu'il s'était coupé le doigt avec un couteau et que ça pissait le sang, elle avait peur, dit-elle, qu'il meure, on lui a fait huit points de suture mais, au moment de repartir, ils l'ont retenue parce qu'elle n'avait pas de quoi payer les soins. C'était 1 000 takas – un peu plus de dix dollars – et on l'a gardée pendant des heures, dit-elle, avec encore un mélange d'horreur et de honte sur le visage. On ne la laissait pas partir, elle était comme prisonnière, dit-elle, et ses enfants seuls à la maison, sans personne pour s'occuper d'eux et leur préparer à manger, presque plus de riz et ces messieurs qui la retenaient comme prisonnière. Ce furent des heures horribles ; finalement, une tante a réussi à rassembler la somme et est allée la chercher. Maintenant Momtaz ne sait pas comment elle va faire pour rembourser :

– Avec ça, nous mangeons pendant dix, quinze jours. Je ne peux pas ne plus manger pendant tout ce temps pour rembourser une telle somme.

Dit-elle sur un ton monocorde, comme dénué d'émotion, ce qui est la plus terrible des émotions.

– Je ne sais pas quoi faire, je suis désespérée.

Momtaz était seule : son mari est parti au village car il se sentait malade ; il lui a laissé quinze kilos de riz et la promesse de revenir dans quelques jours, mais le riz touche à sa fin. Momtaz ne se souvient plus quand elle s'est mariée ni quand elle est arrivée – avec son mari – de leur village : Momtaz ne se souvient pas de grand-chose, elle continue de parler du désastre d'hier, de sa dette, du riz bientôt épuisé. Dans leur petite chambre dans la cour, il y a un lit qui prend toute la place, des murs en tôle avec des trous de poule, des chiffons suspendus, des planches branlantes par terre, encore des trous dans le toit de palmes. Momtaz ne laisse pas sortir ses enfants : ils passent leur journée enfermés dans ces six mètres carrés sombres et odorants.

– Non, j'ai peur qu'on les enlève.

– Qui pourrait les enlever ?

– Je ne sais pas, on m'a dit qu'il y avait des gens qui enlevaient les enfants.

– Et pourquoi les enlèverait-on ?

– Je ne sais pas, qui sait ?

Dit-elle ; ses enfants crient ou pleurent ou toussent ou sautillent. Momtaz dit qu'elle aimerait manger tous les jours, donner à manger à ses enfants tous les jours, ne pas avoir à penser tous les jours à manger. Puis elle dit qu'elle s'y est habituée, que ne pas manger ne fait pas de mal à son corps, mais que parfois ça la rend nerveuse. Tellement nerveuse, dit-elle tout bas, comme si elle s'excusait. Momtaz a un visage rond, des yeux hagards, un petit corps de fillette.

– Vous pensez que votre vie va s'améliorer ?

– Je ne sais pas. On verra plus tard.

– Savez-vous ce que vous pourriez faire pour l'améliorer ?

– Je ne sais pas, pour l'instant je ne peux rien faire pour l'améliorer. Mais quand mes enfants seront plus grands, je pourrai travailler et gagner un peu plus d'argent.

– Quelqu'un pourrait-il vous aider ?

– Non. Qui pourrait bien m'aider ?

– Et le gouvernement ?

– Je ne sais pas, je n'y connais rien.

Que ses enfants l'entretiendront peut-être quand ils seront grands, pourvu qu'ils aillent à l'école, que s'ils trouvaient l'argent pour les livres, ils pourraient les envoyer à l'école : toujours la même histoire. Les enfants semblent tous pareillement petits ; ils ont de sérieux problèmes de développement faute d'alimentation. Ils font partie de ces enfants dépourvus de chances : ils grandiront peu, comprendront sans doute peu – et deviendront, au mieux, de la main-d'œuvre non qualifiée et très bon marché, à moins que…

– Mais ce que je veux pour eux, c'est qu'ils aient une vie tranquille, qu'ils aient un avenir.

– Avez-vous une vie tranquille, vous ?

– Non.

– Pourquoi ?

– Car elle est pleine de misères, il y a toujours quelque chose…

Je lui demande pourquoi il faut qu'elle vive ainsi, à qui la faute ; Momtaz me regarde comme si ma question était trop difficile ou trop brutale ou superflue, allez savoir, et elle ne pipe mot. Un de ses fils lui palpe le visage ; Momtaz l'écarte de la main, presque brutalement. Ensuite elle reprend :

– C'est de ma faute.

C'est de sa faute, dit-elle, parce qu'elle a eu trop d'enfants. Qu'elle aurait dû faire attention, que si elle n'avait eu que deux enfants, ce serait différent ; que tout serait différent, dit-elle, contrite. Que c'est de sa faute, dit-elle, insiste-t-elle.

Certains discours sont, pour le dire poliment, un gros tas de merde.

On dirait parfois que la faim est une histoire de femmes. Si j'étais un linguiste ou un étymologiste ou un entomologiste, j'aimerais savoir s'il existe des racines communes entre ces deux mots si communs, si proches : *hambre* et *hembra*. Ou *faim* et *femme*, *fame* et *femina*. Alors je découvrirais peut-être que ce n'est qu'une question de consonance. Et je me dirais cependant que non.

Car ce livre est, entre autres, fait de femmes comme un corps est fait d'eau. Le corps d'un mammifère – humains, vaches, belettes – est fait de 90 % d'eau, et l'eau est ce qui ne se voit pas. Un corps est fait d'eau comme le temps est fait de futur, a écrit quelqu'un. Or il semblerait que la faim soit surtout une affaire de femmes : elle est plus près d'elles, elles en souffrent quand elles cuisinent, elles en souffrent à travers leurs enfants, elles en souffrent quand elles les conduisent à l'hôpital et pas leurs hommes, elles en souffrent quand leurs hommes mangent et pas elles, elles en souffrent, que cela soit dit : 60 % des affamés dans le monde sont des femmes.

(Maintenant, aujourd'hui, la Première ministre bangladaise est Sheikh Hasina Wazed, la fille de Sheikh Mujib, père fondateur du pays. L'Asie – si riche en anciens pays neufs – a su être gouvernée, il n'y a pas si longtemps, par les filles des pères de la patrie : Indira Gandhi en Inde, Benazir Bhutto au Pakistan, Chandrika Bandaranaike au Sri Lanka, Megawati Sukarno putri en Indonésie et quelques autres ; certaines moururent, d'autres furent tuées, d'autres encore se retirèrent et Aung San Suu Kyi attend toujours son tour. Quelqu'un a dû élaborer des théories savantes sur ces héritières des républiques.

Ici, de temps en temps, survient un coup d'État ; au cours des dernières années, la fille du père de la patrie et la veuve de celui qui l'a renversé et s'en est emparé se sont disputé le pouvoir. Que des femmes gouvernent ces pays ne rend pas ceux-ci moins machistes : pas même un tantinet.)

En 1971, quand le Bangladesh en était à ses débuts, le pays avait un taux de fertilité de 6,4, autrement dit : en moyenne, chaque femme bangladaise mettait au monde plus de six enfants. L'explosion démographique était débridée, les autorités nationales et les organismes internationaux ont entrepris de la contenir. Les campagnes et les propagandes ont gagné les recoins les plus reculés du pays ; vingt ans plus tard, le taux avait baissé de plus de moitié, il avoisine désormais les 2,5. Ces campagnes ont ancré l'idée selon laquelle avoir trop d'enfants était la cause principale de la pauvreté.

– C'est ce que m'a dit ma mère quand je me suis mariée : que je ne refasse pas la même erreur qu'elle, que je n'aie pas autant d'enfants.

M'a dit Rokeya. Il y a quelques années, je suis venu au Bangladesh pour interviewer des femmes en vue d'une publication des Nations unies sur la santé reproductive. Rokeya m'a alors raconté sa vie : que grâce à son mariage, elle avait pu arrêter de travailler comme domestique, qu'elle s'adonnait alors aux mêmes tâches, mais pour la famille de son mari, que tout était différent, qu'elle n'était plus une esclave :

– Je me suis sentie tellement bien, tellement bien.

Tout semblait fonctionner, mais Rokeya ne tombait pas enceinte. Au début, ses beaux-parents supposèrent qu'elle était trop jeune, mais trois, quatre ans passèrent et la pression familiale augmentait. Son mari, Quddus, lui souriait de moins en moins et Rokeya craignait d'être répudiée.

– Êtes-vous allée voir un médecin ?

– Non, dans mon village il n'y avait pas de médecin. À vrai dire, à cette époque-là, je ne savais pas que les médecins existaient.

Un jour, sa belle-mère lui dit qu'elle était sûrement poursuivie par un mauvais esprit et l'envoya consulter le *kabiraj* : disons le « médecin traditionnel », disons le « sorcier ». Le kabiraj le lui confirma : un esprit mangeait ses ovules et il fallait le chasser. Pour cela, il lui donna un petit tube en fer-blanc contenant un extrait du Coran et quelques herbes. Le remède n'eut pas d'effet immédiat : Rokeya mit près d'un an à tomber enceinte. Ce fut un grand soulagement et l'accouchement se passa bien : à la maison, avec la sage-femme du village. C'était une fille, mais ni Rokeya ni sa famille ne s'en plaignirent.

Rokeya avait enfin eu son premier bébé et se souvenait toujours des mots de sa mère. Alors, quand un agent du planning familial alla la voir, elle lui demanda la pilule. C'était l'époque où la campagne contre la natalité battait son plein ; Rokeya la prit durant plus de deux ans sans rien dire à son mari – ni voir jamais un médecin. Un jour, il tomba dessus et lui demanda ce que c'était ; d'abord elle eut peur, car elle le lui avait caché ; puis elle rassembla son courage et lui expliqua qu'elle ne voulait pas retomber enceinte afin qu'ils aient une petite famille et qu'ils puissent mieux élever leur fille. Il l'écoutait, ils en discutèrent ; à la fin, il lui dit qu'il était d'accord, mais lui demanda d'en avoir un autre, un garçon. Sans un garçon, disait Rokeya, une famille n'est pas complète. Elle lui dit d'accord, mais qu'ils attendent un peu que Sharim ait grandi.

– Mon mari ne me bat jamais, c'est quelqu'un de gentil. Et il me soutient toujours, il sait que nous n'avons pas les moyens d'avoir beaucoup d'enfants.

Une chose est de baisser le taux de natalité d'un pays bondé ; une autre, très différente, de convaincre ses habitants les plus pauvres qu'ils sont responsables de leur pauvreté – sous prétexte qu'ils ont trop d'enfants.

Malthus se dit Malthus en bengali.

Le second fut un garçon, Milon. Avec le temps, le père de Quddus est mort, Quddus hérita d'une parcelle de terre qui ne leur suffisait pas ; ils émigrèrent à Dacca, trouvèrent du travail : il s'occupait d'une étable, elle faisait le ménage dans une école. Rokeya était satisfaite, mais le risque d'une nouvelle grossesse continuait de l'inquiéter : elle avait peur de déséquilibrer l'économie de leur foyer. Finalement, un agent du planning lui proposa une ligature des trompes : c'était, dit-il, une solution définitive. Rokeya pensa que vivre à Dacca était une chance : au village, elle n'aurait jamais pu. Rokeya et Quddus se mirent d'accord, mais elle hésitait encore :

– Certains religieux vous disent que si une femme se fait ligaturer les trompes, on ne pourra pas l'enterrer selon la religion, la terre refusera son corps et Dieu la punira. J'avais peur. J'en ai parlé avec une femme, à la clinique, et elle m'a dit que ce n'était pas vrai, alors je me suis décidée. Maintenant je sais que si je suis pauvre, ce ne sera pas de ma faute.

(Paroles de la tribu)

Comment ?

Tu veux dire, moi : qu'est-ce qui fait que ce soir je puisse rentrer du champ de bataille, me glisser sous la douche, me changer, me parfumer et commander un bon dîner au restaurant de l'hôtel et peut-être même une bouteille de bon vin ? Qu'est-ce qui fait que je peux le faire tous les autres soirs ?

La conviction que ne pas le faire n'arrangera en rien leurs vies alors que pendant ce temps la mienne suit son cours ? La capacité d'accrocher au portemanteau ce qui, au bout du compte, est mon travail ?

L'excuse selon laquelle, moi, au moins, je suis en train de travailler sur ce livre ?

Comment, bordel ?

j'aimerais vraiment faire quelque chose. Je te le jure, Mani, quand je les vois, je bouillonne, et quand je pense à ces pauvres gens et à leur angoisse de ne pas savoir s'ils vont pouvoir manger ou pas, je n'en reviens pas qu'on ne fasse rien pour y remédier. J'ai vu un très bon documentaire, ils te montraient ça cash, Mani, sans rien t'épargner, c'était oppressant, j'étais très mal, ça m'a beaucoup remuée, et depuis je repense constamment à eux. Ça remonte à loin, à vrai dire, parce que je me souviens que ma mère me disait tout le temps tu dois manger ça, ma chérie, on va pas le jeter alors qu'il y a des enfants en Afrique qui n'ont rien, et moi je pensais à ces enfants et je finissais mon assiette. C'est fou, non ? Pour que je mange ce qu'ils ne pouvaient pas manger, elle me disait qu'ils n'en avaient pas la possibilité, qu'ils n'avaient rien. Ça m'a marquée, ce truc qu'elle me disait, mais maintenant je me rends compte que c'était encore une de ses manipulations, qu'il n'y a aucun rapport entre le fait que je mange ou pas et le fait qu'ils aient quelque chose à manger ou pas. Si je n'avais pas mangé, ils en auraient eu encore moins, peut-être ? Enfin, c'est pas ça l'important. L'important, c'est que je pense tout le temps à eux et, encore une fois, j'aimerais bien faire quelque chose. Ce qui me rassure un peu, c'est que nous sommes nombreux à essayer de les aider. Et pas seulement des gens comme moi : il y a Bill Gates, Bono, le pape, des gens qui pèsent. T'as pas vu que le pape parle tout le temps des pauvres et de l'Église qui est là pour les aider ? Heureusement qu'ils sont là... Moi, ça me rassure, ça me soulage. Quoique parfois ça m'inquiète aussi, Mani : je me demande que peut faire une fille comme moi alors que les plus puissants du monde, alors que

Comment, bordel, parvenons-nous ?

– Ce que je ne supporte pas, c'est de manger tout ça en sachant qu'il y a tant de gens qui meurent de faim.
– Oui, c'est vrai, c'est triste.
– Bon, d'un autre côté, on ne va pas non plus le laisser, ce serait du gâchis. Ce serait pire.

Comment, bordel, parvenons-nous à vivre ?

Et moi qui croyais que la faim était l'expérience insupportable par définition.
(et je croyais donc que je n'arriverais jamais à la supporter)

Comment, bordel, parvenons-nous à vivre en sachant ?

Des fautes, il en pleut. La faute nous revient à tous, mais pas de cette manière fallacieuse où la collectivité de la faute signifie la dissolution de la faute, sa distribution en fragments si petits qu'à la fin aucun ne compte. Nous sommes tous fautifs mais certains le sont beaucoup plus que d'autres – et dans cette progression quantitative s'opère un saut qualitatif. Il est vrai que vous, que moi, que ces deux du fond, là-bas, à cause de leurs habitudes alimentaires, accaparent la nourriture dont d'autres ont besoin. Mais cette faute-là, même si elle est importante, n'arrive pas à la cheville de celle de monsieur Cargill ou d'un quelconque président de la République de leur pays. Pas de commune mesure, vous le savez bien.

Comment, bordel, parvenons-nous à vivre en sachant que ces choses-là ?

c'est bon, je comprends, mais que veux-tu que j'y fasse ? Que j'arrête de manger ? Que je me mette au pain et à l'eau, que je ne bouffe plus que du mil pour manifester ma préoccupation et ma solidarité ? Ça non plus, ça ne sert à rien, mon vieux, ce serait juste de l'esbroufe. Je crois qu'au final, il faut qu'on fasse notre vie et si on peut les aider d'une manière ou d'une autre ou même, si plutôt on peut intervenir d'une manière ou d'une autre pour remédier à cette situation, il faut le faire, mais en se demandant bien sûr à quoi ça sert, qui ça sert, si ça sert à quelque chose de continuer à s'enflammer pour une situation qui va perdurer qui sait combien de temps encore. C'est en pure perte, mon vieux, du gaspillage. Tu ne te rappelles donc pas ce qui est arrivé à ce pauvre Julio ? Non, moi ce que je dis, c'est qu'il faut cibler sur ce qui a une réelle chance d'aboutir, tu comprends, sans quoi ça ne sert à rien, à part à te pourrir la vie, te sentir impuissant et tu ne seras utile à personne si tu as l'impression d'être une grosse merde, alors ce qu'il faut, c'est choisir très soigneusement ce que

Comment, bordel, parvenons-nous à vivre en sachant que ces choses-là arrivent ?

4

Il y a des histoires qui sont pesantes : la faim est presque une coutume au Bangladesh. Sa première cause – sa cause traditionnelle – est l'insuffisance de terres : beaucoup de millions de paysans n'en ont pas du tout, beaucoup de millions en ont un tout petit peu. Seul 1 % des fermes bangladaises comptent plus de trois hectares ; 86 % en ont moins d'un – ce qui ne suffit pas à alimenter une famille. Depuis des millénaires, les gens vivent dans des endroits difficiles, mais au cours des cent dernières années, l'explosion démographique les a obligés à occuper les lieux les plus ingrats.

En outre, ces terres dépendent trop des caprices du climat : l'inondation qu'entraînent les pluies et les grandes crues est essentielle pour les cultures, mais ses excès répétés sont désastreux. Tout comme les cyclones, les tornades, l'érosion et autres sécheresses. Et aussi la détérioration des terres et des nappes en raison de la pression opérée par la Révolution verte : la production agricole a certes triplé en quatre décennies, mais les sols semblent exténués. L'usage démesuré des lacs et des rivières, dont les eaux poissonneuses donnaient du travail à dix millions de gens, est en train de les vider.

C'est pourquoi les paysans, qui représentent encore deux Bangladais sur trois, fuient vers Dacca. La terre cultivable s'amenuise donc – à raison de 1 % chaque année –, au bénéfice des villes. Les nouveaux citadins sont encore davantage soumis au prix des aliments ; bien que le Bangladesh produise plus de 90 % de la nourriture qu'il consomme, les prix sont liés au marché mondial – et ils ne cessent de monter, monter.

C'est pourquoi – et en raison de la croissance démographique –, même si le pourcentage de pauvres baisse d'un point par an depuis plus de vingt ans, le nombre total de pauvres ne diminue guère, pas plus que le nombre d'enfants affamés, ni le nombre d'enfants qui meurent.

L'une des lignes de partage les plus nettes entre classes sociales est fournie par le calcul de la part des revenus que dépense un foyer en nourriture : plus la famille est pauvre, plus ce pourcentage est élevé. Au début du XIXe siècle, en

Angleterre, quand la Révolution industrielle s'amorçait, la majorité de la population dépensait 90 % de ses revenus en nourriture. En 1850, elle n'y consacrait que les deux tiers. Aujourd'hui, entre 10 et 15 %. L'un des critères des organismes internationaux pour définir les classes moyennes est qu'elles dépensent moins d'un tiers de leurs revenus pour se nourrir.

Ici, où les pauvres dépensent plus des trois quarts de leurs maigres revenus pour leurs repas, n'importe quelle augmentation est un coup très rude, qui modifie radicalement la situation de millions de foyers : ils ne peuvent plus manger.

Ou bien ils mangent comme qui se promène au bord.

Un jour, j'ai pensé – écrit ? – qu'une mesure redoutable du degré de « déshumanisation » d'une personne était le temps qu'elle consacrait à trouver de la nourriture. Les animaux, la quasi-totalité de leur temps, les familles norvégiennes, une semaine par an.

Mais ne pas en trouver vous place dans une autre catégorie, vous met hors jeu.

Le Bangladesh est, selon la Banque mondiale, le pays ayant la plus grande proportion d'enfants dénutris : 46 %. Au Bangladesh, huit millions d'enfants de moins de cinq ans – près de la moitié d'entre eux – sont en sous-poids parce qu'ils ne mangent pas assez.

Au cours de ces vingt dernières années, la mortalité infantile a beaucoup baissé : de 117 enfants morts pour 1 000 nés vivants en 1990, on est passé à 47 pour 1 000 en 2013. Mais, sur ces 47 pour 1 000, les deux tiers – environ 31 pour 1 000 – meurent sous l'effet de la malnutrition. Récapitulons : sur 100 enfants qui naissent au Bangladesh, 3 meurent de faim. Nés de mères malnutries, 110 000 bébés meurent chaque année à la naissance : un toutes les cinq minutes. Au Bangladesh, un nouveau-né meurt toutes les cinq minutes.

Taslima dit qu'elle est employée domestique, mais à la fin il se révèle que c'est faux. Taslima a une trentaine d'années, dit-elle, mais elle n'en est pas sûre car elle ne sait pas quand elle est née ; sa mère avait une date d'anniversaire, dit-elle, mais elle, elle n'a jamais voulu en avoir :

– À quoi bon ? Ça m'avancerait à quoi ?

Taslima pourrait être une vieille dame : sa peau est tendue sur ses os, son regard est si triste. Taslima est née dans un village près de la Birmanie, mais elle est à Dacca depuis très longtemps. Au village, son père travaillait la terre des autres, sa mère essayait d'en faire autant : ils avaient cinq enfants et ils n'arrivaient pas toujours à les nourrir. Les enfants savaient qu'il valait mieux ne pas réclamer : s'ils réclamaient quand il n'y avait rien, on les battait.

– Les pauvres. Vos parents devaient beaucoup souffrir.

Dis-je, et Taslima me regarde sans comprendre ; juste de la rancœur.

Taslima n'est jamais allée à l'école et, de toute manière, elle n'était encore qu'une enfant quand sa sœur aînée l'a emmenée à Dacca pour l'aider aux tâches ménagères. Sa sœur faisait le ménage chez les autres, elles avaient une chambre dans une cour et elles se débrouillaient : toutes deux mangeaient souvent. Quand Taslima a eu quatorze ans, sa sœur lui a trouvé un mari : il était temps. Le garçon travaillait comme porteur à la gare routière, car sa surdité, disait-elle, ne lui offrait pas d'autres débouchés. Ils s'habituèrent à manger peu.

– Je pensais que l'avantage d'être mariée, c'était que je mangerais tous les jours. En fait, c'est l'inverse.

Au bout de deux ans, Taslima avait déjà deux filles et très peu d'argent pour les nourrir. Elle a essayé de trouver un travail de femme de ménage, mais quand elle était petite, elle s'était cassé le bras gauche et il s'était mal soudé : elle n'avait aucune force. On l'a renvoyée de deux ou trois places et elle a fini par faire la manche dans la rue.

– Et pourquoi m'avez-vous dit que vous travailliez comme femme de ménage ?

Jusque-là Taslima parlait d'une voix forte et claire ; à présent, elle se tait, baisse les yeux. Elle finit par dire qu'elle avait honte :

– C'est moche d'avoir à quémander. Vous ne savez pas comme j'aimerais pouvoir faire le ménage dans une maison.

Mais c'est pas facile non plus, de quémander, c'est un travail dur, vous n'imaginez pas. Parfois les gens vous donnent, parfois non. Il y a des endroits où on peut aller, d'autres où la police vous chasse. Des endroits où on obtient de l'argent, d'autres, rien du tout. À la rigueur une petite poignée de riz : tout est bon à prendre.

Pendant quelques mois, elle a fouillé dans les poubelles et ça marchait mieux : à la fin de la journée, elle en tirait 50, 100 takas – plus d'un dollar –, or un kilo du riz le moins cher en coûte 35. Mais cela n'a pas duré : une famille est arrivée qui a voulu travailler à cet endroit-là, au bord de la rivière, là où elle travaillait, et ils l'ont virée à coups de pied. Dans ces rues délabrées ou construites à moitié, truffées d'ordures, puantes, des hommes et des femmes marchent avidement, trimballant des sacs dans le dos pour emporter les déchets avant tout le monde.

– Parfois on croit qu'on va s'en sortir. Mais on ne s'en sort pas.

Nous méprisons les animaux qui se nourrissent d'ordures : rats, corbeaux, cafards, mouches et autres larves. Mais ce sont des animaux.

Taslima a un visage maigre et ridé, un petit anneau en or à la narine gauche pour signifier qu'elle est mariée. Elle a aussi trois filles et deux fils – l'aînée a environ douze ans, le cadet n'a pas encore un an – et un mari invalide.

– Mon combat, c'est de trouver de la nourriture. Je passe toute la journée à me demander comment je vais faire, où je vais la dénicher. Toute la journée. Je ne pense qu'à ça.

Chez elle, on ne mange que si elle apporte quelque chose ; quelquefois elle en apporte.

– Quand je ne mange pas, j'ai mal au ventre, à la tête, mais je suis surtout très irritée, je n'arrive pas à être en paix. Je pense à tous les gens qui ont à manger et ça m'irrite trop. C'est comme si cent mille moustiques me bourdonnaient à l'oreille.

La faim, c'est cent mille moustiques à l'oreille, dit-elle à voix basse. Et que quand elle a faim et qu'elle trouve à manger, peu lui importe ce que c'est.

– Quand j'ai faim et que je trouve quelque chose à manger, peu m'importe ce que c'est : pourvu que ça soit de la nourriture, même si ça n'a aucun goût, même si ça a un vilain goût, n'importe quelle nourriture.

Parfois Taslima trouve si peu qu'il n'y en a que pour ses enfants. Alors elle les regarde manger et elle espère qu'un jour ils la sauveront : que quand ils commenceront à travailler, ils rapporteront de l'argent à la maison et elle pourra se reposer. Ses enfants ne sont pas allés à l'école et devront travailler au plus bas de l'échelle, mais même ainsi, dit-elle, ce sera mieux que maintenant.

– Quel est votre plat favori ?

Taslima sourit, timide, arrange son sari comme si je lui avais posé une question très intime. Enfin elle baisse la voix pour dire que son plat favori, c'est le poisson qu'on appelle ici *hilsha*.

– Et quand en avez-vous mangé pour la dernière fois ?

– Je ne sais pas…

Dit-elle, et réellement elle ne sait pas et se met à réfléchir. Des histoires défilent sur son visage : une trace de sourire, les sourcils froncés, les lèvres serrées. Alors elle dit qu'elle croit se souvenir que c'était avant la naissance de sa première fille, sans doute : à l'âge de treize ans.

– Et comment se fait-il que vous vous souveniez de son goût ?

– C'est que quand j'étais petite, dans mon village, on en pêchait facilement, il y en avait beaucoup, ou bien on en achetait, ça coûtait trois fois rien. Alors j'en ai tellement mangé que je n'en oublierai jamais le goût. Je n'oublierai jamais ce goût-là.

Manger, c'est vivre son appartenance à une culture : chaque peuple a ses règles sur ce qui se mange et comment. Le grillon qui est considéré comme un délice en Chine est réprouvé dans mon quartier et soulage le besoin dans ce quartier-ci. Le BigMac qui, à New York, est une nourriture de marginaux et de pauvres, est un privilège de riches à Managua ou à Kichinev. Le porc qui, de retour à Jabugo, deviendra du jambon, peut rassembler musulmans et juifs dans le rejet absolu qu'il suscite – et ainsi de suite. Mais il ne s'agit pas seulement de ce qui se mange ; mais aussi, bien sûr, de comment cela se mange : chaque culture considère comme naturelle la manière dont elle mange. Il nous semble on ne peut plus logique – j'insiste : naturel – d'avaler chaque matin une infusion chaude et sucrée, éventuellement un jus de fruits, un peu de pain ou des biscottes tartinées de graisse animale et peut-être de la confiture, et même deux œufs de poule cuits dans de la graisse. Il nous paraît naturel, arrivé midi, de manger un ou deux plats salés – parfois un froid et un chaud – composés de protéines animales, de glucides et d'un peu de fibres végétales arrosés d'une boisson fraîche qui peut être alcoolisée et de conclure par du sucré et par une nouvelle infusion chaude et sucrée. Et ainsi de suite. Il nous paraît pertinent de manger de la viande froide traitée aux conservateurs et tranchée très fine au petit déjeuner, mais sûrement pas une viande fraîche en tranche épaisse et tout juste préparée que l'on réserve plutôt au déjeuner ou au dîner. Il nous paraît logique d'accompagner ce morceau de viande chaude – de certains animaux, essentiellement trois ou quatre – de légumes crus ou cuits, mais nous ne sommes pas enclins à le compléter d'un bon bol de fraises à la crème et d'un filet de colin. Il nous paraît normal d'y ajouter du blé transformé en pâtes, un peu de graisse animale ou végétale et certains légumes et viandes et fromage coupés en tout petits morceaux, mais nous serions surpris si quelqu'un y étalait de la confiture de lait ou du miel. Nous accompagnons tous nos repas de farine de blé cuite sous forme de pain, mais il nous semble inapproprié de continuer à le faire lorsque nous en sommes aux saveurs sucrées.

Des éléments nouveaux sont intégrés suivant les époques : ainsi, il y a encore quelques années, en Occident, on ne mangeait presque pas de poisson cru, et maintenant, via les sushis, on en consomme beaucoup. Mais les grands traits – la division petit déjeuner déjeuner dîner, par exemple – sont plutôt résistants et s'imposent avec la force de ce qui n'a pas l'air imposé. Il ne nous vient pas à l'esprit que le schéma pourrait être très différent et, de fait, il l'a été à bien des époques, l'est encore à bien des endroits.

Manger, c'est s'écrire, se structurer : chaque peuple écrit chaque jour son récit de soi à travers les aliments qu'il mange, la façon dont il les mange, la manière dont il les pense, se les rappelle, les désire. L'une des caractéristiques les moins pensées de la faim, c'est qu'elle vous oblige à manger toujours la même chose. La variété alimentaire est un mythe moderne, un mythe de pays riches. Tout au long de l'histoire, la plupart des gens ont mangé plus ou moins la même chose chaque jour de leur vie. La gastronomie – l'art de varier ce que l'on mange – est une discipline qui, durant des millénaires, fut aussi répandue que la joaillerie de la nacre ou la pêche à la mouche.

Des manières de se raconter : face à la rhétorique excessivement baroque des villes riches, où le consommateur peut en théorie choisir à tout moment parmi une variété apparemment inépuisable – du sandwich de mortadelle à la mousse de foie gras en passant par la pizza la salade le chop suey le curry le hamburger la tortilla le taco la soupe le rôti le riz le plat local –, l'habitant de l'AutreMonde est confronté à un langage limité à deux ou trois phrases. Ici, à Dacca, par exemple, la grammaire alimentaire peut s'écrire riz blanc un grand nombre de fois, avec un petit morceau de légume quand il y en a, un morceau de poisson à l'occasion d'une fête, faim. C'est un autre genre de récit : insistant, pesant, obsédant, brutal.

Formes du réalisme sale.

Taslima doit deux ou trois mois – elle ne s'en souvient plus, elle dit qu'elle ne s'en souvient plus – de loyer. Sa chambre possède un sol en planches irrégulières, des murs en tôle trouée, un toit en tôle aussi ; sa chambre est construite sur un marécage pestilentiel – noir, rempli de merde, rempli d'ordures –, suspendue sur des tiges de bambou. Il y en a plusieurs : un archipel de chambres crasseuses dans les airs, au-dessus de l'eau croupie, unies par des pontons en bambou, si peu de chose. Quand le vent souffle fort, dit-elle, quand arrive la mousson, tout tangue.

– Parfois, la nuit, j'écoute grincer les bambous pendant des heures. Je n'arrive pas à m'endormir, je les entends...

Ce sont des endroits fragiles au départ, très vite décrépits, aussitôt après ruineux. Les dix chambres, les deux fourneaux, les pontons tremblants sont construits sur un terrain – sur un marécage – appartenant à un monsieur qui le loue à une certaine Madame Marfot, arrivée à Kamrangirchar il y a trente, quarante ans, qui s'installa sur ce dépotoir et construisit ce dédale petit à petit. Madame Marfot et sa famille occupent trois des dix chambres, aussi pauvres que les autres ; la dame est âgée, elle se plaint d'être vieille et pauvre et veuve et d'avoir toujours eu peur que le propriétaire la chasse, qu'il veuille vendre le terrain, construire pour louer lui-même des chambres. Madame Marfot dit qu'elle ne saurait où aller.

– Vous ne savez pas ce que c'est que de passer tant d'années à penser qu'on pourrait vous chasser d'un moment à l'autre. Et finalement il ne s'est rien passé. Si j'avais su, je ne l'aurais pas pensé. Mais on ne peut pas savoir, non ?

– Vous ne saviez pas ?

– Bah, je ne comprenais pas. Maintenant j'ai compris : cet endroit est si pourri que personne n'en voudrait. C'est ce qui nous sauve. Si c'était un peu mieux, on nous aurait virés depuis longtemps.

La dame est pauvre ; le propriétaire aussi, un peu moins. Le propriétaire est un de ceux qui vivaient à Kamrangirchar avant l'arrivée des autres ; voyant que des gens rappliquaient en si grand nombre, les habitants primitifs – de tout temps des marginaux, des chiffonniers, des pêcheurs – ont profité de l'aubaine et occupé l'espace, construisant des taudis ou ne construisant rien du tout, mais louant cher : des pauvres qui ont sauté sur l'occasion d'exploiter plus pauvres qu'eux.

Supposons que la solidarité soit quelque chose qui se construit au fil du temps.

Supposons que ce soit plus difficile dans les sociétés migratoires, nouvelles. Supposons qu'à un certain moment elle se manifeste, que pour certaines raisons elle se manifeste : qu'il y ait des situations où les gens la jugent plus avantageuse pour eux, où ils soient plus enclins à s'allier avec leurs semblables qu'à les fumer.

Supposons qu'à partir de là se construisent des récits qui confirment que nous devons être gentils et généreux envers ceux qui vivent comme nous : solidaires – on dit solidaires – envers ceux qui vivent comme nous.

Supposons que ce vivre comme nous se constitue à partir de certains paramètres sociaux et économiques – et non pas religieux, raciaux, familiaux. Tel fut le présupposé le plus déterminant de la politique moderne : que chaque secteur social avait des intérêts communs qu'il tiendrait à défendre. On suppose qu'à cela servaient les grands récits politiques, le travail des partis qui les soutenaient.

Et maintenant ?

5

Kamrangirchar est un espace bondé : trois kilomètres carrés remplis de gens à ras bord. C'est aussi un territoire flou que la ville de Dacca refuse d'annexer. Ses chiffres en matière de santé éducation pauvreté sont si déplorables qu'ils feraient chuter les moyennes. Il y a vingt ans, un constructeur automobile allemand ont engagé un ingénieur du son pour qu'il conçoive un bruit de claquement de porte solide, fiable – ce qui était généralement le signe d'une voiture bien construite. Une fois le bruit créé, les designers ont élaboré la porte capable de le produire. Parfois, les paramètres sociaux fonctionnent de la même manière : ils ne sont pas la traduction d'un fait mais un fait en soi, un signe se signifiant lui-même, un outil de cette campagne permanente que sont les gouvernements qui, plus que gouverner, préservent : leur pouvoir, dans la mesure du possible, et leur système.

« *I don't know where I'm going but I'm on my way* », dit en lettres blanches le tee-shirt vert olive d'un garçon affublé d'une calotte et d'une barbe mahométanes qui passe en tenant un autre garçon par la main. L'autre ne porte aucune inscription, seulement une calotte.

Ici non plus, les rues n'ont pas de nom. Une rue avec un nom relève aussi de cet autre luxe que nous appelons histoire.

Dans mes pensées, assis sur un banc en pierre, je regarde passer les embarcations sur la rivière Buriganga. Des bassines multicolores en plastique, la modernité dans ce qu'elle a de plus vilain, transportées sur une barque en bois par un batelier muni d'une rame en bambou. Il est sept heures et demie, huit heures du matin ; le soleil est encore timide. Les deux petites me regardent depuis un bon moment, elles me disent qu'elles veulent une photo, je les prends en photo. L'une doit avoir dix ans, l'autre sept ; l'une, en sari noir à pois blancs, les cheveux courts, le regard méfiant ; l'autre, une petite robe jaune un peu déchirée, un sourire radieux. Alors une vieille dame s'approche de moi avec une drôle de moue ; elle a les dents rouges de bétel, un sari vert pas trop miteux, des ongles crasseux. Elle se met à parler, avalanche de mots en bengali ; je m'efforce de lui faire comprendre que je ne comprends rien. À un moment il me semble qu'elle essaie de me vendre les deux petites. Elle esquisse des gestes, des moulinets, les désigne, elle brandit deux doigts, puis un, signifie d'un mouvement de la main que quelque chose baisse ; je comprends qu'elle a l'intention de me céder les deux petites pour le prix d'une, m'accorde un rabais. Je ne sais si je dois le croire ou non, mais je ne trouve rien d'autre à croire. Les petites regardent par terre.

Tout à coup le ton change. La dame me crie dessus, me tourne autour, pointe sur moi un doigt accusateur ; des gens commencent à s'attrouper. Elle les regarde, me montre encore du doigt, m'adresse des grimaces de mépris. J'ai l'impression que, pour se venger de mon dédain, elle m'accuse d'une chose horrible : peut-être de vouloir acheter les deux petites. De plus en plus de gens affluent, s'approchent de moi. Il me semble que je dois essayer de m'en aller avant d'avoir compris ce qui se passe.

M'enfuir avec le doute, ne jamais savoir pourquoi. Savoir – cela arrive parfois – était devenu trop coûteux.

Disons : le calme avec lequel, ici, les chiens arrivent à dormir au milieu d'une nuée de mouches.

Le calme est provincial. Ou plat, ou olympien. 40 degrés, soleil ; pas un souffle de vent ne secoue les feuilles des arbres – malingres, les arbres sont malingres. Dans la rue jonchée de nids-de-poule passent des rickshaws, une moto, une carriole chargée de briques et tractée par des gens, des personnes portant des pyramides de seaux en plastique ou de casseroles d'aluminium sur la tête, des badauds, des enfants. Beaucoup d'enfants. Des enfants courent, sautent, crient : le chahut des enfants s'intègre au calme. D'un côté de la rue il y a des gourbis, une maison par-ci par-là, des hangars abritant des usines de fortune où l'on fabrique ces seaux, ces casseroles, des ballons de couleur : d'autres enfants travaillent dans les usines.

– Allez, ne vous endormez pas ! Allez, Abdel, au travail.

Abdel et ses camarades travaillent douze heures par jour à sortir des paniers en plastique d'une machine qui n'a pas l'air trop vieille, dans un hangar au sol en terre battue abritant trois autres machines, dix autres enfants et un jeune patron qui égrène un chapelet en argent et qui sent le déodorant, du gel dans les cheveux, le sourire douteux. Abdel dit qu'il a de la chance d'avoir trouvé ce travail, qu'il n'est pas très bien payé mais qu'il était temps qu'il commence à apporter de quoi manger à la maison, que son papa n'y arrive pas tout seul. Que ça le fatigue, mais qu'il lui reste du temps pour jouer avec ses copains à la sortie, qu'il joue assez bien au cricket, qu'il rêverait de pouvoir jouer un jour à la télévision – il ne dit pas dans une grande équipe, il dit à la télévision – et que oui, c'est vrai qu'il préférerait faire l'autre travail, ébavurer plutôt que sortir les paniers de la machine, mais il vient de commencer, il n'est là que depuis quelques mois, avec un peu de chance il pourra le faire d'ici quelques mois. L'autre travail, c'est celui de Mohamed : assis devant la porte du hangar avec le tas de paniers que crache la machine, muni d'un petit couteau, Mohamed coupe les bavures de plastique.

– C'est mieux, oui, c'est bien mieux.

– Pourquoi ? C'est mieux payé ?

– Non, mais TU ne vois pas où il est assis ? Il peut voir passer les gens, la rue, le soleil.

Sur les 35 millions d'enfants bangladais âgés entre cinq et quatorze ans, près de cinq millions travaillent. Ici, à Kamrangirchar, la moitié des enfants travaillent. Leurs familles n'ont pas de quoi se payer le luxe de se passer de leurs revenus ; encore moins de les envoyer à l'école. Ici, à Kamrangirchar, il y en a un sur dix qui va à l'école.

– De toute manière, ce qu'ils ont besoin d'apprendre, ils l'apprendront mieux à l'atelier qu'à l'école.

Me dit le patron douteux quand je lui pose la question. Peu de choses indignent davantage la bonne conscience occidentale que les enfants qui travaillent. J'aimerais comprendre pourquoi. En d'autres mots : savoir quand, où, comment est née l'idée selon laquelle les enfants ont des droits que leurs parents n'ont pas. Comment se fait-il que l'on ait accordé aux enfants le droit à l'oisiveté productive, à l'éducation, à l'assistance sociale, à la paresse dont leurs parents ne bénéficient pas ? Et même le droit à la puissance : l'enfant envisagé comme une personne qui n'est pas encore ce qu'elle sera et qui par conséquent conserve en attendant la possibilité d'être autre chose. Les enfants et leur droit illusoire à être différents tandis que leurs parents purgent déjà leur peine – et eux aussi, mais ce chapitre nous rebute. Personnellement, je trouve horrible que les petits travaillent comme des baudets et que les grands travaillent comme des baudets, et je me réjouis qu'une de ces deux réprobations soit un poncif, mais je ne comprends pas pourquoi l'autre ne l'est pas. Seulement en raison de l'illusion de l'innocence originelle des enfants ? L'illusion du manque de défense tout particulier des enfants, qui nous obligerait à les défendre ? L'illusion de leur faiblesse ?

Pour quelle raison – quel faisceau de raisons – acceptons-nous qu'être enfant soit un sursis de la peine ?

Petits et grands, ça turbine : les petites fabriques de bassines en plastique où les bavures de couleurs s'amoncellent par terre telle une montagne de merde moderne ; les taudis où six femmes vêtues des tissus les plus classiques classent par couleurs des bouchons de bouteilles de soda ; les cours où trois ou quatre petits extirpent des chiffons des tas d'ordures, la mine sérieuse, concentrés, convaincus qu'ils ne doivent pas commettre d'erreur ; la rue près de la rivière où des dizaines et des dizaines de conducteurs de rickshaw attendent leurs clients tandis que quelques mètres plus bas, sur la berge, des dizaines et des dizaines de bateliers, plus âgés, plus fortunés, attendent les leurs à la poupe de leurs barques en bois ; les kiosques kiosquets échoppes échoppettes où des dames et des messieurs vendent – tentent de vendre – friandises boissons poissons beignets fritures archi épicés fruits coupés pour le plus grand plaisir des mouches ; les terrains vagues où deux enfants de huit ans vont et viennent avec de drôles de bambous hérissés de pointes coiffées chacune d'une sorte de capuchon de couleur vive : ballons baudruches tout juste fabriqués qui sèchent au soleil ; et les maçons qui élèvent des maisons brique après brique sur des échafaudages fabriqués de milliers de bambous, les porteurs avec des sacs de 50 kilos de riz sur la tête ou une douzaine de chaudrons en laiton ou un madrier ou une montagne de briques, les fabricants de chaudrons, les femmes qui font la lessive dans la rivière d'eau noire, les hommes et les femmes qui se lavent dans la rivière d'eau noire, les enfants qui ne travaillent pas encore, les coiffeurs enfermés dans leurs petites cavernes en tôle aux murs entièrement revêtus de miroirs bon marché, les pétrisseurs et les cuiseurs de *nans* avec leurs chaudrons d'huile éternellement bouillante et l'odeur, surtout l'odeur : l'odeur violente de crasse ancienne que nous, Portègnes, connaissons sous les traits du Riachuelo – mais beaucoup plus acerbe, omniprésente, vous empoissant toujours la vie pour que vous ne l'oubliiez pas.

Une rivière noire comme la poix, le Buriganga. On s'étonne que des poissons puissent y vivre. Des humains, non : l'écologie ne s'applique pas à eux. Des gens lavent, se lavent, se baignent dans le Buriganga. Le Buriganga coule lentement et des barques en bois filent sur le Buriganga, dressant fièrement leur proue, noires comme la rivière, et filent les barcasses et les chaloupes délabrées et des morceaux de plastique et de la merde en abondance. Le Buriganga est noir comme aucune autre rivière que j'aie pu voir ; le Buriganga sent la merde.

– Manger du riz blanc, ça vous nourrit ?
– Non. Enfin, d'après vous, non.

Le Buriganga, en face ; sur cette rive, devant un des rares immeubles de trois étages de l'île, une centaine de petits bouts de femmes font la queue avec des enfants dans les bras.

– Et votre fils, ça le nourrit ?

– Non, non. Mais que voulez-vous que je fasse puisque je n'ai rien d'autre ?

Les femmes ont des saris de couleur, de petits corps maigres, un air de patience ; les enfants ont une grosse verrue noire peinte sur le côté gauche du front pour les protéger des mauvais esprits qui, s'ils les trouvaient jolis, pourraient les attaquer. Les esprits, c'est bien connu, sont vaniteux et fats, fashionistes. Enlaidis par cette tache, les petits seront à l'abri des innombrables dangers de la beauté. Les enfants camouflés en vilains pleurent doucement, leurs mères les consolent ; il est huit heures du matin : à la porte de l'immeuble de trois étages face au Buriganga, des femmes attendent que les professionnels de Médecins Sans Frontières les reçoivent.

– Il faut que tu l'allaites, que tu l'allaites autant que tu peux.

– Vous en êtes sûre, docteur ?

– Oui, évidemment.

– Vraiment sûre ? Comment se pourrait-il que juste avec mon lait le bébé ait tout ce dont il a besoin ?

Que la faim faisait partie de leur vie. Qu'ils ne mangeaient pas à tous les repas, que parfois ils ne mangeaient rien de la journée, ou parfois pendant deux journées. Ils le savaient ; savoir que c'est une maladie est une tristesse supplémentaire tant qu'ils ne peuvent y remédier.

– Maintenant, chaque fois que je ne mange pas, je pense à ce que ça me fait à l'intérieur.

Dit Shahalla. Mais la malnutrition est encore plus familière que la faim : comment leur dire qu'avec leurs aliments répétitifs, pauvres – le riz, éventuellement la petite sauce de lentilles, très occasionnellement un reste de viande ou la moitié d'un œuf – qu'eux-mêmes et leurs parents et leurs enfants ont toujours mangés, ils sont loin du compte, que cela ne suffit pas à fabriquer des hommes et des femmes forts, capables de vivre des vies pour de bon ?

– Si au moins j'avais un travail.
– Dans une usine ?
– Oui, bien sûr, n'importe où
– Et pourquoi n'en avez-vous pas ?
– Parce que je ne peux pas, je n'ai personne pour garder mes enfants, je ne peux pas, pour l'instant je ne peux pas. J'espère pouvoir bientôt.

Le traquenard dans toute sa splendeur : espérer – pour être sauvé – que l'on vous exploite.

Shahalla dit qu'elle est coincée : qu'elle ne peut pas sortir travailler car elle n'a personne pour garder ses enfants puisqu'elle n'a pas de famille à Dacca, vu qu'ils ont quitté le village après cette inondation pour voir si à Dacca ils s'en sortaient mieux, mais il ne s'est rien passé, alors, parfois ils ont à manger, parfois non, et ces jours-là ses enfants la regardent sans piper mot, affamés. Shahalla a environ vingt-trois ans, une petite de sept, un petit d'un an, le garçon ne marche pas, ne grandit pas, ne fait pas ses dents, ne fait rien de ce qu'un petit d'un an est censé faire. Et ces derniers temps, il ne mange plus.

– Il a toujours mangé le riz que je lui donnais, mais il n'en veut plus.

Pour beaucoup, ici, nourriture est synonyme de riz. Shahalla a les traits tirés, les os très saillants, et elle se sent coincée, dit-elle : elle est tombée dans un piège.

– Et pourtant j'ai fait tellement de sacrifices pour lui donner son riz. Si maintenant il s'avère que ça ne sert à rien…

Pour Shahalla, ses enfants comptent plus que tout, et maintenant elle est inquiète : elle savait que quand ils ne mangeaient pas, ils passaient un mauvais quart d'heure, mais elle pensait que s'ils finissaient par manger, ce n'était pas grave, or une médecin de MSF vient de lui dire que ce n'était pas le cas, que si ses enfants continuent à mal manger ils auront beaucoup de problèmes en grandissant car ils grandiront moins et apprendront moins, dit-elle, et que cela lui a fait mal car elle aurait dû faire autrement, être capable de leur donner ce dont ils avaient besoin, dit-elle, une larme solitaire.

Et il y en a eu beaucoup : des femmes qui se froissaient ou paniquaient ou déprimaient quand l'infirmière leur disait qu'elles n'alimentaient pas correctement leurs petits, que leurs enfants étaient malnutris, que c'était une maladie, qu'elles devraient leur donner un aliment qui était une sorte de médicament. Qui se froissaient ou paniquaient ou déprimaient parce qu'on était en train de leur dire qu'elles ne savaient pas être mères.

– Je dis toujours aux infirmières de faire très attention à la manière dont elles le leur disent.

Me dirait, un matin, Astrid, la Norvégienne coordinatrice des infirmières.

– Il ne faut surtout pas qu'elles aient l'impression qu'on leur fait un reproche. Pauvres femmes, qu'elles n'aient surtout pas l'impression que nous leur disons que c'est de leur faute.

Alors on pourrait établir un autre critère pour distinguer la faim à l'état brut de la malnutrition : la faim à l'état brut a une conscience de soi, la malnutrition non. Et dans ce cas, des organismes comme MSF seraient, pour caricaturer, des avant-gardes éclairées qui doivent en premier lieu convaincre les malnutris qu'ils le sont, de sorte qu'ils puissent commencer à essayer de se soigner. C'est en un sens le même problème que rencontre n'importe quel groupe politique de gauche : il doit convaincre les exploités et les opprimés qu'ils le sont comme condition préalable à toute tentative de changement. Comme qui dirait : éclairer leur lanterne.

6

Je pense que je devrais penser à d'autres choses. Je pense que je ne sais pas à quoi et que, de toute manière, maintenant, je ne pourrais pas. Ensuite, que tout ceci – la misère, l'incertitude, l'insistance de la faim omniprésente – sert pour que Fatema travaille ses douze heures par jour : pour qu'elle veuille travailler ses douze heures par jour.

Fatema a joué le tout pour le tout. Fatema a vingt et un ans, un enfant de trois, une fille de sept et un mari qui vient de la quitter. Fatema a aussi un visage large et rondelet, l'intelligence vive et un beau sourire : triste mais chaleureux. Ses parents l'ont amenée à Dacca quand elle avait cinq ans, chassés par une inondation qui a emporté leur maison. On l'a mariée quand elle en avait treize ; elle ne voulait pas, mais ça ne l'a pas non plus trop contrariée : elle avait commencé à travailler à sept ans dans une usine de textile, douze heures par jour, et après tout, être mariée ne devait pas changer grand-chose. Pouvoir aller à l'école aurait été une autre affaire : quand Fatema était petite et qu'elle regardait les filles qui y allaient, elle avait l'impression que c'étaient des princesses charmantes, dit-elle : princesses charmantes.

– Je les regardais et je les enviais tellement. C'étaient comme des princesses charmantes.

Ce à quoi elle ne s'attendait pas, c'était que son mari soit si fainéant : parfois il travaillait sur un rickshaw, ou vendait quelque chose dans la rue, ou restait à la maison pendant une semaine entière sans rapporter un taka. Et il la maltraitait, il la battait s'il estimait qu'elle n'avait pas rapporté assez d'argent.

– Vous l'avez chassé ou il est parti ?

– Il est parti.

– Vous voudriez qu'il revienne ?

Fatema hésite. Elle réfléchit longtemps avant de dire qu'en fin de compte, ça ne change rien qu'il soit là ou pas : qu'elle doit quand même gagner de l'argent pour nourrir leurs deux enfants. Sa fille a de la fièvre : elle dort sur son giron, toutes deux sur le plancher de leur chambre.

– Mais ça ne vous dérange pas de vivre ainsi, d'être seule ?

– Non, je préfère. Je préfère presque tout le temps. Un homme doit s'occuper de sa famille ; sans quoi, ce n'est pas un homme.

Dit-elle, puis elle se tait, les yeux mi-clos ; ensuite, elle revient à la charge : un homme qui ne travaille pas est un bon à rien, un parasite. Je lui demande si elle garde de bons souvenirs de leur vie commune et elle dit que oui, au début, mais très vite, non. Et qu'elle ne veut pas d'un autre homme, à quoi bon. Qu'elle doit s'occuper de ses enfants.

Ce sont de drôles de paradoxes : qu'une femme comme Fatema travaille comme un chien – la surexploitation de ces femmes – lui permet de ne pas dépendre d'un homme, de ne pas avoir à supporter ses agressions.

Il y a quatre jours, un ouvrier textile, Aminul Islam, a été retrouvé mort, torturé, sur le bas-côté d'une route des environs de Dacca. Islam avait quarante ans, deux fils, une fille, et il était un des leaders des manifestations de 2010 qui réussirent à porter le salaire minimum du secteur de 1 600 à 3 000 takas par mois. 3 000 takas, c'est 35 dollars.

– Oui, je me souviens des agitations et de l'augmentation. Mais je n'avais pas entendu parler de ce meurtre.

Dit Fatema. Islam avait tenté d'organiser ses camarades de travail de Shasha Denim, une des nombreuses usines confectionnant des vêtements qui s'appelleront ensuite Nike, Tommy Hilfiger et autres marques très cool. Mais un des principes pour que les conditions de travail demeurent inchangées est que les victimes ne puissent se rebeller : la faim inhérente aux salaires infimes est défendue avec des armes parapolicières. Les différents gouvernements bangladais s'accordent à réprimer sans vergogne n'importe quelle opposition ouvrière – et la fameuse « communauté internationale » de détourner les yeux. Qu'il existe des pays comme le Bangladesh, qu'il existe des millions d'ouvriers qui travaillent pour 40 dollars par mois est la condition sine qua non de l'ordre mondial : non seulement parce qu'ils produisent des marchandises bon marché que des milliards de personnes consomment ; mais aussi parce qu'ils dressent la carte de l'industrie – qui se déplace des pays les plus prospères, où nul ne travaillerait pour des sommes pareilles, à ceux où cela est possible. « Nous avons besoin de transférer un certain type de production dans les pays qui nous garantiront une plus grande rentabilité, nous pourrons ainsi maintenir un niveau de profits qui nous permette d'investir dans la recherche et l'innovation », disait un grand homme d'affaires américain dans le *New York Times*. Une autre fonction du progrès technique : justifier le capitalisme le plus sauvage. Si nous ne faisions pas fabriquer cela par des travailleurs surexploités, nous ne gagnerions pas suffisamment pour pouvoir continuer à « innover », disent-ils d'un air sérieux, capitaines des lendemains transformés en marché.

– Quelle honte, non ? Il nous a défendus, il a donné sa vie pour nous défendre et je ne sais même pas qui il était.

Aminul Islam était un homme de petite taille, barbu, musulman très pratiquant ; il y a trois ans, peu après ces grèves, il avait été enlevé par un groupe de sicaires des services secrets Bangladais. On l'avait frappé, torturé, on avait voulu l'obliger à signer des déclarations dénonçant ses camarades ; à la fin, Islam réussit à s'évader ; pendant quelques mois il resta en retrait, mais c'était plus fort que lui.

Il y a quelques mois, les ouvriers de son usine étaient redescendus dans la rue. Cela s'était envenimé quand ils avaient demandé leur après-midi pour voir un match du championnat asiatique de cricket qui, à ce moment-là, obsédait la ville. Les patrons le leur avaient refusé et le conflit avait redoublé : quelques heures plus tard, des milliers d'ouvriers s'étaient mis en grève : ils protestaient pour leurs salaires, leurs conditions de travail, le harcèlement sexuel sur les femmes. Un groupe parapolicier séquestra Islam ; le relâcha le lendemain, mais moins de deux semaines après, l'enleva de nouveau.

– Non, quelle honte. Pauvre homme.

Insiste Fatema d'une voix frêle, le visage rembruni. Au cours des vingt dernières années, le Bangladesh est devenu le deuxième exportateur mondial de vêtements après la Chine. Aujourd'hui, les vêtements représentent les trois quarts de ses exportations : 20 milliards de dollars de vêtements chaque année. Sur les quatre millions d'ouvriers du secteur, 90 % sont des femmes. Fatema travaille toujours dans la même usine de textile : elle touche les fameux 3 000 takas par mois pour faire tourner une machine douze, treize, quatorze heures par jour, six jours sur sept. Mais son travail compte peu : pour chaque jean vendu 60 dollars à New York, le coût de la main-d'œuvre bangladaise – ce qui revient à Fatema – se situe entre 25 et 30 centimes. Et nous, Occidentaux progressistes démocrates si soucieux des droits de l'homme, portons ces vêtements.

Fatema passe la moitié – la moitié – de sa vie au travail. Je lui demande à quoi elle pense quand elle est assise devant sa machine, durant ces longues heures, et elle me dit qu'elle pense à ses enfants, à l'argent dont elle a besoin, à la manière dont elle va se débrouiller pour les élever comme il se doit.

– Je pense à ces choses-là, aux problèmes, à tout ce que j'ai sur la planche.

– Et y a-t-il une pensée qui vous plaise ?

– Bah, parfois je repense aux moments heureux que j'ai eus avec mon mari.

Dit-elle, timide, presque coupable, et que ce qu'il y a de mieux, à l'usine, c'est que parfois elle peut bavarder avec ses copines, leur raconter ses problèmes, écouter les leurs, et que là, elle se sent accompagnée. Mais qu'elle ne s'attarde pas trop longtemps pour vite rentrer chez elle préparer le repas pour ses enfants. Sa chambre est toute propre, très bien tenue ; de petites nattes sur le plancher ; deux étagères dans un coin contenant des casseroles une serviette un thermos.

– Quel genre de musique aimez-vous écouter ?

Et comme si elle s'excusait encore :

– Bah, le problème c'est que je ne peux pas en écouter parce que je n'ai rien pour, ni radio ni rien de tout ça.

Karl Marx imaginait une société de gens égaux où le travail nécessaire pour subsister, n'ayant pas pour vocation de générer une plus-value au profit d'un petit nombre, serait beaucoup plus léger pour tous et où les hommes et les femmes auraient donc plus de temps à consacrer à ce qui les intéresse. Ici, l'idée d'oisiveté – ou plutôt, d'une activité non directement destinée à satisfaire les besoins élémentaires – est quasi inexistante.

Fatema paie 2 000 takas par mois pour cette chambre de dix mètres carrés ; il lui en reste 1 000 pour tout le reste : vêtements, transports, nourriture. Trois personnes qui doivent vivre s'habiller se nourrir avec 13 dollars par mois : au mieux, du riz deux fois par jour. On pense généralement la faim comme un problème qui touche ceux qui n'ont pas de travail, les marginaux, les perdus ; pas ceux qui passent la moitié de leur vie devant une machine à produire des marchandises prisées.

– Quand il n'y a pas suffisamment à manger, je laisse ma part à mes enfants. Je place tous mes espoirs en eux.

Dit Fatema, et je lui demande quel est son plat favori.

– En tant que pauvre, je ne peux pas penser à un plat en particulier. Moi, ce que je veux, c'est une assiette de riz et du bouillon de lentilles. C'est ce que je peux manger, c'est ce que je veux.

– Mais si vous pouviez manger n'importe quoi...

– Moi j'aime les petits pains, les viennoiseries des boulangeries.

– Et quand en mangez-vous ?

Un de ces petits pains coûte ici 4 ou 5 takas : 5 centimes de dollar.

– Oh, ça fait bien longtemps que je n'en ai pas acheté...

Ces jours-ci, je mange dans des auberges bangladaises où on sert immanquablement du riz, immanquablement du dal de lentilles, un morceau de poulet, et il m'arrive de terminer le repas sans avoir pleuré à cause du piment. Toujours est-il que quand je commande de tout, je mange pour 2 dollars. Les deux auberges où je vais généralement sont très propres, toujours bondées d'employés. La pauvreté, c'est – pour les moins pauvres – pouvoir acheter des personnes très bon marché ; en acheter beaucoup.

Ce sont des sociétés de servitude. Si une femme qui fait le ménage chez vous peut vous coûter 500 takas par mois, pourquoi faire le ménage soi-même, et si un monsieur qui conduit votre voiture peut vous revenir à 5 000, pourquoi conduire, et si un garçon va sauter de joie si vous lui donnez 50 takas pour porter vos courses, pourquoi s'enquiquiner ? Voilà, dans la vie quotidienne, à quoi servent ces abîmes.

Karl Marx, il y a bien longtemps, a qualifié de prolétaires un secteur de la société : ceux qui n'ont d'autres biens que leur progéniture ; Fatema regarde sa fille fiévreuse, la caresse.

– Le pire, c'est que maintenant j'ai peur d'aller travailler.

Dit Fatema. Je lui demande de quoi elle a peur et elle me regarde d'un air étonné : du feu, me dit-elle, comme si cela coulait de source. Son atelier, bondé, mal aéré, rempli de tissus et de produits chimiques, est situé dans un immeuble de huit étages, au cinquième, chaque étage abritant une petite usine où s'entassent une centaine d'ouvrières devant leurs machines, sans aération, avec des escaliers étroits et sombres ; la construction est de très mauvaise qualité et, comme il y a constamment des coupures d'électricité, les terrasses sont encombrées de générateurs qui ajoutent un poids que ces structures supportent à peine – ou ne supportent pas. Les incendies, les effondrements sont fréquents. Au cours des cinq dernières années, plus de mille ouvriers sont morts calcinés.

– Mais je ne peux pas ne pas y aller. Pour chaque jour d'absence, on m'en décompte deux. Et si j'arrive en retard, je dois quand même travailler mais je ne suis pas payée.

Il me semble parfois que l'on ne veut pas répondre aux questions simples : pourquoi sont-ils si pauvres et pourquoi ont-ils si faim au Bengale, élève Mopi ? Parce qu'ils sont trop mal payés pour travailler, madame, parce qu'ils sont exploités. Et pourquoi acceptent-ils de travailler pour si peu, élève Mopi ? Parce qu'ils n'ont pas le choix, c'est ça ou la faim pure et dure, madame. Et qui profite de cette exploitation, élève Mopi ? Beaucoup de personnes, madame, beaucoup. Oui, je sais qu'il y en a beaucoup, mais citez-m'en une, élève Mopi. Eh bien moi, par exemple, puisque j'achète des vêtements fabriqués par eux.

Amancio Ortega, l'homme le plus riche d'Espagne, a vu sa fortune augmenter de près de 20 milliards de dollars en 2012 du fait que sa principale société, Inditex – Zara – « optimise les coûts du groupe grâce à une politique d'achats centrée sur des économies émergentes ». Autrement dit : il fabrique de plus en plus en Inde, en Chine et au Bangladesh. Rien qu'ici, il utilise le travail d'un quart de million de personnes.

Nous portons sur la peau des lambeaux de peau d'autres gens : de drôles de lambeaux brûlés, sales, poisseux.

Nous parlons du futur – sans prononcer ce mot bizarre. Je lui demande comment elle se voit dans vingt ans.

– J'ai peur aussi parce que maintenant je peux travailler, mais dans vingt ans je serai plus vieille et qui sait si je pourrai encore, si mon patron voudra me garder dans son usine. Tout dépend de comment j'élèverai mes enfants. Si j'arrive à les élever comme il se doit, ils auront du travail et ils pourront s'occuper de moi dans vingt ou trente ans, quand je serai vieille. Mais si je n'y arrive pas, je n'aurai rien de rien.

Le pari : tout ou presque rien – quoique tout, c'est encore peu. Je lui demande qui est coupable du fait qu'elle soit obligée de vivre ainsi et elle me dit qu'elle ne sait pas, que ça lui est égal. On entend une conversation dans la pièce voisine, des cris de bébé de l'autre côté. L'unique lumière entre par l'encadrement de la porte – et par quelques trous dans le mur. L'air n'entre pas.

– Si ça m'avançait à quelque chose d'accuser quelqu'un, je le ferais, mais ça ne changerait rien. Je crois que c'est mon destin, ce que Dieu a décidé pour moi. Il m'a placée ici sans rien de rien pour que je sois obligée de me débrouiller seule. Il doit savoir pourquoi.

– Et pourquoi n'a-t-il pas créé le monde de façon que chacun ait tout ce dont il a besoin ?

– Je n'ai ni la connaissance ni le savoir nécessaires pour expliquer pourquoi c'est comme ça. J'aimerais pouvoir dire ce que je ressens face à toute cette injustice. Mais je ne sais pas, je ne suis jamais allée à l'école.

– Mais vous croyez que c'est la faute de Dieu, du gouvernement, des gens ?

– Dieu, je n'ai pas à m'en plaindre. Il fait ce qu'Il doit faire, ce qu'Il veut. Mais je dois dire que le gouvernement ne s'occupe que des riches ; pour nous, il ne fait jamais rien, jamais il ne prend soin de nous, jamais rien.

« Il y aura toujours des indigents dans ce pays »,
dit le Deutéronome 15,11.

Les villes sont aussi la manière la plus efficace d'exploiter cette main-d'œuvre très bon marché. C'est ainsi que débuta la fameuse Révolution industrielle : en attirant dans les villes anglaises des paysans pauvres qui, après avoir migré, découvraient qu'ils auraient un travail abominable – mais un travail malgré tout, de quoi se nourrir.

Je déteste l'habitude – paresse – de penser que l'Autre-Monde imite le premier mais avec beaucoup de retard, bien que parfois – parfois seulement – cela semble vrai : aujourd'hui, deux siècles plus tard, beaucoup de villes pauvres reproduisent le même mécanisme. En Asie, en Afrique, en Amérique latine, des villes grossissent, permettant de mieux exploiter cette main-d'œuvre quasi gratuite. Le niveau de misère oblige cette main-d'œuvre – ces millions de gens – à se vendre si volontiers. Et ils sont les chanceux qui font que des milliers d'autres suivent leur trace sans même y parvenir.

Que faire ? Nous déshabiller pour ne pas porter sur la peau la peau de ces femmes en lambeaux ? Splendide partouze, tout le monde à poil en vue de la justice universelle ? Nous apitoyer vingt-deux secondes et trois cinquièmes ? Nous dire que grâce à nous ils ont un travail, ils mangent ? Nous taire, augustement, coupablement, ennuyeusement nous taire ?

Quelqu'un dit que les pauvres de Kamrangirchar ne sont pas tellement intéressés par ce qui se passe dans le pays, la politique, ce genre de choses. Ils sont trop occupés à chercher à manger : voilà, me dit-on, le véritable karma des pauvres.

La véritable damnation des pauvres.

Dans le hall de l'hôtel le plus cher de Dacca, un ami journaliste me présente N., un intermédiaire. Les intermédiaires sont ceux qui tirent les marrons du feu : ceux qui décrochent les commandes des marques occidentales et les sous-traitent auprès des fabricants locaux. N. a trente ans et des poussières, un sourire radieux, une chemise impeccable, une montre grosse comme une soucoupe. N. sirote un cappuccino et me dit que les grandes galeries, les supermarchés et les marques déchirent leurs vêtements – il dit « déchirent leurs vêtements » – en public, mais ne renoncent pas à leurs marges : qu'ils font payer au moins six fois le prix de revient. Et qu'ils essaient d'augmenter le plus possible ces marges en payant le moins possible – et qu'eux, ils s'arrangent comme ils peuvent, dit N., puis son attention est happée ailleurs : sur les écrans plats du hall de l'hôtel le plus cher est diffusé un match du championnat asiatique de cricket, Bangladesh-Inde.

– Le cricket est ma véritable passion. Là, il faut vraiment des couilles. Le cricket, c'est l'authentique combat pour la vie.

Dans le hall de l'hôtel le plus cher, un de ces monstres de verre opaque au décor d'aéroport en marbre rose, une employée replète se promène avec une raquette lumineuse. Elle a des attitudes de panthère : elle se met à l'affût, attaque. Quand elle exécute un smash, un revers, la raquette grésille et brasille : encore une mouche tuée. Peut-être son travail consiste-t-il à nettoyer l'air que les clients respirent ; ou peut-être à mettre en scène le combat pour la survie ; afin que personne ne se distraie et l'oublie, ne l'oublie et se distraie. Son sourire aiguisé, satisfait : puissions-nous un jour connaître à travers quelques mots la délectation qu'éprouve cette dame grâce aux mouches mortes.

(Et maintenant, tandis que je rédige ces pages, un nouvel effondrement à Dacca : plus de 1 100 victimes. On dit que des fissures étaient apparues la veille, qu'on avait fait évacuer l'immeuble de huit étages où travaillaient 3 000 ouvrières, mais que, ce 24 avril, les patrons ont déclaré que celles qui n'iraient pas travailler perdraient leur salaire du mois. On dit qu'elles sont toutes venues et que deux heures plus tard l'immeuble s'est écroulé en quelques secondes. On dit que son propriétaire est un cacique du parti au pouvoir. On dit qu'au Bangladesh, un député sur cinq est un entrepreneur du textile et que ceux qui ne le sont pas interviennent dans l'industrie ou touchent des pots-de-vin : que personne n'a intérêt à changer quoi que ce soit. Il est rare que la politique comme instrument aux mains d'un secteur économique soit aussi visible.)

Il est difficile de penser que Fatema et Abdel sont des privilégiés : qu'ils ont un emploi, un patron qui les exploite à fond. Taslima ou Momtaz ou Mohamed n'en ont pas : ils n'ont personne à qui réclamer quoi que ce soit, ils n'ont pas de camarades avec qui s'unir pour obtenir de meilleures conditions, ils n'ont pas la – toute relative – garantie que demain aussi ils travailleront, ils n'ont pas de réseau : ils travaillent comme ils peuvent – comme leur milieu le leur impose – et s'ils ne peuvent pas travailler, ils sont irrémédiablement fichus.

Autrement dit : ils mangent encore moins – et ils aimeraient être aussi privilégiés qu'Abdel ou Fatema.

Autrement dit : à certaines époques et à certains endroits – ici, à Dacca, maintenant, dans tant d'autres –, la faim sert à cela.

DE LA FAIM, 3

Encore de la soupe

En 1957, quand je suis né, j'étais un parmi 2,9 milliards d'autres individus. Il y avait déjà de quoi se sentir humilié : mes rêves de singularité divisés par 2 999 999 999. C'est pire aujourd'hui. Aujourd'hui, nous sommes plus du double : en un demi-siècle, la population mondiale a doublé et a continué sur sa lancée ; nous avons déjà dépassé les 7 milliards.

Il y a deux mille ans, au moment de ce découpage conventionnel qui coïncide avec la naissance d'un prédicateur juif qui vécut si mal et mourut si bien, il y avait environ 300 millions de personnes sur terre – et le chiffre augmentait très lentement. Les hommes mirent plus de quinze siècles à doubler en nombre – puis ils accélérèrent. Vers 1900, ils étaient 1,7 milliard et 2,5 en 1950. On dit que le 12 octobre 1999, nous atteignîmes les 6 milliards. On dit qu'en 2050 nous serons – ils seront ? – quelque 9 milliards et que les équilibres régionaux seront définitivement bouleversés : l'Asie continuera d'englober plus de la moitié de la population mondiale, mais l'Europe, qui au début du siècle dernier en constituait près d'un quart, n'atteindra pas les 7 %. Et que la proportion d'Africains aura en revanche doublé, puisqu'ils représenteront un cinquième de la planète.

Nous sommes beaucoup, nous nous sommes multipliés. Quand il y aura des historiens pour regarder cette époque avec le recul suffisant, ils trouveront que son trait le plus distinctif était cette prolifération des hommes sans précédent. (Ils ne se permettront même pas, je suppose, cette boutade borgésienne : « *Mirrors and fatherhood are abominable, because they multiply the number of men.* »)

En revanche, ils étudieront aussi précisément que nécessaire la manière dont une planète qui, pendant des siècles, ne parvenait pas à nourrir 500 millions de personnes, a pu tout à coup en nourrir correctement 5 milliards. C'est une des réussites les plus extraordinaires de l'histoire des hommes.

La faim a de multiples causes. Le manque de nourriture n'en est plus une.

En 1970, à l'âge de cinquante-six ans, Norman Borlaug reçut le prix Nobel de la paix. Arse Lionães, la présidente du comité, dit au moment de le lui remettre que « le monde oscille depuis quelque temps entre la crainte de deux catastrophes : l'explosion démographique et la bombe nucléaire. Les deux représentent un péril mortel. Dans cette situation intolérable, la menace de l'apocalypse suspendue au-dessus de nous, le docteur Borlaug entre en scène et coupe le nœud gordien. Il nous a offert un espoir fondé, une alternative de paix et de vie : la Révolution verte. Nous avons accordé le prix à un scientifique qui, plus que nul autre aujourd'hui, a contribué à alimenter un monde affamé. Et nous l'avons choisi dans l'espoir qu'en donnant du pain au monde, il lui apporte aussi la paix ».

C'était – disaient-ils – une préoccupation constante : en 1974, Henry Kissinger, secrétaire d'État de Richard Nixon, a convoqué une grande conférence à Rome pour convenir de politiques contre la faim – et il la conclut en déclarant que, « dans dix ans, aucun enfant n'irait au lit en ayant faim ». Les dix ans se sont écoulés : 1984 est un chiffre à problèmes.

En ces années-là, la panique malthusienne était redevenue une des activités les plus répandues. Paul Ehrlich, professeur de biologie à l'Université de Stanford, publia en 1968 un livre qui fit fureur. *La bombe P* commençait en disant que « la bataille pour alimenter l'humanité a pris fin. Au cours des années soixante-dix, des centaines de millions de gens mourront de faim en dépit de tous les programmes d'aide que l'on mettra en place. Il est trop tard pour empêcher une augmentation substantielle du taux de mortalité dans le monde... ».

Selon Ehrlich, le seul recours possible pour minimiser la catastrophe à long terme était de ramener le taux de croissance démographique à zéro ou même à moins, notamment en ajoutant aux aliments et boissons des pays les plus prolifiques – les plus pauvres – « des stérilisants temporaires » ou bien, dans un souci de plus grande efficacité, en procédant à des stérilisations massives. Et que les États-Unis devaient assigner leur aide en fonction de la capacité de chaque pays à contrôler son taux de natalité : l'Inde, par exemple, qui ne savait pas le faire, ne devait rien recevoir ; il était inutile de jeter l'argent par les fenêtres, mieux valait laisser la population diminuer d'elle-même – s'autoréguler par la faim – autant que nécessaire, disaient le docteur Ehrlich et son épouse, et on ne les envoyait pas en prison : ils se produisaient à l'émission de Johnny Carson, vendaient des livres à la pelle, s'enrichissaient. La faim dans le monde a toujours été une affaire juteuse.

Cela l'était aussi pour certaines institutions fort distinguées comme le Club de Rome. Son rapport *Limits to Growth*, élaboré par des scientifiques du MIT et publié en 1972, fut vendu à plus de 30 millions d'exemplaires et lu comme parole d'Évangile. L'ouvrage expliquait, à grand renfort de chiffres et de modèles, que les ressources naturelles les plus déterminantes étaient en voie d'épuisement et que par conséquent l'humanité entrerait dans une période catastrophique où la population se réduirait brutalement, ce qui engendrerait des guerres, des famines et autres ténèbres.

Nous y voilà. Il n'y a rien de plus triste que l'Apocalypse car elle n'accomplit jamais son destin.

Le malthusianisme – récurrent, tenace – est la caricature, la forme outrée d'un mode de pensée beaucoup plus répandu : la tentation de penser le futur en extrapolant les conditions présentes. Les malthusiens supposent en général que, si la population continue à croître, elle ne pourra pas s'alimenter – dans les conditions actuelles de production des aliments. Ils ne tiennent pas compte de l'évidence historique qui veut que, par ses désajustements et périodes critiques, la production a tendance à s'adapter à l'augmentation du besoin et vice versa.

Il n'y a pas plus réactionnaire, plus conservateur : penser le monde de demain avec les caractéristiques d'aujourd'hui et introduire dans ce contexte constant une seule variable différente – en l'occurrence, la demande accrue d'aliments en raison de la croissance démographique.

Et, bien sûr, être horrifié par les résultats.

(Dans *Une brève histoire de l'avenir*, Jacques Attali rappelle des cas de cette erreur : « Par exemple, à la fin du XVIe siècle, tous pronostiquaient que l'apparition en Europe des caractères mobiles de l'imprimerie ne ferait que renforcer les deux pouvoirs alors dominants, l'Église et l'Empire ; de même, à la fin du XVIIIe siècle, la majorité des analystes ne voyaient dans la machine à vapeur qu'une attraction de foire qui ne changerait rien au caractère agricole de l'économie ; de même encore, à la fin du XIXe siècle, l'électricité n'avait, pour l'essentiel des observateurs, qu'un seul avenir : permettre d'éclairer autrement les rues. »)

En 1970, parmi les 3,7 milliards de personnes qu'il y avait alors dans les parages, plus d'un quart ne mangeaient pas à leur faim : elles étaient environ 880 millions. Durant ces années-là, les effets de la Révolution verte furent décisifs pour améliorer la situation en Asie – Chine et Inde surtout. Le nombre d'affamés se maintenait, mais la croissance démographique en diminuait la proportion.

En 1980, les 850 millions de dénutris constituaient 21 % de la population. En 1990, ils étaient 840 millions et représentaient 16 % des gens. En 1995, le nombre d'affamés tombait à son minimum historique : toujours selon la FAO, ils étaient 790 millions, soit 14 % de la population mondiale. Les organismes internationaux regorgeaient d'optimisme et annonçaient que la bataille contre la faim touchait à sa fin.

Cette bataille nous importait car on s'était fourré dans la tête que l'ensemble du monde se souciait de l'ensemble du monde : les Nations unies contribuèrent très efficacement à bâtir ce récit. Quoique ce qui le rendait plus palpitant était la recrudescence de la peur originelle de Roosevelt : tant qu'il exista deux blocs, aucun des deux n'entendait permettre l'émergence sur ses domaines de secteurs en crise susceptibles de changer de camp – et, pour cela, il était utile et même nécessaire de leur donner à manger.

Quasiment plus personne n'osait dire que la faim – avoir faim – pouvait être le châtiment d'un dieu envers ceux qui ne lui obéissaient pas assez. Mais la vulgate malthusienne demeurait – demeure ? – en vigueur : si les pauvres ont faim, c'est parce qu'ils se reproduisent trop. Ce qui malgré tout est exact, en dernière instance – une instance si dernière qu'elle n'explique rien. D'abord : ceux qui se reproduisent beaucoup sont ceux qui continuent à n'avoir aucune certitude – alimentaire, médicale – que leurs enfants survivront à l'enfance. Ensuite : dans le monde actuel, ce n'est pas parce qu'ils sont nombreux que leurs enfants n'ont ni nourriture ni médicaments suffisants, mais parce que d'autres raflent tout, les privent de « leur part ».

On avançait d'autres justifications en attendant : nombre d'entre elles ont toujours cours. Depuis des décennies abondent les papiers aimables, bien-pensants – américains, européens, « internationaux » – qui débutent généralement par une vérité hardie : la principale cause de la faim dans le monde est la pauvreté. Cela semble logique, quasi lapalissadesque. Pourtant, c'est de la pure mystification rhétorique. Ils pourraient dire, éventuellement, et cela changerait du tout au tout : les pauvres ont faim parce qu'ils n'ont pas assez pour acheter à manger, mais il n'y a pas de relation de cause à effet entre la pauvreté et la faim, les deux partageant en réalité une même cause. Ce sont des formes de la même privation, du même dépouillement. La principale cause de la faim dans le monde, c'est la richesse : le fait qu'un petit nombre accapare ce dont un grand nombre a besoin, y compris la nourriture.

Vient ensuite une ligne de justifications légèrement plus complexes : la faim serait le résultat d'autres problèmes structurels. « Pour en finir avec la faim, il faut améliorer l'éducation » est un classique contemporain, qui a sa part de vérité mais : dans la plupart des pays pauvres, l'éducation des plus pauvres ne les rend pas aptes à améliorer leurs manières de gagner leur vie. Quand cela se produit, nombreux sont ceux qui décident de rentabiliser cette éducation en migrant vers les pays développés, qui les reçoivent à bras ouverts : ils embauchent par exemple des infirmières du Zimbabwe ou du Suriname tout en continuant à revendiquer une meilleure éducation au Suriname ou au Zimbabwe.

La ligne la plus rebattue insiste sur le fait que les gouvernements des pays pauvres sont corrompus et détournent les aides censées nourrir leurs concitoyens. Ils sont corrompus, ils volent l'argent : « hommes idiots qui accusez / la femme sans nulle raison, / or vous êtes l'occasion / de ce que vous incriminez ». Ces gouvernements véreux se maintiennent en place grâce au soutien de ces mêmes gouvernements et organismes occidentaux qui se plaignent de leur vénalité : ils leur sont utiles pour acquérir des matières premières et des avantages militaires – qu'ils sont en voie de perdre aujourd'hui au profit des Chinois, lesquels se plaignent moins et proposent les mêmes marchés en un peu mieux.

Encore une fois : si ces pays sont pauvres, c'est avant tout parce que c'étaient des colonies conçues pour le bénéfice de leurs propriétaires et qu'ils continuent d'occuper, d'une certaine manière, cette place périphérique dans le système mondial : parce qu'ils continuent d'être l'AutreMonde.

Parmi toutes les explications, l'une a ressurgi avec beaucoup de vigueur dans les années quatre-vingt, du Smith presque tout craché : s'il y avait encore des centaines de millions d'affamés, c'était à cause de l'intervention de l'État dans l'économie de leurs pays respectifs, empêchant le marché de faire son travail, de répandre ses grâces.

L'idée participait de l'offensive en règle que lança le capitalisme à ce moment-là : dans les années quatre-vingt-dix, après la chute du mur de Berlin et la fin de l'histoire, plus rien ne s'interposait sur son chemin. On connaît la chanson : profitant des dettes que contractèrent les pays pauvres auprès des grandes banques internationales dans les années soixante-dix – du temps où, ayant trop de liquidités, les grandes banques persuadèrent les pays pauvres d'accepter ces prêts –, le Fonds monétaire international et la Banque mondiale leur imposèrent leurs programmes néolibéraux. Usant du pouvoir coercitif que leur conféraient ces dettes, les fonctionnaires du Fonds se transformèrent en nouveaux administrateurs coloniaux, qui débarquèrent dans les capitales d'une centaine de pays, habilités à imposer des systèmes économiques complets. Reagan et Bush aux États-Unis, Thatcher en Grande-Bretagne, Kohl en Allemagne avalisaient l'attaque en tant que dirigeants politico-militaires.

La plupart de leurs mesures firent le lit de la faim : la dévaluation des monnaies nationales augmenta le prix de toute denrée importée ou exportable, la réduction des appareils d'État jeta des millions de fonctionnaires à la rue, les privatisations augmentèrent les prix des services publics et réduisirent le budget des pauvres pour l'achat de nourriture, le démantèlement des systèmes de santé publique empêcha les malnutris, sujets à davantage de maladies, de se soigner.

Dans leur croisade pour la primauté du marché sur les régulations nationales, les plans d'ajustement incluaient la levée des contrôles sur les importations de denrées alimentaires – dans les pays pauvres, où les producteurs durent rivaliser avec les prix subventionnés des pays riches. Le FMI et la Banque mondiale affirmaient que ces contrôles altéraient le fonctionnement du marché, mais ils ne remirent jamais en question d'autres « altérations » que les États riches introduisaient dans les marchés : leurs milliards de dollars en subventions agricoles, leur protectionnisme à outrance. Dans le cycle de négociations de l'Organisation mondiale du commerce qui se tint en Uruguay – 1986-1993 –, nombre de pays furent obligés de revoir à la baisse leurs barrières douanières et leurs incitations à la production agricole – tandis que les États-Unis, l'Europe et le Japon augmentaient encore les subventions accordées à leurs producteurs, qui pouvaient dès lors produire moins cher et accaparer ces marchés.

L'intégration des pays dans le marché global, qui redéfinissait le rôle de chacun et restructurait la production locale pour l'adapter audit marché, transformant les cultures de subsistance en cultures d'exportation, fit perdre leurs terres et leurs emplois à beaucoup de paysans et les poussa à migrer à la périphérie des villes ; ceux qui restaient ne pouvaient plus cultiver leurs aliments et devaient souvent travailler dans les nouvelles exploitations géantes pour des salaires de faim.

Dans beaucoup de pays, la politique du FMI et de la Banque mondiale comprend aussi la suppression des aliments subventionnés et des mécanismes régulateurs des prix nationaux que les États mettaient en place à travers leurs réserves de grains et d'autres denrées alimentaires. Dans des cas comme le Niger, le résultat a été immédiat : des milliers de personnes sont mortes de faim pure et dure.

On a baptisé cette politique le Consensus de Washington. Cela doit être moche – pour un monsieur, pour une ville – de s'inscrire dans l'histoire sous le nom d'une politique qui a eu la peau de tant de millions de personnes.

L'offensive capitaliste des années quatre-vingt et quatre-vingt-dix a aussi produit un phénomène plus général et très significatif : les principales décisions du pays en matière d'économie étaient adoptées au siège du FMI et de la Banque mondiale – à Washington –, de sorte que les autorités nationales ont perdu quasiment tout pouvoir : les élections dans ces nouvelles démocraties tenaient de plus en plus de la vaine pantalonnade. En l'absence d'un État pour intervenir dans les conflits économiques et sociaux, les pauvres se sont trouvés encore plus exposés, à la merci des décisions des riches.

« La principale cause individuelle de l'augmentation de la pauvreté et de l'inégalité au cours des années quatre-vingt et quatre-vingt-dix a été le retrait de l'État », dit un rapport aussi sérieusement institutionnel que *The Challenge of Slums*, publié par les Nations unies en 2003.

Et pourtant : nous oublions parfois combien s'est améliorée la vie d'une multitude de gens. Ainsi, en 1851, à Londres – la capitale de l'empire du moment –, un tiers des femmes âgées entre quinze et vingt-cinq ans étaient des employées de maison, et un autre tiers, des putains.

C'est un exemple ; il y en a tant. N'étaient les centaines de millions de personnes qui ont faim, d'aucuns pourraient dire que ce système a fonctionné, qu'il n'y a pas besoin d'en changer. Beaucoup le disent quand même.

« Au cours des années quatre-vingt-dix, le commerce continua de se développer à un rythme sans précédent, la quasi-totalité du monde s'ouvrit aux échanges et les dépenses militaires diminuèrent. Le coût de tous les intrants de production baissa, tandis que les taux d'intérêt chutaient rapidement en même temps que les prix des produits de consommation courante. Le flux de capitaux s'affranchit des contrôles nationaux et put se déplacer rapidement vers les zones les plus productives. Dans ces conditions économiques quasi parfaites au regard de la doctrine néolibérale dominante, on aurait pu croire que la décennie apporterait une prospérité et une justice sociale sans précédent », disait *The Challenge of Slums.*

Et pourtant, poursuivait ce rapport, « un nombre inédit de pays a vu son développement régresser au cours des années quatre-vingt-dix. Dans 46 pays, les habitants sont plus pauvres aujourd'hui [2003] qu'en 1990. Dans 25 pays, plus de personnes ont faim aujourd'hui qu'il y a dix ans ».

Non seulement des centaines de millions d'Africains, de Latino-Américains et de Sud-Asiatiques mangeaient moins : leur mode de vie aussi avait changé. Dans les grands bidonvilles de l'AutreMonde, des hommes qui se retrouvaient au chômage cédaient leur rôle de chef de famille à leurs femmes – lesquelles cherchaient des emplois comme domestiques ou vendaient de la nourriture dans la rue. Leurs enfants cessaient d'aller à l'école pour pouvoir aider la famille en faisant un petit boulot – ou, souvent, pour ne rien faire du tout et s'adonner à des activités plus ou moins délictuelles. Le travail au noir s'est accru d'une manière exponentielle ; les possibilités de réclamer de bonnes conditions de travail devenaient de plus en plus utopiques. La migration s'est intensifiée chez ceux qui pouvaient l'affronter. Pour les autres, les perspectives d'ascension sociale s'étaient évanouies : le futur était devenu quelque chose qui ressemblait trop au présent, un mot sans grande signification.

Dans une étude désormais classique, *Free Markets and Food Riots*, parue en 1994, John Walton et David Seddon on recensé, entre 1976 et 1992, 146 « révoltes contre le FMI » dans 39 pays débiteurs. La plupart ont commencé par des pillages de nourriture.

Durant les années quatre-vingt-dix, la tendance était claire : le nombre d'affamés augmentait de nouveau, frôlant les 850 millions – et il continuait à grimper. L'une des pires crises alimentaires contemporaine était en train de germer.

Et dans les coulisses, presque en silence, loin des sunlights, la grande finance était sur le point de donner l'assaut. Elle était prête : cela faisait quinze ans qu'elle se préparait dans un building au bord du lac Michigan.

ÉTATS-UNIS
Le capital

1

Construit en 1925 en plein cœur de Chicago, le gratte-ciel du *Chicago Tribune* est une idée du monde. Haut et téméraire, il empile plus d'étages que n'en comptaient les immeubles de l'époque, mais, au ras du sol, sa porte d'entrée est celle d'une cathédrale gothique : la tradition comme base de l'audace moderne. Et une conception du pouvoir : des morceaux de pierre provenant d'autres édifices sont encastrés sur sa façade, comme s'il les avait engloutis – et mal digérés. Ces morceaux dessinent un royaume d'ici-bas : le Taj Mahal, l'église de Luther, la Grande Muraille de Chine, le mur de Berlin, le château de Hamlet à Elseneur, le Massachusetts Hall de Harvard, la maison de Byron en Suisse, l'abbaye de Westminster, le fort d'El Álamo au Texas, le Parthénon d'Athènes, le château royal de Stockholm, la cathédrale de Cologne, Notre-Dame de Paris, la tour de David à Jérusalem. Ce sont des petits bouts : bouchées du monstre. Ces morceaux ont bâti l'Empire américain.

Des réponses me traversent : parfois des réponses me traversent mais, fidèle à moi-même, je préfère faire la sourde oreille. Cent, deux cents pigeons voltigent en bande à une bonne hauteur ; ils vont, viennent, se croisent, se confondent.

Ils ne savent où aller ; leurs ailes brillent dans les airs, leurs mouvements sont une vague perdue, si belle sans le vouloir. Tout à coup surgit un pigeon venu de plus loin ; la multitude s'écarte pour le laisser passer ; il prend la tête du cortège ; la multitude vole derrière lui, le suit comme un seul homme.

Chicago, soir d'hiver féroce, vent tourbillonnant.

Ici, dans ces rues, dans une de ces rues, naquirent des personnes que j'admire ou que je n'admire pas. Ici, notamment : Frank Lloyd Wright, Ernest Hemingway, John Dos Passos, Raymond Chandler, Ray Bradbury, Philip K. Dick, Edgar Rice Burroughs, Walter Elias Disney, Orson Welles, Charlton Heston, John Belushi, Bob Fosse, Harrison Ford, John Malkovich, Robin Williams, Vincente Minnelli, Kim Novak, Raquel Welch, Hugh Hefner, Cindy Crawford, Oprah Winfrey, Nat King Cole, Benny Goodman, Herbie Hancock, Patti Smith, Eliot Ness, John Dillinger, Theodore Kaczynski alias Unabomber, Ray Kroc alias McDonald's, Hillary Rodham Clinton – et tant d'autres noms qui nous rappellent que nous sommes aussi made in USA.

– C'est très simple, mes frères, c'est très simple : tout est écrit dans ce livre et il suffit d'apprendre ce qu'il dit et de s'y plier pour avoir la meilleure vie possible, ici et pour l'éternité, toute l'éternité.

Crie, debout sur le trottoir, une dame noire d'une trentaine d'années, cheveux longs lissés, jean et blouson, grandes lunettes, grand cul, sourire immensément compatissant. La dame parle sans discontinuer mais personne ne se décide à l'écouter.

– Regardez, venez : il suffit de l'apprendre et de s'y plier pour avoir la meilleure vie...

Ici, dans ces rues, il y a des milliers de gens pressés, il y a du vent, il y a un grand lac qui ressemble à une mer et, autour, plus homogène, plus puissant encore qu'à New York, le capitalisme concentré et rutilant sous la forme d'immeubles comme des châteaux verticaux : surfaces de pierre, acier, verre noir qui colonisent l'air, le fragmentent, le transforment en gage de son pouvoir. L'air est ici ce qui reste entre ces forteresses, tandis que les larges artères, propres, bien soignées, sont le cadre nécessaire pour les mettre en valeur. Je me demande s'il existe beaucoup de lieux où un système – d'idées, de pouvoir, d'affaires – se soit ancré avec un tel empire. Chicago – le centre de Chicago – est une occupation brutale, absolue de l'espace. Durant de nombreux siècles, ce fut l'apanage du roi, qui érigeait son palais ou son château fort, et de son Église, qui y allait de sa cathédrale, pour bien signaler à qui appartenaient les lieux : pour imprimer leur pouvoir dans l'espace. Ici, ce sont des douzaines d'entreprises puissantes dont les immeubles emplissent l'air, et rien ne détonne.

Chicago est un festival de la meilleure architecture que l'argent puisse se payer : quarante, cinquante immeubles de société construits au cours des cent dernières années, chacun égalant le plus bel immeuble de Buenos Aires, et deux ou trois rivalisant avec les dix plus beaux de Shanghai – car ainsi va le monde. Daniel Burnham, un des premiers urbanistes de la ville, écrivit l'idée de base en 1909 : « Il ne faut pas dessiner des plans modestes, car ils ne déploient pas la magie nécessaire à chauffer le sang des hommes. » Ici, les immeubles déploient la magie nécessaire, l'esbroufe requise, expliquent, sans sourciller, ceux qui en sont les propriétaires. Au milieu des forteresses, pas d'immeubles modestes, pas de magasins chinois transplantés, pas de résidus d'un ordre différent, pas de ruelles ni d'ordures : partout la même musique. *Money makes the world go round,* chante Liza Minnelli – son père naquit ici –, et Pink Floyd de lui répondre : *Money, / it's a crime. / Share it fairly / but don't take a slice of my pie.*

La dame noire dans la trentaine fait une pause : ça doit être dur de parler toute seule si longtemps. Un homme blanc entre cinquante et soixante ans, sale, barbe hirsute, doudoune verte très râpée – sans-foyer, les nomme-t-on –, s'approche alors d'elle et lui demande si elle est sûre qu'il suffit d'apprendre et de se plier :

– Si je n'en étais pas sûre, je ne le dirais pas. Vous n'y croyez pas ?

– Non, moi, non.

Dans ces rues, les trottoirs sont propres, impeccables, les vitrines brillent ; passent des messieurs et des dames en uniforme de travail : petit tailleur ou costume pour elles, leurs talons, leurs sacs à main ; costume foncé et chemise claire pour eux. L'homme blanc – ça se voit – n'est pas satisfait de la réponse de la femme noire et retourne à son abri, dix mètres plus loin : un carton par terre et sur le carton un sac éventré, une couverture marron ou vraiment sale, une gamelle en plastique bleu contenant quelques pièces. À côté de son abri, une pancarte disant qu'il a faim parce qu'il n'a ni travail ni personne pour lui donner à manger : « J'ai faim parce que je n'ai ni travail ni personne pour me donner à manger », dit la pancarte écrite au marqueur noir sur un autre bout de carton. Sa pancarte ne demande rien ; elle explique.

Les trottoirs sont propres, impeccables, les vitrines brillent et les mendiants abondent : tous les 30 ou 40 mètres il y en a un assis sur le trottoir propre, etc., deux, trois, quatre par pâté de maisons assis sur le trottoir propre, etc., avec des pancartes expliquant qu'ils n'ont rien à manger.

– Tout est écrit dans le livre, mes amis. Si vous ne le lisez pas, si vous ne le suivez pas, c'est entièrement de votre faute. La damnation sera entièrement vôtre, mes amis.

Crie la femme noire.

C'est quand cela fonctionne que cela me déprime le plus. À Calcutta, à Madaoua, à Antananarivo on peut toujours penser à ce qui est défaillant, ce qui reste à accomplir. Cette ville est une des plus triomphantes du modèle le plus triomphant du monde actuel : Chicago, USA. Et constamment la sensation que cela n'a pas grand sens : un tel déploiement, tant d'objets, tant de reflets, tant de tentations idiotes. La machine la plus parfaite, la plus vaine. Des gens qui se donnent du mal, qui travaillent beaucoup d'heures par jour pour produire des objets ou des services relativement superflus que d'autres personnes achèteront si elles parviennent à travailler beaucoup d'heures par jour pour produire des objets ou. Comme si un jour on allait se réveiller amnésiques – enfin amnésiques, délicieusement amnésiques – et nous demander : À quoi était censé servir tout ça, déjà ?

(Le nécessaire – l'indispensable – représente un pourcentage de plus en plus infime de ce que nous procure notre travail. Cela va même plus loin : le degré de réussite d'une société se mesure à l'aune des marchandises superflues qu'elle consomme. Plus elle dépense d'argent en choses dont elle n'a pas besoin – et moins en nourriture, santé, vêtements, logement –, plus, suppose-t-on, ce groupe, ce secteur, ce pays a réussi.

D'un autre côté : dans un monde plus nivelé, qu'adviendrait-il de toutes ces belles choses qui ne se font que parce qu'il y a des gens qui ont beaucoup d'argent en trop ? Avions voitures bateaux maisons d'avant-garde montres fines grands vins iPhones soins médicaux personnalisés. Un développement égalitaire est-il toujours plus lent et plus obscur ?)

Ici, on a su se doter de martyrs. Pendant des années, Chicago était pour moi un nom doté de deux significations : l'endroit où Al Capone et ses gars butaient des gens avec des mitrailleuses primitives dans des films que l'on voyait en noir et blanc même s'ils étaient en couleurs ; l'endroit où des milliers de travailleurs avaient mené le combat pour la journée de huit heures ; quatre d'entre eux ont été pendus pour cela en 1887 : les Martyrs de Chicago sont devenus des icônes des mouvements ouvriers et, grâce à eux, le 1er mai a été décrété jour de la fête du Travail quasiment dans le monder entier – sauf, bien entendu, aux États-Unis d'Amérique.

Trente-huit ans auparavant, en 1848, tandis que monsieur Marx publiait, en allemand mais à Londres, son *Manifeste du parti communiste*, tandis que l'Europe se rebellait contre ses nombreuses monarchies, ici, à Chicago, des capitalistes enthousiastes voyaient dans cette confusion de grandes occasions pour faire des affaires. Cette année-là, ici, à Chicago, on inaugurait le canal fluvial ainsi que les premiers trains qui relieraient la ville à la côte et la transformeraient en plaque tournante du commerce de la viande et des céréales du Nord ; cette année-là, on terminait de construire les premiers élévateurs à vapeur, des machines ingénieuses qui permettaient de stocker des grains dans des silos d'une taille sans précédent ; cette année-là, on inaugura aussi une salle où des fermiers qui vendaient leurs produits et les commerçants qui les achetaient se retrouvaient pour les négocier : le Chicago Board of Trade, l'ancêtre du Chicago Mercantile Exchange ou, en d'autres termes, le marché qui décide aujourd'hui des cours des grains dans le monde.

Tout est écrit dans le livre, mes amis.
Crie la femme noire.

Le bâtiment mesure 200 mètres de haut ; c'est un bloc massif et impénétrable, à grandes pierres et petites fenêtres, et en haut, au sommet, une statue de dix mètres représentant Cérès, la déesse romaine de l'agriculture : maïs dans une main, blé dans l'autre. En bas, près de la porte, l'inscription « Chicago Board of Trade » taillée dans la pierre ; le bâtiment fut inauguré en 1930, alors que les États-Unis plongeaient dans la crise la plus violente de leur histoire. À ses côtés, deux immeubles du néo-classicisme le plus rigoureux, du temps où les Américains découvrirent qu'ils étaient un empire – et voulurent ressembler au plus célèbre d'entre eux : l'immeuble néo-classique appartenant anciennement à la Continental Bank racheté depuis par la Bank of Amerika ; l'immeuble néo-classique de la Réserve fédérale, succursale de Chicago. Les drapeaux étoilés sont partout : le pouvoir fait de pierres et de drapeaux.

– Bienvenu.

Me dit Leslie, son plus beau sourire, une veste rose, d'un rose très rose. Leslie – appelons-le Leslie – est courtier dans une des quatre ou cinq grandes compagnies céréalières du monde, une entreprise qui brasse plusieurs milliards de dollars par an, et il va m'emmener visiter la Bourse sous condition que je ne dévoile pas son nom ni celui de sa société. Leslie – appelons-le Leslie – s'aperçoit que je le regarde bizarrement et m'explique que sa veste est, comment dire, un accident :

– C'est le mois de la sensibilisation au cancer du sein, on fait ça pour que les gens pensent au cancer du sein.

Me dit-il, et que c'est une bonne cause et qu'il est toujours bon de participer à une bonne cause. Ensuite il m'invite à entrer, nous avons beaucoup de choses à voir : que la Bourse est un monde, dit-il, tout un monde.

– Ceci est un monde avec ses propres règles. À première vue elles peuvent paraître bizarres, absconses, comme si on voulait que les gens de l'extérieur ne sachent pas ce qui se passe là-dedans. Mais je vais te les expliquer jusqu'à ce que tu les comprennes.

Me dit-il, me menace-t-il.

Le parquet – cela s'appelle « le parquet » – de la Bourse de Chicago s'étend sur plus de 5 000 mètres carrés, un demi-hectare de négociants et d'ordinateurs et de panneaux électroniques. Le parquet de la Bourse de Chicago est comme une cathédrale : une grande nef vaguement arrondie et très haute de plafond et, juste sous le plafond, à la place des vitraux représentant les saints, une corniche lumineuse qui en fait tout le tour : des milliers de chiffres sur des tableaux à diodes luminescentes vertes, rouges et jaunes, cotations, myriade d'achats et de ventes, hausses et baisses, pertes et profits : la raison commerciale transformée en chiffres qui changent en permanence.

Plus bas, ici, le parquet de la Bourse de Chicago est divisé en fosses – *pits* – aux fonctions variées : il y a la fosse du maïs, du blé, des options de maïs, des options de blé, d'huile de soja, de farine de soja. Chaque fosse est un cercle de dix mètres de diamètre entouré de trois rangées de gradins. Debout à l'intérieur, trois ou quatre douzaines de messieurs, dont beaucoup en veste rose, semblent s'ennuyer : les uns regardent l'écran suspendu à leur taille, d'autres lisent le journal, l'un observe les cheveux de son voisin, les habits de son voisin, l'ennui de son voisin, l'autre le bout de ses chaussures rutilantes ; beaucoup regardent le plafond, les chiffres sur les corniches ou leurs tablettes où défilent encore des chiffres, des cours – jusqu'à ce que, tout à coup, quelqu'un pousse un cri que je n'arrive jamais à capter, alors ils se réveillent. Ils crient et se regardent : un poulailler sans poules, rien que des coqs bien élevés, mais coqs malgré tout. Ils brandissent des carnets de chèques en blanc, font des gestes des mains et des doigts, scrutent anxieusement les écrans à leur taille, les chiffres au plafond. Pendant une minute ou deux, ils caquettent autant qu'ils sont, lancent les mains en l'air, tentent diverses gesticulations ; ensuite, aussi subitement que cela a commencé, le mouvement se dissout de nouveau dans la catatonie.

– Tout a un sens, ici. Ou du moins nous aimons à le croire.

Dit Leslie – appelons-le Leslie –, puis il m'explique que les mouvements de mains – paumes tournées vers l'extérieur ou vers l'intérieur, doigts joints ou séparés, à hauteur de la poitrine ou du visage – veulent dire j'achète, je vends, combien, à quel prix, et qu'ils se comprennent.

– Mais le plus clair du temps ils ont l'air de s'ennuyer.

– Oui, c'est parce que presque tout se fait sur les écrans, maintenant. Il y a encore quelques années, il y avait des jours où on ne pouvait même pas se déplacer, là-dedans, tellement c'était bondé.

Maintenant on peut. Le tumulte intermittent des coqs évoque un dinosaure bipolaire, une pantomime en l'honneur d'un passé glorieux. Tout semble un peu forcé, comme hors de propos ; cette activité fonctionnait ainsi jusqu'à il y a dix ou quinze ans. Aujourd'hui cela n'en constitue qu'une infime partie. La plupart de l'activité – plus de 85 % actuellement, et le chiffre augmente – se déroule ailleurs, nulle part, sur les écrans des ordinateurs du monde, dans les coins les plus reculés. Chicago n'est plus ce qu'il était ; il est devenu une abstraction mondialisée supplémentaire.

Je demande ensuite à Leslie – appelons-le Leslie – s'il croit que cet endroit, ce temple, va durer.

– D'ici quelque temps, ceci va disparaître, non ?

– Difficile d'imaginer que cela puisse disparaître. Cela existe depuis plus de cent cinquante ans et j'ai passé la moitié de ma vie ici. Vous croyez que je peux penser que ça n'existera plus ?

– Je ne sais pas. Mais à votre avis, cela va-t-il disparaître ?

– Oui. Je suppose qu'à moyen terme, oui.

Pour l'instant, dans les fosses dédiées à chaque grain – sur les écrans des ordinateurs –, des milliers et des milliers d'opérations incessantes « découvrent » les cours en fonction de l'offre et de la demande. Chicago n'est plus le lieu où tout s'achète et se vend, mais c'est encore celui qui fixe les prix qui seront payés ensuite – qui seront encaissés – dans le monde entier. Les prix qui définiront qui gagne et qui perd, qui mange et qui ne mange pas.

Me reviennent tout à coup en mémoire des soirées à Dacca, des nuits à Madaoua à me demander à quoi pouvait ressembler cet endroit où tant de choses se jouent. Et je suppose

– mais c'est injuste ou cela n'a pas de sens ou cela n'a pas de sens et c'est injuste – qu'ici, personne n'a jamais pensé à Dacca ni à Madaoua.

– Le marché est le meilleur mécanisme de régulation pour maintenir les cours au niveau où ils doivent être. Personne ne peut contrôler un marché, pas même les spéculateurs les plus puissants.

Me dit Leslie.

– Cet endroit contribue à abaisser le coût de la nourriture partout dans le monde.

Me dit un autre courtier, un monsieur assez gros qui transpire copieusement. Je tente de ne pas juger ses propos : je lui demande par quel biais.

– En créant un marché transparent qui fournit des liquidités à tous les acteurs impliqués. On a besoin de gens et d'entreprises qui risquent leur argent pour que le marché puisse fonctionner. C'est ce que nous faisons. Et, bien sûr, nous gagnons de l'argent grâce à cela, autrement nous ne le ferions pas.

Je l'écoute, sans grimacer. La Bourse de Chicago a servi – disent-ils – à stabiliser les cours. Sa grande invention, au milieu du XIXe siècle, fut l'établissement de contrats à terme – les « futures » – : un producteur et un négociant signaient un document qui les obligeait mutuellement, le premier s'engageait à vendre au second une quantité déterminée de blé à un prix déterminé, et la Bourse garantissait que ce contrat serait honoré. Ainsi les fermiers savaient-ils avant de moissonner combien ils toucheraient pour leurs grains, les acheteurs qui les transformeraient savaient combien ils auraient à débourser. C'était – supposait-on – une fonction très utile du fameux marché.

L'explication la plus claire me sera donnée quelque temps plus tard, à Buenos Aires, par Iván Ordóñez, qui travaillait alors comme économiste chez Gustavo Grobocopatel, l'un des plus grands producteurs de soja sud-américains.

– Qu'est-ce que l'agriculture, au fond ? C'est prendre un paquet d'argent, l'enterrer et, six mois plus tard, en déterrer un plus gros paquet. Le problème, c'est qu'au moment de semer, je sais combien me coûtent la semence, le travail, le fertilisant, mais je ne sais pas combien va se vendre le grain au moment de la récolte. Comme j'ai une incertitude quant à mon revenu, puisque le résultat assujetti aux conditions climatiques, est très volatil, je dois l'assurer. Même chose pour l'industriel qui a besoin de mon soja pour le transformer en farine, ou l'éleveur qui a besoin de cette farine pour nourrir ses animaux. Alors ce que nous pouvons faire, c'est nous accorder sur un prix au moment de la récolte, sur la base d'une série de données passées et présentes. C'est cela, un contrat à terme : des engagements d'achat et de vente sur quelque chose qui n'existe pas encore. C'est pourquoi l'on appelle cela un marché de « dérivés » : parce que les cours à terme dérivent des cours actuels de ces mêmes produits. Cela aide à stabiliser les cours. Comme le marché a besoin de volume, moi je participe en tant que je produis le soja, toi en tant que tu me l'achètes, mais aussi le gars qui estime que le cours que nous avons accordé est trop bas ou trop élevé. Ce type, qu'on appelle un spéculateur, donne du volume et des liquidités au marché, et il fait en sorte que les cours de ces futures soient fiables.

Quand j'entends le mot fiable, je sors mon revolver, comme disait l'autre.

D'aucuns soutiennent que le marché des denrées alimentaires a fonctionné suivant ces règles pendant très longtemps. Mais quelque chose commença à changer au début des années quatre-vingt-dix ; personne alors ne le remarqua ; beaucoup, ensuite, le déplorèrent.

– Aujourd'hui, de nouveaux joueurs sont apparus, des banques et des fonds qui s'impliquent là-dedans ; avant, c'était un marché pour producteurs et consommateurs, aujourd'hui, c'est devenu un lieu pour le jeu financier, la spéculation.

Les États-Unis sortaient des années Reagan, époque où des millions d'emplois avaient été supprimés – et des millions de travailleurs licenciés – afin que les grandes compagnies puissent « délocaliser » leurs usines à l'étranger, époque où le salaire des travailleurs qui restaient stagnait alors même que leur productivité augmentait de près de 50 %, où les impôts des plus riches avaient diminué de moitié. L'époque où ces riches avaient, pour toutes ces raisons et quelques autres, beaucoup d'argent dormant qu'ils voulaient « investir » dans quelque chose qui leur en rapporte encore plus.

– Moi, je n'aime pas beaucoup ça, mais que puis-je y faire ? Je dois continuer à jouer, c'est mon métier.

Leslie – appelons-le Leslie – m'explique les mécanismes de l'affaire. Au bout d'un moment, il se rend compte que je ne comprends toujours pas et il tente de me rassurer :

– Tout cela peut être synthétisé très simplement : tous ces gars veulent gagner de l'argent. Comment font-ils pour gagner de l'argent ? Aujourd'hui il existe beaucoup de manières. Il faut les connaître, être capable de les manier : prendre des positions à moyen et long terme, prendre et liquider ces positions en l'espace de deux minutes. Il y a de plus en plus de manières de gagner de l'argent avec ces opérations.

Dans certains pays du globe – tels que celui-ci –, on peut dire qu'on fait quelque chose dans le seul but de gagner de l'argent. Dans d'autres, non. Mais, en règle générale, il n'est pas facile de dire que l'on fait monter le prix des aliments dans le seul but de gagner de l'argent. On agite des justifications : qu'en réalité le grain augmente en raison de la hausse de la demande chinoise, la pression des agrocarburants, les facteurs climatiques. Leslie – appelons-le Leslie – est une personne charmante, emplie de bonnes intentions. Ses amis – les courtiers qu'il me présente sur le plancher de la Bourse de Chicago – en ont aussi l'air. Certains travaillent pour les grandes compagnies céréalières, d'autres pour les banques et les fonds d'investissement, d'autres encore jouent pour leur propre compte, achetant et revendant – avec la caution d'une société financière qui leur prélève des commissions sur tout ce qu'ils font. Tous sont aimables, enthousiastes, des gens soucieux du destin de l'humanité. Des gens qui me conduisent à me demander à quoi sert de parler avec les gens. Ou en d'autres termes : à quoi sert la perception que les gens ont de ce qu'ils font. À quoi bon, au-delà de l'anecdote.

– Et vous arrive-t-il de penser au coût de ce que vous faites dans le monde réel ?

– À quel genre de coût faites-vous allusion ? Le coût économique, le coût social ? De quel coût parlez-vous ?

2

« L'histoire de la nourriture prit un tournant abominable en 1991, à un moment où personne n'était très regardant. Ce fut l'année où Goldman Sachs décida que notre pain quotidien pouvait constituer un excellent investissement.

« L'agriculture, enracinée dans le rythme des moissons et des semailles, n'avait jamais attiré l'attention des banquiers de Wall Street, dont la richesse ne provenait pas de la vente de choses réelles comme le blé ou le pain mais de la manipulation de concepts éthérés comme le risque et les dettes collatéraux. Mais en 1991, ils avaient déjà fait main basse sur presque tout ce qui pouvait être transformé en abstraction financière. La nourriture était à peu près tout ce qui restait. Ainsi, avec leur soin et leur précision habituels, les analystes de Goldman se sont employés à transformer la nourriture en concept. Ils ont sélectionné dix-huit ingrédients susceptibles de devenir des marchandises et concocté un élixir financier qui comprenait du bétail, du café, du cacao, du maïs et deux, trois variétés de blé. Ils ont soupesé la valeur de chaque élément en termes d'investissement, combiné et chiffré les parties, puis réduit ce qui était auparavant une somme complexe de choses réelles en une formule mathématique qui pouvait être exprimée en un seul chiffre : le Goldman Sachs Commodity Index. Après quoi ils ont commencé à en proposer des actions.

« Comme c'est généralement le cas, le produit Goldman prospéra. Les cours du bétail, du café, du cacao, du maïs et du blé commencèrent à monter, d'abord lentement, puis rapidement. Comme un nombre accru de gens misa de l'argent sur le Goldman's food index, d'autres banquiers en prirent bonne note et créèrent leurs propres indices d'aliments pour leurs propres clients. Les investisseurs étaient ravis de voir monter la valeur de leurs actions, mais la hausse du prix des petits déjeuners, déjeuners et dîners n'améliora guère la vie de ceux qui tentions de manger. Les fonds de commodités commencèrent donc à poser problème. »

Ainsi débutait l'article révélateur de Frederick Kaufman, intitulé « *The Food Bubble : How Wall Street Starved Millions and Got Away with It* » et paru en 2011 dans *Harper's*.

– La nourriture a été financiarisée. La nourriture est devenue un investissement, au même titre que le pétrole, l'or, l'argent ou toute autre action. Plus le prix est élevé, meilleur est l'investissement. Meilleur est l'investissement, plus la nourriture est chère. Et ceux qui ne peuvent pas en payer le prix, qu'ils le paient en faim.

J'avais cherché sa photo sur internet afin de le reconnaître au bar de Wall Street où il m'avait donné rendez-vous ; sur la photo, Kaufman arborait un tee-shirt blanc, une barbe de quatre jours, des cheveux en bataille et un large sourire : un grand gaillard légèrement sauvage. Mais cet après-midi-là je vis arriver un monsieur presque petit, tiré à quatre épingles dans un costume bleu, chemise impeccable et cravate, tenant en laisse son caniche blanc. Il me dit ensuite qu'il revenait d'un déjeuner et me pria de l'excuser pour son chien, mais qu'il était débordé à cause de la promotion de son dernier livre, *Bet the Farm*, et qu'il fallait bien qu'il le promène. Fred Kaufman s'assit et me dit qu'il m'accordait une heure.

– Au début des années quatre-vingt-dix, les dirigeants de Goldman Sachs étaient en quête de nouvelles affaires. Leur philosophie de base, la philosophie de base des négociants, c'est que « tout peut être négocié ». Ils eurent alors l'ingéniosité de penser qu'à long terme, les actions, les titres de dettes et tout le reste n'auraient peut-être pas autant de valeur ; que ce qui aurait toujours de la valeur, c'était le plus indispensable : la terre, l'eau, les aliments. Mais ces choses-là ne connaissaient pas la volatilité et cela posait un problème aux traders. Toute l'histoire des marchés des aliments, et l'histoire de la civilisation, a consisté à essayer de donner une certaine stabilité aux prix d'un type de produit très instable. La nourriture est fondamentalement instable, car il faut la récolter deux fois par an, et cette récolte dépend d'une série de facteurs qui nous échappent : la météorologie, surtout. Pourtant, l'histoire des civilisations dépend de cette stabilité. La civilisation est née dans les villes ; c'est là que sont apparus la philosophie, les religions, la littérature, les métiers, la prostitution, les arts. Mais les gens des villes ne produisant pas de nourriture, il fallait garantir qu'ils puissent en acheter à un prix plus ou moins stable. Voilà comment débuta la civilisation au Moyen-Orient. Puis, bien des siècles plus tard, cela se produisit aussi en Amérique. Au cours du XXe siècle, les cours du grain furent très stables – sauf durant de brèves périodes inflationnistes – et ce fut le meilleur siècle pour notre pays.

Le caniche était patient, bien élevé. Pendant que son maître parlait, il le regardait, immobile comme s'il ne l'avait pas écouté une infinité de fois. Fred Kaufman était un torrent de paroles :

– Les banquiers ne comprennent pas le bienfait des cours stables des aliments ; ce qu'ils comprennent, à l'inverse, c'est que s'il y a plus de volatilité, ils vont faire plus d'argent sur le long terme, car la demande d'aliments ne s'interrompra jamais ; au contraire, elle va toujours augmenter. Alors ils cherchèrent à créer les conditions pour attirer de gros capitaux vers ces marchés et, surtout, pour maintenir ces capitaux sur place et faire beaucoup d'argent en jouant avec. C'est ça qu'ils voulaient : de l'argent. Voilà pourquoi ils devaient transformer ce marché, qui avait servi à assurer la stabilité des cours et la sécurité des producteurs et des consommateurs un siècle durant, en une machine à produire de la volatilité et, par conséquent, à produire de l'argent : voilà pourquoi ils ont créé leur Index, qui leur a permis d'attirer les capitaux de beaucoup d'investisseurs et de jouer avec. Et cela a généré une augmentation soutenue des cours. Les cours du grain ont triplé en quelques années ; oui, ils les ont fait tripler, et des millions d'enfants sont morts, félicitations. Tous les spéculateurs prédisent que les cours des aliments vont doubler au cours des vingt prochaines années ; si cela se produit, et que les habitants des pays pauvres doivent dépenser 70 ou 80 % de leurs revenus en nourriture, le printemps arabe sera de la gnognote à côté de ce qui va se produire dans le monde. Il y a des gens qui croient que ça ne nous concerne pas, que ce n'est pas notre problème. Ici, nous sommes à deux rues de Ground Zero : je crois qu'on a déjà pu constater que dans le monde il y a des gens très en colère contre nous et qu'ils peuvent nous atteindre.

Dit Kaufman, et son caniche blanc le regarda d'un air inquiet.

Mais à présent, à Chicago, en plein étage, Leslie essaie de m'expliquer le mécanisme. J'ai du mal ; il y passe un long moment jusqu'à ce qu'il me semble avoir compris quelque chose :

Supposons que je veuille faire des affaires. Je n'ai bien sûr jamais vu un grain de soja de ma vie, mais cela ne m'empêche pas d'en vendre une tonne à l'instant, livrable le 1er septembre 2016 – un future – au prix du marché : disons 500 dollars. Toute l'astuce consiste à attendre que le marché se soit trompé et que la tonne de soja vaille, fin août, 450 dollars. Car alors moi, qui n'ai jamais vu la couleur du soja, je pourrai acheter la tonne que je dois livrer à ce prix-là – et j'aurai gagné 50 dollars au passage. Ou mieux, je pourrai vendre mon contrat à un autre pour qu'il l'honore à ma place – auquel cas je gagnerai peut-être 49 dollars. Ou bien, si je suis impatient ou si je veux tapisser ma salle de bains ou me consacrer à plein temps à la peinture préraphaélite, je pourrai le vendre à n'importe quel moment entre aujourd'hui et le 1er septembre 2016. Par exemple demain, si le « soja septembre 2016 » a augmenté d'un dollar et que j'ai envie de gagner de l'argent rapidement.

Mais il se pourrait aussi, m'explique Leslie, que le soja monte à 600 dollars, auquel cas j'en aurais perdu 100. Pour l'éviter, me dit-il, je pourrais me montrer plus sophistiqué et acheter, plutôt qu'un contrat à terme, une option. Une option est un contrat qui me donne le droit – mais non l'obligation – de revendre une tonne de soja à 500 dollars en septembre prochain. C'est pourquoi, je paierai une commission – disons 20 dollars – à celui qui s'engage à me l'acheter à un prix donné. Si, arrivé le mois d'octobre, le soja est à 450, j'en aurai gagné 30, car le type qui m'a vendu l'option est obligé de m'acheter à 500 dollars le soja que j'aurai acheté à 450 ; moins 20 pour le coût de ce droit, il m'en reste 30. Alors je peux vendre mon option à 30, ou 29, et gagner cet argent directement, sans faire l'opération. Et celui qui me l'achète spécule sur le fait qu'une semaine plus tard le soja sera peut-être à 445 et alors il aura gagné 5 dollars de plus, et ainsi de suite. Et si le soja monte à 600, je n'aurai perdu que 20 ; je n'exerce pas mon option et cela s'arrête là.

– Pfiouu !

Voilà pour la théorie, laquelle n'a rien à voir avec la pratique. Dans la pratique, ces options s'achètent et se vendent en permanence, sans trêve : en dernière instance, le prix du soja en septembre 2016 ou après-demain ou le mois prochain n'est qu'un chiffre à prédire avec la plus grande exactitude possible afin de pouvoir parier gagnant sur ses variations, mais ce serait la même chose s'il s'agissait de la température qu'il fait à Saint Louis, Missouri, au cours des prochaines 24 h ou le nombre d'éructations de quatorze vendeurs de silice liquide au cours d'un dîner d'affaires. Ce pourrait être n'importe laquelle de ces choses et bien d'autres, sauf que si c'étaient ces choses, cela n'affecterait pas la vie de millions de personnes : ici, le cours des grains est la matière d'un jeu de spéculation ; en dehors d'ici, c'est la différence entre manger et ne pas manger.

Ici, en attendant, l'affaire consiste à tirer profit des petites variations de cotation quotidiennes ou horaires ou minutaires ; si les quantités sont importantes, ces infimes oscillations produisent des différences substantielles. Et tout cela grâce à des erreurs de calcul du marché qui, pour le bonheur de ses pratiquants, se trompe à chaque fois.

C'est curieux : ceux qui travaillent dans le marché, ceux qui chantent les louanges les plus enflammées du marché, ceux qui vivent si grassement grâce au marché, opèrent avec les erreurs du marché. Et nul ne dit – devant son whisky au bar, dans les colonnes de *The Economist*, dans les salles de classe des écoles de commerce – : ce que j'aime, dans le marché, c'est qu'il se trompe presque à tous les coups.

Pourtant, l'erreur du marché est le fondement de leurs affaires. S'il ne se trompait pas, si le soja futur de septembre 2016, négocié ce matin 500 dollars en coûtait 500 en septembre 2016, ce temple serait vide, il n'y aurait plus moyen de faire des affaires avec tout cela. Personne ne le dit : ils chantent leurs Panégyriques, ils prêchent la Parole, ils vous disent que le Marché est le remède à tous les maux.

Ils vivent de ses erreurs.

3

La transformation de la nourriture en moyen de spéculation financière dure depuis plus de vingt ans. Pourtant, nul ne semblait l'avoir vraiment remarqué jusqu'en 2008. Cette année-là, la grande banque endura ce que beaucoup appelèrent « l'orage parfait » : une crise qui affecta à la fois les actions, le crédit hypothécaire et le commerce international. Tout s'écroulait : l'argent était à la rue, sans abri. Après quelques jours de déroute, nombre de ces capitaux se réfugièrent dans l'antre qui leur parut le plus avenant : la Bourse de Chicago et ses matières premières. En 2003, les investissements en commodités alimentaires attiraient quelque 13 milliards de dollars ; en 2008, ils atteignirent les 317 milliards – près de 25 fois plus d'argent, près de 25 plus de demandes. Alors, évidemment, les prix s'envolèrent.

Des analystes nullement suspectés d'être de gauche calculaient que ce montant était quinze fois supérieur aux dimensions du marché agricole mondial : de la spéculation pure et dure. Le gouvernement nord-américain dévoyait des centaines de milliards de dollars vers les banques « afin de sauver le système financier » et une bonne partie de cet argent ne trouvait pas de meilleur investissement que dans la nourriture – des autres.

Aujourd'hui, à la Bourse de Chicago, l'on négocie chaque année une quantité de blé égale à cinquante fois sa production mondiale. Je veux dire : ici, chaque grain de blé qui existe dans le monde est acheté et vendu – n'est ni acheté ni vendu, on fait comme si – cinquante fois. Autrement dit : on brasse cinquante fois plus d'argent à spéculer sur le blé qu'à le produire.

La grande invention de ces marchés, c'est la vente de choses que l'on ne possède pas. Cela va même plus loin : vendre ce que l'on possède serait une aberration : on vend des promesses, des compromis, des choses floues affichées sur un écran d'ordinateur. Et cet exercice de fiction permet de gagner des fortunes à ceux qui savent y faire.

Et ceux qui ne savent pas y faire embauchent des développeurs informatiques. Plus de la moitié de l'argent qui transite par les Bourses du monde riche est confié au HFT – High Frecuency Trading –, la forme la plus extrême de spéculation algorithmique ou automatisée. Un nom à rallonge pour quelque chose de très compliqué et de très simple à la fois : des ordinateurs surpuissants qui réalisent des millions d'opérations en quelques secondes ou millisecondes ; ils achètent, vendent, achètent, vendent, achètent, vendent achendent ventent vachètent achentent vachendent véchendent sans trêve, tirant parti d'infimes changements des cours qui, en pareilles quantités, se transforment en montagnes d'argent. Ce sont des machines qui opèrent beaucoup plus vite que n'importe quel être humain, indépendantes de quiconque. Cela me sidère que les détenteurs de l'argent mettent de pareilles sommes entre les mains – appelons-les des mains – de quelques machines susceptibles de dérailler et dont le déraillement pourrait leur coûter de véritables fortunes : qu'ils aient une telle confiance en la technique ou peut-être une telle avidité.

Le HFT, c'est de la spéculation à l'état pur : des machines qui ne servent qu'à gagner toujours plus d'argent. Ce sont des opérations que personne ne réalise sur des contrats qui ne sont pas faits pour être honorés concernant des marchandises dont personne ne verra jamais la couleur : achat et vente de néant en quelques secondes, marché pur sans l'intrusion de quelque réalité que ce soit. Argent sur de l'argent, fumée produisant du feu, la fiction la plus rentable.

La machine tournait à mille à l'heure. Ce jour-là, le 6 avril 2008, le cours du blé avait atteint les 440 dollars la tonne. C'était incroyable ; seulement cinq années auparavant, il coûtait trois fois moins : autour de 125. Les céréales, dont la valeur nominale était demeurée constante – dont le prix avait donc baissé – pendant plus de deux décennies, commencèrent à augmenter au cours de l'année 2006, mais dans les premiers mois de 2007 leur ascension était devenue vertigineuse : en mai, le blé dépassa les 200 dollars la tonne, en août les 300 et en janvier les 400 ; le cours des autres grains connaissait le même sort.

Or, comme disent les négociants, le marché alimentaire jouit d'une « faible élasticité ». C'est leur manière de dire que, quoi qu'il arrive côté offre, la demande ne peut trop bouger : si les prix montent beaucoup, on peut différer l'achat d'une voiture ou d'une paire de baskets, mais très peu de gens acceptent de bon gré de différer l'achat de leur déjeuner. Autrement dit : même si les prix montent, tous ceux qui le peuvent paieront – et ceux qui ne le peuvent pas seront très ennuyés.

Bien sûr, l'augmentation n'avait pas une cause unique. L'une en était l'augmentation extraordinaire du prix du pétrole, qui en ces jours du mois d'avril frôlait les 130 dollars le baril, soit deux fois plus que quelques mois plus tôt. Le pétrole est si crucial pour la production agricole que John N. Gray, un essayiste politique anglais, a dit récemment que « l'agriculture intensive consiste à extraire de la nourriture du pétrole ». Il faisait notamment allusion à ce chiffre si claironné selon lequel produire une calorie de nourriture coûte 7 calories de carburants fossiles.

Le cours du pétrole influe sur le cours des aliments de plusieurs manières. Pour commencer, parce qu'il joue sur n'importe quel prix : l'énergie est le sang dont le corps mondial a besoin pour fonctionner – dit naguère un grand capitaliste dans une envolée lyrique – et son prix est le prix de toute chose. Le coût des aliments inclut notamment une part significative de carburant : pour la production – pour les machines agricoles et parce que la plupart des engrais et des pesticides contiennent du pétrole sous une forme ou une autre –, pour le transport, le stockage, la distribution. Mais l'augmentation du prix du pétrole a aussi fait une plus grande place aux fameux agrocarburants.

On les appela d'abord biocarburants ; récemment, des groupes de sceptiques ont estimé que le préfixe « bio » leur conférait une patine d'honorabilité écololo qu'ils ne méritaient pas – et ils ont donc proposé qu'on les appelle les agrocarburants. Apparemment, l'agro n'est pas aussi coté que le bio dans la conscience cool. Mais certains déboursent des sommes colossales pour lui acheter une bonne presse : en 2000, le monde produisit 17 milliards de litres d'éthanol ; en 2013, cinq fois plus : 85 milliards de litres. Dont neuf litres sur dix consommés aux États-Unis et au Brésil.

L'éthanol est l'agrobio le plus utilisé et aussi le plus ancien. Pendant 10 000 ans, il servit surtout à s'enivrer ; dans les années trente du siècle dernier, le Brésil, qui n'avait pas encore de pétrole, commença à en distiller à partir de sa canne à sucre et à l'utiliser, mélangé avec de l'essence, pour propulser ses voitures. À la fin de la Seconde Guerre mondiale, le pétrole devint si bon marché que l'éthanol passa quasiment aux oubliettes ; dans les années soixante-dix, au moment de la crise internationale du brut, le Brésil reprit l'idée, puis, fatigués de dépendre du pétrole que lui vendaient ses ennemis – ou, pire, certains amis –, les États-Unis décidèrent de l'imiter.

Que les États-Unis souffrent de leur dépendance vis-à-vis du pétrole est un drôle de paradoxe, presque une forme de justice poétique : au début du XXe siècle, il y avait dans le combat pour l'économie mondiale le charbon anglais d'un côté et le pétrole américain de l'autre. Les Américains réussirent à imposer le pétrole comme énergie hégémonique dans le monde – essentiellement parce qu'ils en avaient beaucoup et qu'ils avaient du pouvoir. À présent leur pétrole ne leur suffit pas à couvrir un tiers de leurs besoins et ils doivent en importer de pays hostiles ou semi-hostiles ou susceptibles de le devenir – ce qui les oblige à les maintenir sous contrôle au moyen d'une force militaire qui leur coûte des fortunes. Les États-Unis continuent à contribuer pour 40 % dans les 1,58 billion de dollars que le monde dilapide en dépenses militaires. C'est pourquoi, fabriquer du carburant avec des ressources propres est une priorité géopolitique.

Et c'est une autre manière d'utiliser des aliments pour ne pas alimenter.

Ainsi qu'une affaire en or pour beaucoup.

L'agrocarburant est l'avant-dernière réponse à la surproduction de grains qui embarrasse depuis des années l'agriculture nord-américaine. Au cours de la seconde moitié du XXe siècle, les techniques agricoles progressèrent comme jamais, les subventions aux fermiers augmentèrent énormément et leurs exploitations atteignirent des rendements inédits : ils ne savaient plus que faire avec tant de maïs, tant de blé. Au cours de la seconde moitié du siècle, les États-Unis furent confrontés à un problème rare dans l'histoire de l'humanité : la surproduction d'aliments. Que tel fût le problème du principal producteur de nourriture d'un monde où il manquait de la nourriture ressemble à une plaisanterie.

Parmi d'autres effets de la surproduction, il y a le maintien des prix de la nourriture à un niveau très bas pendant une longue période. Une des premières utilisations de ces excédents fut politique : sous couvert d'aide, l'on exporta de grandes quantités de grain. Nous parlerons plus loin du programme « Food for Peace ».

Une autre réponse consista à utiliser ces grains pour alimenter le bétail : aux États-Unis, les cochons et les poulets mangent encore 70 % de la production de céréales. La consommation de viande a atteint des niveaux sans précédent.

Ensuite viendraient d'autres utilisations : sirops de maïs – grand édulcorant de l'industrie alimentaire –, détergents, textiles et, dernièrement, l'agrocarburant.

L'éthanol nord-américain est fabriqué à partir du maïs, une de leurs principales cultures. Les États-Unis produisent 35 % du maïs mondial, plus de 350 millions de tonnes par an. Selon une loi fédérale, la Renewable Fuel Standard, 40 % de cette céréale doit être utilisée pour remplir les réservoirs des voitures. Cela représente près d'un sixième de la consommation mondiale d'un des aliments les plus consommés dans le monde. Avec les 170 kilos de maïs nécessaires pour remplir un réservoir d'éthanol-85, un enfant zambien ou mexicain ou bangladais peut survivre toute une année. Un réservoir, un enfant, un an. Et l'on remplit chaque année près de 900 millions de réservoirs.

Encore une fois : l'agrocarburant utilisé pour les voitures étasuniennes suffirait à donner une livre de maïs par jour à tous les affamés de la terre.

Jean Ziegler, toujours aussi tranchant, dit que « les biocarburants sont un crime contre l'humanité ».

Non seulement le gouvernement américain oblige à utiliser du maïs pour propulser les voitures, mais il verse des milliards de dollars de subventions à ceux qui en produisent. Nettement une forme de redistribution de la richesse : un gouvernement prend les impôts de tout le monde et les reverse à des secteurs qui ont le pouvoir de faire pression. Le lobby des fermiers américains a beaucoup de poids pour diverses raisons, notamment parce que leurs États, faiblement peuplés, comptent autant de sénateurs que New York ou la Californie.

L'argument n'est pas présentable. De sorte que les lois et résolutions qui subventionnent l'éthanol parlent bien sûr d'« indépendance énergétique » et de « lutte contre le réchauffement climatique ». Mais l'empreinte carbone de l'agrocarburant est lourde : dans *Demain, la faim !* Frédéric Lemaître dit que l'éthanol de maïs ne diminue qu'entre 10 et 20 % les émissions de CO_2 des voitures – et que si l'on compte tout ce qu'émettent les tracteurs, les engrais et les pesticides nécessaires pour le produire et le transporter, plus l'énergie électrique indispensable pour le transformer, le bilan écologique en est négatif.

Et que l'augmentation de la demande de maïs cultivé pour l'éthanol est responsable d'une part importante – que nul ne peut déterminer précisément – de la hausse des prix des aliments. Un exemple : beaucoup de fermiers du Midwest américain cessèrent de produire du maïs blanc qu'ils vendaient notamment au Mexique, pour passer au jaune que l'on utilise pour fabriquer de l'éthanol. Alors le prix de la farine de maïs doubla et même tripla au Mexique où des milliers de personnes sortirent dans la rue. On appela cela la révolte des tortillas.

Au Guatemala, ils ne sortirent pas dans la rue. Au Guatemala, la moitié des enfants sont malnutris. Il y a vingt ans, le Guatemala produisait quasiment tout le maïs qu'il consommait. Mais dans les années quatre-vingt-dix commencèrent à arriver les excédents américains très bon marché puisque subventionnés, et les paysans locaux ne purent rivaliser. En une décennie, la production locale diminua d'un tiers.

À cette époque, beaucoup de paysans durent vendre leurs terres à des sociétés qui plantent aujourd'hui des palmiers pour fabriquer de l'huile et de l'éthanol, de la canne pour faire du sucre et de l'éthanol. Et ceux qui purent continuer à cultiver leurs terres rencontrèrent de plus en plus de difficultés : menaces armées pour qu'ils les vendent, propriétaires préférant cesser de leur louer les leurs pour travailler avec de grandes compagnies, de grandes plantations qui pompent toute l'eau ou la polluent avec leurs produits chimiques.

Le problème s'aiguisa dans les années qui suivirent : les Américains commencèrent à utiliser leur maïs pour fabriquer de l'éthanol et les cours montèrent, puis ils montèrent encore plus lors des grandes hausses qui précédèrent la crise de 2008. Aujourd'hui, chez les marchands de tortillas guatémaltèques, avec un quetzal – environ 15 centimes de dollar – on s'achète quatre tortillas ; il y a cinq ans, on s'en achetait huit. Et le prix des œufs a triplé car les poulets aussi mangent du maïs.

Ce sont des exemples.

Pourtant, je ne pense pas que quiconque le fasse exprès pour nuire.

Je veux dire : ce n'est pas que les autorités et les lobbies et les producteurs agricoles américains veuillent affamer les enfants guatémaltèques. Ils veulent simplement améliorer leurs ventes et leurs prix, dépendre moins du pétrole, veiller à l'environnement – et ce n'est pas sans certains effets collatéraux, que voulez-vous.

Shit happens.

L'utilisation de grains pour produire des agrocarburants lie davantage encore les cours agricoles aux cours pétroliers : si l'essence augmente, l'éthanol aussi – et le maïs avec. Dorénavant, les conflits géopolitiques qui influaient autrefois sur le cours du pétrole influeront bien plus directement sur le prix des aliments.

(En 2012, la Commission européenne souscrivit à certains de ces arguments : quelques années auparavant, elle avait établi que tous les transports du continent devaient utiliser 10 % d'agrocarburants avant 2020. Devant l'attaque des oènegés et des partis qui l'accusaient de priver les pauvres de nourriture, elle décréta que la moitié de ce carburant devrait être produit à partir de bois, d'herbes, de déchets agricoles, de pailles, d'algues : des choses qui ne pouvaient pas être mangées.

Depuis le milieu de la décennie passée, on plaça tous les espoirs dans la « deuxième génération de biocarburants », fabriqués à partir de végétaux non comestibles, ce qui était censé faire baisser le cours des grains et en finir avec cette rivalité entre conducteurs et mangeurs. On supposait que l'élaboration en était plus coûteuse et compliquée, mais que cela en valait la peine. Au cours du dernier trimestre 2007, l'investissement en développement de ces produits atteignit le pic de 7,6 milliards de dollars au niveau mondial ; même les grandes compagnies pétrolières comme BP ou Shell s'y étaient mises. Cela ne fonctionna pas comme elles l'escomptaient ; au cours du premier trimestre 2013, l'investissement avait chuté à 57 millions ; autant dire des broutilles.

Il peut sembler légèrement monstrueux que la production de végétaux pour le transport rivalise avec la production de végétaux pour l'alimentation – et cela l'est probablement. Mais cela a toujours été le cas. Pendant des millénaires, beaucoup de terres furent consacrées à alimenter les animaux de trait et de selle. Jusqu'au début du XXe siècle, les États-Unis destinaient encore un quart de leurs terres cultivables à nourrir leurs chevaux. Ce n'est qu'au fil des cent dernières années, grâce à l'irruption du pétrole, que la production agricole put être entièrement vouée à l'alimentation – et ce fut probablement une autre des raisons de la baisse des prix. Aujourd'hui, il semblerait que cette parenthèse soit révolue et que les choses reprennent leur cours.

4

Le discours de ce monsieur qui n'était pas doué pour les discours est devenu célèbre, comme toujours, par sa maladresse : « Il y a 350 millions de personnes en Inde que l'on range dans la classe moyenne. C'est plus grand que l'Amérique. Leur classe moyenne dépasse l'ensemble de notre population. Et quand on commence à gagner de l'argent, on commence à réclamer une meilleure alimentation, une meilleure nourriture. Alors la demande augmente, et cela fait monter les prix », dit George W. Bush en mai 2008, en pleine crise. On pense qu'une autre des causes de l'augmentation des prix des aliments est la hausse du pouvoir d'achat de plusieurs millions d'Indiens et de Chinois, ce qui leur permettrait de manger davantage – et augmenterait énormément la demande de nourriture.

Cela doit être nuancé.

Certaines nuances sont exposées 217 pages plus haut : les 500 ou 600 millions d'Indiens qui continuent de manger mal ou peu, les 250 millions qui ne mangent même pas le minimum requis. Il est vrai néanmoins que l'entrée de ces Indiens et de ces Chinois dans le marché mondial d'aliments a contribué à augmenter les prix : notamment parce que ces centaines de millions de gens sont en passe de manger – pour l'instant, s'y efforcent – comme des Américains ou des Européens.

Et il est certain que cela détraque l'ordre mondial – dont la condition d'existence est que tous ne veuillent pas ou ne puissent pas faire la même chose que ceux qui en ont le contrôle.

La blague : comme il y a davantage de personnes qui peuvent consommer de la nourriture et qui entrent dans le marché, la demande s'accroît. Comme la demande s'accroît, les prix montent et, aussitôt entrées dans le marché, ces personnes en ressortent. Et d'autres avec – ou sans elles.

En 2001, la Chine exporta autour de sept millions de tonnes de grain : en 2012, elle en importa plus de dix millions. Ces 3 millions de différence – plus que toutes les exportations de grain du Brésil – produisirent un changement significatif dans le marché mondial. Sans compter le soja. Jusqu'aux années quatre-vingt-dix, la Chine était autosuffisante en matière de soja, mais son gouvernement décida alors de multiplier l'élevage de cochons nourris au soja importé. Cela représente beaucoup de soja : plus que la totalité de la production argentine, par exemple. Manger de la viande reste plus cher.

Que cela soit dit : pendant des décennies, les pays riches de l'Occident chrétien démocratique et solidaire mangèrent de la viande à gogo. Aujourd'hui ils se soucient du gaspillage que cela suppose – car les Chinois commencèrent à en faire autant. Ce sont des sociétés fondées sur l'exclusion : elles ne peuvent fonctionner comme elles le font qu'a contrario des autres.

En Chine et en Inde, ce qui marque le plein accès à la fameuse classe moyenne, c'est d'avoir une voiture et de manger de la viande. En Chine, la consommation de viande est passée de 14 kilos par an et par personne en 1980 à 55 kilos aujourd'hui. En Inde, en revanche, grâce aux centaines de millions de pauvres et de malnutris, la moyenne se maintient à cinq kilos par habitant. Dans les pays riches d'Occident, la moyenne demeure, depuis des décennies, supérieure à 80 kilos par personne et par an.

Un moment aussi évident de la concurrence entre classes, du gâteau fini : plus les riches mangent de la viande, moins les pauvres en mangent.

L'augmentation des prix eut bien sûr d'autres causes. Des personnes naissaient et la demande mondiale continuait d'augmenter à son rythme habituel : quelque 220 000 nouvelles bouches par jour, 80 millions par an – la grande majorité dans l'AutreMonde. Mais cela se produisait année après année sans jamais avoir un impact significatif. Et le refrain habituel de la chute de l'offre ne détonnait pas vraiment. Cette année 2008, les États-Unis connurent une des plus importantes récoltes de blé de leur histoire ; à tel point que, après la saison de vente, le Département de l'Agriculture des États-Unis informa que les fermiers américains détenaient encore près de 18 millions de tonnes de blé : un record absolu. Tandis que les prix grimpaient et la faim s'accroissait, le grain s'entassait dans les silos du Midwest. Ou bien il était vendu pour les animaux qui pouvaient se le payer : cette année-là, tandis que les prix grimpaient et la faim progressait, rien qu'aux États-Unis, 55 millions de tonnes de blé furent vendues pour engraisser des animaux.

Mais les réserves mondiales de grain avaient diminué : divers éléments réduisaient depuis des années la production dans différents coins du monde – et menaçaient de continuer. Des problèmes climatiques aigus : surtout la sécheresse durable en Australie, un grand producteur agricole ; les inondations dans le sud de l'Inde et dans l'ouest de l'Afrique ; les gelées inhabituelles en Chine ; la vague de chaleur dans le nord de l'Europe.

Et des questions plus structurelles. Le rythme de croissance du rendement des cultures diminua dans les pays riches, allant même jusqu'à stagner. Des scientifiques expliquent que la manipulation des semences a atteint un plafond : qu'on ne peut pas modifier beaucoup plus leur rendement. D'un autre côté, l'utilisation de pesticides et d'herbicides à discrétion a généré des espèces de super insectes et de super herbes surperrésistants. Même le célèbre glyphosate, omniprésent, voit des herbes lui tenir tête et le vaincre.

Et les sols s'épuisent : à force d'être utilisés, ils perdent leurs nutriments et deviennent de plus en plus arides. Selon un rapport des Nations unies, chaque année 1 % des terres cultivables dans le monde, soit environ 12 millions d'hectares, sont laissées en friche. Il se produit la même chose avec l'eau : nombre d'aquifères utilisés pour irriguer sont en train de s'assécher – ou le sont déjà. Dans les années soixante-dix – dans les pays plus ou moins riches –, l'utilisation de pompes à moteur s'est généralisée et la quantité d'eau extraite a augmenté en flèche. La pluie remplit certains aquifères ; d'autres, plus profonds, se contentent de leurs réserves. Celui de l'Ogallala, qui fournit un tiers de l'eau employée dans les exploitations nord-américaines, pourrait s'assécher en moins de trente ans. En Chine, en Inde, dans le reste du monde, on nourrit des craintes similaires.

Pendant ce temps, 2008, les effets du cercle vicieux : comme les aliments augmentaient, plusieurs gouvernements – Inde, Chine, Philippines, Vietnam, Ukraine, Russie, Argentine, Indonésie – réduisirent leurs quotas d'exportations afin de contenir les prix locaux ; l'offre d'aliments diminua et leurs prix grimpèrent encore plus.

Et la plupart des États ne disposaient plus des instruments nécessaires pour contrôler leurs prix, de plus en plus assujettis au marché mondial. Ils les avaient perdus pour plusieurs raisons : notamment, parce qu'ils avaient réduit brutalement leurs réserves alimentaires.

Nous savons que les aliments les plus consommées ne sont pas seulement de la marchandise : c'est un des facteurs politiques les plus puissants dans n'importe quelle situation. C'est pourquoi, durant des millénaires, les gouvernants tentèrent de conserver de grands stocks. Depuis l'époque où ce pharaon se fit manipuler par le juif Joseph au moyen d'une astuce freudienne, contrôler les greniers, c'est contrôler une société : lui porter secours en période d'urgence ou contrôler les prix à n'importe quel autre moment. Mais, au début de ce siècle, nombre de ces dépôts étaient vides.

D'un côté, certains États riches se persuadèrent que, avec le développement des transports et des marchés mondiaux, conserver de grandes réserves n'avait plus de sens. Il suffisait d'avoir de l'argent : en cas de pénurie, on achetait – et cela arrivait en quelques jours. Quant aux États pauvres, ils avaient renoncé à ces réserves parce que, dans les années quatre-vingt et quatre-vingt-dix, le FMI et la Banque mondiale les avaient obligés à ne plus intervenir sur les marchés de leurs pays respectifs « afin de ne pas interférer dans le libre jeu de l'offre et de la demande » – autrement dit, afin de ne pas s'embarrasser de l'obligation de s'occuper de leurs pauvres.

En pleine crise, Robert Zoellick, président de la Banque mondiale, dit que ce protectionnisme était la cause des augmentations et qu'il fallait « plus de liberté sur les marchés ». Zoellick avait occupé des fonctions importantes sous les administrations Reagan, Bush père et Bush fils – et il avait dirigé Goldman Sachs. Mais un rapport de Goldman Sachs lui-même – l'inventeur du premier fonds d'investissement alimentaire – disait alors que « l'augmentation des fonds destinés aux commodités alimentaires a indubitablement boosté les prix ».

La nourriture augmentait partout. Naturellement, les augmentations ne jouaient pas de la même manière partout. Lorsque le prix du blé double aux États-Unis, il se peut que le pain augmente entre 5 et 10 % – car la matière première constitue une part infime du prix des aliments : transport, élaboration, conservation, brevets, publicité, packaging, distribution, marge du détaillant pèsent bien plus. En revanche, en Tunisie, à Managua, à Delhi, le pain – ou le grain à partir duquel une femme confectionnera du pain ou des tortillas ou des chapatis – coûtera le double, voire plus du double.

Et, surtout : dans les pays riches, le consommateur moyen dépense moins de 10 % de ses revenus en nourriture – même si cela peut aller jusqu'à 25 ou 30 % pour leurs pauvres. Dans les pays de l'AutreMonde, plus de 2 milliards de personnes dépensent pour se nourrir entre 50 et 80 % de ce qu'elles gagnent : une petite augmentation des prix les condamne à la faim.

Ces chiffres – et sans doute quelques autres – expliquent pourquoi, en 2008, les prix des aliments augmentèrent pour ne plus jamais baisser.

Ce jour-là, le 6 avril 2008, des milliers de travailleurs et de chômeurs marchaient dans les faubourgs du Caire pour protester contre l'augmentation du prix du pain : pour réclamer de la nourriture. L'Égypte est le premier importateur mondial de blé ; elle ne produit que la moitié de ce qu'elle consomme. En moins de trois ans, le prix du pain, principale nourriture de ses 40 millions de pauvres, avait été multiplié par quatre. Ce jour-là et les jours suivants, la police égyptienne réprima, tira, tua des manifestants. Finalement, le gouvernement céda et envoya l'armée produire et distribuer du pain aux plus affamés.

Cela aurait pu demeurer un épisode isolé. Mais à Ouagadougou, capitale du Burkina Faso, il s'était produit quelque chose de très similaire deux semaines plus tôt et seule l'intervention de l'armée avait mis fin aux manifestations. À Dacca, des milliers de personnes brûlèrent et pillèrent tout ce qu'elles trouvaient pour protester contre l'augmentation du prix du riz, qui se négociait 1 000 dollars la tonne à la Bourse de Chicago – et qui en coûtait 195 cinq ans auparavant. Du côté indien du Bengale, des milliers de gens brûlaient des magasins de nourriture subventionnée par le gouvernement parce que leurs propriétaires voulaient la vendre au prix du marché noir. Et à Port-au-Prince, en Haïti, les émeutes de la faim poussèrent le Premier ministre à la démission. À Douala, au Cameroun, une révolte de chauffeurs de taxi dégénéra en grandes manifestations contre le prix des aliments, avec plus de vingt manifestants tués. À Dakar, au Sénégal, il se produisit à peu près la même chose, et à Abidjan, en Côte d'Ivoire, et à Maputo, au Mozambique, et au Yémen et au Pakistan et en Éthiopie et en Inde Indonésie Philippines, au Mexique Tadjikistan, Brésil et tant d'autres pays, des milliers et des milliers de personnes bravèrent soldats et policiers pour revendiquer leur droit à manger tous les jours.

Et même à Milwaukee, Wisconsin, où un quart de la population vivait sous le seuil officiel de pauvreté, des milliers de personnes se rassemblèrent une nuit de juin devant un bureau administratif où le bruit courait qu'on allait distribuer des coupons de nourriture. On n'en distribua pas et ces milliers de personnes se mirent à casser tout ce qu'elles trouvaient sur leur passage.

« Alors que 200 milliards de dollars atterrirent sur le marché alimentaire, 250 millions de personnes tombèrent dans l'extrême pauvreté. Entre 2005 et 2008, le prix de la nourriture augmenta de 80 % et nul ne fut étonné lorsque *The Economist* annonça que le prix réel de la nourriture avait atteint son niveau le plus élevé depuis 1845, l'année où le magazine l'avait calculé pour la première fois », écrivit par la suite Frederick Kaufman.

Les révoltes pour la nourriture se poursuivirent tout au long de l'année. Quelqu'un rappela qu'il n'y avait pas eu de « faim urbaine » dans le monde depuis des lustres et que la faim urbaine n'était pas la même chose que la faim rurale : quand les paysans ont faim, ils se mettent en marche, fuient, cherchent ; quand les habitants des villes ont faim, ils sortent dans la rue.

Il y eut des morts et des blessés et des arrestations ; les gouvernements finirent par réduire les taxes des produits de première nécessité, par en subventionner l'importation ou par en interdire l'exportation. Quelques gouvernements chutèrent, les prix aussi, des millions de personnes basculèrent dans l'extrême pauvreté et le monde compta plus d'affamés que jamais dans son histoire. Ils atteignirent pour la première fois le milliard de personnes.

Un milliard d'affamés.

Peut-être 2008 deviendra-t-elle un jour une date inaugurale : le moment où il y eut de nouveau des affrontements planétaires pour la nourriture.

« La nourriture est le nouvel or », écrivit alors un journaliste du *Washington Post*, dans une formule qui fit mouche : elle signifiait surtout que ce n'était plus un bien de consommation mais un bien de thésaurisation et de spéculation, et pas n'importe lequel : le bien dont le prix avait le plus augmenté durant les dernières années.

Pour beaucoup, cela signifiait qu'ils avaient cessé d'en manger.

5

Plus tard, alors nous déjeunerons des salades dans un bar du Board, Leslie – appelons-le Leslie – me racontera des bribes de sa vie avec cette candeur dont les Américains ont le secret : ses parents immigrants, sa volonté de grandir pour devenir un authentique Américain, ses hésitations, son choix d'une activité qui lui rapporterait vraiment de l'argent – sa manière d'être un authentique Américain. Mais sa déception devant la manière dont les grandes compagnies dominent le secteur, son désagrément devant leur tendance à n'œuvrer que dans leur propre intérêt, sa rage face à l'arrogance avec laquelle le gouvernement croit pouvoir leur dicter leur conduite : plus qu'embarras, colères embarrassantes pour un monsieur qui travaille à mettre du carburant dans ces opérations.

– Je voudrais te demander de ne pas me décrire, si ça ne t'ennuie pas. Non, ce n'est pas grave, mais je ne veux pas qu'on me reconnaisse.

Me dira-t-il au dessert, presque honteux.

Leslie – appelons-le Leslie – est un vestige du passé, un dinosaure qui continue d'opérer dans le temple, la Bourse de Chicago. Son collègue Diego – appelons-le Diego – est le présent et, si ce fameux Dieu n'y remédie pas, le futur. Diego ne veut pas non plus que je révèle son nom, ni celui de sa société. Il s'agit d'une des grandes compagnies céréalières de la planète et, me dit Diego, elle impose quantité de normes sur ce que ses employés peuvent ou ne peuvent pas dire : si je ne lui promets pas de ne pas la nommer, il ne pourra presque rien me dire.

– Aujourd'hui, au bureau, on m'a demandé si je n'avais pas peur de parler à quelqu'un qui s'apprête à écrire un livre sur la faim, et je leur ai dit que non, parce que j'ai la conscience parfaitement tranquille. Je ne pourrais pas travailler dans un secteur où je me dirais que je contribue à affamer quelqu'un, serait-ce une seule personne. Mille fois je me suis posé la question, et je suis sûr de ne pas y contribuer, que ma société ne contribue pas à affamer les gens.

– Pourquoi ?

– C'est comme la blague du chausseur qui envoie deux vendeurs en Afrique. Y en a un qui revient en disant qu'il faut laisser tomber, il n'y a rien à tirer de l'Afrique, là-bas personne ne porte de chaussures, on ne vendra rien. L'autre revient aussi et lui dit : C'est une mine d'or, personne n'a de chaussures en Afrique, on va en vendre à la pelle. Ici, c'est pareil : plus il y aura de gens qui mangeront dans le monde, plus nous vendrons.

Dit Diego et je lui dis que sa métaphore est hasardeuse – s'ils n'en ont pas, on va s'en mettre plein les poches – et il me regarde avec une pointe de reproche, comme déçu .

– Non, je veux dire que nous essayons de toucher le plus de marchés possible. Je ne vends pas des diamants dont je voudrais dissimuler la quantité disponible afin que les quelques privilégiés qui peuvent se les offrir puissent les payer plus cher et en jouir en secret. Non, moi, mon intérêt est dans le volume. Ce qui peut m'arriver de mieux, c'est que tous les gens mangent, pas qu'ils ne mangent pas.

Diego – appelons-le Diego – est argentin et il travaille depuis quelques années dans les bureaux new-yorkais de sa société : il est « trader de futures » – faut oser être trader de futures –, autrement dit il s'occupe de « *financial risk management* ». Diego travaille avec les produits les plus répandus, dit-il, ceux que l'on surnomme « vanille » parce que c'est le parfum le plus courant. Diego a la quarantaine, les cheveux blonds, le sourire facile, la chemise bleu ciel avec son petit joueur de polo brodé sur la poitrine et donc, avec son sourire facile, il insiste : Mon intérêt, c'est que plus de gens mangent, pas moins, dit-il, puis il me regarde. Je ne dois pas manifester beaucoup d'enthousiasme car Diego me demande si je ne suis pas d'accord :

– Quoi ? Tu n'es pas d'accord ?

– Ben, pas trop. Pour commencer, la farine que vous vendez pour nourrir les cochons ou les poulets ou les vaches, pour fabriquer de la viande, est parmi les manières les moins efficientes de produire des protéines. Quand je mange un petit steak, avec la quantité de protéines végétales qu'a consommée le bœuf qui a produit ce petit steak, j'aurais pu nourrir dix personnes.

– Oui, je sais, c'est très peu efficient. Si on prenait l'habitude de manger du quinoa ou du soja, il y aurait beaucoup plus de nourriture. Mais l'homme est le seul animal qui ne mange pas pour satisfaire ses besoins nutritionnels. L'homme mange parce qu'il aime ça. Aujourd'hui, j'ai lu quelques-unes des histoires de ton « Projet Faim » sur ton blog et à vrai dire ça m'a retourné, j'ai du mal à digérer ce genre d'information. On a l'impression qu'il est très facile d'en finir avec la faim dans le monde. Un enfant en Afrique a besoin d'un apport calorique de… admettons 1 500. Qu'est-ce qu'il doit manger pour ne pas être dénutri ? Deux assiettes de soja et un verre de lait par jour ? Mais le marché t'indique aussi ce qui se consomme. Je ne peux pas décider que mon soja, je ne le vendrai plus pour nourrir des animaux, que je le destinerai entièrement à l'alimentation humaine, parce que personne ne me l'achètera. C'est là que le marché entre en jeu. Si je fais ça, je vais juste réussir à augmenter le prix de la viande, parce qu'il y en aura moins et elle sera plus chère puisque les bœufs devront manger de l'herbe, et le prix du soja baissera puisque personne n'en voudra.

Je le regarde. Diego – appelons-le Diego – s'en rend compte et répond pour lui-même :

– Peut-être que cela pourrait avoir un effet en creux, ou mieux, cesser d'avoir un effet direct sur la faim ? Ça se pourrait, c'est une discussion assez philosophique.

Dit-il, et que la faim fait l'affaire de beaucoup de gens.

– La faim fait l'affaire de beaucoup de gens.

Dit-il, et je m'en étonne. Alors il commence à m'expliquer qu'il songe, par exemple, à ces dirigeants africains qui préfèrent que leur population soit malnutrie et analphabète car alors il est plus facile de la mener par le bout du nez. En Afrique, le chef de tribu veut des gens qui ne puissent rien lui dire, dit-il. Diego parle de cette voix un peu traînante qu'affectent les riches ou les moyens riches argentins.

– Tu prends un dirigeant militaire qui a fait un coup d'État dans son pays africain et tu le vois avec des pistolets plaqués or alors que la population meurt de faim, tu peux être sûr qu'il est en train de s'enrichir grâce à la faim. Pourquoi y a-t-il de la dénutrition dans la région du Chaco ou de Formosa ? Ce n'est pas parce que nous avons un marché qui est organisé à partir de Chicago et que nous négocions du soja. C'est plutôt parce qu'il y a un enfant de salaud de gouverneur qui détourne les ressources de sa province, qui utilise l'avion de la province pour partir en vacances à Punta del Este. Ou d'une manière plus générale : il y a des problèmes complexes, qui ne sont pas engendrés par les marchés ni par la commoditisation des aliments.

Dit Diego – appelons-le Diego.

Dans d'autres livres, dans d'autres contextes, j'ai appelé cette idée « l'honnestisme » : le fait de supposer que le nerf de la guerre est dans l'honnêteté des dirigeants ou dans son absence ; la conjecture, la corruption ou son absence détermine la situation économique d'une société, bien plus que le fonctionnement du capitalisme de marché, bien plus que la distribution des biens – ou son absence.

Eux – les traders – soutiennent que les capitaux qu'ils manient servent à injecter des liquidités dans le marché et rendent donc possibles ses opérations. Je leur rétorque que ce marché opérait déjà quand ces capitaux étaient destinés à autre chose. Ce qui se passe, dit à présent Diego, appelons-le Diego, c'est qu'il y a des gentils spéculateurs et des méchants spéculateurs. Lui, il spécule, dit-il, non pas pour spéculer, mais pour que sa société puisse continuer à acheter et vendre des grains et des produits transformés au meilleur prix, en gagnant le plus possible.

– Je suis un mec qui va bosser tous les matins, qui essaie de réfléchir et de prendre des décisions correctes. Si tu t'attendais à te trouver face à un yuppie habillé en Armani, t'as dû être déçu : nous sommes des personnes tout ce qu'il y a de plus normal.

Sa compagnie emploie des dizaines de milliers de personnes – pour la plupart, je suppose, tout ce qu'il y a de plus normal. Sa compagnie est une des quatre grandes compagnies qui trafiquent des commodités alimentaires : elles se nomment Archer Daniels Midlands, Bunge, Cargill, Louis Dreyfus et on les appelle, cela va de soi, ABCD. Elles contrôlent à elles quatre 75 % du marché mondial des grains : les trois quarts des grains de la planète. En 2005, leur chiffre d'affaires s'élevait à 150 milliards de dollars ; en 2011, à 320 milliards.

Bunge est la plus ancienne et continue d'être un bon exemple de la manière dont fonctionnent ces grandes multinationales du négoce alimentaire. Elle fut fondée en 1818 à Amsterdam, transplantée à Anvers en 1859 et à Buenos Aires en 1884 : elle n'a jamais eu une nationalité bien définie. De l'Argentine – sous le nom de Bunge & Born – elle s'étendit au reste de la région et aux États-Unis, jusqu'à ce que, en 1974, l'organisation révolutionnaire péroniste des Montoneros kidnappe deux de ses propriétaires, les frères Jorge et Juan Born, obtenant une des plus grosses rançons depuis la capture par les Espagnols de l'empereur inca Atahualpa : autour de 60 millions de dollars. La société élut alors domicile au Brésil et aux Bermudes jusqu'en 2001 – année où elle s'installa à White Plains, État de New York – et introduisit ses actions à Wall Street.

Cargill, quant à elle, continue d'être une entreprise familiale : la plus grande compagnie privée du monde : 158 000 employés dans 66 pays parlant 63 langues différentes et rapportant trois fois plus d'argent que Disney, quatre fois plus que Coca-Cola. En 2007, Cargill dégageait un chiffre d'affaires de 88 milliards de dollars, dont 2,4 milliards de bénéfices. En 2008, année de la grande crise alimentaire mondiale, le chiffre grimpa à 120 milliards et les bénéfices à 3,6 milliards.

« Cargill avait l'occasion de gagner plus d'argent dans ce contexte ; je pense que nous devons être très honnêtes là-dessus », dit alors Greg Page, PDG de l'entreprise. Cargill est le deuxième plus grand marchand mondial de viande bovine et porcine, le deuxième plus grand propriétaire mondial de parcs d'engraissement d'animaux. Tous les œufs utilisés dans les McDonald's nord-américains sont vendus par Gargill – et 25 % des exportations de blé du pays. « Nous sommes la farine de votre pain, le blé de vos pâtes, le sel de vos frites. Nous sommes l'huile de vos salades, le bœuf, le porc, le poulet que vous dégusterez ce soir. Nous sommes le maïs de vos tortillas, le chocolat de vos desserts. Nous sommes le coton de vos vêtements, l'engrais de vos champs », dit Cargill dans une brochure.

Les paroles sont claires ; la musique n'est pas très audible.

Cargill et les autres sont impliquées dans les prévarications les plus diverses : déforestation, usage de produits chimiques interdits pour les cultures, la fabrication et la conservation, évasion fiscale planétaire, travail en servitude, travail des enfants.

Cargill et les autres tentent de garder le dénommé « contrôle total de la chaîne alimentaire ». Jean Ziegler en donne un exemple dans *Destruction massive. Géopolitique de la faim* : « Cargill produit de l'engrais phosphaté à Tampa, en Floride. Grâce à ces engrais, il fertilise ses champs de soja aux États-Unis et en Argentine. Dans ses usines, les fèves de soja sont transformées en farine. Dans ses bateaux, cette farine voyage en Thaïlande, où elle alimente des élevages de poulets, qui sont abattus, éviscérés et empaquetés dans des usines hautement automatisées. La flotte de Cargill les transporte au Japon, aux États-Unis et en Europe. Des camions Cargill les distribuent dans les supermarchés – dont beaucoup appartiennent à Cargill... »

Les compagnies ABCD ne s'exposent pas trop au grand public : lorsqu'elles offrent un produit massif, elles utilisent des noms d'emprunt. Mais parmi les grands joueurs du marché alimentaire, il y a aussi des noms très célèbres : McDonald's, Pizza Hut, Kraft, Nestlé, General Mills, Nabisco. Elles achètent, vendent, se fournissent, spéculent – car ils ne renoncent à aucun moyen de gagner de l'argent.

Les grandes compagnies ont la mainmise sur le marché mondial et sur la plupart des marchés nationaux. Comme ce sont des acheteurs quasi exclusifs, elles peuvent fixer des prix bien moindres que ceux auxquels les producteurs pourraient prétendre s'il y avait plus de concurrence. Mais si les cours mondiaux des aliments augmentent, leurs bénéfices s'accroissent par différents biais : fortes de leurs informations privilégiées, elles retiennent des stocks énormes, achètent là où c'est bon marché et vendent là où c'est cher, déterminent les cours mondiaux, en provoquent des augmentations et des baisses temporaires, écrasent les producteurs locaux par des prix insoutenables, tirent le maximum de profits de leurs ports, leurs flottes et leurs dépôts, font pression sur les gouvernements pour obtenir de meilleures conditions ou des mesures favorables, jouent des fortunes sur les marchés spéculatifs – « pour garantir leurs opérations avec des marchandises réelles ».

Et étant donné leur caractère mondial, elles échappent généralement au contrôle des gouvernements : les groupes qui sont à la tête d'une bonne partie de l'alimentation mondiale n'ont qu'un objectif en tête – légitimement capitaliste – : leur propre profit. Et le monde n'a pas inventé – ou n'a pas voulu inventer – des formes efficaces de les contrôler. C'est encore un exemple du décalage entre l'économie mondialisée et les formes nationales de gouvernement.

Les grandes compagnies occidentales dominent encore le marché mondial, mais elles sont de plus en plus concurrencées par des compagnies homologues basées en Chine, Japon, Corée. Les orientales ont commencé à opérer selon le même modèle, mais elles y ont vite introduit un autre pan qui est en train de modifier les règles du jeu : elles achètent de manière agressive des terres dans l'AutreMonde pour y produire leurs propres cultures et ne pas dépendre des fluctuations des producteurs et des marchés nationaux.

Et avec quelque retard, les grandes – et des petites encore plus nombreuses – d'Occident se sont mises à les imiter. C'est ce que l'on commence à appeler le *land grab*, l'appropriation de terres : le colonialisme du XXIe siècle.

Tous les matins, Diego – appelons-le Diego – arrive à son bureau dans les environs de New York, allume son ordinateur et se met à acheter et vendre certains grains donnés dans certains coins précis du monde. C'était autrefois une activité très limitée dans le temps : de 9 h à 13 h, horaires d'ouverture de la Bourse de Chicago, mais aujourd'hui le mouvement se poursuit sur les marchés asiatiques, américains, européens, de sorte que Diego ne se déconnecte presque jamais : maintenant, tandis qu'il me raconte tout cela dans un bar de New York, les chiffres défilent sur son iPad comme un clip de *Matrix*.

Son travail consiste à essayer de comprendre avant tout le monde comment vont se comporter les fameux marchés : l'offre du fermier, la demande de tel autre, pour essayer d'anticiper en achetant ce qui va monter, en vendant ce qui va baisser ou mieux : en faisant semblant de les acheter, en achetant l'option de les acheter dans un avenir qui n'arrivera pas car il l'aura revendue bien avant à un autre qui à son tour la revendra à un troisième qui à son tour et ainsi de suite. Pour cela, il doit absorber une foule d'informations : s'il ne peut suivre chacun des détails qui vont influer sur les cours, il peut en tout cas repérer quelques données marquantes. Ainsi, quand la centrale nucléaire de Fukushima a explosé, la première chose qu'il s'est dite, c'est qu'il y aurait de graves problèmes de trafic maritime et que donc les prix baisseraient car on ne pourrait pas vendre dans la région pendant un temps – de sorte que la demande diminuerait. Ce raisonnement rapporta quelques dollars à son entreprise – quelques millions de dollars. Mais à d'autres moments, il tente d'interpréter des signes de ce type et se trompe : une des plus grandes singularités du fameux marché est qu'il dépend des idées d'une foule de personnes qui n'ont aucune raison d'avoir de bonnes idées, des connaissances d'une foule de personnes qui en savent à peine plus que ce qu'on peut lire dans deux ou trois journaux ou revues. Le marché est aussi, à court terme, l'état d'âme d'un groupe relativement restreint d'employés de bureau de première classe. Caprices et confusions fixant des cours à travers le monde, décidant sans y penser de la vie de millions de gens.

Parce qu'il sait qu'il ne sait pas, Diego se guide surtout par des graphiques que fournissent certains patrons quant au comportement des cours : on suppose que les cours se reproduisent selon un modèle donné ; supposons que tel grain monte à 10, les graphiques diront que c'est généralement le moment où il commence à baisser. Le marché regardant son nombril.

– Et vous devez manier des quantités quelque peu terrifiantes, non ?

– Oui. Vois-tu, cela n'est pas flatteur pour ce que nous faisons, mais la seule façon d'y arriver, c'est de se dire qu'on joue à Richesses du monde. Je ne peux pas aller me coucher en me disant que je suis assis sur 200 000 tonnes de soja et que demain je peux perdre 50 dollars par tonne, parce que alors je ne dormirais pas. Au bout de dix minutes, je me tirerais une balle. Alors il faut s'abstraire, se dire que ce ne sont que des billets de Monopoly, des chiffres sur un écran. Toutes proportions gardées, je crois que c'est comme le chirurgien qui doit opérer quelqu'un. Il ne peut pas se dire : Je suis en train d'opérer le père de trois enfants qui ont un grand avenir devant eux… Non, il se dit : Je suis en train de rafistoler un cœur, je dois coudre deux veines par ici, refermer et hop ! au suivant.

Dit Diego – appelons-le Diego – avec son sourire si aimable, convaincant. De temps en temps il boit une gorgée de son coca light ; le bar, au soir tombant, se remplit de plus en plus mais Diego, appelons-le Diego, ne regarde pas sur les côtés : il est parfaitement concentré sur notre conversation.

– Il arrive quand même qu'on ait un gros coup de blues et qu'on se demande ce qu'on fabrique. Parfois on te fait : Dis donc, connard, tu m'as dit que ça allait monter et ça a dégringolé. Ben oui, je ne suis pas magicien. Si je savais avec certitude quand ça va monter et quand ça va descendre, je me serais retiré depuis longtemps et je serais chez moi en train de jouer du piano. On doit assumer la responsabilité de ses actes, mais en même temps s'abstraire et se dire : Bon, je suis en train de jouer à Richesses du monde.

– Mais vous devez être un peu impressionné par les sommes qui sont brassées, inconcevables pour le commun des mortels.

– Ce n'est pas pour me vanter, mais je pense qu'il y a des gens qui sont faits pour ce travail, peut-être à cause d'un léger instinct suicidaire qui leur permet de se dire : Bon, je m'abstrais ; et puis il y a des gens qui n'en sont pas capables, qui se disent : Aïe, j'ai perdu cent dollars… C'est comme un médecin qui perd un patient : aucun ne veut que ses patients meurent, la famille a beau en être très affectée, le médecin doit continuer à vivre, il a sa vie. Autrement, tu te suicides.

Lui, il ne se suicide pas. Lui, insiste Diego, appelons-le Diego, spécule pour que son entreprise puisse continuer à produire. C'est discutable, nous en discutons, n'arrivons à aucune conclusion. Il insiste : il fait partie des gentils spéculateurs. Les méchants spéculateurs sont ceux qui sont totalement coupés de la production, qui se perfectionnent de plus en plus et occupent de plus en plus d'espace sur le marché. Comme les programmes de High Frequency Trading, des machines à spéculer « qui ne servent à rien d'autre qu'à ça ».

– Ça, c'est un mauvais spéculateur, parce qu'il ajoute un bruit dont le marché peut se passer.

Dit Diego, comme si cela le soulageait : on peut toujours trouver quelqu'un qui fait quelque chose de pire que soi. Diego – appelons-le Diego – a fini son deuxième coca, il doit partir. Nous marchons jusqu'à la porte ; dehors, à New York, il fait froid, il bruine. Diego, appelons-le Diego, me serre la main, m'adresse un dernier sourire :

– J'espère t'avoir convaincu que je ne suis pas un marchand de mort.

Me dit-il, puis il ouvre son parapluie.

La crise financière de 2008 déboucha sur une baisse des cours car elle se généralisa et produisit une sorte de récession globale. Mais deux ans plus tard, les cours remontèrent pour retrouver finalement leurs niveaux précédents. Peut-être l'effet le plus spectaculaire – je dis bien spectaculaire – de cette crise de la faim fut-il ce qu'un publiciste astucieux eut le flair de baptiser « printemps arabe ».

On l'appelait Basboussa, du nom d'un de ces petits pâtés nord-africains faits à base de semoule et de miel, mais à vrai dire il ne trouvait pas toujours à manger. Mohamed Bouazizi avait perdu son père à l'âge de trois ans ; dès qu'il en eut treize, il dut entretenir sa mère et ses frères cadets. Il travailla comme maçon, comme journalier ; à un moment il se procura une charrette pour vendre des fruits et des légumes dans les rues de son village, Sidi Bouzid, au sud de Tunis.

Ce jour de décembre 2010, une femme policier l'arrêta et le menaça de lui confisquer sa charrette car il n'avait pas d'autorisation. Bouazizi s'était endetté pour acheter sa marchandise ; s'il la perdait, c'était la ruine. Il était si démuni, qu'il n'avait même pas de quoi payer le dessous-de-table qu'escomptait la femme ; il protesta, la femme lui flanqua une gifle. Certains disent que ce fut la goutte qui fit déborder le vase : qu'une femme vous frappe, dans des sociétés aussi machistes, est l'humiliation suprême.

Le fait est que Bouazizi alla s'en plaindre au siège du gouvernorat, mais on refusa de le recevoir. Il hurlait devant la porte qu'il était ruiné, qu'il ne pouvait pas continuer à vivre.

Il alla dans une pompe à essence, en acheta quelques litres, retourna devant l'administration, s'imbiba de pétrole. On dit qu'il cria une dernière fois avant de se mettre le feu : Comment voulez-vous que je fasse pour vivre ?

Quelques jours plus tard, Tunis était en flammes.

L'augmentation du prix des aliments fut un des facteurs déclencheurs du soulèvement, mais pas le seul. Quand Bouazizi mourut, le 4 janvier 2011, plusieurs autres jeunes avaient déjà suivi son exemple et d'autres, bien plus nombreux, se battaient dans les rues. Sa mort termina d'enflammer la population ; dix jours et 350 morts plus tard, le président Zine el-Abidine Ben Ali, qui avait gouverné la Tunisie durant vingt-trois ans, fuit hors du pays. Le printemps venait de commencer.

Au cours des mois qui suivirent, plusieurs gouvernants de longue date tomberaient aussi : Moubarak en Égypte, Kadhafi en Libye, Saleh au Yémen, Al-Ahmad al-Sabah au Koweït, Rifaï en Jordanie.

« [...] la crise alimentaire de 2011 est vraiment sérieuse et pourrait entraîner encore plus d'émeutes de la faim ainsi que des révolutions politiques. Et si les soulèvements qui ont renversé [ces dictateurs] marquaient non pas la fin de l'histoire mais son début ? [...] Préparez-vous, fermiers, ministres, étrangers à une nouvelle ère où la pénurie mondiale de denrées alimentaires affectera de plus en plus la politique mondiale », écrivit en avril 2011 le très sérieux analyste Lester Brown dans la très sérieuse revue américaine *Foreign Policy*.

Qui sait comment et pourquoi ce qui est calme en apparence entre tout à coup en ébullition, comment et pourquoi un épisode qui aurait pu ne pas avoir dépassé le cadre de la presse locale soulève des rébellions dans une région tout entière, comment et pourquoi se produisent ces éruptions, qu'est-ce qui les détermine ?

Celui qui le saurait en saurait long.

Les prix, pendant ce temps, continuèrent à grimper. Un rapport d'Olivier de Schutter, rapporteur spécial pour le droit à l'alimentation des Nations unies, concluait que « l'envolée des prix s'explique pour une bonne part par l'apparition d'une bulle spéculative. Les cours de plusieurs matières premières ont beaucoup trop fluctué dans des intervalles de temps limités pour qu'un tel comportement des prix soit le résultat des tendances de l'offre et de la demande ».

Nous le savons : les traders brandissent toute leur panoplie de raisons. Que l'explosion de la consommation en Chine, que l'utilisation croissante de grains pour les agrocarburants font pression sur les marchés, que le climat détraqué – et d'aucuns, les plus réfléchis ou les plus repentants, vous diront éventuellement que leur activité a ajouté un petit point de pourcentage.

Il y a une différence. Certaines causes ont un sens, des racines réelles et incontournables : les Chinois mangent, les carburants propulsent des voitures et des tracteurs, les sécheresses sont inévitables, les « fonds d'investissement » pourraient en revanche ne pas exister et personne – sauf eux-mêmes – ne les regretterait un tant soit peu.

« Aujourd'hui, le ravitaillement alimentaire mondial doit non seulement se battre contre une offre moindre et une demande accrue de grains réels, mais les financiers ont en outre créé un système qui augmente artificiellement le cours futur des grains. Résultat : le blé imaginaire détermine le prix des céréales réelles, puisque les spéculateurs – autrefois un cinquième du marché – sont aujourd'hui quatre fois plus nombreux que les acheteurs et les vendeurs réels. Aujourd'hui, les banquiers et les spéculateurs sont assis au sommet d'une chaîne alimentaire : ce sont les carnivores du système, ils mangent tout ce qu'il y a en dessous », écrit Kaufman.

Les fonds d'investissement sont l'argent en trop dans les pays les plus riches : celui que les gens n'ont pas besoin de dépenser pour vivre, leur excédent, le rebut. C'est l'argent qui met en scène la différence entre les secteurs qui ont besoin de tout ce qu'ils ont pour tâcher de survivre et ceux qui accumulent beaucoup plus que ce dont ils ont besoin.

C'est l'argent qu'ils n'utilisent pas et qu'ils veulent employer à quelque chose : acheter le produit le plus recherché, la sécurité. S'acheter le luxe ultime des pays riches : la garantie d'un avenir.

Pour cela, ils peuvent cacher des billets sous le matelas, amasser de la pierre, acheter de l'or, acheter des actions, acheter des obligations souveraines. Ou bien les confier – les confier – à ces fonds tenus par une bande de messieurs apparemment très bien formés pour en tirer le maximum. Ces messieurs concentrent alors l'argent de millions de personnes : ils atteignent ainsi une masse critique qui leur permet d'intervenir sur les marchés avec un poids extraordinaire – y gagner plus d'argent.

Les fonds d'investissement sont la manière dont des millions de gens « ordinaires » – retraités, préretraités, épargnants de 10 000 ou 20 000 dollars, cadres agressifs, inspecteurs corrompus, vendeurs de chaussures de luxe, milliardaires du gaz sibérien, instituteurs belges, putains hollandaises, stars du rock et tout le reste – concourent à affamer des millions de gens : contribuent, de loin, l'air de ne pas y toucher, au mécanisme qui fait monter les prix de la nourriture et prive de plus en plus de personnes de la possibilité de se la payer.

Leur argent est une part très importante de ces 320 milliards de dollars qui, selon Barclays Capital, opérant sur le marché des matières premières, ont détraqué les prix des aliments.

Je suis l'un d'eux.

(Paroles de la tribu)

Comment, bordel, parvenons-nous à vivre en sachant que ces choses-là arrivent ?

Les bouddhistes thaïlandais ne peuvent casser d'œufs : leur religion le leur interdit. Les bouddhistes thaïlandais riches les font casser par leurs domestiques : ainsi, les maîtres ne sont pas coupables puisqu'ils ne l'ont pas fait ; les domestiques non plus, puisqu'ils ont obéi aux ordres de leurs maîtres.

Parfois, disait l'autre, le monde est un œuf qui se fait toujours casser par autrui.

Comment, bordel, parvenons-nous à vivre en sachant que ces choses-là ?

allons point par point : si je te disais viens vite, la maison de tes enfants est en feu, tu planterais tout, sans réfléchir, et tu partirais comme un fou, non ? Bien sûr ; alors moi je dis qu'il ne faut pas se raconter de salades et dire que tout t'affecte de la même manière, ah l'humanité, ah la misère d'un homme est ma misère, ah si un seul être ne peut pas manger je n'arrive pas à dormir, ce genre de conneries qui font très bon effet pour draguer une nana. On sait qu'il y a des choses qui vous touchent beaucoup et d'autres beaucoup moins, le truc, c'est que ces choses-là te touchent aussi, même si elles te touchent moins, alors ça vaut le coup de se dire qu'on peut le faire. Ne pas tenir de discours mirobolants ni se promettre que tout seul, on va réussir à changer le monde, mais au moins verser son petit grain de sable, marquer sa petite différence, non ? Même si tu sais que tu n'as pas le pouvoir de le changer et que les choses continueront plus ou moins pareil quoi que tu fasses, avoir au moins la satisfaction d'avoir tenté un truc, non ? Moi, j'ai l'impression que si on arrive à ça, c'est déjà autre

Comment, bordel, parvenons-nous à vivre en sachant ?

La simultanéité, je veux dire : la multitude.

Si on pouvait – si quelqu'un pouvait – avoir conscience d'un millième, d'un millionième de ce qui se passe dans le monde pendant qu'il lit cette phrase, durant le bref laps de temps qu'il faut pour la lire, mourrait-il ? Exploserait-il de plaisir horreur surprise effroi ?

Six ou sept trucs, ne serait-ce que ça.

Quatre ou cinq.

Comment, bordel, parvenons-nous à vivre ?

Il y a des consolations, des coups de couteau dans le dos. « *Freedom's just another word for nothin' left to lose* », chantait-on – et on avait l'impression que cela signifiait réellement quelque chose.

Comment, bordel, parvenons-nous ?

– Et toi, t'en penses quoi, de tout ça ?
– Tu veux vraiment savoir ?

Comment, bordel ?

c'est écrit dans la Bible, non ? Il est écrit qu'il y aura toujours des pauvres. Moi, ça m'attriste, à quoi bon le nier, mais si Dieu veut qu'il en soit ainsi, ce n'est pas pour rien, il doit y avoir une raison. Tu crois quand même pas que ça arrive comme ça, sans raison ? Il ne laisse rien au hasard : tout ce qu'Il fait a un but. Parfois Il t'envoie des épreuves qu'il faut savoir affronter, qu'il faut savoir surmonter pour prouver que tu mérites Sa confiance, Sa grâce, car qui sommes-nous pour nous opposer à ce qu'Il nous envoie ? Ce n'est pas facile, ne crois pas, parce que je sais bien qu'il faut les aider, mais il faut les aider dans une juste mesure, suffisamment pour qu'ils sentent dans leur cœur la chaleur de la charité et l'amour du prochain, mais pas non plus au point de contrecarrer l'œuvre du Seigneur, qui a Ses raisons pour avoir décidé qu'ils subissent ces privations, bien sûr, et qui sommes-nous pour contrarier ces raisons ou même pour tenter de les comprendre ? S'Il avait voulu qu'on les comprenne, Il nous aurait déjà

Comment ?

6

Un jour quelqu'un cherchera une figure pour synthétiser ce que cette époque a de plus triste et choisira peut-être Jdimytai Damour.

Ce serait – presque – justice.

Jdimytai Damour avait trente-quatre ans, il mesurait près de deux mètres et pesait 120 kilos. Il était noir, avait de puissantes dreadlocks ; on le surnommait Jimbo et il n'avait pas de travail fixe : en novembre 2008, une agence d'intérim lui avait trouvé une mission de quelques semaines dans un magasin Wal-Mart à Valley Stream, une banlieue même pas si pauvre de New York. Wal-Mart est, nous le savons, la principale enseigne mondiale de grande distribution ; ses propriétaires, une certaine famille Walton, ont autant d'argent que les 100 millions de Nord-Américains qui en ont le moins.

Cette nuit-là, Damour avait travaillé pendant plusieurs heures avec une douzaine de ses collègues à préparer le local, afin de l'ouvrir à 5 h du matin, au lendemain de Thanksgiving, à l'occasion de ce que les Américains appellent *Black Friday* : une journée de soldes monstres où des millions de gens en profitent pour faire leurs « courses de Noël ».

Cette nuit-là, debout près des portes, deux ou trois mille personnes trépignaient et proféraient des menaces. Les employés avaient déjà appelé la police ; un agent muni d'un mégaphone rappelait la foule à l'ordre mais elle ne l'écoutait pas. À cinq heures moins dix, la pression était intenable. Les clients poussaient les portes, tentaient de les ouvrir ; les employés essayaient de les retenir. À cinq heures moins cinq, les clients les firent voler en éclats. Damour tomba sur le dos ; une avalanche humaine lui passa dessus. Quand ses camarades réussirent à parvenir jusqu'à lui, il était déjà mort.

La police ne tarda pas à arriver et tenta d'évacuer le magasin ; beaucoup de clients refusèrent tout net : « Je fais la queue depuis hier soir neuf heures, alors maintenant que je peux faire mes courses, je les ferai », disaient-ils, et ils se battaient pour la marchandise. Selon le *New York Times*, quelques heures plus tard un autre employé se désolait : « Ils le voyaient étendu par terre et ils continuaient à courir. C'est répugnant. Et les promotions n'étaient même pas si intéressantes. »

Un sexagénaire assis à côté de moi dans le métro de Chicago lit un livre sur la crise du capitalisme et ses alternatives. Il porte un pantalon en velours côtelé, un vieux blouson, il a des cheveux clairsemés et frisés, une barbe de quelques jours, des petites lunettes rondes sans monture, il affiche une moue d'inquiétude ou de malaise. On dirait la caricature d'une caricature : l'homme de gauche amer, à toujours chercher la petite bête, incapable de jouir de la vie. Un peu plus loin, une fille noire et plantureuse, perchée sur d'imposants talons aiguilles, les ongles verts et jaunes très longs, textote à mille à l'heure sur son iPhone décoré. L'homme de gauche ne la regarde pas plus qu'elle ne le regarde.

(L'idée selon laquelle il existe une vie plus simple, faite surtout de plaisirs simples et qui vaut la peine d'être vécue et que gâche, empêche l'homme de gauche par son acharnement – son entêtement dans un désir qui se heurte toujours à la réalité. Encore que le degré de plaisir que lui procure sa lecture bougonne – du monde – n'a aucune raison d'être inférieur à celui que tire la fille noire de ses ongles et de ses textos. Et selon laquelle, comme cela paraît évident, j'aime mieux celui du bougon – car parfois, presque par erreur, nous parvenons à changer quelque chose. Ou cynique : car le désir de quelque chose de presque toujours inaccessible dure bien plus longtemps. Ou intéressé : car aucun autre désir ne vaut autant la peine. Ou fataliste : car c'est celui qui m'échoit.)

– Non, si vous êtes venu à l'église Saint Kevin pour chercher à manger, ne vous fatiguez pas, ils n'ont pas ouvert.

– Comment ça, pas ouvert ?

– Qu'est-ce que je vous dis ? Ils n'ont pas ouvert.

Il s'appelle Gordon, me dit-il, c'est du moins ce que je comprends. Je ne comprends pas tout ce qu'il me dit : il a les dents trop abîmées. Il a aussi une soixantaine d'années – on dirait qu'il les cumule toutes –, une parka rouge toute tachée, des godillots sans lacets, un bonnet de laine grise surmonté d'un pompon avec l'inscription « White Sox », une moue blasée, comme si tout lui était égal.

– Ça vous est égal ?

– Bien sûr que non, ça ne m'est pas égal, mais que voulez-vous que j'y fasse ? Que je défonce la porte à coups de pied ?

L'église occupe un bâtiment robuste, qui aurait néanmoins besoin d'un coup de peinture, situé au milieu d'une sorte de parking et fermé à double tour ; c'est une église comme il y en a tant, style faux normand ou faux suisse, enfin faux quelque chose, avec sa tourelle, ses grandes fenêtres, ses pancartes invitant à la prière et à la crainte d'un dieu. Aujourd'hui, comme chaque jeudi, ils devraient en principe distribuer à manger, mais Gordon me dit qu'il est là depuis une heure et que rien ne bouge.

– Vous venez régulièrement ?

– Bien sûr que je viens régulièrement. Quoi ? J'ai l'air d'un touriste ? Je vis par ici et j'ai toujours besoin de venir.

Ici, c'est une tout autre chanson : ici, le paysage, ce sont ces maisons étroites qui se succèdent, identiques, petits cubes en bois avec un toit à deux pentes, ces maisons avec dix mètres carrés de terre pelée devant, un porche où tiennent deux chaises de bureau ramassées dans la rue et une lampe cassée, ces maisons aux fenêtres condamnées par des planches clouées parce que leurs propriétaires n'ont pas pu payer leur crédit, de temps en temps un immeuble de logements sociaux, froid comme une lame de couteau ; ici, le paysage, ce sont des rues larges et désolées, des usines fermées, des entrepôts ouverts, des terrains vagues, des vieilles voitures, noires, marron, des détritus qui volent au vent. Ici, c'est le sud de la ville si prospère ; c'est ici, il y a quelques années, qu'un garçon noir très bien élevé commença à s'intéresser à la question sociale ; ensuite il fit carrière et devint président. Ici rien n'a changé depuis l'époque ou Barack Obama voulait tout changer.

De l'autre côté de la rue, il y a un mur écaillé où se détachent trois petits panneaux en lettres rouges sur fond blanc : sur celui du haut on peut lire : *Do it yourself and save, divorce in one day, 65 US$* ; la concurrence propose : *Fast fast fast divorce that you now want,* mais cela ne dit pas à combien. Le troisième, en revanche, aborde un autre sujet : *Affordable bankrupcy, no money down, call now.* Il y a du soleil, mais le vent cingle. Il y a des tas de vieux câbles à l'air : rien n'appauvrit tant un paysage urbain qu'un bon enchevêtrement de câbles à l'air. Un garçon noir attend le bus, le visage enfoui sous sa capuche rouge ; une fourgonnette de la police passe lentement, marquant sa présence. Les policiers sont des Noirs au crâne rasé. Le garçon baisse la tête.

– Et maintenant comment je vais faire pour manger ce matin ? me demande tout à coup Gordon.

– Vous n'avez aucune solution de rechange ?

– Ça ne vous intéresse pas de les connaître.

Me dit-il, et je lui dis que si, au contraire, alors il rit et répète, en repartant et en ajustant son bonnet à pompon : Ça ne vous intéresse pas de les connaître.

À Chicago, il y a des centaines de comptoirs populaires – *pantries.* Il y a aussi des centaines de soupes populaires – *kitchen soups.* Nombre d'entre elles reçoivent une partie de leurs denrées du Greater Chicago Food Depository.

Le Food Depository se trouve dans une banlieue industrielle, il occupe un immeuble qui, dans un pays moyen riche, pourrait abriter le siège de n'importe quelle multinationale se targuant de quelque chose : verre, acier, grand parking, drapeau américain flottant à côté de deux autres sur des mâts outrecuidants. Wendy, mon hôtesse, me répète à deux reprises que la surface de l'immeuble équivaut à cinq terrains de football américain, tout n'y est que propreté opérationnelle : cette odeur de fraîchement lavé typique des bureaux américains, cette obsession de l'hygiène qui finit par être suspecte. Le Food Depository a déjà trente-cinq ans d'existence : il a été créé en 1978 par un certain Robert Strube, marchand de fruits et légumes à Chicago :

– Robert et ses amis en ont eu l'idée dans un bar, après quelques verres, c'est dans ces moments-là qu'on a les idées les plus lumineuses. Ils en avaient assez de jeter leurs excédents de marchandises. Ils organisèrent donc un groupe pour les distribuer à ceux qui en avaient le plus besoin.

L'initiative prit de l'ampleur ; ils commencèrent à recevoir l'appui d'autres commerçants, de la municipalité, de la législature de l'État. À la fin des années quatre-vingt-dix, une campagne financière collecta 30 millions de dollars ; grâce à cette somme ils construisirent ce grand bâtiment de 25 000 mètres carrés.

– L'an dernier, nous avons distribué 64 millions de livres d'aliments, soit environ 30 000 tonnes, l'équivalent de quelque 140 000 repas par jour. Imagines-tu la satisfaction que procure ce travail, le fait de savoir que ton activité contribue à ce que tant de gens puissent manger ?

Wendy est grande, mince, blonde, et pas seulement des cheveux : elle doit avoir l'âme blonde et souple, l'avenir aussi blond et souple ; elle a de grandes lunettes, des lèvres toutes minces, le sourire toujours prompt des timides. Elle a moins de trente ans et cela en fait huit qu'elle travaille ici. Le long des couloirs très longs, Wendy me montre beaucoup de portes closes, des cuisines industrielles où des gens au chômage prennent des cours pour pouvoir travailler dans des restaurants, quatre salles de réunion, un grand salon pour des réceptions et des fêtes et, enfin, de grands magasins remplis de denrées comestibles. Ce sont des hangars de la taille de je ne sais combien de terrains de football : immenses. De ces hangars part chaque jour la flotte de camions qui livre la nourriture à plus de 650 centres d'hébergement d'urgence, comptoirs et cantines populaires du comté de Cook, le territoire où se situe Chicago : qui dessert environ 700 000 bénéficiaires en tout. Dans tout le comté, dit Wendy, il y a près de 800 000 personnes qui souffrent « d'insécurité alimentaire » : 15 % de la population.

– Le pire, c'est que leur nombre est en augmentation. Il y a cinq ans, elles étaient un demi-million ; aujourd'hui, avec la crise, la hausse du chômage… On continue quand même à leur donner des produits de qualité, bien nutritifs.

Wendy me montre une vitrine où sont exhibés les dix-huit éléments censés comporter les repas : riz, pâtes, haricots, biscuits, thon en boîte, mais aussi légumes et fruits frais, viande, œufs, lait.

– Nous voulons que nos clients bénéficient de ce que nous pouvons leur donner de mieux.

Dit Wendy. Elle dit *clients* dans l'original en anglais et je me demande si le mot est une réminiscence du clientélisme inventé par les Romains et dont usent ou plutôt abusent nos gouvernements. Alors je lui demande pourquoi elle les appelle les *clients* ; Wendy me dit *clients* ou *customers*, si l'on veut.

– Oui, c'est pourquoi je pose la question.

– Pour nous, ce sont nos clients. Chaque entreprise respecte ses clients par-dessus tout : le client a toujours raison. Oui, pour nous, ce sont nos clients, ils méritent tout notre respect. Comme dans n'importe quelle entreprise qui fonctionne.

Il y a quelque chose dans la logique américaine qui jamais ne cessera de m'étonner.

En cela aussi, les États-Unis sont un cas à part : aucun pays n'a jamais produit autant de chiffres pour démontrer à quel point il est injuste.

Ils s'emploient à les créer, les rassembler, les analyser, les diffuser : à montrer comment la richesse s'est concentrée au cours des dernières décennies. Ils vous disent qu'il y a trente-cinq ans, les 1 % les plus riches détenaient 9 % des richesses nationales et qu'aujourd'hui ils en détiennent 24 % : près du triple. Et que les 0,01 % les plus riches possédaient 1 % de ces richesses quand aujourd'hui ils en possèdent cinq fois plus : que 16 000 familles concentrent 5 % des richesses du pays le plus riche du monde. Et qu'alors les dirigeants des grandes compagnies gagnaient 40 fois plus que l'employé moyen, contre 500 fois plus aujourd'hui – et ainsi de suite. Et que ce processus entraîna, bien entendu, la paupérisation de leurs pauvres et la diminution de leur fameuse classe moyenne.

« Aujourd'hui, la distribution de la richesse aux États-Unis est plus inégalitaire que dans les républiques bananières traditionnelles comme le Nicaragua, la Venezuela et la Guyane », écrivait Nicholas Kristoff dans le *New York Times.*

Et que cela a bien sûr produit des quantités de pauvres sans précédent : aujourd'hui même, 50 millions de personnes, 16 % de la population. Et que cela a naturellement abouti à ce qu'un nombre équivalent de gens vivent dans des foyers en situation « d'insécurité alimentaire » : 33 millions d'adultes et 17 millions d'enfants. Et que la moitié des précaires sont noirs ou hispaniques – que ces deux catégories réunies représentent moins d'un quart de la population totale.

Les États-Unis sont le pays le plus riche du monde.

Les États-Unis sont le pays du monde ayant le plus de pauvres.

C'est un exploit récent. Après des décennies de combat, la faim avait été enrayée aux États-Unis à la fin des années soixante-dix. Mais le néolibéralisme opéra aussi à domicile : baisse des impôts pour les riches et augmentation des dépenses militaires plus idée rebattue que l'État ne doit pas s'entremettre aboutirent à la réduction des budgets sociaux au point qu'il y eut de nouveau recrudescence des problèmes d'alimentation. Et la perte de millions d'emplois – la fermeture des industries « délocalisées » en Asie ou au Mexique – y participa aussi : les dix millions de précaires du début des années quatre-vingt furent multipliés par cinq.

Néanmoins, encore maintenant, dans 80 % des familles précaires au moins un membre travaille. Ici, la marginalisation ne passe pas toujours par l'inactivité ; elle passe aussi par l'occupation d'emplois sous-payés qui ne permettent pas de se nourrir convenablement et qui obligent à dépendre de la charité – publique ou privée.

La privée n'a cessé de se développer : en 1980, il y avait 200 centres de distribution gratuite de nourriture non gouvernementaux dans tous le pays ; en 2010, ils étaient 40 000. La publique a un poids décisif. En 2008, 28 millions d'Américains reçurent des *food stamps,* une allocation d'environ 260 dollars par mois et par famille de trois membres ; en 2012, ils étaient 46 millions. Ces familles gagnent en moyenne 750 dollars par mois grâce à des petits boulots et, contrairement à l'idée reçue, la plupart de ces gens sont blancs : 43 %. Il y a aussi 33 % de Noirs, 19 % d'Hispaniques. Il est vrai que la proportion de Noirs recevant une aide alimentaire est supérieure au pourcentage de Noirs dans la société américaine – mais pas de beaucoup. En tout, le gouvernement fédéral dépense plus de 70 milliards de dollars par an pour nourrir ses pauvres. Et cela n'est pas suffisant.

On dirait qu'en dernière instance les États-Unis agissent de même à l'égard de leurs pauvres qu'à l'égard du reste du monde : ils créent les conditions pour qu'ils aient faim mais cela leur fait un peu drôle ou les effraie, alors ils offrent quelques rogatons à leurs victimes. Plus celles-ci sont près, plus cela leur fait drôle ou peur, alors ils leur en donnent plus : ils disposent d'un système assez étendu de bouées de sauvetage pour affamés.

Le vieux truc de la charité.

Pour beaucoup d'Américains, les allocations et les distributions et les soupes populaires sont devenues plus qu'un recours passager : c'est leur stratégie de survie. « La plupart de nos clients reçoivent une assistance pendant plus de six mois », a récemment dit un porte-parole de Feeding America, une des organisations les plus actives. Et que le nombre de personnes qu'ils assistent a augmenté de près de 50 % au cours des huit dernières années.

– Ce qui a changé depuis, c'est la composition démographique de ceux qui ont faim. Avant ne venaient que les sans-abri, les personnes âgées et les toxicomanes. Aujourd'hui, nous voyons des gens de la classe moyenne qui ont perdu leur travail ou qui n'arrivent pas à nourrir leurs enfants avec leur seul salaire.

Plus de 20 millions d'enfants reçoivent de la nourriture gratuite – ou très subventionnée – dans les écoles : leur nombre aussi a beaucoup augmenté dernièrement. Le gouvernement paie 2,79 dollars par repas. 2,79, c'est deux fois plus que ce dont dispose chaque jour une personne sur cinq dans le reste du monde. La comparaison demeure atroce. Qui plus est, une fois tous les frais fixes déduits, les 2,79 dollars ne suffisent pas pour un repas autre qu'une montagne de graisse et de sucre.

Jim McGovern, législateur démocrate, est si progressiste et si inquiet au sujet de la faim qu'il dirige le comité sur ce thème au Congrès et qu'il a passé une semaine à manger avec les trois dollars quotidiens dont disposent ceux qui vivent du food stamps, afin de prouver à quel point c'était dur. Dans un documentaire sur l'insécurité alimentaire, *A Place in the Table*, McGovern définit le problème : « La déperdition de potentiel humain est terrible. Certains de ces enfants auraient pu devenir de grands scientifiques ou des hauts gradés de nos forces armées, mais l'impact de la faim gâche tout et nous sommes ainsi en train d'affaiblir notre nation. » La plaisanterie facile consisterait à dire que si la faim sert à affaiblir l'armée américaine, la prochaine fois j'écrirai un livre en sa faveur. Et, blague à part : le problème de la faim est-il qu'il empêche les petits petits de devenir de grands hommes ? Si c'est là que le bât blesse, il y a des méthodes moins chères : moyennant quelques bons tests, on déterminerait qui a une chance d'en devenir un, ce qui permettrait d'économiser énormément d'argent inutilement dépensé en nourriture pour tous les autres.

Dans sa dernière campagne électorale, le président Barack Obama promit d'éradiquer la faim chez les enfants américains avant 2015. Il ne lui reste plus beaucoup de temps.

7

– Vous êtes venue en voiture ?

– Oui, rien de tel qu'une BM pour venir.

Dit-elle, puis elle rit : la femme a une voix rocailleuse, un accent mexicain.

– Une BM, une bonne marche.

Dit-elle, et elle s'étrangle de rire. La femme est grosse et elle est assise ; l'autre femme est grosse et elle est assise à ses côtés : elles sont vieilles, on leur garde leur place dans la file.

La première femme dit qu'elle n'a pas les moyens d'avoir une voiture, qu'elle ne les a jamais eus, et elle demande à l'autre si elle en a une.

– Oui, j'en ai une. Enfin, mon mari. C'est une épave, mais bon.

– La voiture ?

Lui demande l'autre, et toutes deux de s'esclaffer de concert. Deux ou trois personnes dans la queue les regardent ahuries. Il tombe une pluie fine, pluie malgré tout.

L'église méthodiste de l'Amour de Dieu s'approvisionne aussi en bonne partie au Food Depository – et elle est ouverte. Ou plutôt : entourée. Sous le crachin, des centaines de personnes forment une queue qui tourne au coin de la rue jusqu'à la rue suivante. Il y a une majorité de Mexicains, de femmes, de gros, de quinquagénaires et plus. Ce quartier, c'est un autre monde : un secteur autrefois de classe moyenne – maisonnettes à deux étages avec jardin et minuscules, toits en tuiles, arabesques sur les fenêtres ou les portes, arbres – qui s'est peu à peu dégradé : il est désormais habité par des Mexicains. Ces maisons qui ont connu leur heure de gloire dans les années soixante-dix, quatre-vingt, et qui se sont détériorés au fil du temps. Sur l'avenue, on lit sur les enseignes des magasins Cuernavaca Bakery, Mexico Dollar Plus, Maria'a Beauty Salon, Paletería Azteca, Cheli's Taquería : ici, dans la rue Sawyer, devant l'église, il y a des enfants à la peau brune qui s'amusent à faire des cabrioles, une table où deux hommes vendent des *tamales* à un dollar pièce et des tacos à un dollar quatre-vingt-dix. Une femme passe en poussant un caddy de supermarché et en criant : ses tamales sont à quatre-vingt-dix centimes et, dit-elle, tout chauds. Les deux hommes la regardent puis se regardent ; le plus jeune dit à l'autre de ne pas s'inquiéter, elle ne va pas tarder à partir.

Dans des quartiers comme celui-ci, disent les gens du Food Depository, le taux d'insécurité alimentaire dépasse les 40 %.

Les personnes, attendant patiemment, avancent à pas de fourmi. Arrivées à la porte de l'église, elles inscrivent leur nom sur une liste, descendent quelques marches et arrivent dans un sous-sol avec des tables où sont disposés laitues, oignons, carottes, pommes de terre, oranges, potirons, coriandre à foison, boîtes de haricots, saucisses, riz, pain et même quelques croissants à peine rances qu'a envoyés une chaîne de boulangeries. Cela sent la coriandre et la transpiration ; cris, rires, bousculades. Tout à l'heure, me dit-on, il y avait encore du poulet, mais il n'y en a plus.

– Avant, on leur donnait des sacs préremplis, mais nous avons compris qu'il valait mieux les laisser choisir ce dont ils ont besoin.

Dit Ramiro Rodríguez, le pasteur.

– Un jour, j'ai aidé un monsieur âgé à lui porter son sac jusqu'à chez lui et quand il m'a dit, voilà, c'est ici, j'ai vu une sorte de garage vide, un lieu désaffecté, sans sanitaires ni cuisine ni rien du tout. Et là j'ai vu qu'il avait encore des sacs des fois précédentes, remplis de choses qu'il laissait se perdre parce qu'il ne pouvait pas les cuisiner. Alors nous avons décidé de les faire choisir eux-mêmes.

Le pasteur Ramiro arbore cet aspect propre sur lui, soigné que l'on attend d'un pasteur, fût-il – comme c'est son cas – électricien de chantier. Le pasteur dirige l'église de l'Amour de Dieu depuis 1997 ; il se trouvait alors de ce côté de la frontière depuis quinze ans :

– J'ai traversé en 82, ça date.

Ramiro est né dans un petit village de l'État de Guerrero et tout petit déjà il prêchait la bonne parole dans la région avec un groupe d'amis. Mais il n'y resta pas : sa famille n'ayant pas toujours assez à manger, son père décida de traverser la frontière pour essayer d'envoyer de l'argent. Ramiro, qui avait alors dix-neuf ans, lui dit non, p'pa, ne pars pas, ma mère et mes frères ont besoin de toi ici, vaut mieux que ce soit moi qui parte, je suis l'aîné de tes fils, c'est à moi d'y aller, et qu'il lui enverrait ce qu'il pourrait. Son père accepta, lui donna sa bénédiction et l'accompagna jusqu'à la place du village pour lui dire au revoir comme un homme.

– Alors je suis venu pour une année, pour les sortir de l'embarras, mais apparemment je ne l'ai pas encore bouclée…

Ramiro passa beaucoup d'années à caboter de ville en ville, travaillant sur des chantiers, se débrouillant, se serrant la ceinture, envoyant de l'argent à sa famille. Après s'être marié, il débarqua à Chicago – dans ce secteur des faubourgs de Chicago que l'on appelle La Villita : c'était en 1990.

– Il restait encore un ou deux Blancs dans le quartier, mais la plupart étaient mexicains, et les derniers Blancs sont partis à ce moment-là. Pendant quelques années, tout allait comme sur des roulettes, puis ça s'est gâté. D'abord il y a eu les tours jumelles, les événements de New York, il a commencé à y avoir moins de chantiers, moins de travail, des entreprises sont parties, des usines ont fermé. Ensuite est arrivée la fameuse crise des *mortgages*, et il y en a eu encore moins. Ça nous a tous foutus dans la merde. Prenez mon patron, maintenant il ne fait plus rien. Son job, c'est de racheter de vieilles maisons et de les retaper pour les revendre. Comme il n'en vend pas, il n'en retape pas, parce que s'il le fait, on rentre à l'intérieur et on lui vole tout ce qu'il y a dedans, surtout le cuivre, le cuivre des tuyauteries, qui est ce qui se vend le mieux actuellement. Alors imaginez un peu.

Ce que je dois imaginer, c'est que le pasteur Ramiro a peu de travail et que c'est un problème car il vit de son travail ; à l'église, insiste-t-il, il est bénévole : personne ne lui paie quoi que ce soit.

– Mais je le fais avec plaisir. Dieu me le rendra, et Lui, Il n'oublie aucune dette.

L'homme est noir et ne veut pas me dire comment il s'appelle. Il a un jogging vert et un bidon imposant, des jambes comme des barils. Je lui souris et lui demande si cela ne le gêne pas, si cela ne le dérange d'avoir à demander de la nourriture aux Hispaniques, et il dit que, puisqu'ils sont venus nous prendre tellement de choses, ils peuvent bien nous donner quelque chose en échange.

– Faut bien qu'on leur prenne quelque chose à eux aussi, non ?

Une vieille voiture rouge de sport passe lentement de l'autre côté de la rue, avec à son bord deux garçons ; ils écoutent du reggaeton – ou un truc dans le genre – à plein tube.

La Villita a démarré il y a près de cent ans comme un quartier habité en majorité par des gens d'Europe centrale.

C'est pourquoi la façade de l'église de l'Amour de Dieu porte encore l'inscription « Jana Husa » ainsi que les restes d'un vitrail à l'effigie du dénommé Jan Hus : un hérétique tchèque qui préconisait aux chrétiens de communier sous les deux espèces – pas seulement manger du pain, mais aussi boire du vin –, qui défendait les pauvres contre les puissants et qui fonda une communauté utopique sur le mont Thabor jusqu'à ce qu'un pape l'envoie au bûcher en 1421 – personnage que, par les hasards de la vie, j'ai beaucoup étudié dans une autre vie.

– C'est bizarre, de rencontrer Jan Hus ici, si loin.

– Si loin de quoi ?

– Je ne sais pas, si loin.

Lui dis-je, puis je lui raconte mon histoire et le pasteur me dit qu'il n'en avait jamais entendu parler :

– Je ne connaissais pas cette histoire, mais j'aime bien la fenêtre, c'est notre fenêtre, nous voudrions la restaurer pour qu'elle ne tombe pas. Le problème, c'est que j'ai contacté une entreprise, mais ils m'en demandent 10 000 dollars. Mon Dieu, je n'en ai pas les moyens. On verra bien, Dieu y pourvoira. Espérons de pouvoir le faire avant qu'on nous mette à la porte.

Dit-il de cette voix paisible propre aux pasteurs, comme si toute la sérénité du Ciel s'était posée sur le sommet de son crâne.

– Pourquoi on vous mettrait à la porte ?

– Parce que les Blancs commencent à lorgner le quartier. On peut encore acheter des maisons très bon marché et nous ne sommes pas si loin du centre. C'est bien les Blancs, ça : ils reviennent, ils finissent toujours par revenir. Comme s'ils nous avaient laissés en profiter pour un temps, mais que ça avait toujours été à eux. Vous avez l'impression qu'ils sont partis, mais dès que ça redevient intéressant… Ils ont déjà commencé. Dans dix ans, nous aurons tous quitté le quartier.

La dame à la BM a presque atteint la porte de l'église. Elle s'appelle Ramona ; elle a un de ces visages dont chaque trait semble avoir été outré par un caricaturiste sans talent : très grand nez crochu, oreilles tordues, double menton plissé en accordéon. La dame me demande s'il est juste qu'elle soit obligée de venir ici, elle qui a parfois du travail – et un travail dur. Je lui demande dans quoi.

– Je travaille dans une boulangerie. Parfois je nettoie, parfois j'emballe, ça dépend.

Dit-elle sur un ton de défi.

– Mais alors vous devez récupérer beaucoup de pain...

– Non, ils ne donnent rien. Même les *burundas*, il faut se les secouer avant de partir.

Les burundas, ce sont les miettes, et madame Ramona me dit que le problème, c'est de ne jamais savoir s'il y aura du travail ou pas. Les jours où elle en a, me dit-elle, elle est tranquille, car elle gagne le minimum, huit dollars de l'heure : ça peut monter jusqu'à 60, dit-elle, et même si elle doit presque tout garder pour son loyer, ses dettes, ses médicaments, elle arrive toujours à mettre dix petits sous de côté pour un peu de poulet, des saucisses. Mais le problème, c'est de ne pas savoir ; certains jours elle passe des heures plantée à côté du téléphone à attendre, dit-elle, jusqu'à ce qu'elle comprenne qu'il est trop tard pour qu'ils appellent.

– Et il y a une flopée de bouches à nourrir, chez moi. Y a mon mari qui ne peut plus travailler parce qu'il est malade, y a mes filles qui ont chacune trois enfants.

– Combien de filles, madame ?

– Elles sont deux.

– Et elles n'ont pas de travail ?

– Y en a une qui travaille, si, mais pas tout le temps.

– Que fait-elle ?

– Bah, des ménages, que voulez-vous qu'elle fasse ?

Madame Ramona et sa famille sont ici depuis une vingtaine d'années : ils sont arrivés quand les filles étaient toutes petites, dit-elle, quelle merde de ne pas les avoir eues ici, tout serait plus facile.

– Et vous diriez que vous ne mangez pas toujours à votre faim ?

– Faim, vraiment faim... C'est plutôt qu'on est dans le besoin. Dans l'angoisse. Ce truc de ne pas savoir si on aura de quoi manger le lendemain, vous comprenez ? Cette angoisse.

La définition de l'insécurité alimentaire aux États-Unis : « ne pas savoir où on trouvera son prochain repas ». Encore un prodige de la civilisation de l'euphémisme, qui par exemple appelle la torture « interrogatoire amélioré », l'idiotie « compréhension différée », son système politique « démocratie ». Au fond ils savent où ils le trouveront : dans des endroits comme celui-ci. Mais une chose est sûre : ils n'ont pas l'impression d'avoir le contrôle sur leur approvisionnement. Quelqu'un qui gagne de l'argent par son travail et achète sa nourriture avec cet argent se sent le bénéficiaire légitime de celle-ci : il est en capacité d'assurer son approvisionnement car il a fait ce qu'il fallait pour et la continuité de cet approvisionnement dépend de lui. Celui qui va demander l'aumône dans une cantine communautaire n'a aucun titre : il reçoit une faveur qui, tout comme elle lui est accordée, peut lui être retirée sans préavis.

Voilà a priori à quoi ressemble la faim made in USA : non pas à manquer de nourriture mais à ne pas jouir de sa propriété – le droit d'en disposer à sa guise. Dans le pays de l'avoir et du ne pas avoir, c'est ennuyeux.

Mais le concept se précise quand on vous dit qu'un tiers d'entre eux souffrent « d'insécurité alimentaire très élevée » : qu'il leur est arrivé, au cours des derniers mois, de n'avoir rien à manger.

– Quand je suis arrivé dans cette église, nous entendions parler de comptoirs de nourriture pour les nécessiteux et nous disions bon sang, si seulement nous pouvions en avoir un nous aussi pour aider les nôtres…

Dit le pasteur Ramiro, et que son centre de distribution va fêter ses cinq ans ces jours-ci, et le pire, dit-il, mais aussi le mieux, c'est qu'on distribue de la nourriture à des gens de plus en plus nombreux. Le pasteur est conscient des différences, mais il tient à ne pas en faire :

– Certains viennent parce qu'ils n'ont vraiment rien, s'ils ne venaient pas ici ils ne mangeraient pas du tout ou alors très peu. D'autres ont un peu, mais ils viennent ici pour économiser quelques sous dont ils ont grand besoin. Je tiens à les traiter tous pareillement.

Et donc l'incertitude, malgré tout, quant au nombre de ceux qui disent que leur nourriture n'est pas assurée afin de continuer à recevoir des aides. Il n'est rien de plus flou qu'une statistique, cette vérité de notre époque.

À l'angle d'en face, il y a trois garçons en baggy, maillot ample, casquette retournée, tatouages partout. Les garçons de la bande du quartier sont fâchés contre le pasteur – parce qu'il les a notamment chassés du terrain de basket de l'église, sous prétexte qu'ils le dégradaient –, alors ils viennent parfois aux heures de distribution pour emmerder le monde, se moquer. Quoique Nicky traverse maintenant la rue et se place dans la queue.

– Tu vas demander de la nourriture ?

Nicky grogne une phrase que je n'arrive pas à comprendre. Je lui souris et retente ma chance. Je lui dis mon nom, il me répond Nicky. Il a deux boucles d'oreilles sur le nez, une crête avec une touche de bleu, un regard mi-curieux mi-méfiant. Son visage est une sculpture olmèque revisitée.

– Et tes amis ne vont rien te dire ?

– Qu'est-ce qu'ils pourraient me dire ? Je *take* ça pour ma reum et elle me fout la paix pendant un *while.* C'est un bon marché, mon pote.

– Et tu n'en prives pas ceux qui en ont vraiment besoin ?

– *We all need,* mon pote. Moi aussi, j'en ai besoin. Pour mon affaire, j'en ai besoin.

Le pasteur me dira ensuite que, depuis que son frère aîné est en prison pour une affaire de drogue, la famille de Nicky – sa mère, ses sœurs – a des difficultés à manger tous les jours.

Ils sont pauvres, ils se font du souci, souffrent. Et pourtant, les comparaisons : les revenus par habitant des 5 % des Américains les plus pauvres sont supérieurs à ceux de 60 % de la population mondiale.

Ou encore : ces 5 % les plus pauvres des États-Unis totalisent autant de revenus que les 5 % les plus riches de l'Inde. Cela paraît invraisemblable : cela s'appuie sur une étude de la Banque mondiale.

En 1970, la disparité des revenus dans le monde était un peu moindre qu'aujourd'hui. Mais les différences s'établissaient surtout en fonction de la classe sociale : un ouvrier américain, un paysan indien et un berger kenyan partageaient un niveau de pauvreté similaire. L'appartenance nationale n'était pas déterminante : ils vivaient tout juste au-dessus du seuil de subsistance. Aujourd'hui, la nationalité marque des différences : un pauvre américain est bien plus riche qu'un paysan indien ou un berger kenyan. Cela semble évident, mais il faut y ajouter un corollaire : l'idée d'un intérêt commun des « prolétaires du monde, unissez-vous » n'a plus le même soubassement économique qu'au temps où elle fut énoncée.

Et aussi : le moyen d'accès le plus évident à une vie économiquement meilleure est l'émigration.

Exprimé en d'autres chiffres : même les revenus moyens des 5 % les plus pauvres d'Allemagne dépassent ceux des 5 % les plus riches de Côte d'Ivoire. Autrement dit, la majorité des Ivoiriens savent – de quelque manière ils savent – que s'ils vont en Allemagne, ils seront un peu plus riches que s'ils restent dans leur pays.

L'émigration n'est plus, comme il y a cent ans, une tentative d'aller faire fortune dans des sociétés en cours de formation : « faire l'Amérique ». Aujourd'hui, même si on fait partie des pauvres du pays où l'on va, on vivra bien mieux que dans son pays d'origine, celui que l'on appelle son pays. C'est pourquoi l'émigration se présente aujourd'hui comme l'alternative la plus populeuse, l'espoir ou la menace, le champ où se déroule la bataille entre riches et pauvres de ce monde. Pour des millions, le futur n'est pas un autre temps mais un autre lieu.

Mais tout peut mal tourner.

– Tant que j'avais ma jambe, tout marchait très bien.

Dit Fernando, puis il tente un sourire.

– Même moi, je marchais très bien.

Dit-il pour expliquer sa boutade, et je souris pour qu'il comprenne que j'ai compris. Fernando a un visage large, une grosse moustache, des cheveux noirs et hirsutes, des mains comme des battoirs, et il tient à peine dans son fauteuil roulant. Fernando est arrivé il y a quinze ans, il a trouvé du travail comme maçon, il a pu faire venir sa femme et ses deux filles

– qui, une fois ici, devinrent quatre. Ils venaient d'un village à cent kilomètres de Mexico, dans l'État de Mexico, et il était prêt à tous les sacrifices ; il travaillait dur, gagnait sa vie. Jusqu'à ce jour où, il y a quatre ans, sous une autre pluie, il dérapa sur la boue et s'enterra une pointe de fer dans le mollet : il eut le muscle déchiré, l'os brisé. Son patron, un Mexicain qui avait amassé beaucoup d'argent, refusa de le prendre en charge : il lui donna 1 000 dollars et lui dit que leur collaboration s'arrêtait là. Fernando n'avait pas d'assurance ; il se soigna tant bien que mal – je lui demande comment, mais il ne veut pas me répondre – ; quelques semaines plus tard, sa jambe se gangrena, me dit-il, ou quelque chose de ce genre : on dut la lui amputer.

– C'est fou comme tout peut basculer en un instant.

Dit-il, puis il regarde le ciel. Je le regarde aussi, il me voit :

– Non, ce n'est pas là-haut qu'il faut en chercher la raison. C'était une chute, faut pas Lui en attribuer la faute.

Fernando a l'air bien, confiant ; je l'imagine en train de se repasser mille et une fois l'instant fatal, les mille et une manières dont cela aurait pu être évité, mais je ne le lui demande pas. Son fils Eloy, treize ans, pousse son fauteuil. Fernando dit qu'il commence à peine à récupérer : ce fut un coup très dur, il était un homme qui gagnait sa croûte à la sueur de son front, et maintenant il dépend de ce genre d'endroits.

– Ok, p'pa, mais y en a beaucoup d'autres qui viennent demander leur *food* ici. *You ain't the only one.*

– Oui, mon grand, mais eux, c'est sûrement parce que ce sont des fainéants ou des bons à rien. Moi, je pouvais tout faire, quand je marchais.

– *Sure,* p'pa, *that we never forget.*

Fernando m'agrippe par le bras pour que je me penche, que je l'écoute de près. Fernando a le bout des doigts larges et plats. Un jour, quand je serai grand, quelqu'un va m'expliquer pourquoi les ouvriers ont le bout des doigts aplatis.

– Vous savez ce que je crains, en venant ici ? Qu'un jour il y ait une descente de police et qu'ils nous embarquent tous. Ils savent que ceux qui viennent ici n'ont pas de papiers. Enfin, que nous sommes nombreux à ne pas avoir ces putains de papiers. Il y a un an, ils sont allés dans une église, en bas, et ils ont emmené un tas de compères.

– C'est vrai que c'est arrivé.

Me dira par la suite le pasteur Ramiro : qu'après cela, pendant quelques semaines, beaucoup craignaient de se rendre à son église, qu'il a dû les convaincre presque un par un, qu'il leur disait qu'il n'arriverait rien – et ils l'ont cru. Et que pendant ce temps il priait pour que ce soit vrai.

– Ici, si on arrête le père ou la mère quand ils viennent chercher à manger, imaginez un peu dans quelle situation se trouve alors la famille, sans soutien. Ici, la faim est mauvaise, mais la peur est parfois pire.

Ils sont pauvres de deuxième ou troisième catégorie : pauvres non intégrés. Les immigrés sont les marginaux parmi les marginaux : contrairement aux pauvres autochtones, ils ne touchent pas les aides de l'État puisqu'ils ne sont pas reconnus par lui. Ils ne reçoivent pas les food stamps et, à force d'aller mendier de la nourriture dans les églises, ils risquent en plus de tout perdre.

– Je ne suis pas venu ici pour ça, je ne comprends pas comment j'ai pu me tromper à ce point. Je me suis planté. Bon, on m'avait dit qu'ici j'allais trouver ceci et cela. Voilà où ça m'a mené d'écouter ce qu'on raconte.

– Et vous n'avez pas envie de rentrer ?

– Non, où ça ? Là-bas, dans mon pays, c'est encore pire, et on est partis il y a si longtemps, que ferait-on là-bas ? Non, on est coincés. C'est foutu, on va devoir rester.

L'exploitation à la bangladaise n'est pas l'unique manière dont les riches tirent parti de la pauvreté de l'AutreMonde. Une autre manière classique est l'exploitation du travail des immigrés : main-d'œuvre bon marché pour les travaux que les autochtones les plus pauvres ne veulent pas faire.

Cela n'est pas sans conséquences. Entre autres : le secteur le plus exploité de la classe laborieuse de ces pays-là n'est majoritairement plus autochtone et n'a donc pas de droits : il a peur. Ces immigrés ont reformulé l'idéologie, la culture des travailleurs : ils ont rompu avec la solidarité, ils en ont fini avec leurs revendications.

Une belle victoire pour leurs patrons.

8

Quand je parviens enfin à trouver madame Sandra, trois de ses assistants m'ont déjà proposé à manger. Il fait froid ; moi, d'ordinaire débraillé, j'ai dû aujourd'hui enfiler ma veste en cuir. J'ai toujours cru que cette veste me rendait élégant : alors, soit les bénévoles de la Cruzada Misionera ont déjà tout vu, soit ils s'efforcent de ne pas se demander qui est qui, soit ma veste est moins chic que je ne le pensais.

– Dieu vous bénisse, jeune homme. Vous ne voulez pas manger quelque chose ?

Madame Sandra doit avoir mon âge, les mains graisseuses, un tablier propre, le visage ultra maquillé : sourcils entièrement épilés et redessinés au crayon fuchsia. Madame Sandra vit en Amérique depuis de longues années – « de longues années, oui, ne me demandez pas combien, vous ne me croiriez pas » –, elle avait un travail, ses deux filles ont grandi et sont parties, son mari était déjà parti avant, elle a un petit peu d'argent pour survivre et beaucoup de temps, alors elle vient cuisiner avec les autres bénévoles tous les lundis, mercredis et vendredis, « pour la gloire du Seigneur ». Sa soupe populaire fonctionne depuis plus de cinq ans, installée dans le vaste sous-sol, propret et sans charme, d'une église adventiste. On entend un *corrido* dont les paroles annoncent que Dieu t'aidera au moment où tu ne L'attends plus.

– Pourquoi n'ouvrez-vous que trois jours ?

– Car ce sont les jours où les autres soupes sont fermées. Nous avons donc remarqué que les pauvres ne mangeaient pas ces jours-là…

Les pauvres de madame Sandra sont une cinquantaine d'hommes – uniquement des hommes, presque tous mexicains, presque tous adultes ou vieux – assis à deux longues tables devant leurs assiettes : leurs assiettes débordent de légumes, poulet, riz, haricots. La plupart vivent dans les environs : quelques-uns dans des maisons, beaucoup dans la rue – dans un coin abandonné, dans une épave de voiture, sous un pont ou, l'hiver venu, dans un centre d'hébergement pour *homeless*, où ils doivent dormir puis s'en aller. Un jour sur deux, ils passent la matinée à l'abri dans le sous-sol de la Cruzada

Misionera : à neuf heures on leur sert un café et un donut, à dix heures la parole du Seigneur, à onze heures, le déjeuner.

– Oui, ici, la plupart sont mexicains, mais il y a beaucoup d'autres nationalités. Hispaniques, non hispaniques. Il vient de tout, ici : des Noirs, des Blancs, des cafés au lait, de tout.

Dit madame Sandra, puis elle me regarde pour voir si j'ai compris son bon mot à propos des cafés au lait.

D'autres avantages de la religion : si eux ne le faisaient pas, qui le ferait ? D'autres usages de la religion : qu'arriverait-il s'ils ne le faisaient pas ?

Baldomero me dit qu'il s'appelle Baldomero et que, généralement, en sortant d'ici, il va se mettre au coin de la rue pour qu'on l'écoute. Au coin de la rue se trouve El Grito Desesperado #2, Alcooliques anonymes ouvert 24 h sur 24 h, où on vous Aide à Décrocher de la Boisson et de la Drogue, Si vous voulez Arrêter de Souffrir Appelez-nous.

– Vous pensez que je m'appelle Baldomero, mais tout le monde m'appelle Beto.

Baldomero, dorénavant Beto, est un homme de petite taille, maigre, noir, les os très saillants, la soixantaine. Beto dit qu'il a travaillé pendant de longues années : qu'il s'occupait de jardins, soignait les plantes.

– Fallait me voir. J'ai le *touch* pour les plantes, moi. Elles m'obéissaient au doigt et à l'œil. J'étais heureux, avec les plantes.

Et qu'il avait une famille, trois enfants très gentils.

– Le plus jeune a même la citoyenneté.

Dit-il avec son accent des Caraïbes pour dire qu'il a la nationalité américaine – parce qu'il est né ici, dans un quartier de Chicago. Mais que lui, il a tout perdu parce que l'alcool l'a perdu : que l'alcool l'a conduit à faire des choses qu'il n'aurait jamais voulu faire, qu'il l'a éloigné de sa famille, qu'il l'a éloigné de Dieu, qu'il lui a fait perdre son travail. Et que maintenant il fait tout son possible pour retrouver son chemin mais qu'il est un peu tard, dit-il, qu'il est à la rue – *out there,* dit-il, qu'il est out there, en montrant un point au-delà du croisement –, que sa famille ne veut plus le voir parce qu'il a fait de mauvaises choses.

– J'ai fait de mauvaises choses, je leur ai fait du mal, je leur ai causé du tort.

– Que leur avez-vous fait ?

– De mauvaises choses.

Des choses que je sais, dit-il, et que qu'est-ce qu'il lui reste : voir défiler les journées, venir manger ici quand c'est ouvert, chercher un *shelter* pour la nuit, boire un petit verre de temps en temps, parce que qu'est-ce qu'il lui reste dans la rue s'il ne boit pas son petit verre, me demande-t-il, pour que je lui dise oui, vous avez raison – et je me tais.

La religion est l'oisiveté des peuples.

Maintenant la chanson est une sorte de cumbia de supermarché qui parle d'amour et de prendre soin de cette belle vie qu'on t'a donnée. Dans le sous-sol de la Cruzada Misionera, les pauvres mangent la tête basse. Dans un coin, il y a cinq ou six plus jeunes qui se crient dessus, se taquinent. Sur le mur du fond il y a une pancarte – une seule pancarte : « Je suis le pain de la vie. / Celui qui vient à moi n'aura jamais faim. »

– Ce sont des... comment vous dire... ? Comment dit-on ça en espagnol ?

Dit madame Sandra en cherchant un mot qui lui échappe :

– Ce sont des homeless, les pauvres.

Elle a enfin trouvé. Quelqu'un – un hôte – me dira ensuite qu'une fille de Beto s'est suicidée et que certains ont raconté que c'était parce qu'il avait voulu l'obliger à faire des choses qu'elle ne voulait pas.

– Quelles choses ?

– Des choses qu'elle ne voulait pas.

Dira-t-il, et il tiendra sa langue.

Beto est à la ramasse : il a lâché la rampe et il n'a aucun moyen de la récupérer. La pauvreté de la marge, de ceux qui ont dégringolé :

– Vous savez ce qui me manque ? Ce qui me manque le plus, ce sont les plantes. Out there, c'est très *hard* d'avoir une petite plante. J'ai essayé, mais elles ne durent pas. Je crois que c'est parce que out there, on ne peut pas. J'espère au moins que j'ai pas perdu le touch. Si j'ai plus le touch, il ne me reste vraiment plus rien.

– Il y a beaucoup de gens qui croient que seuls les homeless viennent dans ces cantines. En vérité, je crois que beaucoup préfèrent croire ça. Cela les rassure.

Dit David Crawford, « directeur de la distribution d'aliments » – dit sa carte – à A Just Harvest, une oènegé constituée de plusieurs groupes, pour la plupart religieux. David est noir ; il a quelques poils longs plaqués sur le caillou, une moustache clairsemée, une chemise ample au col très serré, une cravate toute fine. David a un débit de mitrailleuse américaine, crachant des mots sans le soupçon d'une pause.

– C'est plus facile : ils se disent bah oui, ce sont des homeless, des types qui sont sortis du système. Ce n'est donc pas le système qui est en cause, mais eux. Mais c'est faux, bon nombre de ces personnes que vous voyez ici ont un foyer, seulement l'argent ne leur suffit pas à couvrir tous leurs frais : une fois qu'ils ont payé leur loyer, leur assurance, leurs médicaments, il ne leur reste plus rien pour manger. Voilà pourquoi ils viennent. Ici, il y a de tout. Il vient des gens très différents, ici, avec des parcours très divers. Ce qu'ils ont en commun, c'est qu'ils n'ont pas assez à manger, et ça, c'est certain : personne ne vient dans un endroit comme celui-ci s'il peut l'éviter.

Qu'il est plus facile de penser qu'ils ont dégringolé en raison de leurs histoires personnelles, individuelles. Leur fabriquer un récit : ils sont fainéants, ils sont fous, ce sont des ivrognes, ce sont des drogués : ils ont dégringolé. Fort de cette idée, un mendiant qui fréquente une soupe populaire ne remet pas en question la société dont il est issu – ou alors à peine.

A Just Harvest se trouve à l'autre bout de Chicago, tout à fait au nord, là où se situe le terminus du métro. C'est un quartier noir un peu désolé : la nuit est tombée, la lueur des lampadaires est ténue. Mais l'établissement est propre et lumineux, il a de grandes baies vitrées ; une salle aux murs décorés de fresques de style naïf représentant des papillons et des perroquets et des planètes et des volcans, des enfants se tenant par la main, des zèbres de couleur. Il y a trois douzaines de tables de quatre ou six places chacune, bien disposées, propres, couvertes de nappes en plastique impeccables, et au fond un de ces comptoirs pour se servir en faisant glisser un plateau. Il y a des Noirs, des Hispaniques, des Blancs, des enfants, des vieux, des hommes et des femmes. Personne ne leur demande rien. Il y a, dit David, un tiers de homeless, un tiers de retraités, un tiers de personnes qui travaillent mais dont les revenus sont insuffisants pour acheter toute la nourriture dont elles ont besoin.

– Est-il possible d'avoir un emploi et de ne pas avoir assez pour manger ?

– Oui, bien sûr, quand ce sont des emplois précaires : faire des ménages chez des particuliers ou dans des bureaux, servir dans des bars populaires, charger et décharger des camions. Ils ont du travail deux, trois, quatre jours par semaine, quelques heures par jour, et ils touchent le salaire minimum, 8 dollars, alors il arrive qu'en une semaine ils gagnent 150, 200 dollars. Dans un endroit où il n'y a pas de loyer à moins de 500, 600 dollars par mois, sans compter qu'il faut aussi payer le transport, les médicaments, les vêtements, faites le calcul . que leur reste-t-il pour manger ?

A Just Harvest distribue à manger depuis près de trente ans, mais au cours des trois ou quatre dernières années, son public a beaucoup augmenté. Chaque soir ils nourrissent quelque 200 personnes – en une heure, rapide, propre et efficace. Et sain, dit David, nutritif : ils ont un peu de viande, leur ration de protéines, leurs légumes, leur salade, un fruit, du pain, tout ce que doit contenir un bon repas. Nous voulons absolument éviter qu'ils aient l'impression qu'on leur donne de la nourriture de deuxième catégorie : on ne peut pas admettre qu'il existe des personnes de deuxième catégorie, qui mangeraient de la nourriture de deuxième catégorie.

Dit David, puis il me regarde de nouveau :

– Et vous ? Vous ne voulez rien manger ?

Betty a soixante et quelques années, des cheveux blancs et courts, des yeux d'un bleu profond et embués, quelques dents en moins et le dos droit comme une planche à repasser. Betty marche avec un déambulateur mais elle n'habite pas très loin, à sept ou huit pâtés de maisons, et depuis qu'on lui a donné ce déambulateur, dit-elle, elle ne met pas si longtemps à venir.

Betty dit que les premières fois, elle se disait que c'était parce que, ici, elle pouvait manger en compagnie : qu'avec le recul, elle se dit que c'est peut-être vrai ou peut-être pas, mais qu'en tout cas elle ne voulait pas s'avouer qu'elle était obligée de dépendre de la charité pour manger. Mais que maintenant elle sait que, sans cette cantine, elle serait très embêtée.

– Mon mari est mort il y a sept ans. Parfois je me dis que c'est une chance qu'il soit mort : qu'il n'ait pas vécu pour connaître ça. Pourtant, vous savez, nous avons toujours payé des impôts.

Le mari de Betty avait travaillé toute sa vie chez un administrateur de biens : il tenait les livres de comptes, ce genre de choses. Il avait pris sa retraite il y a quinze ans et touchait une petite pension grâce à laquelle ils survivaient : avec le temps, les aléas de la Bourse l'amenuisèrent tant que maintenant Betty a tout juste de quoi payer le loyer.

– Une fois par an, ma fille m'invite chez elle, à Memphis, parce qu'elle vit à Memphis, Tennessee. Et quand elle peut, elle m'envoie quelque chose. Mais elle ne peut presque jamais, la pauvre. Elle a deux enfants à nourrir...

Dit Betty, et qu'elle ne veut pas être une charge pour sa fille, et qu'on a du mal à croire qu'après toute une vie, elle doive être une charge pour les autres, puis elle me demande d'où je suis. Je lui dis d'Argentine, Amérique du Sud.

– Ah. Et ces choses-là arrivent aussi, là-bas ? Ou seulement en Amérique ?

– Nous tâchons de leur faire sentir qu'ils n'ont aucune raison d'avoir honte, qu'ils exercent leur droit, que nous avons tous le droit de satisfaire notre besoin de manger.

Dit David, mais qu'ils n'y parviennent pas toujours :

– Vous savez, pendant des années ils ont pensé que venir ici, c'était la honte, un terrible signe d'échec. Si le gouvernement a honte de reconnaître qu'en Amérique, des gens ont faim, comment voulez-vous que le pauvre homme, la pauvre femme qui en souffre en n'aient pas honte ?

Un homme noir maigre flétri la soixantaine porte un teeshirt avec en grand la tête d'Obama en noir et blanc.

– Alors comme ça, vous aimez ce qu'a fait Obama ?

– Moi ? Pourquoi ?
– Je dis ça à cause de votre tee-shirt.
– Ah, oui, on me l'a donné alors je le porte.

L'homme a quelques dents, le regard éteint, son assiette à la main, pas une grande envie de bavarder.

– Mais vous l'aimez bien ?
– C'est un visage que j'aime bien.
– Justement. Pourquoi ?
– Parce qu'il sourit tout le temps, comme moi.
– Vous allez voter pour lui ?
– Non, à quoi bon. Ma vie n'a pas changé depuis qu'il est président. Rien n'a changé.

Dans un coin, sur un tableau, il y a des annonces, des règles de fonctionnement, un poster pas très grand : *Make Wall Street Pay*, dit le poster – et David de m'expliquer que ce ne sont pas eux qui le disent, que ceci est un espace mis à la disposition de ceux qui veulent afficher leurs opinions. Celui-ci est signé National People's Action. A Just Harvest est inflexible sur une de ses règles : ils n'acceptent pas d'argent du gouvernement ; ils sont financés par des particuliers, des entreprises, des églises et autres institutions – jamais par le gouvernement.

– Mais c'est vrai que dans mon pays il y a des gens affamés, il y a beaucoup de gens affamés.

Dit David, et qu'ils veulent les aider : c'est pour cela qu'ils le font.

– Nous voulons les aider comme le ferait n'importe quel voisin.
– N'importe quel voisin ?
– Oui, n'importe quel voisin. N'importe quel voisin doit savoir que son voisin a autant le droit de manger que lui, et que si son voisin ne mange pas, il doit faire tout son possible pour lui procurer à manger, car s'il ne le fait pas, il est tout aussi coupable qu'un autre de la faim de son voisin. A fortiori dans un monde qui regorge de nourriture, tout le monde a droit à sa part, indépendamment de savoir qui est qui, sans demander qui est qui. Voilà notre manière de penser, et si vous n'êtes pas d'accord…
– Moi ?
– Je veux dire vous ou quelqu'un d'autre.

Les comparaisons demeurent atroces : ces pauvres seraient de grands privilégiés à côté de ceux du Niger ou du Bangladesh.

Mais ils ne sont pas à côté.

Il faudrait discuter l'idée de pauvreté, sa relativité. La faim est la pauvreté absolue ; ici il y a de la pauvreté relative – et ils l'appellent faim. La relativité est l'objet d'un débat philosophique : combien d'inégalité pouvons-nous ou voulons-nous ou devons-nous tolérer ?

La pauvreté absolue semble au contraire au-delà de toute discussion : ceux qui ne sont pas choqués par le fait qu'une personne vive très en dessous de ses possibilités sont légèrement incommodés par le fait qu'elle meure avant l'heure pour des raisons extérieures, exogènes.

Qu'elle meure de faim.

– Mais manger ne devrait pas être un combat de tous les jours, non ? Nous sommes en Amérique.

Dick a des lunettes sans monture, des cheveux coupés à ras, un bouc, un double menton plantureux, une chemise bleu ciel avec un petit drapeau américain sur la manche, comme celles que portent les employés de la Poste. Dick a cinquante ans et des poussières, un ventre proéminent et il mange à quatre mains.

– Non, je n'ai jamais travaillé à la Poste. J'ai acheté cette chemise dans une friperie de l'Armée du Salut. Je travaillais dans une entreprise de camions, au dépôt, tout allait bien, mais elle a fermé et maintenant je vais avoir beaucoup de mal à trouver un autre travail. Qui va vouloir engager un type de mon âge ?

Dit Dick, et qu'il a toujours su qu'il y avait des gens qui fréquentaient des endroits comme celui-ci, mais qu'il n'avait jamais imaginé que cela lui arriverait à lui.

– Il m'arrivait même de faire des dons. Je ne comprends pas ; vraiment, je ne comprends pas comment ça a pu arriver.

Dick a du mal à parler, il respire avec difficulté :

– J'ai beaucoup fumé. Heureusement maintenant c'est tellement cher…

Dick dit que, dans la journée, il mange des Macaroni & Cheese en boîte à 1,49 dollar pièce, et quand il peut, il se paie une bière.

– Mais que voulez-vous que je fasse ? J'ai des food stamps, je touche moins de 40 dollars par semaine. Je dois vivre avec 40 dollars par semaine. Où voulez-vous que j'aille avec 40 dollars par semaine ?

Et qu'alors il vient ici presque tous les soirs : que ceci lui permet au moins de rester gros, bien nourri. C'est ce qu'il dit : gros, bien nourri.

– Maintenant on vous dit qu'être gros, ce n'est pas bien, que c'est mauvais pour la santé, mais moi, ce que je sais, c'est que les gros ne meurent jamais de faim. Ils meurent d'autre chose, mais pas de faim.

Dit Dick, puis il se lève, une opération compliquée. Il saisit son assiette jetable : il lui reste encore du riz et deux tranches de pain au seigle. Il va jusqu'à la poubelle, la jette. Je sais que je ne devrais pas, mais je ne peux m'empêcher de penser au nombre de gens qui pourraient se nourrir avec ces restes à Bihar, au Soudan. Les comparaisons, n'insistons pas.

9

Les rayonnages explosent de couleurs : rouge, bleu, jaune, le tout très primaire. Sur les rayonnages, il y a des boîtes décorées de tigres lionceaux écureuils perroquets poulets chiens chats souriants starlettes souriantes sportifs triomphants qui proposent des pétales, des flocons, des anneaux de céréales en tous genres et de toutes formes, aux parfums variés – miel fraise noix cannelle chocolat avec une giclée de lait sur le dessin pour les rendre plus sains. Une dame épaisse comme deux ou trois dames, cheveux blonds en bataille, yeux très bleus, jogging rose pétant attrape un paquet – affublé d'un lapin – où il est écrit Trix, le regarde avec méfiance, le repose. La dame comme plusieurs dames avance d'un pas en poussant péniblement son caddy plein à craquer. La dame comme plusieurs souffle, se déplace avec beaucoup de difficulté : ses jambes se heurtent l'une à l'autre, ne semblent pas persuadées de pouvoir supporter un tel poids.

– Excusez-moi, pourriez-vous m'attraper ce paquet de céréales ?

Le paquet est a priori à portée de sa main – les supermarchés n'ont aucun intérêt à compliquer les courses –, mais la dame n'arrive pas à s'étirer.

– Elles sont beaucoup moins chères, vous savez ?

Je lui attrape un paquet sans dessins qui se vante d'être très sain ; la dame le regarde, le met dans son caddy, me remercie, souffle. Dans son caddy, il y a des paquets de pâtes de la marque du magasin, trois paquets de pain de mie, six boîtes de Macaroni & Cheese, des conserves diverses, deux rouleaux de papier de cuisson, un détergent tout usages, des paquets de gelée et des préparations pour gâteaux, trois kilos de sucre, deux pots de glace à la vanille, un pot de mayonnaise de deux litres, trois barquettes de douze saucisses chacune, un poulet mort.

– Et mes enfants les aiment autant.

La dame s'appelle Mareshka : elle me dit s'appeler Mareshka, que je l'excuse de me déranger mais qu'avec le corps qu'elle a maintenant, il y a des choses qu'elle ne peut plus faire. Je n'ose pas l'interroger sur ces autres choses, mais je lui demande si elle vient régulièrement au Family Dollar. Le Family est le supermarché le moins cher de Binghamton et Mareshka me regarde – de ses yeux enfouis sous les plis – avec une pointe de haine, comme si j'étais en train de lui demander autre chose : ce que j'aimerais au fond lui demander.

– Je ne suis pas pauvre, je gagne ma vie. Je ne demande rien à personne. Nous n'avons jamais rien demandé à personne.

Nous, me dira Mareshka à la sortie, sur le trottoir gris à demi désert, ce sont ses ancêtres. Ses arrière-grands-parents, me dira-t-elle, arrivèrent de Pologne il y a cent ans, ils s'installèrent ici parce qu'il y avait du travail.

– Les pauvres, s'ils nous voyaient aujourd'hui.

– Vous ne leur en voulez pas d'avoir si mal choisi ?

– Que voulez-vous que je leur reproche, les pauvres vieux ? Ils sont morts contents, au moins, sans savoir. Enfin j'espère, je suppose.

Binghamton est une petite ville au nord de l'État de New York, à trois heures de voiture de la ville de New York : à trois heures du pouvoir mondial. Plus de deux siècles se sont écoulés depuis qu'une poignée d'aventuriers blancs chassèrent les Indiens autochtones et qu'un riche blanc s'empara de tout.

Monsieur William Bingham acheta les terres et leur donna son nom ; au milieu du XIXe siècle, c'était déjà un endroit prospère : ici passait un de ces canaux qui reliaient l'intérieur des terres au port. Et en 1850 arriva le train : des industries s'installèrent, des immigrants débarquèrent, l'argent sonnait et trébuchait. Binghamton était alors si florissante que l'on y créa le premier centre de traitement où l'alcoolisme était considéré comme une maladie – le New York State Inebriaite Asylum – et que les Polonais, les Allemands, les Irlandais, les Italiens rappliquèrent pour « faire l'Amérique » ; ils la firent, pendant un temps.

On en vint à l'appeler la Vallée des Opportunités : la ville grandissait, on construisait de belles maisons, des maisons prétentieuses, des ponts, des églises, quelques parcs, puis on fonda une compagnie qui se fit connaître sous le nom d'IBM. Après la seconde guerre, Binghamton atteignit son apogée : on y inventa le simulateur de vol, la Lockheed Corp. y fabriqua des armes et encore des armes ; l'espionnage militaire high-tech était une de leurs spécialités. Mais la fin de la Guerre froide les terrassa ; quand montrer les dents au communisme cessa d'être l'affaire du siècle, des usines commencèrent à fermer ou à émigrer vers des contextes plus favorables. Par une étrange forme de justice poétique, après avoir gagné cette guerre Binghamton perdit des emplois, des habitants, pas mal d'espoirs ; aujourd'hui, la ville proprement dite compte moins d'habitants qu'il y a cent ans : en incluant toutes ses banlieues, elle frôle le quart de million d'habitants – dont un sur quatre sous le seuil de pauvreté.

À Binghamton, les plus belles maisons sont devenues de petites agences bancaires, de grandes pompes funèbres, toute sorte d'églises : les priorités sont claires et nettes. Binghamton possède ses *shoppings malls* dans les environs, un centre-ville plutôt fantôme, des rues défoncées, des maisons abandonnées, une université de second plan et elle peut se vanter d'être « la capitale américaine du manège traditionnel, foyer des 6 sur 159 qui restent dans tout le pays ». De temps en temps, on reparle d'elle dans les journaux : en avril 2009, par exemple, quand un vétéran du Vietnam entra dans le bureau de l'American Civic Association de la rue Front et abattit quatorze personnes par balles. Ou l'an dernier, quand un sondage réalisé par Gallup établit que c'était la ville aux habitants les plus pessimistes de tout le pays ou quand elle fut première au classement des ciels les plus nuageux ou quand on voit paraître une de ces études qui la placent dans les trois premières pour le nombre d'obèses : plus d'un tiers de sa population, 37,6 %, selon les dernières estimations.

La civilisation occidentale est devenue rondouillette : grosse, grassouillette, dodue.

Quand les dictionnaires définiront les mots, obésité signifiera grosseur condamnable : dangereuse.

Le grand-père de Mareshka avait une sorte de « saucisserie » – il en fabriquait et les vendait – ; son père ne voulant pas faire dans la viande, trouva un travail manuel chez IBM. Quand l'usine de Binghamton ferma, il dut reprendre l'affaire familiale, s'aigrit, la fit couler. Mareshka avait déjà trente ans, était déjà mariée, avait déjà deux fils et une fille ; elle tenta d'exploiter un salon de coiffure, mais cela ne marcha pas davantage. Son mari conduisait un autobus ; ils se débrouillaient.

– C'est alors qu'ils nous ont convaincus. Cette femme de la banque nous a harcelés, comme quoi on pouvait s'acheter une maison pour moins de ce qu'on déboursait en loyers. Ce n'était pas vrai, ce n'était pas du tout vrai mais on avait envie d'y croire.

Ils l'achetèrent pour 60 000 dollars, que la banque elle-même leur avança. Elle était jolie, me dit-elle, faut pas croire, une de ces petites maisons en bois avec un jardin à l'arrière, un porche devant, deux niveaux, trois chambres, très jolie, dit-elle, et son visage s'assombrit. Car son mari mourut en 2008 – pile en 2008, dit-elle – et elle ne put continuer à rembourser le crédit : la banque récupéra la maison.

– Oui, il est mort d'une crise cardiaque.

Me dit-elle, et je ne sais comment lui demander s'il était très gros ; elle me voit.

– Je sais à quoi vous pensez. Oui, vous avez raison. Il ne prenait pas soin de lui. Mais il aurait pu vivre encore un peu, non ? Sûr qu'il aurait pu.

Aujourd'hui Mareshka travaille dans l'échoppe – bière, cigarettes, journaux, loterie, friandises – d'une cousine et gagne environ 2 000 dollars par mois. Ses trois enfants ont entre treize et vingt et un ans.

– Ils veulent manger sans arrêt, que voulez-vous que je leur donne ?

– Avec vos revenus, vous n'avez droit à aucune aide, des tickets d'alimentation ?

– Si, j'y ai droit, mais je n'ai pas envie de les demander. Je ne veux pas. Je gagne ma vie, je ne veux pas être une assistée. Je suis américaine.

I'm American, dit-elle,
comme si cela voulait presque tout dire.

Cela fait quelques années que les États-Unis sont à l'avant-garde d'une étrange épidémie : l'embonpoint.

Commencer à le craindre fut un des bouleversements culturels majeurs de ces derniers temps. Pendant des siècles, dans presque toutes les sociétés, être gros était un luxe : être capable de manger à l'excès, gaspiller des richesses dans son propre corps – et le montrer était aussi une forme de pouvoir.

Quelques décennies en arrière, l'embonpoint était encore un signe indiscutable de prospérité. Les rois, les potentats, les cardinaux, les ploutocrates dont la bedaine gonflait le gilet d'où pendait la chaîne en or de la montre à gousset, les grandes dames à chapeau ou les divas d'opéra portaient leur graisse comme un trophée. À une époque où le travail faisait maigrir, un corps gros était un corps qui se rengorgeait de son oisiveté ; à une époque où manger était un privilège, un corps qui montrait qu'il mangeait autant qu'il voulait – plus que de besoin – était un corps qu'on avait envie de montrer. Ensuite l'embonpoint passa de mode. D'abord, des jeunes contre-culturels le rejetèrent parce que bourgeois ; ensuite, les bourgeois décidèrent de prendre soin de leur corps : le travail sédentaire faisait grossir, l'exercice demandait de l'argent et du temps libre ; il fallait arborer un corps fibreux, sportif. Mais cela fait moins de vingt-cinq ans que l'embonpoint a commencé à être considéré comme une épidémie.

Et, bien sûr, les riches cessèrent d'être gros.

En général, cela nous fait pitié. Nous considérons l'embonpoint comme la mise en scène d'une faille individuelle : le propre de quelqu'un qui n'est pas capable de se maîtriser pour conserver un corps mince, pour garder le contrôle de son corps. Mais, peu à peu, cela redevient une marque d'appartenance sociale – sauf qu'à l'autre bout de l'échelle : être gros est de plus en plus synonyme d'être pauvre.

Les médecins rendent le surpoids responsable de l'augmentation exponentielle des décès provoqués par des problèmes cardio-vasculaires, de certains cancers très méchants et de cette grande maladie contemporaine, le diabète. Ils se sont donc efforcés de le cerner : ils utilisent une unité appelée indice de masse corporelle (IMC) – le poids de la personne sur sa taille au carré – et on dit que si cet indice est situé entre 25 et 30, la personne est en surpoids, au-dessus de 30, elle est obèse.

La mesure est sévère : moi, pour 1,85 m et 90 kilos, je suis légèrement en surpoids – IMC de 26,2 –, or je reste en dessous de la moyenne des hommes latino-américains : 26,7. Pour être obèse, je devrais peser 103 kilos.

Avec des critères aussi draconiens, il n'est pas difficile de décréter qu'il y a dans le monde 1,5 milliard de personnes en surpoids, dont un tiers d'obèses : 500 millions. Ces chiffres servent à établir une symétrie très vendeuse : le monde serait si tordu qu'il y aurait à peu près autant de dénutris que de surnutris, d'affamés que de gros. Et, de manière tacite ou explicite, que les aliments qui manquent aux uns seraient raflés par les autres : que les gros mangeraient ce que les affamés n'arrivent pas à manger.

Cela a tout d'une bonne explication de presque tout et, comme presque toutes les explications, elle est fausse.

– On nous dit que nous devons manger sain. Qui peut se payer de la nourriture saine ? Il faut être riche pour manger des fruits et des légumes tous les jours...

– Et vous aimeriez en manger ?

– Vous voulez savoir la vérité ?

– Bah, tant qu'à faire...

– La vérité, c'est que je n'aimerais pas ça. Moi, j'aime ma nourriture. Je sais que je devrais manger d'autres choses, mais je sais aussi que je ne peux pas, que je n'en ai pas les moyens. Et on a beau me dire que c'est mauvais pour ma santé, moi, j'aime ça. Je souffre déjà assez dans la vie pour avoir en plus à me dire tout le temps que je ne mange pas ce que je devrais, pour me priver de manger ce que j'aime.

– Et cela ne vous inquiète pas pour vos enfants ?

– Mes enfants sont grands, ils commencent à se débrouiller pour manger. Je ne peux plus rien faire pour eux.

– Vos enfants sont-ils minces ?

Mareshka me regarde avec un mélange de dédain et de haine, puis elle sourit.

Ce n'est pas vrai : l'obésité est la faim des pays riches. Les obèses sont les malnutris – les plus pauvres – du monde plus ou moins riche. Dans ces pays-là, la malnutrition est passée de la pénurie à l'excès : du manque à la surcharge de malbouffe. La malnutrition des pauvres dans les pays pauvres consiste à manger peu et à ne pas développer leur corps et leur esprit ; celle des pauvres dans les pays riches consiste à manger beaucoup de cochonneries bon marché – graisses, sucres, sel – et à développer des corps démesurés.

Ils ne sont pas l'antithèse des affamés : ils en sont les pairs.

La forme de l'inégalité dans ces contrées.

10

La lumière de Binghamton est un crépuscule à midi. Nous sommes jeudi, froid de fin d'automne, nuages bas, et il règne au McDonald's de Main Street, centre-ville, une atmosphère douillettement familiale. À deux tables rapprochées au milieu de la salle, deux mères blondes boutons rouges sur peau laiteuse, joggings tachés, essaient de contrôler leur ribambelle d'enfants, tous âgés de moins de dix ans, tous blonds, presque tous gros, trois d'entre eux très gros. À la table d'à côté, un couple de Noirs impotents, trente ans et des poussières, casquette des Yanquees pour lui, bandana rouge pour elle, un quart de tonne à eux deux, nourrissant leur bébé assis sur une chaise longue : rondouillard, barbouillé, il attaque les petits bouts de hamburger comme s'il s'agissait d'ennemis d'une vie antérieure. À une troisième table, une énorme mamie, survêtement à capuche en pilou turquoise, logo d'une université lointaine, cheveux courts mal teints, lunettes, baskets, mange des nuggets de poulet avec son petit-fils et sa petite-fille de moins de six ans, tout minces, rigolos. À une autre table du milieu, un Blanc quinquagénaire, vieux hippie décati, bossu, osseux, sirote un milk-shake à la fraise. Plus loin, deux femmes très grosses, pour ainsi dire des phoques, Blanches de type italien, pas très vieilles, l'une avec des dents l'autre sans, parlent avec un homme à barbiche, bonnet noir, mal rasé, gros mais encore mobile : je comprends enfin que la femme édentée est la mère et l'autre, sa fille, quant au monsieur, qui sait ?

Dans la nature, il n'y a pas de gros, dans les « sociétés primitives » il n'y avait pas de gros : l'obésité est une maladie – une épidémie – créée par l'homme. Être gros, c'est accumuler à l'excès : avidité par ignorance de ce que vous réserve le futur, par crainte de celui-ci.

Vers 1965, un généticien américain du nom de James V. Neel postula que, il y a des millions d'années, certains hommes du paléolithique, chasseurs-cueilleurs qui pouvaient errer des jours et des jours sans trouver à manger, produisirent des mécanismes physiologiques qui leur permirent « d'emporter les calories sur eux » : de les conserver dans leur corps sous forme de graisse. Et que ces hommes survécurent mieux que les autres, s'imposant dans la lutte de l'évolution.

Durant très longtemps, avoir cette capacité fut un avantage décisif. Aujourd'hui, c'est un problème : le monde a changé – surtout le monde riche, où il n'arrive jamais que l'on manque de nourriture – et les corps continuent à accumuler de la graisse.

Nous accumulons au mauvais endroit : au lieu d'emmagasiner des calories en dehors du corps – dans le garde-manger, dans le réfrigérateur, sur la carte –, nous continuons de les emporter sur nous. Nous sommes des corps du paléolithique égarés dans un environnement post-industriel, inadaptés. La civilisation, c'est de créer des outils qui fassent le travail autrefois assuré par le corps : être gros, c'est dépassé. Un gros est comme un homeless qui emporte toutes ses affaires dans son baluchon, ployant sous le poids.

Car nous vivons aussi très différemment : les corps des pays riches ne bougent pas. Des machines ont remplacé leurs efforts : voitures et autobus pour la marche, ascenseurs pour les ascensions, machines à laver pour la lessive, mixeurs pour les mixages, robots pour l'industrie – et les métiers sédentaires. L'énergie corporelle était autrefois le principal capital de la plupart des hommes : c'était ce dont ils disposaient pour obtenir ce dont ils avaient besoin, leur fameuse force de travail. Dans nos sociétés, la force de travail n'est plus physique. Pour la première fois dans l'histoire, la plupart des hommes et des femmes ne dépensent plus leur énergie à des fins rentables – on a alors inventé des manières de dépenser son énergie pour dépenser son énergie : gymnastique, appareils, gélules qui aident à se débarrasser de ce qui était si précieux, si préservé encore récemment. Une étrange étude arriva à la conclusion que les Américains d'aujourd'hui dépensent un tiers de l'énergie physique qu'ils dépensaient il y a soixante ans ; dans ce laps de temps, leur nombre d'obèses à plus que triplé, passant de 11 à 35 % de la population.

Au McDonald's de Main Street, les écrans de télévision sont bloqués sur la Fox, la chaîne de la droite la plus à droite ; des messieurs cravatés parlent à n'en plus finir sans le son. On entend une musique de fond : des chansons pop des années soixante-dix. Les jeunes sont regroupés dans un coin, au fond : deux garçons, quatre filles de seize, dix-sept ans, blue-jean, blousons molletonnés, voix fortes. Un des garçons est très gros, l'autre non ; trois des filles sont assez grosses ; l'une d'entre elles – elle s'appelle Leah, me dira ensuite s'appeler Leah – est noire à peau claire et doit peser plus de cent kilos. Elle a des traits agréables, réguliers, fins, enfouis sous une montagne de graisse : joues, paupières, double menton. Leah me dit qu'elle sait, mais qu'est-ce qu'elle y peut :

– À l'école ils nous l'ont expliqué, ils nous disent qu'on va avoir des problèmes. Ils ne comprennent pas. Moi, j'en ai rien à faire de ce qui m'arrivera dans vingt ans, quand je serai vieille. Mon problème, c'est maintenant. Mon problème n'est pas ce qui pourra m'arriver, mais ce qui m'arrive.

Dit-elle en essuyant une trace de ketchup sur sa bouche à l'aide d'une serviette.

– Je ne veux pas être comme ça, mais qu'est-ce que j'y peux ? C'est pas beau d'être comme ça. Vous croyez que les garçons me courent après ? Qu'ils me regardent ?

À une table près de la fenêtre – dehors les nuages s'amassent, les rares marcheurs passent vite, voûtés –, un monsieur de type Europe centrale, soixante-dix ans ou plus, barbe blanche, lunettes, bleu de travail sous son pardessus gris, tout droit sorti d'un film de Lubitsch, mange son cheeseburger-frites avec la plus grande délicatesse ; après chaque bouchée il s'essuie les doigts sur son mouchoir blanc. Il croque avidement : il a faim. Un Noir de vingt ans, très grand, très maigre, jogging entièrement rouge capuche rouge baskets rouges avec touches de blanc éclatant, boucles d'oreilles en or, mange un hamburger d'un air mélancolique, regardant par la fenêtre comme si son monde l'avait quitté ; la moutarde lui dégouline sur la lèvre inférieure, le long du menton, sur le blouson. Une Noire d'une vingtaine d'années, des tas de kilos en trop – ses jambes sont deux triangles parfaits –, arrive avec une bouteille d'eau minérale et une salade ; elle a des écouteurs connectés à son téléphone aux oreilles et rit, on dirait qu'elle se remémore quelque chose. Leah me dit qu'elle a essayé tous les régimes :

– Et tout ce que j'ai récolté à chaque fois, c'est la même sensation d'échec, de ne pas en être capable. Vous savez ce que c'est que de buter éternellement contre un mur ? Vous savez ce que c'est que de ne plus savoir que faire ? J'ai seize ans.

L'apparition des restaurants fast-food – que nous sommes trop snobs pour appeler restaurants – a initialement permis aux parents pauvres des pays riches d'emmener leurs enfants manger à l'extérieur, de leur inculquer le goût de ces saveurs salées et sucrées et gazeuses et frites et grasses, aux mères de ne pas avoir à faire la cuisine tous les jours – et nombre d'entre elles s'habituèrent à ne pas la faire, oublièrent comment s'y prendre. Et les enfants s'habituèrent à cette nourriture, et les parents crurent que pour assouvir leur faim – leur envie de manger – il n'y avait rien de plus rapide, facile et pas cher. Surtout pas cher : quand on a dix dollars pour nourrir deux ou trois enfants, rien de plus rentable – en calories, en protéines, en plaisir – qu'un de ces menus complets. Et rien qui fasse grossir davantage, qui abîme davantage le corps.

Des scientifiques de plus en plus nombreux disent que certains aliments industriels à base des trois rois mages assassins de l'industrie provoquent le même type d'addiction dans le cerveau que l'alcool ou le tabac. Et que la malbouffe et autres fast-food sont bourrés de ces trois éléments, et que ce sont eux qui menacent le plus méchamment le corps des consommateurs. En 2012, un certain Robert Lustig, chercheur de renom, publia un article dans *Nature* où il disait que la nature savait ce qu'elle faisait quand elle fit en sorte que le sucre soit difficile à obtenir, contrairement à l'homme qui rendit son obtention si facile – et que la consommation de sucre dans le monde a triplé au cours des cinquante dernières années. Naguère un produit de luxe, le sucre est devenu bon marché : le premier refuge contre la faim. Le thé des Indiens, le maté sucré des Argentins, le coca-cola des Américains sont des manières de tromper la faim, d'envoyer des calories rapides et peu nourrissantes dans l'estomac, histoire de le distraire un moment. Quoique, généralement, ce n'est pas du sucre mais le fameux sirop de maïs à haute teneur en fructose, cette soupe contemporaine, sous-produit du maïs subventionné, qui dissimule les goûts de quasiment tous les aliments industriels et tous les sodas et qui est, selon une foule d'études, la raison d'une bonne partie des maux liés à l'obésité – y compris un grand nombre de diabètes. Eric Schlosser, l'auteur de *Fast Food Nation*, dit que notre alimentation a davantage changé au cours des quarante dernières années que durant les 40 000 ans précédents.

Leah termine son cheeseburger, se pourlèche. Son amie lui propose une gorgée de milk-shake à la fraise, Leah lui dit non merci et me regarde.

L'« épidémie d'obésité » démarra aux États-Unis dans les années quatre-vingt. Depuis, les prix des fruits et légumes augmentèrent de 40 % en valeur constante. Et, dans la même période, ceux des plats préparés baissèrent de 40 %. Pour 3 dollars on peut acheter 300 calories de fruits et légumes ou 4 500 calories de frites, biscuits et sodas. Celui qui veut et qui peut manger sans se goinfrer de calories achète des fruits et légumes. Celui qui a besoin de manger pour absorber un minimum de calories achète de la malbouffe.

Malbouffe : quand la priorité est d'apaiser la faim au moindre coût. Bourrer son corps des cochonneries les moins chères possible.

Les grandes compagnies alimentaires ont, comme toutes les grandes compagnies, une obligation principale : faire gagner de l'argent à leurs actionnaires. Pour cela, elles doivent acheter leurs produits au moindre coût, payer leurs employés au moindre coût, vendre au prix le plus élevé qu'une quantité suffisante d'acheteurs soit prête à payer. Mais arrivés à un certain point, les consommateurs – les mangeurs – des pays les plus riches mangeaient déjà autant que de besoin ; les grandes compagnies avaient besoin qu'ils mangent encore plus. D'où deux phénomènes proches (id.) : le gaspillage d'un tiers ou de la moitié de la nourriture achetée et, surtout, le fait qu'un enfant d'un pays riche mange en moyenne 4 000 calories par jour, deux fois plus qu'il ne devrait. Il se remplit, il s'empiffre de cochonneries faites à base de ces trois rois mages, et il en veut encore et il mange encore et il en veut encore – car on le persuade qu'il en veut encore. Pour cela, on doit dépenser des fortunes en publicité. Il est peu de produits dont le coût inclut une aussi grande part destinée à la publicité que la malbouffe des grandes compagnies. Ce sont les règles de ce bizness.

Lequel découle aussi de la politique de subventions à l'agriculture. Les subventions commencèrent avec la grande dépression des années trente, comme un recours d'urgence pour aider les cultivateurs à surmonter la crise – mais on n'a jamais cessé d'en octroyer depuis. Et, au cours des dernières décennies, ce ne furent plus les familles de fermiers genre petite maison dans la prairie qui en bénéficièrent car la campagne américaine se concentra. Aujourd'hui, ce sont surtout les grandes entreprises agroalimentaires qui en profitent, les grandes exploitations de maïs, blé, soja – qui ont un pouvoir de pression suffisant pour les obtenir. Ces produits sont notamment les ingrédients les plus courants dans l'alimentation industrielle – qui, grâce à cela, est bien moins chère que les fruits et légumes, lesquels n'obtiennent pas de subventions à même hauteur. Et ainsi empoisonnent-ils leur population.

Les questions que (se) pose Raj Patel dans *Stuffel and Starved* pour bien montrer que la nourriture que nous mangeons n'est pas une fatalité mais un choix, même si nous ne savons pas très bien qui choisit :

« Qui choisit à partir de quels taux les pesticides sont sans risques et qu'est-ce que l'on entend par "sans risques" ? Qui choisit quel produit doit être acheté pour produire nos aliments et où ? Qui choisit combien sont payés les producteurs qui produisent les aliments et les employés qui travaillent pour eux ? Qui décide que les techniques employées pour fabriquer cette nourriture sont sans risques ? Qui gagne de l'argent avec les additifs que l'on y ajoute et qui décide si ces additifs sont sains et non pas dangereux ? Qui garantit qu'il y a suffisamment d'énergie bon marché pour transporter et faire venir ces ingrédients de tous les coins du monde ? [...] Qui, après tout, décide quels produits vont remplir les rayons des supermarchés ? Qui décide combien ils vont coûter ? [...] Qui décide que ces prix seront supérieurs à ce que les pauvres peuvent payer ? »

Malbouffe, déchets pour les déchets.

Dehors, il pleut en tourbillons. À l'intérieur du McDo, un jeune homme entre vingt et vingt-deux ans, pantalon noir maillot bleu et casquette noire, petites lunettes, acné, assez gros, passe la serpillière par terre en soufflant. Freddy Mercury chante qu'il y en a un autre qui va mordre la poussière – et je me demande s'il est question de manger dans toutes les chansons qui passent en musique d'ambiance. À une des tables hautes à côté de moi, deux adolescents maigrichons, un Noir et un Hispano, vêtements sales et vieux, mangent des cheeseburgers, des milk-shakes et des frites ; le plus foncé des deux s'endort sur la table, on dirait qu'il n'a ni maison, ni famille, ni rien de tout cela. Un Blanc de non moins de 150 kilos, bluejean, chemise à carreaux déboutonnée sur un tee-shirt gris, mange un sundae et boit un coca ; sa fille rondelette sautille autour, lui parle, il tente de la faire taire. L'homme a un visage triste, il sirote son coca-cola dans un immense verre comme s'il s'agissait d'un gin de première. À une autre table haute, trois ouvriers – pantalon et chemise d'ouvriers, manches d'ouvriers, outils d'ouvriers – blancs, la quarantaine, moustache, barbe négligée, crâne dégarni, mangent des Big Mac. Deux d'entre eux sont assez gros, l'autre pas ; ils bavardent, rotent par moments. Leah me dit que ce n'est pas de sa faute si elle est comme ça :

– Parfois je déteste mes parents. S'ils ne m'avaient pas élevée comme ça, je n'aurais peut-être pas ce problème. Mais qu'est-ce qu'ils pouvaient faire, les pauvres, parfois ils avaient du travail, parfois non ; c'est déjà pas mal qu'ils nous aient fait grandir sains et entiers.

Aux États-Unis, il y a déjà 25 millions de diabétiques et 80 millions de « pré-diabétiques ». Un enfant américain né en 2000 a une chance sur trois d'être diabétique ; une sur deux s'il est noir ou latino. Si les taux actuels d'obésité demeurent inchangés, dit Jay Olshansky, médecin spécialiste de la longévité et de ces questions, l'espérance de vie des Américains pourrait être réduite de 5 à 15 ans au cours des prochaines décennies.

Encore que dire « espérance de vie des Américains » soit un abus de langage. L'espérance de vie d'un Américain blanc ayant fait des études universitaires dépasse de 14 ans celle d'un Américain noir qui n'a pas fini le secondaire : 14 ans, c'est énorme – et encore plus long quand on est mort. Mais cela ne concerne pas seulement les Noirs : elle dure aussi 9 ans de plus que celle d'un Américain blanc n'ayant pas fait d'études, ceux que la langue américaine pré-politiquement correcte appelait *white trash* – déchet blanc.

Dans un débat au Sénat, Tom Vilsack, secrétaire à l'Agriculture d'Obama, ex-gouverneur de l'Iowa, expliquait à sa manière les problèmes liés à l'obésité : « Seulement 25 % des jeunes Américains entre dix-neuf et vingt-quatre ans sont aptes au service militaire. Et une des principales raisons à cela est qu'il y a trop de jeunes en surpoids. L'Institut de Médecine a examiné les valeurs nutritionnelles des repas que nous servons à nos enfants et en a conclu qu'ils contiennent trop de graisses, trop de sucres, trop de sodium, pas assez de fruits et de légumes… »

À propos de l'évolution du mot graisse : du désirable au redoutable. Et à propos de l'évolution de l'appétit : pour la première fois dans l'histoire, manger devient nocif, se transforme en menace.

Un salon immense rempli de tables longues et blanches, de chaises en plastique pour cent ou deux cents convives : sur les tables, vingt à trente personnes mangent leurs plateaux de self-service. Sur les murs il y a des drapeaux américains, des banderoles de divers régiments et autres corps d'armée, des photos de soldats morts, des photos de colonels morts, des photos de filles blondes bien pomponnées ; au bout d'un moment, je me dis que ce sont peut-être aussi des soldats morts. Un drapeau noir avec la silhouette d'une tête grisée qui dit POW-MIA – *prisoner of war-missing in action* ; les vingt ou trente personnes dispersées en petits groupes de cinq, six ont l'air un peu perdues dans cette immense salle. Elles sont toutes blanches, elles mangent. Elles sont venues au petit déjeuner organisé ce dimanche matin par l'American Legion : six dollars pour les adultes, trois pour les enfants, gratuit pour les moins de six ans, *all you can eat* sur des comptoirs débordant d'œufs, de saucisses, de pommes de terre, de pancetta, de pancakes, de pain, de fromage Philadelphia, de café, de jus de fruits et de quelques fruits qui font grise mine. L'American Legion est une association de vétérans de guerre et assimilés qui compte trois millions de membres, 15 000 centres comme celui-ci à travers le pays : sa mission, selon ses statuts, c'est de « défendre la Constitution, faire respecter la loi et l'ordre, promouvoir et perpétuer un américanisme inconditionnel, combattre l'autocratie des classes et des masses… ». Et organiser des petits déjeuners solidaires – en collaboration avec une école du quartier à laquelle ils offrent des petits déjeuners.

– Je suis fier de contribuer à ce que nous faisons ici, à la Légion.

Me dit Goofy. Cela me fait drôle de l'appeler Goofy, mais il me dit s'appeler Goofy. Goofy doit avoir soixante ans et cela fait des années qu'il n'a plus mis sa chemise dans son pantalon immense : Goofy est un de ces gros qui ont du mal à marcher, triple menton, des yeux espiègles dévorés par la graisse, le drapeau d'une patrie différente sur sa chemise. Dans son assiette en plastique blanc il y a une montagne d'œufs brouillés, trois saucisses, un tas de pancetta, des patates en rondelles ; à côté, du café dans un gobelet en plastique blanc. En face, sa femme Loretta : quelques kilos de moins, mêmes quantités dans l'assiette. Ils se regardent, c'est Goofy qui parle :

– Nous avons une responsabilité morale vis-à-vis de nos voisins, nos prochains. Nous ne pouvons pas accepter qu'il y ait des enfants qui ne mangent pas à leur faim. C'est pourquoi nous faisons ce genre de choses.

– D'un autre côté, ce n'est pas mauvais pour eux, de manger trop ?

– Qui a dit qu'ils mangeaient trop ? Nous avons toujours mangé ainsi. Et maintenant, parce qu'il y a des docteurs qui pérorent à la télévision, on devrait cesser de faire ce que faisaient nos grands-parents ?

Goofy avale, s'essuie à l'aide d'une serviette en papier, sourit. Sa femme, en face, essaie de dire quelque chose, mais il l'arrête : laisse parler le monsieur, Bunny. Je lui demande s'il a fait une quelconque guerre et il me dit oui, le front haut, la graisse au garde-à-vous :

– Oui, j'ai fait le Vietnam, bien sûr. Je ne vous dirai pas que ce furent les meilleurs moments de ma vie, parce que Bunny, ici, me tuerait, mais ça me manque.

Dit-il, puis il rit en faisant une moue de trente ans de mariage. Bunny ne rit pas :

– Et comme les Vietcongs ne t'ont pas tué, maintenant tu essaies de te tuer tout seul avec cette pancetta. Combien de fois le médecin t'a dit de ne pas manger autant de ces choses-là ?

Commence un numéro qu'ils ont dû jouer de nombreuses fois : Goofy a un diabète de type 2 maousse, alors il doit perdre du poids et manger moins de graisses, moins de sucres et de sel et tout ça, dit Bunny. Goofy la laisse parler, mâche, de sa serviette essuie une trace d'œuf sur ses lèvres.

– Je ne sais pas de quoi ils ont peur. Ici, nous sommes tous comme ça, nous vivons tous comme ça, nous mourons tous comme ça. Parce que les maigres ne meurent pas, peut-être ?

Plus tard, dans la rue, le ciel a étendu sa couverture gris clair ; le sol est mouillé sans qu'il ait plu et le froid mord comme un souvenir. Maintenant, dans la rue, un monsieur d'une trentaine d'années porte un tee-shirt noir très large, très élimé, avec des lettres blanches et criardes, en majuscules : LIVE FAT. DIE YOUNG. Vis gros, meurs jeune, jouant sur la suppression du *s* de *live fast*, vis vite. Le monsieur est noir et il porte, outre son tee-shirt ample, un jean neuf où pourrait rentrer une famille entière, des baskets noires, une casquette rouge des Red Socks et environ 200 kilos de viande étalée. Le monsieur s'appelle – il dit s'appeler – Barky et il me dit que, même si je n'y crois pas –, son tee-shirt énonce une grande vérité :

– J'en ai assez qu'on me dise ce que je dois faire. On me dit que je dois faire ceci et cela, que je dois manger ceci et cela, mais ensuite, si je veux le faire, je ne peux pas, je n'en ai pas les moyens. Vous croyez peut-être que je n'aimerais pas être Brad Pitt ? Mais je ne peux pas, voyez, je ne peux pas. Alors, personnellement, j'aime mieux qu'ils se taisent. Ou ne pas les entendre, voyez. Je préfère ne pas les entendre.

Dit Barky, et il part avant que je n'aie pu lui demander qui sont ces « ils ». Ou lui dire que s'ils – les « ils » présumés – sont contre l'obésité, c'est parce qu'elle leur coûte cher : ils ont découvert qu'elle leur coûtait très cher.

Il y a des chiffres tellement américains, tellement propres à cette obsession américaine des mesures. Ils disent que la santé d'un obèse coûte en moyenne 1 500 dollars de plus par an que celle d'un maigre. Ils disent que celle d'un diabétique coûte 6 600 dollars de plus. Ils disent que le diabète coûte 150 milliards par an – et que la moitié de ce montant est payée avec le fameux « argent des contribuables ». Et que l'obésité provoque 300 000 morts par an en moyenne, et qu'elle entraîne donc « autant de problèmes que la faim », disent-ils. Dernièrement, ils insistent beaucoup dans leurs discours, dans les forums internationaux, dans les journaux, sur le fait que l'obésité cause autant de ravages que la faim. Mais ils ne parlent pas de cette différence fondamentale : la faim les cause en majorité ailleurs, dans d'autres pays, et s'occuper ou ne pas s'occuper d'eux n'est pas de leur ressort. Au contraire, l'obésité sévit ici et maintenant, et l'État américain n'a pas le choix de s'en occuper ou pas, de dépenser de l'argent ou pas. C'est pourquoi l'obésité est devenue la dernière obsession d'un pays enclin aux obsessions nationales. À la différence des autres formes de malnutrition – à connotation africaine –, celle-ci a lieu dans leurs villes, se paie avec leurs budgets.

Il se peut néanmoins que le plus dur, ce soit la conscience de l'échec : il n'est pas facile d'accepter que leur société – la société la plus puissante de ce monde – ait produit des légions de corps décomposés, de personnes qui ne fonctionnent pas comme des personnes. Cette culture obèse, si Simpson, si Big Mac, si Wal-Mart, est le cadavre – gras – dans le placard américain.

Encore une fois : il n'est pas vrai que les gros mangent ce que les affamés ne mangent pas ; il semblerait qu'il soit vrai en revanche que les industries qui les bourrent de cochonneries soient les mêmes qui contrôlent les marchés et s'approprient les ressources que pourraient manger ceux qui ne mangent pas. Les gros et les affamés sont victimes – différemment – de la même chose.

Appelons-la inégalité, capitalisme, honte.

Jackson se tient sur le porche de sa maisonnette en bois, assis sur une chaise en plastique blanc qui lui est trop petite : il se répand de tous côtés. Il fait froid : Jackson couvre ses jambes d'un plaid poilu, rouge et jaune, et ferme à demi les yeux pour sentir le rayon de soleil qui l'a fait sortir. Je le prie de m'excuser, je suis désolé de le déranger.

– Ne vous en faites pas, mon vieux, vous ne dérangez pas. C'est juste que ça pourrait bien être le dernier rayon de soleil avant de longs mois, je dois en profiter.

La bicoque de Jackson est fabriquée en planches de bois peintes en jaune d'antan, rafistolée de planches verdâtres : une de plus dans un pâté de maisons en planches de bois, toutes semblables, toutes pauvres, ici – et tellement plus riches que la plupart des maisons du monde, avec leur électricité, leur eau courante, leurs télévisions et ordinateurs et fours à micro-ondes. Jackson retire sa couverture : ses jambes sont des collines drapées de flanelle sombre.

– Ils me disent que, pour que je bouge mieux, je dois faire de l'exercice. Comment veulent-ils que je fasse de l'exercice, puisque je ne peux pas bouger.

Les bicoques n'ont ni grilles ni clôtures ni tout autre obstacle visible : elles s'ouvrent sur le monde avec une confiance que ne procure qu'une société très contrôlée. Sur un trottoir, il y a de la neige ancienne, sorte de gadoue grise. Jackson me dit que son histoire n'a pas le moindre intérêt : qu'il n'a pas d'histoire – puis il me la raconte. Jackson me dit que jusqu'à tout récemment, il travaillait : il a gardé pendant très longtemps un dépôt de boissons qu'il y avait dans le coin.

– Mais je ne peux plus travailler, regardez-moi, comment voudriez-vous que je fasse ?

Jackson a mon âge : il est fini. Il vit d'une pension qui ne lui suffit pas, ses enfants lui donnent un peu d'argent ; il en a deux, me dit-il, et les deux ont du travail – l'une comme caissière dans un supermarché, l'autre comme agent de propreté dans une école –, mais ils gagnent à peine assez pour eux :

– Ils me donnent ce qu'ils peuvent, jamais de grosses sommes.

– Et comment faites-vous pour manger tous les jours ?

– Les gens de la paroisse m'aident, j'avoue qu'autrement, je n'y arriverais pas.

– Et que vous donnent-ils ?

– Ce qu'ils peuvent, les pauvres.

Avant d'arriver ici, je pensais que je devrais les chercher, mais pas du tout ; les gros sont partout. Bizarre d'en voir autant dans les rues, les magasins, les voitures. Je me dis qu'évidemment, c'est une ville particulière, la deuxième pour le nombre d'obèses. Mais le classement n'est pas significatif : dans le reste du pays, il n'y a pas, comme ici, 37 % mais 35 % d'adultes obèses ; l'écart est infime. Ils sont en tout 78 millions d'adultes et 12 millions d'enfants obèses.

Et leur nombre est en augmentation. Cinquante ans plus tôt, ils représentaient 11,7 % des Américains. Vingt-cinq ans plus tôt, ils étaient 20,6 %. Et les Noirs se situent 15 points de pourcentage au-dessus de la moyenne nationale, les Mexicains, 5 points. Encore une fois : une histoire de pauvres.

Les États-Unis sont un cas témoin, des précurseurs, mais l'épidémie est en train de se propager à travers le monde : dès qu'un pays atteint un certain niveau de consommation, ses pauvres accèdent à ces aliments qui autrefois n'étaient pas à leur portée, ils deviennent gros. Le Mexique est un exemple, la Chine s'y met – et la liste ne s'arrête pas là.

Il est vrai qu'ils ont une apparence légèrement monstrueuse, inquiétante. Mais peut-être sont-ils l'avant-garde de l'évolution et, malgré leurs difficultés apparentes, vont-ils s'adapter mieux que les autres au monde actuel et un jour serons-nous tous comme eux, un tour de taille inférieur à un mètre cinquante relèvera du passé – et la population mondiale diminuera car il n'y aura pas suffisamment de terre pour calmer tous les appétits. Ou peut-être sont-ils les devanciers du désastre final : la manière dont l'espèce humaine, neutralisée par sa réussite évolutive même, finira par disparaître.

Non dans une explosion mais dans un crac de la balance.

DE LA FAIM, 4

L'inégalité

Nous l'appelons inégalité.

Paul McMahon a profité d'une enquête de la FAO sur la production et la consommation de calories dans plus de 170 pays pour classer ceux-ci en quatre groupes selon leur disponibilité en aliments. Cela reste un schéma, mais il peut fournir une vue d'ensemble : une carte des inégalités.

Les *puissances alimentaires établies* sont les quatorze pays industrialisés qui se rangent parmi les exportateurs nets de calories : États-Unis, Canada, Australie, Nouvelle-Zélande et plusieurs pays européens. Ce sont des pays aux conditions naturelles très favorables et aux économies très solides, qui ont toujours contrôlé les marchés internationaux et profité des progrès techniques avant tout le monde.

Les *exportateurs alimentaires émergents* sont des pays aux vastes territoires qui prennent part à la production agricole : Brésil, Uruguay, Paraguay, Argentine, Thaïlande, Vietnam, Myanmar, Russie, Ukraine, Kazakhstan. Au cours de ces dernières années, ils sont passés à un mode de production intensif et technicisé, de plus en plus concentré, utilisant moins de main-d'œuvre. Leurs exportations de grains se sont multipliées. En règle générale, ils se plient aux mécanismes du libre-échange mondial.

Les *(à peine) autosuffisants* sont des pays dont la population a énormément augmenté tout en demeurant capables de satisfaire leurs besoins alimentaires : la Côte d'Ivoire, le Malawi, la Turquie en font partie, les plus importants en étant la Chine, l'Inde, le Pakistan, le Bangladesh, l'Indonésie. À eux seuls, ces cinq États asiatiques comptent plus de trois milliards de personnes : leur situation alimentaire conditionne l'alimentation mondiale. Ils ont profité de la Révolution verte dans les années soixante et soixante-dix, mais ils continuent d'utiliser beaucoup de force de travail : la moitié de leur population active vit à la campagne. Leur développement industriel et social – et leur urbanisation – est en train de modifier la donne. Ils continuent d'avoir des centaines de millions d'affamés.

Les *importateurs riches d'aliments* sont des pays ayant peu de terres cultivables et/ou peu d'eau et/ou beaucoup d'habitants et qui récoltent des fortunes grâce à leurs exportations d'un autre type de commodités – pétrole, minerais – ou à leurs industries : Japon, Corée du Sud, Suisse, Grande-Bretagne, les pays du golfe Persique. Ils produisent une très faible proportion de leurs aliments, mais ils ont beaucoup d'argent pour en acheter : cela les rend particulièrement vulnérables aux oscillations du marché et à la géopolitique mondiale.

L'inégalité, dit-on.

Nous vivons sous l'empire des chiffres : jamais ils n'avaient pesé autant dans notre vision du monde. Tout paraît mesurable ; institutions, gouvernements, universités, entreprises dépensent des fortunes à consigner les variables les plus souterraines comme les plus visibles : populations, maladies, productions, marchés, audiences, géographies, misères, perspectives. Tout est chiffré. C'est difficile, c'est nouveau : depuis des siècles, les États et les patrons s'escriment à recenser à qui mieux mieux ; ce n'est que tout récemment qu'ils disposent des outils idoines pour le faire à souhait. Et ils ne s'en privent pas : pour savoir comment nous sommes, il faut mesurer ; pour savoir ce qui marche et ce qui ne marche pas, il faut mesurer ; pour savoir que faire, mesurer ; pour savoir si l'on a bien ou mal fait, mesurer mesurer mesurer. Le monde n'a jamais été aussi mesuré, pondéré. Durant des siècles, une personne attentive pouvait remarquer que les enfants indiens étaient très maigres et qu'ils mangeaient très peu ; aujourd'hui, elle peut lire dans les rapports les plus détaillés que 47,2 % d'entre eux souffrent de sous-alimentation – et se figurer avoir compris ce qui se passait.

L'apparente mesurabilité nous fait croire que nous disposons de toutes les données nécessaires. Les chiffres apportent un semblant de solidité à n'importe quelle initiative, n'importe quelle politique, n'importe quelle affaire, n'importe quelle protestation. Mais ils sont avant tout un héritage retors, le reflet de cet univers où ce qui compte, c'est de savoir si l'entreprise a gagné la somme de 34 480 415 ou de 34 480 475 dollars. Une manière d'adapter son regard à cette façon de voir.

Les chiffres sont la langue dans laquelle nous croyons nous comprendre – nous prétendons nous comprendre, nous essayons de nous comprendre. Les chiffres sont la manière contemporaine d'appréhender le monde : approximative, inexacte, présomptueuse. Ce livre aussi regorge de chiffres – et j'en ai légèrement honte, comme j'ai honte de prononcer les *c* et les *z* à l'espagnole lorsque je me trouve en Espagne : parler dans une langue qui n'est pas tout à fait la mienne soi-disant pour m'assurer d'être compris.

L'inégalité se définit en chiffres.

L'inégalité est de plus en plus nommée par ceux qui l'engendrent. La tendance au nivellement des revenus qui avait prédominé aux États-Unis et en Europe à partir des années trente fut stoppée par la contre-attaque néolibérale des années quatre-vingt – dont les effets s'étendirent au reste du monde. Y compris – et surtout – dans les pays nouvellement riches qui percèrent durant cette période. L'économie du globe a beaucoup changé au cours des trente dernières années : de nouveaux acteurs sont apparus, les fameux BRICS et compagnie limitée. La croissance de ces pays a généré une classe de riches locaux qui s'est outrageusement enrichie au milieu de la misère – et qui a rattrapé les riches de toujours, américains ou européens. Riches mondiaux qui vivent dans plusieurs endroits à la fois, qui font des profits dans beaucoup d'endroits à la fois, qui manient leur richesse dans l'économie cybermondiale, qui constituent ce secteur qui échappe de plus en plus au contrôle des institutions politiques et juridiques conçues pour des unités économiques nationales.

Le célèbre coefficient de Gini – qui mesure le niveau d'inégalité des sociétés selon une échelle allant de 0, quand tout le monde a la même chose, à 1, quand un seul a tout – montre aussi comment, au cours des trente dernières années, les disparités se sont creusées dans presque tous les pays. La Chine continue d'en être un bon exemple : d'un Gini de 0,27 dans les années quatre-vingt, elle est récemment passée à un Gini de 0,48. Quant au Brésil, il se maintient à 0,50. Mais en Suède aussi le coefficient est passé de 0,20 à 0,25, en Allemagne de 0,24 à 0,32, aux États-Unis de 0,30 à 0,38 et en Grande-Bretagne de 0,26 à 0,40.

Le coefficient de Gini de l'inégalité dans le monde – si l'on tient compte des revenus de tous les habitants de la terre – est de 0,70. Bien plus brutal que l'indice de n'importe quel pays pris séparément.

Un rapport récent de l'Oxfam établit que près de la moitié – 46 % – de la richesse mondiale est entre les mains de 1 % de la population mondiale. Le reste est pour les autres.

En d'autres termes : 70 millions de personnes accumulent autant de richesse que les 7 milliards restants.

Ou encore, selon le même rapport : les 85 personnes les plus riches du monde – 78 hommes, 7 femmes – ont plus d'argent que les 3,5 milliards les plus pauvres.

Voilà, disons, ce qu'ils appellent inégalité.

Et parfois cela les inquiète.

Avec la désinvolture qui le caractérise, *The Economist*, le magazine de l'establishment économique mondial, l'a résumé dans un numéro spécial paru fin 2012 : « Beaucoup d'économistes craignent aujourd'hui que les disparités croissantes de revenus n'aient des effets collatéraux dommageables. Il existe, en théorie, un lien ambigu entre l'inégalité et la propriété. L'inégalité peut booster la croissance dès lors que les plus riches épargnent et investissent davantage et que, en réponse aux stimulants, les gens travaillent plus dur. Cependant, de grands écarts de revenus peuvent aussi être inopérants, car ils peuvent interdire l'accès à l'éducation à des personnes talentueuses mais pauvres ou engendrer des ressentiments qui aboutissent à des politiques populistes, nuisibles à la croissance.

« Pendant très longtemps, on s'est accordé à penser qu'une économie en croissance était comme une marée faisant monter tous les bateaux, avec de bien meilleurs résultats qu'une redistribution qui, elle, émousse les stimulants. Le Prix Nobel Robert Lucas a bien résumé la doctrine lorsqu'il écrivait en 2003 que “de toutes les tendances nuisibles à une économie efficace, la plus séduisante et corrosive consiste à se focaliser sur des questions de distribution”.

« Mais aujourd'hui l'establishment économique est inquiet. Des recherches menées par des économistes du FMI suggèrent que l'inégalité économique ralentit la croissance, provoque des crises financières et fragilise la demande. Dans un récent rapport, la Banque asiatique de développement affirme que si la distribution des revenus n'avait pas régressé au cours des vingt dernières années, la croissance rapide de la région aurait sorti 240 millions de personnes supplémentaires de l'extrême pauvreté. Des études plus controversées tentent de relier les écarts de revenus croissants à toute sorte de maladies allant de l'obésité au suicide.

« Les disparités croissantes dans beaucoup de pays commencent à inquiéter jusqu'aux ploutocrates. Une étude du Forum économique mondial de Davos désignait l'inégalité comme le problème le plus pressant de la décennie – au même titre que les déséquilibres budgétaires. Dans tous les secteurs de la société, on s'accorde de plus en plus à dire que le monde devient plus inégalitaire et que les disparités actuelles et leur évolution possible sont dangereuses. L'histoire instable de l'Amérique latine, pendant très longtemps le continent présentant le plus de disparités de revenus, suggère que les pays dirigés par des élites riches et récalcitrantes ne fonctionnent pas trop bien. »

Selon ce même rapport, quelques-uns des plus riches sont malgré tout sceptiques quant au fait que l'inégalité pose un problème en soi. « Même eux ont intérêt à la réduire car si elle continue de s'accroître, elle peut déclencher des forces de changement conduisant à une issue politique qui n'arrange personne. Il se peut que le communisme soit mort, mais il y a beaucoup d'autres mauvaises idées en circulation. »

Cela les inquiète, mais pas outre mesure.
Dans les faits, j'entends.

Le secteur de l'hôtellerie de luxe – pour en citer un dont la disparition ne causerait aucun dommage – a brassé, selon Bain & Co., 165 milliards de dollars en 2012 : un tiers de plus qu'en 2009. Il s'agit d'hôtels à 700 dollars la nuit en moyenne et qui n'ont qu'un secret : plus de personnel par client – plus de serviteurs.

C'est un marché en progression. Knight Franck, une entreprise qui vend des maisons aux milliardaires, dit qu'ils seront 4 000 dans dix ans, contre 2 200 actuellement. Qu'ils ont aussi des besoins non satisfaits – sauf que les leurs sont loin d'être élémentaires. Aujourd'hui, ils peuvent par exemple réserver pour six millions de dollars un G-650 Gulfstream, le jet privé dernier cri de la saison automne-hiver, mais ils ne recevront leur avion que s'ils versent 60 millions de plus et qu'ils attendent environ cinq ans. Le président de Gulfstream, filiale d'une compagnie qui fabrique des tanks et des sous-marins, avoue lui-même qu'il n'avait « jamais vu autant de puissants embêtés ». D'autres services n'encourent pas ce genre de contretemps, bien sûr : ainsi, le marché des portes blindées et des vitres à l'épreuve des bazookas connaît une ascension irrépressible.

Dépenser dans le luxe et la sécurité de luxe et la consommation de luxe, voilà le capitalisme dans toute sa splendeur. Ou parfois le capitalisme dans toute sa stupidité : en 2012, les États-Unis ont déboursé 170 milliards de dollars en « marketing direct », autrement dit en courriers papier ou électroniques pour essayer de fourguer des produits. Selon leurs experts, 3 % des lettres ou 0,1 % des mails ont abouti à une vente. « 164 milliards de dollars n'ont donc servi qu'à déranger des gens, à encombrer leurs boîtes aux lettres et à saturer leurs filtres à spams », dit un autre article de *The Economist*, oubliant leur utilité la plus évidente : donner du travail inutile à des milliers de personnes, s'autoreproduire, enrichir quelques patrons.

(Il est des thèses difficiles à réfuter. Par exemple : le monde abrite environ 800 millions de chiens et de chats domestiques. Les Nord-Américains à eux seuls dépensent chaque année 30 milliards de dollars pour nourrir leurs animaux de compagnie. Alors, comment dire qu'ils ont tort à ceux qui disent que, tant qu'il y aura des personnes affamées, il faut interdire les animaux domestiques ? Comment justifier qu'un chien mange ce que d'autres êtres humains ne mangent pas ? Entre une raison et une autre, il y a parfois des abîmes.)

Warren Buffett, la quatrième fortune du monde, a dit en 2011 que dans son pays il y avait une lutte des classes : « Il y a une lutte des classes depuis vingt ans, et ma classe l'a gagnée. Nous sommes les seuls à avoir vu leur taux d'imposition baisser de manière spectaculaire. En 1992, les 400 personnes qui ont payé le plus d'impôts aux États-Unis avaient un revenu moyen de 40 millions de dollars. L'an dernier, le revenu moyen de ces 400 personnes était de 227 millions, soit cinq fois plus. Durant cette période, la proportion de ce qu'elles ont payé sur leurs revenus est passée de 29 à 21 %. Grâce à ces impôts, ma classe a gagné la guerre : ce fut un vrai carnage. »

(Que le capitalisme, c'est comme les avions : s'il s'arrête, il tombe, il doit poursuivre son interminable fuite en avant – et il feint de ne pouvoir atterrir. Que le véritable miracle de l'avion n'est pas de voler, mais de transformer le mouvement le plus rapide que nous sachions produire en immobilité apparente, en quiétude au milieu des nuages, une quiétude d'autant plus inexplicable invraisemblable que nous sommes toujours suspendus dans les airs. Que le véritable miracle du capitalisme, c'est de transformer l'immobilité par excellence en apparence de mouvement furibond.)

L'augmentation de l'inégalité au cours des trente dernières années a constitué un changement brutal par rapport à la tendance générale du XXe siècle. Dans les pays les plus riches, rares furent ceux qui se penchèrent sur la question tant que tout le monde avait accès à la consommation, et ils continuèrent à s'en désintéresser jusqu'à ce que la crise les frappe de plein fouet. En l'an de grâce 2008, les États riches dépensèrent des fortunes colossales pour sauver leurs banques et leurs citoyens les plus riches, tandis qu'ils condamnaient nombre de leurs pauvres à des vies encore plus dures qu'avant – privés d'économies, de maison, de travail. Sans parler des pauvres d'ailleurs.

En juin 2008, quand des millions de personnes réclamaient à manger dans les rues de dizaines de pays, quand les dénutris du monde atteignaient pour la première fois de l'histoire le chiffre accrocheur d'un milliard, les participants d'un sommet de la FAO proclamèrent une fois de plus que 30 milliards de dollars par an pendant six ans – 180 milliards en tout – permettraient de résoudre les aspects les plus urgents de la faim dans le monde. Quelqu'un fit observer alors que le seul marché des traitements amaigrissants aux États-Unis pesait environ 33 milliards de dollars par an.

Les pays riches promirent alors 12 milliards de dollars d'aides. C'était presque héroïque : plus d'un tiers de ce qui leur était demandé. Puis ils réussirent à en donner un milliard ; en novembre, leurs Bourses et leurs banques s'effondrèrent, et leurs gouvernements oublièrent aussi sec les affamés. En quelques mois, ils destinèrent trois mille milliards – 3 000 000 000 000 – de dollars au sauvetage de leurs banques.

Il est toutefois curieux de s'étonner que les gouvernements dépensent des fortunes à sauver les grandes banques plutôt que des sommes bien plus modestes à sauver les affamés : les finances sont indispensables pour que leur système fonctionne ; les affamés, non. Ils sont plutôt des bâtons dans les roues.

Il n'en demeure pas moins que le sauvetage des banques marqua une rupture : le moment où ils commencèrent à réfléchir à certaines questions.

Il est curieux comme tout à coup, de manière inespérée, quelque chose qui semblait évident et que pourtant personne ne voyait saute aux yeux d'un grand nombre : est « révélé » par l'avènement éventé d'un événement. Ou peut-être faudrait-il dire : se cristallise dans cet événement et alors seulement se transforme en une notion commune, partagée. Le sauvetage des grandes banques occidentales par leurs gouvernements fut une de ces révélations. Tout à coup, des générations ou des secteurs entiers qui avaient passé des années à être satisfaits de leur niveau de vie, de liberté, de consommation, constatèrent qu'ils étaient sur le fil du rasoir : entre les mains de riches surpuissants qui pouvaient utiliser les appareils d'État à leur profit – et ils s'énervèrent.

(D'une certaine manière, les sauvetages de l'été 2008 furent le revers – la fin ? – du cycle commencé sept ans plus tôt, durant l'été 2001. Si les attentats islamo-américains servirent à convaincre des millions de citoyens des pays riches qu'ils devaient avoir confiance en l'État qui les défendrait – même si cela supposait de renoncer à certaines libertés –, les sauvetages financiers les persuadèrent, au contraire, que quand ils avaient réellement besoin des États, ils ne pouvaient compter sur eux accaparés qu'ils étaient par les riches. Ce fut un changement dont les effets se font toujours sentir, en quête d'un résultat.)

L'expression la plus célèbre – la mieux vendue – de ce processus fut précisément une expression : « 99 % ».

Tout commença avec un article publié en mai 2011 dans *Vanity Fair* par l'économiste libéral et Prix Nobel Joseph Stiglitz. Stiglitz commençait par rappeler combien la richesse s'était concentrée – « 1 % des Américains les plus riches raflent chaque année près d'un quart des revenus nationaux » –, comment les sommes d'argent en circulation dans le circuit financier attirent les meilleurs talents – les détournant d'activités plus productives pour la société –, comment cette concentration conduit les riches à se désolidariser d'un secteur public – écoles, hôpitaux, parcs – dont ils n'ont pas besoin, et comment cela détruit la cohésion d'une société.

Et il conclut en disant que « ces 1 % jouissent des plus belles demeures, des meilleures études, des meilleurs médecins et des niveaux de vie les plus élevés, mais il y a une chose que leur argent ne semble pas pouvoir acheter : la compréhension du lien entre leur destin et le mode de vie des autres 99 %. Cela, les 1 % arrivent éventuellement à le comprendre à travers l'histoire. Mais toujours trop tard ».

Le slogan se propagea aussitôt. En quelques jours, une foule de gens parlait des 99 et des 1 % : hommes politiques, journalistes, publicitaires, particuliers. « Nous sommes les 99 % » devint un chant de bataille.

(Aux États-Unis, 10 % de la population concentre la moitié de la richesse nationale – mais ce qui comptait, c'étaient ces 1 %.)

Des certitudes s'installèrent. Soudain le thème de l'inégalité devint un lieu commun : un lieu de rencontre facile. Car l'inégalité était déterminée par rapport à ceux qui avaient accumulé à l'excès. La différence n'était pas qualitative : elle était quantitative. Elle ne correspondait pas à la place de chacun dans la société, dans l'appareil de production, dans les différentes instances du pays. Selon ce schéma, le patron d'une petite usine de seulement 200 ouvriers – l'exploiteur du travail de 200 ouvriers – pouvait être mis dans le même sac que n'importe lequel de ses 200 ouvriers : les uns comme les autres faisaient partie de ces 99 % qui ne possédaient pas des dizaines de millions.

La mascarade nationaliste exploite cette même logique. Le nationalisme réussit à transformer le patron et l'ouvrier, l'avocat et la femme de ménage, la grande propriétaire terrienne et le petit journalier en composants d'une seule et même entité : la Nation, la Patrie qui les unit et réunit – contre les autres. Les groupes ont besoin d'un ennemi pour se persuader qu'ils existent : l'ennemi des nations, ce sont les autres nations – certaines plus que d'autres ; l'ennemi de cette nouvelle coalition invraisemblable entre riches et pauvres, marginaux et hyper intégrés, oppresseurs et opprimés que propose ce slogan des 99 %, ce sont les démesurés. Ils sont si atroces, si excessifs que l'on peut postuler que tous les autres ont quelque chose en commun : ils ne sont pas eux.

Et pourtant.

(Les Américains qui se réclament des « 99 % contre les 1 % » songent-ils qu'ils sont en quelque sorte les 1 % du monde ?)

Le slogan des 99 % remet en question l'extrême richesse – mais pas la richesse en général, la propriété, les modes d'appropriation de la richesse.

(On dirait que dernièrement tous les débats s'arrêtent devant la porte de la propriété privée : c'est le nec plus ultra de notre époque, le seuil que l'on ne peut franchir. *Lasciati ogni speranza voi ch'entrate.*

Essentiellement, je suppose, parce qu'il n'y a aucune proposition alternative. Différentes formes de propriété sont apparues en ce qui concerne la production culturelle : depuis toujours, celui qui voulait partager son sandwich devait en abandonner la moitié, pour un livre, il devait remettre le livre. Aujourd'hui, on peut partager une chanson, un film, un livre électronique, un vélo dans certaines villes cool sans rien en perdre : c'est un changement radical mais encore petit, une fenêtre ouverte vers des formes différentes de propriété. Mais aussitôt revenus à la matérialité brute du sandwich, tout demeure comme avant : toujours la même dispute.

Et cela va même plus loin : cela se veut inévitable, « naturel ». Le capitalisme et sa conception de la propriété privée se veulent la forme naturelle. Par conséquent, l'accepter n'est que réalisme. Il existe des réponses et elles sont, bien sûr, politiques : assumer le fait qu'accepter cela est un choix. Ne pas l'accepter en est un aussi, inverse : cela ne garantit pas le changement ; seulement notre volonté de changement.)

Dans le discours dominant actuel, le contraire de l'inégalité n'est pas l'égalité. Ce que visent les détracteurs de cette « inégalité » n'est pas l'égalité mais la mesure. Éviter les extrêmes. Ce qui les dérange, ce n'est pas le mécanisme par lequel certains s'approprient ce que d'autres produisent, mais qu'ils se l'approprient trop.

D'où 99 contre 1 : eux, ce sont ceux qui en gardent trop ; nous, nous sommes ceux qui en gardons un peu. Car le capitalisme, c'est bien, mais il ne faut pas exagérer. Comme il est dit dans une des déclarations contre l'inégalité de l'Oxfam, une des oènegés les plus engagées dans le combat pour l'éradication de la misère : « L'inégalité a été associée à différents problèmes sociaux, notamment la violence, la maladie mentale, le crime et l'obésité. Il a même été démontré que l'inégalité n'est pas seulement néfaste pour les pauvres, mais aussi pour les riches. Les personnes les plus riches vivent en meilleure santé et plus heureuses dans des sociétés plus égalitaires. »

En réalité, nul ne sait très bien de quoi il parle quand il parle d'égalité. L'*égalité*[1] imposée par la Révolution française était l'égalité juridique, à une époque où elle n'existait pas : où être né dans tel ou tel berceau modifiait tous vos droits. Aujourd'hui, alors que la plupart des pays sont censés offrir cette égalité juridique, l'égalité est devenue, pour beaucoup, une « égalité des chances » : l'idée selon laquelle la vie est une course d'obstacles et que ce qu'il y a à garantir, c'est la possibilité pour tous de participer à cette course et de s'y lancer – pour qu'ensuite, une fois sur la piste, les plus forts remportent les victoires et les autres manquent leur chance. D'autres, enfin, parleront d'une certaine égalité matérielle. Mais il est aussi probable que cela signifie encore « une certaine mesure dans l'inégalité » : que les différences ne soient pas caricaturales, que ceux qui ont moins aient suffisamment, que ceux qui ont plus ne rabaissent pas les autres. Car il ne subsiste pas beaucoup de doctrines, de nos jours, qui se proposent comme finalité l'égalité matérielle.

Ou alors si ?

Pour promouvoir cette « mesure dans l'inégalité », cette « inégalité raisonnable », la plupart des gouvernements et des organisations internationales soutinrent au cours des dernières décennies que la solution était une variante du *trickle down*, l'augmentation de la richesse des plus riches profitant aussi aux plus pauvres par ruissellement.

Dernièrement, ils le chuchotent plus qu'ils ne le disent, un peu honteux, comme pour qu'on ne comprenne pas bien, sous le manteau.

Il est difficile de penser des barèmes d'égalité matérielle dans une société fondée sur l'inégalité matérielle – tout en la condamnant un peu. On a toujours dit que la mort est la grande égalisatrice : « ... à l'arrivée sont égaux / ceux qui vivent de leurs mains / et les riches », dit un des plus beaux poèmes en langue espagnole.

Le 11 septembre 2001, à New York, près de trois mille personnes – 2 973, selon les archives, même si l'on ne saura

1. En français dans le texte.

jamais leur nombre exact – moururent lors de deux attaques aériennes d'un nouveau genre. Ce même jour, ailleurs dans le monde, quelque 25 000 personnes moururent de causes liées à la faim. Et autant le lendemain, et le surlendemain et le sursurlendemain.

Les morts de New York eurent lieu à New York, la capitale du monde ; les autres, dans ses marges reculées, les faubourgs de l'AutreMonde. Les morts de New York avaient des responsables et tous ceux qui ont un pouvoir médiatique avaient tout intérêt à les mettre très en avant ; les autres morts semblent ne pas avoir de responsables et la plupart des médias préfèrent entretenir cette illusion. Les morts de New York servirent aux grands pouvoirs politiques du monde à justifier une augmentation exponentielle du contrôle social et de la répression ; les autres ne leur servent à rien, apparemment à rien. Ou, du moins, à rien dont ils puissent se vanter.

L'inégalité n'est pas seulement dans le récit de la mort ; elle est aussi – surtout – dans la mort même.

Durant la plus grande partie de l'histoire, les personnes mouraient de maladies qu'on ne savait pas guérir. Bien entendu, les pauvres mouraient davantage car leur alimentation, leurs conditions sanitaires, leurs modes de vie étaient pires, mais on ne disposait d'aucun remède efficace contre la goutte ou la syphilis ou le cancer du sein : en dernière instance, rois et esclaves mouraient des mêmes maladies.

Plus maintenant. Les progrès de la médecine de base au cours des dernières décennies permirent à la population africaine de tripler entre 1950 et 2000. Il ne meurt plus autant de femmes en couches, autant d'enfants pendant leurs premières années de vie, autant de personnes atteintes de paludisme ou de tuberculose. Et pourtant, il en meurt énormément. Un enfant africain sur trois meurt avant l'âge de cinq ans : quinze fois plus que dans les pays riches.

La différence est que, de nos jours, ils ne meurent pas faute de traitements contre leurs maladies ; ils meurent faute d'argent pour se les payer. En Ouganda, par exemple, le gouvernement n'a pas assez pour acheter toutes les doses de Malarone – chlorhydrate de proguanil et atovaquone – nécessaires à prévenir le paludisme, alors il en délivre moins ; dans les hôpitaux, elles sont partagées, chaque patient en prend donc moins qu'il ne devrait. Ces doses diminuées agissent comme un vaccin : à moyen terme, les gens deviennent insensibles au Malarone ; quand ils tombent malades, aucun traitement n'étant efficace, ils meurent. Ce n'est même pas la maladie qui les tue ; c'est d'avoir moins de médicaments que nécessaire.

Ce serait peut-être là, provisoirement, une mesure urgente, incontournable en vue de l'égalité : que personne ne meure de maux contre lesquels il existe des solutions. Une égalité minimale devant la grande égalisatrice.

Elle serait si modeste.

L'égalité de manger tous les jours serait encore plus modeste. Nous disions : dans un monde où rien ne vous légitime davantage que le fait d'être une victime, la faim produit des victimes – énormément de victimes – sans bourreau apparent.

Qu'est-ce qu'une victime sans bourreau ? Un acte sans agent, un fait que personne n'a commis, la perplexité de ne pouvoir aller jusqu'au bout d'une histoire. Et, par conséquent, une histoire gênante, que tant de gens laissent passer.

Et ils parlent, à supposer qu'ils disent quelque chose, de l'inégalité.

L'ARGENTINE
Les ordures

1

Le soleil cogne. Il y a un chemin de terre, un terrain vague, une odeur infecte ; il y a un pont. Sous le pont, la rivière Reconquista est un magma d'eau marronnasse, d'écume et de pourriture. Le soleil liquéfie. Sur le pont, des centaines de personnes attendent qu'une barrière s'ouvre quelques mètres plus loin. Elles transpirent, attendent, se regardent, parlent peu ; beaucoup sont à vélo. Sous le pont on entend des cris : deux garçons de quinze, seize ans pourchassent un autre garçon de quinze, seize. Sur le pont, quand la barrière s'ouvrira, les centaines de personnes vont courir vers la grande montagne d'ordures. Il n'y a quasiment que des hommes ; presque tous jeunes – mais il y a aussi des femmes, des vieux. Sous le pont, le poursuivi crie : les poursuiveurs le rattrapent, le harcèlent, le poursuivi crie encore plus. Sur le pont, quelques-uns regardent : l'air de rien, ils les regardent. En bas, les poursuiveurs renversent le poursuivi, le saisissent par les bras et les pieds, le balancent en l'air, le jettent dans la rivière. Le poursuivi tombe dans la rivière pourrie, il ne crie plus. Ceux qui attendent attendent. Le soleil explose.

– C'est vraiment moche d'avoir à fouiller les ordures. Mon mari me disait que c'est la vie. Et moi je lui disais que si c'est ça, la vie, la vie est vraiment moche. Mon mari est parti, allez savoir où il est, il est parti et il m'a laissée avec cinq enfants. Et moi je suis toujours là, dans les ordures.

La décharge de José León Suárez est une tradition argentine. Il y a plus de cinquante ans, un gouvernement militaire a fusillé ici un nombre indéterminé de civils qui tentaient d'appuyer un soulèvement militaire péroniste. De là – de cette histoire – est sorti le récit qui commençait en disant qu'un mort était vivant :

« Six mois plus tard, devant un verre de bière, par une étouffante nuit d'été, un homme me dit :

– Un des fusillés est vivant.

« Je ne sais ce qui m'attire dans cette histoire floue, lointaine, hérissée d'improbabilités. »

Écrivit Rodolfo Walsh en 1957 au début de son récit *Opération Massacre*, et de ces lignes sortit à peu près tout ce que nous faisons. D'ici, de la décharge de José León Suárez.

– Des hamburgers, de la pulpe de tomates, de la soupe, ce genre de choses, j'en trouve. Oui, moi je cuisine exclusivement avec ce que je trouve là-haut.

– Et qu'est-ce que vous cuisinez le plus ?

– Des ragoûts. Des ragoûts avec des pommes de terre, des pâtes, du riz. De la viande si j'en trouve. Ça dépend de ce que je trouve sur la montagne.

La décharge a beaucoup changé depuis. Aujourd'hui, c'est une entreprise de 300 hectares du nom de Ceamse – Coordination écologique aire métropolitaine société d'État. Son origine est trouble à force d'être transparente : en 1977, les militaires qui assassinaient à tout-va, qui remplissaient la rivière de cadavres, décidèrent d'en finir avec la pollution qui avilissait l'air de la ville de Buenos Aires. C'était une noble cause, parfaitement écololo : ils interdirent les incinérateurs d'ordures domestiques et les remplacèrent par de grandes décharges situées en banlieue ; dans leur système de métaphores, la limpidité du ciel en plein centre valait bien l'immondice dans la terre de la banlieue.

À la même époque, à moins d'un kilomètre de là, à Campo de Mayo, une des plus grandes casernes de l'armée argentine, des centaines et des milliers de corps disparurent, brûlés, enterrés.

La ville de Buenos Aires produit les ordures ; les banlieues les reçoivent, les traitent – les consomment. La ville de Buenos Aires, où vivent trois millions de personnes, produit chaque jour 6 500 tonnes d'ordures ; trente districts de banlieue, où vivent dix millions d'habitants, en produisent 10 000 tonnes par jour. Autrement dit : un habitant de la capitale jette deux fois plus qu'un banlieusard. Faire partie d'un endroit a ses privilèges.

Il a toujours existé des gens pour fouiller les poubelles : pour chercher dans les poubelles des choses à vendre. Avec l'installation de la Ceamse – avec l'augmentation exponentielle de la quantité d'ordures qui arrivait dans le secteur –, les fouilleurs locaux furent de plus en plus nombreux. À la fin des années quatre-vingt-dix, quand l'Argentine se consolida en tant que pays clivé, l'État fit clôturer la décharge et la mit sous la surveillance de dizaines de policiers. Ceux-ci ne prenaient pas de gants : s'ils croisaient un fouilleur, ils lui démolissaient le portrait – et lui piquaient ce qu'il avait trouvé. Les autorités de la Ceamse disaient agir pour le bien des envahisseurs : elles ne pouvaient permettre qu'ils emportent – et mangent – des aliments avariés qui risquaient de les rendre malades. L'État, qui ne garantissait pas leur alimentation, garantissait qu'ils ne puissent pas manger un yaourt périmé. Les fouilleurs commencèrent à améliorer leurs techniques : ils pénétraient nuitamment, en douce, à un, deux ou trois maximum ; quand ils voyaient un policier, ils se cachaient, bien souvent sous les ordures.

La fouille des poubelles restait malgré tout un travail possible dans un pays où le travail était rare. Autour de la décharge, il y avait une ceinture de terres désertes, inhabitables car insalubres. Peu à peu, des gens commencèrent à les occuper.

– Ce jour-là, vers trois ou quatre heures, j'ai appris que des gens étaient en train d'occuper un terrain, à six heures j'étais sur place, avec mon bout de bâche. Ç'a été difficile, très difficile. C'est comme dans tous les quartiers : y en a un qui rapplique, puis deux, puis trois, et t'as pas le temps de te retourner qu'ils ont déjà tous déboulé.

Dit Lorena.

– C'est là que j'ai vraiment compris ce que c'est qu'être pauvre.

On était courant 1998, l'Argentine, comme à son habitude, était en pleine crise économique et sociale. Les terrains autour de la décharge se peuplaient de personnes qui avaient perdu leur travail, qui n'avaient même plus de quoi payer les loyers minuscules qu'on demandait pour une baraque où survivre. Sans compter que des milliers de réfugiés avaient afflué des provinces du Nord-Est, chassés par les inondations : le secteur débordait de pauvreté.

– L'occupation a commencé de manière très spontanée. C'est toujours comme ça quand on prend des terres, un grand bordel, tout plein de câbles partout pour délimiter les lots, et moi j'étais assise sur une pierre pour surveiller mon lopin. J'avais un voisin qui s'appelait Coqui, il me chambrait tout le temps : « Tu te souviens de ces années-là, quand t'étais toute blanche ? »

Et aussi très jeune : elle n'avait pas encore vingt-cinq ans. Aujourd'hui, Lorena en a trente-huit et pèse, dit-elle, près de 200 kilos : une masse au visage rieur, intelligent, les cheveux courts tirant sur le blond, de la chair qui déborde.

– Maintenant je suis rougeaude, on a la peau qui se tanne, qui brunit, les bras tout noirs… « Tu te souviens quand t'étais toute pâle, Lore, et que t'étais assise là, sur cette pierre ? » Moi, ce que je me rappelle, c'est que j'étais morte de peur…

Lorena était arrivée d'Uruguay huit ans plus tôt, à l'âge de seize ans. Elle venait d'un quartier ouvrier de Montevideo : son père était parti quand elle était toute petite ; sa mère, couturière, avait travaillé dur pour élever ses quatre filles qui, peu à peu, émigrèrent en Argentine. Son dernier grand effort consista à offrir à sa cadette, Lorena, la traditionnelle fête de ses quinze ans ; elle était malade et mourut d'un infarctus deux mois après. Seule, sans ressources, Lorena n'eut d'autre choix que de franchir le Río de la Plata pour aller chez une de ses sœurs, à José León Suárez, dans la banlieue de Buenos Aires.

– J'ai pris le bus qui venait de Montevideo, j'ai voyagé toute la nuit. Il est arrivé à Buenos Aires dans la nuit, par une autoroute, et il a gagné le centre-ville quand le jour se levait, je regardais par la vitre et je me disais : Oh là là, c'est Hollywood, ici je suis arrivée à Hollywood, les lumières, l'autoroute, des femmes qui sortaient de je ne sais où avec des bottes jusqu'aux genoux, en short mini et en bottes. Moi, j'étais sapée genre Janis Joplin : jupe indienne, tresses, sabots en bois, et ces nanas sortaient de boîte de nuit en bottes et short mini. Je regardais dehors, par la vitre, et j'hallucinais, c'était trop : « autoroute, bottes et cul », je me disais. Mon cœur battait à cent à l'heure et je me demandais où j'avais atterri, c'est quoi ce truc, où je suis venue me fourrer.

À José León Suárez, elle était tout aussi déstabilisée. Ses sœurs s'inquiétèrent de voir cette adolescente surgir du passé. Lorena n'avait pas de papiers, n'était pas allée à l'école, ne savait que faire de sa vie.

– J'ai commencé à travailler chez un marchand de sandwichs de saucisse à la gare ferroviaire. Le propriétaire me pelotait le cul et je n'osais trop rien dire, mais un jour j'ai explosé, je l'ai envoyé se faire foutre et je n'y suis plus retournée. Et là j'ai commencé à faire dans la récup. Ici, à Suárez, tout le monde partait avec sa carriole, et puis, bah, j'ai commencé à me droguer à mort. Avant ça, je ne savais pas ce que c'était qu'un joint… Et tout ce sous-monde de la pauvreté, de la misère. J'avais envie de me suicider… Ensuite il m'est arrivé une belle chose : j'ai rencontré le père de mes enfants. Je suis restée longtemps, seize ans avec le père de mes enfants. C'était une belle histoire.

Le garçon s'appelait César, il travaillait dans une usine, il avait une famille. Ensemble, ils en fondèrent une autre : deux enfants biologiques, une fille adoptée. En ces jours de 1998, ils vivaient dans une maisonnette qu'ils louaient ; il avait été renvoyé de l'usine et ils ne savaient plus comment payer le loyer. Et puis Lorena avait toujours voulu avoir quelque chose à elle, un bout de terre. Mais ce soir-là, il ne voulait pas entendre parler de l'occupation. Elle insistait :

– Moi, j'en avais ras le cul, j'en pouvais plus. Je faisais tout dans les règles, tout bien comme il faut, et je continuais à ne pas m'en sortir, à ne jamais rien avoir. Mais lui, il voulait pas enfreindre la loi, il voulait tout faire réglo. Et encore plus quand il a vu ces terres, une décharge à moitié inondée, toute pleine de merde, de boue, de rats gros comme ça. C'est là qu'on s'est séparés pour la première fois.

Ce soir-là, chacun occupait ce qu'il pouvait. Lorena en garde un souvenir ému. Les gens s'entraidaient : Viens, installe-toi ici, vas-y, t'as besoin de quoi ? Au début, chacun prit un lot de trente sur trente ; mais ils se rendirent vite compte qu'il n'y en aurait pas assez pour tout le monde et décidèrent de les diviser en deux : trente sur quinze, et là, ça collait. Ils commencèrent à tracer les rues, l'endroit où seraient un jour les trottoirs : des semaines de travail, d'enthousiasme. Et de conflits : il y en avait qui occupaient un terrain pour le vendre à ceux qui arriveraient plus tard, mais les voisins se chargeaient de les en empêcher.

– Quand j'apprenais qu'il y en avait un qui était là pour faire du fric, j'appelais mes camarades, je leur disais venez et on campait sur le lot en question jusqu'à ce qu'on y installe une famille. On avait tous des bâches, on a vécu comme ça pendant six mois. Pour survivre, il a fallu que ceux qui habitaient déjà là s'organisent par groupes pour pouvoir cuisiner et faire du feu, parce que la police ne nous laissait pas entrer avec du bois, elle ne nous laissait pas apporter des tôles. On n'avait pas d'eau non plus, l'eau qu'il y avait était croupie, il y a eu beaucoup de cas d'hépatite. On a organisé une soupe populaire, on a cherché un moyen d'amener de l'eau ; c'est dur, au début, de faire une colonie. C'est là aussi que j'ai commencé à constater que j'étais capable de faire un certain nombre de choses.

Quelque temps après, quelqu'un s'avisa qu'un quartier sans nom n'était pas un quartier. Ils en discutèrent en assemblée de voisins. Plusieurs d'entre eux voulaient l'appeler José Luis Cabezas, du nom d'un photographe qu'un acolyte millionnaire du président Menem avait fait tuer un an auparavant. Mais à la fin ils décidèrent de l'appeler Ocho de Mayo, la date où ils avaient enfin osé : le jour où tout avait commencé.

Au cours des mois qui suivirent, des milliers d'autres colons arrivèrent : tous les terrains vagues – les décharges, les marais – des alentours se transformèrent peu à peu en quartiers. Avec le temps, César accepta d'aller habiter sur le terrain occupé et se rabibocha avec Lorena. Leurs sources de revenus étaient très limitées ; certains jours, ils n'avaient pas assez pour manger à leur faim : ils faisaient de la récup, *cartoneaban. Cartonear* est un verbe nouveau dans le vocabulaire argentin : il n'a pas plus de vingt ans. C'est en résumé la manière politiquement correcte, décaféinée, d'appeler ceux qui vivent de fouiller les poubelles d'autrui, ceux qui s'autodénomment par l'ancien terme : *cirujas*.

Lorena allait cartonear dans un quartier chic de la capitale, Belgrano R. Certains de ses voisins faisaient aussi le trajet ; parmi eux, les parents de Noelia.

– Quand Noelia avait cinq ou six ans, il y a très longtemps, elle venait dans un centre communautaire qu'on avait créé dans le quartier. J'animais un atelier pour les petits et je me souviens qu'un jour on parlait de nos rêves, de quoi rêvait chacun, alors Noelia a fait un dessin un peu bizarre, je n'y comprenais rien, à son dessin, je lui ai demandé de me l'expliquer. « Ça, c'est un McDonald's, tata. » Je lui ai demandé : « C'est ça, ton rêve ? – Oui, manger, mais alors dedans, hein ? » Et elle me désignait l'intérieur. Parce que pour ce qui est de manger dans les sacs du McDonald's, dans la poubelle du McDonald's, ça, elle connaissait. Elle, ce qu'elle voulait, c'était manger dedans.

Dit Lorena, et que McDonald's, c'était « saint McDonald's parce que les hamburgers qu'on y trouvait étaient plus beaux. Encore aujourd'hui, c'est chez McDonald's qu'on jette tout le plus proprement », dit-elle. Mais Noelia, ce qu'elle voulait, c'était manger à l'intérieur.

Il y a une dizaine d'années, la plupart des habitants du quartier Ocho de Mayo grimpaient sur la Montagne pour fouiller. Dans cet endroit qu'ils appellent encore la Montagne.

– Il faut s'armer de courage. Si je te dis : Rentre dans ce tas d'ordures qu'il y a là, tu te sentirais d'y aller ? Je peux t'assurer que non. Il faudrait que t'aies le cœur bien accroché, ça te dégoûterait à mort, tu dégueulerais et tu dirais je peux pas rester ici.

Le tas d'ordures s'élève à cinq ou six mètres de hauteur sur une surface de vingt, et c'est vraiment infect : toute sorte de restes dégoulinants, poisseux, l'odeur de l'enfer.

– Mais si t'as très faim, tu feras ce qu'il faut et tant pis, à la fin tu t'en rendras même plus compte. C'est le besoin... La seule chose qui nous mobilise pour nous organiser, pour nous battre, pour avoir une terre, c'est qu'on crève de faim. J'en ai besoin, je le fais. On n'est pas très conscients, tout comme on n'est pas très conscients de travailler ici. Parce que si on était conscients, on n'y serait pas.

Ici, c'est la station coopérative de traitement des ordures que dirige Lorena, au pied de la Montagne. Station de traitement est un grand mot : il s'agit d'un hangar bondé d'ordures, entouré d'ordures, plusieurs dizaines d'hommes et de femmes les trient, les préparent pour la vente. Ce sont ceux qui ont échappé à l'ascension quotidienne de la Montagne : les fouilleurs à poste fixe. L'Argentine est un pays où tout peut être institutionnalisé ; ainsi va le monde aujourd'hui.

– Pourquoi ? Que feraient-ils s'ils étaient très conscients ?

– Je ne sais pas, autre chose. On ne réfléchit même pas au temps qu'il nous reste à vivre si on continue à travailler ici... C'est terrible, parce que c'est la vie de tous ceux qui travaillent dans le secteur des ordures, dans tout ce qui constitue le secteur... On est tous infectés jusqu'à la moelle, mon vieux. Jusqu'à la moelle... On travaille au milieu des rats, regarde un peu les conditions. Mais faut bien trouver une solution pour bouffer au jour le jour. On ne fait pas la fine bouche, quand on a faim.

Me dit Lorena.

Avec la crise de 2001 et l'accroissement des occupations de terrains et le manque d'argent, le nombre de fouilleurs grimpa brusquement – et leur acharnement, leur désespoir avec : ils racontent que la surveillance de la décharge est devenue plus violente, qu'on tirait sur ceux qui essayaient d'entrer. Alors les fouilleurs commencèrent à prendre d'assaut les camions à leur arrivée. La répression augmenta aussi et s'étendit aux quartiers avoisinants. Coups de matraque, coups de feu : gens tabassés, blessés.

La police perfectionna ses méthodes, disent-ils : parfois ils les laissaient entrer et les attrapaient à la sortie, pour leur piquer leur butin – et le vendre ensuite dans les bidonvilles. Certains agents, disent encore les fouilleurs, les rackettaient pour les laisser entrer : en argent, en provisions, en sexe.

Jusqu'au 15 mars 2005 : cette nuit-là, des jumeaux de seize ans, Federico et Diego Duarte, entrèrent comme bien d'autres nuits pour fouiller dans la Montagne. À l'arrivée de la police, ils se cachèrent dans un tas d'ordures sous des cartons. Federico vit un camion qui déchargeait des torrents de cochonneries quelques mètres plus loin, où devait se trouver son frère ; quand la police fut partie et qu'il put sortir de sa cachette, il le chercha désespérément. Le lendemain, sa sœur Alicia alla signaler sa disparition au poste ; on ne fit pas grand cas de sa déclaration. Deux jours plus tard, lorsqu'un procureur ordonna des recherches, il était trop tard.

Le corps de Diego Duarte ne fut jamais retrouvé ; l'affaire vira au scandale et les médias nationaux la reprirent en chœur. En signe de protestation, le Camino del Buen Ayre – qui traverse le domaine de la Ceamse – fut bloqué par des activistes ; quelques jours plus tard, des centaines de fouilleurs brûlèrent des hangars dans l'enceinte du domaine. L'entreprise finit par négocier ; ils permirent que chaque jour, vers cinq heures du soir, les fouilleurs puissent accéder à la Montagne pendant trois quarts d'heure. C'était une manière d'entériner, d'institutionnaliser une pratique jusqu'alors clandestine et marginale : des milliers d'Argentins retournant ces ordures pour chercher à manger.

2

Jeter à la poubelle est un geste de pouvoir. Le pouvoir de se passer de biens dont d'autres ont besoin ; le pouvoir de savoir que d'autres s'occuperont de les faire disparaître.

Le pouvoir de posséder est plaisant ; mais pas autant que le plaisir de se défaire d'un bien : le pouvoir de ne pas en avoir besoin.

Le véritable pouvoir, c'est de dédaigner le pouvoir.

L'IMechE – Institution of Mechanical Engineers, Institut d'ingénieurs mécaniques du Royaume-Uni – est un organisme sensé, respecté. En janvier 2013, il publia un rapport qui avait tout du sensationnalisme à l'état pur : après des années de recherche, il était arrivé à la conclusion que près de la moitié de la nourriture produite dans le monde n'était pas mangée.

En réalité, le chiffre n'était pas si éloigné de celui qui circulait déjà – mais ainsi balancé, de manière abrupte, il eut un certain impact. « Aujourd'hui nous produisons environ quatre milliards de tonnes de nourriture par an. Et pourtant, en raison de mauvaises pratiques de récolte, de stockage et de transport, ainsi que du gaspillage à la vente et à la consommation, on calcule qu'entre 30 et 50 % de cette nourriture – 1,2 à 2 milliards de tonnes – n'arrive jamais dans un estomac humain. Et encore, cette estimation ne reflète pas les grandes quantités de terre, d'énergie, d'engrais et d'eau qui sont également gâchées dans la production d'aliments qui finissent tout simplement à la poubelle », dit le rapport des ingénieurs.

Les raisons à cela varient selon les régions. Dans l'Autre-Monde, la nourriture se perd par manque d'infrastructures : elle pourrit dans les champs à défaut de moyens pour la récolter, elle s'abîme dans des dépôts mal conditionnés, n'arrive pas à destination à cause de l'état déplorable des routes et des transports, est mangée par les rats ou les insectes. Et pas seulement dans les pays extrêmes : « Dans le Sud-Est asiatique, par exemple, dit le rapport, les pertes de riz [...] atteignent quelque 180 millions de tonnes par an. En Chine, un pays en voie de développement rapide, 45 % des récoltes de riz sont perdues, tandis qu'au Vietnam, moins développé, entre le champ et la table, il s'en perd 80 %. »

Dans les pays riches, la nourriture se périme dans les chambres froides et les rayons des supermarchés, dans les remises des restaurants ou, surtout, dans les frigos et les garde-manger des particuliers. C'est qu'elle est – encore – trop bon marché. Et la paranoïa dominante en matière alimentaire conduit tous ceux qui peuvent se le permettre à jeter la nourriture dès qu'elle menace d'avoir dépassé la date de péremption. Sans compter que nous sommes très exigeants. « Pour satisfaire les attentes de leurs clients, les hypermarchés refusent des récoltes entières de fruits et légumes parfaitement comestibles sous prétexte qu'ils ne répondent pas à leurs normes draconiennes en matière de caractéristiques physiques – taille et aspect. Ainsi, le pourcentage de la production non récoltée peut atteindre les 30 % au Royaume-Uni. Quant aux produits qui arrivent dans les rayons, les promotions coutumières incitent les clients à acheter des quantités excessives qui, dans le cas des aliments périssables, finiront inévitablement à la poubelle. Dans les pays riches, les acheteurs jettent entre 30 et 50 % de ce qu'ils achètent. »

Un an plus tôt, la FAO avait dit à peu près la même chose de manière plus discrète – et avait établi des catégories : en Europe et aux États-Unis, le consommateur moyen gâche environ 100 kilos de nourriture par an ; un Asiatique ou un Africain – consommateur africain ? – n'atteint pas les dix kilos. Et la quantité de nourriture que gâchent les citoyens des vingt pays les plus riches équivaut à toute la production d'Afrique noire – environ 220 millions de tonnes.

Ou encore : en Italie, la quantité de denrées que l'on jette chaque année, pour une valeur de 37 milliards d'euros, suffirait à nourrir 44 millions de personnes. Selon le National Resource Defense Council, aux États-Unis, 40 % des aliments sont jetés. Une enquête du Shelton Group montre que deux enfants américains sur cinq ressentent de la « culpabilité verte » lorsqu'ils gaspillent de la nourriture.

En d'autres mots : chaque jour, les Anglais jettent en moyenne quatre millions de pommes, cinq millions de pommes de terre, un million et demi de bananes. Chaque jour, les Anglais jettent en moyenne quatre millions de pommes, cinq millions de pommes de terre, un million et demi de bananes. Chaque jour, les Anglais jettent en moyenne quatre millions de pommes, cinq millions de pommes de terre, un million et demi de bananes. Chaque putain de jour.

Jeter de la nourriture est clairement un effet – un des effets les plus terribles – de la surabondance. En 2007, ces mêmes Anglais jetèrent 8,3 millions de tonnes de nourriture ; en 2010, suite à la crise, ce chiffre descendit à 7,2 millions. Ce qui rend la chose encore plus à vomir : quand ils sont un peu plus pauvres, ils font gaffe.

Quelque chose dans ces chiffres semble faux : il est invraisemblable que nous gaspillions la moitié ou même un tiers de la nourriture dont nous disposons quand tant d'autres n'en ont pas. Mais je les ai maintes fois vérifiés et beaucoup les confirment.

En Argentine, une étude – 2011 – de l'Institut d'Ingénierie sanitaire de la faculté d'Ingénierie UBA a établi que la ville de Buenos Aires jette entre 200 et 250 tonnes d'aliments par jour : quelque 550 000 repas.

Les ordures – l'abondance d'ordures, le gaspillage d'ordures – sont une des métaphores les plus manifestes du système-monde : les uns jettent ce dont d'autres ont tant besoin, les uns manquent de ce que les autres possèdent en trop.

– Celui qui arrive le premier emporte le meilleur.

Me crie un gamin, maillot du Boca fait de trous.

Le soleil cogne. Sur le chemin de terre, le terrain vague, odeur infecte, mille personnes attendent à l'entrée du pont. Elles sont aux aguets, s'amassent sur toute la largeur, dans l'attente du signal de départ. Le soleil insiste. Devant, un policier les regarde, les tue de son indifférence. Tout à coup il lève les bras, agite les bras : c'est le feu vert qu'ils attendaient. Mille personnes avancent dans un murmure sans cris en direction de la Montagne.

La première possibilité, c'est de jeter les restes à la poubelle ; la deuxième, de les jeter aux citoyens de troisième catégorie.

Quand le policier donne le signal, il faut courir : il faut arriver avant tout le monde, tirer parti des trois quarts d'heure d'ouverture de la Montagne. Il faut courir : une course à bâtons rompus d'un kilomètre en montée, bousculades, chutes, cris, quelques plaisanteries. Ils courent, ils courent, ils pédalent : sur le chemin de terre jonché de trous, entre de petits tas d'ordures et des fourrés et des flaques d'eau stagnante, ils courent ; ils courent tous, pour essayer d'être les premiers à plonger dans l'ordure, pour avoir les meilleurs restes. Ils courent : la plupart sont des hommes mais il y a aussi des femmes, des enfants ; mille hommes et enfants et femmes en train de courir vaillamment pour atteindre les ordures en premier. C'est la lutte pour la survie mise en scène par un réalisateur totalement dénué de talent.

– Moi, j'y vais à vélo. Si tu tombes, on te passe dessus. Ou bien on te rentre dedans, parce que c'est le bordel, alors tu tombes, et si tu tombes on te passe dessus. T'as des bleus partout. C'est comme un marathon, celui qui tombe a perdu. Si tu te relèves pas illico, on te passe dessus. Tout le monde veut arriver le premier. Tu vois, c'est ça, avoir faim : celui qui arrive le premier chope quelque chose, sinon, que dalle. Alors faut courir.

Cela fait dix ans que Laucha [souris] grimpe sur la Montagne ; avant, il travaillait comme couvreur, comme aide-maçon, mais il ne trouve pas facilement, dit-il : il y en a de moins en moins.

– En tout cas, pour moi, y en a pas. C'est pourquoi je grimpe.

Me dira-t-il plus tard, sur le chemin de la descente.

Certains ont des carrioles à main – les chevaux sont interdits – mais ils avancent lentement, trop lentement : cela n'est efficace que s'ils travaillent à deux et que l'autre peut s'avancer à vélo. Les vélos sont vieux, déglingués : ils cahotent sur le terrain irrégulier, dangereux, semé d'obstacles et d'objets tranchants et de pourriture diverse.

– T'as vu ? C'est comme une course de chevaux, ils nous font tous attendre et ensuite faut démarrer au quart de tour et celui qui passe, tant mieux pour lui, on te pousse, on te bouscule. Un jour, je me suis cassé l'épaule et la hanche, heureusement que des gars m'ont sorti en me traînant, t'imagines pas comme j'avais mal…

Ils sont vêtus de crasse : short sale, tee-shirt sale, casquette sale et baskets sales ; toute une tenue de saleté pour se salir en se battant pour les meilleurs déchets.

– Mais ici, personne ne t'aide, tu dois te débrouiller tout seul.

Avant, la Flaca [la maigre] ne montait pas parce qu'elle n'avait pas de vélo :

– Et sans vélo, c'est très difficile, on arrive trop tard, une fois là-haut, il n'y a plus rien.

La Flaca allait fouiller avec une carriole en centre-ville – à la capitale, dit-elle, la capitale –, mais elle partait après déjeuner et ne rentrait pas avant une heure avancée de la nuit ; il devenait de plus en plus compliqué de laisser ses enfants, et en plus, dans le centre, parfois elle ne trouvait rien.

– Ici, c'est plus sûr, il y a toujours quelque chose à tirer. Enfin, pas toujours, non, mais très souvent. En plus, c'est beaucoup plus près. Tu ne sais pas tout ce que j'ai économisé pour pouvoir m'acheter un vélo. Ça m'a pris des années, mais je le voulais, ce vélo.

La Flaca est maigre, trente ans et quelques, cinq enfants âgés entre deux et douze ans.

– Et finalement t'as pu te l'acheter ?

Lui dirai-je plus tard, et elle me regardera comme si elle ne comprenait pas. Le vélo, j'entends.

– L'acheter ? Penses-tu. Je l'ai trouvé à la capitale, dans une poubelle, tout pété, petit à petit on l'a réparé.

L'odeur, la puanteur, les nuées d'insectes : les insectes en nombre infini.

– Si tu veux monter, faut que tu te représentes ça comme une prison. C'est ça, comme vivre au pénitencier. Faut t'attendre à te faire tuer ou à tuer quelqu'un. C'est dangereux, je te dis, c'est dangereux. Mais faut pas le prendre pour soi, faut pas croire. Quand y a des nouveaux gamins qui y vont, s'ils sont d'un autre bidonville on leur démonte la tête aussi, on les massacre et on leur pique le vélo, la casquette, on leur taillade la figure, une horreur. Un truc de fous, comme s'il fallait gagner sa place. L'autre jour, ils ont assommé un gamin, un gamin de huit, dix ans, qui était nouveau. Et sa mère était là, une dame costaude, elle a chopé une chaîne de vélo et les a virés pour avoir assommé son fils.

– Tu as peur, quand tu y vas ?

– Je suis un grand garçon, je suis pas né d'hier.

Ils arrivent : c'est la cohue, la mêlée, ils arrivent en haut, sur une sorte de plateau où les policiers en tenue de commando, mitraillette au poing, stationnent leurs jeeps et leurs motos, où vont et viennent des pelleteuses jaunes, où courent des kilomètres de tuyaux pour évacuer les gaz enfouis : là où se trouve enfin le sommet de la Montagne, la cime de la Montagne qui est un amoncellement interminable d'ordures.

– Attache-le, Matute !

Crie le jeune de vingt ans, et Matute lui obéit : quelques-uns attachent leur vélo à des fils de fer d'autres les laissent comme s'ils avaient confiance.

– Non, y a beaucoup plus d'hommes que de femmes. Les hommes ont plus de force. Alors nous, les femmes, on doit chercher de la nourriture, on ne peut pas porter du bois et des bidons. On finit par apprendre à se débrouiller. Ça devient instinctif, ça le devient.

Me dira ensuite la Flaca.

– Il n'y a quand même pas beaucoup de femmes. Parce que c'est très dangereux. On te bouscule, on te tape. Mais y en a. Certaines y vont avec des bébés. Mais ça peut leur faire du mal. L'odeur, la crasse, tout ça.

La Flaca a un mari au chômage depuis longtemps ; la Flaca et son mari touchent une aide – des allocations familiales – pour un des enfants qui porte son nom de famille à elle car il est né quand elle était séparée. Mais pour les quatre autres, rien, parce qu'ils ont le nom de son mari et qu'autrefois son mari avait un travail déclaré, alors ils n'y avaient pas droit. Maintenant, elle doit aller faire les papiers pour qu'on leur en verse pour eux.

– Et ça ne vous rend pas malades ?

– Qu'est-ce qui me rendrait malade ?

– La crasse, l'air vicié.

– Grâce à Dieu, moi, pas encore. J'y suis habituée.

Une odeur de gaz bizarre, les charognards, les quelques plantes obstinées qui poussent, des montagnes en plaine. Dans un des paysages les plus plats du monde, au beau milieu de la pampa, cinq ou six petites collines comme celle-ci, formées au fil du temps par les ordures. Le regard porte loin, d'ici. Au premier plan les prisons : trois unités pénitentiaires côte à côte. Au-delà les bidonvilles : nombreux, interminables. Quelqu'un m'a dit que ceci était le parc à thèmes de la pauvreté, que rien n'y manquait : ni ordures, ni prisons, ni baraques. Il citait : un jour, quelqu'un a accroché un écriteau qui disait : « Bienvenue à Quemaikén, Parc à thèmes de la pauvreté ».

– Je préfère être une personne simple plutôt qu'une bourge. À mon avis, même si j'ai rien, je suis mieux qu'eux, qui ont plus.

– Pourquoi tu es mieux ?

– Parce que quand t'es humble, on te donne plus de trucs. Quand t'es pas humble, on te donne que dalle. La pauvreté, ça rapporte plus que la grandeur.

– Qu'est-ce que vous trouvez le plus ?

– De la nourriture, mon ami, de la nourriture.

Me dit un certain monsieur Tato, cinquante et quelques années – ou peut-être trente-deux. Dans les ordures, juchés sur la montagne d'ordures, ils sont plusieurs centaines à se disputer les denrées les plus convoitées. Yaourts, saucisses, hamburgers, paquets de pâtes, biscuits, frites, boîtes de conserve, bouteilles de soda, couches, tissus, médicaments, soupe en sachets, pâtés pour chiens, bidons en plastique, palettes en bois cassées, papier, un meuble, parfois une trouvaille exceptionnelle. Il y a des mythes : que Machin a trouvé un portable qui valait tant, que Bidule une montre de marque, que Truc un portefeuille rempli d'une liasse de billets.

– Et qu'est-ce qui est le plus recherché ?

– L'or.

Dit un type, puis il éclate de rire.

– Tu en as déjà trouvé ?

– Tu parles que j'en ai trouvé…

– Et à part l'or…

– S'il y a des yaourts, je prends les yaourts, parce que je sais que ça rapporte, j'ai des clients qui m'en achètent. Des saucisses, du fromage frais, de la charcuterie, des boules de mortadelle, de la palette, du fromage râpé, de tout.

Dit monsieur Tato, les dents très abîmées, une casquette des New York Yankees couleur néant. Monsieur Tato s'arrête aux marques, sait distinguer les marques :

– De tout. Des yaourts Actimel, ils les jettent par packs entiers. Ou des chewing-gums Beldent, on les prend et on les remet en paquets, ça le fait. Ou des paquets de frites toutes prêtes qu'ils jettent dans les McDonald's, ils les jettent dans l'emballage, encore surgelées. Ça, c'est bon.

Monsieur Tato me demande si j'ai une cigarette ; non, je n'en ai plus ; ah, attends, je vais en chercher. Au bout d'un moment il revient avec un paquet de Marlboro un peu écrasé, encore fermé ; il m'en propose :

– Attention, ça vient de la décharge.

Ils sentent l'ordure. Certains policiers ont le doigt sur la détente de leur fusil au canon scié. Eux, ils farfouillent, s'enfoncent, trouvent ce qu'ils cherchent – du moins en partie.

– Il arrive même qu'on trouve des bébés. Des bébés, des êtres humains. Quand ils passent avec les pelles à trois griffes qui accrochent les ordures comme ça pour ensuite les broyer, plus d'une fois ils ont trouvé un corps. Pas une fois, pas une, dis, des tas de fois. Moi, j'en ai jamais vu, mais y en a plein qui en ont vu. Des cercueils aussi, on en jette. Si tu te mets à chercher, tu trouves l'équipement complet. Si tu veux mourir, tu meurs facile.

Me dit un gros bonhomme, le ventre à l'air sous son tee-shirt trop court, le pantalon à mi-mollet, les baskets en lambeaux.

– Tu t'es déjà demandé comment sont les maisons de ceux qui jettent tout ça ?

– À quoi bon penser à ça ? Mieux vaut ne pas penser, chef.

Des retardataires arrivent, ils remuent ce que d'autres ont déjà remué. Un homme âgé, voûté, son sac en toile de jute, m'adresse un sourire édenté :

– Ces morveux laissent passer beaucoup de choses.

Dit-il d'un air entendu – son sac vide.

Sur la montagne d'ordures, les gens, des centaines de gens crottés, barbotant, farfouillant, s'enfonçant dans l'ordure. Les policiers, l'arme prête. Des oiseaux, les oiseux les plus sales que j'aie vus de ma vie.

– Ici, c'est le monde à l'envers, mon ami. Au lieu de donner aux gens, ils jettent tout ça dans cette décharge, pour pas que leurs prix baissent. Quelle bande d'enfoirés.

Ils jettent – ici même ils jettent – dix tonnes d'ordures par jour : l'équivalent de 200 wagons de train remplis d'ordures à ras bord chaque jour.

– Moi, je prends de la viande, parfois des frites. Il y a des trucs différents tous les jours. À la sortie, il y a des acheteurs intéressés, mais ils veulent t'en donner des clopinettes. Je vends pas cher, de toute façon.

– Pourquoi ? Pour pas te disputer avec tes voisins ?

José Luis rigole, ou cela y ressemble. José Luis a près de quarante ans : il est arrivé de Santiago del Estero à José León Suárez quand il était tout petit, un ou deux ans. Son tee-shirt est assez propre, il porte des gants.

– Oui, plus ou moins. Et parce qu'ils savent tous que ça vient de la décharge. Moi, si je trouve des saucisses, je les vends trois pesos le paquet de six ; dans le magasin, elles sont vendues six ou huit. Mais je dois faire tout un micmac avant : je les verse dans un récipient pour les tremper dans l'eau de Javel et le détergent, je les nettoie, je les lave. Je fais tout ça avant de les vendre.

– Et on ne vient jamais se plaindre, après ? Tu m'as empoisonné, t'as failli me tuer ?

– Non, la marchandise est saine, elle n'est pas pourrie. Elle est comestible. C'est avantageux pour eux, si t'as des enfants et que tu dois acheter trois paquets de saucisses de douze... fais le compte. Elle est pas périmée, elle est encore bonne. Je ne comprends pas pourquoi ils ne la donnent pas aux soupes populaires, à n'importe qui. C'est pas seulement qu'ils la jettent : ils passent le rouleau compresseur dessus pour l'écrabouiller. Et toi, tu dois chercher ce qui reste. Les supermarchés jettent tout ça pour toucher l'assurance, c'est pas que ça soit périmé ou abîmé. C'est un business, les déchets. Tout un business. Mais ce sont ceux qui arrivent à entrer tous seuls qui raflent le meilleur, ils sont de mèche avec la police.

– Tu sais ce que je vais manger ce soir ? Un putain de barbecue !

Me dit un gamin en maillot Chacarita Juniors, le club du coin. Son tee-shirt est un catalogue de taches, le gamin est crasseux jusqu'aux oreilles et sur le guidon de son vélo est suspendu un sac en plastique contenant vingt ou trente kilos de viande sanguinolente. Le gamin Chacarita part fissa, aux anges : aujourd'hui, j'ai gagné ma journée. On va pouvoir en manger, en vendre, j'ai gagné ma journée. Parfois t'as l'impression que Dieu veille sur toi, dit-il, et il éclate de rire.

– Pourquoi y a-t-il des gens qui ont tant et d'autres qui n'ont presque rien ?

– Ceux qui en ont le plus souffrent plus que ceux qui en ont le moins, c'est l'unique explication. Je suis plus heureuse en ayant peu que mon voisin qui en a plus. Ceux qui ont beaucoup sont très malheureux.

– Pourquoi dis-tu ça ?

– Parce que tout le monde m'envie, dans le quartier : elle en a moins, mais elle est bien avec ses enfants, qu'ils disent, ils m'envient.

– Et tu n'as pas envie d'en avoir plus ?

– Non.

– D'avoir toujours à manger ?

– J'aime bien trouver à manger au jour le jour, c'est mieux que d'avoir beaucoup de nourriture et de ne pas avoir la tendresse et l'amour de tes enfants.

– Et pourquoi pas les deux ?

– On n'a jamais les deux en même temps. Quand tu en as plus, tu as plus de problèmes de santé, d'autres genres de problèmes.

Une fillette de huit ou neuf ans s'entaille le pied – avec une conserve, un bout de verre, un bout de ferraille. On crie, elle saigne, deux ou trois personnes accourent, l'installent sur une carriole et la redescendent.

– Moi, je me bats contre le système, contre la corruption. Je me bats contre le pouvoir. Ici, il y a dix ou quinze gus qui sont de mèche avec la police et qui raflent tout, ils mangent la laine sur le dos de milliers de gars qui trouvent plus rien quand ils arrivent, plus rien, les restes, les déchets.

Me dit Carlos, le leader de la Montagne – ou quelque chose dans ce goût-là.

– J'ai fait des erreurs dans ma vie, mais ça fait douze ans que je me tiens à carreau. En plus j'ai jamais vendu de drogue, jamais rien pris aux démunis, j'ai toujours pris à l'État...

– Comment ça, à l'État ?

– À l'État, aux banques, que du lourd. Mais ça fait dix ans que j'ai changé, maintenant je fais du travail social. Parce que j'ai connu beaucoup de privations, je viens d'une famille humble, nous sommes onze frères et sœurs. Je suis analphabète...

– Et maintenant, tu as appris ?

Carlos me regarde d'un air qui peut aussi bien signifier oui ou non ou tout le contraire. Carlos a un visage qui a toujours l'air de dire oui ou non ou tout le contraire : un visage dont on ne peut jamais être sûr. Les cheveux très courts, les traits émaciés, taillés à la serpe, les lèvres fines et serrées, quelques cicatrices, des tatouages discrets. Une grosse moto, un jean et des brodequins ; il a une certaine fierté à me dire qu'il est analphabète, l'air de dire regarde d'où je viens et où j'en suis. Et qu'il vient d'acheter une ambulance pour que les gens de son quartier puissent aller aux urgences, qu'il va la remettre samedi soir prochain lors du défilé du quartier, et qu'il y a quelques années, il en avait acheté une autre mais que le maire de Saint Martin la lui a prise par jalousie, en l'accusant de je ne sais quels trucs bizarres, et qu'il l'a envoyé en prison pendant six ans, dit-il :

– Six ans, ils m'ont gardé. Ils m'ont collé trois charges d'accusation, à la fin j'ai été acquitté pour les trois, blanchi de toute faute. Mais les six années, je me les suis farcies quand même, jusqu'au bout, putain d'enfoirés. Ils se sont même pas excusés, rien, ces putains d'enfoirés.

Ici, sur la Montagne, Carlos est un seigneur des anneaux : des dizaines de gamins s'approchent de lui pour lui dire un mot, lui offrir une cigarette ou une canette de bière, lui demander du travail, lui voler une minute. C'est lui qui m'a permis de monter – qui m'a emmené –, même si, au départ, il ne voulait pas.

– Comment veux-tu que je te laisse monter, avec la tronche que t'as ? On va te dépouiller, on va te fracasser la tête.

Je lui ai dit que je n'en avais pas d'autre pour l'instant et qu'il saurait certainement me défendre. Carlos a grogné et m'a dit allez, je t'emmène, mais je ne te garantis rien : je vais dire que t'es un cousin à moi qui vient d'arriver du Paraguay, mais fais-toi petit.

– Ici, on te démonte la tête pour bien moins que ça, alors fais gaffe.

À présent un gamin de dix, douze ans lui apporte une brioche écrabouillée qu'il vient de trouver ; Carlos m'en donne, nous la mangeons. Le gamin me dit ensuite qu'il essaie de s'arranger pour que ses camarades d'école ne sachent pas qu'il vient à la Montagne.

– Non, moi je la boucle. Sinon j'suis grillé, les gars se foutent de ma gueule après.

Deux garçons se disputent un sac rempli de sachets de soupe. Ils s'arrêtent, me regardent : lâche ; non, toi, lâche.

– Tu sais pas qui je suis.

– T'es personne.

L'un des deux a une mèche bleue et le nez tordu, un mètre cinquante, tout en muscle ; l'autre est gros, grand mais gros, le crâne rasé.

– T'es personne, abruti. Et tu seras encore moins quelqu'un si tu lâches pas.

Beaucoup ont des couteaux – et les sortent.

– T'es journaliste, toi ? Allez, me raconte pas de salades, je suis sûre que t'es journaliste. T'inquiète, je dirai rien, mais faut pas aller nous balancer en disant que tout est pourri, ici. L'autre fois, y en a qui sont venus et qui ont commencé à dire que tout était pourri, alors que c'est pas vrai. C'est avec ça que j'élève mes enfants, Dieu merci. En plus on prend que les choses en bon état, pas les autres. Quand on voit des produits périmés, on les prend pas, parce que c'est pour donner à nos enfants. Je peux t'assurer que c'est pas des produits abîmés. Je vis de ça et je nourris mes enfants avec, et ils sont gros comme ça.

Me dit Juana, se défend Juana. Elle vit dans un bidonville appelé Cité de Dieu, comme le film brésilien, parce qu'à un moment donné il grouillait de trafiquants de drogue, et elle vient ici tous les jours depuis des années.

– Combien d'années ?

– Je sais plus, beaucoup.

Dit Juana, et qu'avant elle travaillait comme employée domestique mais que maintenant elle a passé l'âge.

– Avec la tête que j'ai, on veut plus me donner de travail.

Dit-elle, puis elle me montre ses gencives nues. Juana se défend : elle défend la qualité de ce qu'elle trouve dans la poubelle, car elle craint qu'à trop dire que c'est pourri, quelqu'un ait l'idée de fermer la décharge – et qu'elle se retrouve privée de nourriture.

– Il y a beaucoup de produits congelés, quand on les chope ils sont encore congelés.

– C'est encore congelé ? Avec la chaleur qu'il fait ?

– Ah oui, toujours. Parce qu'à cette heure-ci, ils viennent tout juste de les jeter. Ils ont une heure pour jeter des choses encore bonnes et congelées, cette heure-ci.

– Et vous trouvez des choses tous les jours ?

– Oui, presque tous les jours.

– Vous venez tous les jours ?

– Oui. Avant je venais avec ma fille aînée, Yoli, qui a dix-sept, dix-huit ans, mais je ne veux plus qu'elle vienne, c'est devenu trop dangereux, il y a des jeunes qui volent et qui font des embrouilles, maintenant. Je préfère venir toute seule, on sait jamais. C'est juste un petit groupe, mais ils sont mauvais comme la teigne. Y en a plein qui sont gentils.

C'est un travail individuel : chacun pour soi.

Ou plutôt : c'est de la concurrence brute.

Ça aussi, c'est un apprentissage, un cours pratique sur la société où nous vivons.

– Ça fait longtemps que tu montes ici ?

– Je sais même plus depuis quand. J'ai commencé à venir quand j'étais tout petit. Je dis tout le temps que je ne viendrai plus. Mais que veux-tu ? Faut bien bouffer.

Dit un gars qui a cessé depuis bien longtemps d'être tout petit.

– Y a beaucoup de connards qui nous regardent de travers parce qu'on fait ça. Ils voudraient quoi ? Qu'on vole ? En fait, ils devraient nous remercier : chaque fouilleur, c'est un voleur en moins.

Un homme et une femme très âgés descendent avec leurs sacs vides.

– Ça fait à peu près vingt ans que je viens. La vie m'a déposé ici.

Dit l'homme, et je lui demande s'il lui arrive souvent de repartir comme ça, bredouille. Il cligne un œil : il le plisse un peu au milieu de son visage déjà tout plissé :

– Maintenant, j'ai peu de chances d'attraper quoi que ce soit, ma femme pareil. Mais on vient tout le temps, on nous connaît ; y a toujours un jeune pour nous donner un petit quelque chose.

Un gros qui en impose, torse nu, bidon ballonné à craquer, lui dit tiens, papy, et il lui tend un paquet. Ils repartent par centaines, les habits crottés d'une gadoue grisâtre qui n'existe pas dans la nature. Le visage, les mains éclaboussés de même.

– T'as chopé que'que chose, toi ?

– D' la bouffe pour les poulets, putain.

Dit un garçon aux jambes comme des brindilles, festival de tatouages : il porte un sac rempli de grains de maïs.

– Y aura toujours un mec pour te l'acheter, t'auras de quoi becqueter ce soir.

Certains tirent leur carriole à traction humaine, rickshaws de l'ordure. D'autres avancent en poussant leur vélo, le sac du butin suspendu au guidon. Ici aussi il y a des classes ou quelque chose dans ce genre. Ceux qui emportent un petit sac contenant un peu de nourriture, ceux qui trimballent une tour de bidons ou un tas de bois sur leur charrette.

– C'est la loterie. Certains jours tu trouves, d'autres pas.

La police les presse par-derrière. Leurs trois quarts d'heure sont écoulés.

– Y avait que dalle, aujourd'hui.

Dit un type, le visage noir de suie.

– Non, que dalle.

Lui répond un gros aux cheveux hirsutes, puis, quand il s'est éloigné : Il touche pas une bille, lui, il a jamais su chercher, ce couillon, dit-il, son sac rempli de saucisses.

– Ici, dans ce pays, si t'as faim, c'est que tu le fais exprès.

3

La question a des résonances classiques : comment est-il possible qu'il y ait de la faim dans le grenier à soja du monde ? Comment se fait-il qu'un pays qui produit de la nourriture en suffisance pour 300 millions de personnes n'arrive pas à nourrir la totalité de ses 40 millions de citoyens ?

L'Argentine est le cinquième producteur mondial de maïs, le troisième de fève de soja, mais le pays consomme très peu de ce qu'il produit. L'Argentine récolte, bon an mal an, quelque 50 millions de tonnes de soja, mais n'en mange pas. C'est donc le premier exportateur mondial d'huile de soja, le deuxième de maïs, de farine et de fève de soja, alors même que sa surface cultivable est bien moindre que celle du Brésil, de la Chine ou des États-Unis.

Et la question se répercute en écho : comment se fait-il que cela ne suffise pas ?

On en reste toujours à la question ; on dirait que personne ne veut s'embourber dans la réponse.

En mars 1976, lorsque le général Videla prit le pouvoir, les velléités industrialistes des décennies précédentes ne s'accordaient plus au nouveau monde global voulu par Washington et, pour comble, elles avaient produit une classe ouvrière bien trop combative. Dans les premiers jours d'avril 1976, l'ambassadeur nord-américain à Buenos Aires reçut de son chef, le secrétaire d'État Henry Kissinger, une note secrète qui en disait long : il lui y donnait l'ordre de faire pression pour que le projet économique de la junte militaire mette « l'accent sur la diminution de la participation de l'État dans l'économie, la promotion de l'exportation, l'intérêt porté au secteur agricole jusque-là négligé, et une attitude positive vis-à-vis de l'investissement étranger ».

Il est impressionnant de constater comment, au cours des décennies suivantes – avec des hauts et des bas –, les gouvernements successifs exécutèrent ces ordres, jusqu'à ce que le pays reprenne sa place de grenier sans prétentions autres.

Moyennant quoi, des milliers et des milliers d'habitants des grandes villes dont le travail était autrefois nécessaire découvrirent qu'il ne l'était plus. Des milliers et des milliers d'habitants des campagnes dont les exploitations fonctionnaient durent abandonner celles-ci, chassés par l'avancée de la culture technicisée du soja.

En Argentine, ce genre d'expulsion a fondé le pays. On commença à dépouiller des gens de leurs terres dès 1536, quand les premiers Espagnols tentèrent en vain de les coloniser. Ils y parvinrent par la suite, petit à petit, mais leur mainmise était restreinte : jusqu'à la seconde moitié du XIXe siècle, la plus grande partie de ce qui s'appellerait plus tard la pampa était entre les mains d'Indiens nomades qui chassaient des vaches et des chevaux sauvages. En 1870, une fois que le pays fut constitué, les riches de Buenos Aires décidèrent qu'il était temps d'occuper ces terres : l'invention du navire frigorifique, qui permettait d'exporter de la viande congelée vers l'Angleterre plutôt que de la viande salée vers le Brésil et les Caraïbes – pour les esclaves sucriers –, les avait rendues soudain beaucoup plus convoitables. Ces parages pelés, qui jusque-là ne servaient que de réserve de bétail sauvage et bon marché, se transformèrent en source d'immenses profits : il fallait les conquérir une fois pour toutes. Ils lancèrent alors leur dernière « Campagne du Désert » : l'Argentine s'est toujours conçue comme un désert à peupler à et à bâtir. Ce fut le premier âge d'or de la patrie en matière d'exportation.

Aujourd'hui – depuis près de vingt ans – d'autres innovations comparables dans les modes de production agricole ont eu des effets similaires. L'élargissement des frontières agricoles suppose le passage de terres non cultivables en terres cultivables ; sur ces terres vierges, il y avait des gens qui vivaient d'autres activités – petit élevage, fermes familiales – et qui maintenant dérangeaient, étaient en trop. Un pays-manège dont les drames, les farces, et les échecs recommencent inlassablement.

Cela se produisit presque au même moment dans bien d'autres endroits du globe car les causes étaient communes. À la fin de la Seconde Guerre mondiale, l'Europe détruite connut la faim. La priorité du Plan Marshall et des autres initiatives de reconstruction occidentales était de permettre au Premier Monde de produire suffisamment d'aliments. La solution – en Europe et au Japon – fut une politique de grandes subventions d'État accordées aux agriculteurs, lesquelles existaient déjà aux États-Unis depuis la Grande Dépression des années trente. Moyennant quoi, pendant cinquante ans, ces agriculteurs purent vendre bon marché – et les prix des aliments demeurèrent bas.

Dès lors, personne ne tenta « d'étendre la frontière agricole » : cela n'en valait pas la peine. Chaque région pauvre poursuivait ses cultures traditionnelles, qu'elle consommait et exportait en des proportions variables. Les intégrer plus sérieusement à l'économie mondiale exigeait des investissements – en termes de routes, machineries, engrais, irrigation, institutions politiques et économiques – que les bas prix ne justifiaient pas. C'était à la fois leur pire problème et leur meilleure défense.

Au cours des dernières années du XXe siècle – sous la pression citoyenne lors d'épisodes tels que la vache folle et autres désastres écologiques –, les politiques européennes en matière de subventions changèrent : l'on ne récompensait plus les volumes mais la qualité des produits, l'on n'encourageait plus la production de grandes quantités d'aliments mais la préservation de la société rurale traditionnelle. Leur production baissa pile au moment où la demande chinoise grandissait ; la demande de grains pour fabriquer des agrocarburants augmentait aussi, de même que la spéculation, via Chicago.

Avec la hausse des prix, des terres autrefois non rentables le devinrent : moyennant plus d'irrigation, plus de machineries, de nouvelles semences, engrais et pesticides, des régions qui avaient toujours été inutilisables pour l'agriculture devenaient soudain attrayantes.

Le nouvel ordre alimentaire mondial est en train de changer tant de choses : notamment mon pays.

Il y a quelques années, à Los Juríes, un village dans la province de Santiago del Estero, j'ai discuté avec des membres du Mouvement des Paysans qui, entre autres, s'opposent férocement à ce que les producteurs de soja les chassent de leurs terres, bouleversent à jamais leurs existences, les obligent à émigrer vers les villes.

– Le soja désertifie. Ces gens utilisent des herbicides qui assèchent le coton ou toute autre culture. Ils utilisent de plus en plus d'engrais, tout est coté en dollars, tout est artificiel. Nous, nous faisons du biologique. En plus, le soja, il faut le planter sur de grandes étendues, avec des machines pour ensemencement direct, il faut les payer rubis sur l'ongle. Alors que le coton, tu peux en semer un hectare et toute la famille y travaille, et ensuite c'est comme d'avoir un billet : tu vas avec ton sac de vingt kilos de coton au magasin et tu achètes la nourriture dont tu as besoin. Pour le soja, il faut avoir du capital et beaucoup de surface, c'est réservé aux grands et moyens producteurs. C'est la culture qui dégrade le plus la terre, ça pompe toute sa richesse en quelques années. Le coton, tu peux le semer mille ans d'affilée sans problème. Mais, Dieu merci, les grosses têtes n'ont pas encore réussi à inventer la machine à récolter tout le coton, seulement 30 à 50 %, alors il y a toujours besoin de main-d'œuvre. Nous, on gagne notre vie comme ça. Tant qu'on plantera quelque chose, on restera en vie. Ensuite on commencera à disparaître, un par un ou en masse. Je suis sérieux, si ça continue il n'y aura plus de paysans ni de petits producteurs. On va tous partir en ville pour servir au mieux de main-d'œuvre bon marché, ou pour être au chômage. Le jour où on touchera 200 pesos de la mairie ou d'un autre programme d'aide, ça voudra dire que tout est vraiment foutu.

Pendant ce temps, leurs terres sont de plus en plus convoitées, ceux qui les briguent de plus en plus violents. Au cours des dernières années, plusieurs paysans de la région sont morts assassinés par les gardes des nouveaux exploitants de soja. Rodolfo González Arzac a raconté deux cas récents :

« Cristian Ferreyra est mort d'une balle de carabine le 16 novembre dernier. Il vivait dans la communauté de San Antonio, à deux heures et demie de distance de la ville de Monte Quemado par un chemin de terre lunaire. Il avait vingt-trois ans, il était à un jour de ses vingt-quatre. Depuis quelque temps, il défendait avec d'autres familles les terres que les communautés paysannes occupaient depuis bien plus de vingt ans (délai qui leur en assurait légalement l'acquisition par usucapion). Une enquête judiciaire a établi que le meurtre de Cristian Ferreyra avait été perpétré par un voisin et commandité par un homme d'affaires. Un voisin qui travaillait pour l'homme d'affaires. Un voisin qui, comme cela est courant dans des communautés aussi petites, connaissait très bien la victime : ils avaient même un lien de parenté.

« Miguel Galván est mort le 10 octobre. Il a été égorgé. Et en prime, alors qu'il était déjà mort, on lui a planté un coup de poignard qui lui a transpercé le foie. L'assassin portait une arme à feu munie de deux balles qui sont restées coincées. Il a été tué à Salta, à quelques mètres de Santiago del Estero, dans le lieu-dit El Simbol. Miguel Galván avait grandi à El Simbol, à environ deux heures de la ville de Taco Pozo par un chemin de terre lunaire. Dans la montagne, il n'y a pas de frontières, tout juste quelques arbres bas, des animaux, de la poussière et des familles qui cultivent des aliments et qui mènent une vie d'austérité et de privations. Mais ce secteur est régionalement connu comme la triple frontière. Miguel Galván habitait à Mendoza. Il était retourné dans sa terre natale trois mois plus tôt pour l'enterrement de sa mère. Bien que sa famille se languît de lui et réciproquement, afin d'aider ses deux frères qui se querellaient avec un autre homme d'affaires et un autre voisin engagé par celui-ci pour les dépouiller de leurs terres, il y était resté. Le voisin, comme cela arrive dans ces cas-là, avait grandi avec lui. »

Ces paysans de Santiago del Estero – et presque tous les autres – arrivèrent sur ces terres il y a cent, deux cents ou quatre cents ans pour se substituer aux Indiens. Ils se mélangèrent à eux, bien sûr, mais leur culture – majoritairement hispanique – remplaça l'indigène. Celui qui s'opposait à la civilisation et qu'il fallait par conséquent chasser au nom du progrès était alors l'Indien, le sauvage.

Aujourd'hui, curieusement, ce sont ceux qui prirent leur place qui se font expulser. Le primitif – le sauvage – se définit à chaque fois par son refus de « se mondialiser », de s'adapter à l'économie mondiale, de s'intégrer à la modernité de service. Et surtout : parce que cette modernité ne parvient pas à le rendre rentable – pour elle.

Il m'avait alors semblé logique et raisonnable qu'ils tiennent à conserver leurs coutumes, leurs traditions, leur mode de vie : qu'ils ne veuillent pas connaître l'humiliation d'atterrir dans une baraque bidonvillienne – seule alternative, apparemment, à leurs coutumes.

Mais il est probable aussi que leurs performances agricoles soient bien moindres que celles d'un champ de soja bien semé. Alors, face à ce premier réflexe de vouloir défendre leur droit à continuer de vivre comme avant, une question : si nous avions toujours pensé de la sorte, n'habiterions-nous pas encore dans de magnifiques cavernes avec nos feux de camp, nos gourdins et nos bisons ?

Je me posais la question. Puis j'ai trouvé un passage dans un livre français – *La Faim, pourquoi ?* de François Ravignon – où un certain Denis Clerc disait que : « Dans les pays du Sud, pour que tout le monde mange, il faut que tout le monde ait du travail, même si cela va à l'encontre de l'efficacité globale. Une société moins performante peut être moins pauvre qu'une société plus performante. Imaginez deux pays : dans l'un, les outils et les techniques modernes de production permettent à 10 % de la population de produire un million. Les 90 % restants survivent plus ou moins bien des miettes que leur distribue l'État. Dans l'autre, des outils archaïques ne permettent de produire qu'un demi-million, mais ces outils sont utilisés par tous et requièrent le travail et la collaboration de tous ; ils donnent de quoi manger et vivre à tous, pauvres mais décents. Lequel de ces deux pays est le plus pauvre ? »

Je crains que ma réponse ne rejoigne pas la sienne : s'il faut garantir aux habitants d'un pays des travaux pénibles dans un système de production primitif et inefficace pour qu'ils mangent, il y a quelque chose qui cloche. Si la quête n'inclut pas une proposition politique – une manière de produire beaucoup et de le distribuer –, cela cloche encore plus.

L'Argentine est devenue l'un des grands foyers agricoles du monde – seulement, sa production est destinée au marché mondial, et plus spécialement aux poissons et aux porcs chinois. Du soja brut, presque sans valeur ajoutée, le gros de la production de ces 50 millions de tonnes de produits sert à alimenter les animaux qui alimentent à leur tour la nouvelle classe moyenne chinoise.

Le papillon ne cesse de battre des ailes. Il est impossible de relever toutes les subtilités d'un système intégré. Il est plus qu'intéressant d'en rechercher quelques-unes. Au Mexique comme au Guatemala, le prix du maïs est une affaire sérieuse : la base de l'alimentation d'une bonne partie de la population. Le problème, c'est que depuis l'accord de libre-échange avec les États-Unis, le maïs américain, férocement subventionné, a commencé à envahir le marché mexicain – laissant des millions d'agriculteurs sans travail. Dix ans après le début du Nafta, un boisseau de maïs américain se vendait 1,74 dollar alors qu'il en coûtait 2,66 à produire. La différence était comblée par les subventions – pour les machines, les engrais, les crédits, le transport – que touchaient leurs producteurs.

Produire du maïs au Mexique n'étant plus rentable, nombreux furent ceux qui se reconvertirent dans la marihuana. En 2008, pour la première fois, la surface cultivée de marihuana dépassa celle de maïs : 9 millions d'hectares de cannabis – un tiers des terres cultivables mexicaines – contre 8,2 millions d'hectares de maïs.

Mais, pendant ces années-là, le cours du maïs américain augmenta ; notamment parce qu'il était de plus en plus utilisé pour produire des agrocarburants. Il y eut donc des révoltes provoquées par la hausse du prix des tortillas. La politique et l'économie mexicaines se trouvèrent alors en difficulté, les gouvernements successifs autorisèrent des dépenses extraordinaires pour subventionner les importations de maïs – ce qui généra une hausse de la demande, et donc du prix. Beaucoup de fermiers américains gagnèrent alors des parts de marché. C'est à cause du Nafta qu'il y a tant de narcos au Mexique ; à cause de la crise des tortillas mexicaines que les centres commerciaux de Buenos Aires et de Rosario brassent plus d'argent qu'avant.

Le résultat de ces vagues successives d'expulsions s'entasse dans les bidonvilles du Grand Buenos Aires : ce sont eux qui aujourd'hui, là-bas, dans le grenier à soja du monde, arrivent à avoir faim.

Pendant ce temps, des millions d'Argentins prospèrent grâce au marché global. Nous nous voilons la face, nous ne voulons pas le voir : des millions et des millions de personnes paient très cher notre prospérité. L'Argentine est sortie de sa crise la plus grave grâce à la hausse du prix des grains : à cause de cette hausse, des millions de gens – en Afrique, en Inde, dans tout l'AutreMonde – meurent de faim. Je ne dis pas que nous le fassions exprès. Non, voyons ; nous passions par là lorsque les Chinois ont décidé de commencer à manger et que les lois du marché ont fait monter les prix et que les lois du marché ont abouti à ce que ces gens-là ne puissent plus s'acheter à manger et meurent, mais pourquoi me regardez-vous comme ça, je fais mon travail, je défends ma production et j'essaie de la vendre le plus cher possible car ainsi vont les lois du marché et il se trouve que par hasard j'étais là, ce n'est tout de même pas de ma faute.

C'est vrai – supposons que cela soit vrai. Mais il est bon de rappeler ceci : chaque centime dépensé en chefaillons locaux, gouverneurs, trains à grande vitesse et prébendes diverses, chaque nouveau 4 × 4 reluisant, chaque journée de bringue à Punta del Este, chaque nouvel appartement construit sur le littoral de Rosario ne sont possibles que parce que la demande de grains augmente, les prix montent, les plus pauvres du Niger ou du Soudan n'arrivent plus à les payer, ne mangent plus et meurent – ou tuent ou simplement agonisent le plus longtemps possible.

L'argent de notre prospérité est de l'argent très ensanglanté. Il n'est pas agréable de reconnaître qu'elle est financée par la faim de millions de gens. Cela ne devrait pas nous être si aisé, si facile, nous coûter si peu.

Encore moins si l'on songe qu'il y en a tant, ici même, qui souffrent aussi.

4

– Du coup, tu dois avoir l'impression qu'ici c'est le paradis.

María m'avait demandé dans quoi je travaillais. Je lui ai parlé de ce livre, je lui ai dit que j'étais allé en Inde, en Afrique et je ne sais où et elle m'a dit tu parles :

– Tu parles, du coup, pour toi, ça doit ressembler au paradis, ici.

María est petite, visage rond et agréable, ventre gonflé aux hydrates de carbone ; vieux tee-shirt rayé vert bouteille, caleçon noir, tongs en plastique. María, pas encore quarante ans, a déjà eu sept enfants : l'aîné vient d'avoir vingt et un ans, la petite en a deux.

– Comment ça, le paradis ?

– Bah oui, à côté de ces endroits où t'es allé, ici, c'est le paradis. J'ai vu à la télé comment ils vivent dans ces pays, d'ailleurs je ne sais pas pourquoi je regarde ça parce que après je pleure comme une Madeleine. Mon mari, ça l'énerve : il me dit je comprends pas pourquoi tu regardes ces conneries si c'est pour te mettre dans ces états. Mais moi, je les regarde et je sais pas... Après on se plaint. Parfois on voit comment c'est ailleurs et on se rend compte qu'ici, c'est difficile, oui, mais pas à ce point, on connaît pas ce genre de famines.

Au milieu des années vingt du siècle dernier, Macedonio Fernández, qui exista malgré Borges, disait que la municipalité de Buenos Aires serait bien avisée de payer un affreux bonhomme, un véritable croque-mitaine, à se promener le long de la rue Florida afin que les passants, en le voyant, se disent : Bon, finalement je ne suis pas si mal loti.

Il y a des chroniques – chroniques ? aiguës ? – qui jouent ce rôle.

Un sol en dalles irrégulières, des murs non crépis, un chien noir et maigre s'étirant comme si rien ne le concernait. Trois enfants maigres tapent dans un ballon comme si rien ne les concernait. Quatre grosses femmes bavardent comme si rien ne les concernait.

– Betty n'est pas venue, ce matin ?

– Non, tu la connais. Et puis le gars avec qui elle est maintenant…

Elles se sentent concernées : elles attendent leur tour pour remplir les casseroles vides qu'elles tiennent à la main. Le réfectoire populaire Ocho de Mayo se trouve au milieu du quartier Ocho de Mayo, à un angle, devant l'échoppe de Kiko ; le réfectoire populaire, ce sont deux très grandes salles que les riverains ont construites au prix de leurs efforts, de leurs propres mains, avec des matériaux de récup. Dans une des pièces se tiennent les enfants, le chien, les femmes ; au fond, il y a une fresque peinte par des mains légèrement maladroites, en noir et blanc avec quelques touches de couleur. Sur la fresque, des gens retournent des montagnes d'ordures ; dans un coin, un homme souriant exhibe son butin dans ses bras grands ouverts : on y voit une vache, des poissons, des bouteilles, des conserves, des sacs et encore des sacs, un téléviseur. Plus près, un homme aux cheveux longs fait triste mine, les commissures de ses lèvres affaissées.

– C'est parce qu'il n'a pas trouvé grand-chose, voyez-vous ? Il repart les mains vides.

M'explique une des femmes. Dans la pièce attenante, la cuisine, quatre autres femmes discutent tout en s'activant, elles transpirent à grosses gouttes, sortent des pâtes d'une casserole noire, les passent, servent les commandes, discutent, s'activent, transpirent. La cuisine est grande, à moitié vide : un four industriel qui ne semble pas servir souvent, une cuisinière à gaz en bouteille, un évier, un plan de travail carrelé, une chaleur écrasante. Une des quatre grosses femmes verse des farfalles dans un plat ; à l'aide d'une louche, elle les recouvre d'une sauce rouge – tomates, oignons, pommes de terre, quelques os où subsiste un peu de viande –, les remue. De l'autre côté du plan de travail, une petite leur tend un tupperware ; une des grosses femmes – la moins grosse, celle qui s'appelle María – le remplit de farfalles. La petite repart toute contente ; une des grosses femmes de l'autre pièce arrive avec sa casserole, la tend à María pour qu'elle la lui remplisse.

Selon la dernière enquête du ministère de la Santé de la nation – argentine –, 28 % des foyers argentins reçoivent des sacs ou des colis de provisions et 12 % d'entre eux mangent dans des soupes populaires. Dans le Grand Buenos Aires, il y a plusieurs centaines de réfectoires, deux ou trois mille selon certains : personne n'en connaît le nombre exact.

– Oh là là, quand on est partis vivre au Chaco, là oui, on a eu faim. C'était désespérant, rien ne rentrait, on devait aller se coucher en ayant avalé un maté, on n'avait même pas de quoi s'acheter des biscuits ou du pain. On est revenus ici dare-dare.

– Et ici, ça ne vous est plus jamais arrivé ?

– Je ne dirais pas jamais. Mais ici, si tu n'as pas de quoi payer, tu peux toujours te débrouiller, tu trouveras toujours quelqu'un pour te donner quelque chose, pour te prêter, te filer un os. C'est ça qui est bien, ici.

Dans le quartier Ocho de Mayo vivent deux mille familles, plus de dix mille personnes. Beaucoup de maisons sont désormais construites en dur ; il reste des baraques en tôle. Parmi les premiers habitants, nombreux sont partis : d'autres sont arrivés avec un peu d'argent – 300, 400 pesos – en poche et leur ont acheté leurs emplacements ; les premiers sont allés occuper d'autres lieux, toujours plus loin. Mais les rues continuent d'être en terre ou plutôt en gadoue ; les rares voitures sont des épaves, des tôles ruineuses. Les chiens sont malingres ; quelques arbres ont poussé. L'odeur de brûlé ne cède jamais.

Et les inondations dès qu'il tombe trois gouttes, et les complications parce que l'on habite sur un remblai d'ordures établi sur un marécage : ceux qui sont le plus près de la rivière ne peuvent par exemple installer de fosse septique car s'ils creusent, ils tombent sur de l'eau. Et les montagnes d'ordures à côté, les gaz qu'elles dégagent, les maladies, l'odeur : l'odeur constante.

Il y a quelques commerces : une boucherie qui vend surtout des œufs, une échoppe à bière sodas cigarettes avec un écriteau qui annonce « Débi de boisson et de glasson », une autre échoppe qui vend des cahiers et des recharges de portable dont l'enseigne dit « Librairie » ; on entend un florilège de cumbias. Trois femmes très grosses discutent assises devant la porte d'une baraque 100 % tôle ; le gamin qui tourne autour est nu, bien que ce ne soit pas la norme ; deux autres crient pleurent courent. Les chiens malingres sont sales.

– Faites attention de pas marcher sur du caca.

Crie une dame de la porte de chez elle à ses enfants pieds nus. Je la regarde, elle me regarde comme pour s'excuser :

– Ben oui, ils marchent dedans, que voulez-vous, et ensuite ils me mettent de la merde plein la maison.

Deux enfants plus âgés passent sur une mobylette. Un chien noir farfouille dans les ordures : il y a des ordures partout.

Les bidonvilles ne sont pas nouveaux dans le paysage suburbain argentin. Il y en avait bien sûr avant les années soixante-dix. Mais ils étaient moins nombreux et, surtout, ils semblaient provisoires. C'étaient des endroits de transit, que leurs habitants occuperaient quelques années avant de trouver un meilleur travail qui leur permettrait d'avoir une petite maison dans un vrai quartier et une vie d'efforts avec des perspectives d'avenir. Plus maintenant.

Maintenant, ils sont un destin.

– Moi, je sais déjà écrire.

Me dit Quiara quand elle me voit écrire. Quiara a cinq ans, des cheveux courts et sales tirant sur le blond, un petit short et un tee-shirt très délavé, des tatanes en plastique rose.

– T'aimes bien mes nouvelles chaussures ?

Je lui dis qu'elles sont très jolies, elle me sourit.

– Et qui t'a appris à écrire ?

– Je m'ai appris toute seule. Mais j'ai pas de sac à dos pour aller à l'école. Quand elle touchera sa paie, ma maman m'achètera un sac à dos.

– Tu voudrais aller à l'école ?

– Chais pas. Toute façon je sais déjà écrire.

L'odeur, toujours cette odeur de brûlé.

Chaque jour, María arrive au restaurant à huit heures du matin, elle regarde ce qui reste, commence à réfléchir avec quoi ils vont pouvoir préparer le repas de la journée. Les trois autres arrivent à la même heure : quand elles le peuvent, quand elles ont réussi à dégoter des provisions, elles se mettent à éplucher, couper, préparer les marmites. Chaque midi – chaque fois qu'elles le peuvent, chaque fois qu'elles dénichent quelque chose –, María et ses camarades distribuent quelque deux cents repas : pommes de terre, pâtes, riz avec un reste de viande ou de légumes ; beaucoup de féculents, très peu de protéines. À onze heures et demie commencent à arriver les enfants et les femmes avec leurs casseroles pour avoir de la tambouille.

– Avant, on leur servait à manger sur place, mais on s'est rendu compte que beaucoup ne venaient pas parce qu'ils avaient honte d'être vus. Alors on est passés aux plats à emporter. Presque tous envoient leurs enfants, comme si c'était juste pour eux. Mais nous on sait, on leur envoie toujours quelques rations en plus, pour que les parents mangent aussi. C'est que c'est pas facile de venir ici et de dire : Je n'ai rien à manger, je n'ai rien trouvé. Ils en ont très honte.

Dit María, et que parfois, comme en ce moment, ils ne trouvent pas de provisions en quantités suffisantes pour cuisiner tous les jours, et que rien ne la déprime davantage que ces jours où elle doit se planter devant la porte du réfectoire pour dire aux enfants et aux femmes qui arrivent avec leurs casseroles qu'aujourd'hui il n'y a rien, ma bonne dame, pas aujourd'hui, mon bon monsieur, désolée, demain, j'espère.

– Moi, j'ai pas le cœur bien accroché : ça me tourneboule de voir des gens fouiller les poubelles pour manger.

Dit María.

Vers deux heures, elles terminent, nettoient, rangent, bavardent, s'organisent. María rentre chez elle, fait une sieste ; quand elle se lève, elle prépare le repas pour ses enfants et son mari qui, quand il a du travail, rentre vers huit heures. Alors ils mangent, ils regardent un peu la télé, se couchent plus ou moins tôt parce que la nuit, il ne fait pas bon traîner dehors.

– À la télé, j'aime bien regarder des choses qui me font rire, c'est ça que j'aime. Ou alors qui me font pleurer, un feuilleton mexicain, colombien. J'aimerais bien aller en Colombie, un jour : tout a l'air tellement beau, les paysages, les maisons. Oui, enfin, à vrai dire j'aimerais aller n'importe où, visiter, sortir un peu de ce quartier. Mais comment veux-tu que je fasse ? Comment veux-tu que je sorte de ce trou ?

Me dit María, et que les enfants ne lui laissent pas de temps car elle doit constamment être sur eux, chaque seconde, pour qu'ils ne prennent pas le mauvais chemin, qu'ils ne tournent pas mal, alors à vrai dire elle ne connaît pas beaucoup d'endroits, dit-elle : Je ne connais pas beaucoup d'endroits.

– D'où je pourrais connaître d'autres endroits ?

Lori est maigrichonne, la quarantaine, très peu de dents, cinq enfants. Lori a passé des années sans avoir un travail fixe, mais maintenant, depuis plusieurs mois, elle a une place dans une de ces stations coopératives de recyclage d'ordures. Elle y gagne environ 1 500 pesos par mois – 140 dollars –, mais certains mois, moins que ça, et d'autres mois, l'argent ne tombe pas, il tarde, se volatilise. Mais, depuis qu'elle travaille, elle a cessé d'aller chercher ses repas à la cantine. María lui dit qu'elle devrait y aller, qu'on lui garde ses portions, mais elle dit non merci, pour l'instant elle se débrouille avec son salaire.

– Tu peux quand même envoyer un de tes petits chercher à manger, ce serait toujours ça.

– Merci, María. J'aime bien payer ma nourriture avec ce que je gagne.

María dit que, certains jours, elle est pleine de courage et d'autres, déprimée : quand il lui semble qu'ils ne pourront jamais s'en sortir, qu'ils devront toujours racler le fond de la marmite.

– Ça me déprime, oui. Mais ce qui me déprime le plus, c'est qu'on nous pique des trucs. Comment peut-on venir voler ici, au réfectoire ?

Il y a un mois et demi, dit-elle, on leur a volé toutes les casseroles : les instruments avec lesquels elles cuisinaient pour les voisins.

– Franchement, faut être un peu bizarre pour nous voler les casseroles, non ?

– Bizarre, tu dis ?

– Oui, bizarre. Salaud, quoi.

Et il y a deux semaines, on leur a volé un réservoir d'eau : un réservoir de mille litres qui mesure deux mètres de haut et pèse une tonne, en pleine nuit, sur le toit de la cantine. María dit que ce genre de choses la démoralise. Je lui dis qu'à mon sens c'est un horrible exemple de ce que l'on appelle aujourd'hui « la perte de repères » : le sauve-qui-peut, le tous contre tous, la rupture des réseaux sociaux qui aboutirent jadis à l'obtention de certains droits.

– Oui, c'est ce qu'on essaie de retrouver ici, à travers tout ça. Mais on sait que c'est pas gagné.

Me dit María, et qu'ils ne peuvent plus prêter le réfectoire pour les anniversaires, comme autrefois, parce que les fêtes se terminent toujours en disputes, bastons, bouteilles qui volent, surins par-ci par-là.

– Pour n'importe quelle connerie, ils se battent. Pour une casquette, pour des baskets, pour un regard, pour tout, ils se battent. Ici, il y a beaucoup de drogue, très peu d'espoirs. Ici, y a plein de jeunes qui n'entrevoient aucune issue.

María avait un fils qui aurait pu en entrevoir une : il jouait au football comme un dieu. Tout à coup les espoirs de la famille se concentrèrent sur ce gamin : s'il progressait dans cette voie, il pouvait tous les sauver. Mais il n'a pas pu, parce qu'ils n'avaient pas de quoi lui payer les frais : le bus pour aller aux entraînements, les crampons, la nourriture spéciale.

– Dans les clubs, ils disaient toujours qu'ils allaient nous donner de l'argent pour tous ces frais, mais on n'en a jamais vu la couleur parce que je refusais de rien signer. Si tu signes, ils te prennent tout, jusque l'âme, ils te prennent.

Dit María, avec amertume cette fois.

Arrive un garçon avec une casserole pour qu'on la lui remplisse. Le garçon porte un tee-shirt à manches courtes, un short, une multitude de ces tatouages sommaires qu'on se fait en prison : qu'ils appellent ici *tumberos* [taulards].

– Pauvre garçon. Il a deux frangins en prison, mais pas pour des broutilles, pour meurtre. Lui aussi, il y a été, mais ce n'était pas si grave, il en est sorti, mais avec ces marques qu'il a, nulle part on lui donne de boulot. Comment veux-tu qu'il fasse, pauvre gamin ? Quoi qu'il ait fait, ça n'empêche pas que son ventre crie famine, tu comprends ? J'ai vécu ça dans ma chair.

Il y a peu d'endroits où l'inégalité sociale est aussi flagrante qu'à table – ou quel que soit l'endroit où l'on mange.

Des décennies durant, l'alimentation des Argentins fut étonnamment égalitaire. La première enquête fiable – Commission nationale du développement, 1965 – établissait que les Argentins, les riches comme les pauvres, avaient le même menu. Viande rouge et produits lactés, fruits et légumes, pâtes et pain en proportions similaires : une représentation de cette Argentine injuste que – à juste titre – nous voulions changer.

– La nourriture n'était pas exactement la même car la viande des pauvres différait de celle des riches. L'arrière du bœuf allait dans les quartiers riches, l'avant dans les quartiers pauvres, et certains morceaux dans les deux : le plat de côte ou la tranche pour les escalopes milanaises, par exemple. Mais si je relève le contenu du panier de consommation des pauvres d'alors et le montre à un nutritionniste, il me dira que c'est une alimentation de classe moyenne. En quantité et en variété, l'alimentation de l'époque est incomparable avec celle d'aujourd'hui.

Me dit Patricia Aguirre, anthropologue, la personne qui a le plus étudié l'alimentation nationale.

– Il pouvait y avoir des différences de prix et de goût, bien sûr, mais l'ingestion de protéines était équivalente dans tous les secteurs – les pauvres ne souffraient donc pas de carences alimentaires.

Je me souviens d'une tradition qui s'est perdue : la petite grillade sur le chantier de construction, une synthèse de cette patrie, l'arôme de la ville de mes premières années.

Le modèle commença à se désagréger en 1985 et le recensement de 1996 consacrait déjà la nouvelle tendance : il y apparaissait que l'alimentation des pauvres différait radicalement de celle des autres. Aujourd'hui, dans l'Argentine à laquelle nous semblons nous être résignés, il y a de la nourriture de pauvres et de la nourriture de riches. Ce n'est même plus une question de quantité, mais de composition : les couches supérieures et moyennes mangent des fruits, des légumes et de la viande – plus de viandes blanches que de rouges – qui leur permettent de rester minces et peut-être en bonne santé, les pauvres mangent des patates, du riz et des pâtes – du sucre, des féculents et des graisses – qui les remplissent ; très peu de viande, très peu de fruits et de légumes. C'est un choix national : la viande est trop chère, les fruits et légumes sont non seulement chers, mais produisent un sentiment de satiété moindre que les farines.

– Ce n'est pas qu'ils ne savent pas ; c'est qu'ils ne peuvent pas. Ce n'est pas qu'ils sont irrationnels, comme les nutritionnistes les accusent parfois ; c'est que leur rationalité est différente de la nôtre. Ce n'est pas que la mère ne sait pas que ses enfants doivent manger des fruits et des légumes ; c'est que si pour le prix d'un kilo de pêches elle peut acheter 300 grammes de viande, les fruits ne sont pas du tout avantageux. Ce n'est pas qu'ils ne pensent pas à une alimentation saine et équilibrée, c'est qu'ils pensent à la meilleure façon pour qu'ils puissent tous manger avec leurs petits budgets.

Dit Patricia Aguirre. Et que la différence ne tient pas seulement aux produits, mais aussi aux modes de cuisson. Les plus pauvres ne cuisinent pas au four : pas seulement à cause du prix d'achat de l'appareil, mais aussi pour dépenser moins de gaz, qui est hors de prix. Alors, quand ils ont de quoi, ils font frire et mitonner. Au pays de la grillade, c'est le retour à un classique de la cuisine paysanne, la cuisine la plus pauvre : le ragoût permet d'accommoder les restes, de profiter d'ingrédients bon marché, de rentabiliser le feu, de permettre que pendant ce temps la cuisinière vaque à d'autres affaires.

– Je me souviens d'une dame dans un quartier populaire. Nous bavardions pendant qu'elle cuisinait un plat de lentilles quand son fils est arrivé de l'école avec quatre copains. Ils peuvent rester dîner, maman ? Oui, mon chéri, ils peuvent rester. Et il y a quoi à manger ? Alors la dame a pris la bouilloire et a commencé à ajouter de l'eau dans sa marmite : De la soupe de lentilles, lui a-t-elle dit.

« Dans la pièce unique où la vie se déroule, tout juste compartimentée par des rideaux, la cuisine occupe une place centrale, beignets, ragoûts et soupes y sont les plats les plus courants car compatibles avec la poursuite d'autres tâches ménagères et du soin des enfants. [...] Ragoûts et soupes ont un autre avantage : on les accompagne, on rallonge la sauce et on termine le repas en sauçant l'assiette avec du pain

– produit dont la consommation augmente à mesure que les revenus baissent. Cet accompagnement est fondamental pour donner du volume au repas, pour être rassasiés », écrivait Aguirre il y a quelques années.

María me dit qu'un jour elle a dû se rendre à La Plata pour des formalités administratives, elle voyait l'étendue de la campagne : elle n'avait jamais imaginé qu'il y eût autant de campagne.

– Je voyais toute cette campagne et je me disais comment se fait-il que tous ces gens qui ont de l'argent, le gouvernement, tous ces gens-là ne se rendent pas compte qu'il y a autant de nécessiteux, que nous n'avons même pas un endroit pour vivre, alors qu'eux ils se gardent tout, toujours tout pour eux, tant d'espace perdu.

– Et pourquoi font-ils ça ?

– Par égoïsme, pour avoir du pouvoir, pour toujours avoir plus que le voisin. Ils doivent penser ça, je ne sais pas, j'imagine qu'ils doivent penser ça.

Qu'une bonne partie des Argentins – un sur quatre à peu près – ait cessé de manger régulièrement la spécialité nationale – la viande – est un fait si violent, si décisif, que je suis toujours surpris qu'on ne considère pas cela comme une donnée fondamentale du nouveau pays que nous avons réussi à bâtir au cours des trente, quarante dernières années : de cet échec soutenu.

(C'est en un sens l'antithèse parfaite des Chinois, qui ont passé des siècles sans voir de la viande même en peinture et qui maintenant en consomment de plus en plus : porcs engraissés au soja de la pampa.)

– En Argentine, il n'y a pas, il n'y a presque pas de malnutrition pure et dure.

Dit Patricia Aguirre. On lit parfois dans les journaux des histoires d'enfants morts de faim à Misiones, Formosa, Jujuy, Tucumán. Mais il est vrai que ce n'est pas courant : on en parle dans les journaux. Tu te souviens quand les morts avaient un nom ? me demandait souvent un ami dans l'exil, à Paris, à la fin des années soixante-dix.

– De l'aide est envoyée un peu partout, sauf dans les zones les plus reculées du pays. Mais qu'apporte-t-on à ces enfants ? Des pâtes, du riz, des pommes de terre. Alors ils ne sont pas dénutris : ils sont malnutris chroniques, des enfants qui ne grandissent pas comme ils devraient, qui ne se développent pas.

C'est l'histoire bangladaise, indienne, africaine : l'histoire commune à l'AutreMonde. Des gens qui s'habituent à mal manger, moins qu'ils ne devraient, différemment qu'ils ne devraient, et à survivre piètrement avec ça : à développer moins bien leur corps, leur cerveau. À vivre des vies bien pires – sans presque le savoir.

En espagnol, nous disons *tener hambre, pasar hambre.* Et, bizarrement, *tenerla* (l'avoir) est plus transitoire que *pasarla* (la passer). *Tengo hambre.* T'en fais pas, on va bientôt manger. *Uy, está pasando hambre.* Oui, le pauvre, depuis qu'il a perdu son travail, il se la saute. Ce n'est pas l'unique excentricité de cette chose si bizarre que l'on appelle la faim.

Ou alors, comme disait ce Russe : « Peins ton village et tu peindras le monde. »

(Paroles de la tribu)

Comment ?

Encore une fois : il est ahurissant que cela nous paraisse normal, que cela ne nous saute pas aux yeux comme un rat enragé, que cela ne nous empêche pas de vivre comme nous vivons. Normal, naturel, dans l'ordre des choses : immuable. Cela suppose un grand appareil culturel. Ou bien est-ce le contraire ? Le chacun pour soi serait-il naturel et la culture consisterait-elle à être déconcerté, à se regrouper, à penser collectivement ?

Comment, bordel, parvenons-nous ?

ça finit aussi par épuiser, à force. Au bout du compte, on ne comprend pas ce qu'ils veulent. Il y a toujours eu des riches et des pauvres, dans le monde, il y en aura toujours. T'as qu'à voir ici, dans le quartier : tu vas pas me dire que les Meldani, c'est la même chose que les Salvatierra. Et ça ne date pas d'hier, mon vieux, ça ne date pas d'hier. Y en a toujours eu, pourquoi y en aurait plus tout à coup puisqu'il y en a toujours eu ? Au fond, si les pauvres sont pauvres, c'est qu'ils ne font pas, ils n'ont pas fait ce qu'il fallait ; ils sont frustes, ils sont paresseux, ils sont violents, ils ont des enfants par dizaines alors qu'ils savent bien qu'ils n'ont pas de quoi les nourrir, ils sont fainéants, ils sont tout ce qu'il ne faut pas être pour réussir dans la vie. Et après ça ils voudraient qu'on ait pitié d'eux. Non, n'interprète pas de travers ; je ne dis pas qu'ils doivent mourir de faim. Ce que je dis, c'est qu'il faut pas non plus avoir l'air étonné du style oh c'est bizarre comment se fait-il que tous ces gens ne mangent pas à leur faim. Faut arrêter de se voiler la face : s'ils ont faim, c'est parce qu'ils aiment pas bosser, ils veulent pas faire d'efforts, ils aiment pas ça. Et je ne dis pas qu'ils crèvent, si on peut les aider aidons-les, bien sûr, mais faut pas non plus être faux-cul et faire comme s'ils étaient pareils que nous. Faut bien qu'il y ait une sélection, en fin de compte. À quoi bon se casser l'échine, sinon. Ou alors toi tu préfères que tout revienne au même et que

Comment, bordel, parvenons-nous à vivre ?

La vieille chanson de la prophétie. Il se peut qu'en 2050 on manque de nourriture sur terre, vous disent-ils, parce que dans leurs projections catastrophe, il se peut qu'en 2050 il manque de la nourriture dans certaines régions riches de la planète – si les pauvres continuent à croître et à récupérer un peu de ce qui leur revient. En 2050, il peut aussi arriver des choses horribles dans le reste du monde : similaires à celles qui ont lieu aujourd'hui.

Comment, bordel, parvenons-nous à vivre en sachant ?

Des vies riquiqui : comment je fais pour manger demain ?
Des vies épiques : comment je fais pour manger demain ?

Comment, bordel, parvenons-nous à vivre en sachant que ces choses-là arrivent ?

– Bah, c'est la réalité qui veut ça, on n'y peut rien.
– Quelque chose, il faut faire quelque chose. De la politique, par exemple.
– Toi, tu ne comprends pas comment marche la politique, pas vrai ?

Comment, bordel, parvenons-nous à vivre ?

mais je ne sais pas, je te dis, je ne sais pas quoi penser. Oui, y en a qui arrivent et te disent que le monde est rempli de ces gens qui ne mangent pas à leur faim et ils te balancent des statistiques, des chiffres et des machins et ils te disent qu'il y en a même ici, dans cette ville, or il m'est arrivé plus d'une fois d'aller dans des quartiers très pauvres, des endroits super chauds, et j'ai pas vraiment eu l'impression que les gens mouraient de faim, ils avaient plutôt l'air gros, bien nourris. Enfin, je sais pas, j'y connais rien, mais parfois j'ai l'impression que ça aussi, ça doit être un genre de propagande pour nous vendre des salades qui servent va savoir quels intérêts ; je ne dis pas que ça n'arrive pas, non, ça doit bien arriver un peu, mais on te vend ça comme si c'était une catastrophe pour qu'ensuite tu gobes tout le baratin en étant persuadé que

Comment, bordel, parvenons-nous ?

5

– Est-ce la faute de quelqu'un si certains ont peu et d'autres beaucoup ?

– Le gouvernement devrait nous donner plus de travail pour qu'on puisse s'en sortir, pour qu'on puisse manger tous les jours. Il ne s'occupe pas des humbles, il les laisse de côté. Les maladies, tout ça, c'est à cause des hommes politiques, parce que si t'as un travail, tu peux manger, sinon, non.

Dit Paola, et elle me regarde de ses yeux effrayés.

– Comment tu t'imagines dans dix ans ?

– Je ne sais pas vu que je ne sais pas si j'y arriverai. Je vis au jour le jour, je peux pas te dire ce qui va se passer dans dix ans. Pourquoi je m'imaginerais dans dix ans si tu sais pas si tu vas pas t'endormir et jamais te réveiller ?

Chaque midi, tous les midis, Paola emmène ses trois enfants dans un restaurant communautaire de son quartier de Gregorio de Laferrere, commune de La Matanza, à dix kilomètres du centre de Buenos Aires. Paola a deux filles de dix et trois ans, un fils de sept ; elle a eu deux autres filles qui sont mortes.

– Les deux à l'accouchement, pauvres petites, aussitôt nées elles sont mortes. Quand la dernière est morte, Abi a tout compris, la pauvre, ça l'a beaucoup marquée. C'est pour ça que je l'ai tout le temps sur moi.

Abi, c'est Abigail, la petite de trois ans qui ne quitte jamais les genoux de sa mère. Paola lui fait faire à dada, lui caresse les cheveux, la cajole.

– Je ne veux plus perdre un seul enfant. Plus un seul.

Paola a vingt-sept ans, un bermuda marron, un tee-shirt rose, des cheveux raides et foncés, des jambes et des bras maigres. Son papa est venu de Tucumán, dans le nord-est du pays, avant sa naissance : il y a laissé – a-t-elle découvert bien plus tard – une femme et plusieurs enfants. À Laferrere, il a trouvé du travail dans une usine de détergents, il a rencontré la mère de Paola dans un bal, l'a courtisée, s'est installé avec elle : ils ont eu deux autres filles puis se sont séparés parce qu'il « buvait beaucoup, se droguait et tapait ma mère ». Peu après, sa mère a retrouvé un mari, un homme qui sortait de prison – avec qui elle a eu d'autres enfants.

– Cet homme-là, je le respectais comme un père. Je l'ai considéré comme mon père jusqu'à ce qu'il abuse de moi, à partir de mes sept ans, à peu près. J'ai toujours préféré qu'il le fasse avec moi plutôt qu'avec mes petites sœurs qui étaient plus jeunes. J'ai vécu comme ça jusqu'à l'âge de douze ans.

– Qu'est-ce qu'il te faisait ?

– Il me tripotait, il me touchait les parties intimes, il m'obligeait à regarder des revues pornos avec lui, il me faisait lui toucher les parties et tout ce qui s'ensuit. Mais ça a commencé petit à petit. Comme mon frère est né handicapé et qu'il était souvent malade, ma mère passait sa vie dans les hôpitaux. Ou parfois elle disait qu'elle allait à l'hôpital, mais en fait elle allait traîner par là avec d'autres gars. Alors je devais rester avec lui, m'occuper de la lessive, de la cuisine, faire la femme au lieu de la fille. Je ne sortais pas jouer comme les autres enfants. Je restais à la maison. Une nuit, il m'a attrapée, j'ai ressenti une douleur violente derrière, et c'était parce qu'il m'avait pénétrée par-derrière. Je n'ai rien dit à ma mère. J'ai tout gardé pour moi, pendant trois ans comme ça. Tout le monde savait, tout le monde se taisait.

Ses sœurs cadettes finirent par le dire à leur mère, qui ne les crut pas : maintenant Paola soupçonne qu'elle préféra ne pas les croire, que la situation l'arrangeait. Mais un jour l'homme crut que sa femme était endormie et commença à tripoter Paola ; la femme se réveilla, les vit, ne put continuer à nier l'évidence. Ou peut-être que cela l'avait rendue jalouse.

– Ensuite ma mère m'a dit qu'il fallait se taire. Elle me disait réfléchis bien, parce que si tu parles, tes frères et sœurs vont être placés dans un foyer, et même ton frère handicapé, moi je risquerais d'aller en prison, elle me disait. Et que diraient les gens dans le quartier, elle me disait. J'avais tellement la pression que je me suis tue.

Dit Paola, et qu'une fois, bien des années plus tard, elle lui avait demandé pourquoi il avait fait ça, pourquoi à elle, puisqu'il disait l'aimer comme sa fille. L'homme lui avait dit que c'était pour se venger de sa mère qui partait, qui ne s'occupait pas de lui comme une femme doit s'occuper de son homme, qu'il était obligé de voler pour les nourrir et qu'elle ne s'occupait pas de lui.

– Je lui ai dit que s'il volait, c'était parce qu'il en avait envie, que je ne lui avais jamais demandé ça. Et qu'avec toutes les femmes qu'il y avait dehors, toutes celles qui s'offraient pour trois fois rien, pourquoi il avait fallu qu'il s'en prenne à moi ? Tu te rends compte l'âge que j'avais ? je lui ai dit. Non, il me disait, je n'en avais pas conscience et je ne sais pas comment te demander pardon. Mais je lui ai pardonné, parce que je suis allée à l'église et on m'a appris à pardonner. Je lui ai pardonné. Mais avec tout ce qui m'est arrivé, je n'ai pas eu d'enfance.

Elle ne mangeait pas non plus à sa faim, à cette époque. Sa mère partait parfois pendant plusieurs jours et Paola devait s'occuper de nourrir ses frères et sœurs : elle avait dix, onze ans, et elle sortait quémander de la nourriture dans le quartier.

– J'avais vraiment honte de sortir quémander. Mais j'avais pas le choix.

Parfois elle rapportait quelque chose, et alors elle préparait un repas pour tous les petits, un plat de pâtes avec du sel, parfois un filet d'huile, ensuite, l'après-midi, une tasse de maté et, le soir, au lit de bonne heure pour ne pas souffrir de la faim.

– Et à part des pâtes, que mangiez-vous ?

– Du riz, des patates, ce que je trouvais, je concoctais quelque chose. Ou je demandais à mon grand-père qui se promenait avec sa carriole et rapportait les légumes que jetaient les marchands de quatre-saisons, j'enlevais ce qui était abîmé et je les cuisinais. Ou les fruits passés, j'enlevais ce qui était abîmé et on les mangeait.

– Et il vous arrivait de manger de la viande ?

– Oh, très rarement.

– Ça te mettait en rogne, cette situation ?

– À mort. On a même mangé des trucs périmés. Maintenant, si tu fais ça, tu tombes malade, mais nous, on faisait même pas attention. On mangeait tout. Grâce à Dieu on n'est jamais tombés malades. On a réussi à se nourrir comme ça.

– Et te demandais-tu qui était coupable de toutes ces choses qui t'arrivaient ?

– Non. J'essayais de n'accuser personne. C'est triste, et en même temps c'est ce que la vie t'apprend. Moi, elle m'en a trop appris. J'en sais trop, je n'avais pas besoin d'en savoir autant.

– Une partie de la population constitue un excédent absolu par rapport à notre modèle d'accumulation ou de croissance. Le modèle n'a pas besoin d'eux, ils sont en trop, ils reviennent cher, il faut s'en occuper. En plus ils se plaignent, ont un discours, disent des choses, ils sont sémiotiques, réclament, manifestent, votent. Tout cela représente un coût de reproduction du système très élevé. Oui, ils sont un excédent.

Me dit Agustín Salvia, sociologue, professeur à l'Université de Buenos Aires, coordinateur de l'Observatoire de la dette sociale argentine de l'Université catholique, qui chaque année réalise les meilleures enquêtes sur la situation sociale du pays.

– On pourrait théoriquement penser qu'il serait bon d'intégrer cette force de travail capable de produire de la richesse non seulement pour elle, mais pour la collectivité. Dans un autre modèle, ni plus ni moins capitaliste, dans une autre logique, où le secteur informel de l'économie serait intégré au secteur formel, où il y aurait un transfert des secteurs les plus concentrés vers les moins concentrés, il existerait un processus d'intégration sociale de ces gens, et alors des petites entreprises familiales pourraient tenir ce rôle socialement et économiquement productif. Aujourd'hui, elles ne le tiennent pas. Aujourd'hui, ils sont en trop. S'ils disparaissaient, ce ne serait pas grave, au contraire.

Et puis son père de sang lui manquait, à Paola : cela faisait trois ans qu'elle ne l'avait pas vu quand, le jour de son douzième anniversaire, il surgit. Il avait bu et il lui disait qu'elle était sa fille, qu'il l'aimait et qu'il voulait lui faire un cadeau.

– Je lui ai dit que s'il voulait me voir, il fallait qu'il vienne clean, qu'elle n'avait pas besoin d'un père bourré, qu'elle avait besoin d'un père clean, lui disait-elle. Pour ce qui est des pochetrons, mes oncles et mon grand-père me suffisent. Je voulais un père comme tout le monde. Je lui ai dit que le seul cadeau que je voulais, c'était qu'il reste avec moi, et qu'à mes quinze ans, j'aille vivre avec lui.

Son père lui dit que oui, bien sûr, il allait voir. Mais trois jours après, quelqu'un vint leur annoncer qu'il était tombé ou s'était jeté dans la rivière Matanza et qu'on l'avait retrouvé mort. Cette année-là, Paola commença à travailler : elle gardait une petite, la fille d'un policier. Quand elle pouvait, elle allait à l'école du soir. Elle avait du mal : elle y arrivait fatiguée, elle avait peur de laisser ses frères et sœurs sans surveillance ; parfois elle n'avait pas le choix, d'autres fois sa mère était là. Mais au moins elle pouvait rapporter un peu d'argent – un peu de nourriture – dans la baraque. Le plus difficile, c'était de trouver du lait pour la plus petite Camila, neuf mois.

– Un jour, je ne suis pas allée travailler parce que Camilita avait de la fièvre. Au petit matin, j'ai donné son lait à mon autre sœur, j'ai préparé un biberon pour Cami, je me suis occupée d'elle, j'ai dit à ma mère que comme je n'allais pas travailler, je pouvais m'en occuper. Je lui ai donné son lait et plus tard, mon frère handicapé qui dormait au bout du lit avec elle a réveillé ma mère pour aller aux toilettes, et ma petite sœur était morte, dans les bras de ma mère. Elle avait oublié de respirer. Ç'a été ma plus grande douleur, je m'occupais tellement d'elle. Ç'a été une douleur terrible. De toutes les douleurs que j'ai connues, la pire.

Dit Paola.

Le noyau dur du chômage en Argentine tourne autour de 15 % des actifs : environ trois millions. Leurs enfants et eux-mêmes, leurs familles, vivent dans des situations qu'on a du mal à imaginer de loin – et on ne peut pas dire qu'on s'y efforce beaucoup. Ils n'ont pas de travail fixe, ils n'ont pas d'eau courante ni d'égouts ni d'électricité, ils n'ont pas de rues, pas de protection ; ils n'ont pas toujours de la nourriture en suffisance.

– C'est une culture marginale qui se crée ses propres liens de solidarité, de mobilité, où l'extralégalité n'est pas un souci. Tout fonctionne au moyen d'opérations au noir, rien n'a besoin d'être formalisé, les conflits économiques se résolvent par la violence, la justice n'existe pas, les règles n'existent pas.

Dit Salvia. Et, surtout, que la barrière entre ces secteurs et le reste de la société est de plus en plus haute : la possibilité de la franchir n'est pas seulement illusoire, elle n'est même plus envisagée. En Argentine, il y a des millions de gens qui ne pensent pas pouvoir s'intégrer un jour dans la société formelle. Qui savent que cette inégalité irrémédiable est inhérente à leurs vies. Et qui même s'ils prospèrent à travers une activité formelle – légale ou illégale –, ils resteront dans ce secteur. Mais qui en général ne prospèrent pas : ils survivent. Parmi eux se trouve la grande majorité de ces 5 % de foyers argentins « en situation d'insécurité alimentaire aiguë » et ces 7 % « en situation d'insécurité modérée » : 12 % des foyers sont en situation d'insécurité alimentaire Et, bien sûr, ces 8 % d'enfants – un quart de million d'enfants – dénutris chroniques.

« 12 % des foyers argentins », ce sont cinq millions d'Argentins – qui ne mangent pas à leur faim.

À quinze ans, Paola se réveilla : sa mère était là un jour sur deux, il n'y avait pas assez d'argent, pas assez de nourriture. Alors elle découvrit qu'il y avait des hommes prêts à lui donner de l'argent et des provisions si elle couchait avec eux.

– J'allais avec des gars avec lesquels j'aurais jamais dû aller, mais j'ai malheureusement dû le faire pour avoir de l'argent. C'étaient des amis de mes oncles, des types qui me connaissaient depuis que j'étais petite. Parfois je refusais de nouveaux clients. Il y avait des amis qui, comme ils me connaissaient depuis que j'étais enfant, ne voulaient pas de ça et me donnaient quand même des choses, mais pas tous. Je fermais les yeux et je pensais à mes frères et sœurs.

Quand elle avait dix-sept ans, à l'école du soir, Paola rencontra un garçon qui semblait la comprendre. Ils se plurent, ils commencèrent à sortir ensemble ; Paola tomba enceinte. Il assuma : dès qu'il avait de l'argent, il lui en donnait un peu pour manger, ou alors des bonbons ; elle arrêta de coucher avec des types. Sa première fille s'appela Camila, comme sa petite sœur qui avait oublié de respirer. Parfois il trouvait du travail, un petit boulot. Peu après, ils se trouvèrent une baraque dans le quartier et s'y installèrent ensemble. L'année suivante naquit Joel, leur deuxième enfant.

Paola était presque contente : tout semblait rouler. Ils avaient leur bicoque, leurs matelas, leurs couvertures, leur table bancale, leur petite cuisinière à gaz. Mais sa famille commença à faire la guerre à son homme : qu'il tripotait sa fille, qu'il la violait, que c'était un gars dangereux. Paola les crut, le quitta. Elle avait vingt ans, deux enfants, aucune source de revenus, puis une de ses sœurs lui proposa de travailler avec elle comme entraîneuse dans un bar.

– Au bar, on me harcelait pour que je fasse d'autres choses, pour que je gagne plus d'argent. Je refusais, c'est pas mon truc. C'est pas la même chose de coucher avec un mec à l'occasion que de coucher avec cinquante, mais finalement je me suis décidée. J'ai parlé avec mon beau-frère, qui était le responsable, et j'y suis allée. Du coup mes enfants ne manquaient plus de rien. Ils avaient tout ce qu'il fallait. Je pouvais leur acheter ce qu'ils me demandaient.

C'était un soulagement : ils mangeaient tous les jours, elle pouvait leur préparer des *empanadas*, leur acheter des sodas s'ils voulaient. Mais elle n'aimait pas cette vie-là, son mari lui manquait, elle avait un petit ami, elle tomba enceinte. Les clients prenaient soin d'elle : ils l'empêchaient de boire de l'alcool, dit Paola.

– C'était soixante pesos la passe d'une demi-heure, trente pour la fille, trente pour le patron. Tu t'installais sur des grandes banquettes qui étaient séparées par des planches. Il n'y avait même pas de salle de bains pour se laver après les rapports. J'ai toujours fait attention, avec tous. Ils te donnent eux-mêmes des préservatifs et t'obligent à les mettre. Les jours de semaine, j'arrivais à huit heures du soir et je repartais à trois heures du matin. Je travaillais avenue Constitución, et ensuite je rentrais direct, mes frères et sœurs gardaient mes enfants. Le week-end, même chose, mais je finissais plus tard, à sept heures du mat'. Je rentrais chez moi, je dormais un peu et je repartais. Un jour j'ai croisé mon mari, il m'a dit qu'il voulait voir les petits, j'ai dû lui raconter que j'étais enceinte et que je travaillais dans une maison close pour les nourrir, que je ne voulais rien lui demander.

Arrivée au quatrième mois de grossesse, elle arrêta de travailler. Quelques semaines plus tard, une nuit, elle commença à avoir mal et elle demanda à son frère d'aller chercher un médecin, mais celui du dispensaire du quartier ne voulut pas se déplacer car il n'avait pas d'ambulance, il demanda qu'on lui amène la patiente. Paola n'était pas en état. Sa sœur l'aida ; la petite naquit vers cinq heures du matin, en une seule poussée, morte.

– Mon frère est allé au dispensaire et il s'est mis à donner des coups de pied dans tout ce qu'il trouvait, alors ils ont été obligés de venir me voir. Personne ne voulait m'emmener, personne ne voulait me prendre en charge, même pas la police. Ensuite ils ont eu le culot de m'accuser de n'importe quoi, que j'avais avorté, parce que j'étais enceinte de six mois. Ça m'a fait trop mal, et en même temps ça m'a donné la force de prendre une grande décision. Je suis allée à l'église, je ne voulais plus entendre parler de la maison close, de la vie nocturne, je voulais reprendre une vie normale, comme avant.

Paola retourna avec son mari. Deux ans plus tard, elle eut un deuxième accouchement prématuré, une autre petite mortnée. À présent ils vivent tous les cinq dans une baraque d'une pièce avec deux lits, un pour Paola et son mari, un pour les enfants. Quelqu'un de la famille leur a prêté une cuisinière ; quand ils veulent de l'eau, ils doivent en demander au voisin.

– Maintenant, ce qu'on voudrait, c'est mettre de côté pour nous faire une salle de bains et des toilettes. En attendant, on va à la fosse.

La situation s'est améliorée, dit Paola : son mari a trouvé un travail comme homme de ménage dans une usine, il touche environ 1 000 pesos – quelque 80 dollars – par mois.

– On le paie plus, mais on lui en déduit une grosse somme, je sais pas pourquoi.

– Est-ce que tu touches une Allocation universelle par enfant ?

– Non, parce que apparemment, comme lui, il a un travail, on la lui donne par un autre biais, on n'y a pas droit. Avant on me la versait, mais ensuite on s'est fait prendre et ils me l'ont supprimée.

Tout près d'ici, dit le mythe, a été inventée la confiture de lait – une de ces inventions argentines qui devaient exister bien avant le pays. L'histoire raconte que, dans la ferme de don Juan Manuel de Rosas, caudillo tout-puissant de la première moitié du XIXe siècle, une servante faisait chauffer du lait sucré quand débarqua Juan Lavalle, un des ennemis du patron. Devant s'occuper de lui, elle oublia son lait sur le feu. Quand elle s'en souvint enfin, elle se trouva devant une épaisse mixture marron. Craignant la réaction de son patron, elle la lui apporta pour se justifier. Rosas la goûta, en proposa à Lavalle, et ils dégustèrent ensemble. Il faudrait attendre encore plus de dix ans avant qu'il ne le pourchasse à travers tout le pays jusqu'à le tuer.

Il y a quelques mois, Paola emmena ses trois enfants dans une association de quartier pour qu'on les mesure et les pèse : on lui dit qu'ils étaient en « sous-poids ». Paola ne comprit pas : on lui expliqua que cela voulait dire qu'ils étaient trop maigres et trop petits pour leur âge, qu'il fallait qu'elle les nourrisse mieux. Paola se mit d'abord en colère, se défendit contre ce qu'elle entendait comme un reproche ; ensuite, dit-elle, elle fondit en larmes.

– À la fin ils m'ont dit que le gouvernement envoyait un sac de provisions aux enfants en sous-poids, qu'il fallait que j'aille faire les papiers pour l'avoir. Alors finalement on me l'a donné. Tous les quinze jours, ils me le donnent : un carton avec quatre paquets de pâtes, du riz, de l'huile, de la confiture de patate douce.

Paola s'en réjouissait, mais elle continuait de se sentir coupable. Elle pleure encore en me le racontant :

– Mes enfants sont ce qui compte le plus, et je sais qu'ils sont en sous-poids parce que je les ai négligés. Avant, quand on pouvait, on mettait un peu de côté sur le salaire de mon mari pour la salle de bains, mais maintenant on a décidé que le plus important, c'était qu'ils mangent bien. L'argent ne suffit pas, on boucle difficilement les fins de mois, mais maintenant on essaie que les petits mangent. On va pas permettre que nos enfants aient faim. À midi, je les emmène au réfectoire, le soir je leur donne quelque chose. Même si nous, on doit se priver, il faut qu'eux, ils mangent. Même une soupe, des pâtes.

– Et qui est coupable du fait que tu n'aies pas assez pour manger correctement ?

– Je sais pas, j'en sais rien. Moi, ce que j'aime pas, c'est quand la présidente dit qu'il n'y a pas de pauvreté. Je l'ai entendue plein de fois dire qu'il n'y a pas de pauvreté. Qu'elle vienne constater la pauvreté, les enfants qui meurent de faim. L'autre jour, aux infos, j'ai vu cette maman dont la fille est morte de faim, cette missionnaire qu'ils ont envoyée en prison. Tu peux pas savoir mon sentiment d'angoisse et d'impuissance en voyant ça. Tous ces violeurs, ces délinquants, et on envoie en prison une mère dont la fille est morte de faim.

– La marginalité structurelle la plus radicale peut toucher 15 % des foyers. Ce sont cinq, six millions de personnes. Dans l'optique de Fidel Castro il y a vingt ans, quand il a ouvert les vannes et leur a dit « partez à Miami », ou du général Bussi qui a pris tous les SDF et les a envoyés à Catamarca, s'ils s'en allaient, le système s'en porterait à merveille. Ils sont en trop.

Me dit Salvia, et je lui dis qu'il est presque malin de mal les nourrir.

– En fait, il faut les alimenter pour éviter un soulèvement populaire, pour éviter que les marginaux ne règlent leurs comptes avec l'État au moyen de pillages systématiques.

Nous sommes assis à la table d'un café, sur l'avenue San Juan, à hauteur de l'avenue Boedo, et nous parlons comme si nous étions assis à la table d'un café.

– Non, tu n'as pas compris ce que je voulais dire : je ne dis pas qu'il est malin de les nourrir, mais de mal les nourrir. Parce que mieux vaut qu'ils ne soient pas trop intelligents ni costauds, et puis ça revient beaucoup moins cher. En termes de rentabilité, à quoi bon dépenser trop d'argent à nourrir ceux qui ne vont rien produire ? Sans compter que c'est avantageux dans la mesure où cela produit des personnes qui n'ont pas l'allant qu'elles auraient si elles étaient mieux nourries.

– Je suis d'accord. Mais je ne crois pas qu'il y ait un esprit qui contrôle et exécute...

– Non, moi non plus je ne pense pas qu'ils soient aussi intelligents.

– Oui, mais je crois en revanche que cette logique existe : quel est le montant en dessous duquel ces gens se mettent à piller les supermarchés et à générer des conflits politiques ? 250 pesos ? Alors c'est ce qu'ils valent. C'est ça, l'idée. Si demain ils déclenchent un conflit parce qu'ils ne trouvent pas à manger, je dois augmenter à 500, j'augmente à 500. Quelle est la valeur de la contention sociale, du contrôle social ? Si ça revient trop cher, je vais être dans l'embarras. Je ne peux pas trop débourser, parce qu'il faudrait que je prenne cette somme ailleurs. Mais je suis forcé de payer un minimum, le moins possible.

Ce n'est pas une spécialité argentine. La stratégie des dominants a toujours été de maintenir leurs dominés au niveau le plus bas possible. De déterminer à chaque fois ce seuil par la méthode empirique : essais et erreurs. L'erreur a pu consister en ce que des milliers de gens meurent de faim ou en ce qu'ils se dressent et exigent. Le mécanisme demeure. Quand l'Europe et les États-Unis choisissent de verser à leurs banques ce qu'ils ne versent pas aux pauvres, ils sont en train de parier que leurs pauvres vont le tolérer ; quand ils spéculent sur le cours des aliments, qu'ils extraient des matières premières ou transforment du maïs en combustible, ils tablent sur le fait que la mort de quelques Africains n'affectera pas leur propre vie. Quand un gouvernement fait l'aumône à ses sujets, il espère que cela suffira à les maintenir sous l'eau et dominés : inoffensifs, silencieux.

Parce que la faim est, malgré tout, un puissant instrument de chantage : beaucoup de gens sont contrariés pendant dix minutes quand les médias rapportent l'existence d'affamés – et la contrariété est directement proportionnelle à la proximité géographique : s'ils sont à moins de cinquante kilomètres, disons, cela peut durer jusqu'à trois quarts d'heure. Et il n'y a rien qu'un gouvernement déteste plus que des sujets contrariés : tout leur travail consiste à faire en sorte qu'ils se sentent si bien qu'ils n'éprouvent plus rien. Alors entre en action la charité chrétienne ou sa version contemporaine, l'assistanat : donner aux pauvres le minimum pour qu'ils survivent et n'éclaboussent pas de leur sang ou de leurs os les écrans de télé.

Beaucoup survivent, d'autres non.

6

Les baraques s'espacent à mesure qu'on approche de la rivière : le danger de l'eau. Il y a des roseaux, de la boue, des terres basses : d'anciens marécages que les plus pauvres occupèrent petit à petit. Une famille élève des cochons, une autre cuit des briques, une autre encore récupère des bouteilles, du carton, des chiffons dans les broussailles. Claudio croise une voisine et lui dit de ne pas oublier d'aller à la réunion qu'ils organisent pour réclamer plus de terre : des bennes de terre, des charretées de terre, ils ont besoin de terre pour remblayer le sol, le rehausser.

Cent mètres plus loin, la rivière Matanza coule, sombre, entre les deux rives envahies de gravats et de broussailles ; de ce côté-ci, des ordures ; de l'autre, un bois. Claudio me dit qu'il lui arrive encore de venir pêcher quelques anguilles à la main, que c'est interdit mais il le fait quand même, c'est le poisson qu'il préfère, qu'avec deux, trois anguilles, Romi prépare un putain de ragoût.

– Beaucoup de jeunes traversent encore de l'autre côté pour aller voler. À un endroit il y a comme des pistes pour faire du squad ; les jeunes y vont calibrés et t'imagines pas les engins qu'ils ramènent ici dans le quartier.

Dit Claudio, et que je n'imagine pas non plus le nombre de potes à lui qui sont morts de l'autre côté.

– Si tu te fais choper par les flics, ils t'abattent sur place et te laissent au milieu des bois, ils disent rien à personne, tu te fais bouffer par les vers. Qui va te retrouver, là-dedans ? Deux, trois fois on a dû aller nous-mêmes chercher les corps. Un jour y en avait un qu'on appelait le Diable, il s'est fait choper en train de voler, y a eu une fusillade avec la police et ils l'ont laissé là pour mort, et comme il revenait pas, ses potes sont allés le chercher et ils l'ont retrouvé avec une balle dans l'œil, la tête toute pourrie et pleine de vers, mais vivant. Il voyait rien parce que c'était tout infecté, il voyait que dalle et il hurlait, il délirait. Les jeunes l'ont transporté à l'hôpital mais depuis il est borgne parce que les bestioles lui ont bouffé l'œil.

Dit Claudio, et que la rivière est traîtresse.

– Là, tu la vois, elle est tranquille, mais quand il y a de l'eau pour de vrai, elle déborde et elle inonde tout, cette salope.

Claudio est grand, baraqué, un jean coupé en guise de bermuda et une chemise bleu ciel impeccable ; bien rasé, petit bouc, cheveux courts, sourire charmeur, il me dit qu'il y a quelques semaines, le quartier a été inondé, ils avaient de l'eau jusqu'au cou. Que les fils de pute ferment les vannes de la rivière en aval pour éviter que les quartiers riches ne soient inondés, alors eux, ils se prennent toute l'eau ; que ses deux fils aînés et lui ont dû rester dans leur baraque inondée, perchés sur une table pendant près d'une semaine.

– Ici, ils sont terribles, les jeunes. Si tu ne surveilles pas tes affaires, ils t'embarquent tout.

La rue était complètement sous l'eau, dit-il, pas moyen de s'en sortir : pour aller chercher des provisions, Claudio s'est fabriqué un radeau avec des planches et des sacs gonflés, des branches en guise de rames.

Le quartier de La Loma, à Gregorio de Laferrere, commune de La Matanza, a des rues en terre, des maisons en bois et tôle ou briques nues d'une ou deux pièces, un fossé de chaque côté de la rue où stagne de l'eau noire et malodorante. Des femmes boivent du maté devant leur maison, toutes radios allumées sur un fond de cumbia, un relent de marihuana, de jeunes arbrisseaux bien verts, des enfants qui jouent autour ; un monsieur taille un arbre à coups de machette ; deux chevaux étiques piétinent le peu d'herbe qui pousse sur le trottoir de terre. Sur chaque tronçon de rue il y a deux ou trois lampadaires ; de chaque poteau part une douzaine de câbles, ce sont ceux des riverains qui piratent l'électricité : qui se raccrochent.

À l'entrée du quartier, il y a un terrain vague grand comme un pâté de maisons : ordures, broussailles, restes d'une flambée, deux vieux saules. À un angle, un écriteau en bois disant « Parc de la Mémoire ».

« Parc de la Mémoire », est-il écrit.

Claudio est né ici il y a trente-six ans, il a toujours vécu ici. Jusqu'à l'âge de trente ans, dit-il, il était paumé : c'était un méchant, un bagarreur, une petite frappe. Il était le chef de la bande d'un coin de rue, il emmerdait les voisins, parfois il leur faisait payer un péage, dit-il : Celui qui me payait pas, il passait pas.

– Il y avait tout le temps des bastons : tu me dois deux grammes, toi, tu viens pas ici parce que c'est mon territoire… J'étais méchant. Mais bon, c'était quand même une autre époque. L'autre jour, je suis passé par ce coin de rue où je faisais la loi et les jeunes étaient toujours là, à fumer des bédos, et je sais pas si c'est la fumée qui m'a fait de l'effet ou quoi, mais j'ai eu l'impression de revenir dix ans en arrière. Ils parlaient des mêmes conneries, la dope, les vols, les meufs, hier soir j'ai niqué unetelle, je suis allé voler à tel endroit… Je les regardais et j'en croyais pas mes oreilles. Ils sont tous complètement barges, maintenant. Ils respectent plus rien, les mômes ; si tu fais pas gaffe, ils te tirent dessus ; si t'as pas de flingue, personne ne te respecte. Avant, les choses s'arrangeaient à coups de poing. Ils te disent eux-mêmes on est passés à l'ère de la poudre, mon pote.

Claudio dit que lui, il ne volait pas : il zonait dans la rue, mais il ne volait pas :

– J'ai toujours bossé ; je me défonçais, mais avec l'argent que je gagnais. Ça n'a jamais été mon truc, de voler. Parce que dans notre famille, on est chrétiens, on nous a toujours inculqué la parole de Dieu. Je me défonçais beaucoup, mais toujours avec l'argent de mon travail. J'ai quitté l'école à quinze ans et à partir de là, j'ai traîné dans la rue jusqu'à l'âge de trente ans : quinze ans à me droguer.

Claudio commença par sniffer de la colle, ensuite il se mit à fumer de l'herbe et enfin il découvrit la cocaïne – le week-end, il dépensait tout ce qu'il gagnait comme maçon à s'exploser la tête, puis, en semaine, il passait au vin.

– C'est pourquoi je sais qu'on ne peut pas se sortir de la dope sans l'aide de Dieu. Mais quand Dieu t'en sort, c'est pour toujours, Il te nettoie pour toujours. Si un gamin se met à voler, nous, on le conseille, je lui prêche la bonne parole. Parfois ils viennent et me disent qu'ils veulent lâcher cette vie, mais qu'ils n'y arrivent pas, je leur dis que si, qu'avec l'aide du Seigneur ils peuvent. Je le sais puisque moi, j'ai réussi.

Claudio travaillait comme maçon dans la capitale. Jusqu'à un matin, il y a quelques années : il était tranquillement en train de crépir une maison quand quatre hommes sont arrivés et ont demandé à voir le contremaître. Claudio leur a dit qu'il était à l'intérieur et a repris sa taloche. Peu après, ils sont revenus, l'ont remercié et sont repartis en marchant. Quand il les a vus tourner au coin de la rue et courir, il a compris : c'était un braquage. Claudio a couru au fond de la maison ; ses camarades étaient allongés sur le ventre, ligotés, son patron était convaincu que c'était lui qui leur avait vendu le plan : il lui a dit qu'il ne le dénoncerait pas, mais que ce n'était plus la peine de revenir. Claudio n'avait aucun moyen de démontrer que c'était faux : tout à coup, les gens avec qui il avait travaillé pendant des années ne lui faisaient plus confiance ; Claudio en pleurait de rage.

– Comment tu fais pour te défendre contre une fausse accusation ? Qu'est-ce que tu leur dis, s'ils ont décidé une fois pour toutes de ne pas te croire ? Qu'est-ce que tu leur dis ? Je suis supporter du Lafe, mon pote : tout le monde te dira que les supporters du Lafe sont des voleurs.

Dans ces années-là, Claudio et Romina sortaient faire de la récup, mais ils ont arrêté : ils trouvaient de moins en moins de choses, dit-il, parce que les gens jettent moins, ou à cause de la malaria ou peut-être parce qu'il y a trop de concurrence, beaucoup trop de jeunes qui font dans la récup, dit-il, alors ce fut un soulagement quand il dégota son premier programme Jefes y Jefas, un programme d'aide sociale.

Durant des années, le gouvernement argentin refusa de distribuer de l'argent sans contrepartie. « Si on en reste à l'assistanat, les gens aussi en restent à l'assistanat. Nous devons aider à promouvoir la dignité que les gens souhaitent, disait la ministre du Bien-Être social et sœur de la présidente de la nation. Les gens me disent qu'ils veulent monter une coopérative ou une entreprise de textile. Si l'aide consiste à monter un atelier familial, on leur donne une chance. Mais si on se contente de leur verser de l'argent, et qui plus est une somme limitée, ça revient à leur donner du vent. Ou quelqu'un peut-il penser que le problème de la pauvreté peut être résolue avec cent pesos ? »

Quelques défaites électorales persuadèrent pourtant ce même gouvernement de changer radicalement de posture et l'« Allocation universelle par enfant » devint sa mesure sociale phare : il verserait un montant fixe, environ 40 dollars par mois, à plus de trois millions d'enfants. Bien sûr il ne le présenta pas comme l'aveu d'échec de six années de politique inverse, mais comme un grand pas en avant sur allez savoir quel chemin. De fait, ce fut le triomphe de l'assistanat, la charité chrétienne à la charge de l'État, tiens, je te donne quelques broutilles, le strict minimum pour que tu restes dans ta situation.

Et cela engendra, bien sûr, différents types de loyauté : envers le gouvernement qui l'octroie, envers la face visible de ce gouvernement, envers ses mandataires locaux, envers tous ceux qui peuvent tirer une quelconque ficelle pour activer les distributions. Cela généra une certaine gratitude et, en même temps, de la peur : ils me l'ont accordé selon leur bon vouloir, ils peuvent donc me l'enlever à tout moment. Ne faisons pas de remue-ménage, les gars, sans quoi on risque de perdre ça aussi.

L'assistanat est une manière d'agir sur les effets de la pauvreté – le manque d'accès à ce qu'il y a de plus indispensable – et non sur ses causes. Autrement dit : une manière de maintenir cette pauvreté dans la durée, de ne pas produire les conditions nécessaires pour que ces personnes assistées commencent ou recommencent à voler de leurs propres ailes. L'assistanat maintient les pauvres dans la pauvreté et les rend terriblement dépendants de ceux qui les assistent : le gouvernement, l'État, les oènegés, les Églises diverses et variées. L'assistanat sauve les gens dans l'immédiat – et dans le même mouvement, les enfonce un peu plus dans leur condition de personnes ayant besoin d'être sauvées.

Difficile alors de cesser de se demander si ce n'est pas un rouage du système, une manière pour que le système d'injustices soit préservé et maintenu.

À l'âge de trente ans, Claudio entendit l'Appel. Aujourd'hui il observe des jeûnes, parle avec Dieu, Lui fait des promesses, essaie de les tenir – et il s'occupe de promouvoir Son œuvre au sein de sa communauté, il me fait part de ses rencontres avec son Dieu et me raconte tous ses malheurs : les évangélistes utilisent le récit de leurs malheurs – « témoignent » – comme moyen de remettre les autres sur le droit chemin.

– Je vais te dire la vérité : moi aussi je me suis fait violer quand j'étais petit. Je ne l'ai jamais raconté à personne : ni à ma mère, ni à ma femme, ni à mes amis, à personne jusqu'au jour où le Seigneur m'a parlé par la bouche d'un pasteur prophète qui m'a dit qu'il savait qu'on avait abusé de moi quand j'étais enfant et qu'il fallait que je pardonne pour guérir mon cœur. Lui, Il sait tout. Il scrute ton cœur et Il sait tout.

Chaque nuit, Claudio demandait à son Dieu de l'aider à faire le bien, à sortir des jeunes de la drogue, à les remettre sur le chemin. Et une nuit Il lui apparut, le prit par la main et l'emmena, dans ses rêves, jusqu'à la porte d'une maison : Il la lui montra, lui dit viens, ici habite une femme qui est Ma fille, Je voudrais que tu lui parles.

En Argentine, le *vos* a remplacé le *tú* à la deuxième personne. À Laferrere, Dieu préfère s'en tenir au *tú*. Claudio dit que dans son rêve il disait à la fille tout ce que son Dieu lui avait dit de lui dire, et que, dans son rêve, elle lui confessait ses péchés : adultère, drogue, avortement. Puis il dit qu'il se réveilla mort de peur, mais qu'il remercia son Dieu de cette chance et, le lendemain, il se rendit chez la fille et tout se déroula comme dans son rêve – car son rêve n'était pas son rêve, mais la manière dont Dieu l'avait conduit vers le bien. Il n'en dut pas moins se battre :

– Le truc, c'est que le Diable, une fois qu'il a conquis une vie, il ne veut pas la perdre. Alors si tu la lui disputes, il se manifeste, t'attaque, il est foutu de te caillasser. Mais si tu t'aides de la prière et du jeûne, tu peux vaincre le Diable. Ce n'est pas moi qui le dis, c'est la Bible. N'empêche qu'il n'est pas évident de voir le Diable. Moi, je ne sais pas le voir. Mon petit frère, lui, il a cette faculté, Dieu la lui a donnée : il le voit sur les arbres, dans les maisons, en train de marcher dans la rue, il le voit quand on est en train d'administrer la prière à un possédé et que le Diable lui sort par la bouche… Mais c'est difficile, parce que le Diable sait tout, il sait qui tu es, ce que tu fais, il sait tout, il te dit des choses que t'es le seul à savoir pour te faire peur.

Il y a quelques mois, Claudio est allé à la mairie demander un rattachement légal au réseau électrique, avec compteur. Il a dû débourser 150 pesos et il devait en plus commencer à payer sa consommation : cela pouvait sembler une très mauvaise affaire, mais il l'a fait parce que pour acheter n'importe quoi à crédit – « une paire de baskets, un réchaud, n'importe quoi » – avec la carte de l'Allocation, on lui demande la facture d'électricité. C'est un premier pas vers l'intégration au système : si tu paies l'électricité, tu existes en tant que consommateur. Mais le délai est passé et ils ne sont pas venus.

Lors de sa conversion, Claudio avait déjà deux enfants. Quand il avait vingt ans et sa voisine Romina quinze, il la mit enceinte. Romina refusa d'avorter ; le petit naquit en bonne santé, mais ils ne s'installèrent pas ensemble : chacun habitait chez ses parents respectifs, en face l'un de l'autre, et ils se disputaient constamment. Ce n'est qu'après le second qu'ils envisagèrent de vivre ensemble, mais ils n'avaient pas d'argent. Un jour, une copine de Claudio lui proposa de lui vendre la moitié de son terrain pour 2 000 pesos – environ 180 dollars – : il n'avait pas à s'inquiéter, il pourrait le payer à son rythme. C'étaient quatre-vingts mètres carrés de terre très basse : gorgée d'eau, mais sans eau courante. Claudio commença à le remblayer avec des gravats qu'il rapportait de la décharge ; le problème, c'était qu'il n'avait pas le moindre sou pour construire quatre murs. Il demanda une solution à son Dieu : il pria, dit-il, pendant des heures et des heures, il pria. Jusqu'à ce que surgisse un ami qui devait commencer à se bâtir une maison en dur et qui proposa de lui donner sa baraque en bois.

– C'était une seule pièce à moitié pourrie, mais c'était bien mieux que rien. Et c'était le signe que le Seigneur ne m'abandonnait pas, qu'Il s'occupait de moi, qu'Il m'écoutait.

Dit à présent Claudio. C'est ainsi qu'il commença ; petit à petit, brique après brique, Claudio et Romina ajoutèrent deux pièces en dur sans crépi, un sol en ciment. Dans une des chambres, il y a deux petits lits où dorment les trois enfants plus âgés et quelques cintres où pend du linge propre ; dans l'autre, un lit double pour Romina et Claudio, un simple pour les deux petites, et encore des cintres. Dans la vieille baraque, une cuisinière à gaz en bouteille et une table. Tout est très bien tenu, propre, soigneusement balayé. Tout est, dit Claudio, une preuve que Dieu ne les oublie pas.

– C'est pourquoi je dois aider d'autres gens, montrer au Seigneur que moi aussi je peux être Son outil pour faire le bien.

Voilà pourquoi, me raconte-t-il, il est en train de construire une pièce pour une fille qu'il a rencontrée à la coopérative, qui a cinq enfants et un mari en prison et qui l'a embauché comme maçon :

– Ce qu'elle ne sait pas, c'est que le Seigneur m'a dit de ne pas la faire payer, de le lui faire gratuitement, mais je ne le lui dirai pas avant d'avoir fini. Alors imagine la surprise de la fille quand elle saura.

C'est un luxe qui lui coûte très cher. Il y a eu des époques où Claudio avait davantage de petits boulots comme maçon, mais maintenant il n'a rien eu depuis des mois.

– Tu n'imagines pas comme on tire le diable par la queue. Ces jours-ci, j'ai envoyé ma femme et les plus jeunes des enfants chez ma mère pour qu'elle leur donne quelque chose à manger, parce que, ici, on est presque à sec.

Claudio reçoit 1 000 pesos par mois – environ 80 dollars – d'un programme du gouvernement qui se présente comme une « coopérative de travail ». Pour les gagner, il doit travailler comme balayeur – deux fois quatre heures, le samedi et le dimanche – dans le centre de Lafe.

Dans le centre, le pont ferroviaire exhibe une grande pancarte annonçant qu'en 2011 la ville a fêté ses cent ans : « Gregorio de Laferrere, 100 ans d'histoire... », les points de suspension représentant sans doute l'avenir. Gregorio de Laferrere se trouve à une demi-heure de train du centre de Buenos Aires ; elle fut fondée par un homme politique, journaliste et dramaturge argentin, monsieur Gregorio de Laferrere, qui tint généreusement à lui donner son nom. Cela échoua : aujourd'hui, tout le monde l'appelle Lafe.

Le centre de Lafe, c'est la gare ferroviaire ; autour du pont pullulent des commerces de gare ferroviaire : son marchand de sandwichs de saucisse, son vendeur de téléphones portables plus ou moins licites, ses deux kiosques à cigarettes et friandises, son marchand de pains de manioc et de soupes paraguayennes, sa Reine du Cadeau. Un peu plus loin, sur l'avenue qui longe la voie, des commerces d'avenue : McDonald's, une grande charcuterie, le marchand de hot-dogs El Porteño, deux magasins d'électroménager, une société de crédit. Le revêtement de la chaussée est une évocation de la Lune ; sur les trottoirs, des dizaines de personnes serpentent à la queue leu leu en attendant leur bus. Les visages sont cuivrés ; le paysage – les pancartes, l'entassement, les ordures, les cris – est très latino-américain.

Ils sont foule : femmes, enfants, vieillards, hommes aux mains rudes. Les jeunes les plus stylés portent des bermudas, des baskets de cosmonautes et, s'ils ne transpirent pas trop, des casquettes de baseball. Les filles les plus coquettes se teignent en blond et portent des shorts très *short* ; les filles les plus coquettes sont potelées. Les chairs sont réparties : les garçons en bermuda sont maigres, fibreux ; les filles en short sont plus grassouillettes, jambes dodues.

– Quand ils ont voté la loi sur le mariage gay, on est allés sur la place dire à l'humanité que ça allait à l'encontre de la parole de Dieu, parce que Sa parole vaut pour hier, aujourd'hui et demain, c'est un commandement éternel. Et Kirchner est mort peu après, tu vois. Parce que la parole de Dieu, c'est que je suis amour mais je suis aussi le feu qui consume : s'Il le veut, Dieu t'ôte la vie d'un seul souffle.

Par moments Claudio parle en biblique, ce jargon bizarre des prêcheurs suburbains, qui non seulement emploient le *tú* dans un pays où tout le monde emploie le *vos*, mais aussi se fend de termes archaïsants comme si son Dieu parlait du fond des âges et lance les menaces les plus violentes au nom de l'amour et de la concorde. De plus, Claudio rabâche son prêchi-prêcha avec une intonation nasillarde qui semble glisser sur les mots et qui avale les consonnes finales, la même voix que prennent les Argentins pour entonner des chants de supporters.

– Je crois que c'est pour ça qu'il est mort, le président. Parce qu'on vit une drôle d'époque où le bon est appelé mauvais et le mauvais bon, tout est renversé.

Lafe est le pays des Falcon, le purgatoire où elles perdurent – faute d'un meilleur enfer. La Falcon est un vieux modèle de chez Ford lancé dans les années cinquante et qui s'est imposé quelques années plus tard en Argentine. La Falcon fut pendant des années la voiture favorite des Argentins : robuste, raisonnable, bien campée. Jusqu'à ce que, dans les années soixante, les Falcon – le plus souvent vertes – servent à véhiculer les militaires et les policiers qui séquestrèrent et assassinèrent des milliers de personnes. Après cela, les Falcon commencèrent à disparaître du paysage portègne : aujourd'hui, je constate qu'elles ont échoué à Lafe. Des épaves de Falcon font ici office de taxis collectifs : pour deux pesos, elles transportent autant de passagers qu'elles peuvent en contenir. Elles sont dépenaillées, obsolètes, rouillées mais elles roulent ; certaines ont même une plaque d'immatriculation.

– Et ça ne t'emmerde pas que Dieu n'ait pas créé un monde plus juste ?

– Dieu n'y est pour rien, là-dedans, c'est de la faute aux hommes.

– Mais par exemple quand tu dois envoyer tes enfants chez leur grand-mère parce que vous n'avez pas assez à manger…

– Oui, mais tout est apprentissage. Lui, ce qu'Il veut, c'est que tu saches vivre aussi bien dans l'indigence que dans l'abondance, dans quelque situation qu'Il t'envoie. Ce qu'Il cherche à t'enseigner, c'est à accepter ce qu'Il t'envoie, que tu dépendes de Lui. Cela dit, Romina, ma femme, ne veut pas en entendre parler. Elle ne croit qu'à moitié, elle ferme son cœur à Dieu. Le Seigneur est en train de frapper à la porte de son cœur, mais elle ne veut pas Lui ouvrir. Et ça, ça me fait mal. Je vois les couples à l'église et moi, je suis toujours seul. Alors que je ne suis ni veuf ni célibataire ; moi aussi, je voudrais y aller en famille. Dieu me dit d'attendre : Il met ma patience à l'épreuve. Romi est comme ça, elle pense que le gouvernement doit nous donner des choses. C'est bien, elle se débrouille bien. Mais Dieu veut qu'on dépende de Lui. Le pasteur me l'a redit récemment : Dieu veut que tu arrêtes de demander à l'homme et que tu Lui demandes à Lui. Il est le maître de toutes choses ; si tu le Lui demandes dans tes prières, Il t'accordera ce dont tu as besoin.

Romina me dit qu'elle a eu de la chance avec son mari : qu'il est vrai qu'à une époque, il était infernal : il picolait, se droguait, traînait dans la rue, mais que depuis qu'il est guéri – elle dit « guéri » –, c'est un autre homme, il l'aide, quand elle doit aller à une manifestation, il fait le ménage, la lessive, s'occupe des enfants, les couche.

– Et il me traite bien, il est gentil, il n'a jamais levé la main sur moi, rien de tout ça. Dommage qu'on ne puisse jamais être tranquilles. Vous savez comme j'aimerais être tranquille ?

– Ce serait quoi, être tranquille ?

– Rien, ne pas être obligée d'être tout le temps dans le besoin, avoir des provisions d'avance pour manger jusqu'à la fin du mois. Je serais tellement tranquille...

Romina a trente ans, cinq enfants. Maigre, de longues jambes maigres, un petit short noir et blanc, un débardeur fuchsia, du vernis à ongles violet sur les ongles des pieds, les cheveux courts teints en rouge auburn, le visage anguleux, de grandes dents un peu entassées. Il fait chaud, elle transpire ; je lui demande pourquoi elle ne croit pas en Dieu et elle dit que si, qu'elle Y croit.

– Si, j'Y crois. Oui, parce qu'il nous est arrivé plein de trucs. Quand mon petit du milieu avait trois ans, mes beaux-parents lui ont offert un coq et une poule. C'était un vrai touche-à-tout, il fallait tout le temps qu'il tripote tout, un jour il a voulu toucher le coq, le coq lui a planté ses griffes et lui a fait quatre petits trous, il pissait le sang. Mon mari et moi, on est partis comme des flèches chercher un taxi, il a failli mourir en route, le chauffeur nous disait de le réveiller parce qu'il était en train de mourir, il mourait dans mes bras. Arrivés au dispensaire, on s'occupait pas de nous, mon mari s'est mis à crier occupez-vous de nous, le petit est en train de mourir, et à la fin ils nous ont reçus, et le type m'a dit : Tenez, donnez-lui ça, et c'était du sérum. Vous vous foutez de nous, je lui fais, le petit est en train de mourir et c'est tout ce que vous trouvez à nous donner ? Non, mais y a pas de service de pédiatrie ni de médecin de garde, il me dit. Mais alors faites venir un médecin, quelque chose, parce que si le petit meurt ce sera aussi de votre faute. Finalement, ils lui ont nettoyé les plaies, ils lui ont mis des pommades, mais le petit ne réagissait toujours pas, il était dans les pommes. Et on s'est dit on l'emmène à l'hôpital pour enfants, mais on n'avait pas un rond, on pouvait pas. Tout près du dispensaire, il y a une église qui s'appelle Dieu est mon Sauveur. On y est entrés et mon mari m'a dit on va prier, il m'a dit. Puis le pasteur est venu et il a prié avec nous, on a tous prié pendant deux ou trois heures d'affilée et, tout à coup, le petit s'est réveillé, il nous a reconnus et tout. C'est le Seigneur Qui a intercédé, sans quoi il serait parti, il était déjà à moitié parti.

– Pourquoi êtes-vous restés dans l'église au lieu d'aller à l'hôpital ?

– Parce qu'on n'avait pas un rond.

– Et le pasteur n'a pas voulu vous en donner ?

– Non, enfin, le truc c'est qu'on est entrés là-dedans, on a prié et il s'est réveillé. Il était mourant et il s'est réveillé.

Dit Romina, même si elle n'est toujours pas convaincue des bonnes grâces divines ; d'une façon générale, elle préfère les aides de l'État.

7

Le mot client vient du latin *cliens*, le protégé d'un *patronus*, et c'est sans doute le plus ancien type de relation républicaine : un citoyen – le *cliens* – reconnaît le pouvoir d'un autre citoyen – le *patronus* – et accepte d'accéder à ses demandes en échange de sa protection, de l'utilisation de son pouvoir – qu'il accroît par sa soumission – pour l'aider.

Le clientélisme, cette manière de lier le peuple et les puissants, est un des principaux mécanismes des régimes plus ou moins démocratiques de l'AutreMonde et ses alentours.

(C'est pourquoi, aussi, l'argutie classique de la droite pour disqualifier l'intervention de l'État – *big government* – consiste à assimiler celle-ci au clientélisme : prétendre que la seule intervention possible consiste à distribuer des faveurs. Alors qu'elle devrait consister à arbitrer, créer les conditions pour que la richesse soit distribuée de manière équitable.)

– Si nous leur offrons de la nourriture, ils ne vont jamais travailler.

– Nous leur offrons de la nourriture parce que nous ne pouvons pas leur offrir du travail.

– Tu disais ?

Certains dialogues sont séculaires. Ceux qui s'opposaient à la charité il y a cinquante ou deux cent cinquante ans – du temps du bon vieux Malthus – avaient un argument solide : si nous les habituons à recevoir la nourriture gratuitement, jamais ils ne voudront se remettre à travailler. La faim apparaissait comme une nécessité du marché : pour maintenir les travailleurs au travail, pour perpétuer la vieille malédiction du pain gagné à la sueur de son front. Mais plus maintenant : le marché n'a plus besoin de ces gens-là, et l'unique façon de les maintenir en vie – tant qu'ils n'ont pas trouvé de solution définitive –, c'est de leur offrir la nourriture.

Au cours des deux dernières années, Romina a travaillé dans un réfectoire communautaire de son quartier : elle cuisinait, servait et, en contrepartie, touchait 700 pesos et pouvait emporter à manger pour sa famille et parfois aussi un sac de provisions. Mais le réfectoire a fermé l'an dernier suite à une dispute entre l'organisme qui le gérait – « c'étaient des gens qui font de la politique, je sais pas trop quoi, je sais pas de quel parti ; je leur ai posé plusieurs fois la question, mais ils m'ont jamais répondu », dit Romina – et un quelconque fonctionnaire qui leur a coupé les vivres.

– Maintenant, je me suis inscrite à cet organisme, là, Barrios de Pie [Quartiers debout], mais avant j'allais à d'autres manifs, je passais mes journées dans la rue. Ensuite ils vous payaient 150 ou 200, mais il fallait y aller sans arrêt.

– Où ça ?

– Camper devant la Casa Rosada, dans des endroits de ce genre.

– Et comment s'appelait l'organisme ?

– Le Teresa Vive. Mais maintenant je me suis inscrite à Barrios et je dois aller aux manifs.

– Depuis longtemps ?

– Non, c'est tout récent, il y a deux ou trois semaines. J'y ai inscrit aussi mon petit frère qui en avait besoin. Il travaillait comme maçon, mais maintenant il trouve pas grand-chose, alors il vient avec moi, ça lui fait un petit revenu.

Dans la cour de sa maison – dans la partie vide du petit terrain qui entoure sa maison, parmi les gravats et la fosse septique à moitié construite –, il y a trois ou quatre chats maigres, une chienne en couches. Un énorme oiseau noir se bagarre avec un chat pour un morceau de quelque chose : on dirait de la viande, mais peut-être pas. Ils hurlent : le chat et l'oiseau hurlent, se battent.

Romina dit que maintenant, à Barrios, elle est mieux qu'avant : qu'on lui donne plus ou moins la même chose, mais qu'on ne la fait pas marcher autant.

– On te donne quoi, à Barrios de Pie ?

– Bah, pour l'instant des provisions, ils m'en ont déjà donné un peu, et j'attends mon salaire, 750 pesos. Parce que je touche l'Allocation universelle pour les petits, alors je leur ai dit, voilà, moi je touche ça, je sais pas si ça va pas sauter ; non, ça va pas sauter, ils m'ont dit, t'inquiète pas. Et ceux qui n'ont pas l'Allocation, ils peuvent les faire entrer dans les coopératives où ils touchent 1 200. Mais les manifs, on est tous obligés d'y aller quoi qu'il arrive. Si on nous voit pas aux manifs, on risque de se faire virer.

– Et tu vas y aller ?

– J'ai déjà commencé, oui.

– Et ces 750 pesos qu'ils te donnent, ils sortent d'où ?

– Je ne sais pas, c'est comme un salaire, d'une sorte d'organisation, elle comporte trois lettres. Je ne sais plus si c'est p-c ou p-n-l, un truc dans le genre.

Le clientélisme n'est pas l'apanage des gouvernements – nationaux, provinciaux, municipaux –, ni même des partis les plus traditionnels. Bien sûr, rien n'est comparable aux largesses d'un gouvernement péroniste, mais même les organisations supposément de gauche fonctionnent selon ce même schéma. Chacun joue de ses influences au sein de l'appareil d'État et envoie ses gens dans la rue pour obtenir le plus de subsides et de prébendes possibles pour ses partisans – ce qui permet à son tour de les fidéliser et d'augmenter leur nombre. Cela devient donc l'unique raison pour laquelle beaucoup d'entre eux participent à leurs activités.

– Tu reçois un chèque ?

– Non, ils te donnent une carte. Je viens tout juste de faire les démarches pour avoir la mienne. La coordinatrice de Barrios m'a dit qu'elle l'a commandée, que je vais bientôt l'avoir.

Barrios de Pie est une organisation qui a participé au gouvernement actuel pendant plusieurs années avant de s'en écarter ; dans ce laps de temps, elle a obtenu l'attribution de ressources que, dans bien des cas, elle conserve encore.

– Et on te verse l'allocation universelle pour les cinq ?

– Oui, mais, en réalité, ces derniers mois ils ne m'ont pas payé tout ce qu'ils me doivent parce que j'ai pas fait le nouveau papier pour le petit de dix ans alors ils veulent pas prendre mon carnet. Pareil pour la petite de deux ans, j'avais le papier, mais ils me le refusaient. Et la dernière fois qu'ils ont refusé de me le prendre, je leur ai dit que ça faisait un an et demi que j'attendais, la petite va bientôt avoir trois ans et c'est pas possible qu'on me le refuse à chaque fois. Mais d'après eux, y avait ci et ça qui n'allaient pas, alors moi je suis restée assise, j'ai posé les papiers et je leur ai dit que je ne bougerais pas de là, parce qu'ils m'avaient déjà fait le coup pour le petit de huit ans quand il en avait cinq et que je l'emmenais à la maternelle, à la 32, parce que le type, là-bas, à la 32, il avait pas voulu signer, et sans la signature…

Romina s'emballe, s'exalte, se repasse chacune des difficultés bureaucratiques qu'elle doit affronter pour obtenir les aides pour ses enfants : c'est le récit prolifique, labyrinthique, d'heures et d'heures d'attente, d'obstination, de légères humiliations, de violences modiques – et cela lui donne autant de travail que n'importe quel travail.

– … et puis la petite qui va avoir six ans le 1er mai, elle devait avoir le nouveau document, mais j'avais pas l'argent pour le faire alors j'ai pas pu. Et ils m'ont refusé mon carnet, ils voulaient même me la supprimer l'Allocation, et moi je leur expliquais que j'en ai besoin, que sans cet argent je ne peux pas les nourrir, et ce jour-là aussi je suis restée assise sur place, je n'ai pas bougé alors que c'était bondé de monde, je me suis fait enguirlander comme du poisson pourri, un bordel ! mais moi je suis restée. Et alors je leur ai dit non, moi je veux parler avec quelqu'un qui me dise ce que vous allez faire et ils me demandaient de m'en aller, et mon mari voulait pas en entendre parler, je crois qu'il avait… Je sais pas ce qu'il avait, mais je suis restée jusqu'à huit heures. Je leur disais que je voulais voir leur chef et le type me disait qu'on ne pouvait rien faire et je me suis engueulée avec lui et…

Pour l'heure, Romina a réussi à obtenir 1 200 pesos – au lieu des 1 500 censés couvrir ses cinq enfants.

– Ils me la doivent, cette somme, ils me la doivent. Mais déjà, ça m'aide.

– Et as-tu cherché du travail ?

– Je faisais des ménages à l'heure, c'était ce que je préférais, il faut que ça soit à l'heure, oui, parce que qui s'occupe des enfants, sinon ? Mais comme je ne trouve plus rien, je vais à ces manifs. Tenez vos engagements envers moi, je leur dis, et moi je tiendrai les miens. Si vous me faites tourner en bourrique, si je viens pour rien, j'y retourne plus et basta.

– Ça consiste en quoi, tenir tes engagements envers eux ?

– Les manifs. C'est les manifs. Jusqu'ici il y en a eu que trois. On part à sept heures du mat' et à deux heures de l'après-midi on est revenus. Moi, ça me va, c'est plus relax. Les manifs auxquelles j'allais avant duraient jusqu'au soir, je rentrais ici à minuit. Imagine.

– Et elles se passaient où, les dernières ?

– On est allés sur la place de Mai et au marché de gros, là-bas, à San Justo… ah, et aussi à l'Obélisque.

– Et pourquoi ils les organisent ?

– Je ne sais pas, pour protester, ils disent. Ou pour réclamer des programmes. Au marché, on est allés demander plus de programmes. Pour les colis de Noël, aussi.

– Et quand vous y allez pour protester, vous protestez pour quoi ?

– Bah, pour qu'ils accordent plus de programmes, plus de vivres aux gens, tout ça.

– Et leurs engagements envers toi, c'est quoi ?

– Qu'ils me paient mon salaire de 750.

M'explique Romina, l'air de ne pas comprendre que je ne comprenne pas.

Mais cela ne suffit pas : bien souvent, cela ne suffit pas. Depuis que le réfectoire a fermé, les enfants mangent moins, m'explique Romina, ils mangent presque toujours la même chose : un plat de riz, un plat de pâtes – parfois ils achètent un petit bout de viande, mais pas souvent –, de la purée.

– Et puis des fois, quand il fait chaud, de la salade avec du *cornebi*, ce pâté de viande en boîte, là. Et s'il y a de la viande hachée, je leur fais du gratin de pommes de terre, aussi. Je prends tout ce que j'ai et je leur prépare ce que je peux. Quand on est en galère, qu'on est fauchés, chaque sou qu'on rapporte est pour eux. Nous, on se prive de manger pour qu'ils mangent, eux. Parfois ils s'en rendent compte et ils demandent : Vous n'allez rien manger ? Non, on a déjà mangé, c'est votre tour.

– Quel est ton plat préféré ?

– Oh, bah, moi je suis pas difficile.

Me dit-elle : comme si le goût était une menace, le résultat de l'élimination de ce qui est vraiment insupportable.

– Mais qu'est-ce que tu préfères ?

– Je ne sais pas, j'aime le gratin de blettes, de légumes.

Dit Romina.

Claudio et Romina s'inquiètent car la petite dernière, âgée de trois ans, est en « sous-poids ». On l'a annoncé à Romina dans un local de Barrios de Pie où ils avaient organisé un goûter ; elle avait emmené les petits pour qu'ils se régalent à manger et à boire des bons trucs, et ils en ont profité pour les peser et les mesurer, puis ils lui ont dit ça, que Tute devrait peser au moins vingt et un kilos et qu'elle n'en pèse que seize. Mais qu'elle ne doit pas se faire de souci, ils lui ont dit : qu'ils vont la montrer au médecin du dispensaire pour qu'il leur délivre le certificat de sous-poids qui leur donnera droit à un carton de provisions tous les quinze jours – ou même toutes les semaines. Romina le savait déjà : ses deux enfants aînés en étaient passés par là il y a quelques années.

– Le problème, maintenant, c'est que la toubib a refusé.

Dit Romina dans un soupir : le monde est un endroit difficile, rempli de gens qui le rendent encore plus difficile.

– On l'a emmenée avec la dame de Barrios et la doctoresse a dit que non, que tout allait bien. Mais je n'ai pas vu quand elle l'a pesée, j'étais restée dehors parce que c'était bondé.

– Et tu crois quoi ?

– Je ne sais pas ce que je dois croire. La dame de l'organisation m'a dit qu'on va se battre et qu'on va aller voir un autre médecin. Et moi je lui ai dit que cet autre médecin n'allait peut-être pas vouloir non plus. Parce qu'il y a des médecins qui veulent pas te filer le certificat médical.

– Pourquoi ?

– Parce que tu fais partie de Barrios de Pie ou d'une autre organisation du même genre, ils refusent. Ceux qui soutiennent le gouvernement, on le leur donne, il paraît. Je connais une infirmière qui m'a dit que la chef de pédiatrie est comme ça, elle veut pas qu'on file de certificat. Peut-être qu'on lui a donné l'ordre de ne pas en filer… Moi je dis que c'est pas bien, parce que si on en demande, c'est qu'on en a besoin. Mais bon, j'espère que la dame a raison.

Dit Romina, et un sourire triste se forme sur son visage : d'un côté, ce serait très bien que sa fille se porte bien, même si cela doit lui coûter la possibilité d'avoir un carton de provisions qui changerait son menu :

– Dans le carton, il y a de l'huile, du sucre, des pâtes, du riz, de la confiture de patates douces, un beau colis, je peux pas me plaindre. Le problème, c'est qu'on me le donne une fois par mois ; une fois par mois, ça me suffit pas.

D'un autre côté, elle soupçonne que sa fille est réellement malnutrie, qu'elle a vraiment besoin de ces provisions et qu'elle ne les reçoit pas à cause du caprice d'une fonctionnaire.

Le monde est un endroit hostile, plus hostile que tout autre espace, plein de règles qui changent sans arrêt, plein de trucs dont les autres sont informés, plein de piques.

Romina achète le peu qu'elle achète dans une petite épicerie à deux rues de chez elle, car le propriétaire lui fait crédit. Moyennant quoi elle paie les produits 50 % plus cher.

Romina aimerait pouvoir acheter ailleurs, dans un endroit où elle pourrait payer ses pâtes, son sucre, son huile à leur juste prix, mais elle ne peut pas car pour cela il faudrait qu'elle ait de l'argent.

– Ce type est en train de faire fortune sur notre dos. Mais qu'est-ce qu'on y peut ? On ne peut rien faire. En fin de compte, on ne peut jamais rien faire.

Dans l'Argentine d'aujourd'hui, il y a cinq ou six millions de personnes en trop. Les plus pauvres sont en trop : leur exclusion absolue – leur inutilité – est relativement récente et personne ne sait très bien que faire : que faire d'eux.

Il existe bien sûr quelque chose que sociologues, hommes politiques et oènegétistes appellent, non sans un certain cynisme peut-être involontaire, inclusion. C'est un concept relativement récent : jusqu'à tout récemment, les pauvres et les défenseurs des pauvres demandaient non pas l'inclusion mais l'égalité. Cela correspondait à une époque et à des mécanismes où les sociétés savaient comment employer leurs pauvres – et elles étaient disposées à leur donner quelque chose en échange : les certitudes de l'esclavage, les garanties de la servitude, les affres d'un salaire sûr. L'Argentine, sans aller plus loin, s'était distinguée au cours de la plus grande partie du XXe siècle pour être un pays où les pauvres avaient leur place : c'étaient des travailleurs. Le capitalisme plus ou moins industriel avait besoin d'eux pour faire tourner les outils de leurs usines, ateliers et services, et ce besoin donnait la possibilité aux nécessiteux d'imposer quelques conditions : des améliorations – toujours insuffisantes – de leur mode de vie.

Lorsque les Argentins riches décidèrent d'envoyer leurs militaires changer le système – recréer cette Arcadie pastorale qui n'avait jamais existé, fermer des usines et chasser des paysans pour devenir le grenier à soja du monde –, ils n'avaient peut-être pas prévu que des millions de gens se retrouveraient sans emploi – dans le sens fort du terme : sans usage, sans utilité. Ainsi réussirent-ils notamment à remplacer la menace de la violence ouvrière organisée par la menace de la violence bidonvillienne inorganisée : une violence individuelle, éparse, qui peut éclater dans des directions très peu prévisibles. Et maintenant ils le déplorent.

Ils auraient évidemment pu l'imaginer – ou l'étudier –, car cette exclusion de millions de gens se produisait déjà dans d'autres pays latino-américains. Mais les riches argentins sont un peu crétins, et ils ont cru qu'ils pourraient constituer un pays de l'AutreMonde tout en continuant à se promener tranquillement dans les rues. Ils ont mis du temps à comprendre leur erreur : l'exclusion des pauvres instaura la violence – cette violence de base qui consiste à manquer de but, d'avenir.

– Je ne sais pas, la petite me dit qu'elle veut être médecin et le garçon qu'il veut être avocat.

– Comment l'idée leur est-elle venue ?

– Ils ont peut-être vu quelque chose à la télévision.

– Et tu crois qu'ils vont y arriver ?

– Qui sait ? J'espère qu'ils y arriveront. Mais je ne sais pas comment.

Aujourd'hui, en Argentine, selon des enquêtes toujours confuses – toujours embrouillées par ceux qui devraient les rendre claires –, environ 700 000 jeunes entre dix-huit et vingt-cinq ans n'ont ni travail ni beaucoup de chances d'en avoir. Cela concerne un jeune sur six, un jeune pauvre sur trois.

La particularité de l'Argentine – ce qui rend peut-être son cas intéressant –, c'est que cette masse de relégués absolus – de *jetables*, diraient les Colombiens, de superflus – est un phénomène relativement nouveau : et que l'on peut donc reconstituer la manière dont ils sont apparus dans un pays qui avait su s'en préserver.

« L'opération de tri de l'humanité par le capitaliste tardif a donc déjà eu lieu. Relisons la mise en garde formulée par Jan Breman au sujet de l'Inde : “On atteint un point de non-retour lorsqu'une armée de réserve attendant d'être incorporée dans le monde du travail est ainsi stigmatisée comme une masse irrémédiablement surnuméraire, comme un fardeau excessif que l'on ne peut intégrer, ni aujourd'hui ni plus tard, dans l'économie et dans la société. Cette métamorphose est, à mon sens, la vraie crise du capitalisme mondial.” Ou encore ce sinistre constat formulé en 2002 par la CIA : "À la fin des années 1990, le nombre de travailleurs sans emploi ou sous-employés a atteint le chiffre étourdissant d'un milliard d'individus, habitant pour la plupart dans le Sud, soit un tiers de la population active mondiale" », écrit Mike Davis dans *Le pire des mondes possibles*. Et, plus loin : « Ce milliard de personnes recoupe en partie la population des bidonvilles, elles constituent la classe la plus inespérée, celle qui connaît l'augmentation la plus rapide dans le monde d'aujourd'hui. »

Autrefois les hommes et les femmes avaient une fonction. L'Inde en était une parfaite illustration : depuis des siècles, les très pauvres y servaient de main-d'œuvre très bon marché qui d'un côté cultivait ce que mangeaient les riches et, de l'autre, le leur servait et les servait. Ils étaient bien sûr interchangeables ; ce n'étaient pas des individus, mais une espèce. Comme personne ne s'inquiétait qu'ils vivent ou qu'ils meurent, ces centaines de millions de gens servaient de réserve corvéable et de levier pour maintenir des salaires de misère.

C'était le modèle classique : dans les sociétés qui utilisaient beaucoup de force de travail humaine, les personnes avaient toujours été des biens de production nécessaires. Nous connaissons les problèmes que rencontrait par exemple l'Empire romain pour se fournir en esclaves, et comment une des raisons de leur décadence fut que, s'étant déjà approprié le monde, ils avaient de plus en plus de mal à renouveler leur main-d'œuvre à travers des guerres de conquête. Nous savons comment, par exemple, la Révolution industrielle européenne eut besoin de millions d'ouvriers qui purent quitter les campagnes dès lors que les techniques agricoles avaient beaucoup progressé et qui allèrent dans les villes manœuvrer ces machines assoiffées de personnes, et comment même les inactifs jouaient un rôle économique : ils faisaient pression sur les actifs pour qu'ils acceptent de travailler plus et de gagner moins – puisqu'ils pouvaient les remplacer à tout moment. Nous savons comment n'importe quelle société agraire s'appuyait, jusqu'à il y a encore quelques décennies, sur l'effort soutenu de ses paysans en sueur.

Certains systèmes parviennent à une exploitation optimale de leurs ressources : ils assignent à chaque individu une tâche rentable pour leurs desseins. L'équilibre est instable – et ne dure pas trop longtemps à l'échelle de l'histoire. Ou, si les conditions ne sont pas réunies, il ne se produit tout simplement pas : lorsqu'une amélioration de certaines techniques qui libère une certaine main-d'œuvre ne coïncide pas avec le besoin accru de cette main-d'œuvre pour d'autres tâches.

Aujourd'hui, dans un monde où les machines sont beaucoup plus performantes, la main-d'œuvre et le travail – les personnes – sont en trop. Les guerres et les épidémies, qui ont toujours été des mécanismes de régulation démographique, ont malgré tout énormément reculé ces derniers temps. Les gens vivent plus longtemps, les enfants meurent moins : nous sommes trop. Mais nous ne sommes pas trop de manière abstraite, en général : certains sont en trop.

C'est une situation parfaitement insolite : je ne sais pas si cela s'était déjà produit auparavant avec une telle intensité, en si grand nombre. Je pense parfois que c'est un des grands changements de notre époque : pour la première fois dans l'histoire, un sixième ou un cinquième de la population mondiale est de trop. Comme cela fait mauvais effet qu'ils meurent directement, on les maintient tout juste à flot, dénutris mais pas morts de faim.

L'Argentine – disions-nous – sert d'exemple : elle a fermé des milliers d'usines et d'ateliers ; elle a réussi à remplacer la plupart des ouvriers agricoles par des tracteurs et des moissonneuses de plus en plus performants ; elle s'est consacrée à produire plus de grains que jamais avec beaucoup moins de personnel qu'avant.

Et elle n'a pas trouvé le moyen de les occuper. Si on administrait un jour aux patrons argentins – les riches et leurs représentants – la dose adéquate de pentothal, il serait amusant de les entendre : ils pourraient parler de la manière de se débarrasser de cinq ou six millions de personnes. Ils l'envisageraient comme un véritable service à la patrie : le reste de la population vivrait plus confortablement, l'indice de criminalité chuterait, les sectes évangélistes perdraient de leur influence, il y aurait beaucoup d'espace libre pour de nouvelles cultures ou de nouveaux quartiers résidentiels, les transports en commun marcheraient mieux, l'État économiserait des ressources – en subsides, organismes, policiers, gardiens de prison – qu'il pourrait employer à améliorer par exemple les écoles, les universités et les hôpitaux que des usagers éduqués utiliseraient avec discernement. On perdrait peut-être quelques footballeurs et quelques boxeurs, deux ou trois chanteurs ringards ; le péronisme serait peut-être privé de quelques millions de suffrages et ils auraient tous plus de difficultés à trouver des femmes de ménage mais, globalement, ils y gagneraient plus qu'ils n'y perdraient.

Ils ne le font pas. Peut-être n'osent-ils pas – pour l'instant – et essaient-ils de les conforter grâce à des programmes d'assistanat. Peut-être préfèrent-ils que ces millions de gens existent car à travers ces programmes ils leur garantissent – pour l'instant – le contrôle des suffrages et peut-être sont-ils disposés à en supporter les inconvénients en contrepartie de cette garantie de pouvoir. Je ne sais pas. Pour eux, le pari comporte aussi des risques : il est toujours ennuyeux de ne pas pouvoir sortir faire un tour sans crainte et, de plus, la peur subsiste qu'un jour ils en aient assez et fassent tout péter.

– Non, quand les gamins commencent à parler de leurs vols, d'aller commettre des braquages, je leur dis toujours tout doux, les gars, tout doux, ça vaut pas le coup. Au final, vous serez toujours perdants, ça vaut pas le coup. Mais les gamins me disent que je suis un dégonflé, que je suis devenu une baltringue, que les pasteurs ont fait de moi une mauviette. Ils rigolent, les gamins, et moi des fois je m'échauffe et je les insulte. Alors ils rigolent encore plus et ils me disent ah, on croyait que t'étais devenu un ange, un évangéliste.

L'Argentine est un cas à part dans la question à un milliard : comment avons-nous réussi à nous convaincre, après avoir vécu dans un pays relativement inclusif et socialement homogène, qu'il était normal que tant de citoyens soient privés de toute possibilité d'une vie digne ?

La même chose se répète, d'une façon ou d'une autre, dans tant d'endroits. Avec des différences, bien sûr : en Argentine, l'usage politique n'est pas le même qu'en Inde ou au Bangladesh ou que l'absence d'usage dans bien d'autres pays. Mais le fait qu'ils n'aient pas leur place, que leur existence ne soit pas justifiée par une fonction est identique. La même fraction de la population qui est de trop en Argentine est de trop dans le reste du monde : ce sont ces 1,4 milliard de personnes, ces 20 % de la population mondiale extrêmement pauvre, qui vivent avec moins de 1,25 dollar par jour, qui ne mangent pas à sa faim.

Il y a d'autres cas de figure. Les ouvrières de Dacca sont bel et bien intégrées dans l'économie mondiale : on les exploite pour vendre des vêtements bon marché dans le Premier Monde. La solution est-elle « d'intégrer » de la même manière des Africains, des Latinos, des Népalais ? Pour le moment, cela ne semble pas possible en termes économiques. En d'autres mots : ils ne savent pas comment en tirer une plus-value, ils n'ont pas besoin d'eux.

La meilleure option pour les pays riches est que les surnuméraires de l'AutreMonde survivent par eux-mêmes. Qu'ils s'occupent de leurs zébus, qu'ils cultivent leurs petits potagers. Cela les emmerde qu'ils occupent des terres qui pourraient leur être utiles, mais certaines sont encore trop difficiles à rentabiliser : ils les leur laissent. Et quand rien ne va plus, ils peuvent leur envoyer un sac de grains. D'autres options sont pires : qu'ils aillent enquiquiner le monde dans les villes, qu'ils se rassemblent et se soulèvent. Ils sont clairement encombrants :

un poids mort.

(Les jetables existent aussi en version soft : ces millions de personnes qui font des métiers parfaitement inutiles, si l'on entend par métiers inutiles ceux dont la disparition n'affecterait que la structure où ce métier s'exerce. David Graeber, professeur de la London School of Economics, dit que « c'est comme quelqu'un qui se mettrait à inventer des métiers inutiles dans l'unique but d'assurer un travail à tous ». Employés – employés en nombre infini – de tous genres dans toutes sortes de sociétés de services, employés – employés en nombre infini – des instances bureaucratiques d'État, gérants de tout poil, avocats divers, chargés de relations publiques, vendeurs, réceptionnistes, secrétaires, journalistes et j'en passe sommes là pour que personne ne s'aperçoive que nous n'avons aucune place légitime dans la chaîne productive, que si nous occupions une place légitime, il n'y aurait pas de quoi nous donner dix ou quinze heures de travail par semaine, que nous sommes aussi jetables qu'un paysan du Bihar – sauf que dans certains pays les choses sont plus compliquées. Les jetables avec un emploi ont un avantage : généralement, personne ne leur dit qu'ils le sont – et ils essaient eux-mêmes de ne pas se le dire.

Et ils mangent à leur guise.)

Bien sûr, le système ne déclare pas forfait et découvre de temps en temps de nouveaux usages pour les jetables : ces cliniques indiennes qui engagent des femmes très pauvres pour les utiliser comme ventres. Des parents du monde riche expédient leurs embryons fécondés, leurs ovules ou leurs spermatozoïdes et des docteurs locaux les implantent sur une fille locale qui, pour avoir mis son corps au travail à temps complet pendant neuf mois, gagne ce qu'elle n'aurait pas pu gagner en vingt ans de travail, si elle en avait un : entre 4 000 et 5 000 dollars. Pour la même prestation, une fille américaine peut toucher 30 000 à 40 000 dollars. Le prix global du bébé made in USA tourne autour de 100 000 dollars, et cela limite l'accessibilité du service, trop cher pour la classe moyenne. Plus maintenant : en Inde, on peut l'avoir pour 15 000.

Dans les plus coquettes cliniques indiennes, le système ressemble de plus en plus à la chaîne de production classique. On ne permet plus aux femmes d'incuber dans leurs cahutes, où « elles étaient mal nourries, travaillaient trop, vivaient toute sorte de mésaventures ; il valait mieux pour elles et pour le bébé qu'elles restent auprès de nous, bénéficiant d'une alimentation saine et contrôlée ». Dans ce métier, une ouvrière mal nourrie est une mauvaise affaire, alors on les garde pendant neuf mois dans des maisons collectives où elles se contentent de procréer tranquillement, bien nourries. Et quand elles accouchent, elles signent bien sûr une décharge où elles s'engagent à ne jamais chercher à savoir ce qu'est devenu leur produit.

Depuis la fin de l'esclavage, seul l'extérieur du corps était utilisé pour produire – tandis que l'intérieur restait en dehors, à l'abri. Aujourd'hui, les progrès techniques permettent d'utiliser l'intérieur du corps pour produire des personnes – et non plus des esclaves. C'est pour la bonne cause, bien sûr : « Nous sortons des femmes de la misère pendant un certain temps, tout en offrant à d'autres le bonheur d'être mères. L'instinct de survie et l'instinct de procréation sont les deux piliers de l'être humain. »

Ce marché est nouveau et doit lutter contre certaines restrictions : pour l'instant, l'Inde interdit aux célibataires et aux couples gays de louer les services de mères porteuses, tandis que la France et l'Allemagne, entre autres, interdisent tout bonnement le procédé. Et, pour l'instant, les exportateurs de bébés blancs – Russie, Roumanie, certaines provinces argentines – n'ont pas protesté ; ils s'apercevront bientôt que cette nouvelle technique sape leur commerce. Car la beauté du procédé consiste à ne pas laisser les gènes de la mère porteuse intervenir dans le produit enfant : l'Indienne de service n'est que l'incubatrice humide, chaude – et l'enfant naît blond.

Ils sont plus d'un milliard : ils survivent. Les pays riches font en Afrique ce que l'État argentin a fait en Argentine : ils donnent à ceux qui sont en trop le minimum nécessaire pour survivre. Pour qu'ils n'effraient pas les belles âmes, pour qu'ils s'imaginent que sans cet assistanat leur situation serait bien pire, qu'ils ne sachent pas imaginer des avenirs propres et qu'ils ne brûlent pas tout.

Un système ne peut gaspiller si bêtement ses ressources. S'il n'apprend pas à les utiliser – ou, à défaut, s'il ne les élimine pas –, il va au-devant de graves ennuis.

En attendant, ils sont aussi encombrants que ces ordures dont personne ne sait trop que faire.

DE LA FAIM, 5
Charité bien ordonnée

1

Il y a encore 1,4 milliard de pauvres, entendus comme des personnes qui dépensent moins de 1,25 dollar par jour. Un milliard quatre cents millions de pauvres, entendus comme des personnes qui n'ont aucune de ces choses qui nous paraissent si banales, pour ainsi dire naturelles : maison nourriture vêtements électricité eau perspectives espoirs un avenir – un présent.

1,4 milliard de pauvres, entendus comme des personnes qui, en général, mangent moins qu'elles ne devraient. 1,4 milliard de pauvres, entendus comme des personnes qui ne sont pas nécessaires : jetables, hommes et femmes dont le système mondialisé n'a pas besoin, qu'il doit tolérer parce que les génocides expéditifs passent mal à la télé et peuvent en outre donner des cauchemars aux plus faibles.

Et face à eux, la phrase la plus classique du libéralisme triomphant dans son principal médium, *The Economist* : « En dépit de deux siècles de croissance économique, plus d'un milliard de personnes demeurent dans l'extrême pauvreté. »

Où tout repose sur l'« en dépit » : pour bien souligner que l'économie de ces deux derniers siècles n'est pas la cause de l'extrême pauvreté.

« Voilà la pauvreté absolue : des conditions de vie si sommaires qu'elles empêchent la réalisation du potentiel génétique que l'on avait à la naissance ; des conditions de vie si dégradantes qu'elles sont une insulte à la dignité humaine – et pourtant des conditions de vie si répandues qu'elles constituent le sort de 40 % de la population des pays en développement. Et n'est-ce pas nous qui tolérons cette pauvreté, alors qu'il est dans notre pouvoir de réduire le nombre de gens qui en souffrent, refusant de nous acquitter des obligations fondamentales endossées par les hommes civilisés depuis la nuit des temps ? »

Celui qui a prononcé ces mots ne risquait pas d'être pris pour un homme de gauche. Robert McNamara présidait alors la Banque mondiale. Avant cela, il avait dirigé la Ford Motors et, en tant que ministre de la Défense de Lyndon B. Johnson, l'escalade militaire américaine au Vietnam. C'était à Nairobi, Kenya, il y a quarante ans.

Le professeur La Palice revient à la charge : ce monde est américain. Les États-Unis d'Amérique sont depuis cent ans la puissance politique, économique, culturelle et militaire qui décide du sort du monde, à un degré d'hégémonie jamais vu auparavant.

Jusqu'à il y a un quart de siècle, ils connurent une certaine opposition de la part du bloc soviétique ; depuis, plus rien. En l'an 2000, les dépenses militaires américaines égalaient celles de l'ensemble de tous les pays ; alors qu'ils représentaient un vingtième de la population mondiale, ils détenaient un cinquième de ses richesses ; sept pages internet sur dix étaient écrites dans leur langue ; leurs scientifiques cumulaient la moitié des prix Nobel de physique, chimie et médecine ; et leur puissance politique était si indiscutée que l'on parlait d'un « monde unipolaire ».

De sorte que, sans l'once d'une exagération : voilà le monde engendré par le capitalisme et la démocratie américains. La pauvreté et la faim de ces millions de gens résultent de ce monde-là – et non pas d'une erreur de ce monde-là.

Que – lorsque nous ne pensons pas – nous pensions le contraire est une de ses grandes victoires.

Et toute sa stratégie consiste à aborder cela comme une erreur passagère et corrigible.

« Si vous voulez savoir ce que les hommes et les femmes croient vraiment, ne regardez pas ce qu'ils disent, regardez ce qu'ils font », disait Karl Marx selon Terry Eagleton.

L'aide humanitaire est, avant tout, la traduction en actes d'une idée conventionnelle : il n'est pas vraiment souhaitable que des gens meurent de faim. Cela ne devrait pas se produire, ce système ne devrait pas le permettre – ils disent « permettre » – ; si cela se produit, c'est qu'il y a des recoins où il n'arrive pas, des situations qui lui échappent. L'aide humanitaire est un geste de myopes et d'optimistes.

– Oh, mais comment est-il possible qu'en plein XXIe siècle, il y ait encore des gens qui ne mangent pas à leur faim ?

– Oui, surtout que ce n'est pas bon pour eux, les pauvres.

– Ni pour nous.

– Pour nous ? Eh oui, pour nous non plus.

L'aide humanitaire consiste à tâcher, dans le meilleur des cas, en étant animée des meilleures intentions, de corriger certaines erreurs et excès du système : à l'étayer. Même si – comme toute chose – elle accepte d'autres définitions.

« L'existence de la faim dans un monde d'abondance n'est pas seulement un scandale moral, c'est aussi le résultat de politiques économiques à courte vue. Ceux qui ne mangent pas à leur faim ne peuvent travailler correctement, ils étudient difficilement (si tant est qu'ils soient scolarisés), ils tombent facilement malades et meurent jeunes. La faim est un mal qui se transmet de génération en génération, car les mères sous-alimentées donnent le jour à des enfants malingres dont les capacités physiques et mentales sont amoindries La productivité des individus, mais aussi la croissance de nations tout entières sont sévèrement compromises par la faim généralisée. La faim engendre le désespoir, et les personnes affamées sont la proie facile de ceux qui cherchent à imposer leur pouvoir par le crime, la force ou la terreur, déstabilisant les nations et la planète. Il est donc dans l'intérêt de chacun, riche ou pauvre, de combattre la faim. »

Dit la FAO dans son Programme de lutte contre la faim lancé en 2003 et repris régulièrement – puisque au bout du compte personne n'en fait grand cas.

Il y a toujours eu des institutions pour aider ces gens. De fait, c'est une des principales activités de beaucoup d'Églises : la charité, la forme unidirectionnelle du secours mutuel. De son exercice par l'Église de Rome découle la notion de « bienfaisance » – *bene facere*, faire le bien – qui fut pendant des siècles la forme d'aide humanitaire la plus répandue dans nos pays : les épouses – généralement les épouses – des grands et des puissants se souciaient du sort des petits et des impuissants exploités par leurs maris en leur apportant leur obole. Elles leurs donnaient, disons gracieusement, ce que les salaires versés par leurs maris ne leur permettaient pas d'obtenir par eux-mêmes. Le don face au droit.

De même, il arrivait de temps en temps que les États aident d'autres États dont les citoyens avaient été sinistrés. Cependant, l'histoire de l'aide humanitaire moderne débuta après la Seconde Guerre mondiale. Le Plan Marshall, déployé par les États-Unis entre 1946 et 1951, se traduisit par l'envoi d'immenses quantités de vivres – entre autres – aux pays européens ravagés mais non soviétiques. Le Plan Marshall fut crucial pour faciliter la reprise économique de l'Europe – et pour la configurer selon les intérêts américains.

Tous les manuels disent, d'une manière ou d'une autre, que « l'aide humanitaire est une action en vue de sauver des vies, de soulager la souffrance et de protéger la dignité humaine dans des situations d'urgence », et qu'on la reconnaît au fait qu'elle est régie par « les principes d'humanité, de neutralité, d'impartialité et d'indépendance ».

C'est ce que disent les manuels.

En juillet 1954, le Congrès des États-Unis approuva la Public Law 480 – *Food for Peace Law* – autorisant la vente de denrées alimentaires aux pays « en voie de développement » à des prix quasi symboliques.

C'était, comme toujours, une drôle d'époque. La Guerre froide battait son plein et beaucoup de pays du Tiers-Monde étaient tentés de rejoindre le Deuxième. Les Américains ne lésinaient pas sur les moyens pour les en empêcher. La guerre chaude en était un – leur armée venait de combattre en Corée – ; le maintien de bases militaires dans tous les endroits possibles en était un autre – depuis l'Allemagne jusqu'au Japon en passant par l'Afrique du Sud, la Turquie et Panama – ; l'installation de dictatures alliées était monnaie courante – Jacobo Arbenz, président du Guatemala, avait été renversé par leurs soldats quelques semaines plus tôt – ; et l'envoi d'aide alimentaire parut une excellente idée pour poursuivre la lutte contre le démon rouge.

De plus, il y avait un excédent de céréales : aux États-Unis, la technicisation des campagnes avait beaucoup amélioré les rendements et la mécanisation des transports réduit à sa plus simple expression la demande d'aliments pour animaux de trait ; les bénéficiaires du Plan Marshall avaient déjà remonté la pente et produisaient les leurs. Les fermiers – et surtout les grands céréaliers – ne savaient que faire de leurs grains. Leurs lobbies firent pression autant qu'ils purent pour tirer parti de la Loi sur la Nourriture pour la Paix.

Celle-ci les avantagea à plus d'un titre. Tout d'abord, l'État leur achèterait à un prix élevé les aliments qu'il vendrait ensuite aux pays pauvres à des prix dérisoires. Ensuite, ainsi que le déclara alors le président Eisenhower, la loi permettrait « d'asseoir les bases d'une expansion permanente de nos exportations de produits agricoles avec des bénéfices durables pour nous et pour les autres peuples ». Autrement dit : développer de nouveaux marchés. Ou de manière plus directe : les rendre dépendants des aliments qu'ils leur envoyaient.

D'abord parce que les producteurs locaux, ne pouvant rivaliser avec ces grains bon marché, étaient mis hors jeu : des millions de paysans furent ruinés, des millions de paysans migrèrent vers les villes. Ensuite parce que ces envois modifiaient leurs habitudes alimentaires. Un exemple extrême et dramatique en sont les îles Marshall, perdues au beau milieu de l'océan Pacifique : durant des siècles, les habitants de ces minuscules atolls où les poissons pullulent et où ne pousse que l'arbre à pain vécurent de leurs propres ressources. Après la guerre, une fois annexés par les États-Unis, ils s'habituèrent aux pâtes, aux pizzas, aux hamburgers, aux saucisses. Encore aujourd'hui, ils dépensent le plus clair de leurs minuscules revenus à importer ces produits.

Le cas des îles Marshall est presque une caricature ; dans beaucoup d'autres pays, c'est une des raisons pour lesquelles tant de gens ont faim.

On peut penser l'aide humanitaire comme la mécanique d'un système clientéliste mondial. C'est du moins ainsi que semblent l'avoir conçue les États-Unis durant la seconde moitié du XXe siècle : une manière extrême d'établir des relations de dépendance entre un patron et ses clients – au sens le plus romain de ces termes. Donnant-donnant. Je te donne à manger, tu me donnes ta soumission plus un service quelconque.

Lorsque la loi était en discussion, Hubert Humphrey, alors sénateur démocrate – et plus tard vice-président –, prononça cette phrase célèbre : « Avant que les gens puissent faire quoi que ce soit, ils doivent manger. Alors si nous cherchons un vrai moyen pour que les gens s'appuient sur nous, dépendent de nous, en termes de coopération avec nous, la dépendance alimentaire serait à mon sens le choix le mieux indiqué. »

C'était une première : les empires ont toujours importé des vivres de leurs pays subordonnés. L'Empire américain fut le premier à en exporter.

(Ou plutôt : dans l'Empire romain, les clients étaient les cités voisines de la capitale, l'Empire américain a élargi sa clientèle au monde entier. Ce sont, en dernière instance, des différences d'échelle – et de mode de contrôle.)

Mais l'aide n'était pas seulement destinée à asseoir leur mainmise politique sur la planète. Pour obtenir l'appui de leur base, ils devaient lui offrir des avantages. C'est pourquoi, une loi étasunienne stipule que 75 % de leur aide alimentaire soit versée sous forme d'aliments produits, transformés et conditionnés dans leur pays. Ceux qui en profitent le plus, ce sont les grands céréaliers – Cargill, Bunge et compagnie – qui dominent le marché : ils raflent la moitié des commandes – et, selon une étude classique de Barrett et Maxwell, ils les vendent entre 10 et 70 % au-dessus du prix du marché.

La législation étasunienne stipule aussi que 75 % de l'aide soit transportée sur des navires américains. La flotte marchande américaine n'a pas le vent en poupe : d'autres pays avec moins d'impôts et une réglementation du travail plus souple transportent à bien meilleur marché : seulement 3 % du commerce international au départ et en direction des États-Unis voyage sur des navires étasuniens. C'est pourquoi le fret de ces vivres est une de leurs principales bouées de sauvetage. Une étude récente estimait que le transport absorbe 40 % des dépenses américaines en aide alimentaire. Autant dire en aide pour ses propres compagnies maritimes.

La législation étasunienne prévoit aussi que les oènegés étasuniennes recevant des denrées alimentaires étasuniennes de la part du gouvernement étasunien puissent les vendre sur les marchés des pays aidés pour financer leurs frais de fonctionnement et leurs projets : ils appellent cela la *monetization*, en langage courant faire du pognon. Barrett et Maxwell ont examiné les chiffres des huit plus grandes organisations et ont calculé qu'elles revendaient à peu près la moitié des aliments qu'elles recevaient, et en tiraient un tiers de leurs revenus. Cela ne semble pas seulement un peu pervers ; tous ces vivres, qui envahissent les marchés des pays les plus pauvres à des prix subventionnés, ne vont pas à ceux qui en ont le plus besoin mais à ceux qui peuvent se les payer, abaissent les prix de la production locale, ruinent les agriculteurs, alimentent le cycle de la faim : aboutissent à l'effet exactement inverse de celui recherché.

C'est pourquoi certains Américains proposent depuis des années que l'aide alimentaire soit achetée – en partie du moins – sur les marchés locaux et avoisinants. Acheter local présente des avantages évidents – et presque tous les autres pays le font. D'une part, cela accélère beaucoup l'acheminement des aliments : l'Iowa, ce n'est pas le village d'à côté. D'autre part, cela revient beaucoup moins cher : il n'y a pas à payer un transport long-courrier surcoté, des frais de conditionnement et de paperasserie. Et, surtout : non seulement on soulage la situation des affamés d'un pays, mais on soutient en même temps ses paysans.

Mais dès que quelqu'un, animé des meilleures intentions, propose des changements, surgit quelqu'un d'autre, animé des meilleures intentions, pour lui dire qu'il vaut mieux ne rien bouger : que s'il réussissait à modifier ces conditions, il perdrait l'appui des producteurs agricoles et des transporteurs maritimes et des oènegés – le dénommé Triangle de Fer – et qu'il est peu probable que les États-Unis maintiennent leur niveau d'aide alimentaire sans la pression de ces groupes, autrement dit : qu'à vouloir améliorer les choses, il les aggraverait. Un argument si contemporain.

Ainsi, toutes les propositions d'accorder ne serait-ce que 25 % des aides en espèces ont systématiquement été rejetées par le Congrès. Même lorsqu'elles émanèrent de l'administration George W. Bush. À cette époque, Andrew Natsios, le patron de l'Agency for International Development, déclara devant le Congrès que si au moins un quart des 1,2 milliard de dollars destinés à acheter de l'aide alimentaire était dépensé in situ, tout irait mieux : qu'en achetant local, on fournirait deux fois plus de vivres en quatre fois moins de temps.

Rien n'y fit.

Barrett et Maxwell examinèrent notamment la grande intervention américaine en Éthiopie lors de la famine de 2003 : on envoya des grains pour une valeur de 500 millions de dollars – grains produits aux États-Unis, transportés par des bateaux étasuniens, distribués par des oènegés étasuniennes – et seulement cinq millions de dollars en aides au développement agricole pour éviter que des famines semblables ne se reproduisent.

Il est facile de parler, tout le monde aime parler. En 2002, l'ex-président Bill Clinton déplorait devant le Council of Foreign Relations, à Washington, que le président Bush ait diminué le budget de l'aide humanitaire. « Un grand nombre d'enquêtes montrent que, selon les Américains, entre 2 et 15 % de notre budget est destiné à l'aide extérieure, et que cela est excessif, que nous ne devrions y consacrer que 3 à 5 %. Je suis d'accord pour que nous y consacrions ce pourcentage. En réalité, nous y dédions moins de 1 % et, de tous les pays développés, nous sommes les derniers dans ce domaine », disait Clinton. Quand il fut élu président en 1993, les États-Unis dépensaient 0,16 % de leur produit national brut en aide extérieure ; lorsqu'il quitta le pouvoir, ils étaient passés à 0,11 %.

En 1970, il y a quarante-cinq ans, les pays développés s'engagèrent devant l'Assemblée générale des Nations unies à dépenser au moins 0,7 % de leur produit national brut en aide aux pays pauvres. Pour les aider d'une façon générale, pas seulement en matière d'alimentation.

Cela ne semble pas excessif, 0,7 % ; tout confondu, leurs dons ne dépassèrent jamais les 0,4 %. En 2005, ils prirent à nouveau le même engagement : ces dernières années, le pourcentage tourne autour de 0,3 – moins de la moitié.

En 2012, les vingt-trois pays de l'OCDE versèrent 125 milliards de dollars d'aides aux pays de l'AutreMonde. Le montant semble élevé. Deux chiffres le minimisent : c'est 7 % de moins qu'en 2010 ; cela représente 0,29 % de l'ensemble des produits intérieurs bruts.

Les États-Unis demeurent le principal donateur : avec 30,5 milliards, ils versent à présent 0,19 % de leur PIB. Curieusement, leurs citoyens sont convaincus – comme le disait Clinton – que leur pays dépense plus en aide extérieure que dans leurs propres programmes d'assistance, Medicaid et Medicare. En 2011, l'État américain affecta 992 milliards de dollars pour les deux : soit plus de trente fois plus. Le Center for Global Development, un think tank de l'establishment washingtonien, estime que moins de 40 % des aides parviennent effectivement à leurs bénéficiaires supposés : le reste est englouti par les différentes formalités intermédiaires. Autrement dit, le montant réel des aides ne dépasserait pas 0,12 %. On peut citer l'exemple de l'oènegé Action Aid qui a estimé le coût de 740 « consultants humanitaires » internationaux travaillant au Cambodge en 2009 entre 50 et 60 millions de dollars : autant que toute l'administration du pays, qui employait 140 000 personnes.

C'est un détail, mais il est véridique : les assistants humanitaires coûtent cher.

Deuxième après les États-Unis, la Grande-Bretagne cède 0,56 % de son PIB, soit 14,6 milliards de dollars. Au-dessus de 0,8 %, on ne trouve que les trois pays scandinaves et le Luxembourg ; en dessous de 0,15 %, trois pays en crise – la Grèce, l'Italie, l'Espagne – et la Corée du Sud. La Corée est sortie de la pauvreté dans les années soixante, grâce à des aides internationales multimilliardaires, mais il faut préciser que ce pays avait une des frontières les plus chaudes de la Guerre froide, un point stratégique pour lequel l'Occident riche avait tout intérêt à débourser. Ce n'est bien sûr pas le cas d'une bonne partie de l'Afrique.

Car il y a une grosse différence entre les aides des vingt dernières années et celles d'autrefois. Jusque dans les années quatre-vingt-dix, la destination des aides américaines, distribuées principalement par leurs propres agences, dressait une carte des intérêts géopolitiques des États-Unis. Dans les années cinquante, la plupart des aides étaient envoyées en Europe et en Extrême-Orient ; dans les années soixante, en Inde et dans le Sud-Est asiatique ; dans les années soixante-dix, au Proche et Moyen-Orient. Dans les années quatre-vingt-dix, l'Afrique prit le relais et ne l'a toujours pas passé.

Ces dernières années, l'Afrique noire a capté plus de la moitié de l'aide alimentaire mondiale. 80 % de cette aide est vouée aux urgences – et non pas à des projets à moyen et long terme. L'aide prolongée en programmes de prévention n'a pas bonne presse : personne n'en a connaissance, elle ne recueille ni des louanges faciles ni les suffrages égarés. En revanche, à l'occasion d'une sécheresse, cela fait très bon effet d'envoyer des avions chargés de grains et quelques cartons d'antibiotiques pour qu'il meure quelques enfants de moins.

Jusqu'aux années quatre-vingt-dix, tant qu'il y avait encore un Deuxième et un Tiers-Monde, la variable politique décidait ; aujourd'hui, elle est moins déterminante. La distribution de denrées n'est plus aussi utile pour récompenser des amis et punir des ennemis ou des rebelles.

Elle sert toutefois à alimenter ce système clientéliste qui divise le monde – qui confirme la division du monde – en pays riches qui donnent et pays pauvres qui reçoivent. Un autre critère possible pour délimiter l'AutreMonde : tous les pays qui reçoivent de l'aide alimentaire en font partie.

Les denrées alimentaires données représentent 0,005 % de celles consommées dans le monde : un grand progrès sur le chemin du néant.

Il existe un chiffre idiot et trompeur mais – pour cela même ? – tellement éloquent : les États-Unis dépensent 1,76 milliard de dollars par jour dans leurs forces armées. Cette somme suffirait amplement à donner à chacun des 800 millions d'affamés les deux dollars quotidiens dont ils ont besoin pour manger : à faire en sorte que plus personne ne soit privé de manger. Penser l'alimentation en termes d'aumône n'a évidemment pas de sens, sans compter qu'un monde pareil serait un autre monde,

mais.

2

Ce fut une proposition presque concrète : avec son Programme de lutte contre la faim de 2003, la FAO voulut offrir une chance d'atteindre le Premier Objectif du millénaire : en 2015, avoir réduit de moitié les 800 millions et quelques de dénutris de 1990. Pour cela, elle prépara un plan minutieux qui promettait de tout résoudre en dépensant 24 milliards de dollars annuels durant un laps de temps déterminé.

« Ce montant global comprend, entre autres, des capitaux initiaux de 500 dollars en moyenne par famille, pour des investissements dans les exploitations visant à accroître la productivité et la production de 4 à 5 millions de ménages dans des communautés rurales pauvres. Ce montant couvre aussi le coût – évalué entre 30 et 40 dollars par personne et par an – de programmes d'aide alimentaire directe destinés à 200 millions de personnes très gravement sous-alimentées, dont beaucoup sont des enfants en âge scolaire. Les autres composantes ont trait à la création de réseaux d'irrigation et de routes rurales reliant les agriculteurs aux marchés ; la conservation et la gestion durable des sols, des forêts, des pêches et des ressources génétiques ; ainsi qu'aux systèmes de recherche, de formation et d'information », disait le document, et que l'argent devait provenir des donateurs internationaux et des gouvernements des pays concernés.

Cela n'a jamais abouti ; on n'a jamais su si le plan avait marché. Jacques Diouf, le directeur de la FAO, le relança en pleine crise de 2008 ; le nombre d'affamés frôlait alors le milliard et la somme requise était montée à 30 milliards de dollars annuels.

On ne la leur a jamais donnée. Mais par la magie de la reproduction mécanique, les 30 milliards se transformèrent en slogan mille fois répété : c'était, disait-on, l'investissement qui, selon la FAO, pouvait en finir avec la faim dans le monde.

Au plus fort de la pire urgence alimentaire des dernières décennies, Jean Ziegler, l'ex-rapporteur spécial des Nations unies pour le droit à l'alimentation, se plaignait que le budget du Programme alimentaire mondial soit passé de 6 milliards de dollars en 2008 à 3,2 milliards en 2011. La crise financière, évidemment.

Le Programme alimentaire mondial des Nations unies – connu sous la dénomination WFP, World Food Programme – fut créé en 1961 pour suppléer aux défaillances de la FAO. Aujourd'hui, il est présenté sur son site internet comme « la plus grande agence humanitaire pour la lutte contre la faim dans le monde ».

Petit à petit, le WFP prit en charge les interventions urgentes – et les moins urgentes – dans des situations de famine et autres catastrophes impliquant un besoin de vivres. Les fonctionnaires du WFP s'autodénomment souvent les *hunger fighters* – sur le modèle des *fire fighters*, les pompiers : comme s'il s'agissait de volontaires éteignant des incendies ici et là, se colletant avec une série d'accidents fâcheux. Les cahutes brûlent trop facilement.

Les famines jouaient un rôle pédagogique important : elles arrivaient très efficacement à nous faire croire que la faim est une situation extraordinaire, d'urgence – et qu'en dehors de cela, rien de ce qui arrive n'est très grave. Des organisations apportaient – et apportent encore – un soulagement aux famines : une idée du monde, agir sur l'inhabituel, corriger les erreurs et les excès.

Mais les famines classiques sont devenues rares. En Afrique, où il pourrait y en avoir, le gouvernement américain a mis en place, dans les années quatre-vingt, un instrument de prévention appelé FEWS – Famine Early Warning System –, manié par la FAO et la USAid – US Agency for International Development –, instrument qui analyse des données pour prévenir les pénuries consécutives aux sécheresses. Quand la menace se concrétise, le WFP et d'autres agences interviennent, évitant ainsi que des centaines de milliers de gens meurent d'un coup. Seulement ceux de toujours, jour après jour, sans cesse.

Quoi qu'il en soit, il s'agit de soins palliatifs, une réaction face à l'urgence : prévenir supposerait d'intervenir dans le domaine de l'agriculture, donner aux populations locales la possibilité de survivre par leurs propres moyens. Et puis parfois les organismes internationaux ne peuvent même pas intervenir : il y a quelques années, en Corée du Nord ou au Mozambique, par exemple, plus récemment au Darfour et en Somalie.

En 2007, les programmes scolaires du WFP alimentaient environ 10 millions d'enfants africains. Ses experts estimaient que 10 millions supplémentaires étaient alimentés par d'autres agences et gouvernements. Ces 20 millions d'enfants mangeaient 720 000 tonnes de grains. Mais ces mêmes experts calculaient qu'il y avait encore 23 millions d'enfants de moins de douze ans en Afrique qui allaient à l'école en ayant faim et qui ne recevaient aucun aliment. Et 38 millions qui n'allaient même pas à l'école.

Aujourd'hui, plus de la moitié des aides des pays riches sont acheminées par les structures du WFP. On suppose que cela rend les distributions plus impartiales : que cela évite – ou diminue – leur usage politique. Et que cela aurait été impossible quand les aides tenaient lieu de primes ou de punitions.

L'aide via le WFP est beaucoup plus commode pour ceux qui la reçoivent : elle est sans conditions, sans engagement politique ou militaire trop marqué. Raison pour laquelle les gouvernements l'acceptent plus volontiers et ne sont pas pressés de s'autonomiser : ils s'y habituent, se clientélisent de plus en plus.

L'aide via le WFP intervient aussi parce qu'il faut bien que les Nations unies – les nations qui les composent – fassent quelque chose pour atténuer un tant soit peu l'échec de ce qu'elles s'étaient elles-mêmes fixé dans leurs Objectifs du millénaire. Le premier de ceux-ci consistait à réduire « l'extrême pauvreté », ce qui s'obtient, comme il a été expliqué plus haut, en augmentant le nombre d'affamés recensés pour 1990.

(Nous parlons d'« extrême pauvreté ». Il fut un temps où l'on disait « misère ». Mais le mot misère se teinta d'idées et de sentiments politiques, si bien qu'il fut banni du bureaucratois ; aujourd'hui on dit « extrême pauvreté », ce qui signifie la même chose en plus propret et apparemment mesurable : jusqu'à un dollar par jour – augmenté aujourd'hui à 1,25 – on est pauvre, en dessous, on est extrêmement pauvre. Le bureaucratois aime les mesures claires et nettes.)

Les Objectifs de Développement du millénaire sont devenus l'action phare de l'« humanitaire ». Ils ont donné lieu à des forêts de rapports et de brochures, une drôle de documentation qui dit des choses aussi pertinentes que : « Dans certaines régions, la prévalence d'enfants ayant un poids inférieur à la normale est bien supérieure parmi la population pauvre. » Si ce n'était écrit de leur air le plus sérieux par des gens qui y consacrent beaucoup d'heures et touchent de gros salaires, cela tiendrait de la plaisanterie de mauvais goût. Le monde des grandes organisations internationales est généralement un écosystème parfait pour les truismes, peuplé comme il est d'une majorité de messieurs et de dames cramponnés à leurs privilèges, terrifiés devant la seule possibilité de détonner – et qui par conséquent se vautrent comme nul autre dans le poncif. Ils devraient parfois être un peu plus discrets.

L'objectif était la réduction de moitié. Reste à se demander si un objectif qui consiste à faire en sorte qu'il ne subsiste que quelques centaines de millions de dénutris est digne d'être énoncé – ou peut-être faudrait-il le poursuivre en silence, la queue basse.

En attendant, ils annoncent qu'ils y sont arrivés ou presque et vous montrent les chiffres. Où il est question non pas de dénutris mais de pauvres extrêmes ; bien souvent les deux coïncident, mais pas toujours. Quoi qu'il en soit, ils disent :

qu'en 1990, 43 % de « la population des pays en voie de développement vivait dans l'extrême pauvreté ». Soit 1,9 milliard de personnes.

Qu'en 2010, en revanche, « la population des pays en voie de développement vivant dans l'extrême pauvreté » représentait 21 %, autrement dit : moins de la moitié. Et qu'aujourd'hui cela concerne 1,2 milliard de personnes. Les estimations de la Banque mondiale persistent à dire qu'elles sont 1,4 milliard – mais nous n'allons pas chicaner pour 200 millions de personnes. Admettons qu'elles soient 1,2 milliard.

Autrement dit : 700 millions de personnes de moins.

Dans ce laps de temps, 600 millions de Chinois ont surmonté la barre de l'extrême pauvreté grâce au développement économique de leur pays. Autrement dit :

la plupart de ceux qui ont cessé d'être extrêmement pauvres au cours des vingt dernières années, ce sont ces Chinois que le développement économique de leur pays a intégrés à un système de plus en plus inégalitaire mais beaucoup plus riche.

Autrement dit : la réduction de la pauvreté s'est presque entièrement produite dans les pays où les organismes internationaux n'ont pas joué le moindre rôle, où on ne les a pas laissés appliquer leurs mesures.

Ce qui n'empêche pas ces mêmes organismes de se vanter à présent de leurs succès : la réduction de l'extrême pauvreté.

(Dans un monde globalisé, le fameux battement d'ailes d'un papillon provoque des tremblements de terre. La baisse de la population chinoise en est un exemple : les raisons qui ont fait baisser le nombre de sous-alimentés en Chine – l'accès de millions d'entre eux au marché à travers des métiers et des salaires qui leur permettent d'acheter de meilleurs aliments dans des quantités supérieures – ont en même temps contribué à augmenter les prix, de sorte que beaucoup de pauvres africains et indiens ont commencé à moins manger – et que beaucoup de riches argentins et brésiliens se sont goinfrés, et tant d'autres choses.

Et, bien sûr : que le pays qui a le plus réduit sa pauvreté soit une dictature de fer, capitalisme d'un autoritarisme féroce, domination illimitée, est embarrassant à plus d'un titre.)

Pendant ce temps : en 1990, quand a démarré le compte à rebours des Objectifs du millénaire, il y avait, selon la FAO, 823 millions de dénutris. En 2010, quand les objectifs « étaient sur le point d'être atteints », ils étaient, toujours selon la FAO, 870 millions.

Et la Chine demeure malgré tout le deuxième pays du monde pour le nombre d'affamés.

3

L'« humanitarisme » est une des dernières incarnations de l'idée d'humanité.

L'humanité est un concept relativement récent. Il suppose, en principe, de penser le monde comme une unité : savoir d'abord qu'il existe une planète ronde qui est à la fois notre possibilité et notre limite.

Jusqu'à tout récemment, nul ne savait ce qu'était le monde – ni ne songeait même à se le demander. L'immense majorité des hommes et des femmes qui ont vécu n'ont connu que les paysages autour de leur maison, leur hameau, leur village : 20 à 30 kilomètres à la ronde. Pour eux, l'idée qu'il y eût quelque chose au-delà était aberrante et même inconcevable. Croiser un étranger était rarissime et, quand cela se produisait, dangereux. Le monde n'était pas une abstraction : c'était l'impensable – qui n'avait même pas besoin d'être pensé.

Et alors, se soucier d'autrui se bornait à se soucier d'un voisin, une connaissance, un compatriote : quelqu'un de plus ou moins connu, imaginable, avec qui l'on entretenait des liens précis. Jusqu'à ce que le monde fasse irruption en transformant – aussi – cette notion.

Le monde commença à exister grosso modo il y a cinq cents ans, et avec lui d'idée du mondial, de ce qui nous englobe tous. Alors, peu à peu, se fit jour l'idée que ces « tous » – la totalité des hommes et des femmes, l'espèce – formaient un ensemble appelé humanité. Cela semble aller de soi : cela n'était pas le cas. Pendant des millénaires les cultures et les religions s'évertuèrent à séparer : à convaincre leurs adeptes que les autres n'étaient pas leurs égaux – et que par conséquent ils méritaient tout ce qu'ils leur infligeaient. Les royaumes et leurs rois, même topo.

Le christianisme fut un des grands promoteurs de la notion d'humanité : il avait besoin d'établir que nous étions tous partie prenante de la même chose – des créatures du même dieu – afin de justifier ses élans missionnaires : sa prétention à plier tous les habitants de la terre à sa doctrine. Les révolutions modernes – à commencer par la française – reprirent cette idée : la Déclaration des droits de l'homme et du citoyen, Paris, 1789, était en quelque sorte la pierre angulaire du postulat selon lequel l'humanité est une confrérie de personnes aux privilèges identiques – tant qu'il ne s'agissait pas des esclaves noirs de leurs plantations antillaises.

Le dernier avatar encore actif de la notion d'humanité est aujourd'hui l'internationalisme révolutionnaire du XIXe siècle – détruit lorsque certains de ses adeptes accédèrent au pouvoir en Russie, au début du XXe.

Depuis, l'idée a peu à peu perdu de sa vigueur. Le XXe siècle fut celui de l'apogée des nationalismes : il y eut trois ou quatre projets mondiaux, tous conçus comme un Reich qui dominerait le globe. Jusqu'à ce que, vers la fin du siècle, un ensemble de changements politiques et techniques aboutisse à la planète la plus intégrée que nous n'ayons jamais connue : la « mondialisation », un monde où l'argent circule sans barrières – et où les personnes essaient d'en enjamber d'autres. Et qui, après un demi-siècle de pouvoirs clairement concentrés, traverse une phase de transition où les poids semblent plus disséminés que nous n'y étions habitués – ce qui renforce l'effet mondialisateur : quand on commence à distinguer moins nettement la tête, le corps aussi semble plus flou, plus indistinct.

S'occuper de la faim suppose une certaine idée – ténue – de l'internationalisme ou plutôt de l'humanité : postuler que tous les hommes devraient veiller à ce que tous les hommes aient à manger en suffisance. Autrement, au nom de quoi nous soucierions-nous du malheur des Abyssiniens, des Kazakhs, des Bangladais ?

C'est un concept extraordinaire, une grande avancée conceptuelle qui ne s'est pas encore reflétée dans la pratique sociale. Il se peut qu'il s'étende, qu'il se développe encore. Pour l'instant, le degré d'« humanité » existant ne va pas bien loin : déclarations, pleurnicheries, larmes de crocodile, aides, sauvetages. L'humanité comme forme de la culpabilité. Cela suffit pour envoyer des sacs de grains ; pas encore pour s'interdire de s'en mettre plein les poches. Pas pour chercher la vraie solution au problème.

Pas pour le mettre au même niveau que les difficultés les plus proches : celles des compatriotes.

Les pays ne sont pas seulement une aberration : ils sont une crapulerie. C'est le mécanisme par lequel des structures appelées États parviennent à faire en sorte que leurs ressortissants soient en règle générale mieux nantis que les ressortissants d'autres structures similaires. Et par la même occasion, elles obtiennent bien sûr que certains de leurs sujets soient beaucoup mieux nantis que les autres.

Penser le monde en termes de pays – et donc penser à son propre pays plus qu'aux autres – est le comble de la résignation. Il n'y a aucune raison de penser que les pays, ces inventions récentes, vieux de deux cents ans pour certains, cinq cents ou cinquante pour d'autres, soient la manière dont le monde « doit » être organisé.

La nationalité est une réduction de l'humanité : une légitimation d'un certain égoïsme. Si l'on admet qu'on doit être plus solidaire envers le groupe de ceux qui ont le même passeport que soi, on accepte le principe d'exclusion. Celui qui exclut les gens d'un autre pays peut, par le même procédé, exclure sans trop de difficulté ceux d'une autre province, d'une autre religion, d'une autre orientation sexuelle, d'une autre race, d'un autre avis sur la consommation de sodas au petit déjeuner.

Donc, l'humanitarisme : une forme abâtardie de la notion d'humanité.

Le WFP est présent dans quatre-vingts pays et fait un travail remarquable pour compléter le régime alimentaire de millions de personnes. Il dispose de milliers de fonctionnaires qui vont dans les endroits les plus reculés, qui risquent leur vie pour accomplir leur mission. Quand il le peut, il achète des denrées dans les pays où il se trouve et dans les pays voisins. Il mobilise aussi beaucoup de ressources pour lancer des campagnes de sensibilisation :

« Chaque nuit, près d'un milliard de personnes vont au lit le ventre vide », commence par dire une vidéo institutionnelle ornée de petits dessins naïfs, sympas. Elle poursuit son exposé sous forme de légendes – à chaque légende correspond un nouveau petit dessin :

« Un sur sept ! »

« C'est une raison suffisante pour commencer à éradiquer la faim. »

« Mais il n'y a pas que ça. »

« Les femmes bien alimentées ont des bébés en meilleure santé, qui seront plus forts au cours de leur vie. »

« En réduisant la malnutrition des enfants, les pays peuvent accroître leur produit intérieur brut. »

« Éradiquer la faim, c'est construire un monde plus sûr. »

« Et maintenant écoutez : nous savons comment éradiquer la faim. »

« En distribuant des vivres en urgence. »

« En soutenant les petits paysans. »

« En nourrissant les enfants. »

« En autonomisant les femmes et les filles. »

« En soutenant les marchés alimentaires locaux. »

« En travaillant ensemble – citoyens, entreprises et gouvernements – nous pouvons y arriver. »

« Faim : le plus grand problème soluble du monde. »

Profit, genre, sécurité, marchés : une synthèse de leurs préoccupations. Offrir, autonomiser, soutenir les marchés : une synthèse de leurs solutions.

« Faim : le plus grand problème soluble du monde », répètent-ils à l'envi – c'est leur slogan préféré. À aucun moment ils ne font référence à ses causes, à l'ordre qui la produit, à ce qui devrait changer pour qu'ils ne soient pas obligés d'envoyer en urgence des avions chargés de grains à

100 millions de personnes. Pour le Programme alimentaire mondial, la faim n'est pas un problème politique.

« Capitalisme : le plus grand problème soluble du monde » disait l'autre.

La tentation humanitaire consiste à cesser de penser ce que l'on peut faire de son prochain pour se demander ce que l'on peut faire pour son prochain.

Dans cette optique, la faim n'est pas un problème politique même si elle peut engendrer des problèmes politiques. Il y a quelques années, quand je commençais à préparer ce livre, un haut fonctionnaire du WFP me dit à Rome que pour « éradiquer la faim » ils devaient introduire la pratique de l'aide humanitaire dans les grandes entreprises capitalistes, les convaincre qu'elles pouvaient faire leur beurre tout en aidant des millions de personnes à s'alimenter : une *win-win situation*, dit-il, puis il sourit.

– Nous sommes en train de le faire au Bangladesh, par exemple.

Me dit-il alors, puis il m'en expliqua les modalités. Et que son travail était fondamental car il apporterait la sécurité dans le monde. Que bien souvent les citoyens des pays riches ne comprenaient pas que la faim menaçait leur tranquillité, qu'elle engendrait des terroristes, obligeait des millions de gens à émigrer, à débarquer dans leurs pays, créant des situations compliquées, et que rien ne les aiderait davantage à vivre tranquilles que de la réduire ou l'éradiquer.

Si on accepte cette logique discursive, il faudrait reconnaître que rien n'a davantage agi en faveur de l'alimentation des pauvres africains que les attentats du 11 Septembre – lesquels placèrent la menace au premier plan. Et qu'alors de pareils attentats sont utiles et qu'il faudrait continuer sur la lancée. On pourrait se dire qu'ils ont sans doute intérêt à chercher d'autres discours.

Pourtant, ils s'y tiennent. J'ai cru que c'était du cynisme ; c'était une politique :

« Tous les dirigeants politiques savent que la faim peut entraîner des conflits et des affrontements parmi la population civile. Le vieux dicton selon lequel “un homme affamé est un homme en colère” (*a hungry man is a angry man*) s’est maintes fois vérifié.

« Un des exemples les plus célèbres de l’histoire, ce sont les émeutes de la faim à l’origine de la Révolution française. Mais il y a beaucoup d’autres exemples. Le renversement du gouvernement haïtien en 2008 fut une conséquence des manifestations contre la cherté des produits alimentaires.

« Selon les estimations du Département d’État des États-Unis, entre 2007 et 2009, plus de soixante émeutes de la faim ont éclaté dans le monde à cause de la flambée des prix des denrées et de la progression de l’insécurité alimentaire. La cherté des vivres est une des sources de mécontentement qui débouchèrent sur le Printemps arabe de 2011.

« Le revers de l’équation “faim-instabilité” est que, en des époques troublées, l’aide alimentaire permet de promouvoir la paix et la stabilité. En période de volatilité, la satisfaction de ce besoin humain fondamental apporte le calme », disait clairement un document du WFP, Rome, 2012.

Ou encore, le social-démocrate Miguel Ángel Moratinos, ancien ministre des Affaires étrangères espagnol et expert en la matière, disait en résumé : « Il faut bien comprendre que si l’on résolvait le problème de la faim et de l’insécurité alimentaire, il y aurait beaucoup moins de terroristes car ces gens pourraient se consacrer à être avec leur famille et à cultiver leurs champs… »

Le but est bien évidemment qu’ils restent tranquilles, qu’ils ne partent pas, qu’ils ne s’énervent pas, qu’ils puissent continuer d’être ce qu’ils sont, à leur place : pauvres, certes, mais pas désespérés au point de partir à dieu vat.

Ce qui est en jeu n’est pas l’intérêt d’un pays, d’un empire ; ce sont des intérêts politiques généraux – ou même ce que nous appelions autrefois l’idéologie.

C’est pourquoi le WFP lance des programmes tels que le P4P – Purchase for Progress, Achats pour le progrès – qui essaie de « faire profiter les petits producteurs des avantages du marché », de les intégrer au circuit mondial de spéculation sur les denrées alimentaires. Et ce grâce à la participation des fondations Bill Gates, Warren Buffett, Rockefeller : les capitalistes les plus puissants Qui ont estimé dernièrement qu'ils pouvaient bien donner quelques milliards, produit de leur contrôle du marché mondial, de leurs spéculations, pour soulager la pauvreté que crée ce même marché.

Durant une bonne partie des XIXe et XXe siècles, les riches se transformèrent en personnages de caricature, en cibles de tir, tremblez ploutocrates, tremblez avaricieux qui amassez tel le vieux vert de la chanson qui dépense son fric à enivrer Lulu au champagne tout en refusant d'augmenter un ouvrier qui lui demande un quignon de pain. Aujourd'hui, ce sont des rois mages – rois, mages – qui donnent, sauvent le monde. Ils continuent de disposer des richesses : j'en ai rien à foutre de rien, pourvu que je puisse rafler l'argent de millions de gens ; je leur balance un os par-ci par-là parce que je me soucie d'eux, je m'inquiète pour eux. Et maintenant ils décident aussi quels maux méritent d'êtres guéris, quelles misères secourues ou non.

Le tout est de faire passer la maladie pour le remède.

(C'est une posture qui a la cote en ce moment – et nombreux sont ceux qui l'adoptent. En 1985, l'Éthiopie endura une des dernières famines modernes – et la cause en fut, encore une fois, entièrement politique. Son président, Mengistu Haile Mariam, pensa pouvoir tirer parti de la sécheresse dans le nord du pays pour affaiblir les rebelles qui sévissaient dans la région ; de plus, donner l'alerte sur la faim de ses sujets aurait terni son image. De sorte qu'il se tut – et refusa l'aide que lui proposaient les oènegés et les organismes internationaux, déclarant qu'elle n'était pas nécessaire. Quand il n'eut d'autre choix que de reconnaître les faits, un million de personnes étaient déjà mortes. Il y eut des campagnes, des festivals, des collectes pour l'Éthiopie. Un nouveau type de personnage se joignit alors à ces actions : le rocker conscient, une invention de ces années-là, avec Bob Geldoff, Bono et le Live Aid. La version moderne de l'intellectuel voltairien : un homme qui profite de la célébrité acquise grâce à son activité culturelle pour devenir le représentant d'un certain nombre de défavorisés. En l'occurrence : un homme qui ne prétend pas changer le système global mais utiliser son accès à celui-ci, un homme qui côtoie les puissants gentils de ce monde pour faire avancer sa cause – car sa cause ne remet pas en question les pouvoirs en place.

C'est là une des manifestations les plus évidentes de cette conscience globale qui se soucie durant un laps de temps d'un problème qui, pendant ce laps de temps, lui paraît intolérable – mais qu'il ne remet pas en question le reste de sa vie.

Et il parvient à faire en sorte que parler de la faim se limite à parler de la faim. Ce que font Bill Gates, Warren Buffett, le WFP et tant d'autres représentants du monde des affaires : se scandaliser devant quelque chose de trop violent, trop criant – et qui, par ailleurs, pourrait s'avérer dangereux, susciter des réactions. Alors ils s'assurent que ceux qui n'ont rien aient à manger – et ne fassent pas chier. De quoi parlons-nous quand nous parlons de la faim ?)

Il existe un point de vue qu'Oscar Wilde synthétisa avec son brio habituel dans *L'Âme humaine*, 1891 : « Ils se voient au milieu d'une hideuse pauvreté, d'une hideuse laideur, d'une hideuse misère. Ils sont fortement impressionnés par tout cela, c'est inévitable.

« L'homme est plus profondément agité par ses émotions que par son intelligence, et il est bien plus facile de sympathiser avec ce qui souffre, que de sympathiser avec ce qui pense. Par suite, avec des intentions admirables, mais mal dirigées, on se met très sérieusement, très sentimentalement à la besogne de remédier aux maux dont on est témoin. Mais vos remèdes ne sauraient guérir la maladie, ils ne peuvent que la prolonger, on peut même dire que vos remèdes font partie intégrante de la maladie.

« Par exemple, on prétend résoudre le problème de la pauvreté, en donnant aux pauvres de quoi vivre, ou bien, d'après une école très avancée, en amusant les pauvres.

« Mais par là, on ne résout point la difficulté ; on l'aggrave, *le but véritable consiste à s'efforcer de reconstruire la société sur une base telle que la pauvreté soit impossible.* Et les vertus altruistes ont vraiment empêché la réalisation de ce plan.

« Tout de même que les pires possesseurs d'esclaves étaient ceux qui témoignaient le plus de bonté à leurs esclaves, et empêchaient ainsi d'une part les victimes du système d'en sentir toute l'horreur, et de l'autre les simples spectateurs de la comprendre, ainsi, dans l'état actuel des choses en Angleterre, les gens qui font le plus de mal, sont ceux qui s'évertuent à faire le plus de bien possible. »

– Mais s'ils n'interviennent pas, des milliers et des milliers de gens meurent direct.
– C'est vrai.
– Et donc ?
– Je ne sais pas, il faudrait y réfléchir.

« C'est chose immorale que d'employer la propriété privée à soulager les maux affreux que cause la privation de propriété privée ; c'est à la fois immoral et déloyal. », insistait Wilde.

L'« aide » véritable – ou transfert de ressources – des pays riches aux pays pauvres, ce sont les envois d'argent des migrants. Que cela soit dit : la Banque mondiale estime qu'en 2013, plus de 400 milliards de dollars furent transférés par les seules voies institutionnelles – banques, agences. Mais beaucoup de migrants envoient leur argent par des moyens informels, pour un montant total, suppose-t-on, au moins 50 % supérieur. Parmi les principaux pays récepteurs, on peut citer l'Inde et la Chine, puis les Philippines, le Mexique, le Nigeria.

Une des nombreuses caricatures possibles de la « lutte contre la faim » – ou plutôt contre « l'insécurité alimentaire » – menée par les propriétaires du monde fut la désignation du footballeur Cristiano Ronaldo « Ambassadeur mondial de Save the Children contre la faim et l'obésité infantile ». À cette occasion, Ronaldo déclara au journal *El País* : « Quand j'ai su qu'un enfant sur sept dans le monde allait au lit le ventre vide, je n'ai pas hésité à m'engager » – et on le laissa dire, on l'encensa.

Et nous arrivons à trouver raisonnable – et même louable – qu'un monsieur qui gagne bien plus que cent mille – 100 000 – dollars par jour se soucie des affamés. Comme s'il n'y avait aucun lien, comme si le fait qu'un monsieur empoche chaque jour la somme d'argent qui permettrait de nourrir cinquante mille – 50 000 – personnes n'avait aucun rapport avec le fait que ces personnes ne les touchent pas – et qu'elles aient faim.

Il y a des riches comme ça. Ils le font sûrement parce que ce sont de braves personnes, authentiquement soucieuses des pauvres, prêtes à leur filer des miettes. Mais il faut aussi les entendre dire comme cela est profitable pour eux. Dans *Enough*, Roger Thurow cite un certain Peter Bakker, président de TNT, la grande compagnie hollandaise de transports, lequel expliquait devant ses collègues, au Forum économique mondial de Davos, tous les avantages qu'il avait tirés de sa collaboration avec le World Food Programme : « Les sceptiques veulent savoir combien a pris notre action, ou de combien ont augmenté les bénéfices de mon entreprise. En 2001, nous étions vingt-sixièmes au classement de la réputation des entreprises en Hollande ; aujourd'hui, nous sommes quatrièmes. » Cela coïncide avec le début de leurs activités humanitaires. Lesquelles huilèrent aussi leur force de travail : selon le même Bakker, 78 % de leurs 160 000 employés se disaient fiers d'aider le WFP, ils s'en sentaient plus à l'aise au sein de l'entreprise et en travaillaient mieux. « Nous avons vu progresser notre fierté sociale et notre réputation suite à notre engagement auprès du WFP. Dans le secteur des services, qui est le nôtre, une force de travail plus motivée peut donner un avantage concurrentiel significatif », dit Bakker.

Cela s'appelle : responsabilité sociale des entreprises.

Peter Bakker dirige une compagnie de transports qui défend l'hypothèse selon laquelle le problème, c'est que les vivres ne sont pas là où ils devraient être. C'est pourquoi ils intégrèrent ensuite à l'équipe le groupe de télécommunications Vodafone – afin de pouvoir mieux communiquer entre les différents points du réseau – et ainsi de suite. Le tout est d'acheminer la donation de manière plus efficace. Puis d'améliorer l'image de la société, d'aller se coucher avec la conscience plus tranquille et d'avoir au moins une réponse à cette question idiote : Comment je supporte de vivre dans un monde où tant de millions de gens ont faim – tout en empochant chaque jour des millions de dollars ?

En leur envoyant une aumône.

– Jusqu'ici, je n'avais jamais sauvé une vie. Maintenant je sais comment on se sent après et je ne veux pas y renoncer.

Expliqua il y a quelques années David Novak, patron de Yum, la grande compagnie mondiale de fast-food qui englobe KFC, Taco Bell, Pizza Hut et quelques autres, propriétaire de trente-cinq mille réfectoires dans cent douze pays à travers le monde. C'est la satisfaction de penser qu'ils sont en train de résoudre des choses – car ce qu'ils veulent résoudre est soluble sans avoir à changer les mécanismes qui les mettent en position de croire qu'avec leurs millions, ils peuvent résoudre des choses.

« Quand je donne à manger aux pauvres, on me dit que je suis un saint. Quand je demande pourquoi les pauvres sont pauvres, on me dit que je suis communiste », écrivit il y a un demi-siècle l'évêque brésilien Helder Camara.

Parfois je m'interroge sur la différence entre charité et clientélisme, si tant est qu'il y en ait une. Admettons que le clientélisme ait une composante politique – attendre de ceux qui reçoivent une certaine soumission aux donateurs – que n'est pas censée avoir la charité ou qui, dans la charité, serait mitigée par l'idéologie : religion, humanitarisme. Mais en dernière instance, quand une dame patronnesse ou un cadre du WFP interviennent, ils attendent aussi quelque chose – peut-être de moins immédiat – en retour. En principe, le maintien d'un statu quo : car ils créent des liens de gratitude, parce qu'ils empêchent la rébellion du désespéré.

« Libéralisme oblige, l'affamé est renvoyé à sa responsabilité individuelle. S'il ne couvre pas ses besoins, c'est son comportement qui doit se modifier et non pas la façon dont la société répartit les aliments dont elle dispose. En effet, l'action publique nationale et internationale se résume le plus souvent à proposer un changement de comportement (faire moins d'enfants et les alimenter différemment) plutôt qu'une aide. La distribution gratuite d'aliments est réservée aux pauvres des pays riches et aux populations en temps de guerre », écrivait Jean-Hervé Bradol, alors président de MSF.

Il n'y a pas que les plus riches. Quand une oènegé vous assaille d'images horribles d'enfants squelettiques et de mères en sanglots, elle vous propose aussi une solution – vous assaille pour vous proposer la solution qui l'intéresse – à la question de savoir que faire avec ça : fais un don, engage-toi, donne. La culpabilité s'atténue et la question du que faire est pour l'instant réglée – reléguée, rangée dans le tiroir approprié.

Ce sont de petits efforts individuels issus de la culpabilité. Mais en même temps, ils sauvent des enfants. Alors quoi ? Si on ne fait que cela on permet au système de continuer de fonctionner. Si on ne le fait pas, on refuse à quelqu'un une chance de manger. Le faire et le dénoncer en même temps ?

Je me rappelle encore le jour où je suis tombé dans le panneau.

C'était il y a quelques années : Saratou me racontait sa vie ; je l'écoutais et je regardais sa tablette. Il n'y avait pas grand-chose d'autre dans sa cahute : un tapis en roseau teint, des murs en adobe, un fourneau au fond, deux marmites noircies. Elle parlait sans discontinuer ; je lui posais une question de temps en temps, à la cadence languissante des interviews avec interprète : beaucoup de temps à ne rien comprendre, à attendre la traduction, à faire des photos, à réfléchir. Je pensais surtout à cette tablette et Saratou racontait en langue haoussa son deuxième accouchement. On l'avait mariée peu avant ses douze ans, son premier enfant était mort-né ; un an après était né le deuxième.

– Quand j'ai senti qu'il arrivait, je me suis enfermée dans une petite chambre, je me suis accroupie, agrippée au pied du lit, et j'ai prié, je priais beaucoup, et à la fin le bébé est tombé sur une natte que j'avais posée par terre.

Saratou eut onze autres enfants et enfin une fistule obstétricale, une des maladies les plus terribles, les plus classistes sur un continent où beaucoup de choses sont classistes et terribles. Nous étions à Dkwari, un village similaire à des centaines de villages nigériens : maison en adobe, sans eau courante ni électricité, des vies qui n'ont guère changé depuis des siècles. J'interviewais Saratou pour un projet du Fonds des Nations unies pour la population ; son histoire était émouvante et je ne pouvais détacher mon regard de cette tablette. Par instants, je me sentais odieux.

– Alors la sage-femme est arrivée, elle a coupé le cordon et posé la petite tête du bébé sur un balai pour qu'elle ne se salisse pas sur le sable, ensuite je me suis assise en direction de La Mecque et la sage-femme m'a tendu le petit enveloppé dans un tissu…

Cette tablette était ce que les musulmans appellent *alluha*, un bout de bois où les élèves de la madrasa écrivent les sourates du Coran à l'aide d'un roseau pour les mémoriser. Après quoi ils la lavent et écrivent une nouvelle sourate : un carnet à une seule page. Et je me demandais ce qui me fascinait en elle : son odeur d'un temps très reculé, le graphisme de ses lettres, son bois tel un vieux parchemin, son côté palimpseste.

Nous avons parlé – je l'écoutais, lui posais des questions – pendant deux, trois heures. À un moment, Saratou remarqua que je regardais sa tablette avec insistance, et elle me demanda – à travers l'interprète – pourquoi. Elle souriait : me poser une question, c'était inverser les rôles, un geste hardi qui la rendait nerveuse. J'essayai d'être aimable : je lui dis que je la trouvais si belle que je l'en félicitais. Là fut mon erreur : on m'expliqua par la suite qu'un tel éloge, dans sa culture, équivalait à une requête qu'on ne pouvait refuser.

– J'aimerais vous l'offrir. Prenez-la, s'il vous plaît.

Me dit Saratou par personne interposée, et moi, par la même voie, je lui dis non, merci beaucoup, alors elle insista, je vous en prie, et moi, non, vraiment, sans façons, puis elle me dit, la mine de plus en plus sérieuse, que si je ne la prenais pas, j'allais l'offenser. L'interprète m'expliqua que mon refus était un outrage : comme de lui dire que sa tablette n'était pas à ma hauteur, qu'elle-même n'était pas à ma hauteur, que je les méprisais comme seuls les Blancs savent mépriser. J'étais coincé – alors je souris.

Sourire, quand on ne peut parler, vous permet de gagner du temps. On s'est souri mutuellement pendant un moment, le temps que je réfléchisse à ma proposition. Elle m'avait raconté que, quand elle était tombée malade, elle n'avait pas pu surveiller son troupeau et qu'il ne lui en était resté que deux petites chèvres qui, privées de mâle, ne pouvaient plus se reproduire : que maintenant, sans ses bêtes, elle ne pouvait plus confectionner des beignets pour les vendre sur la place du village et qu'il y avait donc des jours où elle n'avait rien à manger : que la faim était plus dure à supporter que la fistule. Alors je lui dis que je voulais lui offrir un bouc, et que je serais très vexé si elle refusait.

Saratou sourit, d'une autre manière que moi : avec une sorte de joie. L'animal n'était pas facile à trouver : il fallait l'acheter dans un village situé à dix kilomètres, où chaque jeudi se tenait un marché – or on était mardi. Nous sommes convenus que je lui donnerais l'argent et qu'elle irait elle-même l'acheter ; c'est alors qu'une idée stupide me vint à l'esprit. Je lui donnerais en plus de l'argent pour le nourrir pendant un an, à une condition : qu'elle l'appelle Martín. Saratou éclata de rire. Ensuite, elle me dit que ce bouc allait lui changer la vie et qu'elle se souviendrait toujours de moi. J'étais content pour la tablette et tout aussi content de l'avoir aidée : satisfait, irréprochable.

– Si je peux reconstituer mon troupeau, je vais pouvoir manger tous les jours.

Me dit-elle au moment de nous quitter. Ce n'était pas simple de traverser les aéroports avec mon alluha : elle dépassait du sac et elle était notoirement arabe. Pendant quelques jours, je suis passé pour un terroriste outrecuidant qui ne se pliait pas à la clandestinité. Un matin à l'aube, je suis enfin arrivé à Paris ; avant de monter chez mon cousin Sebastián, je me suis arrêtée à la boulangerie pour acheter des croissants. Tandis que nous déjeunions, je leur ai raconté mon histoire de l'alluha et du bouc Martín ; nous avons ri et Laurence, sa femme, m'a demandé combien m'avait coûté l'animal. Alors seulement j'ai fait le calcul et me suis rendu compte avec horreur qu'il m'avait coûté le même prix que les croissants.

Ou l'illusion, de temps en temps, de comprendre quelque chose.

Et le soulagement – sourd, inavouable – que procure le fait de souffrir pour les autres.

La bonne conscience s'achète pour quelques dollars ou quelques euros : de la menue monnaie. Mais on en vend des quantités. La mauvaise conscience est la base de grandes affaires dans les pays riches. Comme dit le Slovène Zizek : dans les commerces les plus contemporains, les plus coolifiés, on paie non seulement pour l'acte égoïste de consommer mais pour son contraire, pour la satisfaction du besoin de se sentir généreux, d'avoir l'impression d'être en train de faire quelque chose pour la Terre Mère, pour les déguenillés de Somalie ou pour les enfants affamés du Guatemala.

Acheter bio, commerce équitable et autres labels éco-conscients revient à acheter quelques centimes de bonne conscience – si peu chère qu'on peut bien se l'offrir. Il est néanmoins curieux qu'une société essentiellement organisée autour de mécanismes très peu respectueux de cette conscience ait dû négocier avec elle-même et inclure dans le marketing de ses produits ces doses homéopathiques de rédemption. La forme actuelle, progressiste, moderne de la religiosité rédemptrice classique : on vous passe la brosse à reluire, vous tendez la petite pièce.

(Ou alors vous écrivez ce livre.)

Cependant, cela produit bien sûr des résultats. Les riches gagnent une certaine tranquillité de conscience et une certaine tranquillité géopolitique – quoique pas énormes. Les pauvres obtiennent des vivres pour le lendemain – et une dépendance accrue à ces vivres. L'aide alimentaire des pays les plus riches, des organismes internationaux, des grandes fondations maintient, consolide – juste au-dessus de la surface de l'eau – cet ordre où un milliard de personnes sont en trop.

La bienfaisance contre la faim résulte de l'idée selon laquelle nous avons tous le droit de (sur)vivre. C'est une idée moderne, novatrice, que personne n'aurait énoncée il y a deux siècles – et qu'encore aujourd'hui beaucoup énoncent sous la seule pression du milieu.

Mais elle fait désormais partie du pack culturel. Un de ses effets, c'est cette aide, et si tant de gens si divers la pratiquent, c'est parce qu'elle ne remet pas en cause l'inégalité et ses mécanismes : seulement la privation extrême. Mieux : elle permet de postuler que le problème de ces sociétés n'est pas l'inégalité devant la propriété mais cette forme extrême d'inégalité qui peut produire de la faim. Que l'inégalité, c'est bien, qu'elle dynamise et qu'elle peut corriger ses erreurs. Le problème n'est pas que les fameux 1 % possèdent autant ; le problème, c'est que parfois certains n'ont pas de quoi se nourrir. Si on peut le leur donner, tout s'arrange. Et si ce sont les 1 % qui le leur donnent, encore mieux : tu vois qu'ils sont gentils, en fait, qu'ils produisent de la richesse pour tous ?

À l'encontre de l'idée de sécurité alimentaire entendue comme la garantie pour tout le monde de recevoir – recevoir est le mot-clé – des vivres en suffisance, une organisation internationale, la Vía Campesina (la Voie paysanne), a forgé la notion de souveraineté alimentaire.

Dans sa *Déclaration de Nyéléni*, Mali, 2007, elle l'a définie comme « le droit des peuples à une alimentation saine, dans le respect des cultures, produite à l'aide de méthodes durables et respectueuses de l'environnement, ainsi que leur droit à définir leurs propres systèmes alimentaires et agricoles. Elle place les producteurs, distributeurs et consommateurs des aliments au cœur des systèmes et politiques alimentaires en lieu et place des exigences des marchés et des transnationales. Elle défend les intérêts et l'intégration de la prochaine génération. Elle représente une stratégie de résistance et de démantèlement du commerce entrepreneurial et du régime alimentaire actuel. Elle donne des orientations pour que les systèmes alimentaires, agricoles, halieutiques et d'élevage soient définis par les producteurs locaux. La souveraineté alimentaire donne la priorité aux économies et aux marchés locaux et nationaux et fait primer une agriculture paysanne et familiale, une pêche traditionnelle, un élevage de pasteurs, ainsi qu'une production, une distribution et une consommation alimentaires basées sur la durabilité environnementale, sociale et économique. La souveraineté alimentaire promeut un commerce transparent qui garantisse un revenu juste à tous les peuples et les droits des consommateurs à contrôler leurs aliments et leur alimentation. Elle garantit que les droits d'utiliser et de gérer nos terres, territoires, eaux, semences, bétail et biodiversité soient aux mains de ceux et celles qui produisent les aliments. La souveraineté alimentaire implique de nouvelles relations sociales, sans oppression et inégalités entre les hommes et les femmes, les peuples, les groupes raciaux, les classes sociales et les générations ».

Que se passerait-il si nous mangions tous, si personne ne mourait de faim ? Serait-il juste que certains aient des milliards et d'autres tout juste assez pour se nourrir ? Cela n'est pas près d'arriver, mais si un jour la faim se terminait, nous devrons repenser certaines choses.

SOUDAN DU SUD
Le dernier pays

1

« *New Country. New begining. Take an* HIV *test today* », dit un grand panneau dans une rue de Djouba : ici, tout est encore empreint de l'émotion du nouveau départ.

Cela doit être bizarre de commencer un pays : la plupart d'entre nous ne connaîtront jamais la sensation d'un pareil changement – même si par la suite les journées se suivent et se ressemblent. On raconte que cette nuit-là, la fête dura jusqu'à pas d'heure, les danses, les ripailles, les chants, les tirs en l'air, les embrassades et les enfants qui naquirent neuf mois plus tard avec la marque de la patrie sur une fesse. Et dans toutes les conversations, à chaque coin de rue, il reste encore quelqu'un qui veut croire en quelque chose.

– Ils sont enthousiastes, ils sont encore dans l'enthousiasme, imagine, après l'avoir souhaité pendant de si longues années.

Me dira un expatrié humanitaire aguerri.

– Ils ont en plus des revendications élémentaires : hôpitaux, routes, écoles pour que leurs enfants puissent avoir des vies meilleures. Ils en sont à l'étape où ils croient que tout est possible.

Il est probable que des milliards de personnes ne sachent pas que le Soudan du Sud existe. Il est probable qu'elles ne sachent pas non plus que la Gambie ou le Swaziland ou le Bhoutan ou le Belize existent, mais dans ce cas précis, cela s'explique : il y a quelques années à peine, le Soudan du Sud n'existait pas.

Le Soudan, voilà encore une invention anglaise : une nation arabe, islamique, semi-désertique au nord et une autre, plus africaine, verte, chrétienne et animiste au sud. Depuis la décolonisation, les sudistes se sont battus pour rompre avec le pouvoir du Nord ; la première guerre civile dura de 1955 à 1972 ; la seconde, de 1983 à 2005. Selon les rares personnes qui en parlaient alors, c'était la plus longue guerre civile du siècle. Et il n'y avait presque personne pour dire que la guerre n'aurait probablement pas débuté en 1983 si, trois ans plus tôt, la compagnie pétrolière américaine Chevron – l'ancienne Standard Oil de Rockefeller – n'avait pas découvert d'importants gisements dans cette région revendiquée par les Sud-Soudanais. Comme d'habitude dans ces cas-là, la découverte d'une nouvelle richesse apporta son nouveau lot de souffrances et de misères.

De sorte que le Soudan du Sud est issu notamment du pétrole. Sans pétrole, les Sud-Soudanais n'auraient jamais eu l'appui qu'ils finirent par obtenir des États-Unis. Mais l'histoire est longue : au début, Chevron et la diplomatie américaine parièrent sur le gouvernement de Khartoum – le pouvoir central du pays – qui tenta de leur rendre la pareille en nettoyant les régions du Sud riches en pétrole. Les rebelles du Sudan People's Liberation Army, plutôt à gauche, ne jouirent d'aucune sympathie de la part des Américains jusqu'à ce que, en 1991, le président soudanais al-Bashir prenne le parti de Saddam Hussein lors de la première guerre du Golfe. Si bien que les États-Unis les inscrivirent sur leur liste noire et transférèrent leur soutien sur les rebelles du Sud : ils leur envoyaient des armes à travers le gouvernement ougandais, les défendaient dans les forums internationaux. Sans cette aide, il est peu probable que les rebelles aient pu faire face à l'armée régulière soudanaise, armée par les Chinois et, surtout, grâce au produit des puits de pétrole. Un cercle vertueux : défendre les puits de pétrole avec les armes sert à pouvoir acheter d'autres armes pour défendre notamment les puits de pétrole. Khartoum ne voulait pas les lâcher : le pétrole du Sud produisait la moitié des revenus du pays. Mais le cercle fut brisé lorsque les Soudanais de Khartoum comprirent que jamais ils ne pourraient s'imposer face à la volonté américaine – et ils signèrent alors les accords de paix.

Ce fut en tout cas une guerre sanglante dont le monde prit connaissance petit à petit. Au cours de ces vingt-deux années, deux millions de personnes trouvèrent la mort. Deux millions de personnes : quelque 200 000 militaires tombés sous la violence des armes ; le reste, des civils tués par ces mêmes armes, par la faim et par les maladies que causèrent ces armes.

La guerre est censée avoir pris fin avec les accords de 2005. Ceux-ci prévoyaient la mise en place à Djouba, la capitale du Soudan du Sud, d'un gouvernement provisoire subordonné aux autorités nationales soudanaises, ainsi que l'organisation d'un référendum. Celui-ci eut lieu en janvier 2011 ; 98,8 % des Sud-Soudanais choisirent l'indépendance. Ce 9 juillet-là, le Soudan du Sud devint le pays le plus jeune du globe – et en même temps, un des plus pauvres.

Et pendant ce temps, la guerre continuait sous d'autres formes.

Djouba n'est pas une ville : c'est un entassement de maisons, de *compounds*, de cahutes, de paillotes et de dizaines de ministères installés dans de très grandes demeures, un palais présidentiel dans une immense villa – et puis des arbres, quelques routes, des Noirs très noirs très grands dans les rues, mais pas très nombreux, et des chantiers et de la poussière et des ordures.

Il y a quatre ou cinq ans, dit-on, Djouba était très différente : un village somnolent, des maisons basses, quelques rares voitures, un bled de province où les humanitaires de tout poil étaient ce qu'on trouvait de plus actif. Aujourd'hui leurs agences sont toujours là – *Ngo Town*, l'appellent certains, Cité Oènegé – mais aussi les ambassades et les entreprises de bâtiment, les opportunistes et les entrepreneurs plus ou moins sérieux qui cherchent à faire leur beurre.

Il circule de l'argent : tout l'argent que Khartoum raflait autrefois, dit-on ici, mais le fait est que, même si le pays n'a presque rien produit depuis des mois, le secteur de la construction demeure florissant. Ce sont des investisseurs étrangers, attirés par la perspective d'affaires rapidement rentables : dans le pétrole, naturellement, dans l'achat de terres, d'exploitations minières et forestières, mais aussi dans l'immobilier : n'importe laquelle de ces grandes et vilaines maisons que louent les agences internationales pour héberger leurs bureaux et leur personnel ne coûte pas moins de 10 000 dollars par mois – et certaines bien plus.

– Ici, il y a des gens qui gagnent beaucoup d'argent grâce aux humanitaires. Ils leur louent des maisons, leur vendent des services, le tout à des prix mirobolants, puisqu'ils ont le contrôle du marché. Et ceux qui construisent veulent récupérer leur mise le plus vite possible. Qui sait ce qu'il adviendra de tout cela d'ici un mois, un an ?

Dit l'expatrié. D'autres sont sud-soudanais et l'origine de leur fortune paraît toujours douteuse : la plupart, disent-ils, sont des proches ou des hommes de paille des membres du gouvernement en train de s'en mettre plein les poches. Il y a une dizaine d'immeubles de plus de cinq étages, et autant en chantier. Un hôtel clinquant est notamment en chantier. Tels sont les avantages du développement inégal : pour extraire des matières premières dont certains pays disposent et d'autres non, il faut un certain confort. Voilà pourquoi, dans tous les pays très pauvres, il y a un ou deux hôtels cinq étoiles. Les rapaces – pétroliers, diamantaires, exploitants d'uranium, producteurs de riz et de soja – veulent des lits en accord avec leur standing. Sans parler, bien entendu, des fonctionnaires internationaux qui viennent apporter la culpabilité de l'Occident sous la forme d'argent.

Pendant ce temps, Djouba se peuple : en 2005, elle comptait 150 000 habitants et aujourd'hui, un demi-million ; la plupart sont des paysans à bout, attirés par le mirage d'un lieu où la nourriture serait garantie – et qui finissent par vivre dans des cahutes misérables éparpillées dans toute la ville, sans eau, sans électricité, comme à la campagne mais sans terre à cultiver. Et si différent : dans le marché foisonnant, une centaine de personnes, hommes, femmes et enfants, s'entassent sur des bancs en bois à l'intérieur d'un baraquement en tôle. Ils ont deux téléviseurs devant eux ; sur l'un passe un film à l'eau de rose, sur l'autre un match de football de la ligue anglaise. Sur les deux, le volume est à fond ; les spectateurs crient aussi à tout-va.

Il y a un stade dans l'évolution de ces endroits où ils ont déjà perdu leur charme folklorique et villageois sans jouir encore de la structure et de l'attrait d'une ville. Voilà Djouba : tout est à moitié terminé, prometteur et cassé.

Le Soudan du Sud est grand comme la France et on évalue le nombre de ses habitants à 9 ou 11 millions : personne ne les a encore comptés. Le Soudan du Sud n'a pas encore de chiffres propres ; pas même de ces horribles statistiques selon lesquelles untel est le cinquième pays le plus pauvre du monde, le troisième le plus analphabète. Récemment créé, le Soudan du Sud n'a pas de chiffres, mais en extrapolant ceux de l'ancien grand Soudan on peut estimer que plus d'un tiers des hommes et deux tiers des femmes n'y savent ni lire ni écrire, et que quatre personnes sur cinq y dépensent moins d'un dollar par jour.

– Je dis toujours que je suis allée me promener dans le futur et que maintenant je suis de retour.

Me dira plus tard Agy, une fille sud-soudanaise très longiligne, souriante, cultivée, frôlant la trentaine, qui a vécu toute sa vie entre le Kenya, l'Ouganda et l'Espagne car son père était un exilé de haut rang – et il est aujourd'hui ministre.

– Je crois qu'il faudra deux générations sacrifiées pour que, d'ici cinquante ans, nos petits-enfants puissent vivre dans un vrai pays, juste, équitable.

Dira-t-elle sur la terrasse du meilleur hôtel de Djouba, la nouvelle capitale, tout en mangeant un hamburger. Et que c'est pour cela qu'elle est venue découvrir son pays à l'âge de vingt ans, et qu'à présent elle est rentrée définitivement, prête à faire tout son possible pour que cela se réalise. Mais qu'elle sait que cela sera très difficile, très difficile :

– La Banque mondiale dit que notre économie pourrait s'effondrer. Quelle économie ? Aujourd'hui, c'est le bazar complet, mais nous ne pouvions pas continuer à nourrir celui qui nous a maltraités pendant de si longues années : il fallait bien qu'un jour nous nous affranchissions du bourreau.

Dira-t-elle, parce que depuis plusieurs mois le gouvernement soudanais traitait une certaine affaire avec une détermination absolue. Le Soudan du Sud a du pétrole. Le Soudan du Sud, c'est le pétrole. Mais le Soudan du Sud n'a pas d'oléoducs ou, plus précisément : les oléoducs qui transportent son pétrole jusqu'à la mer Rouge passent par le Soudan. Alors les Soudanais ont voulu leur faire payer ce transit jusqu'à 30 % du prix du pétrole ; les Sud-Soudanais leur ont proposé 2 % maximum – ou même 1 %.

Voilà sur quoi portait le conflit. Les discussions furent longues et braillardes, jusqu'à ce que Djouba, excédée que Khartoum lui soutire du pétrole dans ses canalisations pour prélever ses commissions abusives, décide de fermer le robinet : janvier 2012.

Pendant plus d'un an, jusqu'en avril 2013, un pays pour qui le pétrole représente 98 % de ses exportations cessa d'extraire du pétrole. La décision fut soutenue, acclamée, épaulée par beaucoup de gens : c'était un geste grandiose. Ils allaient montrer à ces Soudanais-là de quoi étaient capables ceux du Sud. Et s'ils devaient se sacrifier, ils le feraient avec joie, car la patrie naissante méritait cela et bien plus.

J'y étais allé pour la première fois en juin 2012. Les sacrifices devenaient de plus en plus manifestes : le Soudan du Sud était presque à court de dollars. Les prêts accordés par la Chine et le Qatar – autour de 4 milliards – avaient déjà été dépensés et leur dette avait augmenté, le Kenya et l'Ouganda, leurs principaux fournisseurs en denrées alimentaires, rechignaient à leur faire encore crédit, il commençait à y avoir pénurie de nombreux produits, l'inflation grimpait en flèche, la livre sud-soudanaise dégringolait sur le marché noir. La population était inquiète, le gouvernement était inquiet de l'inquiétude générale ; les proclamations nationalistes allaient bon train, de plus en plus enflammées, de plus en plus coûteuses.

J'ai entendu des gens défendre cette mesure et, d'une certaine manière, j'ai pu les respecter : une chose est le nationalisme d'opérette, de rendez-moi ces minables îles pirates ou je me vexe, le nationalisme de retenez-moi ou je le tue, et une autre, bien différente, le combat à la vie, à la mort avec la faim pour enjeu. Je ne sais si je veux dire que l'un est meilleur que l'autre ; il y en a un en tout cas que je respecte.

Mais le Soudan du Sud est un pays qui pour l'instant ne compte pas plus de cent kilomètres de routes goudronnées, pas de réseau électrique, pas d'eau courante ni d'égouts et qui ne produit rien qui ne soit ni noir ni poisseux. Tout le reste – y compris les vivres quotidiens, les œufs, les fruits, les légumes, le savon, l'huile, les allumettes – est importé et payé en devises pétrolières.

– Le Soudan du Sud est comme un enfant. Il vient de naître, il doit encore apprendre à marcher. On ne peut pas faire un pays sans même avoir de routes.

Me dit l'humanitaire aguerri. Et qu'un territoire, un peuple, un drapeau et une armée ne semblent pas suffisants, pas même quand on est assis sur un énorme matelas de pétrole. Il meurt encore un bébé né vivant sur dix et une mère sur cinquante ne survit pas à l'accouchement – et 85 % de la santé publique est assurée par des organisations internationales. En 2013, le gouvernement a fait un appel de fonds étrangers pour collecter un milliard de dollars. Au milieu de l'année, il en avait obtenu la moitié et avait donc pu revoir les prévisions à la baisse, calculant que le nombre de Sud-Soudanais qui ne mangeraient pas à leur faim s'élèverait non pas à quatre millions et demi mais à quatre millions.

Au Soudan, un Soudanais / sue autant qu'un Anglais, chantait mon père en se rasant. Il a fallu que j'aille là-bas pour découvrir que ce n'était pas vrai.

Et à Bentiu encore moins : à Bentiu, presque rien n'est vrai.

2

À Bentiu, il y a des rues en terre très larges et désolées, de temps en temps un arbre, des maisons éparses de plain-pied, des huttes en paille, des églises au toit en paille avec leurs croix, des échoppes en paille proposant du thé et de la chicha, la tour de la mosquée plus loin. Il y a un pont à moitié cassé au-dessus de la rivière et tout autour les trous qu'ont laissés les bombes du mois d'avril. Il y a un aéroport dont la piste est en terre et des pylônes en ciment qui soutiennent des câbles électriques, morts depuis plus d'un an : il n'y a personne pour payer les cent barils de diesel quotidiens nécessaires à faire fonctionner la petite usine électrique. Il y a quelques magasins dans des maisons en brique, il y a deux bancs, il y a trois écoles primaires et deux secondaires, il y a un terrain de football, il y a un hôpital, il y a deux douzaines d'agences internationales. Il y a des oiseaux lourds, peu de chiens, du soleil.

– Vraiment, vous n'étiez jamais venu ici ?
– Jamais, vraiment.
– Ah. C'est bizarre.

Bentiu est la capitale de l'Unity, un des dix États que compte le Soudan du Sud, à la frontière avec le Soudan : poussière, sueur, pétrole et guerre. Bentiu compte environ 10 000 habitants mais ici on ne peut jamais savoir : les habitants vont et viennent, permutent, se déplacent avec leur troupeau ou leur faim.

Quoique maintenant ils ont une frontière tout près.

La frontière est bien sûr une ligne plus ou moins droite, plus ou moins inconcevable : encore une invention d'un cartographe au visage pâle.

La carte d'Afrique regorge de droites. Aucun autre continent n'a autant de lignes droites en guise de frontières : lignes que les bureaucrates des pouvoirs coloniaux traçaient dans leurs bureaux lorsqu'ils divisaient les pays selon les hasards de leur compas et de leur règle. En vingt ans, entre 1878 et 1898, les Empires européens créèrent plus de trente États africains – et la plupart perdurèrent au-delà de la décolonisation de 1960. Britanniques, Français, Allemands et même Italiens et Portugais proclamaient que leur mission consistait à apporter les trois C au continent : Christianisme, Civilisation et Commerce – pas nécessairement dans cet ordre. En échange ils emportaient de l'or, de l'ivoire, des arachides, du coton, de l'huile de palme, des essences rares, de la main-d'œuvre et de la chair à canon – plus une ou deux maladies vénériennes.

C'est pourquoi l'accumulation primitive de ces pays se fit à Londres, Paris, Berlin – et, bien sûr, elle ne fut jamais rapatriée. C'est pourquoi l'Afrique déborde de faux pays, capricieux, non viables, composés d'ethnies qui s'affrontent depuis des siècles, avec des systèmes organisés pour exporter des richesses vers la métropole. Routes – rares – ou chemins de fer qui vont vers les ports mais ne relient pas l'intérieur des pays ; populations pauvres et sans instruction ; infrastructure piteuse ; industrie disparue. Et la tradition d'une classe politique riche et exclusive : si les pouvoirs coloniaux devaient offrir une vie fastueuse à leurs administrateurs pour qu'ils acceptent d'aller s'enterrer au milieu de nulle part, les nouveaux puissants ne trouvèrent aucune bonne raison de renoncer aux privilèges de leurs prédécesseurs : grandes villas, domestiques, pouvoir arbitraire. Tout cela fut maintenu et encouragé par les anciennes puissances coloniales, désormais transformées en « partenaires commerciaux privilégiés » – en y ajoutant une pincée de bienfaisance, bien entendu. Et l'aide des grands organismes internationaux genre Fonds monétaire international et Banque mondiale, qui décidèrent que le marché serait la solution à tous les problèmes – et qui à coups de diktats tuèrent plus de gens que toutes les expéditions coloniales réunies.

(Aujourd'hui, la nouvelle mode – celle qui occupe la place médiatique qu'occupaient dans les années quatre-vingt-dix les éloges à l'austérité et au dynamisme du FMI – consiste à se féliciter du décollage africain, de ses taux de croissance soutenus. Lesquels, regardés de plus près, sont surtout le résultat de l'augmentation internationale des prix des matières premières que nombre de ces pays produisent et exportent – sans grands bénéfices pour la majorité de leur population. De fait, selon un récent rapport de l'Organisation internationale du travail, en Afrique noire, seulement 7 % des jeunes occupent un emploi dans le secteur formel : un sur quatorze. Le reste n'en occupe aucun, le reste travaille la parcelle de ses parents, essaie de s'en sortir en s'adonnant à un bizness quelconque.

Le même rapport insiste sur la responsabilité d'un piètre système éducatif : dans des pays plus structurés comme l'Égypte ou l'Afrique du Sud, il y a des centaines de milliers de jeunes sans emploi et, en même temps, des centaines de milliers de postes à pourvoir que ces jeunes ne peuvent occuper, faute d'une formation adéquate.)

Midi approche : des gens et encore des gens passent, un soleil pâteux. Ils marchent avec superbe : je suis impressionné par la majesté de ces messieurs et dames longs – aurait dit mon grand-père Antonio – comme un jour sans pain, qui avancent la tête rejetée en arrière, le menton haut, pour écarter l'air devant eux. Chacun de leurs pas est comme un signe. Ils sont tous grands, maigres – excès d'un Photoshop devenu fou – et beaucoup ont le visage constellé de cicatrices très artistiques : dessins qui les rattachent à leur tribu, qui disent qui ils sont.

Il passe des gens et encore des gens, mais pas de personnes âgées. Ils sont tous jeunes ; de temps en temps un ou une quinquagénaire ; quasiment jamais de vieillards. On dit – nul n'en a la certitude – que l'espérance de vie tourne ici autour de cinquante-cinq ans, pourtant j'ai été dans des pays aux chiffres similaires sans voir une telle uniformité de vies aussi courtes. Un homme passe pieds nus, ses chaussures à la main : elles sont bien cirées.

Et des dizaines et des dizaines d'ânes, à peine plus grands qu'un danois, passent en tirant des carrioles fabriquées en roseaux et munies de deux roues en caoutchouc, transportant des barils remplis d'eau ; ils sont conduits par des enfants qui marchent à côté d'eux pour vendre cette eau : eau de la rivière, trouble, épaisse. Des voitures, il n'en passe pas : de temps en temps des 4 × 4 blanches appartenant aux agences internationales et au gouvernement, une moto par-ci par-là.

Et passent – de temps en temps – des femmes chargées comme des mulets. Elles portent leur déménagement sur la tête : la chaise en plastique, la bassine, une ou deux marmites, le lit, un sac-poubelle contenant les habits. Leurs hommes et leurs vaches vont quelques kilomètres devant ; elles suivent derrière. À la nuit tombée, quand les vaches s'arrêteront, elles s'arrêteront aussi.

Ici, la richesse se mesure en vaches : neuf personnes sur dix ont moins d'un dollar par jour. On conclut les transactions en vaches, on expie les offenses en vaches, on achète les épouses en vaches. Chaque troupeau de vaches – maigres avec de longues cornes asymétriques – est mené par deux ou trois gardiens : jeunes hommes grands, souples, petit pantalon court et ajusté, bracelet de plumes à la cheville gauche, qui pourraient faire des conquêtes à la pelle dans n'importe quelle boîte de nuit gay de Berlin ou de Rio. Ils n'ont pas de pelle ; à la main droite, ils tiennent une baguette, à la gauche une botte de six ou sept lances.

– Pourquoi avez-vous des lances ?

– Pour nous battre contre d'autres hommes.

– Pourquoi ?

– Pour nous battre. Nous nous battons. Si on avance sur le chemin et qu'on croise d'autres hommes, d'une autre tribu, il peut nous arriver de nous battre.

Alors ils s'envoient des lances, se blessent et se tuent, c'est pour ça que ce sont des hommes, dit-il, et à la fin, comme revenant sur ses pas :

– On peut aussi s'en servir sur des animaux.

Les lances, dit-il, parce que les hommes tuent aussi des animaux.

Mais avant-hier, sur le marché, une femme a fendu le crâne d'une autre femme d'un coup de hache.

– Pourquoi a-t-elle fait ça ?

– Allez savoir, une bagarre de femmes, quoi.

La raison pour laquelle Justin a pensé que ce serait un endroit indiqué pour trouver une épouse n'est pas claire : Justin parcourait les villages de Ler à la recherche d'une femme à marier. Ler se trouve à cinquante kilomètres au sud de Bentiu : on peut parcourir la distance en trois heures de bus ou en deux jours à pied à la saison sèche, et qui sait en combien de temps au moment des pluies. Le chemin a ses petites particularités : de temps en temps éclate une mine restée du temps des guerres.

Nyankuma avait seize ans, un mètre quatre-vingt-dix et un regard obscurément menaçant. Quand ce monsieur un peu plus âgé lui a dit qu'il voulait l'épouser, d'abord elle a ri, ensuite elle l'a regardé plus attentivement et s'est aperçue qu'il ne riait pas. Elle lui a dit qu'il était un peu vieux pour chercher une femme : alors à son tour il rit et lui dit qu'on voyait bien qu'elle était loin d'être bête.

Le lendemain, Justin alla retrouver le père et les oncles de Nyankuma et ils se mirent d'accord : trente vaches, c'était une bonne somme. (J'ai demandé à plusieurs personnes comment on évaluait la valeur d'une femme en vaches et n'ai obtenu aucune réponse satisfaisante : en fin de compte, le prix d'une vache est clair, mais personne ne sait combien vaut réellement une femme.)

Nyankuma eut sa journée, son mariage et finalement, quand elle arriva chez son mari, elle comprit le fin mot de l'histoire : Justin avait déjà une première épouse qui lui avait donné cinq enfants : l'aînée venait de se marier et son mari avait payé trente vaches pour l'avoir. Avec la dot de sa fille, Justin était parti chercher une seconde épouse, plus jeune.

– Vous vous êtes fâchée ?

– Non, pourquoi me serais-je fâchée ?

Dit Nyankuma, et qu'ils vivent bien ainsi. Nyankuma a des épaules larges comme une armoire, la voix fluette et douce, le regard fuyant ; elle dit qu'elle n'a aucune raison de se fâcher, que Justin est leur mari à toutes les deux et que toutes les deux sont contentes, chacune a son *tukul* et ses enfants, et que si c'est ce que veut son mari, c'est aussi ce qu'elle veut, elle.

– Et s'il en cherchait une troisième ?

– Comme il voudra. Je serais contente, parce que s'il y en a une troisième, ça voudrait dire que nous avons suffisamment à manger.

– Et vous en avez suffisamment ?

– Parfois oui, parfois non.

Nyankuma zozote d'une drôle de façon : comme beaucoup, elle a un trou à la place de ses quatre incisives inférieures. C'est un rite de passage chez les femmes de la tribu nuer, me dit-on, mais personne ne peut m'expliquer pourquoi ces dents-là, pourquoi cet étrange trou juste sous la langue :

– Parce que c'est très joli.

Dit Nyankuma et son trou me sourit.

Pour les femmes, ce sont les dents ; pour les hommes, des striures sur le visage. Les scarifications sont une manière de montrer sans équivoque qui est qui, à quelle tribu il doit allégeance. Il y a quelques années, un membre du gang Mara Salvatrucha, au Salvador, m'expliqua pourquoi son visage et son cou étaient couverts de tatouages :

– C'est parce qu'un jour, tu peux être cerné par tes ennemis et avoir la tentation de renier les tiens. Avec ces marques sur le visage, tu ne peux pas. Comme ça, t'es sûr de ne pas les trahir.

Les marques sont, entre autres, une sécurité que la communauté offre à l'individu contre la tentation d'abandonner sa communauté. Se marquer est un processus très douloureux, un rite de passage : on le fait à chaque garçon pour qu'il devienne un homme – moyennant beaucoup de douleur, beaucoup de sang et le sacrifice de quelques bœufs.

Le meilleur – m'explique-t-on – est celui qui supporte le plus la douleur, celui qui supporte le plus qu'on entaille sa chair sans se plaindre ni pleurer : le plus viril. Si tu ne peux le vaincre, sois son allié : la douleur – la souffrance – est ce qui arrive à l'homme de plus surprenant, de plus tragique. Il n'est pas impossible d'imaginer un monde sans souffrance : rien ne la rend nécessaire. Mais elle est là, elle existe, elle règne, et il faut en faire quelque chose, l'intégrer dans un système.

Dans un système qui comprend des dieux – des entités qui ont créé tout ceci –, il y a encore plus de raisons de transformer la douleur en système. Il faut expliquer son existence, la ténacité de l'injustifiable. La justification du mal – de la souffrance, de la douleur – est un des volets les plus fascinants de ces grandes fictions : des auteurs racontant comment et pourquoi leurs personnages agissent d'une manière qui contredit radicalement la bonté qu'on leur attribue. Pour cela, on a inventé beaucoup de choses : notamment, la valeur rédemptrice de la souffrance – bienheureux les pauvres car le Royaume est à eux – : on lui attribua une fonction, on lui trouva une utilité. Dieu vous l'envoie pour vous mettre à l'épreuve, pour vous rendre meilleurs. Souffrir n'est pas gratuit, ce n'est pas en pure perte. Souffrir est une forme d'épargne, un capital à dépenser dans quelque ciel : souffrir est une bénédiction si – et seulement si – on croit en ce ciel. D'autres ont été plus audacieux : à l'instar des Nuer, ils ont décidé que la douleur – la capacité d'endurer la douleur – était un privilège et une manière de mesurer le courage d'un homme. Que celui qui souffrait plus et mieux était plus et mieux aujourd'hui, et non pas dans un lieu et un futur toujours si incertains.

De sorte que le garçon qui vient de devenir un homme souffre, cicatrise et obtient finalement des droits : il peut commander n'importe quelle femme – y compris sa mère –, il peut porter une lance, il peut se battre, il n'est pas obligé de traire les vaches. Les Nuer se font six traits sur le front : chacun des traits symbolise une règle – comme : tu ne dois pas avoir peur, tu ne dois pas voler, tu ne dois pas commettre l'adultère ou baiser ta cousine – qu'un homme doit respecter pour être un homme.

Nyankuma a eu trois enfants : une fille qui a maintenant six ans, un garçon qui en a quatre, une fille qui en a un. Quand Nyankuma est à Ler, elle vit dans son tukul avec ses trois enfants ; bien souvent son mari dort avec elle, parfois avec sa première épouse, parfois seul dans son propre tukul. Les tukuls sont ces huttes au toit en terre, murs en adobe ou en branches jointes avec de la boue, un toit à quatre versants en paille avec des saillies et une coquette petite pointe. À l'intérieur du tukul, il y a généralement un cadre de lit sans matelas, un coin pour les ustensiles, un autre pour les vêtements, parfois une chaise en plastique, une lampe à kérosène, un ornement suspendu au mur de branches. Quand une famille a deux ou trois tukuls, elle les entoure d'une palissade en canisse ; l'ensemble de ce terrain constitue le compound – autrement dit le périmètre dans lequel la femme vit, cuisine, mange, discute, joue, cultive quelques rangées d'okra. Le tukul des vaches – quand il y en a un – ressemble à celui des gens, mais en beaucoup plus grand.

Nyankuma se lève chaque matin à cinq heures ; si c'est l'époque des cultures, elle prend son bâton muni d'une pointe en métal et va gratter la terre ou semer ou veiller sur ce qui a été semé. Ensuite elle va au bosquet chercher du bois, écrase le sorgho dans son mortier, allume le feu et commence à préparer le *walwal*. Le walwal est l'équivalent soudanais de la woura nigérienne, une sorte de purée ou de bouillie obtenue en ajoutant de l'eau bouillante sur du sorgho écrasé ; s'il y a du lait, elle en met, s'il y a du sel aussi. À dix heures du matin, ils mangent : il est temps, ils sont tous affamés. Ils mangent assis par terre à côté du tukul ; à cette heure-là, le soleil tape fort et le déjeuner est rapide : jamais plus de cinq, dix minutes. Ensuite, Nyankuma emporte les assiettes et la casserole jusqu'à la retenue d'eau située à deux cents mètres pour les laver : c'est un moment agréable où elle retrouve d'autres femmes, elles parlent, cancanent. Ses enfants jouent avec d'autres enfants, rentrent dans l'eau s'il y en a suffisamment : jusqu'en juin, à l'arrivée des pluies, la retenue est un marécage boueux. Si elle a du linge sale, Nyankuma en profite pour le laver ; quand elle a fini, elle retourne dans son tukul : sa fille aînée l'aide à porter un bidon d'eau pour boire le restant de la journée. Justin est rarement là ; en saison, il peut être en train de travailler la petite parcelle qu'ils ont quelques mètres plus loin ; sinon, c'est qu'il discute avec un ami ou se trouve dans la hutte de sa première épouse. Nyankuma joue un peu avec les enfants, bavarde avec sa voisine, fait une sieste. Vers sept heures, ils mangent de nouveau : le reste de walwal, parfois une soupe de feuilles ou, les jours de chance, d'okra. Puis l'obscurité s'abat, la journée est terminée.

– Et mangez-vous autre chose à d'autres moments ?

– Non, du walwal tous les jours.

– Aimeriez-vous varier de temps en temps ?

– Je ne sais pas. Nous ne cultivons que du sorgho.

– Vous ne pouvez pas cultiver autre chose ?

– Je ne sais pas. Je crois que ça ne pousse pas.

– Et de la viande de vache, vous en mangez ?

– Oui, parfois, mais pas toujours.

Nyankuma porte un collier de perles en plastique nacrées autour du cou. Quand elle est nerveuse, elle les tripote, les tourne.

– Quand avez-vous mangé de la viande pour la dernière fois ?

– Une fois, l'an dernier.

Et parfois ils n'ont rien à manger, alors ils ne mangent pas, dit Nyankuma. Et que, quand elle a faim, elle ne pense qu'à la nourriture, au moyen de trouver de la nourriture, à l'endroit où elle pourrait trouver de la nourriture : ce qu'elle n'aime pas, quand elle a faim, dit-elle, c'est que ça la fait trop penser à la nourriture.

– J'aimerais ne pas penser autant à la nourriture.

Maintenant elle y pense : sa fille cadette, Nyapini, est hospitalisée à Bentiu dans le petit hôpital où Médecins Sans Frontières soigne la dénutrition infantile. Nyankuma, Justin et leurs enfants étaient venus de Ler à Bentiu – sans l'autre épouse – pour « passer l'été » : la saison la plus sèche, qui va de janvier à mai. Les Soudanais bougent, se déplacent : ils l'ont toujours fait car c'est une culture d'éleveurs transhumants – des gens qui marchent en quête de leur nourriture –, mais maintenant, avec les menaces de conflit, ils le font encore plus souvent.

Et ils cultivent moins : la peur qui les empêche de rester en place les empêche de tirer pleinement profit de cette terre déjà difficile. Ils ont leurs raisons. Il y a quatre mois, l'armée sud-soudanaise a par exemple occupé Heglig, un champ de pétrole à quarante kilomètres d'ici, de l'autre côté de la frontière : c'est un territoire controversé, que chaque pays s'attribue sur sa carte. Au bout de quelques jours, les Soudanais du Nord sont revenus, ont chassé les agresseurs, ont intensifié les attaques. Les deux camps parlent d'orgueil blessé, de sang racheté, de nation immarcescible ; quand ils passent aux choses sérieuses, ils parlent de pétrole.

– Est-ce à cause de la violence que vous avez quitté Ler ?

– Non, à Ler, il y en a moins qu'ici. De toute manière aucun endroit n'est sûr, il n'y a aucun endroit où on puisse se dire ah, si je reste ici, je ne crains rien, c'est sûr.

Dit Nyankuma, et elle me regarde comme si ce lieu, je pouvais le lui fournir.

– Et pourquoi êtes-vous venus ?

– La terre n'est pas très fertile, elle ne nous donne pas de quoi manger toute l'année. Alors on est venus voir si on trouvait un petit travail pour pouvoir manger.

Ils ont ramassé du bois pour faire du charbon et le vendre, ils ont fabriqué de l'alcool de sorgho. Mais Nyapini a eu une diarrhée féroce, elle s'affaiblissait d'heure en heure, alors ils l'ont emmenée à l'hôpital. Là on leur a dit qu'elle souffrait de dénutrition sévère et qu'ils devaient la garder quelques semaines. Ils ont dû retarder leur retour à Ler et maintenant ils ne savent plus quoi faire.

– On a tout le temps le ventre vide, en ce moment.

Dit Nyankuma, si grande, si charpentée qu'il est difficile de l'imaginer affaiblie. Mais elle persiste à dire qu'elle aimerait avoir son walwal tous les jours, qu'elle veut juste son walwal tous les jours, et je lui demande qui est responsable du fait qu'elle ne l'ait pas.

– Mon mari.

– Votre mari ?

– Oui, c'est lui qui doit veiller à ce que mes enfants et moi, nous mangions. C'est pour ça que nous nous sommes mariés.

– Mais lui aussi, il a faim. Est-ce de sa faute ?

– Moi, je ne veux pas le savoir. C'est lui qui doit nous apporter de quoi manger.

Il y a des pleurs, beaucoup de cris autour : trois douzaines d'enfants, leurs lits et leurs mères dans cette espèce de cabane circulaire, un toit en roseaux, des fenêtres avec des moustiquaires. C'est la salle des cas les plus graves.

Nyankuma tient Nyapini dans ses bras ; Nyapini ne veut plus téter, elle pleure ; Nyankuma a une mouche iridescente posée sur son très long mamelon. Nyankuma dit que le problème, c'est que moins ils mangent, moins ils ont de forces pour sortir chercher, alors ils trouvent moins et ils mangent moins et ils ont moins de forces pour continuer de chercher. Elle dit sans le dire que la faim est un piège, un cercle vicieux comme il en existe peu.

– Que sortez-vous chercher ?

– N'importe quoi. Des bestioles dans la campagne, des grillons, des feuilles qu'on connaît. Ce qu'il y a. Parfois Dieu nous conduit et on arrive à un endroit où on trouve un petit travail, quelque chose.

– Et vous trouvez toujours quelque chose ?

– Non. Parfois on a passé quatre, cinq, six jours sans rien manger.

– Comment vous sentez-vous alors ?

– Comme si j'étais en train de mourir. J'ai l'impression de mourir, de ne plus avoir de forces pour rien. J'ai même plus la force de mourir.

– Connaissez-vous des gens qui soient vraiment morts de n'avoir rien mangé ?

Nyankuma me regarde comme si j'avais dit une énormité. J'ai probablement dit une énormité. Son regard, en tout cas, est un condensé de mépris. Je rame pour me rattraper :

– Et cette possibilité vous fait-elle peur ?

– Oui, elle me fait peur. Cette peur ne me quitte jamais.

– Et que pourriez-vous faire pour l'éviter ?

– Je ne sais pas. Je ne sais pas ce que je pourrais faire. J'essaie de trouver à manger ici et là, parfois je trouve, parfois non. C'est pourquoi la peur ne me quitte jamais.

La misère est cette situation où, quand quelque chose – une broutille – cloche, tout s'écroule. L'équilibre le plus précaire.

Nyapini va s'en sortir : cette fois, elle va s'en sortir. La famille de Nyankuma et Justin va retourner à Ler et aux tukuls où les attendent aussi la première épouse – si toutefois elle est toujours là – et les autres enfants de Justin. Nyankuma est impatiente de rentrer et elle est optimiste :

– Maintenant que nous sommes indépendants, que les Arabes ne nous commandent plus, la vie va changer. Avant nous n'étions pas libres : les Arabes nous disaient ce qu'on devait faire, où on devait aller. Mais maintenant on mène notre propre vie, personne ne nous dit quoi faire. On a la liberté.

– Et cette liberté vous procure-t-elle plus de nourriture ?

– Oui. Pas tout de suite, mais avec le temps, bien sûr qu'elle va nous en donner. Maintenant que les Arabes ne sont plus les maîtres de tout, quand les bombardements auront cessé on pourra aller cultiver beaucoup d'autres terres, alors on aura beaucoup plus de nourriture, bien sûr.

La guerre continue : cela fait plus d'un an que j'ai rencontré Nyankuma à Bentiu et la guerre continue, par moments elle redouble, puis s'assagit et reprend de plus belle.

Depuis plus de vingt ou trente ans, la plupart des guerres ressemblent à ça : elles ont lieu dans des pays pauvres, entre des armées pauvres – ou du moins une armée pauvre – et durent, s'étirent, vont et viennent, alternant accalmies et explosions. On les appelle guerres de basse intensité car elles ne tuent pas trop de militaires : elles tuent plutôt des femmes, des enfants et quelques hommes. On les viole, les chasse, les violente, les affame : comme ici, ces guerres font mourir de faim et de maladies bien plus qu'elles ne tuent par balles.

(J'ai écrit ces pages au milieu de l'année 2013 ; je les corrige à Barcelone, au début de l'année 2014. Des nouvelles d'une guerre civile ou d'un affrontement pour le pouvoir ou d'une tuerie ethnique qui a déjà fait des milliers de victimes nous parviennent de Djouba. Hier, sans aller plus loin, j'ai appris que les « rebelles » avaient pillé et saccagé l'hôpital de Médecins Sans Frontières avant de s'enfuir de la ville. Et il arrive – en réalité, il faut les chercher – des nouvelles sur la pénurie de vivres, la faim de centaines de milliers de réfugiés dans toute la région. Cela fait drôle, vu d'ici, aujourd'hui, de relire ces impressions d'un pays qui semblait en plein désastre et qui hélas allait bien mieux qu'aujourd'hui.)

3

La maison, et le bureau, de MSF-Hollande à Bentiu se trouve au milieu d'un terrain vague comme il y en a tant ici ; c'est une construction un peu lourde, vilaine, cernée d'un mur qui borne un terrain de maximum trois mètres de large tout autour.

La maison est petite et le cœur, qui sait, de sorte que je loge plutôt au Grand Hotel Bentiu : trois rangées de chambres préfabriquées en plaques de profilé, toit en tôle ondulée, chacune avec sa petite fenêtre dans un coin, son lit étroit et sa moustiquaire, sa chaise en plastique. Un baril d'eau et une bassine tiennent lieu de salle de bains, dehors, loin ; on repère les latrines, un peu à l'écart, à l'odeur. Les mouches sont au courant de tout.

À Bentiu, il n'y a pas d'internet, entre autres. Il arrive qu'il y en ait, mais depuis quelques semaines ça ne marche pas. N'avoir aucune connexion d'aucune sorte est rare de nos jours : ici, non. Il peut être en train de se passer n'importe quoi dans le monde – dans mon monde –, je ne le saurai que d'ici quelques jours. Nous avons perdu l'habitude du manque de simultanéité qui fut, jusqu'à très récemment, notre manière d'être informés. Un événement avait lieu – et pour d'autres il n'avait lieu que bien plus tard. María Guadalupe Cuenca, la veuve de Mariano Moreno, célèbre homme politique argentin du début du XIXe siècle, lui écrivait encore des lettres deux mois après sa mort en haute mer. Pour elle, il était encore en vie, elle lui parlait des choses de la vie quotidienne, de leur jeune fils, des esclaves.

Cela me surprend : au lieu de l'anxiété, le calme. Comme lors de mon accident : je venais de m'exploser la face contre le volant de ma voiture et j'étais sur le point d'entrer au bloc. Au lieu d'être terrifié comme je l'avais imaginé, je n'ai éprouvé qu'une sensation de détachement : je ne peux plus rien faire. Maintenant, au fin fond du Soudan du Sud, toute chance d'une connexion internet abandonnée, au lieu de chercher frénétiquement une solution, je ressens à peu près la même chose : mes affaires, à cet instant, ne sont plus mon affaire.

Pour beaucoup, ici, la manière d'être informé est encore celle-là : ainsi, Justin, le mari de Nyankuma, n'a aucune nouvelle de son autre femme et de ses enfants depuis des mois. Et pour lui, c'est tout ce qu'il y a de plus normal. Tout à coup, ce besoin – cette habitude – de tout savoir sur-le-champ me semble légèrement monstrueux.

Comme si l'on voulait croire que l'espace n'est pas du temps.

C'est un combat. Hier, comme chaque semaine, les responsables de plusieurs agences qui s'occupent de « questions nutritionnelles » se sont réunis dans le bureau du World Food Programme. A. dit que son organisation a effectué un contrôle dans plusieurs districts de Rubkona et enregistré une augmentation du nombre d'enfants dénutris allant jusqu'à 18 %, alors B. lui demande quels sont les districts les plus touchés. A. lui dit qu'il ne connaît pas le détail et B., qu'il en a besoin pour pouvoir intervenir car l'équipe de soins qu'il veut envoyer serait beaucoup plus efficace si elle savait où se concentrer. A. de répondre que bien sûr, qu'il passera par son bureau et il le lui donnera, et B. : entendu, à deux heures et demie.

C. dit alors que si B. a encore des problèmes d'approvisionnement de Plumpy, il peut lui en avancer quelques caisses pendant quelques semaines, et ainsi de suite pendant une heure de plus.

Je ne veux pas dire que ce soit idyllique, loin s'en faut : il y a des disputes, des agendas divergents, des histoires d'orgueil, des intérêts personnels et politiques en jeu, mais je suis impressionné de voir que ces messieurs et ces dames ont malgré tout décidé que leur travail consistait à faire diminuer le nombre d'enfants qui meurent de faim dans ce recoin du monde, qu'ils le prennent très au sérieux et passent leur temps à réfléchir à ce qu'ils font – bien ou mal – pour y parvenir, et qu'ils ont conscience de n'apposer qu'un sparadrap et de ne rien changer au problème structurel, mais peu importe. Ce ne sont ni des twitteurs pour le compte de la patrie ni des bureaucrates planqués ni des éditorialistes impertinents ; ce sont monsieur et madame Tartempion qui se farcissent beaucoup de mois d'affilée au milieu de nulle part pour essayer de sauver quelques gamins.

Pendant quelques siècles, un Blanc sur ces terres était un individu qui venait pour prendre des choses. Aujourd'hui, dans la plupart des cas, il est censé être quelqu'un qui vient donner. Parfois cela est même vrai. Au-delà de la raison, de la logique qui le pousse à le faire.

Et je dis qu'il y a malgré tout quelque chose d'émouvant dans cet effort. Ils me racontent que, ces jours-ci, 100 000 réfugiés à demi morts de faim fuient des combats dans un endroit du monde dont la plupart d'entre eux n'avaient jamais entendu parler : Maban, dans le Haut-Nil, à trois cents kilomètres – et plusieurs jours en 4 x 4 – d'ici. Ce sont des milliers de fugitifs ; ils fuient parce que les soldats ennemis ont empoisonné leurs sources, brûlé leurs maisons, les ont tués par centaines. Alors ici, à Djouba, ils sont en train de mettre en place – à divers rythmes, divers degrés d'efficacité – une grande opération destinée à leur fournir à manger. Il n'y a pas de routes pour y arriver ; ils envoient des médicaments et des vivres par avion. Il n'y a pas d'eau sur place ; ils sont en train de dépenser des fortunes à chercher de nouveaux puits – sans grand succès pour l'instant. Il n'y a aucune infrastructure sanitaire sur place ; ils envoient des médecins, des infirmières, du personnel logistique. Les gens, me dit-on, s'y réfugient sous des bâches en plastique, boivent l'eau des flaques, mangent des écorces d'arbre. Tout à coup la survie – difficile, improbable – de ces 100 000 égarés occupe quinze heures par jour un petit groupe d'acharnés qui se disputent, s'accusent les uns les autres et qui, au bout du compte, en sauveront plusieurs centaines, des milliers. Et en perdront au moins autant.

– Je ne vais jamais me sortir de la tête le souvenir de Liben. Je crois que c'est ce que j'ai vécu de pire dans toute ma vie.

Me dira Carolina quelques jours plus tard dans le calme de la nuit, dans la cour de la maison de MSF, à Djouba, moustiques comme des trains, cris et coups de feu au loin. Carolina est cette médecin argentine, trente ans et des poussières, vétéran de plusieurs guerres et famines. Maintenant elle attend le moment de partir à Maban avec l'équipe d'urgence. J'attendais aussi ; les responsables de MSF m'avaient dit qu'ils m'emmèneraient, mais hier le chef de MSF-Hollande m'a annoncé qu'il n'y avait plus de place dans les avions, que les équipements de secours occupaient tout – et que si par hasard il leur restait une place libre, ils la donneraient à Reuters, à BBC ou Al Jazeera, que je devais comprendre qu'ils avaient aussi leurs priorités.

– Cette année 2011 a été très compliquée dans toute la corne d'Afrique, les récoltes ont été très maigres et il y avait des urgences de tous les côtés, mais spécialement en Somalie, où la situation était particulièrement chaotique, violente, même si nous ne savions pas très bien ce qui s'y passait puisque nous n'y avions pas accès...

Dit Carolina, et que ce qu'ils apprirent, c'était que les réfugiés déferlaient par vagues inexorables. En juin, Liben, à l'est de l'Éthiopie, près de la frontière somalienne, accueillait déjà plus de 2 000 réfugiés par jour :

– Ils arrivaient dans un état déplorable, après des mois à manger à peine, des semaines à marcher sous le soleil, sans eau, sans rien. Normalement, en proportion, il y a au moins cinq fois plus de dénutritions modérées que de sévères ; ici, il n'y avait presque pas de modérées, l'immense majorité présentaient des dénutritions sévères, très sévères. On était tous débordés, on ne touchait pas terre ; ils étaient trop nombreux, il s'est formé comme un engorgement aux points d'arrivée pour accéder aux camps. Les pauvres, ils arrivaient dans des états déplorables et, au lieu d'attendre un ou deux jours, ils ont dû patienter deux ou trois semaines. C'était affreux.

– Et les gens arrivaient très en colère ?

– C'est que les gens sont incroyables... Ils se taisaient et ils mouraient, parfois ils se plaignaient un peu, bien sûr, mais ce qui m'étonnait le plus, c'était qu'au milieu de ce désastre, ils remerciaient encore Dieu.

– De quoi le remerciaient-ils ?

– C'est ce que je me disais, de quoi peuvent-ils bien le remercier. Mais ils le remerciaient parce qu'ils ne mouraient pas tous, parce que au moins il avait sauvé les autres, ce genre de choses. Je crois qu'en réalité, ils ne connaissent pas autre chose, il ne leur vient pas à l'idée que le monde pourrait être plus juste. Comme ils ne le savent pas, ils n'en souffrent pas trop non plus. C'est horrible ce que je dis, mais...

À Liben, il n'y avait pas de tentes ni de médicaments ni d'eau ni de nourriture en suffisance. Il y avait deux camps occupés au double de leur capacité, deux autres furent ouverts, en peu de temps il s'y réunit 180 000 personnes en tout. Les enfants mouraient comme des mouches, à un rythme infernal.

– Je n'avais jamais rien vu de pareil, et j'espère ne plus jamais le revoir. Cette fois-là j'étais vraiment en colère parce que c'était quelque chose qui aurait pu se prévoir et qui ne l'avait pas été, la communauté internationale ne s'en était pas souciée. La colère de voir des enfants mourir sous tes yeux... c'est très désespérant. J'étais désespérée. Je ne savais plus quoi faire : je n'arrêtais pas une minute de toute la journée et des enfants continuaient à mourir, cinquante, cent enfants par jour. Je me demandais ce que je faisais là puisque au bout du compte ils mouraient quand même...

Le monde n'a jamais su qu'il existait un endroit du nom de Liben. Cette histoire n'a pas été relayée par la télévision. Il y a tout au plus, de temps en temps, de l'espace pour un seul événement de ce genre, et à ce moment-là c'était celui de Dadaab. Dadaab eut ses minutes de célébrité – deux ou trois – dans un quelconque journal télévisé des pays riches, un quart de page dans les principaux journaux. Pendant quelques jours, on eût dit que son nom allait se transformer en un de ces mots qui tout à coup signifient : Bastille, Auschwitz, Hiroshima. Dadaab était alors une forme d'échec extrêmement féroce. Un ensemble de camps de réfugiés somaliens au nord du Kenya : installations provisoires prévues vers 1990 pour quelque 20 000 personnes où s'entassaient déjà 400 000 réfugiés et où en affluaient encore quelques milliers chaque jour, fuyant la famine en Somalie : ils arrivaient dénutris, mouraient, la situation était désespérée.

Très vite le public se lassa – il ne se passait rien de nouveau, rien de différent – et finalement la situation se normalisa peu à peu. L'urgence passée, il resta 400 000 réfugiés : des gens sans pays ni perspectives, qui vivent dans une enclave dont ils ne peuvent sortir, faute de papiers, où ils se sont improvisé peu à peu une vie résignée : des habitants de nulle part, captifs de l'aide humanitaire.

Liben est demeuré à l'arrière-plan : personne n'en a rien su. À présent les anciens de MSF prononcent ce nom comme un mantra, un nom de code : la fierté d'être arrivés aux confins de l'enfer.

– Je n'oublierai jamais ces mois à Liben. C'était affreux et frustrant, j'étais exténuée et je pleurais tous les jours, mais tous les jours je me disais qu'il n'y avait aucun autre endroit au monde où j'aurais voulu être. J'étais là où on avait le plus besoin de moi ; je savais que pouvoir être là, être en train de faire cela était ce que je pouvais faire de mieux de ma vie. Bien sûr qu'il y a une part d'égoïsme là-dedans, tu te sens bien en faisant ça. Je sais que cela fait du bien à ces gens, mais je suis très heureuse de pouvoir le faire.

Me dira Carolina.

– Parfois t'es tenté de penser à tous ceux qui sont tranquilles dans leur petite maison pendant qu'ici les gens meurent de faim alors que toi, en revanche, t'es là, tenté de penser que tu fais partie des gentils, des rares gentils. Ça m'arrive, je me bats contre.

Me dit Cormack, le médecin irlandais à Bentiu. Et qu'il n'était ni à Liben ni à Dadaab mais qu'il imagine ce que ça pouvait être et que lui, le pire qui lui soit arrivé dans la vie, ce fut la fois où il a dû faire des *triages* pendant plusieurs jours d'affilée au Darfour.

– Les petits arrivaient très très dénutris, ils arrivaient blessés, aussi, on était dépassés et on ne pouvait pas faire face à tout.

Triage est un mot français utilisé en médecine dans plusieurs langues : c'est le moment où un médecin ou un paramédical des urgences reçoit une avalanche de patients et, se rendant à l'évidence qu'il n'a pas les moyens de les traiter tous, doit déterminer lesquels ont le plus de chances de survivre – et abandonner les autres à leur sort.

– Je ne peux rien imaginer de pire.

Dit Cormack dans un drôle de murmure.

(Paroles de la tribu)

Comment, bordel, parvenons-nous à vivre en sachant que ces choses-là arrivent ?

C'est un moment.

Quand quelqu'un a-t-il parlé pour la dernière fois d'une forme de distribution universelle ? Ne lui a-t-on pas ri au nez ? Qui a regardé ses pieds pour se cacher, qui a adressé un rire complice à un complice, qui a ri pour de bon ?

Comment, bordel, parvenons-nous à vivre en sachant que ces choses-là ?

le problème, c'est qu'ils veulent tout résoudre par la charité, ils ont l'impression que ça va suffire. Suffire à quoi ? Suffire à rien du tout, sans compter qu'après ils s'habituent à ce qu'on leur donne alors, forcément, ils en veulent toujours plus et plus et plus, ils en ont jamais assez. Il faut faire en sorte qu'ils produisent eux-mêmes, qu'ils se débrouillent pour s'approvisionner, parce que autrement le monde ne peut pas fonctionner, tel quel, il ne fonctionne vraiment pas : si ça continue, ils vont tous débouler. Vous avez vu le nombre de Noirs qui débarquent en Europe chaque année ? Peut-être même pire : si ça continue, ils vont nous haïr de plus en plus, et on a vu ce que ça donne quand ces gens haïssent. Alors faut pas être idiots, faut leur donner les moyens de se nourrir ; pas leur donner des vivres : leur donner les moyens, leur apprendre à pécher, c'est la seule façon de les convaincre une fois pour toutes de rester chez eux, non ? Je ne dis pas qu'ils représentent un grand danger ; même pas, vu qu'étant pauvres, on ne voit pas comment ils pourraient être un grand danger, mais ça, c'est vrai pour l'instant, si ça continue comme ça qui sait si un jour ils ne vont pas

Comment, bordel, parvenons-nous à vivre en sachant ?

Et parce qu'on ne sait jamais, ne pas se rappeler qui a dit que, prises une par une, les personnes sont dramatiques, mais en masse, elles sont pathétiques. Ni qui a dit que l'histoire d'une personne vous émeut, celle d'un million de personnes vous ennuie : vous empêche d'exercer votre mince faculté d'imaginer.

Comment, bordel, parvenons-nous à vivre ?

Des phrases qui sont devenues silence. Des phrases que, à force d'être répétées, plus personne n'entend : 800 millions de personnes ne mangent pas à leur faim, toutes les cinq secondes un enfant meurt de faim. Je l'ai lu, je l'ai écrit, je l'ai entendu et répété je ne sais combien de fois : comme quand on dit il pleut – même quand il pleut.

Comment, bordel, parvenons-nous ?

Des formes tellement sibyllines du silence.

Comment, bordel ?

eh, mon pote, faut pas le prendre comme ça, non plus, juste avec le cœur et rien d'autre, faut faire intervenir un peu la tête aussi. Je veux dire : ce n'est pas par hasard s'il y a de la faim dans le monde, ce n'est pas que Dieu soit un enfoiré ou que le changement climatique ou que les Noirs soient idiots ou les couilles de ta grand-mère, c'est qu'il y a une bande d'enfoirés qui gardent tout pour eux, qui les exploitent depuis ces siècles et des siècles, alors que veux-tu faire, comment veux-tu éradiquer la faim de tous ces gens sans changer le système ? Tu peux pas, mon pote, tu peux pas, et si t'essaies, au fond tu ne fais qu'aider le système à se perpétuer, se maintenir, tu comprends ? Au lieu d'être en train de faire quelque chose pour que ça s'arrête une fois pour toutes, t'es en train de

Comment ?

4

Angelina vivait dans la peur depuis des mois, elle avait très peur. Ils nous traitaient de plus en plus mal, dit-elle, ils nous insultaient, nous menaçaient de nous tuer : à Khartoum – la capitale du Soudan –, après l'indépendance, la vie des sudistes était devenue un enfer.

– Même mes patrons de vingt ans m'ont dit de partir parce que j'étais devenue un ennemi bizarre.

– Un ennemi bizarre ?

Dis-je, pour vérifier que ce n'est pas une erreur de traduction.

– Oui, c'est ce qu'ils ont dit : un ennemi bizarre. Et que je devais partir, ne plus jamais revenir.

Angelina est originaire de Mayom, tout près d'ici, dans ce qui est aujourd'hui le Soudan du Sud. Quand elle est née, il y a une trentaine d'années, il n'existait qu'un Soudan. C'est pourquoi, quand sa mère perdit tout, elle prit ses cinq enfants et partit à Khartoum.

– Vous savez ce que ça fait ?

Me demande-t-elle, et je ne comprends pas sa question. Angelina m'explique : est-ce que je sais ce que ça fait de ne plus rien avoir brusquement ? Car il fut un temps où ils avaient quelque chose, dit Angelina : sa famille survivait jusqu'à ce que son père perde toutes ses vaches – Angelina ne sait pas combien il y en avait, peut-être cinquante, dit-elle, peut-être cent –, victime d'un raid d'une autre tribu.

– Et n'avez-vous pas essayé de les récupérer ?

– Quand on vous vole vos vaches, si on ne les récupère pas tout de suite, c'est très difficile de les retrouver. Si vous êtes fort, vous pouvez aller voler d'autres vaches dans cette tribu, mais les vôtres, vous ne les reverrez jamais.

Au Soudan du Sud, on a recensé des centaines de tribus, certaines composées d'à peine mille à deux mille membres. Les Dinka – dans toutes leurs variantes – représentent plus de la moitié des Sud-Soudanais et constituent le noyau dur du pouvoir, y compris le président Salva Kiir ; les Nuer sont les deuxièmes en nombre ; viennent ensuite les Murle. Pendant de longues années, la guerre civile les avait soudés face à l'ennemi commun, mais lorsqu'elle prit fin, leurs propres antagonismes les ont rattrapés. Notamment sous une forme soft, quoique soutenue : le vol de bétail.

Pendant des siècles, la plupart des Sud-Soudanais étaient des gardiens de troupeaux nomades qui ne possédaient que leurs vaches, et une bonne partie de l'activité économique s'opérait à travers le vol. Le vol de bétail est une coutume séculaire, avec ses rites et ses traditions. Un ancien responsable de MSF me racontait, il y a longtemps, qu'il arrivait parfois qu'un employé local lui demande quelques jours de congé pour aller voler du bétail – comme s'il s'agissait de la chose la plus naturelle du monde : leur culture. Dans certaines tribus comme les Murle, un enfant ne devenait adulte qu'après avoir participé à un vol de vaches.

Le problème est une fois de plus une question de moyens et d'échelle. Autrefois ils utilisaient des lances, des arcs et des flèches : à présent ils y vont à la kalachnikov et leur pouvoir de mort, jadis relativement limité, s'intensifie. Dans cette zone, il y a des groupes murle – des milices issues de l'armée rebelle – qui non seulement prennent le bétail, mais tuent des femmes et des enfants, brûlent des maisons, saccagent tout. Alors la vieille haine des Nuer envers les Murle gagne en violence et reprend les vieux arguments : les Murle seraient stériles et voleraient les enfants des autres tribus, les Murle seraient violents

– c'est pourquoi il faudrait les attaquer et les tuer, disent-ils, c'est pourquoi ils monteraient de petites armées capables d'en venir à bout.

Kwia, mon traducteur, d'ethnie nuer, me dit qu'il lui arrive de penser que ses amis ont raison lorsqu'ils disent qu'il faut envahir le territoire des Murle et les rayer de la carte. À d'autres moments, dit-il, il pense qu'ils sont tous soudanais – il veut dire sud-soudanais – et qu'ils doivent prendre soin les uns des autres. Mais il n'a pas l'air convaincu.

Selon l'Oxfam, il y a environ trois millions d'armes en circulation sauvage au Sud-Soudan : le résultat de décennies de guerre. Si ce chiffre est exact, il y aurait très peu d'hommes non armés. Cela est en un sens logique dans un pays où l'État n'est pas en condition de garantir la moindre sécurité. Cela est en un sens logique dans un continent où l'on estime à 70 millions le nombre de kalachnikovs. Sans compter tout le reste.

Le père d'Angelina ne récupéra jamais ses vaches et il mourut quelques mois plus tard. Angelina dit qu'elle était trop jeune, qu'elle n'en est pas sûre, mais qu'au cours de ces mois-là, beaucoup de gens moururent de faim.

– Je crois que mon père aussi. À moins qu'il ne soit mort de tristesse à cause des vaches. Mais je ne crois pas, parce qu'à cette même époque plusieurs autres membres de la famille sont morts aussi alors qu'on ne leur avait rien pris.

C'était en 1988, année d'une famine célèbre : d'abord la sécheresse, ensuite des pluies diluviennes qui noyèrent les quelques semis qui commençaient à poindre. Des milliers et des milliers de gens – des Soudanais, en définitive – partirent à la recherche de nourriture. Sa mère eut de la chance : un de ses frères réussit à vendre un taureau et à payer les billets pour que ses cinq enfants et elle fassent le trajet de trois ou quatre jours en camion jusqu'à Khartoum.

Angelina était l'aînée. En réalité, il y avait eu un enfant avant elle, mais il était mort en très bas âge. À leur arrivée en ville, Angelina, alors âgée de six ou sept ans, commença à aider sa mère, domestique chez un riche commerçant : elle faisait le ménage, la lessive, le repassage, la cuisine. Elle garda ce travail pendant vingt ans.

Devenue femme, Angelina épousa un homme de Bentiu qui travaillait aussi à Khartoum. Cependant, les vaches n'ont pas été payées à Khartoum, mais loin, là-bas, dans le Sud-Soudan, au frère de la mère, le propriétaire du fameux taureau. Au bout de deux ans, le mari d'Angelina alla chercher du travail à Nairobi, où on l'embaucha dans une école d'infirmiers tenue par un organisme chrétien ; en revenant, il trouva un emploi dans un hôpital, mais il était trop porté sur le vin. En peu de temps, dit Angelina, il est devenu alcoolique, a perdu son emploi, a cessé de s'intéresser à elle et à leurs enfants ; cela fait maintenant plusieurs années qu'il n'a pas donné signe de vie. Or, leur fils Tunguar a un an et demi et quand je pose la question, Kwia, le traducteur, me dit qu'il est le fils du mari absent.

– Parce qu'il venait parfois lui rendre visite ?

– Non, elle dit que non.

– Alors il ne peut pas être son père.

Kwia se perd dans les méandres d'une explication sur les coutumes matrimoniales des Nuer, le nombre de vaches que l'on paie selon les candidates, comment sont conclus les arrangements, comment ils sont rompus, quand entrent en jeu les frères du père, les sœurs de l'épouse et ainsi de suite pendant un bon moment. Jusqu'à ce que je perde patience :

– Ma question est simple : qui est le père de ce petit ?

– Le mari d'Angelina, te dis-je. Il se peut que ça ne soit pas lui le géniteur, mais c'est lui le père. Entre nous, peu importe qui est le géniteur ; le père, c'est celui qui a payé les vaches, le mari. Tant qu'on ne lui a pas rendu ses vaches, c'est toujours lui le père.

Tunguar est tout maigre, il somnole : ça lui est égal.

Angelina me dit et me répète qu'elle croit beaucoup en Dieu ; on voit que ce n'est pas réciproque.

Angelina s'est enfuie de Khartoum parce que la vie y était devenue impossible pour elle ; ses patrons de si longue date l'avaient chassée, elle gagnait sa croûte en faisant du vin, mais ce n'était pas légal : si on l'avait attrapée, dit-elle, qui sait ce qui aurait pu lui arriver, parce qu'elle avait entendu des histoires de gens du Sud qui s'étaient fait attraper en train de faire des choses moins graves et qui avaient subi des choses horribles.

– Quelles choses horribles ?

– Peu importe. Des choses horribles.

Dit Angelina, et qu'à elle, il ne lui est rien arrivé d'aussi grave, dit-elle à voix très basse, comme si elle le disait sans le dire. Plus tard elle me racontera que son amie Tombek est allée en prison pour avoir fait du vin et qu'elle y est restée pendant des mois jusqu'à ce que ses frères puissent réunir le dessous-de-table pour la sortir – et qu'au cours de ces mois-là, il lui est arrivé des choses horribles. Angelina a les os du visage très saillants, le regard fatigué de quelqu'un qui ne veut plus regarder.

– Peu importe, peu importe, c'est du passé.

Dit-elle, plus pour elle-même que pour nous, et on sent dans son récit quelque chose d'étrange, quelque chose qu'elle tait – puis son visage maigre se ferme à double tour, comme si elle ne voulait plus laisser filtrer le moindre souvenir. Et qu'un jour, elle prit ses quatre enfants et avec l'argent qu'elle avait tiré de la vente de ses deux casseroles, de ses cuves pour la lessive et d'une vieille radio qu'elle avait, elle eut de quoi payer le camion jusqu'à un village où elle prit un bateau, une de ces barcasses qui remontent le Nil, dont le patron lui fit un bon prix parce qu'il était de la même tribu qu'elle, mais que le voyage dura plus de dix jours et qu'au bout de six ou sept, il ne lui restait plus un grain de sorgho pour nourrir ses enfants, alors elle paniqua :

– Dans le bateau, imaginez, qu'est-ce que je pouvais bien faire pour qu'on mange ?

Angelina eut une idée : elle garda un petit maillot pour chacun de ses enfants et un chemisier pour elle et vendit leurs deux ou trois vêtements à un monsieur dans un village où ils firent halte. Avec ça, dit-elle, elle put acheter du poisson à des pêcheurs sur le fleuve et ils purent manger jusqu'à leur arriver ici, à Bentiu, où elle a de la famille.

– Et votre famille vous a donné à manger ?

– Oui, ce n'est pas qu'ils en aient eu beaucoup, mais ils m'ont donné quelque chose.

Cependant, Tunguar était déjà si maigre qu'on lui a conseillé de l'amener à la clinique.

– Pauvre petit, il a eu très faim. Moi, avoir faim, ça ne me fait plus rien, je connais. Mais lui, le pauvre.

Dit Angelina, puis elle répète : Moi, je connais.

– Que veut dire que vous connaissez ?

– Que ça ne me fait rien. S'il y a à manger, je mange, s'il y en a peu, je mange moins, si un jour il n'y a rien, je ne mange pas. On finit toujours par trouver quelque chose.

Dit Angelina, puis elle me raconte que son premier fils est tombé malade comme Tunguar et qu'il en est mort : que c'est pour ça qu'elle est assez inquiète.

– Ça a commencé pareil, par une forte diarrhée, mais c'était il y a plus de dix ans et je ne savais pas où aller. J'ai fini par l'emmener à l'hôpital, là-bas, à Khartoum, mais quelques jours après, il est mort, le pauvre petit. Il y avait tout plein de docteurs, mais il est mort quand même. Il est clair que Dieu voulait le reprendre.

Angelina est une fervente chrétienne et dit que cela aussi lui attirait des ennuis à Khartoum, où ils sont tous musulmans, arabes, dit-elle. Et que maintenant elle veut rentrer à Mayom, voir si elle retrouve sa famille, mais elle se demande si, à cause des pluies, les chemins sont encore praticables. Sinon, il faudra qu'elle voie ce qu'elle peut faire, me dit-elle : qu'elle me racontera la prochaine fois.

5

Bimruok est à une dizaine de kilomètres de Bentiu, mais on se croirait dans un autre monde – à l'intérieur de l'Autre-Monde. Ce matin, à Bimruok, les gens de Médecins Sans Frontières tiennent une « clinique mobile » : plusieurs tables sous un grand manguier, un agent de santé – local – derrière chaque table et, autour, assises, debout, couchées sur le sol détrempé, une centaine de femmes avec leurs enfants respectifs. Ce sont des mères avec leurs enfants malnutris qui viennent chercher leurs doses de Plumpy'Nut et contrôler leur état ; plus loin, sous une tente, encore une centaine de femmes qui attendent leur tour pour une première consultation : pour que les mesures de rigueur – tour de bras, poids, taille – leur disent si leurs enfants ont besoin d'un traitement. Il y a beaucoup de pleurs, beaucoup de mouches.

Il y a de la boue : hier soir s'est abattue la première forte pluie de la saison et on attend bientôt les orages qui couperont l'accès de la plus grande partie de cette région. Les agences et organisations internationales tentent de stocker des tonnes de grains dans les zones où leurs camions ne pourront plus passer. Les populations migrent pour ne pas rester isolées et privées de vivres.

Dans le Premier Monde, nous n'avons plus le souvenir du temps où une pluie pouvait nous mettre à terre. La civilisation – cette forme de civilisation – a servi à nous libérer de l'obligation d'adapter chaque détail de nos vies au rythme des saisons et de la météo. Ici, non.

– Mais puisque je lui donne son walwal tous les jours… !
– Parfois ça ne suffit pas, madame, ça ne suffit pas.
– Comment ça, ça ne suffit pas ?

Bimruok est une poignée de tukuls disséminés sans ordre apparent et quelques rangées de sorgho, okra, maïs par-ci par-là. C'est l'époque : on voit des femmes et des hommes creuser des sillons avec des houes et semer. Les surfaces cultivées sont toujours minuscules et laissent beaucoup d'espace vide autour : comme s'ils pouvaient mais ne voulaient pas les étendre davantage. Les semences sont chères.

Au milieu du village, un terrain vague fait office de place ; l'école, ce sont sept ensembles de petits bancs sous les arbres, dans différents coins de cette grande esplanade boueuse, vide. Dans chaque coin, un jeune instituteur longiligne utilise son tableau noir pour faire classe à quinze ou vingt gamins ; les cours sont évidemment interrompus pour cause de pluie.

– Alors qu'est-ce que je vais pouvoir faire ?
– Il faut l'amener à l'hôpital de Bentiu.
– Mais mon fils n'est pas malade… !

En l'espace d'une matinée, l'équipe de MSF a détecté vingt-huit cas de dénutrition. Je dis : en un rien de temps, dans un petit village. Vingt-huit enfants dénutris.

– Pas malade, madame, mais il a besoin de suivre un traitement.

– Je ne peux pas lui donner de traitement. Je lui donne déjà assez à manger.

Deux cents mètres plus loin, des messieurs sont en train de prendre possession de leur parcelle : ils colmatent avec des roseaux les clôtures qui délimitent leur propriété. Ils se déplacent lentement : chaque pas, chaque geste semble être une décision isolée, un fait qui pourrait ou non avoir lieu, une succession de hasards. Pour le moment, il n'y a rien à l'intérieur des espaces clôturés : je demande à Kwia si ce sont de nouveaux compounds ; il me dit que oui, que beaucoup de gens s'installent en ce moment car le gouvernement leur vend enfin des terres.

– Il les leur vend ?

– Oui, mais très bon marché. Un compound de ceux-là, de trente mètres sur quarante, coûte 660 livres.

– Dis donc, mais c'est moins que ne coûte un sac de sorgho.

Lui dis-je, et Kwia s'en pourlèche. 660 livres, ce sont environ 170 dollars et Kwia est un jeune homme de vingt ans et des poussières, imitation mal fignolée de Stringer Bell, le narco chic dans *The Wire*. Kwia a le même bouc et des chemises bariolées. Il est aussi un fervent patriote.

– Oui, parce que, sur le marché, c'est différent. Sur le marché, la personne qui vend veut faire du profit alors elle demande le prix qu'elle veut. Alors que le gouvernement, lui, il ne cherche pas à faire de profit car la terre appartient à la communauté, il ne peut pas faire payer la communauté pour sa propre terre. Il se contente d'exiger un petit prix pour orchestrer les distributions, pour que personne ne reste sans terre.

– Et si quelqu'un veut acheter plus de surface ?

– Alors là, c'est plus du tout le même prix.

Dit Kwia, puis il m'explique que celui qui veut davantage que l'unité de base doit payer 20 livres le mètre carré, et qu'à ce prix-là, un bon lopin finit par coûter cher. Mais qu'on peut aussi acheter de la terre à quelqu'un qui l'a reçue et qui veut partir ailleurs ou utiliser cette somme pour tenter sa chance dans autre chose, et qu'il vendra sans doute ses 600 mètres carrés à 2 500 ou 3 000 livres, moins de 5 livres le mètre. Et que de fait il y a des gens qui arrivent à obtenir du gouvernement plus d'une parcelle et qu'ensuite ils peuvent les vendre : qu'un ami à lui en est déjà à trois ou quatre.

– Et comment fait-il ?

– C'est facile, il les demande à des endroits différents. Il peut aussi les demander sous différents noms, au nom d'une sœur, ce genre de choses.

– Et que veut-il en faire, ton ami ?

– Eh bien, il se pourrait qu'un jour j'aie une famille nombreuse.

Dit-il, puis il rit en s'apercevant qu'il est passé sans s'en rendre compte de la troisième à la première personne :

– Beaucoup d'épouses, ce genre de choses.

– Mais ce n'est pas illégal, ça ?

– C'est entre la légalité et l'illégalité, pile entre les deux.

Dit Kwia, puis il s'arrête, on dirait qu'il va se taire, mais il ajoute d'un ton sentencieux :

– Tout est possible quand tu as un ami bien placé.

« Nous luttons pour la liberté, la justice et l'égalité. Beaucoup de nos amis sont morts pour avoir essayé d'atteindre ces objectifs. Et pourtant, quand nous sommes arrivés au pouvoir, nous avons oublié ce pour quoi nous luttions et nous avons commencé à nous enrichir sur le dos de notre peuple », écrivait en mai 2012 Salva Kiir Mayardit dans une *Lettre ouverte aux corrompus* publiée dans les médias nationaux. Cela n'avait rien d'original : tout le monde parle de la corruption du gouvernement soudanais, mais Salva Kiir était le président de ce gouvernement et le chef historique de son armée rebelle désormais officielle, le Sudan People's Liberation Army. Dans sa lettre, Kiir demandait à ses collègues du gouvernement de rendre les 4 milliards de dollars qu'ils avaient pris ; il leur proposait en échange de ne pas les poursuivre. Au cours du premier mois, quelques-uns remboursèrent pour un montant paraît-il de 70 millions : 3,93 milliards sont encore perdus dans la nature.

On raconte que Salva Kiir publia cette lettre sous la pression des États-Unis, qui l'avaient posée comme condition pour ne pas couper leur aide humanitaire. Qui sait ? Un journaliste local s'étonne – il dit s'étonner – que les gens qui se sont sacrifiés durant des années, qui se sont battus dans les pires conditions, qui ont risqué leur vie pour avoir un pays indépendant consacrent maintenant leur temps à faire main basse sur tout l'argent que leur fonction met à leur disposition :

– Et moi qui pensais qu'une fois au gouvernement ils auraient la même ligne de conduite qu'avant. On a plutôt l'impression que le prix qu'ils réclament pour leurs sacrifices se compte en milliers, en millions de dollars.

On les accuse généralement de corruption et il est vrai que la plupart des gouvernements africains volent une partie de l'aide internationale qui arrive dans leurs pays. C'est d'ailleurs un des principaux arguments agités par ceux qui disent que les gouvernements africains sont coupables de la faim en Afrique.

– Mais non ! À quoi bon continuer de leur envoyer quoi que ce soit s'ils volent tout ?

À cause de la corruption – disent des organismes tels que la Banque mondiale –, leurs aides n'arrivent pas à destination, s'évaporent en route, les problèmes qu'elles sont censées régler sont toujours là – et des foules de gens continuent donc à ne pas manger à leur faim. Il est vrai que la plupart des pays africains sont corrompus jusqu'à la moelle ; en règle générale, corrompus jusqu'à la moelle. Mais ce qu'ils volent n'est rien à côté de ce que perdent leurs pays et leurs citoyens à cause de l'ordre international dans lequel ils sont inscrits depuis un siècle et demi.

Les organismes internationaux exploitent la corruption des gouvernements de la même manière que les gouvernements nationalistes exploitent l'avidité des pouvoirs internationaux : il est facile de dire que des millions d'Africains ont faim parce que leurs dirigeants sont pourris et malhonnêtes ; il est facile de dire que des millions d'Africains ont faim parce que le capital mondialisé est avide et insatiable. Les deux propositions sont vraies – chacune d'elles est d'autant moins vraie qu'on la brandit comme la raison unique.

Et les deux éludent le problème de la propriété privée et de la distribution de la richesse, ces vétilles.

– La corruption la plus abjecte, c'est quand les gouvernants détournent l'argent ou le matériel des aides internationales. Le problème, en premier lieu, tient au système qui rend ces aides nécessaires. Cela étant : qui fait les investissements nécessaires pour que cette terre produise suffisamment ? Au Soudan, par exemple, quel pourcentage des revenus du pétrole prélève chaque partie ? Encore qu'on ne pourrait bien évidemment pas exploiter ce pétrole sans technologie ni investissements – ce que seules les puissances détiennent.

Me dit un haut fonctionnaire d'une importante oènegé qui ne dit jamais ce genre de choses – de sorte qu'il exige que je lui garantisse l'anonymat.

– Ce serait bien mieux si les États et les donateurs internationaux investissaient dans la création d'infrastructures (des puits, une petite digue, une installation photovoltaïque, une route) pour que les gens puissent ensuite se débrouiller tout seuls. Mais cela ferait d'eux des gens autonomes. Cela n'est dans l'intérêt ni de nos gouvernements ni de nos donateurs. Alors ils préfèrent continuer d'envoyer des sacs de vivres. Plus je te mets dans la situation de chercher 24 h sur 24 h une tasse de grain pour ta famille, mieux ça m'arrange, car tu n'auras pas le temps de surveiller ce que je fais.

Hommes idiots qui accusez : si dans ces pays il n'y avait pas des biens convoités et des messieurs qui les convoitent, la corruption serait bien moindre. La corruption augmente quand des entrepreneurs briguent des ressources dont l'accès peut être facilité par un fonctionnaire corruptible. Mais ensuite : quelle différence y a-t-il entre un pétrolier texan qui s'empare de terres soudanaises pour les exploiter et un fonctionnaire du gouvernement qui en tire un bénéfice ? Le mode d'acquisition de la richesse ? Car nous supposons qu'avoir un terrain en propriété ou en concession nous donne le droit de nous emparer de ce qui s'y trouve, alors que le gérer au nom de l'État, non. Il est logique que gérer quelque chose au nom de l'État ne vous autorise pas à en tirer profit. Est-il logique qu'avoir un titre de propriété pour cette même chose vous y autorise ?

6

– Je ne veux pas me construire une maison. J'avais une maison et j'ai dû l'abandonner à cause de la guerre. Si je me construisais une maison, comment être sûr que je pourrais y rester ? C'est très dur d'avoir une maison et d'être obligé de l'abandonner. Je préfère ne pas en avoir.

– Et où habiteras-tu ?

– Je ne sais pas, on verra bien.

Au-delà de l'au-delà, un kilomètre après Bimruok, Manquay, cent huttes au milieu de nulle part et une rivière sombre d'où ils tirent de l'eau. Ici, la pluie n'a eu aucun effet : le sol est toujours aussi sec, ocre, craquelé. Ici, les huttes sont encore plus pauvres : des carrés de deux mètres sur deux aux murs en roseau, toit en sacs de plastique noir, à l'intérieur une chaise en plastique marron, un lit en bois, un tas de linge à même le sol en terre. Les huttes sont éparpillées le long des deux cents mètres qui mènent à la rivière ; de-ci de-là un petit carré planté d'okra ou de maïs, un arbre solitaire, des femmes qui coupent des branches ou font du feu ou passent un petit balai en roseau ou broient du grain à coups de pilon ou passent avec leurs bidons d'eau sur la tête ou lavent dans des bassines en plastique aux couleurs criardes. Sur le bord de l'une je lis la mention à moitié effacée *Made in Bangladesh* : Kamrangirchar, je suppose. Une femme me dit que ceci est un quartier de soldats ; que tous ces gens sont les familles de militaires destinés à servir pendant six ou sept ans à Bentiu et qui emmènent presque tous leur famille avec eux – « ceux qui ont une famille », dit la femme en me regardant comme si nous étions complices de quelque chose. La femme a un tee-shirt jaune, les dents en moins traditionnelles, des pommettes comme des pommes noires ; elle est assise sur une chaise en plastique à côté de deux autres femmes maigres en tee-shirt jaune aussi, assises sur des chaises en plastique ; les trois tiennent des branches dont elles sont en train de nettoyer et d'arracher de petites feuilles – rondes, d'un vert vif. Elles disent qu'elles viennent de cet arbre, là-bas, qu'on ne peut pas les manger crues, mais qu'elles vont en faire une soupe.

– Et avec quoi allez-vous les manger ?

– Comme ça, en soupe.

Et que maintenant leurs maris gagnent environ 800 livres par mois – environ 180 dollars au marché gris foncé – et que c'est ce que coûte au marché un sac de 100 kilos de sorgho qui sert à préparer le walwal pour une famille pendant trois semaines, et que certains jours, comme aujourd'hui, ils mangent des feuilles d'arbre, dit une des femmes en tee-shirt jaune et je vois que les deux autres regardent derrière moi comme s'il se passait quelque chose.

– Bonjour, cher monsieur, soyez le bienvenu.

Me dit un monsieur de grande taille mais plus large que les autres, quarante ans bien portés, solide, habits propres, tête haute. Le monsieur me dit en un anglais intelligible qu'il est sous-lieutenant et m'invite à faire quelques pas avec lui. Le sous-lieutenant a des manières de quelqu'un qui est habitué à donner des ordres.

– Bienvenu dans notre quartier. Ici, nous sommes là pour défendre notre nouveau pays. Aujourd'hui enfin nous sommes tous les enfants de la même mère.

Dit le sous-lieutenant. Je ne comprends pas la métaphore, mais je ne parviens pas non plus à me la faire expliquer. Alors je lui demande quelle est sa fonction et il me dit qu'il est dans le secteur du MO – *Moral Orientations* –, ce qui est très important car un peuple qui n'a pas d'orientation morale ne peut tenir un cap et qu'une bonne morale et un cap ferme sont indispensables pour gagner une fois pour toutes la guerre contre l'Arabe et vivre en peuple libre – ou quelque chose dans ce goût-là. J'essaie alors de l'interroger – prudemment – sur ces pauvres femmes qui préparent des feuilles d'arbre et il m'adresse un immense sourire :

– Oui, vous les avez vues, hein. La plus grosse, celle en jaune, c'est la mienne.

Dit fièrement le sous-lieutenant, et je ne lui fais pas remarquer qu'elles étaient maigres toutes les trois, en jaune toutes les trois. On continue à marcher entre les huttes ; deux douzaines d'enfants batifolent autour, nous suivent, nous lancent des cris, nous touchent précautionneusement. Les plus grands ne font pas très attention à nous : trois d'entre eux jouent avec une bouteille vide attachée à une corde elle-même attachée au bout d'un bâton planté au sol : le jeu consiste à faire des acrobaties pour shooter dans la bouteille le plus fort possible afin qu'elle tourne. Quatre autres font semblant de se tirer dessus avec des pistolets en terre ; un autre a une kalachnikov et les arrose de mitraille. Je lui demande si c'est lui qui les incite à jouer à la guerre et le sous-lieutenant me dit que non, qu'ils le font d'eux-mêmes. Les filles jouent moins : elles portent presque toutes des bébés sur le dos.

– Je croyais que les officiers vivaient ailleurs, lui dis-je au lieu de lui dire que je ne pensais pas qu'ils vivaient dans la misère.

– Un officier doit rester près de ses troupes. Et puis, tels que vous nous voyez, nous sommes pauvres, mais c'est parce que nous sortons d'une très longue guerre. Bientôt ça va changer du tout au tout.

Dit-il, comme pour trancher la discussion avant même de l'avoir entamée. Mais il poursuit :

– Quel genre de stimulation et d'orientation je leur offrirais s'ils ne me voyaient pas parmi eux ? D'autres ne partagent peut-être pas mon avis, mais c'est ce que m'a appris mon père.

– C'est une vie difficile.

– Et qui a dit que bâtir un pays était une chose facile ?

Dit-il, et que tout ce que lui a enseigné son père, il le perpétue, que c'est pour cela que son père est mort en se battant contre l'ennemi.

– Mon père et tant d'autres. Vous ne savez pas combien de morts il y a eu dans nos tukuls.

Dit-il, l'œil sévère, puis il tend le bras : il me montre les tukuls ou les morts. Six lignes parallèles barrent de part en part le front du sous-lieutenant en charge de l'orientation morale : les marques de sa tribu, de sa virilité.

– Maintenant, si vous permettez, je dois vous laisser. J'ai des affaires importantes à régler.

Le sous-lieutenant me tend la main, se retire. Quelques huttes plus loin, des femmes sont regroupées, assises à même le sol autour d'un feu où elles font griller des grains de café et où chauffe une bouilloire remplie d'eau ; elles me disent qu'elles n'ont pas d'argent pour acheter du sorgho et faire leur vin, alors elles se contentent de café – et d'un narguilé qu'elles font tourner. Elles fument avec ravissement, d'un air de luxure. Elles ont des petits pendus à leurs seins et rient et parlent toutes en même temps ou presque : elles s'amusent comme des folles. Mais une d'entre elles me demande si je crois vraiment que la guerre va prendre fin comme ils le racontent et je lui dis que je ne sais pas, que je l'espère, que c'est ce que nous espérons tous. Et elle me dit bien sûr, c'est ce que nous espérons, mais elle voudrait me poser une question.

– Oui, bien sûr.

– Quand la guerre sera finie et qu'on n'aura plus besoin de soldats, qu'est-ce qu'on va devenir, nous autres ?

Il eût été méchant de lui dire ne vous inquiétez pas, madame, ici on aura toujours besoin de soldats et vous pourrez continuer à mâcher des feuilles d'arbre ; il eût été méchant de lui dire c'est vrai, qu'allez-vous devenir, mes pauvres dames ; il eût été méchant de lui demander êtes-vous sûre que vous voulez continuer ainsi toute votre vie. Les autres femmes riaient un peu à contrecœur ; j'en fis autant : encore plus méchant.

Ici non plus il n'y a pas de vieux : encore une victoire de l'écosystème.

Nous sommes tous perdus face à certains changements techniques. Et la vieillesse relève de ces inventions que nous ne maîtrisons pas encore. J'ai toujours trouvé surprenant que vieillir suppose une telle détérioration : rien dans le fonctionnement physique des personnes ne s'arrange avec l'âge ; le temps n'est pour nous que déchéance. Pendant des siècles, nombre de sociétés tentèrent de compenser ce désagrément par l'idée que le savoir était le propre des vieillards – « sa diablerie, fait du diable un sage / mais surtout son grand âge » ; maintenant que les savoirs qui comptent sont censés être les plus récents, la valeur symbolique de la vieillesse s'est aussi reportée sur la jeunesse.

Je me suis toujours demandé pourquoi la nature, qui d'habitude fait mieux les choses, nous soumet à ce processus de dégradation. Jusqu'à ce que je comprenne, âne que je suis, que la vieillesse contemporaine n'est pas du tout naturelle : c'est une des grandes inventions de la culture humaine. À leur état « naturel », les hommes des cavernes ne vivaient pas au-delà de vingt-cinq ou trente ans : ils mouraient avant de se dégrader. Jusqu'à tout récemment, l'espérance de vie moyenne des pays riches n'allait guère au-delà des soixante ans. Aujourd'hui, elle a dépassé les quatre-vingts et continue à progresser. Une foule d'améliorations techniques a permis cela, mais nous sommes en pleine transition, dans un entre-deux : nous avons appris à prolonger la vieillesse, pas à éviter ses ravages.

Néanmoins, la nature n'y est pour rien. Nous avons inventé un état antinaturel – la vieillesse extrême –, mais il nous reste encore du chemin à parcourir, des tas d'erreurs à corriger.

Dans un temps sans futur, la vieillesse n'a guère que de la mélancolie à offrir. Avant, le truc était clair : il s'agissait de s'efforcer de construire, d'atteindre un certain âge en ayant une carrière derrière soi qui vous campe en tant que personne honorable et accomplie. Aujourd'hui, c'est en pure perte : les maîtres symboliques du monde sont les jeunes – et s'éloigner de la jeunesse n'offre aucune récompense.

Mais ici la jeunesse n'est le symbole de rien du tout :
la seule condition possible, la nature dans toute sa splendeur.

Avec Peter, il est plus facile de parler : il en impose moins. Alors je lui demande si cela ne le dérange pas de se battre pour son pays alors que sa famille n'a rien à manger. Le soldat Peter est grand, longiligne, il porte un pantalon et une veste de camouflage neufs, des tongs, une kalachnikov assez rutilante.

– Non, au contraire. Cela me donne des raisons supplémentaires de me battre. Je sais que quand nous aurons enfin gagné cette guerre, nous aurons autant de nourriture que nous voudrons.

On vous dit que la guerre d'indépendance est terminée – mais cela n'est pas vrai. Il y a sans cesse des escarmouches, il reste des « milices » soutenues par différents pays qui opèrent en territoire ennemi et, de temps en temps, une attaque en règle. La guerre a continué – et continue. Bombardements, affrontements divers. Elle continue suffisamment pour que le Soudan du Sud soit obligé de conserver une grande armée

– qui est à son tour la base du pouvoir du parti au pouvoir. Et les gouvernements de part et d'autre, disent leurs détracteurs, ont tout intérêt à poursuivre une guerre qui assure la cohésion de leurs peuples respectifs, escamote les autres problèmes, renforce leur autorité.

Il y a quelques années, James Morris, un directeur du WFP, a dit que l'on s'empressait bien plus autour des Africains en guerre que des Africains en paix. « Parfois je me dis que le pire endroit pour un enfant africain affamé, c'est un pays pauvre mais pacifique et stable. »

Quelques kilomètres au nord, dans les monts Nouba, que les anciens appelaient Nubie, des milliers et des milliers de personnes ont dû abandonner leur foyer pour vivre cachées dans des grottes car l'aviation soudanaise les bombarde avec acharnement. Ce sont de vieux coucous Antonov, encore soviétiques, qui lancent trois ou quatre bombes à chaque passage et qui donnent rarement dans le mille, mais parfois si. Ils visent les villages, les civils. Ces enfants, ces femmes, ces vieillards sont les familles des rebelles de l'armée du peuple soudanais pour la libération du Nord (SPLA-N), qui combat le régime d'El-Béchir à Khartoum. Par ces bombardements, dit-on dans le camp d'El-Béchir ils inquiètent les rebelles et donnent du tracas à leur arrière-garde.

Mais Khartoum a une autre arme bien plus efficace : à cause des bombes, à cause de l'insécurité, les Nubiens n'ont pas pu cultiver leurs champs cette année, et le gouvernement soudanais a interdit aux agences internationales de leur apporter des vivres ; les récits en provenance de là-bas parlent d'une faim soutenue, de multitudes de gens survivant de racines, de feuilles, d'insectes divers Les récits parlent sans le dire d'un des usages les plus anciens de la faim comme arme de guerre.

En tout cas, la frontière est fermée et les vivres qui arrivaient auparavant du Soudan ne peuvent plus passer. Djouba est à sept cents kilomètres par des pistes de terre que les pluies sont en train de rendre impraticables. Le marché de Bimruok respire la misère.

Pour nous, citoyens mondialisés, le monde est un grand supermarché : nous parcourons ses rayons pour acheter de la nourriture, des souvenirs, des jeans, un emploi, des sensations diverses, des plages – et même des histoires, des rêves d'affaires ou de grands changements. Pour le milliard de jetables – et pour tant d'autres –, le monde, ce sont vingt kilomètres autour de chez eux et une vie toujours identique.

Ce n'est pas la moindre des inégalités ; c'est, en tout cas, celle qui contribue le plus à ce que le mot monde ne signifie pas la même chose pour tous.

Une odeur qui mêle crasse, poussière et encens. Les étals sont en roseau et tôle : deux douzaines autour d'un grand espace vide. Dans le plus grand on vend des bougies, de la lessive, des lames de rasoir, des gaufrettes, du jus en poudre, des cigarettes locales, quelques boîtes de maquereaux et une foule de pains de savon : en temps de crise et de misère, le savon est toujours le dernier produit à disparaître. Sur un autre étal on vend des petits sachets d'une livre de charbon ; sur deux autres, du pain rond et plat ; sur deux ou trois autres encore, de ces tee-shirts très élimés que les Occidentaux donnent plutôt que de les jeter à la poubelle ; je trébuche sur une petite souris morte : elle est minuscule, gris argenté. Un marchand propose des tongs neuves et usagées, un autre, trois oignons – très exactement trois oignons –, un autre des sachets contenant une demi-livre de sucre et de petits balais en paille ; aucun ne vend ni fruits ni légumes ni animaux. J'ai visité des marchés dans le monde entier et c'est la première fois que je ne vois presque aucun produit frais. On croise un coq, puissant, solitaire ; puis un petit âne porteur d'eau.

Plus loin, une baraque en tôle avec un écriteau qui dit *Center phone charging*, pour que ceux qui n'ont pas l'électricité puissent quand même avoir un portable ; j'apprendrai par la suite que c'est une nouvelle sorte de commerce florissant. Les téléphones à la pointe de la technologie il y a dix ans ont atterri ici, et des milliers de personnes veulent les utiliser. D'où ce service qui serait inutile dans tant d'autres endroits : un jeune homme muni de quelques batteries de voiture, trois douzaines de prises, des chargeurs divers, une paire d'enceintes qui matraquent l'air et campent une sorte d'ambiance dynamique ; il s'installe au milieu du marché et vend de l'électricité à doses homéopathiques. Comme tout, ici, elle est assez chère : deux livres – autour d'un demi-dollar – la recharge.

Au fond se trouve l'autre service du marché : la hutte du monsieur qui moud des grains dans un petit moulin électrique. Les prix ayant beaucoup augmenté, me dit-il, il a de moins en moins de clients. Par-dessus le bruit du générateur résonne de la musique, une sorte de reggaeton à fond la caisse : à côté il y a un tukul qui fait office de bar. Six messieurs – dont quatre soldats – y sont assis sur de ces chaises en plastique marron que l'on voit partout : ils boivent du thé, fument le narguilé.

Il y a cent ans, des artistes d'avant-garde désenchantés de la modernité cherchaient leur inspiration chez ces peuples – censés être plus proches de la vraie nature humaine. C'était une sottise, mais cela conférait une place à ces gens qui vivaient « selon leur nature », par opposition aux Blancs civilisés, sous l'emprise de règles sociales et religieuses qui les dénaturaient. Aujourd'hui, leur image est tout autre : ils sont une espèce de version niaise, ratée de nous, nous ne sachant comment nous y prendre pour faire ce que nous devons faire. Aujourd'hui nous les voyons avec les yeux du missionnaire, petits hommes et petites femmes délaissés de la main de Dieu et que nous devons secourir afin qu'ils ne meurent pas de faim.

Mariya me demande si je veux du lait dans mon thé. Je lui dis que non, je la prie de me raconter. Mariya est longiligne, souple, somptueuse, les lèvres, les pommettes et les yeux bridés ; elle se déplace comme si elle flottait. Je me surprends à concevoir le pire des préjugés : elle est trop belle pour être aussi pauvre.

– Allez, prends du lait. Avec du lait, c'est deux livres.

Dit-elle avec une sorte de moue, et elle m'explique que quand elle n'a plus rien à manger – ce qui est si fréquent – elle vient vendre du thé dans le tukul, que le patron lui loue ce petit coin pour dix livres par jour. Elle achète une livre de thé, une livre de lait et les vend. Certains jours, elle rentre dans ses frais, d'autres elle s'endette, d'autres elle gagne. Mais c'est la seule solution qui lui reste, me dit-elle, quand elle a épuisé toutes les autres.

Mariya a eu son premier enfant, me dit-elle, à l'âge de quinze ans, parce qu'elle est tombée enceinte d'un soldat – et je n'ose pas m'enquérir des circonstances. Je songe à des manières détournées : lui demander, par exemple, de quelle armée il était. Je n'ose pas. Mais qu'ensuite elle a épousé un garçon de son village qui n'avait pas de vaches et qu'ils ont eu un autre enfant aujourd'hui âgé de onze mois, mais qu'il est parti à Djouba, et qu'elle croit qu'après ça il est parti au Kenya, et qu'elle n'a plus de ses nouvelles depuis longtemps : qu'elle ne sait pas s'il reviendra. Mariya a un long tissu vert ou bleu attaché autour de la taille, un tee-shirt rose déteint avec un trou sur le côté gauche ; elle dit qu'elle continue à habiter avec sa mère car son père est mort il y a très longtemps et que bien souvent – la moitié du temps, dit-elle, ou plus de la moitié – ils n'ont rien à manger.

– La faim te fait-elle peur ?

– Je n'y pense jamais. Si je mange, tant mieux ; sinon, que voulez-vous que j'y fasse.

Quand ils mangent, me dit-elle, ils mangent du walwal une ou deux fois par jour ; parfois, le soir, ils mangent du *yodyod*, qui se prépare avec des restes de walwal. Et très occasionnellement, une soupe d'okra.

– Si tu pouvais manger ce que tu voulais, que choisirais-tu ?

– Du walwal. Du walwal avec beaucoup de lait.

– Mais je veux dire vraiment ce que tu veux : du poulet, du bœuf, du poisson, n'importe quoi.

– Je n'ai pas d'argent pour n'importe quoi, alors je préfère le walwal.

Que le problème n'est pas là : le walwal lui suffit pour ne pas avoir faim. Le problème, dit-elle, ce sont ses enfants : ces médecins – MSF – sont venus récemment et lui ont dit qu'ils étaient dénutris. Mariya dit que dès qu'elle pourra, elle ira les faire soigner à la clinique.

Ensuite on me raconte que le mari de Mariya n'est pas parti au Kenya : il est mort en marchant sur une mine ou en la touchant ou allez savoir comment ; qu'il était en train de labourer un champ quand il a explosé en mille morceaux. Mais Mariya a peur d'en parler alors elle raconte des histoires.

7

Nyayiyi plisse les yeux pour voir, elle dit qu'elle ne voit pas beaucoup. Elle me demande si je vois ces choses, là-bas, au loin, dont elle pense que ce sont des vaches. Dans ces faubourgs du monde, il n'y a pas de lunettes : chacun voit ce qu'il peut. Pour certains, le monde est plein d'arêtes et de couleurs, pour d'autres mou, illisible. C'est un vestige de la vieille version du regard ; aujourd'hui, dans les pays riches – dans les pays à lunettes –, on nous a convaincus qu'il n'y avait qu'une façon de voir et que nous devions y aspirer, nous appareiller par tous les moyens possibles pour y parvenir. Car les fonctions de la vue sont également standardisées : lire, par exemple, ce qui requiert une certaine précision du regard, est un phénomène nouveau pour les trois quarts de la population mondiale. Durant des siècles, des millénaires, la vie de la plupart des gens ne nécessitait pas une telle définition.

Ici, comme alors, les choses peuvent être vues de manière tout à fait floue.

Encore une histoire ; encore une fille entre quatorze et dix-sept ans qui tombe enceinte une nuit, près du fleuve, au-delà des maisons ; une autre fille qui s'en rend compte mais un peu tard, qui demande au garçon de prendre ses responsabilités, qui reçoit sa réponse, horrifiée. Encore une fille qui, trois ans après, une petite de deux ans dans les bras, me raconte que le problème, c'est que son père n'était pas là pour obliger le garçon à remplir ses obligations, à payer les vaches nécessaires et à l'épouser. Nyayiyi parle lentement, sur un ton dramatique qui finit par être fatigant : comme quelqu'un qui serait las de sa propre histoire.

– Mon père est en prison. Il ne devrait pas y être, mais il y est.

Dit Nyayiyi : que son père était soldat, chauffeur de camions dans l'armée, et qu'à la fin de l'année dernière, il a eu un accident, deux personnes sont mortes et on l'a envoyé en prison, comme si c'était de sa faute, ils l'ont envoyé en prison, dit-elle, et c'est pour ça qu'il n'a pas pu obliger ce garçon à assumer ses responsabilités.

– Il aurait fallu que mon père attrape le garçon et le menace pour qu'il assume ses responsabilités : qu'il paie ses vaches, qu'il s'occupe de sa femme et de sa fille.

Le père ne l'a pas fait. Le garçon ne l'a pas fait. Nyayiyi dit avoir vingt ans – bien qu'elle n'en soit pas sûre et qu'elle en paraisse quatorze. Elle a les yeux écarquillés, effrayés, une robe noir et bleu, un petit coquillage autour du cou et les cheveux coupés à ras. Ici, presque toutes les femmes se coupent les cheveux à ras et certaines, les plus élégantes, celles qui ont les moyens, mettent une perruque par-dessus. La perruque peut inclure des boucles, des mèches blondes, des reflets mauves, rouges ou violets, toute une panoplie de fantaisies capillaires. Je me suis surpris à deux ou trois reprises ces jours-ci à imaginer – avec envie, avec une concupiscence qui m'est totalement étrangère – la puissance de ce moment où la femme ôte ses cheveux et se retrouve vraiment nue.

– Et mon père était si fâché contre moi qu'il m'a chassée de chez lui. Il m'a dit que mère célibataire, avec une fille, personne ne voudrait de moi, que s'il y en avait un qui se pointait, il ne voudrait payer aucune vache, et il m'a chassée. J'ai dû aller habiter chez un oncle de ma mère.

Dit-elle, et elle se frotte les mains, serre les lèvres. Nyarier, sa petite, ouvre les yeux et la regarde d'un air surpris.

C'est encore une histoire banale d'amours contrariées, d'erreurs minuscules qu'on paie la moitié de sa vie. Mais on croise la faim. La faim n'est rien : un simple lieu commun dans des vies qui, si différentes soient-elles, partagent le même lieu commun : manger est une possibilité parmi d'autres, cela prend la forme d'une menace toujours présente. Ici, la faim transforme une banale histoire triste en histoire de vie ou de mort.

Il y a quelques semaines, Nyarier, la petite, a été prise d'une forte toux et s'est mise à dormir beaucoup, trop. Il y a quelques jours, Nyayiyi l'a enfin emmenée dans une clinique mobile de MSF où on lui a diagnostiqué une dénutrition sévère. Elle est donc hospitalisée, avec une sonde pour la stabiliser. Nyayiyi la tient dans ses bras, la berce, la cajole. Nyarier est toute maigre, des bras comme des brindilles, une toux persistante.

– Et que pensez-vous faire une fois qu'elle sera guérie pour qu'elle ne retombe plus malade à cause de la faim ?

– Je ne vois pas, il n'y a rien que je puisse faire pour que ma fille ne soit plus dans cet état puisque je ne peux pas trouver de travail, je n'ai reçu aucune éducation, je ne sais rien faire. Si je savais faire quelque chose, je pourrais nourrir ma fille, mais je ne sais rien et mon père ne veut rien me donner, et le père de la petite a disparu de la circulation.

– Vous aimeriez vous marier ?

– Oui, bien sûr. Je veux quelqu'un qui s'occupe de nous.

– Et avez-vous quelqu'un ?

– Ça, c'est un secret.

Dit-elle en rougissant : Je ne peux pas en parler, ajoute-t-elle. Nous nous taisons. Ensuite elle me dit que oui, qu'il y a un homme qui l'a abordée, qui a voulu lui donner de l'argent et prendre soin d'elle, qu'il l'épouserait peut-être.

– Mais mon père a envoyé quelqu'un pour me battre et il lui a fait dire que s'il apprenait qu'il me tournait encore autour, il le tuerait.

– Comment pourrait-il le tuer puisqu'il est en prison ?

– Mon père a des frères, des cousins. Il pourrait parfaitement.

Dit Niyayiyi, et je lui demande quelle solution il reste pour sa fille.

– Elle va peut-être mourir.

Dit-elle, sans remuer les lèvres : Elle va peut-être mourir. Mais ce n'est pas une solution, lui dis-je, maladroitement, et elle demeure impassible :

– Non, ce n'est pas une solution. Mais si ses parents ne s'en occupent pas, je n'en vois aucune.

Dit-elle, et je lui repose la question, alors elle me dit que ce n'est pas qu'elle veuille sa mort, non, comment la voudrait-elle – dit-elle, puis elle lui essuie la morve et chasse les mouches ; Nyarier pleure tout bas.

– Je ne veux pas, comment pourrais-je vouloir ça ? Mais je ne vois pas comment elle pourrait se nourrir. Et si elle ne se nourrit pas…

Quelque chose – environ deux mille ans de culture – me chiffonne : je n'arrive pas à entendre cette femme dire que sa fille a de grandes chances de mourir et penser qu'on ne peut rien faire.

– Mais pensez-vous que votre fille va s'en sortir ?

– Si elle ne recommence pas à être dénutrie, je pense, oui. Mais si elle recommence, je ne sais pas.

J'insiste :

– Que pourriez-vous faire pour qu'elle ne soit pas dénutrie ?

Nyayiyi arbore ce calme plus terrifiant que n'importe quelle tempête. Elle écoute patiemment le traducteur, le regarde, me regarde, et dit rien :

– Rien.

Dit-elle : qu'elle ne peut rien faire. Et elle regarde sa petite, lui arrange sa chemisette rouge et blanc, la caresse : Rien.

La faim soudanaise a comme toutes les faims des raisons très complexes. La terre n'y est pas très fertile, mais d'un autre côté elle est peu cultivée. Cela est vilain à dire : même près des villages, on voit trop de terres non cultivées. Le politiquement correct voudrait que l'on ne cite pas parmi les causes de la faim et de la misère le manque d'ardeur au travail, qui pourtant intervient en partie. Seulement en partie : il est vrai aussi qu'ici, on se dispute constamment la terre, les vachers la réclamant pour leurs bêtes et menant un des combats les plus anciens de l'histoire : éleveurs plus ou moins nomades contre cultivateurs plus ou moins sédentaires. Avec son expression sociale et culturelle : face au prestige du gardien de troupeau debout, armé, l'agriculteur courbé et terreux a toujours été considéré comme un être inférieur. On dirait qu'ici, cette image pèse encore – et que les fermiers cultivent peu pour alimenter malgré tout le préjugé.

Ou comme si à tout moment un troupeau de vaches et de garçons armés de lances et de pistolets pouvait venir piétiner leur potager.

La transhumance est un des modes de production les plus anciens : des chasseurs-cueilleurs par vaches interposées. Leurs bêtes prélèvent de-ci de-là des ressources pour leur compte : eux-mêmes ne plantent pas, ne travaillent pas la terre : ils collectent, c'est tout. Je dis ancien, un mot difficile à dire, mais je veux dire : adapté à un monde différent. Je ne cherche pas à disqualifier « l'ancien » par opposition au « moderne ». Je dis ancien pour dire : capable de fonctionner dans un monde qui, deux siècles plus tôt, comptait sept fois moins d'habitants, où chacun pouvait vivre du produit d'un espace sept fois plus vaste. C'est pourquoi je dis ancien – et je crois que, dans ce monde débordant, cela signifie aussi non durable.

Il est vrai que le sol n'est pas très fertile, mais rien ne les force non plus à s'en tenir au sorgho et au maïs ; ils pourraient planter plus de légumes, plus d'arbres fruitiers, mais ils ne le font pas, ne l'ont jamais fait. Il est vrai que les outils sont rares et chers, les semences pauvres et chères, les techniques archaïques. L'agriculture soudanaise n'a guère changé depuis des siècles. Ces jours-ci, un journal – *The New Nation* – annonce que le gouvernement a sélectionné cent quatre-vingts « fermiers modèles », capables d'exploiter six *feddans* – environ deux hectares – au minimum, pour leur donner des charrues en métal qui peuvent être tractées par des bœufs. Les charrues sont vertes, rudimentaires, dotées d'une lame unique pour creuser le sillon. Le ministre de l'Agriculture, un certain monsieur Bol, a dit qu'il était « important d'abandonner la *malloda* (houe) qui ne permet pas de cultiver une surface de terre suffisante ».

Que cela soit dit : dans le monde – dans l'AutreMonde –, il y a plus d'un milliard de paysans qui n'ont ni tracteur ni bœuf pour les aider à travailler la terre : ils doivent se débrouiller avec leurs mains et leur corps. Ils n'ont pas de système d'irrigation, pas de semences spéciales ni d'engrais ni de pesticides : comme du temps de Jésus-Christ, ils dépendent de la pluie et de leurs poignes.

Ils doivent qui plus est supporter le poids du protectionnisme et des subventions agricoles des pays riches.

En 2012, les pays riches ont versé 275 milliards de dollars en subventions diverses à leurs producteurs agricoles : encouragements à l'exportation ou barrières tarifaires sur les importations, achat de leur production, stimulants aux agrocarburants ou aux transferts directs d'argent. Dans la plupart de ces pays, l'agriculture est une activité garantie : si un producteur n'obtient pas le rendement escompté – en raison d'une sécheresse, d'une maladie ou de quoi que ce soit –, le gouvernement compense son manque à gagner.

Dans ces pays-là – où le poids de l'agriculture dans le produit national brut est minime –, les subventions sont décisives : en Suisse, par exemple, elles représentent 68 % des revenus des agriculteurs. Au Japon, plus de 50 %, dans l'Union européenne, autour de 30 % ; aux États-Unis, près de 20 % – et, dans tous ces pays-là, ce sont les grands producteurs qui raflent les grandes sommes. Encore une fois, l'État subventionne les riches.

Dans beaucoup de pays pauvres, qui vivotent grâce à leur agriculture, les États n'interviennent quasiment pas. Ou bien, s'ils le font, c'est à rebours : ils baissent les prix de vente des denrées afin que leur population urbaine puisse les consommer – mais leurs paysans y perdent.

La mondialisation a creusé les différences sociales à l'échelle planétaire. Il y a deux siècles, que ce soit au Kenya, au Cambodge ou au Pérou, on cultivait ce qu'on pouvait, les plus riches mangeaient une bonne partie des vivres, exportaient quelques produits à bord de navires petits et lents, et le reste – qu'ils ne pouvaient ni exporter ni consommer, car leur quantité n'était pas suffisante et les transports peu efficaces – restait pour les plus pauvres. Maintenant que presque tout peut être exporté facilement et vite, partout les plus pauvres sont privés de ces excédents : le nombre de consommateurs potentiels équivaut au nombre d'habitants de la planète, et la possibilité d'écouler ces produits au loin, chez ceux qui en ont les moyens, laisse la population locale qui n'en a pas les moyens presque entièrement dépourvue.

En d'autres termes : ceux, plus riches qu'eux, avec qui ils doivent rivaliser ne sont plus quelques milliers mais deux à trois milliards.

Les subventions n'affectent pas leurs seules économies : elles permettent aux producteurs des pays riches de vendre très bon marché – puisque, quoi qu'il arrive, l'État leur verse le nécessaire – et donc de casser les marchés. L'exemple le plus criant, très étudié, est celui du coton. Si les États-Unis ne subventionnaient pas leurs producteurs de coton – dit l'Oxfam –, les cours internationaux de celui-ci grimperaient de 10 à 14 % et, dans huit pays pauvres producteurs de coton d'Afrique de l'Ouest, les revenus par foyer augmenteraient de 6 %. Cela semble peu, mais cela suffit bien souvent à faire la différence entre manger et ne pas manger.

Il y a d'autres vieux chiffres pour comprendre le mécanisme. En 2001, les trente-quatre membres de l'OCDE – les pays les plus riches – versèrent environ 52 milliards de dollars d'aides aux pays les plus pauvres. La même année, ils prodiguèrent à leurs propres agriculteurs 311 milliards de subventions, soit six fois plus. Selon un rapport des Nations unies, sous l'effet de ces subventions, les pays les plus pauvres accusèrent un manque à gagner de 50 milliards de dollars en exportations. Il est facile de donner d'une main ce que l'on reprend de l'autre. Dans son ouvrage *Enough*, Roger Thurow raconte qu'un agent de coopération américain en poste à Bamako lui avait dit qu'effectivement il serait préférable de dépenser leur argent à aider à relancer la production de coton au Mali, si affectée par les subventions, mais qu'ils ne pouvaient pas à cause de Bumpers. « Dale Bumpers était un sénateur de l'Arkansas qui, en 1986, introduisit un amendement stipulant qu'on ne pouvait pas utiliser des fonds d'aide internationale pour payer "un quelconque examen ou analyse, étude de faisabilité, amélioration ou introduction de variété, conseil, publication ou formation en lien avec la culture ou la production d'une denrée exportable dans un pays étranger si celle-ci rivalise sur le marché mondial avec un produit similaire cultivé et produit aux États-Unis". » C'est d'une clarté fracassante : je t'aide à condition que tu me laisses le marché.

Les subventions ont en tout cas réussi à produire des chiffres devenus presque légendaires. Cette célèbre étude de l'Agence catholique pour le développement, 2002, qui montrait qu'une vache européenne recevait de l'Union européenne 2,20 dollars par jour – 800 par an. Autrement dit : chacune de ces vaches était plus riche que 3,5 milliards de personnes, la moitié de la population mondiale.

À la sortie de Bentiu, sur un terrain vague aride où se dressent quatre ou cinq arbres, une centaine de vaches pauvres mugissent tout bas. Attachées à des pieux plantés dans le sol, elles sont allongées, rôdent en quête d'une herbe improbable. C'est le marché aux vaches : leurs propriétaires les amènent ici pour les céder. Ça sent la bouse, parfum de la vie.

– Il n'y a personne, encore.

Dit un jeune homme maigre au visage couvert de dessins, tee-shirt rayé, jean usé, portable rouge pétant.

– Il est déjà midi, ils devraient être arrivés. J'ai l'impression qu'il n'y a pas d'argent.

Le garçon veut vendre ses six vaches ; je lui demande pourquoi et il me répond que c'est pour acheter du sorgho pour nourrir sa famille. Une vache de taille moyenne est vendue 800 livres : jamais une vache n'avait coûté autant qu'un sac de grains, me dit-il.

– Mais avec six vaches, tu achètes six ou sept sacs de sorgho.

– J'ai une grande famille.

Dit-il, et il part d'un petit rire coquin, puis il me dit que non, qu'il va acheter deux sacs pour sa famille et, le reste, il va le garder : il va le vendre au marché d'ici quelques mois car on lui a dit que ça allait beaucoup augmenter.

– Mais dans deux mois, tu n'auras plus de sorgho à manger, tu devras en acheter au prix où tu l'auras vendu.

Lui dis-je, et il me regarde d'un drôle d'air, il reste songeur. Un autre garçon avec plus de traits sur le front, plus maigre, les habits plus râpés, me dit qu'il vend sa vache et me demande si je ne suis pas intéressé. La vache est gris-marron, cornes asymétriques, os saillants.

– Et tu en as d'autres ?

– Non, c'est tout ce que j'ai.

– Et pourquoi la vends-tu ?

– Parce que je n'ai rien d'autre à donner à ma famille.

– Mais si c'est la seule, que vas-tu faire quand tu l'auras vendue ?

– Je dormirai. Je dormirai un long moment.

Dit-il, puis il rit et gratte son nez couvert de mouches. Je ris et je lui dis bien sûr, et je lui demande ce qu'il fera encore après :

– Après avoir dormi, quand tu n'auras plus ni sommeil ni vache ?

– Je ne sais pas. On verra.

Éleveurs nomades, petite agriculture de subsistance. Quoi qu'il en soit, ils sont un parfait exemple de population inutile, jetable : l'économie mondialisée – les grands marchés – n'a pas du tout besoin de tout cela. Ce qui lui est utile, c'est le pétrole qui a surgi sous ces terres pelées. Mais elle ne peut pas, comme elle y aurait intérêt, éliminer les gardiens de troupeaux nomades pour en finir avec le désagrément causé par ces gens qui vivent et exigent et qui par-dessus le marché se battent, puis, une fois débarrassée de ces désagréments, envoyer quelques ouvriers plus ou moins qualifiés pour extraire le minerai.

En tout cas, elle ne peut pas le faire d'un coup : elle y va en douceur, de manière charitable et soi-disant respectueuse.

Créer les conditions pour qu'ils soient autosuffisants serait une tout autre affaire : infrastructures, outils, savoirs divers. Ici, le manque de routes et de transports est un problème grave : il y en a de moins en moins. Le commerce avec le Nord, qui ravitaillait les marchés de la région, s'est arrêté après la fermeture des frontières, et faire venir des produits du Sud, outre que cela coûte très cher, est impossible beaucoup de mois de l'année. La pénurie d'essence n'arrange rien : le peu de vivres qui arrive est vendu à des prix inabordables pour la plupart des gens. Le fameux sac de sorgho a plus que doublé en moins d'un an. L'augmentation des cours des grains dans les Bourses lointaines entre évidemment en ligne de compte : Chicago, par exemple.

Parfois les conflits – les guerres – engendrent de la faim par les voies les plus directes. Dernièrement, en Syrie, la guerre civile a empêché les paysans de cultiver leurs terres, les commerçants d'acheter et de vendre, les producteurs de transformer – la farine, le pain, par exemple. Dans ces moments-là, il faut reconnaître l'habileté de certaines cultures plus habituées à la guerre, qui négociaient des trêves et licenciaient leurs soldats quand il fallait moissonner, conscientes que la faim terrasserait sinon les deux camps.

Ici, la guerre n'est pas aussi violente – on dit qu'elle est terminée, mais elle continue, larvée, sibylline –, mais elle reste la raison la plus patente de la faim. La guerre a signifié d'horribles tueries, des migrations incessantes, une peur constante – et l'idée qu'il ne valait pas la peine de semer parce qu'on ne savait pas si on pourrait récolter. Pendant vingt ans, il fut très difficile de produire des aliments au Soudan du Sud si bien que le pays devint totalement dépendant de l'aide extérieure. Maintenant que la guerre devrait être terminée, subsistent les disputes pour le pétrole, les affrontements frontaliers, les conflits tribaux, les milices éparses qui font la guerre pour leur propre compte, les bombardements sporadiques, la peur encore, les maigres infrastructures détruites, deux millions de mines enfouies dans le sol.

La violence continue de produire ses effets : les routes sont coupées, il devient très difficile de cultiver, les hommes et les femmes ont peur de rester chez eux, ils passent leur temps à fuir, ils se font chasser, tuer.

La violence au Soudan du Sud est la plus pauvre, la plus miteuse, la plus souterraine des guerres du pétrole – genre qui a toujours été là mais qui a gagné du terrain depuis la fin de la Guerre froide : la Guerre noire est le principal type de conflit aujourd'hui – en attendant l'arrivée enfin de la guerre chinoise.

Du temps de la Guerre froide, le contrepoids des deux grandes puissances obligeait les États-Unis à faire usage de plus d'« intelligence » pour s'assurer le contrôle des États pétroliers. La CIA et ses acolytes préparaient des coups d'État chaque fois qu'un gouvernement velléitaire menaçait le contrôle américain sur le pétrole local : l'Iran en 1957, l'Indonésie en 1965, le Ghana en 1966 – et la liste continue. Quand les États-Unis n'eurent plus besoin de dissimuler leurs actions derrière des secteurs locaux – et qu'ils trouvèrent l'alibi du terrorisme islamique pour justifier n'importe quelle intervention –, les obscures guerres du pétrole devinrent plus claires.

Les États-Unis maintiennent 737 bases dans 130 pays à travers le monde, sous couvert de soutenir leur « guerre contre la terreur » ; leur principal objectif est la défense de leurs intérêts économiques, surtout l'accès au pétrole. Joe Lieberman, ex-candidat à la vice-présidence démocrate, dit au début de la dernière décennie que les efforts respectifs des États-Unis et de la Chine pour assurer leurs importations en vue de satisfaire leur demande nationale « peuvent conduire la course pour le pétrole à des niveaux aussi alarmants que la course nucléaire entre les États-Unis et l'Union soviétique ».

Dans ce cadre, le vice-président américain Dick Cheney lança en 2002 une initiative qui aurait un grand impact sur la vie de Nyankuma, Justin, Angelina, Mariya, Kwai, le soldat Peter, le sous-lieutenant chargé de l'orientation morale et les autres : le Moyen-Orient est si instable, disait-il, que les États-Unis devraient consolider leur approvisionnement en pétrole « en participant à la création d'une nouvelle zone de sécurité et de prospérité en Afrique, une partie du monde réceptive à la présence américaine ».

De sorte qu'en 2007, une des dernières mesures de l'administration Bush fut la création de l'Africom, son commando militaire unifié pour l'Afrique, destiné à augmenter la présence armée américaine sur le continent – lequel connut son premier grand déploiement en 2011, lors de l'intervention de l'OTAN en Libye, encore un pays farci de pétrole. L'Africom est une organisation militaire dotée d'une finalité : en 2008, son sous-commandant, un certain amiral Robert Moeller, déclarait que sa mission consistait à « garantir la libre circulation des ressources naturelles africaines vers le marché mondial ».

Cela fonctionne : on calculait qu'en 2015, un quart du pétrole consommé par les États-Unis proviendrait d'Afrique – et que, joint à leurs nouvelles réserves exploitables par fracturation hydraulique, cela leur permettrait d'être moins à la merci des caprices et des complications du Moyen-Orient, de l'Arabie saoudite, du Venezuela. Le pétrole d'Afrique présente un avantage et un inconvénient : il n'est pas détenu par deux ou trois États puissants face auxquels il faudrait faire des concessions, mais par une douzaine de petits États faiblards, plus faciles à manipuler. Il y a le Nigeria, bien sûr, mais aussi la Libye, l'Algérie, l'Égypte, l'Angola, la Guinée, le Ghana, le Tchad – et de nouveaux gisements continuent de s'ajouter à la liste : l'Afrique est aussi un des derniers territoires inexploités de la planète. Il n'y a pas si longtemps, à la frontière entre la République démocratique du Congo et l'Ouganda, on a découvert le plus grand gisement de tout le continent.

Il est clair que le pétrole est laid sale et mauvais, qu'il pollue la Terre et déclenche des guerres. Mais que son énergie ait remplacé l'échine des bœufs et le dos des hommes est un progrès extraordinaire, une des grandes inventions de ce monde.

Encore une contradiction, les paradoxes.

La guerre civile soudanaise a été une sorte d'annonce, une prévisualisation d'un scénario qui se rejouera sans doute au cours des prochaines années : le chapitre africain de la Guerre noire – surtout entre la Chine et les États-Unis, les deux principaux importateurs de pétrole du monde, avec quelques interventions fugaces de la Corée, de l'Inde, de la Russie. Le Soudan a été, en dernière instance, une des batailles de cette guerre – où, naturellement, n'ont pas combattu les principaux intéressés mais de pauvres diables autochtones. Leurs deux millions de morts, leurs affamés permanents n'en sont que les dommages collatéraux.

Rien de grave.

DE LA FAIM, 6
Une métaphore

Trente ans en arrière, un livre – signé par l'économiste Amartya Sen – annonçait l'invention de l'eau tiède.

Sen était encore un produit de l'empire, un Indien qui avait passé le plus clair de sa vie à fréquenter les meilleures universités en langue anglaise. Il était né en 1933 près de Calcutta. Dix ans plus tard, alors qu'il vivait à Dacca, survint une des plus grandes famines du siècle, qui tua plus de trois millions de personnes. La faim bengalie fut une conséquence de l'envoi de milliers de tonnes de grain vers la métropole coloniale, l'Angleterre, afin de suppléer à ce que la guerre empêchait de récolter. Il resta des vivres sur place, mais leurs prix avaient tant augmenté que les pauvres ne pouvaient se les payer – et mouraient comme des rats. Pourtant, le Premier ministre britannique Winston Churchill n'était pas inquiet : lors d'une réunion de cabinet, il dit que cela n'était pas grave car les « Indiens se reproduisent comme des lapins ».

Sen raconterait par la suite que cette expérience l'avait marqué et que c'était la raison pour laquelle, en 1981, alors qu'il était déjà un professeur prestigieux à Cambridge et à Harvard, il avait écrit *Pauvreté et famine. Un essai sur le droit et la privation*, qui commence par ces lignes que tant d'autres citeraient par la suite : « La faim découle du fait que *des personnes déterminées* n'aient pas suffisamment de nourriture. Elle ne découle pas du fait qu'il *n'y ait pas* assez de nourriture. » Et plus loin : « On a beaucoup débattu dernièrement de l'idée que l'approvisionnement de vivres n'arrive pas à suivre la croissance démographique. D'un point de vue empirique, ce diagnostic n'a qu'une faible assise. En réalité, dans nombre de régions du monde – excepté l'Afrique – l'augmentation de l'approvisionnement de vivres a accompagné ou dépassé l'accroissement de la population. Ceci ne signifie pas pour autant que les famines soient automatiquement évitées puisque la faim est fonction du droit à l'alimentation et non pas de la disponibilité des denrées alimentaires. J'irais même plus loin : les pires famines ont généralement eu lieu alors qu'il n'y avait pas de diminution significative de la disponibilité de vivres par habitant.

« Il serait exact quoique peu utile de dire que la faim ne dépend pas simplement de l'approvisionnement de vivres mais aussi de leur distribution. La question cruciale serait plutôt : qu'est-ce qui détermine la distribution des vivres entre les différents secteurs d'une communauté ? La question du droit nous conduit au thème de la propriété et ses schémas... »

Et moi, cela me conduit irrésistiblement à m'écrier : voilà une belle tarte à la crème ! Ceux qui n'ont pas d'argent ne peuvent manger à leur faim. Tarte à la crème, énorme tarte à la crème.

Rien de tout cela n'aurait une grande importance – et l'on pourrait juste y saluer un nouvel hommage à monsieur de La Palice – si ces textes de Sen n'étaient constamment cités comme une révélation, la résolution d'un mystère : ceux qui n'ont pas de quoi se payer à manger ne mangent pas. L'affaire m'a intrigué : pourquoi cette évidence soulève-t-elle un tel enthousiasme ? Jusqu'au moment où j'ai cru comprendre que, pour l'establishment international, cela n'avait rien d'une évidence.

(Les œillères sont un drôle d'accessoire : on apprend certaines choses et elles nous paraissent si évidentes qu'on suppose qu'elles le sont pour tout le monde, et il est difficile et parfois violent de comprendre que ce n'est pas le cas. On peut même ne jamais le comprendre, vivre en étant convaincu que tous sont convaincus de la même chose que soi. Il ne m'est jamais venu à l'idée que l'accès aux vivres – comme à n'importe quel autre bien – puisse dépendre d'autre chose que des formes de propriété au sein de la société. Pourtant, des millions de gens et plusieurs puissances pensent autrement.)

Mais comme cela est courant : quiconque aurait envie de le savoir le saurait. Ne le savaient pas ceux qui, pour diverses raisons, ne voulaient pas le savoir. Pour beaucoup de millions de citoyens satisfaits, il valait bien mieux ne pas penser l'accès à l'alimentation en termes de distribution ; pour les belles âmes, il était plus facile de se figurer que le problème découlait de la pénurie et non de la rapinerie. Que si les Éthiopiens ou les Indiens ou les Irlandais mouraient de faim, c'était parce qu'il n'y avait rien à manger : parce que les aléas climatiques ou les guerres ou les cataclysmes ou allez savoir quoi se conjuguaient pour produire « cette tragédie ». Et ne pas avoir à admettre que si certains n'avaient rien à manger, c'était parce que d'autres en avaient trop – car, en dernière instance, cela aurait remis en cause leur propre rôle dans l'affaire et les aurait mis face à ce problème qui n'en est peut-être pas un : comment faire pour vivre avec cette idée ?

Pour ceux qui gouvernent ces millions de citoyens, la question est autre : comment faire pour qu'ils vivent avec cette idée ? La solution la plus facile : faire en sorte qu'elle ne leur vienne pas à l'esprit.

Du temps de la Guerre froide, le discours de la « lutte contre la faim » des gouvernements et organismes internationaux reposait sur l'idée de pénurie. C'est pourquoi, la FAO et ses membres soutenaient que la solution était d'accroître la production. Ce qu'ils firent – et, bien sûr, ils ne réglèrent rien du tout.

Le discours d'Amartya La Palice leur posa un problème. Ou bien ce fut la manière de légitimer ce qu'ils ne pouvaient continuer à nier. Il arrive qu'un concept soit divulgué une fois que le pouvoir a transformé sa version heavy en version light : quand il l'a domestiqué, quand il en a gommé les contenus les plus critiques, les plus menaçants. Le discours La Palice-Sen propose de résoudre la faim par une certaine distribution de la richesse et condamne sur le plan moral un excès de concentration qui tue – ce qu'un minimum de redistribution résout : le minium nécessaire pour que presque tous mangent. Je veux dire : il ne remet pas en question l'idée de la propriété ; il cherche simplement à en limer les erreurs et les excès.

Et il présente au passage l'exercice de la démocratie de type occidental comme une condition de la résolution du problème : « Il n'y a jamais eu de famine dans des pays jouissant de liberté de la presse et d'élections en bonne règle », écrivit-il plus tard, parce que la presse était censée donner l'alerte à un stade où l'on pouvait encore intervenir et que les électeurs pouvaient ensuite sanctionner les failles de cette intervention. Visiblement il ne considérait pas le fait que dans son pays, sans aller plus loin, ce qui tue n'est pas la famine mais la faim silencieuse, soutenue – celle dont on ne parle pas dans les 13 520 journaux publiés chaque jour dans la plus grande démocratie du monde.

(Pour faire ce livre, je suis allé m'enquérir des formes de la faim et de ses effets dans une dizaine de pays sur trois continents différents. Partout, sauf à Madagascar, prévalait ce qu'on appelle la démocratie : partout sauf à Madagascar il y avait eu des élections dans les trois années écoulées.)

Amartya Sen, voilà un autre des innombrables phénomènes qui m'échappent. Il était encore capable d'écrire en 1999 des choses comme celle-ci – et des savants enthousiastes de les reprendre :

« La faim n'est pas seulement liée à la production de denrées alimentaires et au développement agricole, mais aussi au fonctionnement de l'ensemble de l'économie et – plus largement encore – au fonctionnement de mécanismes politiques et sociaux qui peuvent, directement ou indirectement, jouer sur la capacité des gens à acquérir des vivres, à être bien soignés et bien nourris » : encore quelques portes ouvertes enfoncées dans son livre *Development as Freedom.*

On venait de lui décerner le prix Nobel et beaucoup de médias le surnommèrent « la Mère Teresa de l'économie » ; cela expliquerait presque tout.

Il y a quelques années, j'avais un ami dans la politique et un plan. Mon plan me paraissait si bien que j'ai pensé qu'il allait de soi : lancer un grand mouvement national pour en finir avec la faim en Argentine. Dans un pays dispersé, légèrement égaré, cette initiative nous fixerait un but précis ; face à tant de promesses brumeuses, une proposition claire ; devant tant de frustrations, un but parfaitement atteignable.

Ce serait un cheminement par étapes : pour commencer, des milliers de bénévoles effectueraient une grande et sérieuse enquête nationale pour évaluer la situation réelle – et pouvoir commencer à bouger – pendant des mois, des Argentins parleraient avec d'autres Argentins, se réuniraient, se raconteraient. Une fois collectées les données nécessaires, on organiserait des rencontres et des assemblées et des émissions dans les médias pour réfléchir ensemble à la marche à suivre. Des experts présenteraient leurs projets, des hommes politiques les leurs, des citoyens – beaucoup de citoyens – en débattraient. Enfin, après avoir pris des décisions en commun, des milliers et des milliers de personnes se mettraient en branle pour en finir une fois pour toutes avec la faim dans le grenier à soja du monde. C'était une manière de nous fixer un but et, en même temps, la possibilité de créer un pouvoir en acte, partagé, qui pourrait peu à peu élargir son assise. C'était la possibilité de nous assigner un objectif qu'enfin nous pourrions atteindre : retrouver la confiance en nos propres forces.

Je revoyais les détails : tous étaient au point, se complétaient, se renforçaient les uns les autres. Plein d'enthousiasme, je m'en ouvris à mon ami : comme il jouissait de popularité et de prestige, il était censé prendre la tête du mouvement. Ce serait en outre l'étendard qui le conduirait jusqu'à qui sait où.

Mon ami m'écouta, se montra intéressé, y réfléchit, et finit par me dire que c'était un axe « trop généreux », que des millions d'Argentins n'avaient ni n'auraient jamais faim, et ne considéreraient jamais la faim comme quelque chose qui les concerne ; qu'ils se sentiraient étrangers au problème. Que, malheureusement, il ne pensait pas que cela puisse marcher.

La faim – pour nous, lecteurs occidentaux de classe moyenne – est une vue de l'esprit. La faim est une réalité pour Aisha, Hussena, Kadi, Mohamed. Pour nous, c'est l'expression la moins contestable, la plus visible – et à la fois si invisible – de la manière dont fonctionne le monde.

Autrement dit : la faim est – pour nous – une métaphore – qui peut parfois être – efficace.

Et c'est en même temps une métaphore difficile.

Tout d'abord, elle est éculée : rien de plus crétin, de plus belle âme surannée que d'entendre un monsieur ou une dame se lamenter sur la faim dans le monde en prenant le thé – ou même sans le prendre.

Ensuite, elle est dangereuse à raconter : toujours à la lisière de la larme de crocodile, de la sensiblerie. Toujours à la limite du sensationnalisme de pacotille.

Par ailleurs, elle est compliquée à raconter : ce sont des situations lentes et complexes. Il n'y a pas d'événement : il y a un état. Nous nous habituons à la rigueur à penser la faim en tant que crise. Mais nous vivons désormais dans un monde très contrôlé, où la faim n'est pas un événement mais une persistance sourde, la manière de vivre d'une personne sur sept – toujours les autres.

Enfin, ses causes sont diverses, embrouillées, difficiles à démêler. Car deux niveaux d'explication se font généralement jour : un niveau complexe, subtil, traversé d'interconnexions où il est question des prix tralali des subventions tralala des infrastructures tralalère et de ceci et de presque cela. Un niveau basique, sauvage, où une partie du monde décide que, pour mieux vivre, elle peut ou doit ou a intérêt à maintenir une autre partie dans la misère – et permet que tous ces mécanismes existent, fonctionnent, aboutissent là où ils aboutissent.

Enfin, il y a le risque toujours renouvelé du moralisme.

Le problème, ce serait de verser dans le moralisme.

Le problème, ce serait de ne pas verser dans le moralisme.

Comment parler de quelque chose que nous honnissons tous et que nous exonérons juste après ? Exonérer, un joli mot. Honnir, ça ne coûte rien.

Plus d'une fois, au cours des deux ou trois dernières années, j'ai pensé qu'il était idiot d'écrire un livre sur la faim : de céder à la métaphore.

On pourrait dire que la faim est une métaphore en tant que ce n'est pas un sujet de débat : elle ne produit pas de réflexion car elle n'admet pas d'objection. Parler contre la faim est idiot puisque personne n'est pour : nul ne se réclame en sa faveur, quand bien même on jouerait un rôle dans sa persistance – victimes sans bourreaux. La faim engendre l'illusion qu'il peut y avoir des causes communes, que nous serons unanimes, que nous marcherons main dans la main : tous unis contre la faim.

Métaphore d'une illusion : tous déplorent la faim, mais quand il s'agit de débattre des moyens de l'éradiquer, on voit apparaître des divergences irréductibles. Prélevons la taxe Tobin sur les transactions financières ; élargissons leur accès au marché ; interdisons la spéculation sur les denrées alimentaires ; envoyons des experts pour leur apprendre à semer telle graine ; collectons des vivres ; prenons le pouvoir ; gardons le pouvoir ; envoyons-leur des sacs de vivres.

On pourrait dire, alors, que la faim est la métaphore ultime de la pauvreté : son expression la plus incontestable. La pauvreté – nous l'avons vu – est relative. La pauvreté est pour certains ce qui serait soulagement ou bien misère absolue pour d'autres. La faim, en revanche, n'est pas controversable. La faim est l'expression la plus indiscutable de la pauvreté, le point où tout débat s'arrête. On peut discuter de ceci ou de cela : on ne discute pas du fait que manger moins de 2 100 calories par jour vous détruit ; on ne discute pas du fait que ne pas manger à sa faim est ce qui peut vous arriver de pire.

La faim est la pauvreté qui n'admet pas d'opinions, qui n'admet pas de verbiage.

On pourrait dire que la faim est une métaphore de la division : le fossé entre eux et nous, entre ceux qui possèdent et ceux qui n'ont rien, ceux qui possèdent parce que d'autres n'ont rien, ceux que non, alors oui. Si l'écologie prospère c'est parce qu'elle a toujours donné l'impression qu'elle nous concernait tous pareillement, que quand la température montera nous grillerons tous à peu près identiquement – même si cela est faux – ; si l'écologie est la plus égalitaire des menaces – raison pour laquelle elle a un tel succès –, la faim est tout le contraire : la plus classiste des menaces. Nous sommes nombreux à savoir que ce n'est pas notre problème. Alors, en quoi serait-ce notre problème ?

Morale, culpabilité, honte ?

Quelqu'un disait qu'il existe deux sortes de cultures : celles qui reposent sur la culpabilité – la judéo-chrétienne, par exemple – et celles qui reposent sur la honte – la japonaise. Devant la faim de tant de gens, sommes-nous chrétiens ou nippons ? Est-ce la culpabilité ou le regard d'autrui qui fait mal ?

Rien de tout cela ?

(Proposition : nous appelons faim non seulement l'impossibilité de manger en suffisance, mais aussi l'impuissance de ceux qui doivent accepter des emplois épuisants, ignobles, avilissants que la plupart d'entre nous refuseraient sans même y réfléchir ; des vies qui nous briseraient en morceaux.)

Max Weber disait que, pour les protestants, la richesse était un signe de la grâce divine – et que, par conséquent, la pauvreté était la privation de cette même grâce. Ceux qui étaient pauvres le méritaient de quelque manière : parce qu'ils n'avaient pas fait ce qu'il fallait, parce qu'ils n'avaient pas gagné les faveurs divines par leur travail et leurs efforts. Tous ces demi-sauvages indiens ou africains méritent leur sort : ils sont dans cette situation parce qu'ils sont frustes, violents et paresseux. S'ils travaillaient, ils n'en seraient pas là.

De tous les récits ourdis par le capitalisme pour se justifier, aucun ne surpasse celui qui postule que ceux qui gagnent le plus sont les plus méritants : les plus intelligents, les plus travailleurs, les plus économes. Gagner de l'argent est le fruit du mérite – et la méritocratie justifie toute disparité. Pourquoi critiquer quelqu'un pour l'unique raison qu'il fait tout mieux que tout le monde ? Pourquoi se sentir responsable du fait que d'autres fassent tout si mal, si petitement ?

Une métaphore : la plus féroce, la plus immédiatement compréhensible du mépris que certains éprouvent à l'égard des autres, du dédain pour leur sort, pour le malheur et l'injustice de ne pouvoir faire le minimum. Pour nous, lecteurs occidentaux rassasiés, la faim est une métaphore de j'en ai rien à foutre des autres. Ou plutôt : j'en ai rien à foutre, mais je fais quand même des dons à ceux qui vont les aider. Ce qui est une position valable, étayée par des théories tout ce qu'il y a de plus solide ; seulement, il faut oser la défendre.

En même temps, c'est une métaphore violente pour ceux qui en souffrent : ils n'en ont rien à cirer de ma pomme, ça leur est égal que je meure, je n'existe pas – pour eux. Puissent-ils ne pas exister pour moi eux non plus.

(Proposition : nous appelons faim non seulement l'impossibilité de manger en suffisance, mais aussi la possibilité de vivre dans des maisons que la plupart d'entre nous n'appellerions pas maisons.)

Dans les pays riches, la faim a toujours été un étendard des forces de gauche, qui l'utilisaient naguère comme argument pour légitimer leur volonté de changer l'ordre social. Aujourd'hui, cela évoque plutôt une revendication de personnes bien intentionnées, de groupes qui récusent une appartenance politique : organismes internationaux, oènegés, Églises diverses.

Dans les pays riches, se battre pour son pain est un geste archaïque : luttes des ancêtres. Aujourd'hui, leurs revendications ont des objets nombreux et très variés. C'est peut-être aussi pour cela que la faim a perdu chez eux son poids politique pour n'être plus que cliché, lettre morte, image d'Épinal à l'adresse d'un autre genre de tourisme.

C'est pourquoi, dans ces pays-là, la faim n'est pas seulement une métaphore de la pauvreté – des autres – ; elle évoque aussi le passé.

Ou une menace de chute : la faim revient, nous tombons dans l'abîme.

Ainsi en Espagne, aujourd'hui.

La faim remplit aussi un autre rôle social inestimable. Les affamés à travers le monde servent à nous prouver combien nous sommes mieux lotis, nous, les Occidentaux intégrés, que ces sauvages qui n'ont pas notre histoire, notre culture, nos institutions.

Ils sont l'Autre absolu : celui qui nous rappelle avec sa continuelle souffrance à quel point nous sommes bien avisés d'être tels que nous sommes – et les dangers d'être autrement.

(Proposition : nous appelons faim non seulement l'impossibilité de manger en suffisance, mais aussi la possibilité de mourir de maladies guérissables moyennant vingt sous de médicaments pris à temps.)

Il serait donc possible de dire que la faim est la forme la plus extrême de dire pauvreté – mot qui dit tant d'autres choses : maladies, tristesses diverses, pertes, illusions, rêves brisés, rêves réalisés, eau imbuvable, matins d'angoisse, un coup un autre puis un autre coup, journées de douze heures, quinze heures de travail, enfants comme des joies, maladie d'un enfant, rencontres déconvenues, violences espoirs autre

(Proposition : nous appelons faim non seulement l'impossibilité de manger en suffisance, mais aussi l'impossibilité d'imaginer des lignes d'action, des améliorations dans l'existence, un avenir.)

coup
et encore des coups

Et en même temps : comme il est terrible de dire que la faim est une métaphore.

Dans mon quartier, on me dirait : Va dire à ces Noirs qu'ils sont maigres comme des clous à cause d'une métaphore.

MADAGASCAR

Les nouvelles colonies

1

Ils me regardent, rigolent, me regardent. Ils rigolent encore et se disent des choses : quinze journalistes assis devant des tables disposées en U, dans un salon sans âme, ils rigolent, se disent des choses et me regardent. J'essaie de dissimuler mon embarras, je souris, hausse les épaules. Mon interprète m'explique alors que Ain est en train de leur dire voyez comme l'appropriation des terres est une question importante, il vient même des journalistes d'Europe pour s'y pencher. Le journaliste d'Europe, c'est moi, le type bizarre qui vient de si loin, et ils rient car, quand ils sont gênés, les Malgaches rient.

Les Malgaches sont un peuple bizarre : ils vivent sur une île qui a été occupée par différents peuples, une île qui fait partie de l'Afrique mais qui n'est pas vraiment l'Afrique. Dans cette silhouette du continent utilisée comme marque, comme logo par la moitié des entreprises et des gouvernements dans toutes les villes africaines, ne figure pas Madagascar. Il y a le gros continent, sa pointe presque sud-américaine, sa tête en forme de gueule, mais jamais cette grande île en bas, à droite. Pour l'Afrique, Madagascar ne fait pas partie du continent – et pourtant, si. Pour Madagascar, le doute subsiste aussi.

Car elle se distingue de l'Afrique à bien des égards, du moins du lieu commun Afrique. Antananarivo, sa capitale, sans aller plus loin, est une ville où il fait froid – 10 degrés en ce mois d'août –, une ville sans habits traditionnels, une ville sans une architecture ni un style à part, une ville où la majorité des gens ont des traits polynésiens – où l'on voit aussi des traits africains, chinois, indiens, européens – et s'habillent des rebuts de la modernité, sans rien qui les inscrive dans un passé propre. À Antananarivo – qu'heureusement ils appellent Tana –, il n'y a ni ces couleurs, ni ces tissus, ni ces envolées de différences qui constituent ce que nous appelons communément Afrique. Ce n'est pas pour rien que les guides touristiques de Madagascar vantent ses baobabs, ses lémuriens, ses forêts : la nature malgré tout vierge que ses habitants n'ont – pour l'instant – pas abîmée.

Madagascar doit sa célébrité à une série de films que tout le monde semble connaître. Je regarde le premier. Devenus tout ce qu'il y a de plus new-yorkais, d'anciens animaux sauvages du zoo de Central Park font naufrage au large d'un paradis tropical aux paysages de rêve écololo appelé Madagascar. C'est la version réelle, disent les animaux citadins, de ce qu'ils avaient toujours vu sur les cartes postales : une carte postale puissance deux. Une foule d'autochtones qui parlent avec un accent – les lémuriens – s'occupent d'eux, les bichonnent, les servent dans l'espoir qu'ils les protégeront des méchants qui veulent les manger. Le lion du zoo – jusque-là un vulgaire fanfaron nord-américain – découvre alors qu'il est un lion et que par conséquent tous les autres animaux ne sont pour lui que des gros steaks. Pour le roi de la forêt, les autres sont de la nourriture.

Mais comme *Madagascar* est un film d'animation pour les petits, le roi de la jungle finit par se nourrir de sushis et à présent les petits Blancs viennent ici pour voir ce qu'ils ont déjà vu dans Disney ou National Geographic, ou pour passer huit heures par jour sur ces plages sans nationalité, vu qu'elles proposent toutes les mêmes palmiers cabanes chaises longues mojitos margaritas *speed-drinks fast-fucking slow-burning* sable blanc mer turquoise comme sur les cartes postales.

La carte postale en tant que Mecque moderne, destination obligée, sanction du succès.

La carte postale en tant que but manifeste.

En attendant, Tana est une succession de larges avenues sales, bornées par des blocs de cahutes en bois ou en parpaings, des allées plus qu'étroites, des tas d'ordures et des eaux stagnantes. Tana est pauvre dans un style très urbain, sans la moindre concession au folklore. Une ville sans arbres : tout n'est que ciment, bitume, tôle et crasse. Une ville si pauvre qu'on n'y trouve même pas de cireurs de chaussures. Ici, le salaire minimum – qu'une bonne partie de la population ne touche même pas – s'élève à 90 000 ariarys, 40 dollars. Un sac de 50 kilos de riz en coûte environ 50 000 ; un sac de riz peut suffire à nourrir une famille pendant un mois – si la famille n'est pas trop nombreuse.

Ce matin, il fait un froid de canard, les gens se couvrent comme ils peuvent – une couverture, un peignoir élimé, une serviette bariolée, toute une panoplie de couvre-chefs – et beaucoup de gens marchent pieds nus. Sur la rue qui mène au marché passe une fillette menant douze oies, un vieux au trot tirant une carriole surchargée, deux enfants avec des sacs-poubelle sur la tête, six femmes vendant de petits beignets. Le marché est en ébullition : poules, tomates, potirons, fraises, goyaves, betteraves, laitues, encore des laitues, thé, pain français, gousses de vanille, manioc, patates, chapelets de saucisses, journaux, huîtres, sacs de riz indien, corde de fabrication artisanale, cacahuètes – montagnes de cacahuètes –, seaux en plastique, chargeurs de mobiles, appels vers des mobiles, déblocage de mobiles, petits sacs de charbon, bananes noires vertes jaunes, dévédés piratés, stylos et cahiers, globes terrestres comportant presque tous les pays, longuissimes côtes de zébu à la chair très sombre. La viande de zébu est d'un rouge presque noir, mais les mouches n'y trouvent rien à redire. J'avance, on me bouscule, je les bouscule, j'achète des biscuits à la vanille dans une échoppe, ils ne me plaisent pas, je les propose à un garçon assis sur le trottoir. Quand il comprend que je suis en train de les lui donner, un sourire illumine son visage. Mon contentement devant ce sourire, mon mécontentement de me surprendre en train de m'offrir un instant de générosité en échange de mes restes : je redeviens une drôle d'ordure.

Et partout, ces empilements, ces tas, ces montagnes de costumes et jupes et pantalons et chemisiers et pull-overs de huitième main fripés jusqu'à l'épuisement : les garde-robes des morts, les résidus que l'Occident riche envoie en Afrique.

– Vous voulez m'acheter quelque chose, chef ?
– Non, merci.
– Si, je sais que vous voulez m'acheter quelque chose.

Tana est un débarras ou une déchetterie ou un cimetière d'objets : la destination finale des objets morts de l'Occident. Ainsi, les Renault 4 et les deux-chevaux, qui ont disparu du monde depuis des décennies, se retrouvent dans ces rues, repeintes couleur crème, faisant office de taxis. On supposait qu'elles s'étaient perdues dans le temps ; elles ont seulement changé d'espace, elles ont atterri ici. Et les vieux ordinateurs et les gros téléviseurs carrés et les tas de chaussures et les vêtements, bien sûr. Tana est peut-être – si tant est qu'une pareille chose existe – la pauvreté à l'état pur, dépourvue jusque du rempart d'une tradition, d'une apparence ou d'un espace distinctifs : des milliers et des milliers de personnes disposant d'une ville occidentale très détériorée, d'objets morts, de vieux vêtements ayant privé de travail les tailleurs et les couturiers du marché qui confectionnaient autrefois les habits de quasiment tout le monde.

La civilisation du déchet et ses problèmes.

– Je sais, chef, vous voulez m'acheter. Les Blancs veulent toujours acheter quelque chose.

Un gamin fait la manche à l'aide d'une casquette trouée : je me dis que toutes les pièces vont tomber – ou que ce n'est pas pour les pièces qu'il est là, mais juste pour être là, pour vérifier si on lui donne quelque chose ou si. On ne comprend pas jusqu'à ce que l'on comprenne : il n'y a pas de pièces à Madagascar. Le plus petit billet vaut 100 ariarys, environ quatre centimes de dollar. Le gamin a huit ou neuf ans, des cheveux drus en bataille, il est pieds nus dans le froid, debout devant la porte d'une école : à l'extérieur de l'école.

À l'intérieur de l'école, de l'autre côté de la porte, mur écaillé, des enfants qui arrivent ; la maîtresse les accueille, leur caresse la tête, les salue en les appelant par leur nom. Ensuite elle me dit que ça paraît incroyable :

– Ça paraît incroyable, mais nous n'avions pas conscience de la gravité de la situation.

Me dit Sylviane, l'institutrice du cours préparatoire, vingt ans et quelques, petite, lèvres épaisses, gros pull bleu marine troué aux coudes.

– Il y a un an, une oènegé a commencé à nous fournir des petits déjeuners. Vous n'imaginez pas comme cela a amélioré les résultats en classe. Auparavant nous étions si habitués à ce qu'ils n'arrivent pas à travailler, que nous ne nous rendions pas compte que la faim les empêchait de réfléchir.

Plus tard : qu'on lui expliqua que s'ils étaient tous petits, ce n'était pas parce que les Malgaches étaient petits par nature, mais parce qu'ils ne mangeaient pas assez. Elle dit que c'est une dame de cette oènegé qui le lui a dit, que les mêmes enfants bien nourris mesureraient dix, quinze centimètres de plus.

– Vous n'imaginez pas comme cela m'a attristée.

Me dit Sylviane, et que les mères ont des enfants avant l'âge de quinze ou seize ans, alors qu'elles n'ont pas fini leur croissance, et que c'est aussi pour ça que leurs enfants naissent petits et qu'elles-mêmes cessent de grandir, car après avoir accouché, une fille ne grandit plus, me dit Sylviane.

– Elles ne grandissent plus, elles restent définitivement petites.

À Tana, comme dans le reste du pays, la moitié des enfants sont dénutris ; la plupart parce qu'ils ne mangent pas à leur faim ; beaucoup parce qu'ils ne mangent que du riz et que cela ne suffit pas à couvrir leurs besoins alimentaires, à grandir sainement et développer leur potentiel. Perrine Burnod, chercheuse du très français, très officiel Cirad – Centre de coopération internationale en recherche agronomique pour le développement –, m'explique que 80 % de la population se nourrit de riz, qu'il fut un temps où Madagascar produisait tout le riz qu'elle consommait, mais ce n'est plus le cas.

– Aujourd'hui, ils en importent une bonne partie et, chaque année, il n'est pas de discussion politique et économique plus décisive que celle sur les quotas et les prix du riz importé. Si les importateurs font venir trop de riz, le prix chute et cela ruine les producteurs locaux, qui ne peuvent plus tirer de leur production des revenus en corrélation avec leur travail ; mais s'ils en font venir moins, ils gagnent moins et le pays court le risque d'en manquer.

M'explique Perrine. Et qu'en plus, les grands importateurs se sont installés au cœur du pouvoir politique malgache et que de cette place ils contrôlent le commerce. Que cette année, par exemple, avec le sac de 50 kilos à 50 000 ariarys, ils sont ric-rac : qu'une bonne partie de la population n'arrive plus à payer cette somme.

– C'est si triste. Et moi qui pensais que nous étions ainsi parce que nous étions ainsi faits.

Madagascar compte 22 millions d'habitants : trois sur quatre vivent en dessous du seuil de pauvreté, très modestement situé à 470 000 ariarys, 234 dollars, neuf sacs et demi de 50 kilos de riz par an. De sorte que, en moyenne, les Malgaches dépensent plus des trois quarts de leurs revenus pour se nourrir. La situation s'était améliorée au cours des premières années de ce siècle : à partir de 2008, elle a recommencé à empirer.

« 37 % de la population est affamée, un chiffre qui grimpe à 47 % chez les paysans », écrivait en 2011, dans le compte rendu de sa mission à Madagascar, Olivier de Schutter, rapporteur spécial des Nations unies sur le droit à l'alimentation.

– Maintenant que je sais que ce n'est pas le cas, j'ai la haine.

Depuis la crise politique de 2009, les programmes d'aide humanitaire et d'aide au développement – surtout ces derniers – ont dégringolé : les puissances occidentales ont décidé de les retirer pour inciter au retour de la démocratie. Ces aides représentaient la moitié du budget de l'État malgache : elles se sont évanouies. Le budget de la santé a baissé de 45 %, celui de l'éducation à peine un peu moins. Les États-Unis ont par ailleurs dénoncé un traité de commerce qui avait favorisé l'installation de petites usines de textile pouvant exporter leurs produits vers l'Amérique sans taxes douanières ; les usines ont fermé, des milliers d'ouvriers ont été licenciés. Une foule de fonctionnaires – instituteurs, médecins, personnel paramédical – ayant vu leur salaire amputé en raison de la baisse de l'aide extérieure sont en grève. Il y a – disons – des paradoxes : des milliers et des milliers de personnes, de pauvres, de travailleurs souffrent parce que les démocraties occidentales ont décidé de défendre la démocratie à leur place.

Dans les cafés de Tana, les gens fument. Les Blancs, surtout, fument. Un des avantages de la vie dans l'AutreMonde, c'est qu'il n'y a pas autant de règles à respecter et si de surcroît on est blanc, on n'est pas obligé de respecter toutes les règles. Dans un café de Tana, français comme il n'en existe plus en France, Sophie Cazade, représentante d'Action contre la faim à Madagascar, me raconte comment ils affinent un projet de développement dans une région aride du Sud : le temps qu'ils ont passé à étudier la population de la région pour déterminer la meilleure manière d'intervenir.

Ils souhaitent, me dit-elle, agir sur plusieurs plans. Ils veulent améliorer l'accès de la population à l'eau potable – car ne pas l'avoir est une des grandes sources de ces maladies évitables qui tuent des millions de gens. Mais ils se demandent : une fois qu'ils les auront aidés à creuser des puits ou des canaux, qui gérera la distribution de cette eau et comment ? Une oènegé comme celle-ci inclinerait naturellement à créer une instance démocratique et participative pour s'en occuper, me dit-elle, mais les autochtones ne fonctionnent pas ainsi. Alors ne devrait-on pas s'adapter à leurs modes de fonctionnement pour s'assurer que l'eau arrive à qui de droit ? Et dans ce cas, est-il convenable d'accepter et de cautionner ces modes traditionnels, autoritaires ? Ou vaut-il mieux s'y opposer, au risque ne pas être compris et de perdre en plus cette eau ?

Ils veulent aussi améliorer le rendement agricole en leur apportant de nouvelles techniques – et éventuellement des outils. Il serait très important qu'ils arrivent à produire davantage et à diversifier leurs cultures ; Sophie dit qu'ils veulent les inciter à planter plus d'arbres fruitiers et de légumes pour qu'ils améliorent leur régime alimentaire et puissent vendre les excédents sur le marché. Mais comment s'assurer que, au lieu d'utiliser cet argent supplémentaire à améliorer leur alimentation et leur santé, ce qui constitue la vocation de cette oènegé, le chef de famille ne va pas l'employer à acheter des zébus ? Sophie m'explique le rôle des zébus dans leur culture : ils ne les utilisent pas pour travailler leurs champs car ils ne l'ont jamais fait, ils se contentent de boire leur lait, mais seulement pendant quelques mois car, à la saison sèche, ils ne produisent plus de lait ; ils n'utilisent pas leur bouse pour faire du feu ni comme engrais car ils mesurent leur richesse à leur nombre de zébus et à la quantité de déjections qu'ils produisent, de sorte que leurs étables sont remplies de monceaux de merde pour faire étalage de leur puissance. Que, plus qu'une source de travail et d'alimentation, les zébus sont une manière d'afficher le statut social de leur propriétaire et sa réserve de richesse ; quelque chose qui peut être vendu en temps de crise, donné en échange d'une épouse ou des matériaux nécessaires pour construire le caveau familial, sacrifié lors d'un mariage ou de funérailles. Alors, comment faire en sorte que les efforts que nous déployons pour augmenter leurs revenus et leur quantité de vivres ne finissent pas par produire plus de zébus, lesquels n'améliorent en rien leur alimentation ? se demande Sophie, et elle dit qu'une des solutions consisterait à faire en sorte que les femmes, exclues de la gestion des zébus, gèrent ces revenus supplémentaires – et qu'ils sont en train d'étudier la manière d'y parvenir, peut-être en encourageant leurs activités spécifiques telles que la vente des fruits excédentaires sur le marché, la confection de paniers en osier, afin que cet argent ne serve pas à acquérir plus de zébus mais à améliorer « objectivement » leur vie.

– Et si, pour eux, cette amélioration passait par l'acquisition de plus de zébus ?

– Je ne sais pas. C'est toujours le même problème. Cela dit, nous ne nous appelons pas Action pour le zébu, mais Action contre la faim.

Dit Sophie – avec un drôle de sourire –, et qu'ils veulent aussi prolonger la période d'allaitement, ce qui contribue à améliorer la situation des enfants de moins de deux ans car plus de la moitié d'entre eux souffrent de malnutrition chronique. Mais qu'ils pensent qu'ils auront beaucoup de mal à les en convaincre car ils sont très réticents au changement, ils craignent tout changement car cela pourrait déplaire aux ancêtres – qui attendent de leurs descendants qu'ils fassent comme eux, sous peine de se venger –, et aussi parce qu'ils vivent tellement au bord, dit-elle, qu'ils ont peur que le moindre changement ne les précipite dans l'abîme.

Et puis : à chaque solution son problème. Mais ce sont des problèmes fascinants : la tentative, à la fois modeste et démesurée, de produire un changement important dans le mode de vie des habitants d'une petite zone dans une petite province d'un petit pays. La fierté de penser qu'ils peuvent y arriver et que ces cent mille personnes vivront mieux grâce à eux ; la résignation de savoir qu'elles sont cent mille sur vingt et quelques millions.

Nuro est adossé à un mur bleu ciel délabré, nez épaté, cheveux frisés, tee-shirt sale : des traits et un torse de quinze ans et, en dessous, deux petites jambes de rien du tout, deux brindilles sèches. Nuro s'aide des mains pour marcher. Nuro dit qu'il a eu une maladie dans son enfance et qu'ensuite sa maman est retournée au village, qu'elle l'a laissé avec d'autres gamins, car sa maman avait déjà plusieurs enfants et que sans doute elle ne pouvait pas s'occuper d'eux tous, mais que ça lui est égal, qu'il n'a pas besoin d'elle, qu'il vit avec ses amis dans la rue et n'a pas besoin d'elle.

Nuro a des yeux vifs, un sourire facile, des pieds sales couverts de croûtes, la paume des mains comme du cuir, et je voudrais lui demander comment on fait pour vivre avec ces jambes, pour vivre sans jambes, pour vivre avec ces jambes, pour vivre sans jambes, et qui plus est dans la rue, mais je n'ose pas : cela me fait de la peine.

– Et comment te débrouilles-tu pour manger ?

Je mange peu, dit Nuro, qui a mal compris ou très bien compris : qu'il mange peu, ce qu'un voisin lui donne, ce que trouvent ses amis, qu'il fait la manche, que parfois ça marche et parfois non. Et qu'il raconte des histoires à ses amis :

– Je leur raconte des histoires, je connais des histoires.

Qu'il leur raconte ce qui se passe dans la rue, qui est venu et quand, qui a eu quoi, qui a apporté quoi, qu'il peut voir tout ce qui se passe car lui, on ne le voit pas, comme s'il n'était pas là. Et qu'il le raconte à ses amis de la rue et que s'ils trouvent quelque chose, ils lui en donnent, voilà comment il fait pour manger. Puis, à la fin, qu'il a toujours rêvé d'avoir un vélo : que sa vie serait si différente s'il avait un vélo.

2

Les journalistes rigolent encore : ils me regardent et rigolent.

Le salon où rient les journalistes se trouve au sein d'une institution du nom de Tokowato. Tokowato est un grand immeuble un peu décrépit appartenant à un ordre de religieuses, où quinze journalistes venant de tout le pays suivent une formation de deux jours pour apprendre à mieux aborder le sujet de l'appropriation de terres par des entreprises étrangères.

Ain, celui qui leur parle à présent, est Hieriniaina Rakotomalamala, chargé des études et de la communication à la SIF – Solidarité des Intervenants sur le Foncier –, le partenaire malgache de l'International Land Coalition. Ain leur parle avec un enthousiasme contagieux : c'est un jeune ingénieur agronome – barbiche, lunettes, tennis, dents étincelantes – convaincu d'être en train de faire ce qu'il devrait même si c'est peu, même si cela n'est jamais suffisant. Assis à leurs tables en U, leurs noms respectifs écrits à la main sur de petits cartels, les quinze journalistes, douze hommes et trois femmes, tous autour de la trentaine sauf un monsieur presque vieux, très maigre, coiffé d'une casquette blanche et sale, et une grosse dame, vernis écaillé, visage marqué par la souffrance. Il fait froid, les journalistes referment leur blouson, Ain parle sans discontinuer et transpire.

– ... vous devez enquêter sur ces questions-là : étudier les situations au cas par cas. Comme celle-ci, où l'entreprise indienne Varun verse à ses employés, anciens propriétaires de ces terres, 30 % des récoltes, tout en les obligeant à vendre à l'entreprise 70 % de ces 30 % à des prix fixés par elle.

Les journalistes échangent des sourires et des regards complices : c'est bien quand le mal est si clairement identifié. Ain leur dit que bien souvent il est plus difficile à déterminer, qu'il est important de chercher, de s'informer, d'apprendre ;

que « les faits ne parlent que quand on est préparé à les comprendre », leur dit-il, et que c'est Louis Pasteur qui l'a dit – puis il leur demande s'ils savent qui était Louis Pasteur. Il le leur explique : un chimiste qui a découvert des choses incroyables au microscope car il savait ce qu'il cherchait.

– L'essentiel est de comprendre le mécanisme des appropriations, afin de pouvoir discerner les informations qu'on nous fournit, qu'on arrive à soutirer.

Leur dit-il, et que le but de ce séminaire, c'est de mettre en marche un système d'information autour de la question des terres, créer un grand réseau pour savoir ce qui se passe. Tout le monde y gagnerait, dit-il : Madagascar ne perdrait pas ses terres aux mains d'étrangers, les journalistes – vous, les journalistes, dit-il – trouveraient des sujets nouveaux et brûlants, la SIF – nous, à la SIF, dit-il – pourrait continuer son travail de recensement et de dénonciation. Un journaliste aux mains soignées, crâne rasé, blouson bleu roi à épaulettes dit que cela leur attirera peut-être des ennuis avec leurs patrons

– Dans ma région, il y a une société chinoise qui exploite les bois précieux, ils repartent tous les jours avec des camions chargés de billots, et je sais qu'ils donnent de l'argent au propriétaire de mon journal pour qu'il n'en parle pas. Alors je fais quoi ?

D'autres le regardent, esquissent des gestes pour signifier qu'ils ont le même problème. Une femme – très jeune, cheveux lissés, quincaillerie plein les doigts – se lève et lui dit que s'il se prétend journaliste, qu'il fasse du journalisme. De petits rires fusent, on se tortille sur sa chaise. Blouson bleu dit qu'on voit bien qu'elle n'a pas une famille à nourrir.

– J'en aurai une.

– Ce que tu vas avoir, c'est un mari.

Lui répond-il, et la fille prend une grande inspiration. On dirait qu'elle se retient de ne pas l'envoyer paître. Ain vient à la rescousse.

– Nous discuterons de cela plus tard. C'est un sujet important, nous l'examinerons en détail.

Mais la fille ne se laisse pas faire :

– C'est bien pour ça qu'il faut en parler dans nos journaux, n'importe où. Si nous n'en parlons pas, il y aura de plus en plus de Chinois pour acheter notre silence.

– Et pas seulement des Chinois.

Dit l'homme à la casquette, et il va pour ajouter quelque chose, mais se ravise. Ain essaie de refroidir le débat : il leur dit que leur travail est fondamental, qu'un bon réseau d'information peut beaucoup compter pour sortir des milliers de paysans de la pauvreté, de la faim, et que le principal, c'est de se renseigner avant qu'il ne soit trop tard : que bien souvent nous apprenons ce qui est arrivé quand il est trop tard, dit-il. Et qu'eux, ils le savent, et c'est pourquoi ils essaient de se débrouiller pour que nous ne sachions rien. Je me demande qui il englobe dans son « nous » ; un journaliste maigre, à ma droite, qui il englobe dans son « eux » :

– Et eux, qui sont-ils ?

Demande-t-il, très sérieux, avant de verser de l'eau dans son verre. Sur la table, il y a des bouteilles d'eau minérale d'un litre et demi et des verres en verre. Toutes les dix ou quinze minutes, le journaliste maigre – trentenaire en jogging, petite moustache clairsemée, dents irrégulières – se sert un petit fond d'eau : juste de quoi boire une gorgée. On voit qu'il ne vit pas dans l'opulence, il ne gaspille pas.

– Ils sont nombreux : les acquéreurs des terres, les entrepreneurs ou les hommes politiques qui les leur vendent, les bureaucrates qui touchent des commissions, les journalistes qui reçoivent des pots-de-vin.

Dit Ain, et quinze journalistes de rigoler, mal à l'aise, nerveux, très malgaches.

– Mais il y a aussi beaucoup de gens qui veulent savoir, car savoir nous donne la possibilité d'agir. Vous pensez bien que si le peuple n'en avait pas été informé, à l'heure qu'il est Daewoo serait en train d'exploiter nos terres.

Il a enfin prononcé le nom de Daewoo.

Daewoo est le maître mot.

Tout au long de l'année 2008 avaient circulé des rumeurs, des soupçons, des bribes de certitudes : certains savaient que le gouvernement du président Marc Ravalomanana était en train de céder quantité de terres à des entreprises étrangères, mais personne n'en connaissait les détails.

Ravalomanana était arrivé au pouvoir après moult péripéties : en 2001, alors qu'il était maire d'Antananarivo, il disputa le mandat présidentiel contre le président sortant, l'officier de marine Didier Ratsiraka. Ils revendiquèrent la victoire tous les deux ; Ravalomanana avait l'appui de la capitale, Ratsiraka celui de la ville côtière de Toamasina. L'affrontement semblait inévitable, mais il fut évité : les États-Unis, une bonne partie de l'Europe, la Banque mondiale et le Fonds monétaire intervinrent en faveur de Ravalomanana, qui fut intronisé président ; ensuite, ils coopérèrent à travers des subsides et des investissements au cours de son mandat. Lequel s'étira tranquillement pendant sept ans, jusqu'à ce que son successeur à la municipalité, un homme d'affaires trentenaire, prît la tête d'une insurrection plus ou moins populaire contre lui. Le mécontentement commença à germer avec l'augmentation du prix du riz et d'autres produits de base, mais les premières grandes manifestations éclatèrent pour protester contre la fermeture d'une radio – très écoutée –, propriété de Rajoelina, et le détournement d'un prêt de la Banque mondiale pour l'achat d'un second avion présidentiel ; la cerise sur le gâteau, ce fut le projet de cession de terres à l'entreprise coréenne Daewoo.

– Tout a commencé quand un ingénieur agronome qui travaille dans la capitale mais qui est aussi le chef de son village, dans l'est de l'île, a appris par des amis que des pourparlers étaient en cours dans les bureaux gouvernementaux pour octroyer plus d'un million d'hectares malgaches, répartis sur tout le territoire, à une société étrangère. Et il l'apprit parce que beaucoup de ces terres étaient situées dans sa région.

Me dit à présent Mamy Rokotondrainibe, présidente du Collectif pour la défense des terres malgaches (Tany), à Paris, XIe arrondissement, dans une grande maison où se réunit un grand nombre de groupes d'exilés, écologistes, altermondialistes et autres istes contemporains.

L'ingénieur se pencha donc sur la question, se renseigna autant qu'il put et, au bout de deux semaines – nous étions courant 2008 –, il convoqua une conférence de presse pour dénoncer l'opération. Il n'avait pas de détails, mais il pouvait assurer que la cession était d'une ampleur inédite. Beaucoup de journalistes assistèrent à la conférence de presse ; rares furent les médias qui couvrirent le sujet. L'ingénieur et ses amis refusaient pourtant de jeter l'éponge : ils se sont mis en quête d'autres informations, en ont parlé avec tous ceux qu'ils croisaient, ont distribué des photocopies de chacun des documents qu'ils dénichaient, jusqu'à ce que la police leur fasse comprendre de manière assez musclée que s'ils ne cessaient pas leurs activités, cela se finirait très mal pour eux. L'ingénieur a cherché alors de l'aide à l'extérieur : il s'est rendu en Allemagne et, surtout, en France, l'ancienne métropole où la communauté malgache est naturellement importante, pour raconter ce qui était en train de se passer et demander de l'aide. C'est alors qu'il a fait la connaissance de Mamy.

– Nous faisions déjà tout ce que nous pouvions pour notre pays, nous collections et envoyions des vivres, des médicaments, des articles de première nécessité, ce genre de choses, mais quand on nous a raconté cela, nous avons pensé qu'il fallait intervenir. Alors nous avons formé ce Collectif.

Mamy est une femme d'une soixantaine d'années, sourire doux, voix caressante, mots implacables.

– Le problème, c'est que beaucoup de gens à Madagascar avaient peur de parler de tout cela. Surtout après les événements d'Ankorondrano.

Ankorondrano est un village à quatre-vingt-dix kilomètres à l'ouest de la capitale où un riche propriétaire a réussi à faire intervenir la police pour déloger plusieurs familles paysannes qui vivaient depuis des décennies sur des terres dont il revendiquait la propriété.

Lorsque la France occupa Madagascar en 1883, elle décréta une loi en vertu de laquelle la plupart des terres appartenaient à l'État colonial – qui dès lors pouvait les attribuer à qui bon lui semblait. Il en alla de même dans beaucoup de colonies africaines. Dans beaucoup aussi, le système s'est perpétué après l'indépendance : les terres que le pouvoir colonial s'était appropriées sont restées aux mains du nouvel État, lequel permettait que les paysans les utilisent.

Peu à peu de nouvelles formes d'enregistrement de la propriété des terres ancestrales sont apparues, mais elles étaient compliquées et coûteuses, et rien ne semblait les rendre indispensables : une bonne partie de leurs occupants ont continué d’y vivre comme toujours, sans songer aux papiers. La moitié des paysans de Madagascar vivent et cultivent encore des terres qu’ils occupent depuis des siècles, et avant eux leurs ancêtres, des terres qui font partie de la propriété communale de leurs villages, mais qui ne leur appartiennent pas légalement parlant.

(Par ailleurs, depuis l’indépendance, une loi interdit la vente de terres malgaches à des entreprises ou des citoyens étrangers. En 2003, sous la pression du Fonds monétaire international et de la Banque mondiale – au nom, bien entendu, du développement économique –, la vente fut libérée pour quiconque avait de l’argent. Le titre de propriété acquit alors de l’importance.)

Aujourd’hui, ne pas posséder de titre de propriété engendre chez beaucoup de paysans une angoisse extrême : la crainte de voir débarquer à tout moment un avocaillon ou un homme politique qui les chasse de leurs terres pour donner celles-ci à un *vazaha* – un Blanc – quelconque.

Mais aussi, chez un petit nombre : le constat que les formes différentes – communales, collectives – de propriété ou d’usufruit n’ont pas de valeur, sont lettre morte devant l’hégémonie du marché et le monopole de la propriété privée.

En août 2006, à Ankorondrano, des centaines de paysans ont refusé de céder leurs terres au riche propriétaire ; la police est intervenue, tuant une dame âgée. Surcroît de rage et d’affrontements : deux policiers tués. Un an plus tard, le tribunal jugeait quatre-vingt-treize paysans, inculpés de ces émeutes et de ces morts. Six d’entre eux ont écopé de douze ans de travaux forcés ; treize ont été condamnés à mort. Généralement, à Madagascar, la peine capitale est commuée en prison à perpétuité. Le jugement a cependant servi à discipliner les mécontents : en 2008, rares étaient ceux qui osaient encore se plaindre pour des histoires de terre. Nombre de riches locaux en ont profité pour faire main basse sur des étendues de plus en plus vastes ; beaucoup d’entre eux étaient en outre des prête-noms d’entreprises étrangères.

À Paris, dans un cadre relativement sûr, Mamy et ses camarades, indignés par le projet Daewoo, insistaient. Ils ont fait circuler une pétition sur internet pour stopper la cession, celle-ci a recueilli des milliers de signatures – en Europe. À Madagascar, raconte Mamy, beaucoup de gens leur répondaient en privé, les encourageaient à continuer leur mobilisation, mais avouaient avoir peur de signer. En revanche, ils proposaient de relayer l'information, d'en parler avec leurs amis et voisins.

C'est alors que parut l'article qui acheva de donner une diffusion mondiale à l'affaire Daewoo : curieusement, il fut publié par le journal d'affaires européen le plus poussiéreux : le *Financial Times*, un organe qui ne s'est jamais distingué pour sa défense des pauvres dans le monde. L'article s'intitulait « Daewoo va exploiter la terre malgache gratuitement » et commençait en disant que « l'entreprise sud-coréenne Daewoo Logistics a déclaré qu'elle n'escomptait pas à payer quoi que ce soit pour produire du maïs et de l'huile de palme dans une région de Madagascar de la taille de la moitié de la Belgique, ce qui accroît les inquiétudes au sujet de cet investissement qui bat tous les records du genre ». Ensuite, il donnait la parole à des sources de la compagnie selon lesquelles les contrats de location de 1,3 million d'hectares de terre malgache auraient une durée de quatre-vingt-dix-neuf ans. « Nous voulons planter du maïs ici afin d'augmenter notre sécurité alimentaire. Dans le monde actuel, les denrées alimentaires peuvent devenir des armes, dit Hon Jong-wan, un des dirigeants de Daewoo. Nous pourrons exporter les récoltes vers d'autres pays ou les envoyer en Corée en cas de crise alimentaire. » L'article concluait en annonçant que le contrat était déjà signé, que Daewoo ne paierait rien mais créerait des emplois et construirait des infrastructures qui profiteraient au pays, et que les 1,3 million d'hectares représentaient la moitié de la surface cultivable de l'île. Plus tard, dans un élan insolite, l'article expliquait que, selon le Programme alimentaire mondial des Nations unies, plus de 70 % de la population malgache vivait en dessous du seuil de pauvreté et qu'« environ la moitié des enfants de moins de trois ans souffrent de retards dus à un régime chroniquement insuffisant ».

La rumeur s'était confirmée, étayée par des chiffres et des lettres, mais n'avait eu aucune retombée significative à Madagascar. À la mi-décembre 2008, une insurrection fut déclenchée par l'envolée du prix des denrées alimentaires, la fermeture de la radio et l'achat de l'avion ; ce n'est qu'en janvier que la revendication des terres des ancêtres devint plus bruyante. À Madagascar, la terre est la synthèse de la nationalité ; le mot que l'on utilise aujourd'hui pour dire « patrie » – *tanindrazana* – signifiait d'abord terre des ancêtres, *vaterland*. L'hymne national, composé d'une strophe unique, y insiste avec dévotion : « Oh, terre aimée de nos ancêtres, / oh, bonne Madagascar, / notre amour pour toi jamais ne tarira. »

On avait jeté un grand seau d'huile sur le feu : en deux semaines, après des affrontements entre manifestants et militaires qui firent plus de cent morts, le gouvernement de Ravalomanana fut renversé. Quelques jours après, sous la pression populaire, le nouveau président Rajoelina déclarait que le contrat signé avec Daewoo avait été annulé.

L'idée d'utiliser des terres malgaches pour régler des problèmes dans d'autres contrées connaît plusieurs précédents. La plus féroce d'entre elles fut le Madagaskarplan de la Reichssicherheitshauptamt (Office central de la sécurité du Reich), dirigé par Reinhard Heydrich. Conçu en 1940 par Adolf Eichmann, le projet proposait de « déplacer » les juifs d'Europe sur cette île, à raison d'un million par an.

Le plan était complexe : la France tout juste occupée céderait Madagascar, qui passerait sous contrôle des SS ; les fonds réquisitionnés aux juifs dans toute l'Europe financeraient les opérations ; quand l'Opération Lion de mer, autrement dit l'occupation de l'Angleterre, aurait réussi, les juifs seraient transportés sur des navires marchands britanniques.

Le plan tomba à l'eau car la défense aérienne britannique empêcha les Allemands de lancer leur invasion. Comme toujours, la victoire des uns fit le malheur des autres : ne pouvant les envoyer à Madagascar, le gouvernement allemand décida d'exterminer les juifs européens. C'était le début de la Solution finale.

Dans le cas de Daewoo, Madagascar s'inscrirait dans la mémoire des rares personnes qui gardent mémoire de ce genre d'épisodes comme le parfait exemple d'appropriation de terres – et de la possibilité de s'y opposer.

3

« Achetez de la terre. On n'en fabrique plus », écrivait le maître Mark Twain à une époque où l'on en fabriquait encore.

Des décennies durant, l'agriculture n'eut aucun poids dans l'économie mondiale. C'était un mal nécessaire : il fallait bien manger. Mais elle ne générait pas de grandes fortunes, ne donnait pas de prestige, n'engendrait pas des innovations ni des inventions éclatantes, ne semblait pas moderne ; on la voyait plutôt comme une survivance ennuyeuse du temps passé. Jusqu'à ce que le prix des commodités alimentaires se mette à augmenter et la crainte de la pénurie avec, de sorte que les pays qui produisaient beaucoup commencèrent à gagner des sommes colossales et ceux qui produisaient peu à s'inquiéter plus qu'un peu. Et les puissances s'aperçurent que la terre et l'eau, habituellement excédentaires et gaspillées, qui représentaient le passé face aux machines et aux technologies, commençaient à se raréfier et donc à prendre une valeur croissante.

Voilà le changement : après avoir essuyé des décennies de mépris, l'agriculture redevenait une des activités économiques clés. C'est sans doute un autre type d'agriculture. Mais les techniques ont beau avoir progressé, la terre n'est pas étirable et l'eau ne jaillit pas toujours des pierres.

L'appropriation des terres – qui en anglais se dit land grab – est une manière relativement récente de se livrer à une pratique très ancienne. Cela s'appelait colonialisme et à l'époque les puissances occupantes plantaient leurs drapeaux ; aujourd'hui elles agissent en brandissant l'étendard de la mondialisation et du libre-échange – et de l'aide accordée aux pauvres.

La première fois, on avait colonisé au nom de l'Évangile et de la civilisation : il fallait éduquer et christianiser tous ces sauvages. À présent, c'est au nom du capitalisme humanitaire : nous devons leur apprendre à produire plus efficacement de sorte qu'ils puissent s'intégrer au marché, acheter plus de choses et même manger plus souvent, les pauvres.

« L'appropriation des terres consiste en la soustraction de terres par des investisseurs internationaux afin de leur donner un usage commercial et de chasser les gens qui les utilisaient traditionnellement pour gagner leur vie, résume le Kenyan Michael Ochieng Odhiambo dans son rapport intitulé *Commercial Pressures on Land in Africa*, publié par l'International Land Coalition. On l'appelle appropriation, précisément parce qu'on ne demande pas l'avis des gens qui utilisaient cette terre habituellement et que leurs intérêts ne sont pas pris en compte. »

Et, surtout : parce que leur production est généralement exportée vers les pays d'origine des entreprises qui s'approprient ces terres ou vers des pays riches, étant ainsi extraite de la circulation locale. C'est très directement, très visiblement de la nourriture dont les habitants d'un pays, d'une région ne disposeront plus parce que des messieurs plus riches l'ont emportée pour la vendre sur leurs propres marchés. Dit de manière abrupte : ils leur ôtent le pain de la bouche. C'est à peine une métaphore.

(On traduit souvent land grab par « accaparement de terres ». Il me semble qu'accaparer contient l'idée de monopoliser, ce qui n'est pas le cas ici ; on n'accapare pas, on ne monopolise pas ; ce qui se produit, c'est que ceux qui n'ont aucun droit sur un bien – disons des terres – utilisent leur pouvoir économique et politique pour se l'approprier. C'est pourquoi je préfère l'expression « appropriation de terres ».)

Des pays qui le peuvent – des pays riches ayant peu de terre, des pays avancés possédant une industrie de pointe, des pays chanceux ayant des sous-sols inondés de pétrole – envoient des prospecteurs parcourir l'AutreMonde en quête de choses à acheter. De grandes compagnies ou des aventuriers nantis cherchent aussi – et trouvent.

Dans la logique du capitalisme mondial, ils ont le droit : aucune loi n'interdit qu'un monsieur qui a l'argent ou les contacts ou le bagout ou la force nécessaires s'empare d'autant de terres qu'il peut et envoie ses récoltes chez sa cousine – au mépris des paysans qui vivaient sur ces terres, des villageois et des habitants de villes environnantes qui sont du coup privés de nourriture. Aucune loi n'interdit cela.

Des pays, de grandes compagnies s'approprient des terres parce qu'ils ne veulent pas dépendre du commerce international pour obtenir les denrées dont ils ont besoin. Ils cherchent des voies plus directes car ils ne se fient pas aux mécanismes du marché : les plus grands joueurs se méfient de leur propre jeu. D'autres s'y lancent parce que c'est un bon filon :

– Nous, qui produisons, nous disons que le seul remède contre les prix élevés, ce sont les prix élevés. Le seul moyen pour que les grains soient moins chers, c'est éventuellement qu'on atteigne la limite de la frontière agricole au Brésil et qu'on commence à s'étendre en Afrique. Cela demande beaucoup de fric. Et pour que ce fric soit rentabilisé, il faut que les grains soient vendus très cher. Si 20 millions de petits Chinois quittent la campagne pour la ville chaque année, ces petits Chinois qui ne retournent pas à la campagne auront besoin d'acheter à manger. Cette demande ne reviendra pas en arrière. Alors, ou bien le monde s'habitue à produire plus d'aliments, ou bien les aliments vont être de plus en plus chers.

M'avait dit, quelques mois plus tôt, Iván Ordóñez, économiste chez le plus grand producteur de soja argentin. Nous étions dans un bar du centre de Buenos Aires – martinis très secs, tapas.

– Si j'ai bien compris, tu dis que pour qu'on commence à tirer profit des terres d'Afrique, il faudrait que le cours des grains monte. Si c'est le cas, ces terres seront encore plus rentables parce qu'il y aura moins de gens, parce qu'à cause de l'augmentation des prix, ils mourront de faim…

– Oui, c'est possible. Je ne dis pas que mon équation soit idéale ; je dis ce qui est. C'est le capitalisme qui veut ça. Toi, tu es peut-être moderne, mais moi, je suis post-moderne. Il y a déjà des fonds d'investissement qui opèrent en Afrique, entre autres parce que la terre n'y vaut pas un clou. Mais bon, reste à prouver qu'elles sont utiles à l'investisseur.

Le cercle est plus que vicieux : les petits paysans africains survivent tout juste de leurs terres car ils n'ont ni les outils ni les capitaux ni l'infrastructure pour produire davantage, mais l'augmentation des cours mondiaux des denrées alimentaires rend l'exploitation de ces terres plus rentable et plus urgente pour les grands capitaux, qui du coup chassent des paysans, lesquels atterrissent dans les villes où ils doivent acheter de la nourriture et la payer bien plus cher parce que ceux qui la produisent veulent rentabiliser leurs investissements ou la sortent carrément du marché pour l'exporter.

Au bout du compte, pour changer un peu :
ils mangent moins.

Le mouvement d'appropriation des terres de l'AutreMonde a pris son essor au début du siècle, mais l'augmentation des cours des denrées à partir de 2007 lui a donné une impulsion définitive.

Au cours des quinze dernières années, différentes sociétés d'État ou privées ont acheté ou loué ou obtenu d'énormes étendues. Ce serait bien de pouvoir écrire « énormes étendues » sans avoir à préciser : très difficilement quantifiables. Beaucoup d'opérations ne sont pas consignées, d'autres le sont mais n'aboutissent pas, d'autres encore sont conclues pour des surfaces différentes de celles prévues au départ – et, dans bien des cas, les surfaces cédées n'ont pas fait l'objet de mesures ni d'enregistrements précis.

Quoi qu'il en soit, les chiffres varient trop. Un rapport émis en 2010 par la Banque mondiale, organisme qui ne s'illustre pas par son agressivité anticapitaliste, disait que jusqu'ici 56 millions d'hectares avaient été appropriés, soit une superficie supérieure à celle de l'Espagne. Mais qu'on assistait à « une surprenante absence de conscience et de connaissance de ce qui est en train de se produire, y compris de la part des institutions publiques censées contrôler le phénomène », lequel survient surtout dans des pays où « l'État a une faible portée, où le droit de propriété n'est pas bien défini et où les institutions régulatrices manquent de moyens ».

Une étude de la National Academy of Sciences nord-américaine établit quant à elle que les appropriations atteignent les 100 millions d'hectares. 100 millions d'hectares, c'est un million de kilomètres carrés : la France et l'Allemagne réunies, par exemple, ou l'Italie, le Japon et la Grande-Bretagne.

– Mais, en définitive, quelle est la surface des terres appropriées ?

Demanda-t-on il y a quelques mois à l'Anglais Fred Pearce, auteur de *The Land Grabbers*, le livre le plus fouillé sur le sujet.

– Personne ne le sait réellement. Beaucoup de transactions déclarées n'ont jamais abouti et, parmi les plus grandes, beaucoup se font en douce. D'après l'Oxfam, plus de 2 millions de kilomètres carrés ont été appropriés, environ 200 millions d'hectares. Mais, pour le moment, nous ne pouvons pas le savoir précisément.

Nous savons en revanche que la plupart de ces terres, plus des deux tiers, se trouvent en Afrique noire, dans des pays où la propriété est très bon marché, voire quasiment gratuite, et où vivent beaucoup de gens qui ne mangent pas à leur faim. En juillet 2013, la *LandMatrix Database* établissait que, si l'on s'en tenait aux seules informations vérifiées, les dix pays où les étrangers se sont approprié le plus de terres sont :

Le Soudan du Sud (4,1 millions d'hectares cultivables), la Papouasie-Nouvelle-Guinée (3,9 millions), l'Indonésie (2,7 millions), le Congo (2,6 millions), le Mozambique (2 millions), le Soudan (2 millions), l'Éthiopie (1,4 million), la Sierra Leone (1,4 million), le Liberia (1,1 million) et Madagascar, qui est descendu à un million d'hectares grâce aux pressions qui entravèrent plusieurs appropriations.

Juste après viennent le Bénin, la Tanzanie, le Kenya, le Mali ; ils font presque tous partie des pays les plus pauvres de la planète, ceux qui comptent le plus de dénutris. Le nombre de paysans déplacés est encore plus incertain – et ne figure généralement pas sur les rapports.

Un tiers – grosso modo – de ces terres est utilisé à cultiver des denrées alimentaires, un autre tiers, des agrocarburants. Bien que la différence ne soit pas toujours très marquée : bon nombre de ces terres sont utilisées à ce que l'on appelle aujourd'hui les *flex crops* – cultures flexibles –, c'est-à-dire à usages multiples, pouvant servir d'aliment aussi bien humain qu'animal, de matière première pour l'industrie ou de combustible. Ceux qui offrent le plus de possibilités, ce sont le soja, la canne à sucre, le maïs et l'huile de palme.

Le tiers restant est réparti en exploitations forestières, floriculture et, dans une bonne mesure, cette étrange perversion contemporaine qui consiste à conserver des forêts plus ou moins vierges pour générer des crédits-carbone, autrement dit :

pour compenser par quelques taches vertes d'espaces inutilisés les émissions de gaz à effet de serre produites par les usines des pays riches. Des zones qui demeurent parfaitement pauvres, improductives, inutiles à leurs habitants, afin de payer le coût environnemental de ceux qui gagnent de plus en plus d'argent.

« Les terres africaines s'avèrent une solution peu coûteuse aux problèmes des autres. L'Afrique devient le lieu où les autres endroits du monde peuvent produire à moindres frais ce dont ils ont besoin », écrivait récemment David Anderson, professeur à Oxford.

Le reste des terres appropriées se répartit entre l'Asie du Sud-Est – Cambodge, Laos, Philippines – et l'Amérique latine.

Mais, aujourd'hui, la région la plus convoitée est la savane guinéenne, un territoire de 4 millions de kilomètres carrés ou 400 millions d'hectares – près de deux fois l'Argentine – qui s'étend de l'océan Atlantique à l'océan Indien, juste en dessous du Sahel, à travers plus de vingt pays : de la Guinée, du Sénégal et de la Sierra Leone jusqu'au Malawi, la Tanzanie et le Mozambique en passant par le Mali, le Burkina Faso, la République centrafricaine, le Kenya, l'Ouganda, la Zambie et l'Angola – entre autres. La Banque mondiale a dénommé cette région « la dernière grande réserve mondiale de terres sous-exploitées ». C'est le discours que tenaient les colons qui occupèrent l'Afrique au XIXe siècle ou les militaires qui, à cette même époque, prirent la Pampa et la Patagonie argentines : campagnes du désert. Dans la savane guinéenne, vivent et travaillent plus de 600 millions d'Africains – près d'un dixième de la population mondiale –, parmi les habitants les plus pauvres et sous-alimentés de la planète.

Cette vague d'appropriation de terres semble être le dernier pas accompli par le capitalisme d'origine occidentale pour achever son occupation de la planète Terre. Le mouvement qu'entamèrent Christophe Colomb et les autres navigateurs et qui s'accéléra dans la seconde moitié du XIXe siècle est sur le point de s'achever. La prochaine équipée aura sans doute lieu dans un autre espace.

Le modèle que voudraient reproduire nombre de ces nouvelles exploitations africaines est celui des *fazendas* du Cerrado brésilien. Le Cerrado est une zone de 2 millions de kilomètres carrés qui englobe la quasi-totalité du territoire du Brésil moins l'Amazonie, le littoral et le Sud. Ce sont de grandes savanes fertiles, bien irriguées, qui ont cependant un problème : la terre y est trop acide pour la plupart des cultures. Pendant très longtemps, on les réserva donc à l'élevage, jusqu'au milieu des années soixante-dix, quand des scientifiques mandatés par le gouvernement trouvèrent la solution : l'épandage de chaux en grandes quantités rendait le sol productif – et ainsi commença l'invasion.

Les plantations sont généralement immenses – des dizaines, des centaines de milliers d'hectares – et très technicisées . semences génétiquement modifiées, quantité de machines, peu de main-d'œuvre – éventuellement un ouvrier tous les 200 hectares. Les gouvernements locaux – téléguidés par les grands producteurs de soja, de maïs et de coton – ont construit les routes nécessaires pour acheminer leurs produits vers les ports. Beaucoup de terres ont été occupées à coups de fusil ; bien souvent, les employés locaux y travaillent comme des chiens et sont payés au lance-pierres.

Grâce au Cerrado, le Brésil est devenu le premier exportateur mondial de soja, de viande, de poulet, de tabac, de sucre, de jus d'orange. Le Cerrado a attiré de grands investisseurs mondiaux : Soros, Rothschild, Cargill, Bunge, Mitsui, Chongqing, l'émirat du Qatar. Au moins un quart des terres y sont détenues par des étrangers – et un pourcentage bien supérieur de la production est expédié hors du Brésil. La pauvreté de la plupart des habitants y est toujours extrême. Le Cerrado est, sous un mode à peine plus civilisé, le premier exemple de cette forme d'appropriation de terres qui se répand aujourd'hui à travers le monde.

– Ou peut-être le plus récent.

Disait à Fred Pearce un producteur brésilien. Dans sa région, il y a des exploitations du nom des séries télévisées américaines Bonanza, The High Chaparral.

– Il n'y a donc plus personne qui se rappelle comment les cow-boys ont colonisé l'Ouest américain ?

Dans beaucoup de pays pauvres, le gouvernement central est généralement plus qu'enclin à collaborer à ces appropriations, car il en retire bien plus que des avantages politiques – et certains espèrent même en améliorer les conditions de vie de leurs citoyens. Ainsi, le régime éthiopien de l'ex-guérillero communiste Meles Zenawi – mort en 2012 – et de son successeur Haile Mariam Dessalegn met en place des politiques très agressives de rabattage d'« investisseurs », des bureaux de promotion, des campagnes pour offrir leurs terres en location à des prix quasi symboliques à des étrangers désireux de les exploiter. Il peut le faire sans rencontrer d'obstacles sur le plan légal car, dans les années soixante-dix, lorsqu'il était socialiste, il a nationalisé toutes les terres cultivables du pays.

C'est une différence radicale : on reproche à ceux qui se disent révolutionnaires de ne pas faire ce qu'ils disent. Et aux capitalistes convaincus, de le faire.

Si l'appropriation des terres est une forme de colonialisme, c'est parce qu'elle profite de la faiblesse des États qu'elle colonise. Aucune société, publique ou privée, ne pourrait s'emparer de milliers d'hectares dans un pays dont le gouvernement aurait les moyens et la volonté de les conserver pour ses propres citoyens. En ce sens, l'appropriation de terres est encore un effet de ce monde si étrange où les personnes sont représentées par des institutions nationales – les gouvernements – dont le pouvoir est bien moindre que celui des institutions supranationales – ces sociétés – qui déterminent réellement nos vies.

Autrement dit : ils tolèrent que nous élisions des messieurs qui commandent bien moins que ceux que personne n'élit – mais ils nous vendent cela comme de la démocratie ou de la liberté ou de l'autodétermination.

C'est vrai : que tant d'étrangers s'approprient les terres des pays de l'AutreMonde suscite – parmi ceux qui sont au courant – une indignation proportionnée. Ce sont les délices du nationalisme – manifeste ou latent – : les riches locaux détiennent aussi une grande quantité de terres, mais cela ne choque personne, comme si cela faisait partie des règles du jeu. Ce qui paraît en revanche intolérable, c'est qu'une compagnie ou un État lointains s'emparent de terres ; qu'un monsieur de la même nationalité en fasse autant relève d'une logique réputée acceptable.

Et nous ne nous demandons même pas pourquoi, comment nous y parvenons.

(Je ne suis pas en faveur du maintien des terres entre les mains des anciens habitants à tout prix. Tout d'abord, l'idée qu'avoir vécu pendant des siècles à un endroit vous donne le droit d'y rester encore pendant des siècles est tout à fait discutable : si l'on va par là, le roi d'Arabie est en droit d'être le roi d'Arabie parce que ses aînés l'ont été pendant très longtemps. Ou encore : c'est une idée conservatrice, historiquement écololo, qui mérite d'être débattue.

Je ne souscris pas non plus à l'argument selon lequel il faut préserver leurs cultures à tout prix. Les cultures évoluent, changent. Nous avons fait des efforts éprouvants pour dépasser la culture occidentale chrétienne qui prétendait que baiser est un péché et prendre du bon temps un miracle, que dire j'emmerde dieu vous condamnait aux flammes éternelles ; cela ne serait pas non plus convenable de nous lamenter sur la perte irréparable de l'esclavage dans nos pays au cours des deux derniers siècles. Et pourtant, nous versons dans le paternalisme et clamons qu'il faut « préserver » des cultures qui fonctionnèrent en d'autres temps, d'autres circonstances.

« Pourquoi nous évertuons-nous à supposer que certaines sociétés "traditionnelles" devraient conserver à jamais leur mode de vie, et qu'être "progressiste" consiste à les aider à continuer de vivre comme leurs ancêtres ? Serait-ce parce que nous, les modernes, continuons à porter des crinolines et des guêtres, à nous marier vierges, à nous déplacer à cheval, le sabre au clair, à écrire des mots comme ceux-ci à la plume d'oie, à révérer notre roi, à nous éclairer à la lanterne que porte craintivement ce petit nègre ?

« La tradition, la pureté, l'authenticité. C'est cette idée conservatrice de vouloir figer l'évolution en un point du passé : cette idée que la gauche partage si bien avec la droite, même si chacune l'applique différemment », écrivait il y a quelques années un auteur argentin quasi contemporain. Et que le fin mot de tout cela, ce n'est pas la tradition ; le fin mot, c'est le droit à une vie digne.

Et que pour cela, il sera parfois nécessaire de cesser d'avoir recours aux vieilles techniques de subsistance – cueillette, élevage intensif, rotation culturale longue – qui requièrent beaucoup de place : on peut postuler qu'il n'est pas juste qu'un nombre relativement restreint de personnes occupe l'espace dont tant d'autres ont besoin. Et il serait alors légitime d'exploiter ces terres pour produire davantage – et de déplacer et reconvertir leurs anciens habitants. Mais cela supposerait que le produit en soit réparti parmi ceux qui en ont besoin ; cette démarche perdant toute légitimité si ceux qui viennent travailler ces terres à leur place le font pour que leurs patrons ou investisseurs gagnent plus.)

Les différences entre appropriation et acquisition de terres ne sont pas toujours très nettes. Mais, en synthèse : une chose est d'acheter une exploitation à une personne ou à une entreprise qui la possédaient et l'exploitaient – ou pas – pour faire leur beurre ; une autre, de s'approprier, avec la complicité de fonctionnaires d'État, des terres qu'une communauté ou certaines personnes utilisaient pour cultiver, faire paître, se procurer du bois ou des animaux.

Tout cela serait beaucoup plus difficile pour eux sans ce décalage des cultures : le capitalisme avancé et son idée de la propriété face à d'autres façons de penser l'usage des ressources. Environ 90 % des terres africaines échappent à tout enregistrement légal de la propriété foncière : les manières de considérer et d'inscrire la propriété y ont toujours été autres. Aujourd'hui, des fonctionnaires internationaux et des acheteurs étrangers invoquent le droit occidental pour se ruer agressivement sur ces terres, profitent de ce décalage pour prétendre qu'elles n'appartiennent à personne et sont par conséquent à leur disposition.

Les gouvernements se chargent alors d'évacuer les territoires qu'ils remettent à leurs nouveaux bénéficiaires. Pour cela, ils déplacent des populations entières ; ils vont même jusqu'à dire que c'est pour améliorer leurs conditions de vie. Mais – pour ne citer qu'un exemple –, le contrat que l'État éthiopien a signé avec Sai Ramakrishna Karuturi, un multimilliardaire indien à qui il a promis 300 000 hectares à un dollar annuel l'hectare pour une période de cinq ans, stipule très clairement que « les terres doivent être inoccupées » et que le gouvernement « doit en garantir la jouissance pacifique et sans entraves, et assurer au locataire, sans aucun surcoût, une sécurité adéquate en cas de révolte, émeute ou tout autre trouble, et ce chaque fois que le locataire en fait la demande ».

Voilà le genre de conditions qu'impose l'investisseur. « Quand les gouvernements vendent ou louent des terres à des étrangers, ils courent notamment le risque de voir leur population locale, déjà très à court d'argent, perdre non seulement sa maison mais aussi sa source d'alimentation et ses futurs revenus, dès lors que les investisseurs exercent leur plein droit sur les récoltes et les terres », dit un rapport écrit par Jacques Taylor et Karin Ireton, deux dirigeants de la banque sud-africaine Standard Bank. Et que c'est pour cela que les investisseurs exigent par contrat que les gouvernements leur garantissent « la possibilité d'effectuer leurs investissements conformément à leurs besoins ».

En avril 2012, les autorités saoudiennes ont annoncé que le gouvernement soudanais leur avait cédé une surface de 800 000 hectares de terres cultivables, non assujettie à la fiscalité et à la législation soudanaises, afin qu'elles la gèrent à leur gré – dans le but de produire des denrées alimentaires pour leurs citoyens.

Ici, le terme colonie s'applique à la lettre.

Les nouveaux colons arrivent les bras chargés de promesses et de justifications : qu'ils vont construire des infrastructures – des routes, des canaux, des écoles, des hôpitaux –, qu'ils vont donner du travail aux autochtones, qu'ils vont contribuer à nourrir le monde, que les terres qu'ils vont exploiter sont vacantes ou sous-exploitées, qu'ils vont accroître leur rendement.

Ce qu'ils omettent de dire, c'est que cette augmentation ne profitera en principe qu'à leurs actionnaires, que, sauf exception, les infrastructures en question sont celles dont ils ont besoin pour extraire et transporter leur production, que les emplois qu'ils proposent ne suffisent pas pour tous les paysans délogés par leur arrivée, qu'ils versent des salaires de misère et que, en dernière instance, remercier de grands capitalistes qui ont accaparé depuis des siècles le produit du travail de millions d'individus d'être les seuls à pouvoir investir un peu d'argent pour pouvoir continuer de le garder, cela relèverait d'une logique bizarre.

Monsieur Hong, patron de Daewoo, le disait pour justifier son million et quelques d'hectares : « Madagascar est un pays totalement sous-développé et encore intact. Nous allons leur fournir des emplois en les faisant cultiver la terre, et cela est bon pour Madagascar. »

Encore une fois : ils se targuent de créer des emplois comme si cela faisait d'eux des bienfaiteurs de l'humanité – ou du moins de ce petit morceau d'humanité qui travaille dans leurs champs. Encore une fois, sans relâche : la plus-value. S'ils emploient des gens, c'est parce qu'ils pourront empocher une partie importante de la valeur produite par leur travail ; s'ils emploient ces gens – les habitants de cet endroit déterminé –, c'est parce qu'ils peuvent les payer infiniment moins qu'ils ne les paieraient dans leur pays d'origine. Mais ils présument – et ils ne sont pas les seuls – que leurs ouvriers devraient les remercier de les exploiter.

(Non seulement dans ces champs, non seulement dans ce monde qui à la fois est Autre et ne l'est pas : la gratitude envers ceux qui « créent des emplois » – ceux qui gagnent de l'argent grâce au travail d'autrui – est un des traits les plus tristes de cette époque. Merci, mon seigneur, d'avoir la gentillesse de me battre avec ce joli fouet dont les brûlures m'apprennent tant de choses. Je peux même lécher mes plaies dont les écoulements rassasieront ma faim.)

L'autre argument le plus souvent avancé par ceux qui s'approprient ces terres est que l'introduction de techniques modernes va augmenter leur rendement et qu'ils vont donc pouvoir nourrir bien plus de gens. Encore une fois, l'excuse de la « civilisation » : à la fin du XIXe siècle, la justification des

Européens lorsqu'ils se partagèrent l'Afrique était déjà qu'ils venaient la faire profiter des dernières techniques – la civiliser.

Aujourd'hui ils prétendent que les Africains n'ont ni les ressources ni les connaissances suffisantes pour exploiter jusqu'au bout leurs possibilités – leurs matières premières. Alors c'est un échange de bons procédés : je mets l'argent pour que ton pays puisse croître, en échange j'emporte le produit de cette croissance. Comme ils l'ont emporté autrefois pendant un siècle et demi, à une époque que l'on appelait bel et bien coloniale. C'est bien pour cela, parce qu'ils n'ont pas pu accumuler le fruit de leurs richesses, puisqu'elles partaient à Paris ou à Londres, que ces pays en sont là où ils en sont. La solution qui leur est proposée, c'est de recommencer.

L'Afrique possède 750 millions d'hectares de terres cultivables qui pourraient être mieux exploitées – je refuse de dire sous-exploitées : exploitées autrement. 750 millions d'hectares, cela équivaut à la moitié des terres actuellement cultivées dans le monde.

Comme toujours, c'est une question politique : qui va exploiter ces terres, comment, dans quel but. Il semblerait effectivement que si elles restent divisées en petites unités peu productives, la faim augmentera dans une région où le nombre d'habitants devrait passer d'un milliard à deux milliards d'ici 2050. Le tout est de savoir si la mutation technique qui semble nécessaire sera opérée par les appropriateurs qui veulent intégrer ces terres au marché mondial ou par des sociétés qui trouveront les moyens politiques d'assurer la subsistance de leurs membres. Quelle pourrait être cette forme politique ? Telle est la question.

L'argument de l'efficacité est dans la ligne de Monsanto qui se présente sur sa page web comme un bienfaiteur de l'humanité : « Pour répondre à la demande à venir, les agriculteurs doivent obtenir davantage de chaque hectare. Et pour les aider, nous travaillons à doubler le rendement des cultures de maïs, de soja, de coton et de colza d'ici 2030. Pour répondre à la demande générée par la croissance de la population, les agriculteurs doivent produire davantage de denrées alimentaires au cours des prochaines décennies qu'ils ne l'ont fait sur la période totale des 10 000 dernières années. »

Ce qu'ils ne disent pas – ni Monsanto ni les autres appropriateurs de terres de l'AutreMonde –, c'est que la planète produit déjà de quoi nourrir 12 milliards de personnes et que pourtant un milliard de personnes ne mangent pas à leur faim. Qu'à eux seuls, les grains produits actuellement dans le monde – sans compter les légumes, les légumineuses, les racines, les fruits, les viandes, les poissons – suffiraient à fournir à chaque homme et femme et enfant 3 200 calories par jour : 50 % de plus que la quantité indispensable. Qu'il est toujours préférable de produire plus d'aliments – ils seront alors plus accessibles, moins chers, plus abordables –, même si, en bref, le problème n'est pas qu'il manque des aliments mais que certains en prennent la totalité. Que ces exploitations ne sont pas une solution et qu'elles aggravent au contraire cette répartition injuste.

Le mouvement colonial que nous appelons appropriation de terres est la manifestation la plus grossière, la plus brutale de l'inégalité entre pays : quelques-uns exploitent les terres des autres pour produire les aliments dont tous ont besoin : quelques-uns les prennent, les autres en sont privés.

Les deux tiers de ces terres se trouvent dans des régions où un grand nombre de gens ont faim. Les terres sont là, leurs fruits sont là, seulement ceux qui détiennent le pouvoir et l'argent les emportent là où ils peuvent en tirer le plus grand profit. Ils conservent même des terres incultes pour spéculer sur l'augmentation des prix – car, tout compte fait, moins on produira d'aliments, plus il y aura de demandes insatisfaites et plus les aliments deviendront chers.

Pour une fois, le mécanisme n'est pas trop compliqué.

En attendant, une part importante des appropriations de terres échoue : inexpérience des investisseurs, méconnaissance du terrain, opposition des populations indigènes, variations du marché mondial se conjuguent pour empêcher leurs projets d'aboutir – ou pour qu'ils n'aboutissent qu'à moitié. Alors les terres restent dans de drôles de limbes : livrées à des étrangers plus ou moins démissionnaires qui ne veulent plus les exploiter, les autochtones ne peuvent plus les exploiter. « Parfois, la seule chose pire qu'une appropriation de terres, c'est une appropriation de terres ratée », écrivait Paul McMahon dans *Feeding Frenzy*.

Depuis l'affaire Daewoo, Madagascar est devenue le *leading case*, l'exemple le plus violent en matière d'appropriations – et elle montre comment celles-ci peuvent tomber à l'eau si un grand nombre de gens s'y opposent.

Et comment elles peuvent aussi continuer.

(Paroles de la tribu)

Comment ?

Veuillez répéter après moi, mon cher :
ce n'est pas mon problème, cela m'est égal.
À moi aussi.
Je peux vivre avec ça.
Cela m'inquiète. C'est triste cela m'inquiète.
De toute manière, il n'y a rien à.
C'est affreux que voulez-vous, un vrai
gâchis.

Comment, bordel ?

je suis d'accord, ça ne peut pas continuer. Oui, bien sûr, comme tout le monde, nous savons tous que ça ne peut pas continuer. Le problème, c'est qu'eux, ils ne savent rien, les pauvres. Il faut les éduquer ; il se peut qu'ils manquent un peu de nourriture, mais ils manquent surtout d'instruction, et sans instruction ils n'arriveront jamais à rien. Il faut les éduquer, apprendre aux mères que quand elles sont enceintes, elles doivent prendre soin d'elles, bien se nourrir, sans quoi leurs petits ne se développeront pas normalement, mais si, comment ça, tu ne savais pas, bah oui, si les enfants ne reçoivent pas une bonne alimentation au cours de leurs deux ou trois premières années de vie, ils ne se développeront pas normalement, ils seront un peu limités, les pauvres petits, ils ne trouveront pas de bons emplois, ils ne réussiront pas, ils ne contribueront pas à la réussite de leur pays, et nous devrons continuer à nourrir leurs enfants, et les enfants de leurs enfants, et ainsi de suite jusqu'à la fin des temps. Mais ce qu'il faut surtout leur apprendre, c'est à se choisir d'autres gouvernements, d'autres hommes politiques pour les diriger, parce que s'ils continuent à élire les mêmes gros bonnets, alors là, ils sont fichus. C'est un fléau, ces gens-là, tous ces hommes politiques corrompus qui se remplissent les poches pendant que leur peuple meurt de faim, ils sont inqualifiables. Ça me révolte, ce truc-là. Sans eux, tout serait différent, mon vieux, ce serait une tout autre affaire. Heureusement qu'on peut encore les aider, sans quoi ils seraient dans la mouise jusqu'au cou, en train de tirer la langue. Mais il va falloir qu'ils se bougent les fesses parce qu'on ne pourra peut-être pas les aider éternellement, avec la crise et tous les problèmes. Je préfère même pas imaginer ce qu'ils deviendraient, les pauvres, si on arrêtait de s'occuper d'eux, non ? Heureusement que nous, au moins, on les

Comment, bordel, parvenons-nous ?

Sans oublier que la réponse la plus courante consiste à oublier. Des formes d'oubli qui incluent un torrent de mots.

Comment, bordel, parvenons-nous à vivre ?

L'édifice tient sur deux ou trois piliers. Il ne fonctionnerait pas sans la présomption d'autonomie, par exemple : que ce monsieur à Madaoua soit pauvre au point de n'avoir rien à manger n'aurait aucun lien avec le fait que moi, à Buenos Aires Chicago Barcelone, je mène une vie tranquille, aisée. Établir des liens est un acte de rébellion décisif. Ou du moins, un petit pas.

Comment, bordel, parvenons-nous à vivre en sachant ?

– Sérieusement tu ne comprends pas que si tu manges tout ça, d'autres n'auront pas assez à manger ?
– Dis pas de conneries, voyons. C'est quoi, ça ? De l'idéologie ?

Comment, bordel, parvenons-nous à vivre en sachant que ces choses-là ?

il faut aussi que tu comprennes qu'ils ne s'en rendent pas compte. Ce n'est pas comme pour toi, qui es habitué à vivre d'une certaine manière, à manger tous les jours, des produits variés, à ne pas t'inquiéter pour ça. Pour toi, ce serait vraiment effroyable, mais pour eux, la faim, ils ne connaissent que ça, alors ça ne les angoisse pas plus que ça, tu vois ? Parce que leur vie a toujours été celle-là, alors bien sûr, c'est emmerdant, c'est dur, mais t'as tort de penser que si ça t'arrivait à toi, ce serait pareil, tu comprends ? Il faut remettre les choses en perspective, à leur place, sans quoi t'es complètement à côté de la plaque et alors

Comment, bordel, parvenons-nous à vivre en sachant que ces choses-là arrivent ?

4

Ce sont des bosses, des croupes, des cornes, des échines moites, un joug en bois, la bouse qui leur dégouline le long des jambes, les mouches qui les suivent, la poussière qu'ils soulèvent ; l'image est exotique et monotone, deux attributs rarement réunis. La charrette à bœufs avance lentement sur la piste irrégulière de terre, je suis secoué comme un prunier à chaque pas.

Nyatanasoa se trouve dans le district de Marovoay, au nord de l'île, à plus de 500 kilomètres d'Antananarivo, près d'un grand port du nom de Majunga. Près, façon de parler : ce sont 30 kilomètres de route goudronnée, sans trop de nids-de-poule, ensuite une piste qui démarre entre les chiendents, les broussailles, les arbres, pour se transformer en une trace laissée par les charrettes qui file entre les herbes sèches, au milieu de petites plantations de manioc et de riz, de grandes étendues de terres brûlées, quelques palmiers.

La charrette est le seul véhicule possible ici – ou bien la marche pendant des heures et des heures. Nous sommes habitués à penser le voyage moderne – train, bus, avion – comme un moment d'interruption du mouvement où l'on tente de se distraire pour que le temps passe plus vite. Sur la charrette, pas de distraction possible. Il faut comprendre chaque bond, chaque secousse : faire corps avec le moyen de transport, bouger pour arriver quelque part. Cela dure deux heures : les bœufs sont lents, le soleil tombe à plomb. Tout à coup, au milieu de nulle part, une pancarte rouillée qui dit « Tonga Soa, Bienvenue, Welcome Fuelstock ». Et quelques kilomètres plus loin, Nyatanasoa.

Aucun de ces villages n'est sur Google Maps : ils ne font pas partie de l'image globale.

Au loin, le projet Fuelstock est un exemple de la manière dont les riches étrangers s'emparent de ces terres dont les autochtones ont besoin pour s'alimenter un peu plus. De loin, mais moins loin, c'est l'histoire d'un banquier irlandais qui s'est procuré 30 000 hectares de terres malgaches pour faire des affaires. De près, ce sont des avancées, des reculs, des contradictions, beaucoup d'histoires : de près, chaque histoire, c'est beaucoup d'autres histoires. Plus compliquées, plus passionnantes, plus difficiles à comprendre et à interpréter.

Tout commença il y a quatre ans, en 2010, lors d'un colloque sur les agrocarburants organisé en Afrique du Sud. Un banquier irlandais quinquagénaire, qui commençait à trépigner, y rencontra un riche Malgache qui lui parla des terres de son île : que beaucoup n'étaient pas exploitées, qu'elles appartenaient à l'État, qu'il connaissait les fonctionnaires à connaître pour en décrocher une bonne surface à un prix extrêmement avantageux. L'Irlandais et le Malgache se mirent à faire des plans, des calculs, des châteaux dans les airs : ils installeraient une exploitation agricole dans le nord de Madagascar, ils planteraient du jatropha – la nouvelle plante miraculeuse, la dernière trouvaille – pour produire des agrocarburants, cela leur rapporterait des fortunes.

– Notre patron est très doué pour trouver de l'argent, mais, à vrai dire, il ne connaît pas grand-chose à l'agriculture. Et quand on essaie de lui expliquer quoi que ce soit, ça lui donne la migraine.

Dit à présent Simon Nambena, l'ingénieur agronome local que Fuelstock a embauché pour diriger son projet. Nambena est aussi un pur produit de l'époque : la cinquantaine, il a travaillé pendant des années sur des projets de déforestation conduits par la coopération allemande ; quand la crise politique a entraîné le retrait d'une bonne partie des programmes de développement, il a perdu son emploi. De sorte qu'il a accepté avec joie la proposition de diriger les plantations de Fuelstock.

– Une des choses que notre patron ignorait, c'est que le jatropha requiert beaucoup de soins avant de donner de bons rendements, beaucoup de main-d'œuvre, beaucoup d'engrais : autrement dit, il faut beaucoup plus d'argent qu'il n'avait calculé. Il ne savait même pas que le sol est tellement dur, dans cette région, qu'il casse tous les outils, qu'il faut des heures et des heures de préparation avant de pouvoir y planter quoi que ce soit, qu'il contient 30 % de pentes inaccessibles, 30 % de cimes où il n'y a que du sable incultivable : personne n'avait pensé à tout ça.

Cela arrive souvent : quand ils démarrent leur activité, les occupants des terres découvrent plus de difficultés – et moins de chemins, moins d'électricité, moins de machines, moins de mécaniciens – qu'ils n'imaginaient, du coup leur argent facile se transforme en nid à problèmes. Souvent, ils n'ont pas pensé non plus que ces terres qui semblaient à moitié vacantes sont en fait à moitié occupées. Les tracés des 30 000 hectares initiaux incluaient les rizières des villageois de la région, qui allaient être privés de toute source d'alimentation. Le maire a protesté, les riverains ont mis leurs peintures de guerre.

– De toute manière, les terres à rizière ne sont pas utilisables pour le jatropha, ce sont des terres basses entre les collines où conflue toute l'eau. Ce fut une erreur, un point auquel ils n'avaient pas pensé.

La compagnie a réparé son « erreur ». Et pour se mettre les habitants dans la poche, elle s'est alliée à eux contre leurs ennemis traditionnels : elle a fait le coup de Cortés.

C'est un procédé classique. Quand Hernán Cortés débarqua à Veracruz avec ses 660 hommes, dix canons, seize chevaux et aucune femme, ses forces étaient infimes face à l'Empire aztèque. Cortés comprit rapidement qu'il ne pourrait le vaincre qu'en obtenant l'appui d'autres peuples qui ne supportaient plus leur domination.

Ici, les hommes de Fuelstock se sont modestement réunis avec le maire de Marovoay et les chefs paysans ; ils leur ont dit que leur présence et leurs nouvelles cultures serviraient à empêcher que les zébus des éleveurs sakalava ne continuent d'envahir leurs rizières comme ils l'avaient toujours fait jusque-là.

Petits oiseaux, poules, un chien par-ci par-là, cris d'enfants, pleurs d'enfants, conversations de femmes, un sifflement au loin, le bruit sourd et continu des pilons en train de broyer du grain dans les mortiers, le vent presque permanent, le cocorico d'un coq, un crachat bien envoyé, des mugissements, deux hommes parlant fort. On n'entend aucun son mécanique, électrique ; seulement ce vacarme naturel.

Nyatanasoa, ce sont 400 ou 500 habitants éparpillés dans des cahutes d'adobe aux toits à deux pentes en roseau, les rues sont les espaces entre elles, poules enfants quelques zébus quelques rares chèvres, femmes assises devant la porte de leur bicoque, homme assis dans une sorte de découvert qui pourrait tenir lieu de place.

– La première fois, quand le maire du coin nous a convoqués pour nous annoncer qu'une grande entreprise allait s'implanter ici, nous étions tellement contents. Le maire nous a dit qu'ils allaient construire des écoles, un dispensaire médical, des routes, qu'ils allaient amener l'électricité, qu'ils allaient nous donner du travail, qu'ils allaient nous protéger contre les Sakalava. Nous avions presque honte : je me demandais pourquoi une telle chance, je ne voyais pas ce que nous avions fait pour la mériter.

Dit, sur la place ou tout comme, Funrasa, un monsieur vêtu d'un vieux tee-shirt blanc, un bermuda multicolore et un chapeau de paille orné d'un ruban autrefois rouge, complètement pieds nus. Sur la place – ou tout comme – se tiennent deux messieurs, quatre jeunes hommes, une femme fardée de poudre dorée, sept ou huit enfants. Les jeunes ont des maillots de football très élimés : un du Real, un du Barça floqué au nom de Messi, deux différents du Brésil, ils s'assoient à même la terre ; moi, ils me laissent le meilleur tronc d'arbre, tordu en forme de fauteuil. Nous discutons à l'ombre d'un manguier.

– Et l'école fonctionne-t-elle ?

– Elle était déjà là, mais elle fonctionne, oui.

– Il y a cours, en ce moment ?

– Non, pas en ce moment.

– Pourquoi ?

– Parce que les instituteurs sont en grève. Ils font grève depuis cinq mois pour réclamer une augmentation.

Dit un des jeunes, et il confirme que la compagnie les aide à entretenir l'école – l'an dernier, ils en ont repeint l'extérieur –, et qu'ils n'ont pas construit le dispensaire, mais qu'ils les laissent aller consulter le médecin de la compagnie qui vient deux fois par semaine. Qu'ils n'ont pas amené l'électricité, qu'ils ont creusé un puits dans les terres de la compagnie, des terres qui étaient à eux, et qu'ils les font payer 500 ariarys – vingt centimes de dollar – chaque fois qu'ils vont puiser de l'eau.

– Ils vous vendent votre eau ?

– Non, ils ne nous la vendent pas puisqu'on ne la leur achète pas. On y est allés deux, trois fois, mais on n'y est plus retournés. S'il faut payer à chaque fois qu'on a besoin d'un baril d'eau…

Alors, après avoir cru que la chance était arrivée, les femmes du village ont repris leur vieille routine : elles descendent de nouveau avec leurs bidons en plastique jaune jusqu'à la retenue d'eau, à cinq cents mètres.

– Et vous plaignez-vous auprès d'eux des promesses non tenues ?

– Non, pas encore. Leur chef nous a dit que pour l'instant ils n'ont rien pu faire parce qu'ils n'ont pas encore reçu les matériaux.

– Mais ça fait déjà trois ans.

– Disons deux et demi.

– Vous ne craignez pas qu'ils ne fassent rien ?

– Non, ils finiront par le faire. S'ils l'ont dit, ils vont le faire.

Dit Albert, l'autre monsieur : un personnage à la Corto Maltese, deux fentes à la place des yeux, la bouche énorme, le nez épaté, un vieux pantalon de costume retroussé, une veste dépareillée, un chapeau disons borsalino, complètement pieds nus.

– Qu'est-ce que vous voulez qu'ils fassent ?

Demande la femme : Qu'est-ce que vous voulez qu'ils fassent pour nous ? Tout ce qu'ils font, c'est pour eux, dit-elle. Ils ont leur générateur, leur puits ; pour eux-mêmes, ça oui, ils ont fait, dit la femme, et les autres la regardent bizarrement, d'un air gêné.

– Il est temps d'arrêter de se leurrer.

Insiste la femme : elle s'appelle Rina, un tissu vert et rouge drape son corps. Elle a entre vingt et trente ans, de gros bras, le visage couvert de poudre dorée, la peau craquelée : le visage terre séchée.

– Ils veulent tout garder pour eux, et j'ai l'impression que nous ne voulons pas le voir.

Dit-elle, et les autres – les hommes, les jeunes – essaient de la faire taire du regard.

La vie à Nyatanasoa a changé avec l'arrivée de Fuelstock et de ses cultures. Quelques dizaines de villageois ont trouvé du travail dans l'entreprise : ils touchent 3 500 ariarys – un dollar et demi – par journée de travail très remplie. Mais les habitants locaux ne pouvaient pas couvrir tous les postes, la compagnie a dû faire appel à des dizaines d'hommes et de femmes d'autres villages : certains se sont installés dans les environs, d'autres font le trajet aller et retour tous les jours. À certaines périodes, le personnel n'est pas nombreux : au temps des semailles et de la récolte, ils peuvent être plus de cent. Des femmes du village se sont alors mises à préparer et vendre des beignets ou du riz : un petit marché s'est créé, là où il n'y avait auparavant aucun échange commercial. Et, surtout, les villageois ont obtenu la masse critique nécessaire pour installer enfin une salle vidéo. Étant plus nombreux, ils ont pu acheter un très vieux poste de télévision et un lecteur de cassettes, puis louer un générateur : maintenant ils peuvent regarder des films sous un abri en paille. La salle vidéo marche à peu près un jour sur deux ; ils l'ont montée il y a un an et cela a changé la vie du village.

– Maintenant je sors de chez moi le soir. Avant, je ne sortais jamais, à quoi bon. Mais maintenant je sors pour aller voir des vidéos.

– Combien de fois par semaine ?

– Dès qu'il y a une séance. Et que j'ai de l'argent, bien sûr.

Dit Funrasa, petits yeux espiègles. La séance coûte 200 ariarys et elle peut durer quatre, cinq heures : films d'action, d'amour, sur la vie, dit-elle : sur la vie. C'est ceux que je préfère. Précise-t-elle, mais je n'arrive pas à lui faire dire ce qu'elle entend par films sur la vie.

– Et vous passez cinq heures tous les deux jours à regarder des films ?

Je leur demande, et ils rient et répondent en chœur bah oui : des enfants profitant de leur nouveau joujou. Ils m'en parlent pendant un long moment : visiblement, la salle vidéo est un changement notoire, la découverte d'un vice qu'ils n'avaient pas même imaginé. L'idée de l'oisiveté, du divertissement, est une nouveauté dans leur vie.

– Et vous n'avez pas peur que les nouveaux venus ne finissent par vous prendre le village ?

– Ils ne peuvent rien nous prendre. Ils viennent d'autres villages, ils viennent quand il y a du travail et ensuite ils repartent.

Dit Albert, et les autres d'acquiescer. Rina les regarde d'un air incrédule, elle va pour dire quelque chose, puis se ravise.

– Vous aimeriez vivre à Tana ?

– Oui, mais ça me ferait peur.

– Pourquoi ?

– Parce qu'il y a beaucoup de bandits, là-bas.

– Et ici, non ?

– Ici, c'est pas pareil, on les connaît mieux.

Rina me dit de la suivre et me conduit dans une maison quelques mètres plus loin : il y a deux femmes assises par terre devant la porte, en train d'allaiter leur petit ; dix ou douze gamins jouent autour. Ils semblent contents, presque grassouillets, pieds nus, passablement sales. Une des deux femmes a le visage couvert de poudre dorée comme Rina. Je lui demande ce que c'est, elle me répond que c'est de l'écorce d'un arbre : elle la râpe, la mélange avec de l'eau et se l'applique.

– Dans quel but ?

– Pour me protéger des rayons du soleil.

– Et que se passe-t-il si vous n'en mettez pas ?

– Je deviens toute noire.

Dit Shena, la peau très noire, trente ans et quelques, un bébé au sein. C'est une fille, me dit-elle, un peu moins d'un an ; une autre, à peine plus grande, grimpe dans ses bras : celle qui tète est sa fille, me dit-elle, l'autre est sa petite-fille – fille d'une fille qui doit avoir quinze ou seize ans, me dit-elle. Qu'elle s'en occupe souvent, et surtout aujourd hui que sa mère est partie au marché. Elle est partie à pied de bonne heure ; Shena dit qu'il lui faut cinq heures aller, cinq heures retour. Un homme met quatre heures, mais les hommes ne veulent pas aller au marché, ils disent qu'ils ne savent pas acheter, qu'ils n'ont pas le temps : ils envoient les femmes.

– Qui travaille le plus, ici, les hommes ou les femmes ?

– Les hommes, parce que dans les champs, ce sont eux qui manient la houe. Les femmes arrosent, étalent l'engrais...

– Et que font les hommes à la maison ?

– Rien, ils ne font rien. Parfois ils vont chercher le zébu, mais c'est tout ce qu'ils font. Nous, nous faisons tout, à la maison, la maison est à nous, les enfants, les repas, le ménage, la lessive, tout.

– Qui travaille le plus, alors ?

– Les hommes.

Dit Shena, lasse de devoir tout m'expliquer. L'autre femme, qui a aussi un bébé sur elle, s'appelle Soasara et elle dit devoir partir pour préparer le repas. Je lui demande ce qu'elle va préparer, elle me regarde d'un air un peu triste.

– Du riz. Que voulez-vous que ça soit ?

Alors je lui demande à quelle heure ils mangent et Soasara me dit que trois fois par jour : le matin, à midi et le soir.

– Et que mangez-vous le matin, le midi et le soir ?

– Du riz.

Dit-elle, sur le ton de l'évidence.

– Et vous le préparez différemment à chaque fois où toujours pareil ?

– Non, comment voulez-vous qu'on le prépare ? On le fait cuire, c'est tout.

– Vous le mangez avec autre chose ?

– Parfois un peu de légumes, quand il y en a. Ou du poisson. Mais pas souvent.

– C'est-à-dire ?

– Une fois par mois ou tous les deux mois.

Sauf, me disent-elles, au moment de la soudure. Entre novembre et mars, quand neuf familles sur dix ne mangent pas à leur faim parce qu'elles n'ont ni maïs ni riz, quand la moitié des familles passent des journées entières sans rien avaler, leur – maigre – alimentation est plus variée. Ils mangent ce qu'ils glanent : de l'igname, un tubercule sauvage qu'on appelle *moky*, du tamarin mélangé avec des cendres, certains fruits sauvages, des grillons et autres insectes, des oiseaux. Ils n'aiment pas ça ; je leur demande s'ils ne préfèrent pas manger des produits variés.

– Non. Le riz est la nourriture du peuple malgache !

Dit Soasara, déclamatoire, grandiloquente.

– Mais l'aimez-vous ?

– Bien sûr que j'aime ça, je l'aime plus que tout.

Certains de ces aliments de fortune suscitent leur crainte, ils en ont inventé des tabous. Par exemple : si l'on donne un œuf à un enfant qui ne sait pas encore parler, il deviendra muet.

– Mais si vous pouviez choisir un plat, n'importe quel plat, que choisiriez-vous ?

– Du riz.

Dit Shena, et Soasara d'acquiescer. Quant à Rina, elle m'explique que le pain ne rassasie pas, il n'est pas nourrissant : que ce qui calme la faim, c'est le riz.

– Le problème, c'est quand nous n'en avons pas. Le problème, c'est que nous avons de moins en moins de terres pour en planter, et maintenant, avec la compagnie…

– Que se passe-t-il avec la compagnie ?

– Vous n'avez pas entendu ? Ils vont nous prendre toute l'eau et personne ne dit rien.

Selon l'Organisation mondiale de la Santé, la principale cause de décès pour des raisons environnementales est la « préparation des repas sur des fourneaux primitifs ». Dans la plupart des maisons de l'AutreMonde, des femmes cuisinent le peu qu'elles cuisinent sur des fourneaux à bois ou à charbon ou à bouse, à l'intérieur de leurs maisons. Elles respirent la fumée, la suie, tombent malades : l'OMS dit qu'un million et demi de personnes meurent chaque année de maladies respiratoires – bronchites, asthme, cancer du poumon – provoquées par ce mode de cuisson : principalement des femmes et des tout-petits.

Les paysans de Nyatanasoa – les paysans de toute cette région du Marovoay – vivent du riz qu'ils cultivent, complété d'un peu de manioc, parfois d'un travail de journalier dans une autre exploitation.

– Quand nous récoltons le riz, nous devons en vendre suffisamment pour acheter du sel, du sucre, de l'huile, du savon. Et nous devons en garder un peu pour les semences. Alors il ne nous suffit pas, arrivé décembre, janvier, nous n'en avons plus et nous devons en acheter au marché.

Me dit Solo, un monsieur de cinquante et un ans. Solo et sa femme, Blondine, ont une rizière de deux hectares et deux zébus. Chaque hectare produit près de deux tonnes, écorce comprise, mais une fois décortiqué, il en reste environ 500 kilos. Solo et Blondine ne savent pas que la productivité moyenne d'une rizière en Chine ou au Vietnam se situe entre six et sept tonnes.

– Et n'auriez-vous pas intérêt à garder tout le riz pour ne pas avoir à en acheter plus tard ?

– Bien sûr, mais si nous gardons tout, nous n'avons pas d'argent pour acheter autre chose. Nous en gardons la moitié pour manger et pour semer, et le reste, il faut le vendre.

– Sauf qu'ensuite, au moment de la soudure, vous êtes obligés d'acheter du riz.

– Eh oui. Et on nous le vend beaucoup plus cher.

– C'est pourquoi je me demande : n'auriez-vous pas intérêt à le garder ?

– Vous ne comprenez donc pas ? Nous ne pouvons pas le garder, nous avons besoin d'argent pour acheter d'autres produits. Pour vivre, pour pouvoir manger.

Solo me raconte ce que c'est que de passer la journée les pieds dans l'eau, dans la boue des rizières. Ensuite il me montre : la peau de ses pieds ressemble à la peau d'une vieille tortue, ce n'est plus de la peau mais une carte de rides. Solo me dit que de temps en temps, quand ils n'ont plus rien, ils passent un ou deux jours sans manger, mais que la faim, ce qu'on appelle vraiment la faim, il ne l'a jamais connue.

– Ce serait comment, d'avoir vraiment faim ?

– Je ne sais pas, ne rien manger du tout.

Solo porte un jean coupé à la hauteur des genoux et un tee-shirt blanc déchiré mais propre ; Blondine est drapée d'un tissu lilas. Ils sont assis sur le pas de leur porte : terre battue, murs d'adobe peints en rose, une foule de gamins qui vont et viennent et jouent tout autour.

– Ce sont tous des enfants à vous ?

– Non, ce sont des neveux, des voisins. Nous n'avions que deux enfants, c'est tout. Nous avions une petite de douze ans, et un petit de six qui vivait avec nous, mais le mois dernier, il est parti vivre avec les ancêtres.

Dit Solo, et je ne comprends pas. Tata, mon interprète, m'explique que partir vivre avec ses ancêtres, cela signifie mourir.

– Fidy n'allait pas bien, il était tout maigre. On lui donnait autant de riz qu'on pouvait, mais il n'allait pas mieux, il était fatigué, il n'avait envie de rien.

Dit Solo, puis un jour ils ont entendu un monsieur à la radio qui disait que si un enfant était dans cet état-là, il fallait l'emmener à l'hôpital. Ils sont allés à Antanambazaha en char à bœufs ; le pauvre Fidy ne parlait presque pas, il gémissait tout bas. À l'hôpital, ils l'ont gardé deux jours ; le troisième, il est mort. Blondine dit qu'elle pense parfois que c'est la faute des deux personnes de l'hôpital : on leur a dit que le petit était sous-alimenté et que c'est pour ça qu'il n'avait pas pu guérir de sa maladie – dont elle n'arrive pas à retenir le nom –, mais elle ne les croit pas : Fidy mangeait son riz tous les jours, il ne manquait jamais de riz. Solo a deux ou trois dents complètement de travers et la regarde pour essayer de la faire taire ; Blondine poursuit :

– Je crois que ce sont eux qui l'ont tué.

– Et pourquoi auraient-ils voulu le tuer ?

– Je ne sais pas. Si je savais ce genre de choses, je ne serais pas aussi pauvre.

Solo et Blondine ont emprunté de l'argent pour acheter le zébu qu'ils devaient sacrifier lors des funérailles, mais ils n'ont pas pu l'enterrer ici :

– Cinquante ans que nous vivons ici, et avant ça mon père et mon grand-père aussi, mais notre terre n'est pas ici, vous savez. Notre terre est dans le Sud, assez loin, la terre de nos aînés est là-bas, alors nous sommes allés l'enterrer là-bas. Ça aussi, ça nous a coûté cher.

– Vous l'avez enterré là-bas parce que vous le vouliez ou parce qu'on ne vous a pas laissés l'enterrer ici ?

Solo me regarde en souriant ; tout à coup il est très occupé à se rouler une cigarette, tabac pris dans un petit sachet en plastique bleu et papier d'un vieux carnet, pages épaisses et noires d'écriture qu'il coupe délicatement. Ensuite il dit que ce sont les Sakalava, que les Sakalava les traitent toujours d'étrangers. Et que maintenant les Blancs le protègent, que leurs champs cultivés empêchent que les zébus des Sakalava viennent piétiner leurs cultures, mais qu'il connaît les Blancs, qu'ils finiront par tout garder et lui, il sera encore plus étranger qu'avant et qu'à ce moment-là il espère être déjà en train de se reposer avec ses ancêtres, sur sa terre.

– Vous pensez que la compagnie va prendre nos terres ?

Me demande-t-il, espérant que je lui dise mais non, quelle idée. Je n'y arrive pas.

Pendant des siècles, les Sakalava régnèrent en maîtres sur ces terres : gardiens de troupeaux qui conduisent leurs zébus d'un endroit à un autre en quête des meilleurs pâturages ; gardiens de troupeaux sur de grandes étendues à la réputation d'hommes violents, dominateurs, seigneurs implacables.

Et presque tous les agriculteurs de la région de Marovoay sont des « étrangers » : leurs aînés arrivèrent il y a deux ou trois générations et obtinrent des Sakalava la permission de cultiver pourvu qu'ils ne dérangent pas leurs troupeaux. Pourvu qu'ils tolèrent que ces troupeaux s'introduisent souvent dans leurs rizières, les piétinent, les mangent. C'étaient les conditions imposées par les maîtres.

C'est pourquoi les propriétaires de Fuelstock imaginèrent que se liguer avec les agriculteurs contre les gardiens de troupeaux était la meilleure conduite à tenir. Ils installèrent donc leurs semis et leurs clôtures entre les pâturages les plus fréquentés par les Sakalava et les cultures des « étrangers ». C'était – du moins en apparence, au début – un bon moyen de se rallier les paysans ; c'était aussi la meilleure manière d'engager les hostilités à l'encontre des Sakalava.

– Vous avez l'impression que les paysans sont contents que vous soyez là ?

– Difficile à dire. Je ne sais pas, mais ils disent que l'argent des impôts que nous versons à la commune ne rentre jamais dans leurs caisses, alors que nous avons tous les reçus signés de la main de l'intendant. Et il y en a bien sûr qui sont mécontents parce qu'ils disent que Madagascar ne devrait pas donner de terres aux vazahas, aux Blancs. Mais il me semble que ceux qui ont du travail chez nous sont contents que nous soyons là.

Me dit de sa voix de fumeur Nambena, l'agronome de Fuelstock.

– Mais ils se plaignent que vous leur versiez des salaires très bas.

– Oui, enfin, ils se plaignent tout le temps. Le fait est qu'il y avait beaucoup de terres disponibles et que maintenant nous commençons à les exploiter.

– Pourquoi y avait-il beaucoup de terres disponibles ?

– C'est une bonne question : parce que c'était une zone d'élevage, les gardiens de troupeaux l'utilisaient pour leurs zébus, alors ils ne plantaient rien.

– Mais ils l'utilisaient.

– Ils l'utilisaient de manière très sauvage, très peu rationnelle.

Le conflit a éclaté lorsque la compagnie a commencé à planter ; le chef sakalava s'est présenté et leur a dit que ces terres étaient à eux, qu'ils n'avaient pas le droit de les cultiver ; les autres en face leur ont rétorqué que c'étaient leurs terres à eux, qu'ils y avaient tous les droits. Deux formes de propriété s'affrontaient : les papiers que l'État malgache avait délivrés à Fuelstock contre un usage séculaire. Les négociations furent âpres, et elles continuent.

– Les gardiens de troupeaux seront toujours contre.

– Pourquoi ?

– Parce qu'ils estiment que toutes les terres sont à eux, ils ont l'habitude de laisser leurs animaux en liberté, ils brûlent l'herbe pour qu'elle repousse et ils laissent leurs animaux, c'est tout ce qu'ils font. Les gardiens de troupeaux ne savent pas utiliser la terre.

5

Au-delà de Nyatanasoa, la piste s'élargit pour se transformer en route à charrettes. Il en passe plusieurs en direction du marché, tirées chacune par deux zébus, long joug, conducteur qui ne lésine pas sur le fouet. Tout à coup un bruit, une chevauchée : deux charrettes qui arrivent à fond de train, qui se tirent la bourre ; poussière, branle-bas, puis plus rien.

– Quand les vazahas de la compagnie sont arrivés, ils nous ont dit qu'ils allaient tout améliorer, notre mode de vie, tout. Ils nous ont dit que s'ils commençaient à cultiver, nous n'aurions plus de problèmes avec les gardiens de troupeaux parce qu'ils allaient mettre leurs cultures entre eux et nous, pour que leurs zébus ne puissent pas venir jusqu'ici.

– Et c'est ce qu'ils ont fait ?

– Non, pas vraiment. Ils ont occupé cette partie-là, mais parfois les zébus viennent quand même. Parfois ils ne viennent pas.

Dit Norbert, sceptique : Finalement, j'ai l'impression que nous n'avons rien gagné.

Norbert est le « président » du *fokotany* – village – de Besonjo, situé à trois ou quatre kilomètres de Nyatanasoa. Besonjo ressemble beaucoup à Nyatanasoa, sauf qu'à l'entrée, une douzaine de maisons sont noires, calcinées. Norbert a été élu il y a quatre ans, lorsqu'un monsieur est venu de la capitale leur dire qu'ils devaient élire un président du village, qu'ils allaient voter. Ce même jour trois hommes se sont portés candidats et Norbert a gagné haut la main.

– Pourquoi avez-vous été élu ?

– Parce qu'ils ne me connaissaient pas bien.

Dit-il et il rit, puis, craignant que je n'aie pas compris son humour : Parce qu'ils m'aiment bien, mes voisins m'aiment bien.

– Ça vous plaît, d'être président ?

– Ça me plaisait, ça me plaisait beaucoup, mais plus maintenant. Entre l'attaque de l'an dernier et les retards de paiement de la compagnie, j'ai énormément de problèmes. Et je dois m'occuper de trop de choses, trop de formalités, et puis personne ne me paie et je n'arrive pas à obtenir ce que je devrais obtenir.

Alors à quoi bon...

Dit Norbert, et que la compagnie ne verse pas les salaires à temps, qu'il y a beaucoup de promesses qu'elle n'a pas tenues, que tout est comme avant et qu'il y a quelques mois ils étaient si remontés que des travailleurs armés de machettes se sont rassemblés devant la maison de la compagnie pour réclamer leur dû :

– Les employés ont eu peur, les pauvres, ils ont cru qu'on allait les tuer.

– Et ils étaient prêts à les tuer ?

– Je ne pense pas. J'imagine que non. Mais je peux vous assurer qu'ils nous ont payés dare-dare.

Dit-il, et il en rit encore. Norbert a près de soixante ans, un tee-shirt réchappé d'un festival de musique qui a eu lieu il y a très longtemps, dans un autre pays, des cheveux très noirs, un sourire facile. Son grand-père est arrivé au village il y a cent ans, son père est né ici il y a quatre-vingts ans, mais cette terre n'est toujours pas la sienne : ce n'est pas la terre où sa famille enterre ses morts, n'étant pas celle où sont enterrés ses ancêtres. Je lui demande si elle va devenir un jour sa terre, mais il ne comprend pas ma question.

– Ma terre est dans le Sud, mes ancêtres sont là-bas.

Et que parfois ils sont obligés d'enterrer un membre de la famille ici parce qu'ils n'ont pas d'argent pour faire le déplacement, mais que dès qu'ils en ont, ils le déterrent et l'emportent dans leur terre, et qu'alors seulement il est mort pour de bon, quand il a rejoint tous les aînés. Sa femme Marceline le regarde et acquiesce, elle répète ses mots : elle travaille pour Fuelstock à la culture de poivrons, et le président dit que c'est pour cela qu'on l'accuse de s'être vendu aux vazahas. Il ajoute que s'ils pouvaient, elle abandonnerait sur-le-champ, qu'elle travaille beaucoup d'heures par jour pour une paie de misère, mais ils ont besoin de cet argent, vraiment elle laisserait tomber s'ils pouvaient. Norbert et Marceline ont huit enfants : l'aîné a vingt-huit ans, le cadet sept.

Leur maison est la plus grande du village : une grande bâtisse en adobe de six pièces, haute de plafond, toit recouvert de feuilles de palmier noircies, fenêtres minuscules, portes en bois munies de cadenas tout neufs, rutilants. Nous sommes dans le séjour ; il n'y a pas de meubles, seulement de ces nattes que les femmes d'ici fabriquent avec des feuilles de palmier pour ne pas s'asseoir ou s'allonger à même la terre. Assis sur les nattes, deux ou trois de leurs enfants et une douzaine de voisins nous écoutent, nous regardent, y vont de leurs commentaires.

Besonjo est un havre de paix, malgré les maisons brûlées à l'entrée. Je m'en enquiers à deux ou trois reprises et Norbert finit par me dire que cela remonte à l'attaque.

– L'attaque ?

– Oui, l'attaque. Je croyais que vous étiez venu pour ça.

Quelques mois plus tôt, sept ou huit hommes ont attaqué le village. C'était un lundi, au soir tombant. Ils ont surgi tout à coup en hurlant, en faisant du ramdam avec des sifflets et des tambours, en tapant avec des bouts de bois et des machettes ; l'un portait un fusil, ils hurlaient et couraient dans tous les sens, ils sont allés jusqu'à la maison de Norbert. Marceline était chez une voisine quand elle les a vus arriver.

– Ils ont commencé à tirer sur la porte de chez nous, ils ont ouvert, ils ont hurlé qu'ils voulaient voir mon mari. Mon mari n'était pas là, heureusement il n'était pas là. Alors ils sont entrés, ils ont pris des choses dans la maison, ils ont emporté son fusil, ses formulaires pour les certificats concernant les terres, ses tampons officiels ; ils vociféraient, ils cassaient tout. Je suis sortie en courant et en criant qu'il y avait des bandits, des bandits, et les gens du village se sont sauvés à travers champs.

Le président Norbert, qui revenait juste à ce moment-là, a filé aussi se cacher au-delà d'un bosquet. Les assaillants sont allés débusquer le vice-président du village, mais ils ne l'ont pas trouvé non plus. Alors ils ont couru quelques mètres jusqu'aux maisons les plus à l'ouest – quinze ou vingt cahutes de nouveaux venus, beaucoup de travailleurs de la compagnie – et y ont mis le feu. Brûler des maisons est apparemment une tradition malgache – y compris de grandes maisons : en 1972, l'hôtel de ville d'Antananarivo fut brûlé, en 1976 le palais du Premier ministre, en 1995, le vieux palais de la reine, le bâtiment le plus célèbre de l'île.

– Et ils n'ont tué personne ?

– Non, ils n'ont pas réussi à nous attraper vu que nous nous sommes tous enfuis.

Au moment où ils partaient, un villageois a pu voir qu'ils n'avaient qu'un fusil ; les autres étaient armés de haches et de machettes.

– Et vous n'auriez pas pu vous défendre ?

– Le problème, c'est qu'ils nous ont pris au dépourvu, nous ne comprenions pas ce qui se passait, nous avons paniqué, nous avons couru.

– Qui étaient-ils ?

– Je ne sais pas, nous ne savons pas.

Dit Norbert. Il dit qu'il ne sait pas, alors qu'il veut dire qu'il sait mais qu'il ne sait pas s'il veut le dire – et il me regarde d'un drôle d'air. J'insiste : il me dit que, d'après ce qu'ils disaient, on voyait qu'ils étaient du coin, qu'ils connaissaient le village, ils connaissaient même le nom de certains habitants.

– Certains disent qu'ils ont été envoyés par les Sakalava. Mais je ne sais pas, je n'ai aucun moyen de le vérifier.

Les autres acquiescent, détournent le regard. Quelque chose dans ces visages dénote de la pure malice : l'art de faire comme s'ils ne disaient pas ce qu'ils disent ou qu'ils disent ce qu'ils ne disent pas.

– Le problème, c'est que selon les Sakalava, les terres que la compagnie a commencé à exploiter sont à eux. Parfois ils sont venus nous demander de quel droit on s'était mis à travailler ces terres. Ils pensent que c'est nous qui avons fait venir la compagnie pour qu'elle plante du jatropha sur leurs terres, alors ils sont furieux et c'est pour ça qu'ils nous ont attaqués.

– Ah, donc c'étaient bien les Sakalava ?

– Non, je ne sais pas.

Dit-il, et son épouse le regarde d'une manière appuyée.

– Et ce que vous venez de me raconter, alors ?

– Ça, c'est ce qu'on raconte. Mais allez savoir si c'est vrai ou pas.

6

– Avant, on vivait mieux. Avant, il y avait du respect. Maintenant il n'y a que des disputes.

– Qu'est-ce qui a changé ?

– Avant il y avait du respect. Nos voisins savaient qu'on leur permettait de vivre sur ces terres et ils nous respectaient, ils nous traitaient correctement. Mais depuis que la compagnie est arrivée, tout est parti à vau-l'eau. Ils ont profité de la compagnie pour nous chercher querelle. Ils ont dit que nos zébus mangeaient leurs plants de riz, alors ils ont convaincu la compagnie de planter leur jatropha entre les rizières et nous, pour empêcher nos zébus de passer, ils ont dit. Du coup, on est obligés de les emmener plus loin, dans des endroits où il y a moins d'herbe… alors qu'on est sur notre terre.

Je m'attendais à autre chose. Je suis surpris de constater que Mangadé, le village des Sakalava, est aussi pauvre que les autres en beaucoup plus petit : une douzaine de cahutes très précaires, un homme âgé et un autre presque âgé. Le plus vieux s'appelle Adaniangy et il est le fils du chef du village. Le plus vieux – l'héritier – porte une tunique autrefois blanche, un bermuda en jean troué comme une passoire, pieds nus, ongles comme des sculptures néolithiques, une bouche avec très peu de dents, des dents toutes de travers, la plupart en or. L'autre, le presque vieux, est son cousin Gérard. Le cousin porte un tissu enroulé autour de la taille, pieds néolithiques lui aussi, chemise déchirée et déboutonnée, chapeau de paille effiloché et sourire pratiquement intact. Il ne lâche jamais sa machette : il dessine par terre avec, rassemble des brindilles, coupe des feuilles, taille de petits bouts de bois. La machette a un manche en bois grossier, une lame courte, large et arrondie, extraordinairement affûtée.

– Les vazahas de la compagnie se sont trompés : ils ont cru que pour venir s'installer ici, ils devaient parler avec les paysans des villages d'en bas. Eux, ce sont des étrangers, nous les laissons vivre ici, mais ce sont des étrangers. C'est avec nous, qu'ils auraient dû parler, et ils ne l'ont pas fait. Ils se sont trompés. Ensuite ils se sont excusés, mais ils se sont trompés.

– Ils pensent que c'est vous qui avez envoyé les bandits incendier Besonjo.

– Oui, il y en a qui disent ça, mais c'est peut-être parce qu'ils sont jaloux de nous, qui sait. Qui sait ce qui est vrai et ce qui ne l'est pas. Il y a beaucoup de rancunes, ici, beaucoup d'affrontements depuis que cette compagnie est venue tout chambouler. Ce n'est plus comme avant, quand on était tranquilles avec nos zébus, personne ne nous embêtait, on vivait en paix.

– Vous craignez que la compagnie ne prenne toutes les terres ?

– On en a peur, oui. La compagnie a déjà occupé une partie de nos terres, on a de moins en moins de terres pour faire paître nos zébus.

– Et que pouvez-vous faire pour les en empêcher ?

– On a demandé au maire, à tout le monde, alors parfois ils font quelque chose, parfois non. C'est la compagnie qui leur dicte ce qu'ils doivent faire et ne pas faire. Ils devraient nous demander la permission à nous, qui sommes les vrais propriétaires de ces terres. C'est ici que sont enterrés nos morts. Si ça continue, ils vont nous priver des deux choses les plus importantes qu'il y a sur terre : en dessous, les ancêtres, au-dessus, les zébus.

Nous sommes assis par terre à l'ombre d'un arbre de taille moyenne ; les cousins sont adossés au tronc. Tout autour, les quatre ou cinq cahutes qui constituent l'habitat familial. Les canards, une ou deux dindes, un chien à trois pattes ; plus loin, deux vaches. Les enfants ne s'approchent pas ; ils nous regardent de loin. Plus loin, les femmes sous un auvent de feuilles de palmier noircies.

– Les paysans s'en fichent, puisque ce n'est pas la terre de leurs aînés. C'est pour ça qu'ils s'en fichent.

– Mais ils vivent de cette terre, ils se nourrissent de cette terre.

– Oui, bien sûr, mais ce n'est pas pareil.

Adaniangy – ou plutôt le père centenaire d'Adaniangy – possède environ quatre cents zébus. Un zébu moyen coûte 800 000 ariarys – 400 dollars – ; un castré bien nourri peut en coûter le double. Le père d'Adaniangy, sa famille ont l'équivalent de plusieurs centaines de milliers de dollars en zébus, mais c'est une idée différente de la richesse. Il suffit de les voir pour savoir qu'ils sont pauvres : eux, ils se savent riches – et leurs voisins le savent aussi. C'est un type de richesse qui ne se traduit pas de la même manière que dans nos pays ; pas par des objets, pas par un mode de vie, par rien de ce que nous appelons confort ou luxe ; chez eux, c'est par le prestige, le pouvoir, la sécurité.

– Vous êtes donc riches.

Leur dis-je, et ils rient tous deux comme des vierges effarouchées, fausse gêne, fausse modestie, le plaisir de se l'entendre dire.

– C'est parce que, ici, c'est notre terre, nous sommes ici depuis des générations et des générations. C'est pourquoi nos ancêtres sont toujours là, dans leurs tombes de pierre. Et c'est pourquoi l'actuel chef du village est mon papa, et ensuite ce sera moi, et ensuite un autre d'entre nous.

Dit Adaniangy, puis il voudrait me montrer la tombe de ses parents – de ses ancêtres – : parce que maintenant je vois les maisons où ils vivent et elles me paraissent – il dit qu'elles me paraissent – pauvres, mais que leurs tombes sont plus grandes, plus belles, que je devrais aller les voir.

– Vraiment vous construisez des tombes plus belles que vos maisons ?

– Bah oui.

Me dit-il, l'air étonné. Voyant mon visage, il m'explique :

– C'est ainsi, il doit en être ainsi. Où pensez-vous que vous allez passer le plus de temps ?

Avoir des zébus est aussi la principale manière d'épargner dans cette société. Ils ne les élèvent pas pour les vendre afin que d'autres les consomment. Ils les élèvent pour se constituer un matelas de sécurité qu'ils n'utiliseront qu'en cas de force majeure : trois ou quatre têtes par an s'ils rencontrent un problème, s'ils sont à court de riz, s'il faut fêter quelque chose. Ce n'est pas un programme d'élevage pour la vente ; c'est surtout une forme de thésaurisation. Et comme toute thésaurisation, elle sert très peu aux autres.

– Quel est l'intérêt d'avoir des zébus ?

– Les zébus sont très importants. Quand un enfant naît dans la famille et qu'on le circoncit, on tue un zébu ; quand quelqu'un se marie dans la famille, on tue un zébu ; quand quelqu'un meurt dans la famille, on tue un zébu. Et ils servent aussi à piétiner la rizière avant de semer ; s'il faut le faire soi-même, c'est un travail harassant. Et s'il arrive quelque chose, en cas de besoin, on vend un zébu et le tour est joué. C'est notre richesse, notre épargne.

– Et vous mangez souvent de la viande de zébu ?

– Oui, on en mange à l'occasion du Nouvel An, des circoncisions, des enterrements, ce genre de fêtes.

– Et que mangez-vous tous les jours ?

– Du riz. Parfois un poisson frit péché dans la rivière.

– Pourquoi ne mangez-vous pas davantage de zébus ?

– Nous ne pouvons pas les abattre parce qu'ils sont trop grands. On aurait beaucoup de viande en trop, il faudrait la jeter. Les ancêtres se fâcheraient.

Le soleil, la poussière, la chaleur toujours à l'ombre de cet arbre. Propriétaires de quatre cents têtes de bétail, ils me disent manger de la viande de temps en temps ; je me demande une nouvelle fois si un jour, nous mangerons tous – tous les humains, y compris dans les sociétés riches – comme eux, comme autrefois : de la viande dans les grandes occasions. Si l'ère de la viande – de la viande plusieurs fois par semaine – ne deviendra pas un bref passage, très circonscrit, dans l'histoire de l'humanité.

Il y a deux siècles, seuls les plus riches des pays les plus riches mangeaient de la viande fréquemment ; aujourd'hui, seuls les habitants des pays les plus riches. Si la population continue à croître, si on ne trouve pas un moyen de produire des protéines animales avec moins de ressources, il est à craindre que, d'ici quelques décennies, la viande redeviendra cet article de luxe qu'elle a presque toujours été.

– Et vous croyez que vos enfants, vos petits-enfants pourront continuer à élever des zébus ?

– Qui sait. Si la compagnie occupe tout, on n'aura plus de place pour faire paître les zébus. Alors les zébus mourront.

– Et vous, que ferez-vous ?

– Nous serons pauvres. Nous autres, nous ne savons pas vivre sans zébus. Nous serons pauvres, nous connaîtrons la faim.

7

Certains pensent que c'est le meilleur moyen d'éviter que leur pays connaisse la faim ; d'autres supposent que la meilleure manière de gagner des fortunes, c'est que leur pays connaisse la faim.

Certains sont même légèrement altruistes : par exemple des États en quête de terres – en général à travers des entreprises privées – parce que soucieux de « l'autosuffisance alimentaire » de leur pays. Ou bien des fonds d'investissement inquiets de la volatilité du marché financier ou des compagnies agroalimentaires qui souhaitent constituer « une filière intégrée » : d'une manière ou d'une autre, gagner encore plus d'argent. Ou encore de petits aventuriers voulant profiter d'une situation chaotique, de fonctionnaires complaisants, de lois élastiques, d'investissements naïfs.

Mais, en principe, quand il est question d'appropriation de terres, ce sont toujours les mêmes qui rappliquent : la Chine, la Corée du Sud, l'Arabie saoudite et les émirats alentour. La Chine, autrefois autosuffisante en grains, est devenue le premier importateur mondial de soja et de maïs – pour leurs cochons – dès que ses habitants ont commencé à manger pour de bon ; aujourd'hui, ses terres sont surexploitées et ne peuvent garantir des aliments pour tous. La Corée, un pays montagneux et de petite taille, qui a connu la faim pendant des siècles et qui s'est enrichie grâce à son industrie de pointe, voyant ses villes grignoter de plus en plus ses maigres campagnes, doit importer 70 % de ses denrées alimentaires – et elle craint les augmentations et les blocus qui pourraient compromettre son avenir et le contenu de ses assiettes. L'Arabie saoudite, richissime en pétrole, a décidé de dépenser des fortunes en perforations pour irriguer son désert et le transformer en vergers. Au début du siècle, elle avait réussi à produire tout le grain dont ses 26 millions d'habitants avaient besoin – et même à en exporter –, mais ses nappes phréatiques commencèrent à s'assécher, mettant à mal son agriculture et même l'approvisionnement de ses villes en eau. Le gouvernement décida donc d'arrêter de produire du blé d'ici 2016 : ce fut un exemple de la manière dont la nature impose ses limites, y compris au capital.

En matière d'appropriation de terres, la Chine, la Corée, l'Arabie et ses voisins sont les suspects désignés.

Et pourtant.

En 2010, McKenzie Funk, un journaliste américain de *Rolling Stone*, suivit un capitaliste américain, aussi gros que fort en gueule, lors d'un voyage à Djouba, qui à l'époque n'était pas encore la capitale du Soudan du Sud. Il voulait relater ses manœuvres en vue de s'emparer d'un million d'hectares – avec l'aide de Paulino Matip, un général soudanais de l'ethnie nuer connu pour ses massacres dans la zone frontalière d'Unity, autour de Bentiu. On estime que plus de quatre millions d'hectares sud-soudanais sont déjà occupés par des étrangers ou en passe de l'être. L'histoire que raconte Funk est charmante : monsieur Philippe Heilberg, patron de Jarch Capital, lui explique que l'Afrique est un continent contrôlé par les mafias et que lui, il est un bon chef mafieux. Et que quand « il y a pénurie de vivres, l'investisseur a besoin d'un État faible qui ne puisse l'obliger à se plier à aucune règle ». Funk, reporter de choc, décrit l'opération d'appropriation :

« Tous tablent sur le fait que croissance démographique et changement climatique – avec son lot d'inondations, de sécheresses et de désertifications – transformeront bientôt la nourriture en une denrée aussi précieuse que le pétrole. Sur une planète où les glaciers fondent, où les villes sont surpeuplées et où les réfugiés climatiques se comptent par millions, ceux qui contrôleront les denrées alimentaires contrôleront le monde. Des puissances en ascension comme la Chine, l'Inde et la Corée du Sud ont fait main basse sur des millions d'acres, du Cameroun jusqu'au Kazakhstan, rivalisant avec des États pétroliers tels que l'Arabie saoudite et le Koweït, et avec des banques de Wall Street comme Goldman Sachs et Morgan Stanley. » Sans peut-être en avoir conscience, cette phrase en dit long : ceux qui prennent les terres, ce sont la Chine ou l'Inde ou l'Arabie saoudite, Wall Street et les banques – mais pas les États-Unis.

Dans le genre de réalité parallèle qu'a réussi à bâtir la culture américaine : pas nous ; nous, nous sommes gentils, même s'il y a des méchants parmi nous. Les autres, en revanche, si.

Selon les spécialistes de Grain – une organisation internationale devenue une sommité en la matière –, les sociétés qui concentrent le plus grand nombre de terres étrangères se trouvent en Grande-Bretagne et aux États-Unis.

Les entreprises publiques et privées de Chine, d'Arabie saoudite, de France, d'Italie, d'Inde, de Corée, de Singapour, d'Afrique du Sud ne viennent qu'après.

Une évidence : en général, ceux qui prennent toutes ces terres sont des gens qui n'en ont pas besoin. Des gens qui font des affaires – autrement dit des gens qui par définition pourraient ne pas en faire. Autrement dit : des gens qui ont suffisamment d'argent pour vivre tranquillement mais qui consacrent leur vie à en gagner encore plus, sans quoi ils n'arrivent pas à vivre tranquillement. Des gens qui font cela parce qu'ils incarnent l'esprit capitaliste. Parce qu'ils veulent le risque et le pouvoir. Parce qu'ils veulent l'argent.

Un des fonds qui détiennent le plus de terres africaines, Emergent, est très bien placé à Londres. Il est dirigé par un ancien de Goldman Sachs et un ancien de J.P. Morgan : la crème de la crème. Dans une interview accordée à Reuters, son directeur général David Murrin, tout en refusant de révéler combien d'argent il brassait, a dit que c'était « le plus grand fonds agricole d'Afrique » ; selon des sources financières, il dispose de trois ou quatre milliards de dollars pour spéculer très avantageusement sur « la volatilité de la situation géopolitique » – et son rendement annuel doit tourner autour de 25 %. Sur sa page web impeccable, il vante haut et fort son système pour gagner des fortunes :

« Le modèle géopolitique exclusif d'Emergent est utilisé par nos managers pour identifier les grandes tendances de l'économie politique mondiale. La principale hypothèse de notre modèle repose sur le principal problème mondial : la surpopulation – il y a trop de gens et peu de ressources naturelles.

« À partir de cette hypothèse, Emergent a exploré la nature fractale des modèles de comportement collectif chez certains groupes de personnes, dans l'économie politique la plus ample. La nature de l'évolution des États-nations est réitérative et ses résultats sont prédictibles à un degré de certitude élevé. Ce travail s'appuie sur notre étude sur les Cinq Stades de l'Empire et sur le livre de notre directeur général David Murrin, *Breaking the Code of History* [Briser le code de l'histoire].

« Le modèle comporte les six rubriques suivantes servant à anticiper et surveiller ces changements : évolution d'un monde multipolaire ; pénurie de matières premières ; polarisation culturelle et religieuse, Orient-Occident, chrétienté-islam et technologie-prolifération d'armes ; maladies ; réchauffement planétaire et conséquences du changement climatique [...] Notre modèle suggère que notre époque va voir confluer plusieurs événements géopolitiques importants. On suppose que ceux-ci auront lieu dans un délai relativement court et s'accompagneront d'un important transfert de pouvoirs et de richesses à travers le globe. Le contexte actuel aboutira à une dislocation significative des marchés financiers. L'augmentation consécutive de la volatilité fournira d'excellentes opportunités d'affaires. »

Cela revient à dire avec des mots savants qu'ils vont rapiner autant que possible, profitant des désastres prévisibles.

« Nous pourrions être idiots et ne rien cultiver, mais nous gagnerions quand même beaucoup d'argent dans les dix années à venir », a dit la patronne d'Emergent : une terre si bon marché que même si on ne l'exploite pas, elle reste une affaire en or.

Selon l'Oakland Institute, en Californie, qui a suivi la question de près, les « sociétés, banques et nations désireuses de garantir leur future sécurité alimentaire ont prospecté et se sont assuré de grandes étendues de terres étrangères pour produire ou spéculer. Les investisseurs considèrent de plus en plus les terres cultivables comme un lieu sûr et rentable pour leur capital ».

Qu'est-ce qui leur fait croire qu'il s'agit d'un investissement sûr ? Le monde est-il si détérioré qu'un Anglais ou un cheik ou un Japonais exploitant des milliers d'hectares en Tanzanie puissent être tranquilles ?

Ce n'est pas toujours ce qu'ils pensent. Il arrive que les bien-pensants de Washington s'inquiètent : « [...] les investisseurs étrangers qui produisent des denrées alimentaires dans un pays rempli d'affamés sont confrontés au problème politique de savoir comment sortir leurs céréales. Les villageois laisseront-ils passer les camions chargés de grains en direction du port alors qu'ils sont eux-mêmes au bord de la famine ? Les risques d'instabilité politique dans les pays où les villageois ont perdu leurs terres et leurs moyens de subsistance sont élevés. Des conflits pourraient facilement éclater entre l'investisseur et les pays d'accueil », écrivait en mai 2011, dans *Foreign Policy*, le pionnier écololo Lester Brown.

Cela n'est pas dénué de bon sens : le proverbe qui déconseille de compter de l'argent devant les pauvres, qui ne déconseille pas de montrer aux affamés qu'on emporte leur nourriture – parce qu'ils pourraient réagir.

Mais cela arrive rarement : il n'est pas de plus grande victoire idéologique que le respect de la propriété privée. La base miraculeuse de tout l'édifice. Le fait surprenant que les propriétaires n'aient généralement pas besoin de recourir à la violence pour empêcher quelqu'un de ne pas prendre ce dont il a impérieusement besoin et qu'il a sous les yeux.

À Madagascar aussi des milliers et des milliers d'esclaves ont été vendus. Il y a cent cinquante ans, une des principales ressources de l'île consistait à en fournir aux îles voisines : les Comores, la Réunion. Peu de commerces ont été aussi constants tout au long de l'histoire : il n'est pas de culture qui un jour ou l'autre ne soit tombée dans la tentation de commercer avec une marchandise aussi facile à trouver, aussi accessible. Pour que cela perdure, il suffisait d'un peu de force et de beaucoup d'idéologie : la conviction générale qu'une personne dans certaines circonstances précises – ayant perdu une guerre, ne payant pas ses dettes, ayant volé quatre pains, naissant d'une mère esclave – pouvait appartenir à une autre personne. Un des changements les plus extraordinaires apportés par la modernité a été l'abolition de cette idée : aussi aberrante aujourd'hui qu'elle était normale il y a deux siècles. Cela devrait servir d'avertissement et nous inviter au doute systématique : combien de mécanismes qui nous semblent aujourd'hui indiscutables seront horrifiants, intolérables d'ici quelque temps ?

Ou même, comme dit Terry Eagleton : « Après tout, si nous ne résistons pas à ce qui paraît inévitable, nous ne saurons jamais à quel point c'était inévitable. »

Nous ne trouvons plus logique qu'un homme répondant à certains critères puisse appartenir à un autre homme. Mais nous trouvons encore logique qu'un homme répondant à certains critères – en bref, ne possédant pas suffisamment de biens – travaille pour d'autres individus qui gagneront de l'argent grâce à ce travail. Qui sait si dans cent, deux cents ans, des millions de gens ne trouveront pas cela tout aussi étrange, aussi répugnant que d'avoir des esclaves.

Ou peut-être pas, mais cela mérite d'être envisagé. Je me dis parfois que c'est une bonne manière d'imaginer le futur : quelles pratiques seront frappées d'anathème dans cent ans ? Proposer, discuter, ratiociner là-dessus : n'est-ce pas une charmante manière de passer une soirée entre amis ?

Cela présente l'avantage de fixer des objectifs : si l'on parvient à la conclusion que telle ou telle pratique sera aberrante, peut-être ira-t-on jusqu'à oser un jour réfléchir à ce qu'il faudrait faire pour l'éliminer. Cela présente l'inconvénient de nous donner confiance en la *doxa* : penser que telle ou telle pratique sera aberrante suppose d'avoir confiance dans la possibilité de changer les idées de millions de gens.

Nous disions, une victoire du récit américain : ce n'est pas nous, ce sont eux, eux les méchants. La propagande fonctionne sans failles et, quand on pense à ceux qui s'approprient des terres – quand pense-t-on à ceux qui s'approprient des terres ? –, on pense aux Orientaux et aux Arabes, deux incarnations bien différentes de la menace du XXIe siècle : l'invasion économique, la violence fondamentaliste. On pense surtout à la Chine. C'est le retour du péril jaune, un discours récurrent dans les sphères politiques, académiques et médiatiques. Il y a cinquante ans, le péril jaune était la menace d'un système alternatif : sa progression, craignait-on, en finirait avec l'ordre capitaliste occidental. Aujourd'hui, il représente la compétition capitaliste la plus pure et dure : si cela continue, la Chine va nous piquer toutes nos affaires.

Il est commode de parler de la pénétration chinoise en Afrique. Elle existe, bien sûr. Mais elle sert aussi à attirer l'attention sur les Chinois et à la détourner des Occidentaux qui continuent de faire ce qu'ils ont toujours fait. Ou même à justifier comme une sorte de geste patriotique le déploiement d'affaires juteuses de la part des Occidentaux et des chrétiens – ultime rempart devant la grande vague chinoise – devant la civilisation menacée.

Quoi qu'il en soit, il faudrait parler de la Chine.

La Chine est un des éléments clés de la faim dans le monde. D'un côté, aucun pays n'a réussi autant que la Chine à réduire le nombre de ses citoyens affamés au cours de ces dernières décennies. De l'autre, un individu sous-alimenté sur six est toujours chinois : ils sont plus de 150 millions à ne pas manger à leur faim. Après l'Inde, c'est toujours le pays où il y a le plus de faim dans le monde.

Que ce livre ne parle pas davantage de la Chine est une lacune ou une injustice, mais je ne sais pas travailler là-bas. J'ai dû le faire à deux ou trois reprises et j'en suis reparti à chaque fois avec la sensation que les barrières dressées par les autorités avaient réussi à me maintenir éloigné de ce que j'étais allé raconter. Ou pire : que je finissais par avaler et recracher ce que les quelques bureaucrates avaient mijoté à mon attention. Même si, parfois, très rarement, quelque chose filtrait.

Il y a cinq ou six ans, j'ai dû chercher un jeune Chinois ayant migré de la campagne à la ville pour écrire un récit dans le cadre d'une publication du Fonds des Nations unies pour la population. La guide officielle m'a emmené dans une usine où une vingtaine de très jeunes ouvriers m'ont débité l'un après l'autre la même histoire à l'eau de rose : ils l'avaient apprise par cœur. Mais un soir, dans un moment d'inattention de ma guide, j'ai pu croiser Bing.

– J'admire de plus en plus le président Mao.

M'a dit Bing dès que nous nous sommes assis pour boire une bière. Je lui ai demandé pourquoi ; Bing était un de ces jeunes Chinois impeccablement vêtus en faux Armani, fausse montre en faux or très lourd, sourire tout juste vrai.

– Je l'admire pour deux raisons : pour son autorité, parce que c'était un homme qui savait utiliser le pouvoir et prendre des décisions. Et parce qu'il savait se battre, il savait faire la guerre. Durant mon temps libre, j'étudie tout le temps les guerres du président Mao et d'autres pour apprendre à commander mes employés, pour savoir comment m'y prendre quand je monterai ma propre boîte. J'ai encore beaucoup à apprendre du président Mao.

Bing avait alors vingt-six ans et travaillait dans un club de karaoké à Tianjin, une ville portuaire de dix millions d'habitants située à cent kilomètres au nord de Beijing. L'Oriental Pearl était un monstre clinquant de plusieurs étages et une centaine de chambres où les clients buvaient, chantaient, se détendaient sans trop de barrières. Bing était à l'Oriental depuis cinq ans : arrivé de sa province à l'âge de dix-huit ans pour faire ses études, il avait terminé une école de gestion, avait essayé de monter une affaire, échoué, trouvé un emploi de serveur dans ce club ; intelligent, persévérant, il avait grimpé les échelons petit à petit jusqu'à être nommé chef de réception, avec plusieurs employés sous ses ordres. Bing gagnait environ 500 dollars par mois et en mettait les deux tiers de côté : il avait déjà épargné environ 100 000 yuans – 13 000 dollars – qu'il avait investis en actions, à sa disposition pour quand il se déciderait à tenter une nouvelle fois de s'installer à son compte. Bing voulait réussir comme son patron qui, parti de rien, était à présent le riche propriétaire de sept clubs.

– Ici, en Chine, on dit toujours qu'il faut avoir obtenu une reconnaissance sociale avant l'âge de trente ans. J'ai encore quatre ans devant moi. Pour l'instant, je mets de côté et je me prépare pour voler de mes propres ailes.

– Qu'est-ce que vous projetez de faire ?

– Je ne sais pas, j'ai un peu prospecté le marché d'ici, à Tianjin, et il me semble qu'il y a de la place pour une boutique de sacs à main de marque. Je pourrais en ouvrir une et vendre beaucoup de sacs.

– Des originaux ou des imitations ?

– Des copies, probablement, pour pouvoir gagner plus.

Depuis que la Chine a commencé à entrer dans l'économie de marché, environ 200 millions de jeunes ont migré de la campagne vers la ville en quête de ce fameux succès – ou en tout cas pour pouvoir manger tous les jours.

– La ville est l'endroit où ça se passe. La ville, c'est le futur, c'est le lieu où tout est possible.

Me dit Bing ce soir-là. Il est né à Fuping, dans la province de Hebei, mais il avait tout juste un an quand ses parents décidèrent de quitter leur village natal pour aller tenter leur chance à Zha Lantun, en Mongolie intérieure : ils étaient très pauvres et pensaient que dans ces terres lointaines ils auraient une chance de réussir. En Mongolie, ils élevèrent d'abord des moutons puis des poulets.

Bing fut un des derniers Chinois à avoir des frères et sœurs. Il est né en 1980, juste avant le lancement de la politique qui encourageait les familles à n'avoir qu'un enfant – *one family, one child* – et qui fit de la Chine un pays d'enfants uniques. Sa grande sœur, son aînée de quinze ans, s'occupait de lui comme une mère quand leurs parents partaient travailler aux champs.

Le revenu de la famille était assujetti au temps : s'il était clément, que les récoltes et les animaux se portaient bien, la famille mangeait ; sinon, ils n'avaient pas assez à manger. Bing se rappelle encore la fois où, âgé de neuf ou dix ans, il vola un bonbon à un de ses camarades d'école parce qu'il n'avait jamais d'argent pour s'en acheter. On le prit sur le fait, on le pourchassa et on essaya de le battre. Cependant, chez lui, il avait d'autres privilèges :

– Ils me donnaient tout ce qu'ils pouvaient. J'étais le seul garçon et le plus jeune.

Dans les familles chinoises traditionnelles, le père, la mère et les sœurs peuvent se priver de manger s'il le faut pour que le plus jeune mange à sa faim.

– Et vos sœurs ne vous détestaient pas pour ça ?

– Non, elles respectaient la tradition, et puis elles m'ont toujours beaucoup aimé.

Je n'arrivais pas à intégrer l'idée que des femmes acceptent volontiers – ou même avec résignation – de jeûner parce que ainsi le voulait l'idéologie. C'était la première fois que je croisais la faim de genre – que les textes abordent rarement.

La Chine a réussi à réduire considérablement le nombre de ses affamés, mais elle se transforme en menace croissante pour tous les autres. Si elle continue à se développer au rythme actuel, d'ici 2030 elle accaparera 70 % de la production mondiale de blé, 75 % de la production mondiale de viande. Elle importe déjà un quart du soja mondial pour nourrir ses 500 millions de porcs et ses 5 milliards de poulets. La viande est puissante.

La Chine est déjà le premier consommateur mondial de céréales, de viande, de porc, d'acier, de charbon, de cuivre, de nickel et de bien d'autres minerais. Il n'y a qu'à la rubrique pétrole que les 350 millions d'Américains continuent à consommer plus que les 1,4 milliard de Chinois.

Leur demande de denrées alimentaires s'envole. La Chine doit alimenter 20 % de la population mondiale avec 8 % des terres cultivables de la planète – dont la surface se réduit : le développement de l'industrie et de l'exploitation intensive des terres fait perdre chaque année à la Chine un million d'hectares cultivables et une quantité d'eau incalculable. Actuellement, la Chine dispose de moins de 0,15 hectare par personne ; les États-Unis, d'un hectare et demi.

Les Chinois planifient. Sachant que leurs terres se raréfient, ils ont décidé de les utiliser pour des cultures intensives de produits plus rentables. Par exemple des tomates. La Chine n'avait jamais cultivé de tomates ; en 2007, elle est devenue le premier exportateur et le deuxième producteur mondial de tomates, soit cinq millions de tonnes par an. Les tomates chinoises sont vendues partout sauf en Chine. Les Chinois en mangent très peu – moins d'un kilo par an et par personne, contre 25 kilos aux États-Unis – : ils vendent des tomates pour pouvoir acheter des céréales, dont leur production est moindre. En 1995, les grains occupaient les trois quarts de la surface cultivée ; aujourd'hui, les deux tiers et la proportion continue de diminuer.

La société d'investissement d'État China Investment Corporation est un des plus grands fonds d'investissement de la planète : ses capitaux s'élèvent à plus de 350 milliards de dollars qu'elle brasse à travers le monde. Une grande partie de cet argent est placée dans la dette américaine : les banques et les sociétés chinoises en détiennent une part colossale. La Chine est devenue, avec le Japon, le principal banquier – créancier – des États-Unis, dont la dette va croissant car les Américains continuent d'acheter des produits exportés de Chine. (La résurrection chinoise est une nouvelle preuve qu'il est idiot de penser les processus historiques en termes de répétition : que l'équation plus de marché égale plus de démocratie représentative est une possibilité parmi tant d'autres. Dans les années soixante-dix, des stratèges américains – Kissinger et rejetons – supposèrent que le développement économique transformerait la grande menace jaune en alliée ; que l'essor d'une industrie et d'un marché capitalistes en finirait avec l'édifice communiste et que ce processus intégrerait les Chinois dans le système mondial contrôlé par les États-Unis et ses sociétés. C'est pourquoi ils décidèrent d'y apporter leur contribution. Ce qui se passa ensuite les surprit – même si, tout compte fait, un capitalisme à parti unique n'a rien de si nouveau. Le développement chinois devait être complémentaire et subordonné ; il est concurrentiel et agressif. La Chine est la grande erreur américaine ; il est probable qu'elle finisse par leur voler la première place dans le monde.)

Avec ce compte créditeur qui augmente de jour en jour, les Chinois ont plus d'argent qu'il ne leur en faut pendant de longues années. En 2001, lorsqu'ils entrèrent à l'OCDE, ils annoncèrent une stratégie économique qu'ils dénommèrent *Zou chuqu* – Aller vers l'extérieur – et qui consistait essentiellement à faire des investissements susceptibles d'améliorer leurs relations avec les pays producteurs de matières premières – pour en assurer leur approvisionnement.

Ils se mirent à occuper – acheter, obtenir, mettre la main sur – tout ce qu'ils pouvaient, partout où ils pouvaient.

Ils le peuvent bien sûr en Afrique, et beaucoup de dirigeants africains le veulent. « Nous souhaitons que la Chine dirige le monde et, quand ce sera le cas, nous voulons être juste derrière vous. Quand vous irez sur la Lune, nous ne voulons pas être laissés derrière, nous voulons être avec vous », dit en 2006 le président du Nigeria Olusegun Obasanjo au président chinois Hu Jintao, lors de la célèbre tournée de celui-ci en Afrique. Pour nombre de dirigeants africains, les investissements chinois sont une bouée de sauvetage décisive – et ils boostent la concurrence : d'autres États les regardent avec inquiétude et tentent de les rattraper, et les gouvernements africains réduisent leur dépendance vis-à-vis des pays occidentaux, du FMI et de la Banque mondiale. Par ailleurs, la Chine n'a jamais été une puissance coloniale et elle tient un discours « tiers-mondiste » de solidarité et de proximité à l'égard des anciennes colonies des autres.

Qui plus est, les Chinois proposent des packs plus complexes : au lieu de l'investissement occidental traditionnel limité au bénéfice propre – installation pétrolière, exploitation forestière, enclave minière –, la Chine construit des routes, des voies de chemin de fer, des ports – qui bien sûr lui servent aussi à transporter les matières premières dont elle a besoin et lui rapportent gratitude et millions à gogo.

Pour couronner l'offre, les Chinois n'ont pas de prurit de morale politico-économique : ils n'exigent pas de garanties démocratiques ni de respect des droits de l'homme, pas plus qu'ils n'imposent de modèles économiques précis. Ce soir-là, devant le président du Nigeria, Hu Jintao déclara solennellement que la « Chine apporte son soutien sans réserves au souhait des pays africains de sauvegarder leur indépendance et leur souveraineté et de choisir leur voie de développement conformément aux dispositions nationales ». Les Chinois ont souffert trop longtemps d'être soumis à ce genre de conditions pour commettre l'erreur de vouloir en imposer à leur tour. Sans compter qu'ils n'ont aucun modèle à vendre.

On parle beaucoup de la présence chinoise en Afrique. Son caractère de nouveauté la rend plus visible ; qu'elle soit planifiée par un État centralisé la rend plus impressionnante. Les interventions du capitalisme occidental sont nombreuses, mais éparses : une installation ici, quatorze là, trois ailleurs. Les chinoises se font en revanche de manière coordonnée.

(En Europe et aux États-Unis, le pouvoir central existe pour que les grandes entreprises puissent perdurer ; en Chine, les grandes entreprises existent en quelque sorte pour que le pouvoir central puisse perdurer.)

Et l'Afrique est un objectif chinois – tout comme le reste du monde. La Chine est déjà la deuxième économie mondiale – en passe de devenir la première – et elle agit en conséquence. Ses investissements africains ont progressé, mais ils ne représentent pas encore le dixième des investissements étrangers en Afrique. Sa présence augmente pourtant d'année en année. Les échanges commerciaux entre le grand pays et le continent ont été décuplés au cours des dix dernières années, mais ils restent encore loin derrière ceux de l'Europe. Pour l'instant, ce qui leur importe le plus, c'est le pétrole : plus de la moitié de leurs échanges consistent à en importer. Un quart concerne différents minerais ; les produits agricoles n'atteignent pas les 15 % des exportations africaines vers la Chine.

Pour l'instant, pour ce qui est de s'approprier des terres, ils ont préféré le Sud-Est asiatique.

Ils n'en sont pas moins en train d'occuper de plus en plus d'espaces, de s'emparer de terres, de mines, d'exploitations diverses. Mais leur capacité d'extraction de matières premières est encore bien inférieure à celle des pays qui présentent la Chine comme le grand méchant loup : les pays de toujours.

Un rapport très détaillé de Grains, février 2012, recense les terres appropriées en vue de produire des agrocarburants dans l'ensemble de l'AutreMonde. En Afrique, il en dénombre 7,55 millions d'hectares, dont 221 000 par les compagnies chinoises.

Ce sont les Européens qui ont fait main basse sur la plupart des terres.

Ici, à Madagascar, selon les usages orientaux, la présence chinoise n'est jamais très claire. Mamy, la militante malgache parisienne, m'a raconté ses efforts pour essayer d'y comprendre quelque chose :

– Beaucoup de gens me disent qu'une zone riche en riz à mi-chemin entre Tana et Majunga est remplie de Chinois qui doivent être en train d'investir là-bas.

M'a dit Mamy, et qu'une militante paysanne lui a raconté que les femmes de sa région subissaient de mauvais traitements de la part de leurs nouveaux patrons chinois, que des fonctionnaires du gouvernement étaient fréquemment invités en Chine pour des cours et des séminaires présumés, qu'une connaissance à elle qui travaillait au ministère de l'Économie lui avait rapporté qu'une série d'accords avaient été signés entre l'État et un holding chinois pour exploiter des terres, mais qu'ils ne savaient pas encore très bien lesquelles. Et que les Chinois sont très intéressés par Madagascar parce que dans d'autres pays africains ils doivent créer des rizières là où il n'y en a jamais eu alors que sur l'île il en existe depuis des siècles.

– Le problème, c'est que tout cela est tellement opaque, tellement difficile à vérifier. Le territoire est très grand, il y a des endroits très peu peuplés, seuls les paysans de chaque endroit savent ce qui est en train de se passer dans leurs parages…

Disait Mamy, et j'ai été ému par l'effort de ces expatriés pour suivre les pistes, découvrir le dessous des cartes, les manœuvres que le gouvernement de leur pays tente – avec succès – de maintenir dans le flou, au secret.

(En attendant, pour que les Américains ne soient pas jaloux, des Chinois commencent à pratiquer une sorte de land grab aux États-Unis. En mai 2013, par exemple, Shanghui International, une des plus grandes usines chinoises de transformation de viande, a racheté Smithfield Foods, un des plus anciens transformateurs de viande de porc américain, pour une valeur de 4,7 milliards de dollars. C'est presque humiliant, mais pour l'heure les médias américains s'inquiètent de ce que la production alimentaire chinoise ne présente pas les mêmes garanties sanitaires que la production américaine – et que la *food safety* des pauvres citoyens de la première puissance soit menacée par les Chinois qui sont des spécialistes de la « falsification d'aliments » : ils produisent du miel où l'on ne trouve pas la moindre trace de pollen, et du renard ou du rat qu'ils font passer pour de l'agneau.

Merveilleuse différence entre deux mots qui devraient signifier à peu près la même chose : [*food*] *safety* veut dire que la nourriture qu'ils consomment ne pose pas de problèmes sanitaires et [*food*] *security* qu'ils mangent suffisamment pour ne pas avoir de problèmes de santé. Dans les deux cas, ce qui inquiète les médias américains, c'est la *safety* de leurs concitoyens ; les Chinois les rassurent en leur disant de ne pas s'en faire, ils nettoieront leurs cochons avec soin et, de toute manière, ils pensent envoyer une bonne partie de cette viande en Chine – et les Américains de pousser un soupir de soulagement. Pour le moment le *pig grab* les rassure.)

D'autres pays s'implantent aussi. Ainsi le Japon et le Brésil sont les puissances qui fomentent le prochain grand scandale – le prochain grand scandale ? – d'appropriation de terres africaines.

ProSavana est un programme tripartite entre le Mozambique, le Brésil et le Japon pour exploiter environ dix millions – 10 000 000 – d'hectares au nord du Mozambique. La région appelée Corridor de Nacala s'étale sur trois provinces : le Nampula, le Niassa et le Zambèze.

Le projet prévoit que des compagnies brésiliennes produisent sur ces terres du soja, du maïs, du tournesol et d'autres grains, principalement pour les exporter au Japon. Elles loueraient les terres au gouvernement mozambicain à un dollar l'hectare par an ; les compagnies jouiraient aussi d'énormes avantages fiscaux. Une bonne partie des investissements de départ sortirait d'un « fonds Nacala » constitué d'argent public et privé, aussi bien japonais que brésilien. Les deniers publics japonais financeraient également les routes, les voies de chemin de fer et le port qu'elles projettent de construire à Nacala pour exporter leurs produits.

Quelques Mozambicains – disent les organisations locales qui s'opposent au projet – profiteront de ProSavana : ils racontent par exemple qu'une compagnie nationale contrôlée par la famille du président a lancé une *joint venture* avec la famille la plus riche du Portugal et un des principaux producteurs agricoles brésiliens pour acheter et exploiter des terres dans la région.

Il est difficile d'obtenir des informations sur le sort des quatre millions de paysans qui vivent là.

L'exploitation de terres de l'AutreMonde pour produire de la nourriture ou des carburants ou de la spéculation au profit des pays riches fait partie de ces phénomènes que nous ne regardons pas. Et même si nous les regardons, nous nous en sentons très éloignés. Pourtant, n'importe quel épargnant d'Europe ou d'Amérique est susceptible de posséder un hectare de terre éthiopienne ou cambodgienne : il n'est pas improbable que sa banque ou son fonds de pension ait investi dans ce secteur prospère, qui promet des retours de 25 % par an.

On reprend : les acheteurs de terres africaines sont dans beaucoup de cas des fonds de pension de retraités américains et européens. Des dames et des messieurs qui n'ont jamais cassé une assiette, des gens de bonne foi qui ont travaillé toute leur vie et mis un peu de côté chaque mois pour ne pas trop en baver durant leur vieillesse : des gens qui, s'ils voyaient à la télé un fermier malgache décharné qui ne mange pas à sa faim parce que des Blancs ont acheté ses terres et l'ont chassé pour y cultiver du jatropha, diraient pauvre homme quelle injustice. Des gens qui ont bien sûr toujours voté démocrate socialiste social-démocrate démocrate-chrétien travailliste républicain communiste. Parce que tout est dans tout et tout est politique, et là réside la beauté du système : il n'est pas nécessaire de faire quelque chose de mal pour profiter du malheur d'autrui.

Les fonds de pension du monde riche représentent grosso modo 23 billions – 23 000 milliards – de dollars. Les fonds de pension sont une des grandes sources de capital dans le monde et ils sont détenus par des gouvernements, des banques ou des sociétés financières. Les plus importants en sont les retraites publiques japonaise, norvégienne, coréenne, californienne. Selon les estimations de Grain, les fonds de pension ont déjà investi quelque 20 milliards de dollars pour s'emparer de terres de l'AutreMonde. Les retraites de fonctionnaires hollandais et suédois, de professeurs d'université américains, de militaires danois et quelques autres sont en tête de liste – et bien d'autres suivent.

Difficile de savoir qui ils sont exactement ;
facile de savoir que c'est nous tous.

8

Le bruit de ferraille de la roue gauche, le grincement du bois mal assemblé, le souffle des bœufs, les pets des bœufs, les cris et les sifflements et les coups de fouet du garçon charretier, le claquement des brides sur l'échine des bœufs : tout un monde de sons que je ne connaissais pas.

Sur la charrette, le garçon charretier et son ami très massif bavardent sans discontinuer, des heures et des heures durant. Tata, mon interprète, me raconte qu'ils parlent des champs, que cette rizière est à untel, qu'untel s'en occupe, à qui sont ces zébus là-bas, si maigres, comment se fait-il qu'on ait brûlé telle parcelle, pourquoi machin a-t-il planté son manioc juste à cet endroit. Tata m'explique en chuchotant qu'ils ont peur, qu'ils se demandent pourquoi ils ont accepté de me prendre, qu'ils craignent que je les vole : que parfois les Blancs volent les hommes, les femmes, les enfants – qu'on ne les revoit plus jamais.

– Comment ça ?

– Oui, tout le monde sait ici que les Blancs volent parfois des gens pour prendre leurs organes, pour les sacrifier. L'an dernier, à Nyatanasoa, Fuelstock a dû sacrifier une personne. Ou plusieurs, on ne sait pas. Tu sais qu'à chaque fois qu'on commence à exploiter un bout de terre, il faut tuer un zébu pour s'assurer que la terre donnera des fruits. Eh bien, la compagnie l'a fait à ses débuts, il y a deux ans, mais ça n'a pas marché ; alors elle a sacrifié un deuxième zébu pour voir si ça s'arrangeait, et ça n'a pas été tellement mieux. Alors ils ont décidé de sacrifier des gens, parce que l'effet est beaucoup plus puissant.

– Et comment ont-ils fait ça ? En douce ?

En douce, me dit Tata, bien sûr, et je lui demande comment il sait. Tata a l'habitude de parler bas, mais là il susurre :

– Ici tout se sait. Ils sont en train de parler de ça, ils ont très peur.

À mon tour d'avoir peur. Je le lui dis :

– J'espère qu'ils ne le prendront pas trop au sérieux et qu'ils ne réagiront pas.

– Ne t'inquiète pas, me dit Tata, puis il m'explique : Ils croient que tu as un pouvoir spécial, qu'ils ne peuvent rien te faire. Ils espèrent seulement que tu ne voudras pas les manger et que tu es vraiment là pour la raison que tu leur as dite.

(Quelques jours plus tard, à Paris, Mamy m'expliquera que, quand les premiers missionnaires chrétiens arrivèrent sur l'île, ils parlèrent de « conquérir le cœur des Malgaches », et que cette soi-disant déclaration d'amour chrétien fut utilisée par les prêtres locaux pour faire croire à leurs gens qu'en plus de leur voler tout le reste, ces hommes leur voleraient leurs entrailles. Et que l'idée a subsisté que les Blancs sont des voleurs d'organes, d'ailleurs les mères malgaches menacent encore leurs petits d'appeler le Blanc qui va leur arracher un rein ou un autre viscère s'ils ne sont pas sages. Parlons, quand nous le pourrons, du choc des cultures. Ou des confusions qui favorisent le dépouillement.)

J'ai peur et le trajet est long. J'espère seulement que l'illusion de mon pouvoir perdurera jusqu'au terme du voyage : qu'un mythe me protégera d'un autre mythe.

Des moments où je me demande ce que je fabrique si loin de chez moi : pourquoi, à quoi bon ? Dernièrement je me console avec l'idée du rôle présumé de la différence : connaître la différence vous permettrait d'éviter le piège du « naturel ». Ceux qui restent toujours au même endroit auraient tendance à penser que ce qu'ils voient est ainsi parce qu'il doit en être ainsi, parce que c'est naturel, parce qu'il n'y a pas d'autre possibilité. On pourrait penser par exemple qu'il est logique qu'une voiture sur le point de vous renverser s'arrête avant ; ce n'est pas *naturel* : c'est le résultat de siècles d'essais et d'erreurs, de ce que nous appelons généralement culture.

Et que penser le culturel – le transitoire – comme *naturel* est le pire des pièges : c'est se résigner à ne pas envisager d'autres éventualités. Et qu'alors, ces voyages ridicules – et même leur récit – sont une manière de dire que tout peut changer puisque tout change en permanence.

Il fait presque nuit, la lumière est à pleurer. Certains moments devraient être inoubliables.

Et on entend un murmure qui monte, qui avance : comme un tremblement occulte, une explosion sourde qui ne s'arrête pas. Tata voit mon visage et me dit de ne pas m'inquiéter : c'est un champ en train de brûler. Quelques minutes plus tard, nous le voyons : dans la semi-pénombre de la nuit tombante, des flammes déjà presque sèches en train de tomber sur le sol noir.

– C'est parce que, autrement, on n'a pas assez de nourriture.

Me dit le garçon charretier, et il me regarde comme si c'était de ma faute.

– Ici, on brûle environ 40 000 hectares par an.

Me dira ensuite l'ingénieur. Ça, ce sont les chiffres officiels, mais il pense qu'on en brûle beaucoup plus.

– Il le faut, c'est indispensable, mais il faut savoir le faire. Quand on brûle une pente, par exemple, les premières pluies emportent la couche fertile et on ne peut rien y semer. Alors on n'a pas obtenu un nouveau champ, on a juste bousillé un bosquet.

Le garçon crie beaucoup, encore des coups de fouet sur l'échine de ses bœufs. Il dit que nous devons arriver avant l'obscurité, que quand la nuit tombe, les brigands vous tombent sur le râble : qu'il y en a beaucoup, qu'ils sont redoutables.

– Surtout pour les vazahas.

Dit-il, et il me sourit comme s'il s'en frottait les mains.

– Et on ne les attrape pas ?

– Qui les attraperait ?

– Je ne sais pas, la police.

Le garçon charretier rit et raconte ce que j'ai dit à son acolyte pour le faire rire. Plus tard, à Tana, quelqu'un me dira que le pays est jonché de petites pistes où atterrissent et d'où repartent des avions chargés d'on ne sait quoi, puis il porte la main à son nez pour faire semblant de sniffer. Un autre, qu'il n'y a pas d'État à Madagascar. Ou que s'il y en a un, il ne s'occupe de contrôler que certaines choses.

On me dira aussi qu'il y a moins de zébus maintenant qu'il y a dix ans car les « exportations sauvages » ont augmenté : des milliers et des milliers de zébus volés qui, au lieu d'être remis sur le marché intérieur, sont sortis du pays en bateau avec la complicité des fonctionnaires censés contrôler cela. Nombre d'entre eux arrivent d'abord aux Comores qui, sans avoir la moindre vache dans leurs campagnes, sont devenues un grand exportateur de viande de zébu vers l'Europe.

Et qu'à cette absence d'État, la société apporte des réponses de plus en plus radicales : par exemple, des chefs locaux organisent des milices pour mettre fin aux vols, milices qui ont rétabli une certaine sécurité dans certaines zones et qui ont le soutien de la population, laquelle participe à des tribunaux populaires où sont traduits les malfaiteurs. Que certains ont été condamnés à mort et exécutés. Que dans ces zones, la vie est beaucoup plus paisible.

Encore des coups de fouet, des cris, des gémissements de bœufs. Il fait nuit : le garçon charretier dit que nous sommes presque arrivés :

– Presque. Faut rouler encore un peu.

Le lendemain, nous n'avons pas trouvé de bœufs. Tata et moi sommes revenus à Nyatanasoa à pied : trois heures de marche sur un sentier qui traverse des rizières, des sueurs. J'écoute la *Marche turque* de Mozart sur mon iPhone – certains matins, mon iPhone est ma patrie – et je ne peux m'empêcher de me poser la question du jour : que serait devenu Mozart s'il était né au milieu de ces champs ? Peut-être ses petits-enfants se souviendraient-ils comme leur grand-père jouait bien du tam-tam, peut-être même pas. Combien de Mozart et combien de Maradona, de Pasteur ou de Stendhal perdus dans les replis de l'AutreMonde, dans l'agraphie de ces terres ?

Encore que cette manie d'enregistrer les œuvres – de rendre permanent ce qui est fugace – est peut-être un des fléaux de l'Occident.

Les vipères sont minuscules et, selon Tata, pas venimeuses. À côté du chemin, un étang. Sur un canoë taillé dans un tronc d'arbre, deux garçons : l'un, assis, rame ; l'autre, debout, pêche avec une courte lance : il donne des coups répétés dans l'eau ; de temps en temps, il embroche un tilapia. Tata me dit qu'ici ou sur un autre lac, quelques kilomètres au sud, il paraîtrait qu'on va créer un parc naturel : que des gens font pression pour créer un parc naturel.

– Tu n'as pas entendu parler du *green grabbers* ?

Madagascar est aussi le paradis du green grab. Des termes, toujours de nouveaux termes – pour l'instant, presque tous inventés par les Américains. On appelle green grab – appropriation verte – ce que font ces puissantes oènegés ou ces millionnaires – Tompkins, Branson, Getty – qui réussissent, avec de l'argent ou du lobbing, à fermer de grandes étendues pour sauver des espèces végétales ou animales – en les soustrayant à l'influence néfaste des paysans qui ne cessent de ravager la flore et la faune natives dans leur acharnement à les manger. Je dis : les *green grabbers* sont ceux qui sont en train de transformer l'AutreMonde en parcs, les justes et les contents d'eux – si prodigieusement écololos – qui les conçoivent dans leurs bureaux cool, dans des villes de verre bitume acier.

Ou même : ceux qui, au nom de la conservation, installent des hôtels et des lodges d'une cherté exorbitante au milieu des endroits les plus exquis et qui gagnent des sommes colossales à accueillir d'autres messieurs dames aussi conservatifs qu'eux, aussi riches qu'eux.

J'ai lu, il y a quelques jours, un article sur le braconnage d'éléphants, dont on arrache les défenses pour les vendre. Un professeur environnementaliste de Princeton s'y demandait sur un ton dramatique : « Souhaitons-nous que nos enfants grandissent dans un monde sans éléphants ? » Il paraît évident qu'ici, dans ces campagnes, la question serait un peu plus brève : « Souhaitons-nous que nos enfants grandissent ? »

Le caractère somptuaire d'une certaine écologie m'est rarement apparu avec une telle clarté.

À Nyatanasoa, rien n'a rien changé : les mêmes hommes, les mêmes jeunes, les mêmes enfants et les mêmes femmes sur la place ou tout comme. Seule Rina est différente : le visage non poudré, les yeux très sombres et rougis comme si elle avait pleuré. Non poudrée, Rina paraît plus jeune, plus vulnérable – elle s'assoit dans un coin, plus loin. Je demande – à personne en particulier, à la cantonade – s'ils craignent que la compagnie ne prenne leurs terres et personne ne répond. Rina finit par s'approcher et me dire qu'elle ne sait pas :

– Nous ne savons pas. Comment pourrions-nous savoir.

Dit-elle, et les autres ont un rire nerveux.

– Nous ne connaissons pas les intentions du gouvernement à leur sujet. C'est le gouvernement qui les a mis là, ils feront ce qu'ils voudront.

– Mais avez-vous les titres de propriété de vos terres ?

– Oui, nous en avons quelques-uns.

– Si vous avez des titres, le gouvernement ne peut pas donner vos terres à la compagnie.

Ils se regardent et rient de nouveau, Albert ôte son borsalino et dit qu'en réalité, ils n'en ont pas :

– Nous savons que c'est notre terre, nous sommes ici depuis la génération de nos grands-parents, mais des titres, ces titres que délivre le gouvernement...

– Et que pouvez-vous faire si le gouvernement cède vos terres à la compagnie ?

– Eh bien, le gouvernement nous a dit que la compagnie ne resterait pas ici éternellement. Les terres leur ont été louées, pas vendues. L'important, c'est que la terre ne soit pas vendue. Tant qu'elle est louée, elle est toujours à nous.

– Mais louée pour combien de temps ?

– Nous ne savons pas exactement. Il paraît que c'est pour quarante-neuf ans.

– Louée pour quarante-neuf ans ça revient au même que vendue.

Dit Rina, nerveuse. Albert essaie de garder son calme :

– Non, ça ne revient pas au même. Vendue, ça veut dire qu'elle n'est plus à nous. Louée, non. C'est pour un temps.

– Un temps, tu parles ! Quarante-neuf ans. Dans quarante-neuf ans on sera tous morts.

– Mais peut-être pas mes enfants, mes petits-enfants. Le principal, c'est que la terre ne soit pas définitivement à eux.

– C'est ce que disent les gens du gouvernement. Mais nous, c'est maintenant que nous avons besoin de terre, pour vivre, pour manger.

– Ça ira. On va demander des terres pour continuer à cultiver notre riz et on sera pareils que maintenant.

Lui répond Albert, et Rina le regarde comme si elle n'en croyait pas ses oreilles :

– Vous ne vous rendez pas compte qu'on n'aura plus d'eau. On ne pourra pas cultiver notre riz sans eau.

Dit Rina, puis elle se tait. Plus tard, elle m'expliquera : qu'il est vrai que la compagnie plante du jatropha sur les terres hautes, là où le riz ne pousse pas, que les Sakalava les utilisaient mais pas eux, mais qu'elle arrose avec cette eau qui leur est si indispensable pour le riz. Et que bientôt ils auront besoin de cette eau qui coule de moins en moins, et qu'elle le dit à tout le monde mais personne ne l'écoute, dit-elle, ils me rient au nez.

– Ils me disent que l'eau est toujours arrivée quand il fallait, je leur dis que les autres veulent tout prendre, mais ils me disent que non, qu'ils ne veulent pas tout prendre, que c'est une location temporaire, n'exagère pas. Que l'eau est là, ils ne peuvent pas la prendre, ils me disent. Et pas moyen de leur faire comprendre. On dirait qu'ils sont envoûtés.

(On parle beaucoup de l'eau : ils viennent nous prendre notre eau, défendons notre eau sont des cris de guerre de notre époque. Mais personne ne prendra l'eau dans des super-réservoirs ou des bouteilles d'un litre : trop cher, trop lourd, improductif. L'eau est soustraite autrement : incorporée dans les cultures, dans les produits qui en exigent. Voilà comment on prend l'eau – et le sol et ses nutriments, et les forêts qu'on brûle pour cultiver, et les vies de ceux qui y habitaient.)

Rina me dit qu'elle est très inquiète, qu'elle est en train de perdre espoir, dit-elle.

– Quel espoir ?

– L'espoir qu'ils me comprennent, qu'ils se rendent compte que d'ici quelques années, il n'y aura plus une goutte d'eau pour nous, que nous ne pourrons plus du tout cultiver notre riz, que nous n'aurons plus rien à manger, que nous serons tous obligés de partir.

– Pourquoi penses-tu cela ?

– Parce que c'est la réalité. Je la vois, ce n'est pas difficile à voir. Je peux regarder ce qui se passe, le voir, pas comme eux, qui sont aveuglés par leur salle vidéo, incapables de réfléchir un tout petit peu au-delà.

Les 30 000 hectares de Fuelstock à Marovoay sont tout compte fait une exploitation relativement petite : un échantillon.

Quelques jours plus tard, sur un marché d'Antananarivo, une dame me dira qu'ils sont impardonnables : que ce qu'ils ont fait est impardonnable.

– C'étaient les terres de nos aînés.

La dame doit avoir la soixantaine passée, le visage très ridé, les cheveux clairsemés ; elle vend – essaie de vendre – des peignes à la sortie du marché.

– Vous imaginez ce que vont nous faire nos aînés quand ils se rendront compte qu'on a donné leur terre aux vazahas ?

La dame me racontera ensuite que son mari et elle avaient une parcelle de trois hectares, qu'ils y cultivaient du riz, qu'ils en avaient toujours cultivé, et leurs ancêtres avant eux, mais il y a quelques années – « je ne sais pas, dix, beaucoup », dira-t-elle –, des messieurs du gouvernement sont venus leur dire que ces terres n'étaient pas à eux, qu'ils devaient les abandonner. Que son mari a essayé de se battre pour les garder, mais il est tombé malade et il est mort, qu'elle n'a rien pu faire et qu'elle a dû partir, et ensuite on lui a raconté que ce sont des vazahas qui les exploitaient. Et qu'elle est venue à la capitale avec sa fille, mais qu'elles ont du mal à manger tous les jours : qu'il n'est pas un jour où elle ne pleure pas son petit village, sa vie d'avant, sa rizière.

Des millions d'autres ont subi le même sort – et le mouvement se poursuit.

À Dacca, à Bihar, à Bentiu, à José León Suárez et ici même, il me semble que je ne peux raconter que des évidences : ce qui abonde, ce qui est monnaie courante, gros comme une maison. Ensuite, je retourne au monde où je vis et je retombe encore dans la distance : il est si facile d'y vivre en ignorant – tout ceci – et on y arrive si bien.

Mamy pense qu'à Madagascar, environ quatre millions d'hectares ont changé de mains au cours des dernières années, mais les données sont approximatives : elle est persuadée que beaucoup n'ont pas été comptabilisés, dit-elle, et il est vrai aussi que pour grand nombre de ces terres l'exploitation n'a pas encore commencé ou n'a pas pu aboutir.

– Plus il y a de terres qui cessent d'être exploitées par les Malgaches pour leur subsistance, plus il y a de terres qui passent aux mains d'étrangers, plus il y a de terres réservées à la culture de la palme et du jatropha, pour la fabrication d'huile et de combustibles, ou même pour la production de denrées qui seront consommées dans d'autres pays, plus il y aura de terres qui ne serviront pas à nourrir les Malgaches, plus le nombre d'affamés augmentera dans un pays où ils sont déjà très nombreux.

Dit Mamy, puis elle ôte ses grosses lunettes et essuie ses yeux de ses doigts. L'appropriation des terres africaines – asiatiques, latino-américaines, terres de l'AutreMonde – est la construction de la faim de demain. La construction soigneuse, claironnée, violente de la faim de demain.

(Paroles de la tribu)

Comment, bordel, parvenons-nous à vivre

se demander lui demander me demander si

c'est bon, je comprends, mais que veux-tu que j'y fasse ? Que j'arrête de manger ? Que je me mette au pain et à l'eau, que je ne mange plus que du mil pour manifester ma solidarité ? Ça non plus, ça ne servirait à rien, mon vieux, ce serait juste de l'esbroufe. Je crois qu'au final, il faut qu'on fasse notre vie et si on peut les aider d'une manière ou d'une autre, il faut le faire, mais alors il faut cibler sur ce qui a une réelle chance d'aboutir, tu comprends, sans quoi ça ne sert à rien, à part à te pourrir la vie, te sentir impuissant, et tu ne seras utile à personne si tu as l'impression d'être une grosse merde, c'est aussi un exercice de modestie, non ? d'humilité, non, de réalisme que d'accepter qu'il y a des choses qui nous dépassent tellement que n'importe quelle tentative

au nom de quelle idée, quel principe, quelle douleur, quelle morale devrait-on se sentir concernés

c'est écrit dans la Bible, non ? Il y est écrit qu'il y aura toujours des pauvres en ce bas monde. Moi, ça m'attriste, à quoi bon le nier, mais si Dieu veut qu'il en soit ainsi, ce n'est pas pour rien, il doit y avoir une raison. Tu crois quand même pas que ça arrive comme ça, sans raison ? Il ne laisse rien au hasard : tout ce qu'Il fait a un but. Parfois Il t'envoie des épreuves que tu dois affronter, que tu dois surmonter pour lui prouver que tu mérites Sa confiance, Sa grâce, car qui sommes-nous pour nous opposer à ce qu'Il nous envoie ? Ce n'est pas facile, ne crois pas, parce que je sais que s'Il avait voulu qu'on le comprenne, Il nous aurait déjà

que la faim est le problème d'autrui

j'aimerais vraiment faire quelque chose. Je te le jure, Mani, quand je les vois, je bouillonne, et quand je pense à ces pauvres gens et à leur angoisse de ne pas savoir s'ils vont pouvoir manger ou pas, je n'en reviens pas qu'on ne fasse rien pour y remédier. J'ai vu un très bon documentaire, ils te montraient ça cash, Mani, sans rien t'épargner, c'était oppressant, j'étais très mal, ça m'a beaucoup remuée, et depuis je repense constamment à eux, je pense à eux tout le temps, et je te dis, j'aimerais faire quelque chose. Moi, ce qui me rassure un peu, c'est que nous sommes nombreux à essayer de les aider. Et pas seulement des gens comme moi : il y a aussi Bill Gates, Bono, le pape, des gens qui pèsent. T'as pas vu que le pape parle tout le temps des pauvres et que l'Église est là pour les aider ? Moi, de les savoir là, ça me rassure, ça me soulage. Même si parfois ça m'inquiète, aussi, Mani : je me demande que peut faire une fille comme moi si ces gens

fautes qui vont et viennent, des fautes, il en pleut

tout va bien, mon pote, tout va bien, mais t'as vu comment je vis. Non, sérieux, t'as vu ou tu veux que je te fasse un dessin ? Et moi, personne ne m'aide, dis. J'ai déjà assez de mes problèmes pour en plus m'occuper de ceux de ces pauvres gens en Afrique ou à Calcutta là-bas, ou d'un de ces endroits qui ne

de la rencontre entre la douleur et la morale, la raison et un principe, frottements, chocs je suis d'accord, ça ne peut pas continuer. Oui, bien sûr, comme tout le monde, nous savons tous que ça ne peut pas continuer. Le problème, c'est qu'eux, ils ne savent rien, les pauvres. Il faut les éduquer ; il se peut qu'ils manquent un peu de nourriture, mais ils manquent surtout d'instruction, il faut leur apprendre à élire d'autres gouvernements, d'autres hommes politiques pour les diriger, parce que s'ils continuent à élire les mêmes gros bonnets, alors là, ils sont fichus. C'est un fléau, ces gens-là, tous ces hommes politiques corrompus sont inqualifiables, et je préfère même pas imaginer ce qu'ils deviendraient, les pauvres, si on arrêtait

je ne juge pas, j'énonce : qui suis-je pour juger qui que ce soit ?

ça finit aussi par être épuisant, à force. Au bout du compte, on ne comprend pas ce qu'ils veulent. Il y a toujours eu des riches et des pauvres, dans le monde, il y en aura toujours. Au fond, si les pauvres sont pauvres, c'est parce qu'ils ne font pas ce qu'il faut, ils n'ont pas fait ce qu'il fallait ; ils sont frustes, paresseux, violents, ils ont des enfants par dizaines alors qu'ils savent bien qu'ils n'ont pas de quoi les nourrir, ils sont fainéants, ils sont tout ce qu'il ne faut pas être pour réussir dans la vie. Et avec ça ils voudraient qu'on ait pitié d'eux. Non, n'interprète pas de travers ; je ne dis pas qu'ils doivent mourir, mais faut pas non plus être faux-cul et faire comme s'ils étaient pareils que nous. Faut bien qu'il y ait une sélection, en fin de compte. À quoi bon se casser l'échine, sinon, pour

que cela nous paraisse normal, que cela ne nous saute pas aux yeux

je t'assure que parfois j'ai envie de sortir un bazooka et de les descendre tous. Tous, t'entends ? qu'il n'en reste plus un seul en vie : ça me révolte de voir tous ces gens qui s'en mettent plein les poches grâce à la sueur des autres, la souffrance des autres, mon pote, ces types qui affament des millions de personnes, ils sont là, à jouer les malins, debout sur une montagne de cadavres, je te jure que je les tuerais tous, si ça pouvait arranger quelque chose. Mais qu'est-ce qu'on y gagnerait ? Sérieusement ? Qu'est-ce qu'on peut faire ? En vrai, qu'est-ce qu'on peut faire pour changer ce système de merde ? À partir du moment où ils ont tout le pouvoir, où ils sont aux manettes, il n'y a pas moyen de les déloger de leurs bunkers ni de leurs banques ni de leurs jets privés ni

le plus facile, penser à ne pas penser, penser par intermittence

oui, bien sûr que je me rends compte que c'est très grave. Mais il faut dire aussi qu'il y a eu du progrès, il y a encore trop de gens dans le monde qui ont faim, mais comparé à ce que c'était quand on était petits, y a pas photo. Y a des gus qui se plaignent que Machin gagne trop, que Truc a une maison énorme ou un yacht ou que sais-je. Faudrait peut-être pas qu'ils les exhibent autant, là je serais d'accord, ça peut être blessant et c'est bête, mais faut pas oublier que si les gus ont des fortunes pareilles, c'est parce qu'ils ont créé beaucoup de richesse, une invention, une affaire, une usine, ils ont fait quelque chose qui a créé beaucoup de richesse, et si ces gus n'existaient pas, mon cher, tout irait bien plus mal, il y aurait encore plus d'affamés, parce que ce sont eux qui

cela dépend du point de vue, ça, nous le savions

allons point par point : si je te disais viens vite, la maison de tes enfants est en feu, tu planterais tout, sans réfléchir, et tu partirais comme un fou, non ? Bien sûr ; alors moi je dis qu'il ne faut pas se raconter de salades et dire que tout t'affecte de la même manière, ah l'humanité, ah la misère d'un homme est ma misère, ah si un seul être ne peut pas manger je n'arrive pas à dormir, ce genre de conneries qui font très bon effet pour draguer une nana. On sait qu'il y a des choses qui vous touchent beaucoup et d'autres beaucoup moins, le truc, c'est que ces choses-là te touchent aussi, même si elles te touchent moins, alors ça vaut le coup de se dire qu'on peut le faire, même si tu sais que tu n'as pas le pouvoir de changer les choses et que ça continuera plus ou moins pareil quoi que tu fasses, avoir au moins la satisfaction d'avoir tenté

des modes tellement sibyllins du silence, des formes, les phrases du silence

non, moi je dis pas ces fils de pute qui en ont rien à foutre. Ceux-là, j'ai parfois envie de les tuer, je me demande comment ils font pour vivre avec ça et franchement, je ne les comprends pas. Comment peut-on être insensible au point de regarder la photo d'un enfant tout maigre avec de grands yeux et un petit visage triste sans se sentir concerné ? Non, moi je fais des dons, la politique de notre entreprise, c'est, à la clôture de chaque exercice, de verser une certaine somme à quelques fondations avec lesquelles on collabore depuis un certain temps, parce que franchement, faut être un salaud pour savoir qu'il se passe des choses pareilles sans rien faire, non ? Surtout si toi, t'as eu de la chance, si t'es bien tombé, si ça roule pour toi, si t'as un peu d'argent, une famille. C'est pour ça qu'il faut contribuer, on doit tous contribuer, chacun dans la mesure de ses moyens, pour s'assurer au moins qu'on ne

oublier que la réponse la plus courante est d'oublier, chercher le moyen d'oublier

eh, mon pote, faut pas le prendre comme ça, non plus, juste avec le cœur et rien d'autre, faut faire intervenir un peu la tête aussi. Je veux dire : ce n'est pas par hasard s'il y a de la faim dans le monde, ce n'est pas que Dieu soit un enfoiré ou que le changement climatique ou que les Noirs soient idiots ou les couilles de ta grand-mère, c'est qu'il y a une bande d'enfoirés qui gardent tout pour eux, qui les exploitent depuis des siècles et des siècles, alors que veux-tu faire, comment veux-tu éradiquer la faim de tous ces gens sans changer le système ? Tu peux pas, mon pote, tu peux pas, et si t'essaies, au fond tu ne fais qu'aider le système à se perpétuer, se maintenir, tu comprends ? Au lieu d'être en train de faire quelque chose pour que ça s'arrête une fois pour toutes, t'es en train de

Une vie si restreinte, si riquiqui, si douloureuse parfois, si chèrement défendue.

le problème, c'est qu'ils veulent tout résoudre par la charité, ils ont l'impression que ça va suffire. Suffire à quoi ? Suffire à rien du tout, sans compter qu'après ils s'habituent à ce qu'on leur donne alors, forcément, ils en veulent toujours plus et plus et plus, ils en ont jamais assez, si ça continue, ils vont nous haïr de plus en plus, et on a vu ce que ça donne quand ces gens haïssent. Je te dis pas qu'ils représentent un grand danger ; même pas, vu qu'étant pauvres, on ne voit pas comment ils pourraient être un grand danger, mais ça, c'est vrai pour l'instant, si ça

je croyais que la faim, c'était l'insupportable, je le croyais

mais je ne sais pas, je te dis, je ne sais pas quoi penser. Oui, y en a qui arrivent et te disent que le monde est rempli de ces gens qui ne mangent pas à leur faim et ils te balancent des statistiques, des chiffres et des machins et ils te disent qu'il y en a même ici, dans cette ville, or il m'est arrivé plus d'une fois d'aller dans des quartiers très pauvres, des endroits super chauds, et j'ai pas vraiment eu l'impression que les gens mouraient de faim, ils avaient plutôt l'air gros, bien nourris. Ça doit être un genre de propagande pour nous vendre des salades qui servent va savoir quels intérêts ; je ne dis pas que ça n'arrive pas, non, ça doit bien arriver un peu

tu manges tout ça, alors eux, donc eux, par conséquent eux

il faut aussi que tu comprennes qu'ils ne s'en rendent pas compte. Ce n'est pas comme pour toi, qui es habitué à vivre comme tu vis, à manger tous les jours, des produits variés, à ne pas t'inquiéter pour ça. Pour toi, ce serait vraiment effroyable, mais pour eux, la faim, ils ne connaissent que ça, alors ça ne les angoisse pas plus que ça, tu vois ? parce que leur vie

en sachant que ces choses-là arrivent ?

Je ne sais pas. Je ne sais pas. Je ne veux pas dire que je sache comment changer les choses. Je veux dire qu'il me paraît décisif de savoir que je ne le supporte pas. C'est la première condition – nécessaire mais non suffisante.

Mais je dis « je ne le supporte pas » comme on ne supporte pas une odeur de merde sous sa chaussure, qu'un ami te mente, une rage de dents : quand ne pas supporter, c'est vouloir que ça s'arrête, faire quelque chose pour que ça s'arrête.

entre la douleur et la morale, la raison et un principe

Enfin

1

En attendant, le monde est toujours là, aussi rude, aussi grossier, aussi épouvantable que d'habitude. Il m'arrive de penser que tout ceci est laid avant tout. La grossièreté des possédants, qui gaspillent sans vergogne ce qui manque cruellement à d'autres, rebute tous les modes de perception. Ce n'est plus une question de justice ni d'éthique ; cela relève de l'esthétique pure. Je dis : trouver le moyen de faire un monde moins horrible. L'humanité devrait éprouver devant ce qu'elle a fait d'elle-même le mécontentement du créateur qui recule d'un pas pour contempler son œuvre et trouve qu'elle est nulle. Je connais.

Ce livre est un livre sur la laideur, la plus extrême que je puisse concevoir. Ce livre est un livre sur le dégoût – que nous devrions éprouver devant ce que nous avons fait et, ne l'éprouvant pas, sur celui que nous devrions éprouver de ne pas l'éprouver.

Si l'on tait son dégoût, il s'accumule.

Nous ne sommes rien, pas grand-chose : des soupirs dans la courte vie d'un caillou perdu dans un système solaire infime, au sein d'une galaxie pareille à des milliards d'autres. Quand nous savons cela – quand n'y prenant pas garde nous réfléchissons –, peut-être la réponse la plus raisonnable à ce constat est-il d'accepter notre destin et de nous concentrer sur le plus petit : nous-mêmes, nos propres vies, le peu dont nous choisissons ou acceptons de l'entourer. C'est une possibilité et elle paraît même logique. Mais peut-être la meilleure réponse à tant de petitesse est-elle de se voiler la face et de l'ignorer – et de penser au plus grand que notre échelle minuscule nous permette d'accéder.

Tout en sachant que cela est peut-être inutile.

Et qu'en général, il n'est rien de plus inutile que l'utile.

Que cela soit dit : il y a des centaines de millions de personnes qui ne mangent pas à leur faim.

Plus que dit : il y a quelques années, Ban Ki-moon, secrétaire général des Nations unies, donna un chiffre qui fut maintes fois repris avant d'être mis au rancart : il ne s'écoule pas quatre secondes sans qu'une personne meurt de faim, de dénutrition, des maladies associées. Dix-sept par minute, 25 000 par jour, plus de neuf millions par an. Un holocauste et demi chaque année.

Alors quoi ? Tout éteindre et partir ? Nous plonger dans l'obscurité, déclarer des guerres ? Déclarer coupables ceux qui mangent plus qu'une ration raisonnable ? Nous déclarer coupables ? Nous condamner ? Cela paraît même logique. Et après ?

Quand ils doivent énoncer les causes de la faim, les gouvernements et les grands experts et les hommes politiques souriants et les organismes internationaux et les fondations millionnaires ressassent généralement cinq ou six mantras :

Qu'il y a des catastrophes naturelles – inondations, tempêtes, fléaux. Et surtout la sécheresse : « La sécheresse est une des causes les plus fréquentes de pénurie alimentaire », dit un prospectus du Programme alimentaire mondial.

Que l'environnement est surexploité par des pratiques agricoles abusives, un excès de récoltes et d'engrais, la déforestation, l'érosion, la salinisation, la désertification.

Que le changement climatique « exacerbe des conditions naturelles déjà adverses » et va tout empirer dans les prochaines décennies.

Que les conflits d'origine humaine – guerres, grands déplacements – ont redoublé au cours des vingt dernières années, provoquant des crises alimentaires graves, conséquence de l'impossibilité de cultiver et de faire paître dans ce contexte ou bien, plus directement, parce qu'un des camps se sert des cultures, des troupeaux et des marchés comme d'une arme.

Que les infrastructures agricoles ne suffisent pas : il manque des machines, des semences, des systèmes d'irrigation, des lieux de stockage, des routes. Et beaucoup de gouvernements préfèrent s'occuper des villes car c'est là que se concentrent le pouvoir, l'argent, les suffrages.

Que les gouvernements des pays pauvres sont si corrompus qu'ils engloutissent une bonne partie des aides que les pays bien intentionnés du Premier Monde leur prodiguent encore et encore.

(Les plus hardis vont jusqu'à évoquer la spéculation financière qui a fait flamber les prix des aliments, entraînant pénuries et émeutes.)

Ensuite, il y a ce qu'ils appellent le « piège de la pauvreté ». Des textes du WFP le décrivent sommairement : « Dans les pays en développement, les paysans n'ont souvent pas les moyens d'acheter des semences pour planter les cultures qui permettraient de subvenir aux besoins de leurs familles. Les artisans manquent de moyens pour se payer les outils pour exercer leur métier. D'autres n'ont pas de terre, d'eau ou d'éducation pour jeter les fondements d'un avenir sûr. Ceux qui sont frappés par la pauvreté n'ont pas suffisamment d'argent pour acheter ou produire suffisamment de nourriture pour eux-mêmes et leurs familles. En conséquence, ils ont tendance à être plus faibles et ne peuvent pas produire suffisamment pour acheter plus de vivres. En résumé, les pauvres ont faim et leur faim les prend au piège de la pauvreté. »

Dans ce récit – dans ces récits officiels –, seule la faim a des causes. La pauvreté n'a que des effets.

En même temps, tous les organismes, les experts, les gouvernements qui s'intéressent à la question s'accordent sur un point : la Terre produit de la nourriture en quantités plus que suffisantes pour nourrir tous ses habitants – et quatre ou cinq milliards de plus.

L'échec d'une civilisation.
L'échec insistant, brutal, scandaleux d'une civilisation.
Dénutris, jetables, déchets.

Nous disions : la machine capitaliste ne sait que faire de centaines de millions de personnes. Elles sont en trop.

Et leur exclusion ne diminue pas avec le développement, contrairement à ce que prétend la Banque mondiale. Dans le contexte actuel, le développement technique prive encore plus de gens de travail, les laisse sur le bord de la route. Ce qui n'est pas suffisant pour condamner ces techniques, mais remet en question leur mode d'utilisation par ceux qui les contrôlent.

Avec ces mêmes techniques, on peut faire différentes choses : gagner beaucoup plus est la première option choisie par le mécanisme actuel. Et, éventuellement, augmenter un peu l'aumône versée aux jetables. Mais on pourrait aussi fonctionner dans une perspective économique différente, où l'on ne produirait pas pour la consommation effrénée d'une partie mais pour pourvoir aux besoins de tous. Le problème, encore une fois, ce n'est pas le développement mais ceux qui le contrôlent.

Le problème est politique.

Pour l'instant, la technicisation concentrée de l'agriculture a rempli le monde de gens dont le commerce mondial n'a pas besoin. Pas seulement les paysans déplacés par – la concentration produite par – l'utilisation de machines plus puissantes dans les campagnes d'Argentine, du Brésil, d'Ukraine. Mais aussi ceux qui désespèrent dans les campagnes de Côte d'Ivoire, d'Inde, d'Éthiopie parce que leurs produits ne peuvent plus concurrencer ceux de ces régions.

Beaucoup d'entre eux survivent en cultivant tant bien que mal leurs terres, en obtenant des rendements dignes de l'époque de Jésus. On peut difficilement nier qu'il y a des moyens d'en tirer parti plus efficacement. Entre 1700 et 1960, la population mondiale a été multipliée par cinq, de même que les surfaces cultivées. Mais, dans les trente années suivantes – durant la Révolution verte –, la population a augmenté de 80 % et la surface cultivée, de 8 % seulement : la quantité d'aliments disponibles a augmenté parce que les terres ont produit beaucoup plus.

Aujourd'hui les pays riches ont atteint – ou vont bientôt atteindre – leurs limites et ils cherchent de nouveaux espaces au-delà de leurs frontières. Le problème est que ces espaces – comme cela a toujours été le cas – sont occupés. Cette population est encombrante : elle est en trop, elle les ennuie, ils essaient de s'en défaire afin de pouvoir utiliser leurs terres pour leur bénéfice propre. Pour que le monde produise plus de nourriture – la nourriture dont les restes pourraient suffire à les nourrir –, les jetables doivent disparaître : ils n'ont pas leur place dans ce schéma de développement concentré.

Le même exode se produit dans l'industrie : au-delà de quelques secteurs qui requièrent beaucoup de main-d'œuvre, la plupart des industries en emploient de moins en moins. Les paysans dépouillés et découragés débarquent alors dans les villes et viennent s'ajouter à ceux qui sont arrivés avant eux – et ils ne trouvent pas de place dans l'appareil productif.

Dans une société où les individus se définissent par leur place dans la production – par leur travail –, ne pas avoir d'emploi est une des manières les plus immédiates de ne pas avoir d'identité fonctionnelle. Ou d'avoir éventuellement une identité par défaut : ceux qui n'ont pas de place / fonction / utilité. Dans les pays les plus chics, on les appelle les NEET : *Not in Education, Employment or Training*. Dans l'AutreMonde, on ne les appelle pas.

Autre critère : font partie de l'AutreMonde les pays où un quart de la population au moins est jetable.

Ce ne sont pas des prolétaires – engrenages nécessaires au fonctionnement de la machine – ; ce sont des rebuts.

Des rebuts dont on ne sait trop que faire.

Ou dont on sait sans oser.

La perfection de la machine consiste à donner un usage à chacun, ne pas gâcher, ne pas gaspiller des ressources en personnes inutiles. Elle n'y est pas toujours parvenue au fil de l'histoire ; autrefois elle disposait de mécanismes de correction, de valves de décompression pour corriger le déséquilibre : guerres, épidémies, sécheresses, famines diverses servaient de régulateurs d'excédents de population. Ce n'était pas précis – pas « chirurgical » –, mais cela fonctionnait : recomposait grosso modo les sociétés de telle sorte que ceux qui restaient puissent trouver une place. Aujourd'hui, c'est plus difficile. Certains progrès techniques – médecine, transports, communications – ont abouti à la minimisation des effets de ces régulateurs. Et la très discutable « opinion publique mondiale » tend aussi à faire pression pour qu'ils se minimisent dans une certaine mesure.

Les jetables demeurent donc jetables : maintenus dans des limbes pénibles. Et en même temps ils font peur. Un peu peur : ils sont trop nombreux et remuent, s'agitent. Finiront-ils par devenir une menace ? Quand ? Comment ? Dans combien de temps, quelles difficultés devront affronter les plus riches, combien de problèmes financiers supporteront-ils encore avant qu'ils ne commencent à se dire sérieusement qu'ils ne peuvent pas se payer le luxe d'entretenir toute cette population inutile ? Ils ont déjà énormément réduit les sommes qu'ils dépensaient en « aides » et « coopération » : c'est un début de réponse. Et si cela progresse, s'étend, quel poids aura « l'opinion publique humanitaire » ? Quel mal aura-t-on à transformer les jetables en terrorisme, en menace pour les belles-âmes

et à commencer à s'en débarrasser ?

Je dis : à commencer à s'en débarrasser de manière délibérée, systématique. Pas comme maintenant, de façon chaotique.

Les affamés sont les excédentaires les plus marqués et leur élimination est la conséquence logique de ce modèle de développement. Ce qui ne signifie pas que cela aura obligatoirement lieu. Seulement si nous ne savons pas l'arrêter.

L'actuelle résurgence du malthusianisme est une préparation de cette éventualité. La menace de la faim pour tous revient, l'argumentation du révérend avec – à travers le fantôme écololo – : nous sommes trop nombreux et nous malmenons la planète, nous l'épuisons. Il y a même une organisation anglaise – Population Matters – qui dispose d'un site web où les intéressés peuvent compenser leur trace carbone en versant de l'argent pour aider à diminuer le nombre de bébés pauvres. Moins d'enfants implique moins d'émissions de CO_2, vous expliquent-ils.

(Mais personne ne dit que le meilleur moyen de réduire la natalité serait de garantir la survie et le bien-être des enfants qui naissent : qu'il ne serait plus nécessaire d'avoir autant d'enfants pour que quelques-uns survivent.)

Les prophètes malthusiens espèrent que la population baisse, et certains de préciser : qu'il meure suffisamment de gens car, insistent-ils, la Terre ne pourra nourrir neuf milliards de personnes d'ici 2050. Ce qu'ils sont en train de dire, c'est qu'elle ne pourra pas nourrir aussi allègrement ceux qui aujourd'hui mangent à souhait – et en jettent la moitié. Le problème n'est pas que nous soyons beaucoup : c'est qu'il y en ait tant qui vivent comme si nous étions peu.

Proudhon était optimiste : « Il y a un seul homme de trop sur terre : c'est monsieur Malthus. » Aujourd'hui, les hommes et les femmes en trop sont un milliard.

(Ou peut-être pas : quelqu'un devrait calculer ce qui se passerait en termes de nutrition et d'utilisation de la Terre si nous disparaissions. Si nos 10 %, les 700 millions de personnes qui concentrent 80 % des richesses mondiales disparaissaient, les autres mangeraient très bien. Ou peut-être serait-il plus économique de faire disparaître les 1 %, les 70 millions qui détiennent 40 % des richesses. Quoi qu'il en soit, ceux qui restent auraient des ressources en excès et pourraient commencer à se battre pour elles – et recréer ainsi un groupe de privilégiés qui, à moyen terme, en accaparerait suffisamment pour qu'il y ait de nouveau un secteur qui ne mange pas à sa faim. Il ne suffit pas que nous disparaissions.)

En attendant, la consolidation de ces légions de jetables a été en partie la rançon de la faiblesse de ces gouvernements qui ne gouvernent plus, qui représentent de moins en moins le vrai pouvoir dans le monde globalisé : lorsque les grandes compagnies occidentales imposèrent le Consensus de Washington, elles démantelèrent, entre autres, les réseaux de soutien que les États des pays pauvres offraient à leurs habitants les plus pauvres.

Les affaires sont mondialisées, pas les gouvernements ; les affaires contournent les législations nationales, les petits gouvernements n'ont pas les moyens de les contrôler. Le système alimentaire mondial est un produit et un reflet de ce monde nouveau où les entreprises sont mondiales et font partout ce qui les arrange tandis que les pays sont locaux et limités par leurs frontières et autres impuissances. Chose que – bien entendu – les nationalismes contribuent à maintenir, à perfectionner.

Mais en même temps qu'apparaît cette masse jetable, s'effiloche cette notion appelée « nation » qui a fonctionné durant quelques siècles avec beaucoup de difficultés. Le capitalisme mondialisé n'a pas encore produit sa forme politique propre ; les nations sont toujours là, même si elles décident peu. Cela dit, elles servent par exemple à nous permettre de croire que les méchants sont toujours les étrangers – à décharger les riches nationaux de leur culpabilité. Et elles servent aussi – inverse complémentaire – à nous permettre de penser que la faim des Ghanéens est la faute du gouvernement du Ghana, mettons.

La faim serait alors la métaphore la plus extrême de cette civilisation comportant des jetables. Mais les métaphores fonctionnent selon un mode qui leur est propre : elles peuvent changer sans que change ce qu'elles représentent. Je veux dire : on pourrait en finir avec la faim sans en finir avec la pauvreté, l'exploitation, l'injustice extrême : avec les millions et les millions d'excédentaires.

L'idée que les pays les plus pauvres cesseront d'avoir faim, comme cela est arrivé aux pauvres des pays riches, est le dernier reliquat de la théorie du décollage – qui a tant brouillé les esprits dans les années soixante-dix. Même si plus personne ne croit que les citoyens du Niger parviendront un jour à vivre comme des Suédois ; beaucoup de non-avertis croient encore que les Nigériens mangeront un jour à leur faim.

Cela est improbable. Nous savons que le monde produit déjà suffisamment de nourriture pour tous mais que le rythme de consommation d'un tiers de la population ne laisse rien aux autres. Et tous les analystes supposent que, puisque le prix des aliments continue de grimper, puisque les matières premières ont retrouvé une place décisive dans l'économie mondiale, puisque les grandes exploitations agricoles alimentent la spéculation financière, les disparités d'approvisionnement vont aussi se creuser : les pays qui ont de la nourriture la vendront de plus en plus cher, ceux qui pourront la payer en auront et les autres pas.

Cela est donc improbable. Mais si on aboutissait – on n'y a jamais abouti, mais si on y aboutissait – à un monde où personne n'a faim mais où certains accumulent des fortunes et d'autres ont juste de quoi subsister, serions-nous satisfaits ?

Il y aurait des moyens d'y parvenir. Prenons par exemple la taxe Tobin. La taxe Tobin est une vieille invention : en 1971, James Tobin, un économiste de Princeton, proposa un impôt minimal – autour de 0,1 % – sur les transactions financières de devises comme moyen de freiner la spéculation qui déformait les cours des monnaies. À l'époque, on ne fit pas grand cas de ses propos ; à la fin des années quatre-vingt-dix, le mouvement antimondialisation récupéra son idée et la proposa comme moyen de collecter de l'argent pour aider les plus pauvres. Monsieur Tobin, le pauvre, se rebiffa en disant qu'il n'avait rien à voir là-dedans, qu'il était un économiste sérieux qui soutenait la Banque mondiale et le Fonds monétaire. Mais les campagnes ne s'arrêtèrent pas en si beau chemin : aujourd'hui, avec l'augmentation des opérations spéculatives – avec les millions de transactions qu'effectuent les ordinateurs actuels –, la taxe Tobin collecterait des fortunes.

Il existe d'autres possibilités. En 2013, 330 millions d'ordinateurs personnels, 200 millions de tablettes, 980 millions de smartphones ont été vendus : environ 1,51 milliard d'appareils au prix minimum de 200 dollars pièce. Nul n'achète un de ces appareils s'il n'a pas résolu la question de ses besoins élémentaires : il serait parfaitement juste de prélever une taxe forfaitaire de cinq dollars sur la vente de chaque appareil pour alimenter un fonds alimentaire. Cela dégagerait 7,6 milliards de dollars par an.

En 2013, ont également été vendues 83,5 millions d'automobiles neuves au prix moyen de 31 200 dollars. Si chaque acquéreur en versait 1 % à ce même fonds, on collecterait 25 milliards de dollars. Entre les voitures et les ordinateurs, sans trop priver personne, on aurait déjà rassemblé les 30 milliards annuels annoncés par la FAO – et il en resterait quelques milliers.

Mais, tout d'abord, cette proposition est illusoire : quand on dit par exemple que la taxe Tobin dûment prélevée et gérée pourrait en finir avec la faim dans le monde, on ne dit pas que la taxe Tobin – ou n'importe quelle taxe similaire – n'est pas adoptée parce que aucun pouvoir politique n'arrive à l'imposer. Et s'il y en avait un, encore faudrait-il qu'il soit capable de destiner cet argent à la lutte contre la faim.

Ensuite, la proposition est si modeste : ce n'est même pas de la redistribution ; c'est de la pure bienfaisance compulsive.

Parvenir à la faim zéro, à un monde sans dénutris serait un grand bond de civilisation : cela ne s'est jamais produit. Mais le plus important, ce serait la manière dont cela se produirait, qui y parviendrait : le degré d'égalité que cela supposerait.

Une chose est que personne n'ait faim. Une autre, très autre, que chacun ait ce qui lui revient : qu'on ne lui en fasse pas cadeau, qu'il l'ait parce qu'il y a droit.

Pas que les affamés reçoivent leur aumône : qu'il n'y ait pas de gens assez nantis pour pouvoir faire l'aumône, qu'il n'y ait pas de gens assez démunis pour en avoir besoin. Que tous aient – plus ou moins – la même chose. Cela peut paraître dépassé, cela l'est, et c'est en même temps l'unique objectif qui vaille la peine.

Une idée trop simple, me dira-t-on.

Certains discours simples, directs, basiques sont tombés en même temps que le Mur. Réfléchissons au mot *basique* : cela devrait être un compliment et c'est une insulte. Il se produit quelque chose de similaire avec l'idée d'une société d'égaux :

l'aspiration la plus ambitieuse de l'humanité semble être devenue un truc poussiéreux, un archaïsme.

C'est pourquoi tant de laïus politiques – tant de propositions présumées – se condensent dans cette formule idiote de la quête d'« un monde meilleur », d'une « société meilleure », comme si quelqu'un – un politicien, un intellectuel, ma tante Germaine – allait proclamer un jour qu'il en voudrait un pire. La formule est un sommet de la niaiserie contemporaine, synthèse d'une époque qui ne sait pas quoi dire et le dit sans arrêt.

Aujourd'hui, la « lutte contre la faim » consiste généralement à améliorer l'efficacité de la bienfaisance. Ou, dans le meilleur des cas, à réfléchir à la manière d'aider ces pauvres paysans à cultiver leurs petits lopins de terre pour qu'ils survivent.

C'est ce que résume l'Anglais Fred Pearce, auteur de *The Land Grabbers* : « Il ne s'agit pas d'idéologie. Il s'agit de voir ce qui fonctionne. Qu'est-ce qui pourra alimenter le monde et qu'est-ce qui pourra alimenter les pauvres dans le monde. »

Selon moi, il s'agit bien d'idéologie : de savoir comment on fait pour qu'il n'y ait plus de *pauvres dans le monde* – par pour leur donner quelques miettes de plus, suffisamment de miettes. Et ça, c'est de l'idéologie, sans l'ombre d'un doute. D'où l'énorme campagne de discréditation des idéologies : parce que pour réaliser des changements, il faut les vouloir, avoir des idées – une « idéologie ».

Entre autres, parce que l'unique raison pour laquelle il y a de la faim dans un monde qui produit suffisamment de nourriture est aussi une idéologie. Celle qui prétend ne pas en être une, qui se présente comme la nature même : celle qui soutient que ce qui est à moi est à moi – et ce qui est à toi, on verra.

Pour un jeune des années soixante-dix – un adulte des années dix –, il est étrange que tant de gens croient que telle est l'unique option. Même si c'était le cas, il conviendrait d'envisager le contraire, de la mettre à l'épreuve.

Le problème, c'est que nous vivons un temps sans futur.

(Ou pire : un temps où le futur est une menace.)

2

Je lis des textes de biologie et, comme à chaque fois, je cours le risque de verser dans le mysticisme : n'est-il pas invraisemblable qu'une telle complexité, une telle perfection donnent lieu à des vies aussi incomplètes, aussi banales ? La sophistication avec laquelle des millions de cellules produisent une infinité de réactions qui se coordonnent pour qu'un homme ouvre la bouche ne devrait-elle pas aller de pair avec des mets délicieux qui entreraient entre ses lèvres ? Le raffinement que suppose la perception des vibrations de l'air par un tympan, qui les transmet aux osselets de l'oreille moyenne pour les faire parvenir jusqu'aux cellules ciliées de la cochlée, qui à leur tour les transforment en électricité afin que des nerfs les conduisent jusqu'au cerveau, lequel les recomposera pour nous informer, ne mériterait-il pas que les mots entendus soient toujours musicaux ? Le degré d'évolution des mécanismes naturels – et voilà le mysticisme – ne devrait-il pas nous inciter à avoir confiance en un degré d'évolution sociale similaire ? À moins que nous ne soyons à l'étape trilobite de l'histoire. Le trilobite ne se prenait sûrement pas pour le premier venu : il devait être – d'une manière irrationnelle qui sans doute nous échappe – très content de lui.

Le monde est une aberration, les vies aussi : on les passe à manger, baiser, consommer, passer le temps pour passer le temps. Mais la différence entre une rue dans une ville quelconque et une forêt ou une campagne est si extraordinaire que je n'arrive pas à croire que nous ne l'ayons pas fait exprès. Nous inventons trop pour ne pas aspirer à quelque chose de plus – un sens, une beauté intrinsèque, une certaine perfection ? – qui au final justifierait tant d'efforts.

Encore que nous ayons des raisons d'être satisfaits :

pour nous, habitants – plus ou moins – riches des pays – plus ou moins – riches, la vie n'a jamais été aussi agréable. Le mythe de l'âge d'or a beau s'accrocher, il est clair que nos vies sont bien meilleures que celles de nos aïeux.

Certains chiffres sont catégoriques : que nous vivions en moyenne trente ans de plus – trente ans de plus – qu'il y a un siècle en est une preuve irréfutable. Que tant de maladies qui nous tuaient autrefois ne nous tuent plus. Que tant d'endroits alors inaccessibles, tant de choses inconnues ne le soient plus. Qu'il n'y ait plus de faim par pénurie ; seulement par cupidité.

Et aussi, pour l'espèce, que nous ayons réussi à être sept milliards d'individus. On lit généralement cela comme une horrible nouvelle : la somme de tous les dangers.

(Mais ceux qui critiquent se placent dans l'hypothèse plus qu'optimiste selon laquelle, si le nombre de gens diminuait, ils feraient partie de ceux qui sont et non pas de ceux qui ne sont pas. Certitudes : pour ceux qui ne seraient pas si nous n'étions pas si nombreux, il vaut bien mieux que nous soyons nombreux. À moins que nous ne nous demandions si être est pire que ne pas être et ce genre de questions si intéressantes.)

En termes d'espèce : qu'il y ait plus d'individus et qu'ils vivent plus longtemps est un signe indubitable de progrès. S'il y en avait toujours eu moins, ce n'était pas en vertu d'un principe furieusement bucolique qui préférait ne pas surcharger les scènes naturelles ; c'était parce que, dès qu'il y en avait plus, ils mouraient d'épidémies, de famine – ou des guerres provoquées par la lutte pour les ressources.

Aujourd'hui, beaucoup moins – et c'est un net signe de progrès.

Dire progrès est presque hardi.

Presque idiot.

Et même : à première vue, cela paraît bizarre, mais si on regarde en arrière, on constate que nous vivons un des moments les plus libres et pacifiques de l'histoire humaine, si ce n'est le plus. Il n'y a pas eu de guerres à grande échelle depuis soixante-dix ans. Il n'y a pas eu de camps de concentration, presque pas de manœuvres d'extermination massive, raciale, politique. Il n'y a pas de populations entières soumises à un esclavage de type direct. Le niveau de discrimination légale à l'encontre des moins puissants dans chaque société – Noirs, femmes, homosexuels, chômeurs, pauvres divers, castes inférieures – n'a jamais été aussi bas. Bien sûr, l'inégalité extrême, l'exploitation, la misère existent toujours ; beaucoup moins qu'il y a cent ans.

(Pour toutes ces raisons – et bien d'autres – j'ai retrouvé foi dans le progrès : voilà pourquoi je ne suis pas progressiste. Les progressistes croient que la société continuera à peu près pareil pendant très longtemps, alors ils cherchent à en améliorer des détails. Je ne suis pas progressiste car je crois en un progrès général – plus de vie et une meilleure vie, plus d'égalité, moins de pouvoir, moins de stupidité –, mais, contrairement aux progressistes, je ne pense pas qu'on y arrivera à travers une sorte d'évolution quasi naturelle, en douceur. Je crois – d'après ce que je peux observer dans l'histoire – que ce progrès général résulte de luttes, de ruptures, de restaurations, de nouvelles ruptures.)

Et donc, au milieu de l'optimisme modéré, la faim – la faim de centaines de millions de gens – comme une manière de dire que le mieux n'est pas toujours bien : une pointe d'attention, la tache qui.

Comme on pourrait dire – avec une certaine brutalité, presque une certaine simplicité – qu'un monde est mieux mais ne peut pas être bien si des centaines de millions de gens ont faim.

Encore une fois : leur force de métaphore – pour ceux qui regardent de l'extérieur.

(Il y a aussi, pour aboutir à cette comparaison, une décision décisive : si nous comparons ce qui a été à ce qui pourrait être.)

Jamais nous n'avons mieux vécu : on pourrait penser que ce bien-être incite à vouloir plus, parce que cela montre qu'il est possible d'y parvenir.

Mais cela ne se passe pas ainsi. Pour beaucoup, l'évidence de ces améliorations décourage la quête de nouvelles améliorations : leur permet de penser que le monde s'est tant amélioré qu'il restera plus ou moins tel quel. C'est vraiment la fin de l'histoire : par une étrange distorsion, idéologie tonitruante, les lectures de l'histoire comme un long processus de changements ne nous aident plus à confirmer que tout change sans cesse ; elles nous incitent à croire que tout a changé pour devenir tel que cela est aujourd'hui.

Tel qu'aujourd'hui : misérable, affamé, misérable, si à court d'espérances, misérable, si à court de justice, misérable – dans le programme : écrire plusieurs fois misérable et que cela signifie une chose différente à chaque fois.

Misérable.

Tellement mieux et pourtant misérable.

Je me souviens quand les hommes entre eux ne s'embrassaient pas. Je me souviens quand il n'y avait que quatre chaînes de télévision en noir et blanc. Je me souviens quand un joint était une nouveauté terrifiante. Je me souviens quand un ordinateur était un délire de film de science-fiction. Je me souviens quand le monde allait être bien meilleur. Je me souviens quand les bidonvilles étaient peuplés de travailleurs. Je me souviens quand les femmes ne portaient pas de pantalons. Je me souviens quand un jean était un signe de révolte quasi intolérable. Je me souviens quand personne n'avait l'ombre d'une idée de ce qu'était le soja. Je me souviens quand les voitures avaient le levier de vitesse sur le volant. Je me souviens quand l'Union soviétique commandait la moitié du monde et expédiait des chiens dans l'espace. Je me souviens quand on allait vous dire au revoir à l'aéroport. Je me souviens quand les vieux portaient des chapeaux. Je me souviens quand on lisait sur beaucoup d'étiquettes « Fabriqué en Argentine ». Je me souviens quand les curés disaient la messe en latin. Je me souviens quand il y avait des femmes vierges. Je me souviens quand les garçons se faisaient dépuceler par des putains. Je me souviens quand Perón était un général vaincu, à Madrid, et Guevara un guérillero qui allait gagner une révolution quelque part. Je me souviens quand les journaux et les magazines étaient écrits en bon espagnol. Je me souviens quand les cheveux longs – par-dessus le col de la chemise – étaient un motif d'exclusion à l'école. Je me souviens quand je voyageais en train dans les villes de Mendoza, de Zapala, de Jujuy. Je me souviens quand gay, ça se disait pédé et ça se cachait. Je me souviens quand on ne pouvait pas faire de transferts dans les équipes de football. Je me souviens quand il était plus facile de voir un cheval dans la rue qu'un sein au cinéma. Je me souviens quand le mot craignos n'existait pas, ni le mot cédé ni dévédé ni digital, ni le mot shopping ni le mot sushi, ni supérette ni post-it ni rocker, ni texto ni skate ni boloss, et quand la souris désignait un animal comme Mickey. Je me souviens quand les hamburgers étaient un produit exotique trop cool et quand le mot cool n'existait pas. Je me souviens quand le passé était un désastre.

Dire je me souviens, c'est, bien sûr, dire je suis devenu grand, mais c'est aussi dire que le monde n'a pas toujours été tel qu'il est. C'est dire que les choses – les objets, les comportements, les sociétés – apparaissent dans l'histoire, sont dynamiques, changent, changent sans cesse : que rien ne dure éternellement.

Cela paraît bête, mais le mythe le plus tenace de notre époque de changements incessants est de croire que les choses élémentaires, l'ordre qui ordonne nos vies sont immuables. Ce n'est pas nouveau non plus : cela s'est déjà produit à plusieurs reprises. Beaucoup de doctrines, de religions, de systèmes de gouvernement se sont formés à partir de l'idée que rien ne change – et essaient de la confirmer.

Une religion – n'importe quelle religion – est une manière de se rassurer et de penser que ce qui est maintenant sera toujours : que tout a été conçu et prévu jusqu'à la fin des temps, et que le pouvoir – un dieu, les dieux – a été et restera inchangé. Si un fidèle croyait que les pouvoirs universels changent, qui pourrait lui promettre la vie éternelle ? Et les puissants – rois, empereurs – se sont agrippés à cette idée : notre pouvoir ne doit pas changer car il est fondé sur le Grand Pouvoir qui jamais ne change : le droit divin.

Une religion a besoin d'immuable ; d'où, par exemple, les réactions ultraviolentes de l'Église catholique il y a deux siècles, quand quelques zigotos commencèrent à fouiller des vestiges géologiques, des grottes, des ossements, et démontrèrent que le monde était bien plus ancien que ne le racontait la Bible, et qu'il n'avait pas toujours été comme il était : qu'il avait existé des animaux étranges, que les vaches et les puces n'avaient pas été créées par le Seigneur mais par l'évolution des espèces, que nous autres, les hommes, étions des singes bien tunés. Rien ne pouvait être plus subversif – et cela avait subverti.

Est-ce un hasard si parmi les dizaines et les dizaines de gens que j'ai interviewés, il n'y a eu pratiquement aucun athée ? Si – presque – tous avaient une religion, croyaient en un dieu qui expliquait et justifiait leur vie de merde ?

Nous pensions nous être débarrassés des religions. Leur retour est un des coups les plus durs de ces dernières années. Puisqu'il n'y a plus de lendemains radieux sur terre, que reviennent ceux du ciel. Nous sommes revenus au futur le plus ancien : celui qui ne change pas.

(En juillet 1936, une bande de généraux à moitié fascistes s'est dressée en Espagne au cri de Vive la Mort et/ou le Christ Roi. Des volontaires sont venus du monde entier – surtout des pays occidentaux – pour combattre ces généraux catholiques fondamentalistes.

Aujourd'hui, l'unique situation lointainement comparable est le jihad islamique : les fondamentalistes religieux sont ceux qui réveillent quelque enthousiasme similaire et appellent des jeunes à tout abandonner et à se porter volontaires pour mourir. Et l'armée de la plus grande puissance les combat, celle qui dit dans sa devise fondatrice *In Dog We Trust.*)

Il n'y a – il n'y a presque pas – d'affamés athées.

Que se passerait-il s'il y en avait ?

Je dis : une étrange distorsion.

En un sens, le présent est toujours décevant. C'est pourquoi, au fil du temps, nous avons toujours trouvé des manières de vivre dans d'autres temps : dans le confort du passé revisité, dans l'espoir d'un futur meilleur.

Durant des siècles, la tradition monothéiste offrit un futur possible, rassurant : le royaume des cieux – sous toutes ses formes – était la compensation de ces existences. Nous, les modernes, avons réussi à tuer dieu parce que nous avions de quoi le remplacer : ce futur fulgurant que nous nous promettions au nom de l'histoire et de la science.

Le rationalisme moderne sut occuper cette fonction de grande promesse. Seulement, le futur qu'il proposait s'accomplirait dans ce monde-ci, grâce à l'action combinée des forces sociales et des progrès techniques – qui à leur tour potentialisaient ces forces sociales, lesquelles produisaient à leur tour davantage de progrès technique.

Les futurs de la modernité adoptaient des formes politiques : ce fut à un moment donné la liberté égalité fraternité et, plus tard, quand les révolutions bourgeoises eurent accompli leur tâche, la société sans classes. Durant ces deux siècles subvertis, l'idée du changement fut centrale : la société ne fonctionnait pas, ses mécanismes devaient être remplacés. On inventa des systèmes de rechange qui, en général, ne fonctionnèrent pas. Au cours des dernières décennies, l'échec de l'option « socialiste » a dans une grande mesure entraîné dans sa chute l'idée qu'il existe d'autres options. Aujourd'hui, pour la plupart des citoyens occidentaux – pour nous, lecteurs de ces livres –, le futur est un présent perpétuel avec de légères retouches techno-écololos : un ordinateur plus futé, une forêt moins menacée, un bon travail une famille une voiture neuve tous les deux ou trois ans, deux ou trois vacances par an, cent ans au lieu de quatre-vingts, la sérénité assurée – grâce à la puissance du marché.

Rien qui puisse être réellement appelé futur.

Rien qui tienne lieu, dis-je, de cette fin qu'il faut atteindre par tous les moyens.

Rien qui guide nos pas, trace des trajectoires, conditionne des vies, justifie des morts ou des risques de mort.

Rien qui justifie des investissements au-delà du petitement personnel : le futur comme quelque chose de personnel
ou comme menace.

Le mythe dominant : que nos sociétés ne seront jamais très différentes car il n'y a pas d'autres possibilités, que le capitalisme de marché avec gouvernement élu et mandaté est l'unique forme d'organisation possible et qu'il le demeurera à jamais.

Pour croire à cela, il fallait avant tout apprendre à ne pas nous penser en termes historiques : oublier que ce moment n'est qu'un moment.

« Nous sommes à un de ces moments ennuyeux de l'histoire où personne n'a une bonne idée de ce que l'on pourrait attendre du futur, alors nous nous consacrons à le craindre. Des menaces telles que le changement climatique s'inscrive dans l'esprit de l'époque et le perfectionnent, écrivait un auteur quasi contemporain. C'est pourquoi il est logique que l'écologie devienne un signe des temps aussi fort : un temps sans projet d'avenir. Nous vivons à une époque molle qui, effrayée par les désastres qu'a entraînés la version la plus récente d'un futur différent – le programme de la révolution marxiste-léniniste –, a décidé de ne pas penser des futurs différents et d'imaginer que nos sociétés resteront plus ou moins inchangées *per secula secularum amen.* [...] Le présent, c'est toujours de l'insatisfaction garantie ; j'aimerais savoir pourquoi alors certains présents produisent des futurs d'espoir et d'autres, des futurs de terreur. On pourrait penser que – non plus le monde mais – l'histoire du monde peut être lue à travers le crible d'une dichotomie : les époques qui désirent leur futur, celles qui le regardent avec effroi. »

Le dieu s'est vengé : nous sommes livrés aux intempéries, seuls face au présent, sans refuge.

Le futur comme présent continu ou comme menace – le futur sans promesse, le futur indistinct – est un des axes : la version riche du monde sans futur.

La version pauvre en est la carence : en général, les habitants de l'AutreMonde ne pensent pas de futurs, faute d'outils pour le faire.

Aisha et ses deux vaches.

que la pauvreté la plus extrême de l'extrême pauvreté est cette pauvreté de futur :
qu'il n'est pas de plus grand dépouillement,
misérables.

Qu'est-ce qu'un présent sans futurs ? De quoi est fait un présent sans futurs ? Comment peut-on vivre dans un présent sans futurs ? Dans un présent où les choses horribles qui arrivent constamment ne sont pas contrebalancées par la conviction qu'elles n'arriveront plus ?

Aisha voulait deux vaches : quand je lui ai proposé le monde, elle m'a demandé deux vaches. Je sais bien que je n'ai pas l'apparence d'un individu habilité à proposer des mondes – mais c'était un jeu, et même ainsi : pas même trois ou quatre vaches.

J'ai passé – je passe – beaucoup de temps dans des endroits très pauvres, avec des gens très pauvres. Ce qui me surprend le plus à chaque fois, souvent, c'est qu'ils ne bronchent pas : chacun d'eux, tant de millions de gens se laissent affamer ou arnaquer ou baratiner ou maltraiter sous les formes les plus diverses sans réagir comme – je pense, nous sommes quelques-uns à penser – ils devraient. Ou bien : comme ils pourraient.

Voilà à quoi servent les mondes sans futur, sans autres horizons qu'eux-mêmes : les deux vaches.

On appelait cela l'idéologie. L'idéologie, ce sont les deux vaches d'Aisha : les formes du désir, les limites du désir. À la fin du XVIIIe siècle, ce grand idéologue de la modernité du nom d'Emmanuel Kant signa un petit texte : *Sapere aude !*, y écrivait-il, ose savoir. Savoir est peu – ou s'est mué en son contraire : le fardeau de la réalité entendue comme unique vérité, celle qui empêche de rêver et de désirer.

Somniare aude.
Desiderare aude.

J'ai grandi en croyant que tout allait changer très bientôt. Ou mieux : que la forme du temps était le changement continu. Je suis arrivé – presque à bout de souffle – à me raccrocher aux derniers wagons d'une génération qui pensait que plus rien ne serait pareil après nous. Les manières n'étaient même pas si importantes : les manières se succédaient, changeaient, se cherchaient en ayant la conviction que c'étaient des accidents : que d'une façon ou d'une autre la nouvelle société – la nouvelle culture, les nouvelles machines, la nouvelle sexualité, les nouveaux langages, les nouvelles relations de pouvoir, la politique complètement nouvelle – était au coin de la rue. Et il arrivait tout le temps des choses nouvelles.

Il est vrai que beaucoup de ce que nous avons fait s'est terminé en désastre : pas seulement l'évidence de la lutte armée ;

aussi l'idée des drogues comme moyen d'accès à une perception différente a abouti au narcotrafic, le retour à la nature au conservatisme écololo, la liberté sexuelle au sida et à la solitude, la société parfaite à ceci.

Malgré cela, je revendique la confiance : l'idée délirante que le monde peut être changé s'il y a une volonté suffisante.

(Et qu'il change quand même, quoi qu'il arrive.)

Durant l'autre partie de ma vie, j'ai appris qu'une société pouvait se penser elle-même comme immuable, permanente. Aujourd'hui, cette volonté n'existe pas – plus : ni même la confiance. Nous ne croyons pas en être capables : une dégringolade culturelle forte. La race humaine a beaucoup décliné : il y a cinquante ans, nous nous supposions aptes – avec ou sans raison – à accomplir de grandes prouesses. Plus maintenant et c'est triste.

La stupidité nous définit bien plus que nous ne sommes prêts à l'admettre, et peu de stupidités ont été plus efficaces : on nous a convaincus qu'être de gauche – vouloir changer le monde – était un anachronisme, un archaïsme. Sur une planète régie par l'idée moderne de la mode, l'idée la plus forte de la modernité était radicalement démodée. Il ne s'agit plus seulement d'affronter certains pouvoirs, certaines opiniâtretés ; encore faut-il affronter les regards condescendants, apitoyés, y compris de la part d'amis et de membres de notre famille qui s'inquiètent pour ce benêt qui dit penser ce qui ne se pense plus, qui fait ce qui ne se fait plus.

Je n'ai toujours pas compris. J'ai du mal à vivre avec cette vie pour tout recours. J'ai appris à vivre dans des lendemains radieux : le présent était la certitude de ce lendemain radieux, il en était empreint, frappé. Vivre dans ce pur présent continu me fait l'effet d'une arnaque, j'admire et méprise et envie et méprise tous ceux qui y arrivent.

Car, au-delà de la générosité que l'on attribue à ceux qui luttent, resplendit l'égoïsme. Il y a un secret évident : s'inscrire dans un objectif plus ou moins grandiose est un des rares antidotes connus contre la banalité de la vie.

Il est probable que la posture que chacun adopte face au gigantesque, face à ce qui paraît inaltérable, ne soit pas très déterminante. Mais il y a au moins une question mineure qui l'est : qui suis-je, bordel ?

Qui suis-je, qui aurai-je été quand j'aurai raconté ? Celui qui est né a appris a travaillé s'est amusé a aimé s'est reproduit a vieilli et est mort comme des millions d'autres chaque jour ? Ou bien aurai-je été en plus celui qui a fait le peu qu'il a pu pour que le monde soit autre ? N'est-il pas plus facile de vivre – mourir, quoi que cela recouvre – avec le soulagement d'avoir essayé ?

Peut-être ne puis-je en espérer autant, mais il ne se passe pas un jour sans que je me demande quand reviendra le futur.

Et recommencer à aimer, recommencer à échouer – en mieux.

Parfois j'aimerais savoir quelque chose comme on sait – comme je savais – à l'âge de douze ans, quand pour la première fois vous apprenez ou comprenez quelque chose à quelque chose, quand la compréhension vous éblouit, sans savoir que vous pourriez savoir tant d'autres choses qui le contredisent, sans le poids de toutes les fois où cela vous est arrivé – et où, confronté à tout ce qui le démentait, cela n'a pas résisté.

C'est presque un lieu commun que de dire que la jeunesse est le temps des utopies, qu'on les abandonne peu à peu à l'âge adulte, et on croit généralement que c'est parce qu'on devient plus serein, qu'on s'installe, qu'on a des obligations. Je crois qu'on a tendance à perdre ces espérances quand on commence à prendre conscience de la brièveté, de la finitude. Jeunes, nous pensons un temps sans fin, où tout a le temps d'arriver. Vieux, nous supposons que vingt ans passent comme un rien sans qu'il se passe rien et que tout passe ou plutôt : que tout se passe comme d'habitude. À l'encontre de cette supposition, toutes les tentatives.

Vieillir – dois-je dire vieillir ? –, c'est savoir qu'il y a des choses que nous ne saurons pas. Je veux dire : oublier l'espérance qu'un jour, que tout arrive un jour.

J'aimerais savoir : bien sûr que j'aimerais. Maintenant je sais qu'il est probable que non – et ce n'est pas cela qui va me décourager. Il est dur de se poser des questions dont on imagine que les réponses sont inaccessibles ; il est triste de ne pas se les poser.

Et recommencer à vouloir,
recommencer à se tromper.

Je crois que je suis fâché avec cette époque et que la faim est la synthèse de tout ce qui me fâche.

Je crois que la colère est l'unique relation intéressante que l'on peut entretenir avec son temps.

3

Et s'il n'y avait plus de faim ? S'il n'y avait plus personne pour avoir faim ? La faim est une hyperbole. La faim, que cela soit dit, est la forme la plus grossière, la plus extrême : un cri pour les sourds, une métaphore pour les indifférents.

Nous avons dit : un choix, l'idéologie. Si Aisha obtient sa boule de mil chaque jour, et même son lait, son petit bout de viande à l'occasion, nous estimerons-nous satisfaits ?

Bien nourris ?

Nous sommes autres. Il est improbable – très improbable – qu'un seul lecteur de ce livre fasse partie des millions de gens qui ne mangent pas à leur faim et, en même temps, qu'un seul parmi ces millions lise ce livre.

Il est clair que le monde bouge à différentes vitesses. Il en a toujours été ainsi. Dans les dernières décennies, l'accélération économique et technique a aussi accéléré la différence d'objectifs et de besoins. Les sociétés de certains pays riches – ou certains secteurs riches des pays plus ou moins riches – ayant assuré leur subsistance, elles purent s'occuper d'approfondir leurs droits civiques – c'est pourquoi, dans nos sociétés, la distinction entre ce que l'on appelle la droite et la gauche consiste essentiellement à être ou non pour l'avortement, le mariage gay, la tolérance, les libertés diverses.

Pendant que les uns veulent se marier avec qui ils l'entendent, les autres veulent manger tous les jours. Où se rejoignent, où se croisent des quêtes aussi éloignées ? Quand il y avait une théorie générale du changement, on pouvait penser que celui-ci, qu'une société radicalement différente accorderait à chacun ce dont il avait besoin. Maintenant, il n'y en a pas.

Nous sommes autres. Pendant deux décennies, les grands objectifs nous ont semblé trop grands – et nous avons donc accepté les petits : vivre décemment, améliorer notre quartier, protéger l'environnement, respecter les minorités, aider les bonnes causes. Tout était très joli, très valable ; il nous a semblé bien de vivre une époque petite. Cela la rendait peut-être plus raisonnable, plus réaliste ; cela la rendait sans aucun doute plus petite.

Jusqu'à ce que, en 2008, se produise une rupture : la crise, les emplois supprimés, les garanties perdues, les aides octroyées aux banques, la barbarie du capitalisme quand il doit se défendre bec et ongles suscitèrent une forme d'aversion dans les pays les plus aisés : il n'était pas possible que les États les plus riches dépensent des fortunes à aider les plus riches.

La réaction amenait à l'esprit un mot qui définit l'époque : indignation, les indignés.

« C'est vrai, les raisons de s'indigner peuvent paraître aujourd'hui moins nettes ou le monde trop complexe. Qui commande, qui décide ? [...] Mais dans ce monde, il y a des choses insupportables. Pour le voir, il faut bien regarder, chercher. Je dis aux jeunes : cherchez un peu, vous allez trouver. La pire des attitudes est l'indifférence, dire "je n'y peux rien, je me débrouille". En vous comportant ainsi, vous perdez l'une des composantes essentielles qui font l'humain. Une des composantes indispensables : la faculté d'indignation et l'engagement qui en est la conséquence », disait Stéphane Hessel dans son pamphlet *Indignez-vous !* qui donna son nom au mouvement. Et il détaillait ses raisons pour s'indigner : l'écart entre riches et pauvres, la maltraitance des immigrés, la dégradation de l'environnement.

Je n'aime pas l'idée de « l'indignation ». Je trouve que c'est en quelque sorte un sentiment distingué, contrôlé, de quelqu'un qui a plusieurs choix possibles : ah, mais il y a de quoi être indigné, mon cher. Quand ça ne peut pas attendre, il y a du désespoir. Je crois au ras-le-bol. Je crois que les sujets qu'on peut aborder calmement, sans passion, sans ras-le-bol, sont ceux qui n'ont pas grande importance. Que seuls comptent vraiment ceux qui vous portent à détester – ne serait-ce qu'un instant – celui qui vous soutient le contraire.

Le problème, c'est que faire de la rage. On nous dira : s'il n'y a pas d'issue, mieux vaux l'éviter. L'idéologie ? n'est pas bête : elle nous invite à l'action et nous fournit des discours pour la justifier. Que la rage est stupide car elle ne conduit pas à des changements effectifs, que peu à peu tout va s'arranger et que nous devons nous soucier de ce que nous sommes en mesure de modifier.

Ou alors, nous indigner. Le mouvement des indignés est la quintessence du mode actuel de participation politique bien intentionnée : la réaction défensive.

Nous nous indignons parce que l'inégalité est plus rude que jamais, parce qu'on tue des gens en Syrie et au Soudan ou à la frontière mexicaine, parce qu'on détruit la nature, parce que les compagnies mondialisées contrôlent – les richesses de – ce monde, parce que les États renoncent à leur devoir de garantir la santé et l'éducation, parce que les armées les plus riches envoient des drones, parce que des centaines de millions d'hommes et de femmes et d'enfants ont faim.

Nous réagissons : nous nous défendons – tentons de nous défendre – contre cela. Mais nous n'avons aucune alternative à opposer.

Depuis combien de temps n'y a-t-il pas eu une grande cause pour ?

Depuis combien de temps n'y a-t-il pas eu un mouvement doté d'un nom propre ? Je dis propre et non pas renvoyant à ceux d'en face : qui ne soit pas *anti*mondialiste ou mondialo*phobe*, qui ne résiste pas à tel ou tel dictateur, qui n'aille pas *contre* ceci ou cela, qui ne soit pas *indigné* par ce que font les autres, qui ne conteste pas ni ne dénonce ni ne fasse le gros dos.

Un qui propose : qui ait quelque chose à proposer et le propose.

(Nous sommes – nous disons être – en train de parler de la faim. Le problème de la faim est généralement une synthèse de la posture défensive : il n'est pas possible que des centaines de millions de personnes ne mangent pas en suffisance, il est scandaleux que des centaines de millions de personnes ne mangent pas en suffisance, tâchons de faire en sorte que ces centaines de millions de personnes mangent en suffisance. Qu'elles reçoivent de la nourriture, qu'elles aient leur charrue et leurs deux vaches, qu'elles ne souffrent pas autant.

Comment transformer une défense en attaque ?)

La faim a très souvent été le déclencheur des révolutions : elle montrait que l'état de fait était sans l'ombre d'un doute inopérant, incapable de garantir les besoins minimaux. De plus, elle transformait la vie en une valeur toute relative : puisque je n'ai rien à manger et que je vais mourir, qu'au moins je me sois battu, que j'aie défendu un espoir. C'est pourquoi la faim fait peur ; c'est pourquoi ils envoient des sacs de grains.

Mais cela ne veut pas dire que la faim soit toujours un déclencheur. Plus que le désespoir, ce qui est indispensable pour amorcer un vrai changement – une révolution ? –, c'est une idée.

À un moment ou un autre, ce sont toujours des mouvements défensifs : des formes de ras-le-bol. À bas ce roi qui nous affame, dehors les tsars qui nous maintiennent dans la pauvreté, nous ne supportons plus ce dictateur. Ces ras-le-bol existent toujours. Mais, dernièrement, ils prennent la forme de mouvements sans issue, sans proposition : défensifs. Ils renversent un gouvernement, n'installent pas le suivant : du Mur à Poutine, de la place Tahrir au général al-Sissi.

Ce qui marque la différence, c'est un projet.

Une chose est de concevoir des politiques ; une autre, très différente, de concevoir des désirs. Mais si les politiques ne sont pas imaginées comme une manière de concrétiser des désirs, elles ne sont que gestion de la tristesse, de la médiocrité.

Je veux dire : je ne crois pas que l'on puisse en finir avec la faim au sein du modèle social actuel. Qu'en finir avec la faim, c'est changer de modèle. Que nous ne savons pas comment.

Surtout : nous ne savons pas quoi proposer. Pendant un siècle et demi, les mouvements révolutionnaires savaient trop clairement ce qu'ils avaient à proposer. Ils ont eu le tort – nous avons eu le tort – de supposer que nous savions tout : tort de croire.

Parce que tenter une révolution, n'importe quelle révolution, signifiait risquer sa vie et – j'ai écrit il y a plus de trente ans – « nul ne risque sa vie en criant peut-être. Pour cela, pour supporter la pression et la menace, les hommes ont toujours eu besoin de la garantie d'un avenir certain : une vérité irréfutable. Ils avaient besoin de croire que ce qu'ils voulaient était garanti par une instance extérieure : le mot dieu, la marche inéluctable de l'histoire ».

Et alors, tous les préjudices de la croyance – et le pire de tous, la concentration du pouvoir entre les mains de quelques prêtres. Les convictions inébranlables, les vérités absolues ont servi à construire de sinistres appareils de pouvoir carnivore : ceux du marxisme léninisme stalinisme maoïsme castrisme – et autres ismes. Je dis donc aujourd'hui : trouver une manière de proposer – de laisser derrière nous la pure défense et de proposer – qui évite les certitudes, qui accepte la faillibilité, qui soit capable de dire voici ce que je veux et non pas ce que je crois ; c'est pour cela qu'il vaut la peine de jouer le tout pour le tout, même si je ne réussis pas.

Mettre en place des projets sans croyance.

Nous ne savons pas comment. Il est clair que nous ne savons pas comment. Pour commencer, tous les projets révolutionnaires sont sujets à caution : ils sont à l'origine de processus désastreux.

Les tentatives égalitaires ont abouti à une concentration et à un abus de pouvoir comme il s'en était rarement produit. Et alors ? Allons-nous laisser tomber ? Allons-nous oublier cette vieille stupidité qui voulait que le monde ne valait pas la peine si nous n'étions pas tous égaux ? Allons-nous nous accommoder de la justice plus ou moins modique des pays riches, brutale des pays pauvres ? Nous contenterons-nous de la nouvelle révolution française et continuerons-nous de crier sécurité, sexualité, longévité ?

Nous sommes à une de ces périodes sans projets. Une de ces périodes où le paradigme précédent s'est brisé sans que le nouveau soit encore apparu ; il y en a, ils sont plus fréquents et plus longs que ce qu'une personne née au milieu du XXe siècle, en pleine splendeur d'un paradigme, ne pouvait supposer.

Ce sont des époques difficiles, légèrement orphelines. Il était plus facile de savoir sans douter. Mais ce sont aussi des époques fascinantes : recherche pure. Il n'est rien de plus excitant et de plus angoissant que de chercher.

Personne ne sait – non plus – comment on fabrique un nouveau paradigme. Le dernier grand exemple fut celui d'un monsieur barbu enfermé dans la meilleure bibliothèque de son temps à lire et à écrire et à penser tout seul, sortant très occasionnellement de sa claustration : la puissance d'un esprit extraordinaire. Aujourd'hui, en pleine époque Wikipédia, il est probable que le modèle soit autre : la collaboration, les chocs, les reformulations, la recherche conjointe de milliers de gens – qui d'une manière encore embryonnaire, hésitante, est en train d'émerger.

(Il faut repenser, entre autres, ce vieux mécanisme de l'avant-garde : ceux qui croient comprendre ce dont les autres ont besoin – un mécanisme qui a surtout servi à créer les pouvoirs les plus brutaux, les plus autoritaires des derniers temps.

L'avant-garde est par définition un groupe qui fait ou pense ce que les autres ne font ni ne pensent – et qui finit par considérer que cela lui octroie des droits. Nous sommes d'accord pour dire que ces gens sont néfastes, les histoires le montrent. Mais sans eux, comment la pensée changerait-elle ? Qui pourrait penser ce que personne n'a pensé, puisque tout l'appareil culturel – l'idéologie – est conçu pour que tous pensent ce qui a déjà été pensé ?

La différence résulte de la gêne, de la colère, de l'inadaptation de quelques-uns, de ceux qui ne se résignent pas. Mais si nous acceptons que ceux qui imagineront le changement seront toujours un petit nombre, comment faire pour qu'ils ne considèrent pas que ce savoir leur octroie des droits ? Comment construire une avant-garde non autoritaire ? Dubitative ?)

La difficulté, ce n'est pas d'obtenir quelque chose qui semble impossible ; la difficulté, c'est de définir ce quelque chose. En France, des philosophes se mirent un jour à penser la possibilité impensée d'un gouvernement sans roi ; en Amérique, des commerçants et des avocats se dirent qu'ils pouvaient se gouverner eux-mêmes ; en Angleterre, des dames imaginèrent qu'elles étaient des personnes comme leurs maris et qu'elles pouvaient, comme eux, élire leurs gouvernants ; en Inde, quelques jeunes ayant reçu une bonne éducation en anglais se mirent à penser qu'ils n'avaient pas besoin d'armes pour vaincre une grande armée – et ainsi de suite. À chaque fois, l'impossible était clair : ne pas avoir de roi, s'autogouverner, être des citoyennes à part entière, combattre sans tuer. Et pourtant, ce sont à chaque fois des processus qui durent des décennies, des chocs, des retours en arrière, des doutes et encore des décennies.

Je suis en faveur de l'impensable puisqu'il s'est réalisé tant de fois. Reste seulement à penser quel impensable on voudrait, et parier dessus de manière à pouvoir.

Un nouveau paradigme, c'est l'impensable. Ce qui constitue sa difficulté et son attrait et sa difficulté. C'est ce qui vaut la peine d'être pensé.

En résumé, des manières de forcer la répartition : que les biens soient équitablement répartis, que le pouvoir soit équitablement réparti. Chercher la forme politique qui corresponde à une idée morale de l'économie – et non pas la forme économique qui corresponde à une idée moraliste de la politique. Dit ainsi, cela paraît très simple – et pourtant nous ne savons pas.

On ignore qui peut le penser : et encore plus qui peut le faire. Une des grandes astuces du marxisme consistait à accorder la légitimité révolutionnaire à un secteur de la société : les prolétaires du monde unissez-vous étaient désignés pour mener à bien le changement décisif. C'étaient les dépossédés, ceux qui n'avaient plus rien à perdre – et par conséquent, tout à gagner.

Pourtant, ce n'étaient pas eux qui l'avaient imaginé. Ce fut peut-être là une des origines du désastre, peut-être pas.

Je dis, encore une fois, les affamés sont la synthèse des plus dépossédés : ceux qui sont dépossédés chaque jour de la possibilité de manger à leur faim. Ceux qui ne sont même pas les prolétaires du monde : les jetables, ceux qui sont en trop.

J'ai passé des années à les écouter. Je crois que j'espérais trouver un savoir intrinsèque, intime, et je me suis trompé : avoir vécu certaines choses n'implique pas de savoir pourquoi, mais – éventuellement – comment. Ils peuvent bien sûr raconter ce que c'est que d'avoir faim ; ils n'ont pas d'idées sur les raisons pour lesquelles ils ont faim. La plupart invoquent dieu, une injustice, dieu, un faux pas, le hasard, dieu.

Je dis, et cela me répugne légèrement : la plupart des personnes dont je parle dans ce livre seraient surprises par la plupart des informations et des mécanismes qu'il expose. Et la question évidente mais insistante est : quelle différence y aurait-il si elles savaient ? Qu'est-ce que cela changerait si elles savaient ?

C'est dur à dire, c'est moche à dire : ils ne semblent pas avoir beaucoup de possibilités d'influer sur les mécanismes qui les affament. Ils vivent à la marge ils n'ont pas la force pour.

Alors qui ?

Alors comment ?

Il y a, en tout état de cause, une tradition de la « pensée pour l'autre » : effet du souci de l'autre – qui commence par le souci de soi : moi personnellement celui qui vous parle en ce qui me concerne, je me sens contrarié perturbé par ce monde où des centaines de millions. Quant à moi, pour ce qui me regarde, je trouve qu'un monde pareil est une machine effroyable qui nous offense tous, nous qui en faisons partie et en prenons notre parti.

– Comment supportes-tu de vivre en sachant que ?

– Eh bien, je vais t'expliquer.

Face à un monde aussi laid, l'unique esthétique possible est la rébellion – sous toutes ses formes, sous une quelconque forme.

J'ai parcouru le monde et il me désespère de plus en plus. Mais je crois de plus en plus au désespoir ou à la désespérance.

Et je crois qu'il serait bon de séparer l'action des résultats de l'action. Ne pas faire ce que je veux faire en fonction des possibilités de réussite mais par nécessité de le faire : parce que si je ne le fais pas, je ne me supporte pas.

Et je crois que rien n'est entièrement sincère si je ne le fais pas par une forme d'égoïsme. Et que les grands moments de la culture se produisent quand l'égoïsme de milliers de gens consiste à décider qu'ils doivent faire quelque chose pour les autres : que c'est leur manière de faire quelque chose pour eux-mêmes, leur égoïsme.

Alors : penser comment serait un monde dont on n'aurait pas honte ou dont on ne se sentirait pas coupables ou découragés – et commencer à imaginer comment y parvenir.

C'est une phrase de deux lignes : cela peut durer des années, des décennies, erreurs et désastres et qui sait.

C'est une phrase de deux lignes, une histoire de vies
et encore des vies.

Le retour de l'histoire.

Sans fin

Je finis de relire ces pages à Barcelone, automne 2014. Pendant des siècles, la faim fit partie du paysage de cette ville comme de tout l'Occident : n'importe quel habitant de Paris ou de Toscane ou de New York pouvait croiser, chaque jour, des compatriotes qui en souffraient. Il y a quelques décennies, elle a disparu pour devenir une de ces choses qu'on ne voit qu'à la télévision : des histoires qui n'arrivent qu'aux autres.

L'Espagne est devenue riche, s'est crue riche et, en tant que telle, a décidé de destiner une part minime de sa richesse à aider les pauvres. La somme de solidarité mesure jusqu'où nous sommes prêts à nous occuper de ce qui ne nous affecte pas. Bien que le lieu commun dirait « de ce qui ne nous affecte pas directement », pour dire que les choses nous affectent même quand nous n'en sommes pas touchés ; les lieux communs sont toujours très bien intentionnés et un peu mensongers.

La somme de solidarité – internationale – est aussi une des mesures du poids d'un pays dans le fameux concert des nations. Au début du XXIe siècle, les gouvernements espagnols découvrirent que leur présence au sein des organismes internationaux n'était pas proportionnelle au poids de leur économie – huitième ou neuvième mondiale actuellement – et décidèrent de l'accroître en augmentant la solidarité. La coopération internationale espagnole fit un bond en avant notoire.

En 2008, l'Espagne dépensa 4,4 milliards d'euros, soit 0,43 % de son PIB, en aide au développement – et en bureaucratie pour l'acheminer : elle battit là son record, même si elle était loin des 0,7 % que menacent régulièrement d'octroyer les pays riches. L'Espagne commençait à occuper une place dans le concert – et j'en récoltai moi aussi les bienfaits : ce livre fut rendu possible grâce à une bourse de l'Agence espagnole de coopération internationale, généreuse à plus d'un titre.

Mais depuis, avec la crise, la somme de solidarité n'a fait que diminuer. En 2014, l'Espagne dépensait deux fois moins que six ans auparavant : 1,815 milliard, 0,17 % du PIB. Ce sont des chiffres ; ce sont surtout des milliers et des milliers de personnes qui ne recevront plus l'aide qui pourrait les sauver, des milliers et des milliers de gens qui recevaient l'aide et ne la reçoivent plus. Mais la plupart de mes compatriotes péninsulaires trouvent cela absolument logique. Le rêve de l'aide extérieure s'est évanoui au rythme de la progression de la pauvreté sur le territoire national : l'idée de la coopération internationale ne résiste pas à trois journaux télévisés consacrant deux minutes à la grave misère nationale.

Voilà à quoi servent aussi les pays. Les pays sont cette invention extraordinaire qui permet entre autres de compartimenter la faute : des unités de sens qui font que l'on se sente bien plus proche d'un monsieur qui vit de ce côté-ci de la frontière que de son voisin trois kilomètres plus loin. Oui, bien sûr, il faudrait faire quelque chose pour les affamés de la planète, mais pas tout de suite parce que, ici même, il y a des familles qui souffrent, voyez-vous.

Avec sa crise, l'Espagne est devenue un nouvel exemple de deux phénomènes : la résistance des idées, la volatilité des choses. Autrement dit : à quel point les nationalismes fonctionnent encore très bien, à quel point certaines fortunes durent peu.

Aujourd'hui, après quelques années de *richisme* et d'aumônes et de voitures comme de bijoux, la pauvreté et la faim redeviennent d'actualité chez les Espagnols. Et des questions que les Espagnols voient : des images qui semblaient si lointaines comme des gens fouillant les poubelles commencent à être monnaie courante dans les rues de mon quartier. Et dont trop d'Espagnols souffrent : des études sont publiées pour dire que des milliers et des milliers d'enfants ne mangent pas à leur faim ou ne mangent pas ce qu'ils devraient. Des Espagnols sont inquiets, ont honte et, surtout, se résignent à écouter : la faim a augmenté, mais surtout son espace médiatique, discursif, sa circulation, son « écoutabilité » – ses effets politiques.

C'est un changement si brutal : de l'orgueil condescendant d'il y a à peine six ans à la consternation craintive actuelle. Alors que tout semblait ficelé et bien ficelé, cela s'est défait : des nœuds qui n'en étaient pas. Maintenant il y a aussi des affamés ici. Si ceci était – qu'un quelconque dieu nous en garde – une fable, un animal dirait il ne faut jamais croire que ces choses n'arrivent qu'aux autres. Comme ce n'est pas le cas, l'animal fermera son clapet.

Et se contentera de se souvenir de ce simplet qui rabâchait ne dis jamais jamais, car vous aussi, monsieur, vous aussi, madame.

Barcelone, 7 novembre 2014

Merci

Merci est un mot bien court, comme disait mademoiselle Zulema. Cependant :

Un grand merci surtout à mon ami Carlos Alberdi, qui a fait tout ce qui était en son pouvoir pour que ce livre voie le jour – et qui finalement, aïe, y est parvenu. À ta santé.

Et aussi, dans le même registre, à Miguel Alberto, poète et ambassadeur d'Espagne.

À mon Catalan de chevet et non moins très cher Jordi Gorrión, qui l'a lu, y a réfléchi, a fait des suggestions.

À Lucía Álvarez, qui m'a guidé à travers les faubourgs argentins.

À Fernando García Calero, de Médecins Sans Frontières, avec qui nous avons cherché des histoires si tenaces.

À tant de ses camarades de MSF – et, surtout, à Silvia Fernández, Juan Carlos Tomasi et Luis Ponte – parce qu'ils l'ont pris au sérieux.

À Ana Gabriela Rojas, correspondante intrépide, parce que l'Inde.

À Mercedes Casanovas et María Lynch, parce qu'elles m'ont aidé à terminer ces pages.

À Laura Mahler et Laura Laski, parce qu'elles m'ont aidé à les commencer.

À Margarita García, parce qu'elle m'a encouragé quand je défaillais.

À Juan Caparrós, parce que j'en ai envie.

À lire aussi

Patricia AGUIRRE, *Ricos flacos y gordos pobres. La alimentación en crisis*, Capital Intelectual, 2010.

Jon BENNET et Susan GEORGE, *La máquina del hambre*, El País-Aguilar, 1988.

Lester BROWN, *Full Planet, Empty Plates. The New Geopolitics of Food Scarcity*, W. W. Norton & Company, 2012.

Doan BUI, *Les Affameurs. Voyage au cœur de la planète de la faim*, Privé, 2009.

Julian CRIBB, *The Coming Famine. The Global Food Crisis and What We Can Do to Avoid It*, University of California Press, 2010.

Xavier CROMBÉ et Jean-Hervé JÉZÉQUEL, *Niger 2005. Une catastrophe si naturelle*, Karthala Éditions, 2007.

Mike DAVIS, *Le pire des mondes possibles*, La Découverte, 2007.

Paul R. EHRLICH, *La bombe P*, Fayard, 1972.

James ERLICHMAN, *Addicted to Food. Understanding the Obesity Epidemic*, Guardian, 2013.

Marvin HARRIS, *Bueno para comer*, Alianza, 1992.

Martin JACQUES, *When China Rules the World*, Penguin, 2012.

Frederick KAUFMAN, *Bet the Farm. How Food Stopped Being Food*, Riley, 2012.

Frédéric LEMAÎTRE, *Demain, la faim !*, Grasset, 2009.

Paul MCMAHON, *Feeding Frenzy. The New Politics of Food*, Profile, 2013.

Robert PAARLBERG, *Food Politics. What Everyone Needs to Know*, Oxford University Press, 2010.

Raj PATEL, *Stuffed and Starved. The Hidden Battle for the World Food System*, 2008, Melville House.

Fred PEARCE, *The Land Grabbers. The New Fight over Who Owns the Earth*, Beacon Press, 2012.

Sharman Apt RUSSELL, *Hunger, An Annatural History*, Basic Books, 2005.

Amartya SEN, *Poverty and Famines. An Essay on Entitlement and Deprivation*, Oxford University Press, 1981.

Hugues STOECKEL, *La Faim du monde. L'humanité au bord de la famine globale*, Max Milo, 2013.

Roger THUROW, *Enough. Why the World's Poorest Starve in an Age of Plenty*, Public Affairs, 2009.

Christian TROUBÉ, *Les Nouvelles Famines. Des catastrophes pas si naturelles*, Autrement, 2007.

Leonard TUSHNET, *The Uses of Adversity. Studies of Starvation in the Warsaw Ghetto*, A. S. Barnes, 1966.

Erwin WAGENHOFER et Max ANNAS, *Le Marché de la faim*, Actes Sud, 2007.

John WALTON et David SEDDAN, *Free Markets and Food Liots ; The Politics of Global Adjustment*, Wiley, 1994.

Jean ZIEGLER, *Destruction massive, Géopolitique de la faim*, Seuil, 2011.

Table

COMPOSITION ET MISE EN PAGES
NORD COMPO À VILLENEUVE-D'ASCQ

ACHEVÉ D'IMPRIMER PAR CPI
EN SEPTEMBRE 2015

Dépôt légal : octobre 2015
N° d'impression : 130776
Imprimé en France